DUMONT

Finsternis, Enge, Staub, ab und zu ein Fledermausskelett: Es ist ein merkwürdiges Hobby, durch unerforschte Höhlen zu robben, mit einem Bein in einem Grab, das weit unter der Erde liegt. Zumal Kit es besser wissen müsste. Als Bergbauingenieurin hat sie täglich mit den Risiken unter Tage zu tun. Gerade hat sie einen großen Auftrag angenommen: Sie soll in Bath die unterirdischen Kalksteinbrüche – und damit die halbe Stadt – vorm Einsturz bewahren. Dann stößt Kit auf Hinweise, dass irgendwo in dem Labyrinth aus Minen und Kavernen ein antikes Mithras-Heiligtum verborgen sein könnte. Gegen alle Vorschriften schleichen sie und ihr bester Freund, ein Archäologe, sich in die gesperrten, uralten Stollen. Aber Kit ahnt, dass es eine viel mächtigere Gefahr gibt. Seit Wochen bekommt sie beängstigende Drohbriefe. Der hässliche Versuch einer reinen Männerwelt, die unbequeme Kollegin loszuwerden? Oder weiß irgendwer, was niemand wissen darf: dass Kit hier, in Bath, vor Jahren einen verhängnisvollen Eid schwor …

Jenni Mills arbeitete dreißig Jahre lang für die BBC, bevor sie sich nach überstandener schwerer Krankheit ihren Lebenstraum verwirklichte – einen Roman zu schreiben. Gleich mit ihrem ersten Versuch gelang ihr der große Wurf, innerhalb von 14 Tagen wurde »Grab aus Stein« in acht Länder verkauft. Auch ihr zweiter Roman »Der verborgene Kreis« ist im DuMont Buchverlag erschienen. Jenni Mills lebt in Bristol.

Jenni Mills

Grab aus Stein

Roman

Aus dem Englischen von Cornelia Holfelder von der Tann, Alice Jakubeit und Margarete Längsfeld

DUMONT

Von Jenni Mills ist im DuMont Buchverlag außerdem erschienen:

Der verborgene Kreis

Mai 2010
DuMont Buchverlag, Köln

Die englische Originalausgabe erschien 2007 unter dem Titel *Crow Stone*
bei HarperCollins Publishers, London

Umschlag: Zero, München
Umschlagabbildung: Getty Images/Garron Nicholls
Gesetzt aus der Dante
Druck und Verarbeitung: CPI – Clausen & Bosse, Leck
Gedruckt auf säurefreiem und chlorfrei gebleichtem Papier
Printed in Germany
ISBN 978-3-8321-6115-6

www.dumont-buchverlag.de

»A Fathomless and boundless Deep
There we wander, there we weep.«
William Blake, »Broken Love«

ERSTER WEIHEGRAD – CORAX

Corax, der Rabe – Bote der Götter. Gerade wenn man meint, alles läuft bestens, kommt so ein riesiger Unglücksvogel und krächzt was von einem neuen göttlichen Auftrag. Mein Rat lautet: Knall das Mistvieh ab.

(Martin Ekwall in einem Interview für *Time Team, Roman Temple Special,* Channel Four)

1

Sieh einer an. Ein Seeigel, zum Greifen nahe. Ich schiele vor Aufregung – und natürlich wegen des geringen Abstandes. Am liebsten möchte ich Martin zurufen, er soll machen, dass er hierher kommt, damit ich die Aufregung mit jemandem teilen kann. Aber Martin ist das schnurzegal, und dem Seeigel sowieso.

Ich schätze, er ist seit rund hundert Millionen Jahren tot. Als der Seeigel in der warmen, brackigen See sein Unwesen trieb, sind Dinosaurier am Strand herumgetrampelt. Er sieht aus wie ein Brötchen, teigig weiß, leicht herzförmig. Einst lebendige Materie, zu Stein erstarrt.

Ich liege auf dem Rücken. Steine bohren sich mir schmerzhaft in die Knochen; Kalksteinsplitter und Feuersteinknollen. Meine Nase befindet sich nur wenige Zentimeter unter der kreidigen weißen Decke mit dem Seeigel. Bis ich ihn entdeckte, hatte ich versucht, mich herumzuwälzen, um mich auf dem Weg zurückzuwinden, auf dem ich gekommen bin – mit den Füßen voran, weil zum Umdrehen kein Platz ist.

Dies ist ein ziemlich heikler Moment. Ich glaube nicht, dass es passiert, aber die ganze Geschichte kann jederzeit auf mich herunterkrachen. Der Stollen ist kaum mehr als körperbreit. Das ist selbst nach steinzeitlichen Maßstäben winzig.

»Alles okay bei dir?«

Martin wartet in seinem staubigen roten Schutzanzug dort, wo der Stollen in den Hauptstollen mündet. Der ist üppige einszwanzig hoch, sodass Martin auf Händen und Knien kriechen und sich umdrehen kann; der hat's gut. Er ist zu groß, um noch weiter zu robben, weshalb ich als Frau wie immer die ganze Drecksarbeit machen muss.

»Mopsfidel«, zische ich. Wir schreien selten unter Tage, außer wenn es heißt: »Mach schnell, dass du rauskommst!« Ich habe ein durchdringendes Flüstern vervollkommnet, das offenbar durch ganze Stollen trägt. Martin hat mich gehört; denn er grunzt. Schwer zu sagen, wer die charmanteren Plaudertaschen sind, Archäologen oder Bergbauingenieure.

Was wir hier tun, dürfte nicht der Vorstellung der meisten Leute von einem Samstagnachmittagsvergnügen entsprechen, aber ich kann die Jahre nicht mehr zählen, die wir schon dabei sind. Wir haben es sogar während meiner Ehejahre getan. Martins bevorzugte archäologische Forschungen spielen sich im Untergrund ab. Das ist schmutzig und gefährlich, und viel mehr Spaß kann man einfach nicht haben. Wir werden vermutlich so lange weitermachen, wie unsere Gelenke durchhalten oder das Glück uns hold ist.

Ein bisschen mehr als Glück braucht man allerdings schon. Ich als die Ingenieurin bin die Hüterin des Glücks, diejenige, die sich mit Spannungen und Belastungen auskennt und mit der Frage, wie Wasser durch Stein sickert, und daher mehr als bloße Vermutungen anstellen kann, ob wir heute sterben werden, verschüttet in einer Feuersteinmine.

Diese Stollen wurden vor fünf- bis sechstausend Jahren von Menschen angelegt, die erst kurz zuvor den Ackerbau entdeckt hatten. Sie sind erstaunlich: Sie haben richtige Luftschächte und Steinsäulen, die die Decke abstützen. Das Licht meiner Helmlampe erfasst fünftausend Jahre alte Karbonflecken an den Wänden – von den Öllampen, mit denen die Bergleute gearbeitet haben. Der Stollen, den ich gerade untersuche, ist eine Sackgasse, nicht ordentlich ausgeschachtet, ein Versuchsstollen, der entweder keinen anständigen

Feuerstein zutage förderte oder aber gerade angelegt werden sollte, als Steinwerkzeuge von Bronzewerkzeugen abgelöst wurden. *Tut mir leid, Kumpel, kein Bedarf mehr für Feuersteinäxte. Mal daran gedacht, auf Schmied umzusteigen?* Die armen alten Feuersteinbergleute. Die beunruhigende Vorstellung von einer neolithischen Bergarbeitergewerkschaft huscht mir durch den Kopf und ruft die Erinnerung an die kleinen gelben Plaketten *KOHLE STATT STÜTZE* wach, die Martin und ich in unserer Studentenzeit trugen. *FLINTSTEIN STATT ARM SEIN.*

Von dem Seeigel abgesehen fühle ich mich unwohl an diesem Ort. Er hat was Klaustrophobisches, selbst für jemanden wie mich, die davon lebt, unter Tage zu gehen. Die Seitenstollen zwicken und zwacken höhnisch, wenn man hindurchkriecht. Ich denke unaufhörlich, ich hätte ein Garnknäuel mitnehmen sollen, um auch ganz sicher wieder nach draußen zu finden.

Finden wir den Ausgang nicht, sehen wir verdammt alt aus. Es weiß nämlich niemand, dass wir uns hier unten herumtreiben.

Aber wenn Martin Recht hat und er das Geld für eine ordnungsgemäße, von der Universität abgesegnete Ausgrabung auftreiben kann, werde ich möglicherweise für diese spontane nachmittägliche Expedition bezahlt. Das wäre hilfreich; denn wenn ich den Job in Bath ablehne, brechen magere Zeiten an, bis ich ein besseres Angebot bekomme.

Und ich werde den Job in Bath ablehnen. Auf jeden Fall.

Ich sage dem Seeigel ade, und endlich gelingt es mir, mich auf den Bauch zu drehen, damit ich mich rückwärts durch den Stollen zwängen kann. Der Weg kommt einem viel weiter vor, wenn man nicht sieht, wohin man kriecht. Ich bin ungeheuer erleichtert, als ich meine Fußgelenke von Martin gepackt fühle und weiß, dass ich es bis zum Hauptstollen geschafft habe.

»Uff. Verlang das nicht noch mal von mir.« Ich wälze mich herum und knalle mit dem Schutzhelm an die Stollendecke. »Das nächste Mal darfst du zu den hinteren Kriechgängen rutschen.«

Martin kichert und geht lässig in die Hocke. Er ist etwa einsneunzig groß und gebaut wie ein Bär, aber schwul wie ein Pfadfinder-

Fähnlein. Auf unseren Wegen durch die unterirdischen Stollen hat er meinen Hintern unzählige Male im Gesicht gehabt und nie das geringste Interesse an ihm gezeigt. Was mir nur recht ist.

»Und, was meinst du?«, fragt er und bietet mir einen Schluck Wasser an. Er schmeckt nach Kreidestaub.

»Die Grabung wird teuer. Man müsste den Gang sichern.« Ich sehe mich um, meine Helmlampe wirft flackernde Schatten an die Wände. »Und du solltest dir auf gar keinen Fall die Seitenstollen vornehmen.«

»Die aus der Sicht eines Archäologen natürlich die interessantesten sind. Die meisten Hauptschächte wurden im neunzehnten Jahrhundert gründlich untersucht. Verdammt ...« Martins kräftiger Kiefer mahlt, ein Zeichen, dass er grübelt. »... und Mist. Und Scheiße. Hätte ich bloß das Geld, um Profis zum Graben einzustellen. Ich könnte es riskieren, aber ich nehme keine Studenten und Hilfsarbeiter. Oje, Dr. Ekwall, ich glaub, weil ich so doll mit meiner Kelle zugehauen habe, ist die Decke runtergekracht.«

»Mach keine Witze. Genau das dürfte bei diesen bröckeligen Gängen hier nämlich passieren.«

Martin runzelt die Stirn. »Die Versicherung wird also unerschwinglich sein.«

»Und es gibt ein kleines formales Problem«, erinnere ich ihn.

»Ach ja?«

Wir haben nämlich keine Genehmigung. Martin hat das Vorhängeschloss am Schachtdeckel geknackt, und wir sind unbefugt eingedrungen. Rechtmäßig haben wir an diesem Ort nichts zu suchen, auch wenn wir fündig werden. So eine inoffizielle Erkundung erspart den Papierkram, aber der Nachteil ist die Tatsache, dass wir endlos lange auf den Bergungstrupp warten würden.

»Viertel vor vier«, sagt er. »Lass uns abhauen, sonst ist es dunkel, ehe wir wieder beim Jeep sind.«

Auf allen vieren kehren wir zum Mittelschacht zurück, den wir zuvor heruntergestiegen sind. Meine Knie tun trotz der geliehenen Knieschoner höllisch weh. Ich war nicht darauf vorbereitet, dieses Wochenende unter Tage zu gehen, und Martins Ausrüstung ist mir viel zu groß. Ich spüre ein Kribbeln zwischen den Schulterblättern und kämpfe gegen die Versuchung an, mich immerzu umzudrehen und zurückzublicken. Was erwarte ich eigentlich dort zu sehen? Ein flackerndes Licht hinten im Stollen?

Es ist ein Segen, wieder stehen zu können. Das Licht oben verblasst rasch, und ich erkenne schwach einen frühen Stern am violett-blauen Himmel, während ich über die Eisenleiter an die Oberfläche steige.

Meine Arme brennen wie Feuer, als wir oben ankommen. Ich könnte schwören, dass auch mein Bauch in Flammen steht. Ich ziehe den Reißverschluss meiner Fleecejacke auf, um nachzusehen. Ich hatte es so eilig, aus dem Stollen zu kommen, dass mein Pullover beim Robben über den Kalksteinboden hochgerutscht sein muss, und jetzt hab ich hässliche rote Schrammen am Bauch. Ich hätte einen Schutzanzug anziehen sollen. Ein eisiger Wind fährt über den Berghang, und ich ziehe den Reißverschluss rasch wieder zu.

Martin lässt die Falltür über dem Schacht zufallen und hockt sich hin, um das Vorhängeschloss anzubringen. Die Sonne berührt beinahe den metallgrauen Rand der See, und eine winzige Mondsichel, kaum größer als ein Fingernagelmond, steht am Himmel. Damals in der Steinzeit war der Berghang vermutlich bis zum Einstieg der Feuersteinmine gerodet. Die alten Minenarbeiter liebten eine spektakuläre Aussicht, wenn sie von unten ins Freie kamen. Martin vertritt die Theorie, dass eine Feuersteinmine eine sowohl gewerbliche als auch heilige Stätte, dass die Unterwelt auch das Reich der Ahnen war.

»Du hast dich da drinnen nicht besonders wohl gefühlt, was?«, fragt er. Er hat die beunruhigende Fähigkeit, meine Gedanken lesen zu können.

»Stimmt.«

»Komisch, ich mag diesen Gang auch nicht«, sagt er. »Manche der Seitenstollen haben was ... Gespenstisches.«

»Ich hatte bloß ein bisschen Klaustrophobie. Es war sehr eng dort.«

»Tut mir leid. Nimm doch zu. Dann schick ich dich nicht mehr rein.«

»Das würdest du trotzdem tun, und ich bliebe stecken wie ein Schornsteinfegerlehrling.«

»Wenn du bloß einer wärst!« Martin seufzt und löst den Kinnriemen seines Schutzhelms.

In der eisigen Luft läuft mir die Nase, ich suche nach den Papiertüchern in meiner Tasche.

»Oh, Mist.«

In meiner Tasche ist nichts. Nicht nur kein Taschentuch! Mir dreht sich der Magen um, mir wird unendlich kalt, dann wieder heiß. Meine Finger tasten in der Tasche bis ganz nach unten, finden aber nur Fusseln und Staub und ein altes Bonbonpapierchen.

Martin guckt hoch, sein Gesicht ist geisterhaft vom Kreidestaub. »Was ist?«

»Wir müssen noch mal zurück. Mein ...« Ich muss improvisieren, weil er mich sonst auf keinen Fall umkehren lässt. »Die Autoschlüssel sind mir aus der Tasche gefallen.«

Er verdreht die Augen. Nun ja, ich bliebe auch lieber draußen. Aber ich muss zurück, mir ist schlecht vor Panik.

»Die Ersatzschlüssel liegen dreihundert Meilen weit weg in Cornwall«, erinnere ich ihn.

»Hast du eine Ahnung, wo sie rausgefallen sind?« Das sagt er in dem geduldigen Ton von jemandem, der stocksauer, aber zu rücksichtsvoll ist, um den Ärger rauszulassen.

»Im letzten Stollen, ganz sicher. Ich hab mir die Nase geputzt, kurz bevor ich rein bin – hab danach wohl die Tasche nicht zugemacht, und ich hab mich da drinnen wenigstens zweimal rumgedreht.«

»Gott, du Dussel. Beeil dich. Ich will weg sein, bevor es dunkel wird. Wenn der Grundbesitzer Licht sieht, sind wir geliefert.«

Hinter mir krächzt was, ich fahre herum und sehe gerade noch, wie ein riesiger schwarzer Vogel aus den Buchen flattert und über die Lichtung fliegt.

»Herrgott!« Orte wie dieser, diese Zugänge zur Unterwelt, haben immer was Mystisches. »Das war bestimmt die größte Krähe, die ich je im Leben gesehen habe.«

»Keine Krähe«, widerspricht Martin, während er das Vorhängeschloss löst. »Ein Rabe.«

»Ein Rabe? Hier? Ach komm.«

»Eindeutig. Die Größe stimmt, das Krächzen stimmt.« Martin ist der Typ Mann, der sich mit solchen Tieren auskennt.

»Ich dachte, die treiben sich in den Bergen und an den schroffen Klippen von Wales rum.«

»Nicht nur.« Martin guckt zu dem reifüberzogenen Brombeergestrüpp hinüber, wo der Vogel gelandet ist. »Ungewöhnlich, zugegeben. War vielleicht ein zahmes Haustier.« Der Rabe hüpft auf einem toten Ast herum, ganz aufgeregt über den Geruch eines verwesenden Kaninchens oder etwas anderem, das genauso stinkt. Wie ein zahmes Haustier sieht der mir nicht aus.

»Vielleicht ist es der Geist eines Feuersteinbrechers, der wiedergekehrt ist, um sich zu beschweren, weil wir seine Ruhe stören.«

Martin knallt den Deckel zurück, laut genug, um Tote aufzuwecken. Ich setze mich an den Rand des Schachts, lasse die Füße baumeln.

»Nun mach schon«, sagt er.

»Ich überlege gerade, ob ich nicht lieber den Pannendienst anrufe.« Aber das überlege ich natürlich nicht, weil es nicht die Autoschlüssel sind, die ich verloren habe. Ich erinnere mich an die vielen Male, die ich unter Tage mein Glück auf die Probe gestellt und dabei jedes Mal Angst gehabt habe. Ich denke auch daran, wie ich dann jedes Mal den Gegenstand befühle, den ich stets bei mir trage; nicht viel größer als ein Fünfzigcentstück, rau auf der einen Seite, glatt auf der anderen. Den Gegenstand, den ich diesmal nicht streicheln kann, um mir Mut zu machen, weil er mir nämlich aus der Tasche gefallen ist, als hätte er eigenmächtig beschlossen, mich zu verlassen. Martin würde nie verstehen, warum ich deswegen zurück muss; er hält mich auch so schon für ziemlich verrückt.

»Bist du eine Frau, oder bist du eine Memme?«

»Memme.« Ich strecke ein Bein aus und taste nach den Leitersprossen. Bevor Kohlebergleute in den Käfig stiegen, der sie unter Tage beförderte, spuckten sie manchmal aus, weil das Glück brachte. In den Stollen wohnen Götter, und die können sich unversehens gegen die Menschen wenden. Aber es gibt auch einen Instinkt, ein Gespür, das manche Minenarbeiter für die Gefahr entwickeln, ein Gefühl für den Zustand des Gesteins. Als ich runtersteige, versuche ich zu spucken, doch es misslingt kläglich, nur ein feuchtes »Zschsch« kommt von meiner Zungenspitze, kein schöner runder Speichelbatzen.

»Glückauf«, sagt Martin oben am Schacht. »Verdammt noch mal, Glückauf.«

Es gibt gute Gruben unter Tage, und es gibt schlechte Gruben unter Tage. Als ich von der Leiter auf den Kalksteinboden der Feuersteinmine trete, hat sich diese Grube in eine schlechte verwandelt. Ich erkenne es daran, wie die Schatten um das Licht meiner Helmlampe tanzen und schlingern; ich rieche es an dem staubigen Geruch der Luft.

Martin springt hinter mir herunter.

»Du hättest nicht mitkommen müssen«, sage ich.

»Sei nicht albern.«

»Hat doch keinen Sinn, wenn wir beide draufgehen.«

»Haha.«

Ich merke ihm an, dass er es auch spürt. Dies war schon beim ersten Mal kein sonderlich einladender Ort, aber jetzt wirkt er ausgesprochen frostig. Das ist physikalisch natürlich nicht möglich, weil es im Winter unter Tage wärmer ist als oben. Wir sind ungeladene Gäste, die höflich geduldet wurden, als wir das erste Mal zu Besuch kamen, jetzt aber unmissverständlich die kalte Schulter gezeigt kriegen, als wir uns diesen zweiten Besuch anmaßen.

»Halt mich nicht für doof, aber welchen Gang haben wir genommen?«

»Den da.«

Der muss es gewesen sein. Es ist der engste und dunkelste von mehreren sehr engen, sehr dunklen Stollen.

Diesmal scheint er unendlich lang zu sein. Meine Knie sind steif; sie tun weh, weh, weh, aber ich muss sie wieder und immer wieder auf den harten, buckligen Boden setzen. Es gibt noch unzählige messerscharfe Feuersteine in dieser Mine.

Wie konnte ich so unachtsam sein, den Reißverschluss meiner Tasche aufzulassen? Ich höre Martin hinter mir bei jedem Atemzug leise »Scheiße« murmeln, ein Mantra, das uns heil durch diese Tortur bringen soll. »Scheiße, Scheiße, Scheiße.« Es hallt von meinem Hintern zurück, im Einklang mit dem Schmerzrhythmus in den Knien.

Kalkstein besteht aus Unmassen winzig kleiner harter Schalen. Während des Studiums mussten wir ein Stück davon nehmen und mit einer Nagelbürste abreiben – abschürfen, wie es im Geologie-Lehrbuch hieß; genau das, was der Kalkstein jetzt aus Rache mit meinen Knien tut – und dann unterm Mikroskop betrachten. Die Oberfläche flimmerte vor winzigen Schalen von Foraminiferen, einzelligen Lebewesen, die zur Kreidezeit millionenweise ziellos durch die sonnendurchfluteten Meere trieben.

Die Kreidezeit folgt auf den Jura, und ihr wiederum folgt ...

Der Zugang zum Seitenstollen. Ich halte inne. Martins Helm stößt an meinen Hintern.

»Soll *ich* reingehen?«, fragt er. Großzügig, aber ...

»Meine Schlüssel, mein Problem.« Ich hole tief Luft. »Auf gehts.«

Ich krieche auf dem Bauch hinein. Martins Atem verliert sich hinter mir und ich höre nur noch das *Ratsch-ratsch-ratsch* meiner Goretexhose auf dem Gestein. Ich zähle die Bewegungen meiner Ellbogen an den Stollenwänden. Das Ding ist vermutlich dort rausgefallen, wo der Seeigel über mir schwebte, als ich mich herumwälzte, um die Decke zu untersuchen. Vielleicht hat es nach all den Jahren die Gesellschaft von seinesgleichen gesucht. Bei jeder Kriechbewegung tasten meine Finger sich blindlings vorwärts und beklopfen den Stollenboden.

»Hast du sie gefunden?« Martins Stimme klingt hohl, verzerrt von widerhallenden Lauten in dem Gang. Hab ich natürlich nicht, verdammt. Meine Autoschlüssel sind, genau wie die Kreditkarten, da, wo ich sie immer lasse, wenn ich mit Martin höhlenforschen gehe – sicher verwahrt in meiner Handtasche im Flur seines Cottage.

»Nein, aber ich bin gerade dem schwarzen Mann begegnet.«

Martin lacht. Das Echo verwandelt es in ein Knarren, das mir durch Mark und Bein geht.

Wo ist jetzt der verflixte Seeigel? Ich wälze mich auf den Rücken. Die Helmlampe zeigt ein nichtssagendes Stück Kalksteindecke. Ich drehe mich wieder auf den Bauch und robbe langsam vorwärts. Dabei berühren meine Finger jeden Zentimeter des Stollenbodens. Aus unerfindlichem Grund lacht Martin erneut – ich höre das Knarren durch den Stollen rollen, gerade als meine Finger sich um eine kleine harte Scheibe schließen, poliert und glatt auf der einen Seite, rau auf der anderen.

Ein Quietschen wie Fingernagel auf Schiefertafel, ganz plötzlich. Es ist nicht Martin, der lacht, und es klingt nicht lustig.

Oh, Scheiße.

Vernünftig wäre es, auf dem Bauch liegen zu bleiben, mit eingezogenen Schultern, um mir einen möglichst großen Atemraum zu verschaffen. Aber in meinem Kopf ist irgendwas verkehrt gelaufen, und ich versuche stattdessen, mich umzudrehen, als könnte ich das Gesicht durch den Kalkstein nach oben ins Freie schieben, während das Knarren sich in ein Krachen und dann in ein brausendes, pochendes Geräusch verwandelt ... Arme und Beine schlagen um sich – sie täten es vielmehr, wenn Platz dafür wäre; so aber klopfe ich matt an die Seiten des Stollens. Ich muss *sehen*. Ich ertrage es nicht, wie ein blinder Maulwurf im Dunkeln gefangen zu sein. Gerade als mein Scheinwerfer über das feste Brötchen flackert, den Seeigel, regnen kreidiges Geröll und Gestein auf meine Beine herunter. Irgendwo im Stollen gibt die Decke nach, und sobald ein Stückchen einbricht, kennt der Rest kein Halten mehr.

Meine Finger klammern sich fest um den Gegenstand in meiner Hand und brennen ihn in die Handfläche. Es war Wahnsinn, deswegen zurückzukommen, aber ich hätte ihn nicht hierlassen können ... Ein Staubwirbel umnebelt die Helmlampe, und ich muss husten. Als es dunkel wird, stelle ich mir die unzähligen Tonnen Erde und Gestein vor, die zwischen mir und dem Himmel liegen, und wappne mich für deren ganze drückende Last auf meiner Brust.

2

In der Nacht, als ich den Stollen entdeckte, schien der Mond, groß, hell und hart wie Kreide. Es war wenige Tage vor meinem vierzehnten Geburtstag. Die Luft war warm, aber ich hatte eine Gänsehaut auf den Armen; das Mondlicht ließ mich frösteln. Mir war kalt vom Stillsitzen, kalt vom Warten. Als ich die Steinbruchwand hochkletterte, war es mir gleichgültig, ob ich lebte oder starb.

Der Eingang zum Stollen war ein dunkler Fleck auf dem Felsen, der mit langen Kriechpflanzen und Efeuranken bewachsen war. Vorne war ein Sims, gerade groß genug für einen Hintern, andernfalls hätte ich es gar nicht bemerkt. Denn inzwischen war ich schweißgebadet, weil ich mich, obwohl mir alles egal war, halb zu Tode ängstigte.

Der Mond war am Himmel aufgegangen, als ich die Steinbruchwand hochgeklettert war. Er schien herab wie ein Suchscheinwerfer, verfehlte mich aber auf dem Sims. Ich saß dort im Dunkeln, atmete stoßweise. Ich konnte nicht wieder hinuntersteigen. Ich glaubte nicht, dass ich die Kraft hatte, weiter hinaufzuklettern.

Ich lehnte mich zurück in der Erwartung, auf Felsgestein zu treffen. Doch der Efeu bog sich auseinander und gab den Zugang zu dem Stollen frei, der in die Mine führte. Er musste zu den alten Steinbrüchen gehört haben und vergessen worden sein, als man weiterzog, um eine ertragreichere Gesteinsschicht auszubeuten. Ich kroch durch die Blätter und schlüpfte hinein.

Um diese Stollen rankten sich Legenden. Vor zehn, fünfzehn Jahren waren drei Schuljungen dort eingedrungen und nicht wieder zurückgekehrt. Sie hatten sich in dem Labyrinth der Gänge verirrt, die sich wie verschlungene Seile durch den Berghang winden. Als die Jungen nicht nach Hause kamen, rief man die Polizei. Die Männer gingen mit Taschenlampen hinein, um nach ihnen zu suchen, und verirrten sich ebenfalls.

Wir wussten freilich, dass sie munter und gesund herausgekommen waren. Aber wir gruselten uns gern bei der Vorstellung, dass sie noch dort waren, verdammt, auf immer durch die dunklen Höhlen zu wandern. Vielleicht würden wir eines Tages ihren geisterhaften Gesang unter unseren Füßen hören. *Glückauf.*

Ein Jahr, nachdem die Jungen sich verirrt hatten, waren alle Stolleneingänge zugemauert worden. Zuweilen tat sich geheimnisvollerweise ein Loch in einem Garten auf, oder ein Haushund verschwand, und die Leute behaupteten, sie würden unterirdisches Bellen und Jaulen hören. Aber das waren die einzigen Hinweise darauf, dass meine unterirdische Phantasiewelt existierte.

Ich glaubte an sie, auch wenn ich sie nicht sehen konnte, und hatte keine Angst vor verhungernden Terriern oder den Geistern von Schuljungen. Damals fürchtete ich mich vor nichts Unterirdischem. Höhlen faszinierten mich, und ich war überzeugt, dass ich eines Tages in einer Höhle den ersten Engländer finden würde.

Ich rappelte mich mühsam hoch und tat den ersten blinden Schritt ins Dunkel, wobei ich mit den Fingern über die roh behauene Stollenwand streifte, um die Orientierung nicht zu verlieren. Ich gehe nicht weit, sagte ich mir. Nur einige Schritte. Dann finde ich bestimmt ein Plätzchen, um mich an der Wand zusammenzurollen und zu warten, bis das Sonnenlicht zwischen den Efeuranken hindurchfindet. Ich ging weiter, tastete mich mit den Fußspitzen über den unebenen Boden.

Ich drehte mich um. Ich konnte den Eingang nicht mehr sehen.

In meiner Panik verlor ich den Fingerkontakt mit der Stollenwand und blieb mit dem Fuß an einem Stein hängen. Ich stolperte vorwärts, kam aus dem Gleichgewicht und landete auf Händen und Knien. Als ich es geschafft hatte, wieder aufzustehen, war auch die Stollenwand verschwunden.

Ich hörte meinen Atem, flach und rau. Das Geräusch hatte sich verändert, und auch die Stille um mich herum klang jetzt anders. Irgendwie hallend, weit und leer. Ich wusste, ich befand mich in einem großen Raum, vielleicht einer riesigen Kaverne, die die Bergarbeiter in den Fels gehöhlt hatten.

Ich streckte die Hand aus, fühlte nur Leere. Ich konnte nichts sehen. Das Dunkel war erdrückend. Es schlang sich immer enger um mich, je heftiger ich mich wehrte. Ich sagte mir, dass die Stollenwand nur Zentimeter von meiner Hand entfernt gewesen war, als ich gestolpert war.

Ich musste nur ein, zwei Schritte zurückgehen, dann könnte ich sie wieder erfühlen. Ich drehte mich um, tat einen zaghaften Schritt, weil ich schreckliche Angst hatte, wieder zu stolpern. Tat noch einen und tastete unsicher mit den Händen vor mir her. Blindekuh. Immer noch nichts. Nichts. Und nichts. Und wieder nichts. Da begriff ich, dass ich mir nicht mehr sicher sein konnte, in welche Richtung ich ging.

Ogottogottogott. Nichts sagte mir, welchen Weg ich gekommen war oder welchen Weg ich gehen musste, und die Dunkelheit hüllte mich so dicht ein, dass sie die Luft aus meinem Körper presste. *Bitte, lieber Gott, lass mich einen Rückweg finden. Einen sicheren Weg.*

Aber das war Crow Stone, als ich noch ganz jemand anderes war.

Bitte, lieber Gott, lass mich einen Weg nach draußen finden.

Der Seeigel schwebt über mir, auf alle Zeiten gefangen in seinem weißen Meer. Er bleibt so unberührt wie nur was.

3

Ich weiß, dass ich nicht tot bin, denn ich kann den Seeigel noch sehen, in einem Lichtkreis, der verdächtig gelb ist. Die Batterie meiner Helmlampe gibt anscheinend den Geist auf.

Keine angenehme Vorstellung. Auch wenn ich nicht tot bin, könnte ich es genauso gut sein, sobald es dunkel wird. Darüber kann ich vielleicht gerade noch scherzen, solange ich noch sehen kann, aber ich vermute, im Dunkeln werde ich anfangen zu heulen. Das will ich nicht, wenn es sich vermeiden lässt. Ich will nicht in Selbstmitleid sterben, obwohl sterben zu müssen vermutlich die einzige Situation ist, die Selbstmitleid rechtfertigt.

Ich will nicht sterben.

Wie lange bin ich schon hier? Es ist so still. Nicht einmal das Knarren des Steins, wenn er zur Ruhe kommt.

»Martin!«

Jämmerlich. Kaum ein Fledermauspiepen. Die Kehle zu trocken, die Zunge zu groß für meinen Mund. Die Luft ist voller Staub – aber wenigstens ist noch Luft da. Fürs Erste.

»Ma-artin!«

Mit meinen Ohren stimmt was nicht. Ich höre ein Klingen, was vielleicht mit dem Druck zusammenhängt. Ich kann mich kaum hören.

»Ma-a-arTIN!«

Ich will nicht, dass von meinem Schreien der Rest der Decke runterkommt. Los, Martin, du Scheißkerl, antworte.

Scheiße. Staub und Kalksteinstücke auf meinem Oberkörper; eine Hand ist frei, und die kann ich fühlen, kann sogar mein Gesicht berühren, aber vom Becken abwärts bin ich eingezwängt. Meine Beine liegen anscheinend unter einer Masse Schutt. Aber ich kann sie fühlen, und ich glaube, ich wackle mit den Zehen – *glaube* ich –, demnach hat die Last mir nicht das Rückgrat gebrochen.

So gesehen, darf ich mich geradezu glücklich schätzen.

Bei genauerem Nachdenken ist *glücklich* nicht ganz das richtige Wort.

Mir fallen die Spiele, die wir als Kinder gespielt haben, wieder ein: *Was wäre dir lieber? Von einer gewaltigen Last totgequetscht zu werden? Langsam zu ersticken? Zu verhungern? Lautlos schreiend zu verdursten?*

Nichts von alledem, danke. Ich glaube, ich will eigentlich nur ein bisschen weinen.

Aber ich weine nicht. Ich zittere.

Herrgott.

Hör auf.

Kalkstein ist der Fossilienhimmel. Sogar der Staub ist ein Universum, er besteht fast ganz aus klitzekleinen Schalen, winzigen Kringeln, Ringen und Blümchen, den Überresten von Plankton, die man nur unter dem Elektronenmikroskop sehen kann. Kokkolithen, die kleinsten Fossilien auf Erden.

So ist's besser.

Anders als bei Engeln weiß man genau, wie viele Kokkolithen auf eine Nadelspitze gehen – von hundert an aufwärts.

Ich vermute, meine Lungen stecken voll von den verflixten Dingern.

Wie lange dauert es, bis man unter Tage stirbt?

Der menschliche Körper kann Wochen, Monate ohne Nahrung überleben, aber nur Tage ohne Wasser. *Tage* so wie jetzt – das steh ich nicht durch. Meine Zunge ist wie Sandpapier. Nein, sie ist schon in meinem Mund gestorben und erstarrt langsam, wie Zement.

»M-mm-mMAA…«

Alles verengt sich, meine Lungen versagen. *Ich kriege keine Luft.*

Ich zittere wieder, und das ist kein gutes Zeichen.

Und jetzt flackert die verflixte Lampe und – *blink* – geht sie aus und – *blink* – ist sie wieder an nein doch nicht *blink* sie ist aus es ist dunkel ich bin hier im verdammten Dunkel ich will sterben es bloß hinter mich bringen.

Der Kamera-Mann beobachtet mich mit seinem einen blutunterlaufenen Auge, seine langen bleichen Finger greifen im Dunkeln nach mir.

HEILIGE Maria Mutter …

Es ist wieder an. Gott sei Dank. Das Licht brennt wieder. Vor lauter Zittern ist mein Kopf an die Decke gestoßen, und das blöde Ding ist wieder angegangen.

Atmen, Kit, langsam und gleichmäßig. Ich muss mich unter Kontrolle bringen, muss das meiste aus dem Licht machen, solange es brennt, muss versuchen, mich auszugraben, statt hier zu liegen, als wär ich schon versteinert.

Was wäre dir lieber? Ersticken oder verbluten, weil du deine Fingerspitzen zu rohen Stummeln aufreibst, indem du versuchst, dir den Weg nach draußen zu scharren?

Da scharrt was um meine Füße.

Oder von den Zehen aufwärts von Ratten gefressen werden? Langsam abgeknabbert, die Knochen Zentimeter für Zentimeter abgenagt?

Sehr witzig.

Ein Hauch frische, süß riechende Luft dringt in die Nase.

»Martin, du Arschloch, das wurde aber auch Zeit.«

Oberirdisch hat die Luft nie so gut gerochen, obwohl sie mit dem Gestank von verwesendem Kaninchen gewürzt ist. Als ich neben dem Minenschacht im Gras sitze, stelle ich fest, dass ich mich an nichts erinnern kann, was in den letzten fünfzehn Minuten passiert ist, seit Martin mich Kreidestaub spuckend an den Fußgelenken herausgezerrt hat.

Ich habe fast aufgehört zu zittern. Das ist ein Pluspunkt.

»Hast du 'ne Zigarette? Ich brauch dringend 'ne Zigarette.«

»Kit, ich rauche nicht. Hab ich nie getan, wie du sehr wohl weißt. Wo sind deine?«

»Weiß der Geier. Unter einer halben Tonne Kalkstein vermutlich.«

Gott weiß, wie lange Martin gebraucht haben muss, um geduldig Geröll aus dem Stollen zu schaffen, bevor er zu mir vorstoßen konnte.

Ich hoffe, ich war auf dem Weg nach draußen behilflich. War ich vermutlich nicht.

»Da, wo du warst, ist also nichts runtergekommen?«

»Kein Fitzelchen. Zum Glück war es ein ziemlich kleiner Einbruch. *Jämmerlich* klein, würde ich sagen.« Er lächelt zaghaft. Sein Gesicht ist jedoch bleich, und das kommt nicht nur vom Kreidestaub.

»Je nun«, sage ich. »Du hast nicht da drunter gelegen, mein Herzensjunge. Ich zähl das als Nahtod-Erfahrung.«

Ich staube mich ein bisschen ab und betrachte die Mondsichel. Komisch, nach all den Jahren, die ich den Mond anschaue, weiß ich immer noch nicht, wie herum er zunimmt und wie herum er abnimmt. Ich gelobe mir, es jetzt ganz bestimmt herauszufinden und nie wieder zu vergessen.

Martin hockt sich neben mich, legt mir den Arm um die Schultern und drückt mich fest, ungeschickt und hastig. Wir berühren uns so selten, dass mir jetzt die Tränen kommen.

»Alles in Ordnung mit dir? Ehrlich?«, fragt er.

»Ehrlich. Glaub ich. Ich sag's dir nach einem warmen Bad.«

»Hast du mich nicht rufen gehört? Ich hab dich gehört.«

»Ich war wohl taub vor Schreck, vermute ich, und verblödet obendrein.« Ich hab immer noch ein merkwürdiges Gefühl in den Ohren. Als wäre ich in eine Explosion geraten.

»Ich dachte schon, ich hätte dich verloren.« Seine Augen glänzen in dem verbliebenen Licht.

»Aber du hast mich gefunden!«

»Hätte ich das nicht, hättest du dich doch ausgebuddelt und dann hätte es was gesetzt!« Er schaudert. »Ich bin mir wie ein Korken in einer Flasche vorgekommen, als ich meine Schultern durch den Gang gequetscht habe. Auch egal. Wenn du kannst, sollten wir machen, dass wir ins Tal kommen, bevor es so dunkel ist, dass wir den Weg nicht mehr sehen können.«

»Ja, mir geht's ganz gut.« Ich schiebe ihn weg und will aufstehen. Ich scheine keine Kraft mehr zu haben, ich kann mich nicht von der Erde hochhieven. Er stützt mich mit seinem Arm und zieht mich auf die Füße.

»Ich kann allein gehen.«

»Wie ein altes Weib.«

Wie bin ich die Leiter raufgekommen? Ich habe eine schwache Erinnerung, dass ich versucht habe, mich ohne Kraft in den Armen an die Sprossen zu klammern, und Martin mich von unten schob. Im Moment würde ich liebend gern huckepack genommen, aber ich schüttle ihn trotzdem ab.

Wir machen uns langsam auf den Weg durch die Buchen. Vor uns fällt der Boden steil ab. Durch die letzten raschelnden kupferbraunen Blätter glimmen Lichter von den Feldern unten. In der Ferne sehe ich einen orangefarbenen Fleck, das muss Worthing sein. Ich lausche auf das Krächzen des Raben, aber wir hören nur unsere Schritte auf dem Buchenlaub. Meine Füße sind wie Blei.

Als wir noch studierten, kamen Martin und ich eines späten Winternachmittags, am Ende einer langen Tageswanderung im Peak-District-Nationalpark, über eine Klippe, und der Wind blies uns ins Gesicht. Gut anderthalb Meilen dunkelndes Heideland lagen zwischen uns und unserem Tee, und kein Lichtschimmer glomm unter uns, nichts als eine abfallende, wogende Fläche aus grünen und braunen

Grasbüscheln, nur von verstreuten Steinhaufen und Baumgruppen unterbrochen.

Wir machten uns auf den Weg bergab, zu durchgefroren, müde und hungrig, um zu sprechen. Und dann trug der Wind uns aus dem Nirgendwo Gesang zu. Etwas Unheimlicheres hatte ich nie gehört, Stimmen aus einer verlassenen Leere im Zwielicht. Ich hätte schwören können, die Laute kämen unter unseren Füßen herauf, und einen Augenblick lang war ich geneigt, vor Schreck zu türmen. Aber dann sah ich Martin an. Er hatte einen versonnenen Ausdruck im Gesicht.

»Glückauf«, sagte er.

Mitten in einem Steinhaufen zu unserer Linken sah ich das erste tanzende Licht. Und dann noch eins. Dann ein drittes. Eine ordentliche Reihe Höhlenbesucher mit Helmen – der Größe nach zu urteilen vermutlich Schulkinder – kam aus dem verborgenen Höhleneingang gestapft wie die sieben Zwerge.

Am folgenden Wochenende schüttelte ich meine Angst ab und ging zum ersten Mal mit Martin höhlenforschen.

»Du denkst doch nicht etwa daran, heute Abend nach Cornwall zurückzufahren?«, fragt Martin, als wir das Gatter zu dem schmalen Weg erreichen, wo er seinen verbeulten roten Jeep geparkt hat. Mein Auto steht zwanzig Meilen entfernt vor seinem Cottage.

»Ohne Autoschlüssel?« Ich mag ja emotional verkorkst sein, aber meine Notlügen vergesse ich nie. Dabei weiß Gott allein, wie ich das nachher erklären soll: *O guck mal, meine Schlüssel sind ja doch in meiner Handtasche*.

»Verflucht, ich hab gewusst, dass wir was vergessen haben.« Martin versucht vergeblich, seinen Schlüssel ins Schloss des Jeeps zu stecken, gibt auf und klappt das Dach aus Zeltleinwand ein Stück zurück, damit er die Hand reinschieben und die Tür von innen aufmachen kann. »Flitz doch eben noch mal runter.«

»Red keinen Unsinn. Fahr mich lieber zum nächsten vierfachen Scotch.«

Er hält mir die Tür auf, die Fahrertür. Die Beifahrerseite lässt sich

wesen. Wenn ich loslege und für ihn Steinkreise aus der Bronzezeit rekonstruiere oder römisches Belagerungswerkzeug nachbaue, kann ich mir einbilden, über gewisse archäologische Kenntnisse zu verfügen, aber er setzt mich nur für die praktischen Dinge ein: Er ist der große Denker. Er jammert ständig, wie mühsam es sei, sein Buch zu schreiben, aber in Wirklichkeit ist es ihm ein Genuss, das ganze esoterische Zeug über die römische Religion zu widerlegen.

Der Feuerschein blinkt rot und golden auf meinem Glas, das randvoll ist mit blassgelbem Wein. Ich proste Martin zu. »Auf viele emsige kalifornische Weihnachtselfen – auf Roller Skates.«

»Mmm.« Martin nimmt einen tiefen Schluck. »Und möge der Weihnachtsmann beschließen, auch deinen Kamin zu erkunden.«

Ich huste, weil mir der Wein in die falsche Kehle gerät.

»Ach, Martin, du langweilst mich.«

»Sei nicht so prüde. Wann bist du das letzte Mal flachgelegt worden?«

»Geht dich nichts an.«

Martin macht ein Gesicht wie ein Welpe, der nicht versteht, warum niemand Kratzspuren auf Möbeln apart findet. Natürlich muss er jetzt nach einem Grund für mein mangelndes Interesse an sexuellem Geplänkel suchen.

»Hat Nick dich wieder angerufen?«

»Gott sei Dank nicht. Sein Anteil an dem Geld für das Londoner Haus hat ihn anscheinend für eine Weile zum Schweigen gebracht. Und ich hab mir eine neue Handy-Nummer zugelegt.«

»Du hättest dich sofort scheiden lassen sollen, nachdem ihr euch getrennt hattet. Ich finde es nicht richtig, dass er die Hälfte vom heutigen Wert des Hauses bekommen hat, nachdem er sich vor fast zehn Jahren nach Wales abgesetzt hat.«

»Mehr als die Hälfte. Das ist nur gerecht – ich behalte das Cottage in Cornwall, nicht zu vergessen.« Ich sollte nicht das Gefühl haben, mich vor Martin rechtfertigen zu müssen, aber ich hab's jedes Mal, wenn's um Nick geht.

»Du bist zu nachgiebig mit ihm.« Martin runzelt die Stirn. Er wollte Nick sogar für mich nach Strich und Faden verprügeln –

dabei kann ich mir nicht vorstellen, dass Martin schon je irgendwen verprügelt hat. »Er hat dich immer ausgenutzt.«

»Leider hast du mir das nicht gesagt, bevor wir geheiratet haben.«

»Ich hab's gedacht.«

»Ich bin doch kein Medium. Sprichs das nächste Mal laut aus.«

Wir verstummen. Mir kommt der Gedanke, wenn ich heute Nachmittag nicht aus der Feuersteinmine zurückgekommen wäre, hätte Nick alles gekriegt. Ich hab es noch nicht geschafft, mein Testament zu ändern. Martin lehnt sich in seinem Sessel mit den abgeschabten Armlehnen zurück. Ich hol meine Zigaretten raus, werfe einen Blick auf Martin, um zu sehen, ob er gerade mal wieder in Anti-Raucher-Stimmung ist, weil er sich auf Kalifornien einstimmt. Er zieht ein finsteres Gesicht, hindert mich aber nicht daran, die Zigarette anzuzünden.

»Und was ist das für ein neuer Job?«, fragt er. »Ich dachte, du suchst was im Ausland. Hast du's dir anders überlegt?«

Das Dumme ist: Wenn man in einem vierhundert Jahre alten Cottage auf dem Kaminvorleger sitzt, friert man auf der einen Seite und brät auf der anderen. Links schwitze ich wie ein Schweinebraten, und rechts fröstele ich ununterbrochen.

»In Bath«, sage ich und setze mich dabei auf meine rechte Hand, damit sie zu zittern aufhört. »Green Down.«

»Die Steinminen? Ich dachte, die Mittel wären noch nicht bewilligt.«

»Sind sie auch nicht. Aber sie haben schon mit den Abstützarbeiten angefangen. Die Experten meinen, der ganze Schamott kann jederzeit runterkommen.«

»Was wohl einigen Ärger machen würde.«

»Und technisch gesehen sind es Steinbrüche, keine Minen, auch wenn sie unterirdisch sind.«

»Die sollen alle verfüllt werden?«

»So ist es geplant.«

Martin spuckt ein Korkenstückchen aus seinem Wein ins Feuer. »Kriminell. Dreihundert Jahre Industriearchäologie einfach zu begraben.«

»Und die vielen Menschen, die obendrüber wohnen?«

»Könnten die nicht umziehen? Schon gut, wohl eher nicht.« Er seufzt schwer. »Zeitlich gesehen, nicht direkt mein Interessensgebiet, aber faszinierend. Weißt du, dass sie im achtzehnten Jahrhundert von Ralph Allan angelegt wurden? Er und sein Lieblingsarchitekt John Wood, ein verrückter Kerl mit einem Hang zur Freimaurerei, haben das Georgianische Bath eigentlich erschaffen.«

»Und Woods Sohn. John Wood der Jüngere.«

Martin stößt vor Überraschung fast den Tellerstapel um. »Menschenskind, Kit, du hast deine Hausaufgaben gemacht!«

Ich sage ihm nicht, dass ich die Hausaufgaben vor langer Zeit gemacht habe, dass ich in Bath zur Schule gegangen bin und es Klassenausflüge gab zum Circus und Royal Crescent und zu all den anderen berühmten Bauten, die John Wood der Ältere und der Jüngere gemeinsam entworfen hatten. Martin denkt, ich bin in Bournemouth groß geworden. Aber ich habe Martin eine ganze Menge nicht erzählt.

»Weißt du«, sagt er, während er sich vorbeugt und das Feuer zu einem brausenden Lodern anfacht, »ich glaube, du hast was ungeheuer Perverses in deiner Natur, Kit. Heute Nachmittag gehst du bei einem Deckeneinsturz beinahe drauf, und jetzt willst du einen Job annehmen, bei dem dir möglicherweise eine ganze Vorstadt auf die Rübe knallt.«

Ich blicke ins Feuer. »Ich kann den Hals eben nicht vollkriegen«.

»Jedenfalls«, fährt Martin munter fort, »rufen wir morgen als Erstes den Pannendienst an, die schließen Dir den Wagen kurz, dann kannst du losfahren.«

Das kommt vom Lügen.

Zu viel Wein bringt mich immer um den Schlaf.

Martins Geschnarche dröhnt die Treppe runter, während ich die Küche durchstreife, auf der Suche nach Tee. Anständige schwarze Tinte, Beuteltee, nicht so eine tuntige Büchse voller Earl-Grey-Blätter, auf die Martin steht.

»Wenn du dich nachts langweilst, mein Blümchen, dann lies das hier«, sagt er und drückt mir eine Wärmflasche und einen Manuskriptstapel in die Arme. »Sag mir, wenn du es für die Oxford University Press zu spritzig findest.«

Woher weiß er, dass ich um zwei Uhr nachts wach bin?

Vielleicht liegt's am Wein. Vielleicht liegt's daran, was heute Nachmittag passiert ist. Jedes Mal, wenn ich mich auf den Rücken drehe, denke ich an meinen Kalksteinsarg, die stickige Luft voll Kokkolithen und an das immer trüber werdende Licht meiner Helmlampe.

Die Teebeutel sind in dem Behälter, auf dem *Mehl* steht. Als ich das letzte Mal hier übernachtet habe, waren sie in der Plätzchendose.

Mit einem Becher Tee neben mir setze ich mich mit dem letzten Kapitel von Martins Buch an den Küchentisch. »Mein absolut liebster Geheimkult. Wird dir gefallen«, hat er gesagt. »Tolle supermännliche Soldaten. Jede Menge Geschlechterkuddelmuddel. Und Raben.«

»Auf Raben kann ich verzichten.«

»Kein anständiger Geheimkult kommt ohne den einen oder anderen Raben aus.«

In Persien, wo der Mithraskult seinen Ursprung hatte, brachte man Raben mit dem Tod in Verbindung, weil es Sitte war, die Leichen draußen aufzubahren, in anderen Kulturen bekannt als »Himmelsbeisetzung«, damit das Fleisch von Vögeln und anderen Aasfressern abgenagt wurde.

Symbolisch muss ein Neophyt sterben und wiedergeboren werden, bevor er in die Geheimnisse des Kultes eingeweiht werden darf.

»Ich liebe solche Themen«, hatte er zu mir gesagt, als wir aufhörten, über meinen nächsten Job zu diskutieren, und uns seinem Forschungsthema zuwandten. »Total verrückt, es gibt nichts Schriftliches, man muss also alles aus archäologischen Beweisstücken zusammenklauben. Unsere plausibelsten Vermutungen beziehen sich auf Wandbilder und Mosaiken in Italien, aber es gibt Tempel am Hadrianswall, und einer wurde auch in London ausgegraben. Sieben Initiationsstufen. Schwere Prüfungen auf jeder Stufe. Ausschließlich Männer. Aber der Witz ist natürlich, dass man das meiste von einer noch älteren östlichen Geheimreligion geklaut hat, ausgerechnet dem Kult der großen *Mutter*, der zur selben Zeit in Rom weit verbreitet war. Ist das nicht hinreißend?«

Feuerschein und Begeisterung tanzten in seinen Augen.

»Und die Symbolik der Tatsache, dass sie ihre Tempel unterirdisch gebaut oder zumindest so hergerichtet haben, dass sie wie Höhlen aussahen, ist ja wohl verräterisch. Freudscher geht es nicht, oder? Rate, was sie bei den Initiationsriten getrieben haben – typisch Soldaten. Der geringste Vorwand, sich als Frauen zu verkleiden ...«

In den mithraischen Mythen nimmt der Rabe die Stelle des römischen Gottes Merkur ein und trägt seinen Heroldsstab, den Caduceus. Er überbringt eine Botschaft vom Sonnengott, befiehlt zuerst das Jagen, dann das Schlachten des Stiers in der Höhle – ein Opfer, von dem wir so gut wie sicher sagen können, dass es dem Kult der Magna Mater entlehnt war. Aus dem auf die Erde spritzenden Blut und Sperma des Tiers wachsen Pflanzen und neues Leben entsteht.

Blut und Sperma. Das finstere Herz aller männlich dominierten Kulte. Ich blicke vom Manuskript auf, und draußen ist alles Schwärze. Meilenweit kein Licht zu sehen von Martins Cottage aus, das sich unter dem Rand des Sussexschen Kalksteinbruchs duckt. Green Down und alles, was mich dort erwartet, scheint plötzlich weit weit weg zu sein. Ein anderer Satz aus dem Manuskript fällt mir ins Auge, die Übersetzung einer priesterlichen Anrufung.

Ich bin ein Stern, der mit dir geht und aus der Tiefe leuchtet.

Das lässt mich erschauern. Plötzlich bin ich doch müde, meine Füße sind kalt, und ich besinne mich auf die Wärmflasche, die oben zwischen der nicht sehr sauberen Bettwäsche noch eine Spur Wärme gehalten haben wird.

* * *

Dieselben Worte gehen mir ein paar Wochen später immer noch durch den Kopf. Ich sitze in meinem silbernen Audi vor der Doppelhaushälfte am Stadtrand von Bath und denke über die Kreisbewegung nach, die mich wieder hierher geführt hat. Die Fassade aus honigfarbenem Kalkstein hat einen großen Riss. Vor mehreren hundert Jahren haben Männer einen Stollen in den Stein darunter getrieben und den Kern herausgeholt, aus dem Bath erbaut ist – Oolithgestein, das die Abdrücke von Millionen von Meereslebewesen trägt, Ammoniten mit ihren perfekt gewundenen Schalen, wie Schlangen mit dem Schwanz im Maul.

Meine Begeisterung für den Kern der Dinge, für Steine und Fossilien und die Dunkelheit unter der Erde, wo sie liegen, hat trotz allem, was in jenem Sommer passiert ist, nie abgenommen. Ich bin hier aufgewachsen und habe in diesem hässlichen gelben Haus gewohnt, bis ich vierzehn war. Ich hatte damals nicht vor, Bergbauingenieurin zu werden. Ich wollte die Ursprünge der Menschheit aufspüren. Ich sah meine Zukunft in einer hitzeflimmernden, ausgedörrten Senke in Afrika oder im Mittleren Osten, wo ich das Geröll abschritt und nach Strukturen suchte. Wo ich Steine umdrehte und gelegentlich einen Fingerknöchel erkannte, vielleicht das Fragment eines Schienbeins oder, wenn ich großes Glück hatte, den ganzen Schädel, der alles verändert. Stattdessen bin ich jetzt hier, schließe den Kreis, bin wieder da, wo ich angefangen habe, bevor ich vierzehn war und das große schwarze Auto mich fortbrachte.

Langsam und streifenweise trocknet der Regen auf den Kalksteinmauern. Ich lasse den Motor an und fahre los, hügelan, zu dem Gelände.

An dem Tag, als das schwarze Auto mich fortbrachte, ein Rover, glaube ich, groß, mit einer Dinosaurier-Karosserie, einem Kühlergrill wie Zähne und Scheinwerfern wie starrende runde Augen, sind wir diesen Weg gefahren. Ich kann mich nicht erinnern, was ich gedacht habe. Vermutlich dachte ich, ich würde berühmt. Die Zeit hat die Dinge versteinert, hat Denken und Emotionen abgeschält, bis mir nur das Skelett einer Erinnerung blieb: der Anblick einer ordentlichen Reihe Bergarbeiterhäuschen, der Geruch der Lederpolsterung des Autos.

Wenn ich noch einmal zu einem Psychotherapeuten ginge, könnte ich diese Momente vermutlich wieder mit Fleisch versehen. Mich an den genauen Zeitpunkt erinnern, wann mir klar wurde, dass ich nie mehr in das gelbe Haus zurückkehren werde. Verfolgen, wie ich es geschafft hatte, alles zu zerstören. Begreifen, dass es bedeuten würde, Poppy oder Mrs. Owen oder Gary nie wiederzusehen. Damals hat mich das nicht bekümmert. Alles war unwirklich, genau wie es sich heute unwirklich anfühlt, eine versteinerte, vergessene Vergangenheit.

Aber ein Therapeut würde an meinen Erinnerungen herumkratzen, ein vertrocknetes Fleischfragment vom Knochen schaben, es kultivieren und wachsen lassen und mir beweisen, dass mir wehgetan wurde, dass ich geweint habe, dass ich tatsächlich geschrien habe, als sie mich aus der Tür und den steilen Pfad hinunter zu dem wartenden Auto zerrten.

Ich würde es lieber ignorieren. Ich habe unendlich viel Mühe darauf verwendet, es zu ignorieren. Ich will die Stimme nicht hören, die ich gehört habe, als die Decke in der Feuersteinmine einstürzte. Der Sinn dieser Rückkehr ist, es für immer zu begraben.

Der Eingang zu dem unterirdischen Steinbruch liegt mitten auf einer Sportanlage, unweit der Hauptstraße von Green Down. Die Büros auf dem Gelände sind Metallcontainer, blau, grün und gelb gestrichen, durcheinander gewürfelt wie Legosteine auf einem Schotterteppich. Jenseits des hohen Gitterzauns spielen ein paar Kinder in Manchester-United-Trikots gelangweilt Fußball. Ein Wachmann hebt die Schranke, um mich durchzulassen. Die Jungs sehen meinem Auto nach, als ich vorbeifahre und winke, aber sie winken nicht zurück. Ich erinnere mich, wie ich vor Jahren an der Mauer lehnte und einer anderen Gruppe Jungs beim Fußballspielen zuschaute. Genau wie in jenem längst vergangenen Sommer ist der Himmel wolkenlos, aber heute ist er kalt und frostig-blau wie Eis auf Pfützen.

Ich parke das Auto auf dem einzigen freien Platz neben einem Stapel Paletten. Eine Gruppe Männer mit Schutzhelmen hat sich etwas abseits von einem Container versammelt. Einer löst sich von den anderen und kommt auf mich zu, aber ich muss erst die richtigen Klamotten anhaben, und ich hopse auf dem kalten Boden herum, krame hinter dem Beifahrersitz nach meinen Arbeitsstiefeln, bemühe mich, halbwegs professionell auszusehen, ehe er mich auf Socken erwischt …

Ich steh noch mit dem Rücken zu ihm, als er bei mir ankommt.

»Mrs. Parry?«, sagt er. Er irrt sich natürlich. *Miss.* Ich bin nicht mehr verheiratet, auch wenn ich Nicks Namen behalten habe. »Sie kommen genau zur richtigen Zeit. Ich bin übrigens der Vorarbeiter – Gary Bennett.«

Und ich befinde mich wieder in dem Sommer, in dem ich vierzehn wurde.

ZWEITER WEIHEGRAD – NYMPHUS

Bei einem ausgesprochenen Macho-Glauben wie dem römischen Mithraismus erscheint es gelinde gesagt ungewöhnlich, dass die Initianden auf dieser Stufe Frauenrollen spielen mussten. Etymologisch ist *Nymphus* eine interessante Bezeichnung. Es bedeutet »männliche Braut«, doch ein solches Wort gibt es im Alltagslatein nicht. Es ist von *Nympha* abgeleitet, Braut oder junge Frau, doch wie wir wissen, waren Frauen von dem Kult strikt ausgeschlossen. Auf Wandgemälden trägt der Nymphus einen Brautschleier, und man nimmt an, dass er unter dem Schutz des Planeten Venus stand. Er ist mystisch mit dem Gott vereint durch den Vater, einen Meister, der den siebten und letzten Grad der Erleuchtung erreicht hat. Das Ergreifen der rechten Hand, das *iunctio dextrarum*, war ein bedeutender Teil des Initiationsritus, um Treue zu geloben. Das könnte der Ursprung des heutigen Brauchs sein, einen Vertrag mit Handschlag zu besiegeln. (Dies ist zudem einer von vielen Gründen, warum moderne Verschwörungstheoretiker die Ursprünge der Freimaurerei auf den Mithraismus zurückzuführen suchen.)

An einer bestimmten Stelle der Zeremonie wurde der Schleier zurückgeschoben und die männliche Braut in ihrer ganzen maskulinen Herrlichkeit enthüllt.

(*Das Mithras-Mysterium* von Martin Ekwall,
Oxford University Press)

4

Buddeln: Das war ich, in dem Sommer, als ich vierzehn wurde – dauernd am Buddeln. Immer wenn ich die Hand zum Gesicht hob, roch ich feuchte Erde an den Fingern. Sogar wenn wir bloß rumhingen, Poppy, Trish und ich, scharrten meine Hände wie besessen in der Erde, so wie andere Menschen an der Haut rund um den Daumen knibbeln oder an ihren Haaren fummeln.

»Deine Fingernägel sind widerlich«, sagte Trish. Sie hatte Recht. Sie waren immer schwarz. Trishs Nägel waren zu adretten Ovalen gefeilt, und jeden Abend schob sie mit einem orangefarbenen Stäbchen die Häutchen zurück, damit wir die Halbmonde bewundern konnten. Im Moment lackierte sie sie silbrig-pink, dabei fielen ihr die dunklen Haare ins Gesicht. Plötzlich sah sie hoch, die Haare flogen zurück und gaben die Augen frei, die mich so faszinierten, weil sie sich mit dem Licht veränderten, ganz so wie die See.

»Findest du die Farbe nicht flippig?«

Silbrig-pink war flippig, aber ich nicht. Ein vom Kern der Dinge besessener Teenager war nicht flippig.

Wir lagen ausgestreckt neben einer großen alten Eiche, die Köpfe im Schatten, aber die Röcke bis zu den Oberschenkeln hochgeschoben, um Sonne an die Beine zu lassen. Auf Poppys Knien hatten sich schon Sommersprossen ausgebreitet, die wie Zimtsprenkel aussahen. Der Acker lag brach und diente als Weide, und am anderen Ende grasten ein paar träge Kühe. Gelegentlich tat eine von ihnen einige Schritte, als könne sie sich nur schwer aufraffen, sich zu einem saftigeren Flecken zu begeben. Hier unter dem Baum wuchs das Gras spärlicher, und meine Finger kratzten müßig in der nackten Erde und fühlten nach Steinen.

Die Vorstadt Green Down, wo wir wohnten, war ein beinahe ländliches Dorf, auf einem der Hügel errichtet, die Bath umgaben. Schwerlaster rumpelten den Weg zu den Steinbrüchen hinauf, die in den Hang getrieben waren, doch auf den Feldern unten im Tal war es friedlich. Wenn ich hier buddelte, würde ich etwas finden, das wusste ich. Die Felder und Anhöhen bargen Geheimnisse; verborgene Täler, mysteriöse Böschungen und Erhebungen, die markierten, wo einst römische Villen gestanden hatten oder wo sich der sächsische Wansdyke über die Felder erstreckt hatte.

Das alles interessierte Poppy und Trish nicht. Aber ich gab die Hoffnung nie auf.

»Auf diesem Feld gibt es Ammoniten«, sagte ich.

Poppy starrte in den Himmel und kaute an den Strähnen ihres rotblonden Haars. Wenn die Strähnen getrocknet waren, fächerten sich die gesplissten Spitzen auf wie Sicherungsdraht.

»Ganz bestimmt«, sagte ich, als hätte sich jemand die Mühe gemacht und geantwortet. »Wetten, Trish, wenn du mir deine Nagelfeile borgst, hab ich im Nu einen ausgegraben.«

Sie mussten mich nicht fragen, was Ammoniten waren. Ich hatte es ihnen immer wieder erklärt. »Ihre Schalen glichen zusammengerollten Schlangen«, erläuterte ich bei jeder Gelegenheit. »Sie haben vor vielen Millionen Jahren auf dem Meeresgrund gelebt.«

Wenn jemand so dämlich war und fragte, »Was machen die denn hier?«, dann fuhr ich begeistert fort, die Berge um Bath seien einst der Grund eines seichten Meeres gewesen, wo tote Geschöpfe hineinplumpsten und versteinerten. Die Augen meiner Freundinnen wurden glasig, teilnahmslos wie die Ammoniten.

»Guckt mal«, fuhr ich fort, während ich versuchte, die Finger unter einen dicken, in die Erde eingebetteten Steinbrocken zu zwängen, »da steckt bestimmt ein Fossil drin.«

Trish lackierte Poppys Zehennägel silbrig-pink.

Manchmal konnte ich es nicht fassen, wie wenig sie wahrnahmen. Trish wohnte in einem alten georgianischen Pfarrhaus in Midcombe, wo ein Ammonit in die Gartenmauer eingelassen war. Er war enorm groß, über dreißig Zentimeter im Durchmesser, mit tiefen Furchen in den Windungen. Man konnte ihn nicht übersehen. Aber sie sahen ihn nicht. »Ach, das ist einer?«, fragte Trish, als ich sie darauf hinwies. Es war ihr völlig schnuppe. Ich hätte alles darum gegeben, ein so großes Fossil an mich zu bringen. Kleine waren leicht zu finden, direkt auf der Oberfläche, früh im Jahr, wenn die Felder frisch gepflügt waren. Manchmal war es nur ein Abdruck im Stein, aber oft schienen die Ammoniten aus der matschigen Erde gekrochen zu sein, vom Pflug zerbrochene Fragmente, gelegentlich fast vollständige Steinspiralen. Ich hatte eine ansehnliche Sammlung in meinem Zimmer. Sie sahen aus wie die Feuerräder beim Feuerwerk. Mein Vater sagte, sie erinnerten ihn an eingetrocknete Puddingschnecken. Ich fand sie schön.

Ich betrachtete Trish. Ihre langen dunklen, beneidenswert glatten Haare hingen ihr ins Gesicht, als sie sich über Poppys Bein beugte, und hüllten die zwei in ein Zelt. Sie bot nie an, mir die Zehennägel zu lackieren.

Trish war ursprünglich meine Freundin. Wir hatten eher zufällig zueinander gefunden; wir waren als Einzige in unserer Klasse nicht von Anfang an auf dieser Schule gewesen. Alle anderen kannten sich, seit sie sieben waren. Sie mochten Trish nicht, weil sie Klein hieß, und mich mochten sie nicht, weil ich ein Stipendium hatte. Kei-nem der Kinder war klar, dass das Jüdischste an Trish ihr Nachname und das einzig Kluge an mir mein Stipendium war. Fast drei Jahre lang waren wir aus Mangel an Alternativen dicke Freundinnen gewesen.

Doch Ende letzten Jahres änderten sich die Dinge. Trish wurde plötzlich groß, und ich blieb klein. Trish, der unansehnlichen Trish mit der großen Nase und dem breiten Mund – genauso linkisch wie ich, dachte ich immer –, sahen auf einmal die Jungen nach. Trish hatte ihren ersten BH und Damenbinden. Und Trish entdeckte Poppy.

Poppy kam gleich nach Weihnachten nach Green Down. Ihr Vater arbeitete beim Verteidigungsministerium und war von Plymouth nach Bath versetzt worden. Sie hängte sich sofort an Trish und mich. Anfangs hatte ich nichts dagegen. Es gab mir das Gefühl, einen großen Freundeskreis zu haben. Jetzt war ich mir da nicht mehr so sicher.

Trish richtete sich auf, steckte den Pinsel in das Fläschchen und schraubte es zu. Poppy wackelte mit den sommersprossigen Zehen und bewunderte das silbrige Pink.

»Jetzt Katies«, sagte sie zu Trish.

»Ich werd doch nichts *verschwenden*«, erwiderte Trish.

»Ich will meine nicht lackiert haben«, erklärte ich schnell. Trish hatte Recht. Ich würde nicht aufpassen; der Lack würde absplittern, und ich hatte keinen Nagellackentferner, um ihn ordentlich abzumachen. Trotzdem hätte ich mir die Nägel gern von ihr silbrig-pink lackieren lassen.

»So«, sagte Poppy, »und was machen wir jetzt?«

Beide sahen mich an. Sie wollten, dass ich sie zu mir einlud. Aber ich wollte auf dem Feld mit den müden Kühen und den Ammoniten bleiben.

»Machen wir Biologie«, schlug ich vor, um Zeit zu gewinnen. Trish wirkte zufrieden; bei diesem Spiel konnte sie glänzen. Sie kramte in ihrer Schultasche.

Wir hatten keine Eile. Niemand erwartete uns. Mein Dad, der bei irgendwem neue Leitungen verlegte, würde nicht vor halb sieben zu Hause sein. Poppys Eltern waren diese Woche in Schottland, wo die Großmutter sich Zeit mit dem Sterben ließ, und Poppy wohnte so lange bei Trish. Trishs Mum nahm es nicht so genau, wann sie nach der Schule nach Hause kamen.

Mein Dad hatte noch nicht den Mut aufgebracht, mich aufzuklären. Das überließ er der Schule. Die Schule hatte es damit auch nicht eilig. Aber in diesem Schuljahr entdeckten wir begeistert, dass unser neues Biologiebuch zu diesem Thema mitteilsamer war als unsere Lehrerin. In Nachahmung von Miss Millichip wand Trish ihre Haare zu einem strammen kleinen Knoten auf dem Kopf und blähte die Nasenlöcher.

»Schlagt Seite 194 auf, Mädels«, trällerte sie. Poppy und ich spielten die braven Schülerinnen und schlugen unsere Bücher auf. Wir betrachteten mysteriöse Diagramme, die mich an die schematischen Darstellungen von Rohren und an die Leitungsdiagramme erinnerten, die mein Vater am Küchentisch erarbeitete.

»Heute nehmen wir die Fortpflanzung durch«, fuhr Trish fort. Wir hatten heute Nachmittag eine richtige Unterrichtsstunde über dieses Thema gehabt, aber Miss Millichip hatte nichts Aufregenderes als die Tragezeit eines Kaninchens preisgegeben. »Welche Art Fortpflanzung, Poppy McClaren?«

Poppy kicherte. »Die *menschliche* Fortpflanzung, Miss.«

Die Diagramme hatten keinerlei Ähnlichkeit mit einem menschlichen Körper. Steckten diese gewundenen Rohrleitungen wirklich in mir drin? Auf der gegenüberliegenden Seite war ein Diagramm der Fortpflanzungsorgane des Mannes zu sehen. Als ich sie betrachtete, hatte ich eine merkwürdige Empfindung. Sie ging von irgendwo nicht weit von dem Röhrengeschlinge aus, schien aber den gesamten Mittelteil meines Körpers hinauf anzuschwellen, sodass sogar Lippen und Zunge sich dick, heiß und unförmig anfühlten.

Trishs Mutter, die fortschrittlicher war als die Durchschnittseltern von Green Down, hatte ihre Tochter schon vor über einem Jahr aufgeklärt, weshalb Trish sich für eine Expertin hielt.

»Eine Frau«, salbaderte sie, »hat eine Öffnung namens *Regina*.«

»Bist du sicher?«, fragte Poppy. »Hier steht *Va*gina.«

»Klar bin ich sicher«, sagte Trish hochmütig. »Das ist Lateinisch und bedeutet Königin. Das muss ein Druckfehler im Buch sein.«

Poppy machte ein zweifelndes Gesicht, aber keine von uns brachte den Mut auf, Trish zu widersprechen. Ihre Mutter stammte aus London und hatte als Fotomodell gearbeitet, bevor sie Trishs Dad heiratete.

»Und der Mann«, fuhr Trish fort, »hat ein Anhängsel namens *Penis*.« Das gab uns den Rest. Wir kriegten uns vor Kichern nicht mehr ein.

»Habt ihr schon mal eins gesehen?«, fragte Poppy etwas später, als wir uns gefasst hatten.

»Natürlich«, sagte Trish. »Ich hab mit Steven zusammen gebadet.«

»Das gilt nicht«, sagte Poppy. »Dein Bruder ist *zehn*. Ich meine das Ding von einem Erwachsenen.«

Ich sah, dass Trish abwägte, ob sie lügen sollte oder nicht. Trotz der rasanten Karriere ihrer Mutter ging es bei ihr zu Hause vermutlich genauso sittsam zu wie überall im Vorstadt-Bath der siebziger Jahre. Väter und Brüder liefen nicht nackt herum.

»Nein«, gab sie schließlich zu. »Aber ich hab die Muschi von meiner Mutter gesehen. Die ist ganz haarig.«

Ich hielt die Zeit für gekommen, meinen Beitrag zu der Diskussion zu leisten.

»Ich hab eins gesehen«, sagte ich.

Die zwei sahen mich erstaunt an.

»Wirklich?«, fragte Poppy, und im selben Moment sagte Trish: »Ich glaub dir kein Wort.«

»Ja, wirklich«, sagte ich. »Es war grässlich.«

»War's ein Blitzer?«, fragte Poppy.

»Nein, mein Dad«, antwortete ich. »Ich war auf dem Klo und hatte die Tür nicht abgeschlossen, und er kam rein, weil er nicht wusste, dass ich drin war. Es hat aus dem Schlitz seiner Schlafanzughose rausgeguckt. Es sah aus wie eine Rindsbratwurst, rot und ein bisschen glänzend. Bloß dass es runzliger war und so ein Augendings am Ende hatte, das hat mich angeschaut.«

»Was hast du gemacht?«, fragte Trish. »Ich hätte geschrien. Ich hätte meine Mum gerufen.«

Sie wollte nicht herzlos sein, das nehme ich zumindest an, aber es hat trotzdem wehgetan. Poppy sah mein Gesicht und warf rasch ein: »Was hat *er* gemacht?«

»Ist wieder rausgegangen«, sagte ich. »Später dann beim Frühstück hat er mich ausgeschimpft, weil ich die Badezimmertür nicht abgeschlossen hatte.«

»War das Ding – du weißt schon, oben?«, fragte Trish.

»Ich weiß nicht recht. Es ging alles so schnell, und am deutlichsten erinnere ich mich an das Augendings.«

»Es muss oben gewesen sein, wenn du das Auge gesehen hast«, sagte Trish. »Wenn es unten gewesen wäre, hätte es auf den Boden gezeigt, statt dich anzugucken.«

»Aber wenn es oben gewesen wäre, hätte es zur Decke gezeigt«, folgerte Poppy. »Also kann's nicht oben gewesen sein. Und überhaupt, wieso hätte es oben sein sollen? Er kann keinen Sex gehabt haben.«

»Es geht hoch, wenn ein Mann bloß an Sex *denkt*«, erklärte Trish. »Ich nehme an, er denkt immer noch an Sex, dein Dad. Vielleicht war es auf dem Weg hoch oder auf dem Weg runter.«

»Ich weiß nicht«, sagte ich. Meine Hände glitten von dem Buch und kamen auf der tröstlichen Erde zur Ruhe. Ich wollte dieses Gespräch beenden. Es war mir peinlich, als hätte ich ein Foto von Dads Penis gemacht und es ihnen gezeigt.

»Wißt ihr, Männer denken angeblich fast alle zwei Minuten an Sex«, sagte Poppy. »Da stand was drüber im Daily Express. Forscher in Amerika haben es festgestellt. Drum glaub ich nicht, dass es hochgehen muss, wenn ein Mann an Sex denkt.«

Trish machte ein streitlustiges Gesicht. »Meine Mutter sagt aber, es ist so. Nur merkt man es vielleicht nicht, wenn sie Hosen anhaben.«

»Ich denke, man würde es merken«, erklärte Poppy. »Ich meine, es wird größer, oder? Dann haben sie eine dicke Beule vorne in der Hose.« Darauf brachen wir wieder in Kichern aus.

»In so einem Fall könnte Gary Bennetts Jeans *platzen*«, sagte Trish. Es folgte ehrfürchtiges Schweigen, weil wir uns alle dieser erschreckend köstlichen Vorstellung hingaben.

Gary Bennett war der Grund, warum Trish und Poppy so scharf drauf waren, zu mir nach Hause zu gehen, wann immer es ging. Er war nur zwei, drei Jahre älter als wir, aber schon mit der Schule fertig und arbeitete als Malerlehrling. Er hatte wirre, straßenköterblonde Locken, blaue Augen und einen Mund wie eine römische Statue, und wir träumten alle drei davon, dass sich dieser geschwungene Mund auf unsere Lippen drückte. Mrs. Owen, unsere Nachbarin, die drei Häuser weiter wohnte und uns manchmal ein Schmorgericht brachte, weil sie nicht glauben wollte, dass mein Vater gut kochen konnte, war die beste Freundin von Garys Mum, die im Supermarkt arbeitete. Mutter und Sohn waren erst vor ein paar Monaten gegenüber von uns eingezogen. Trish hatte ihn zuerst bemerkt.

»Du hast einen *Jungen* gegenüber wohnen«, sagte sie zu mir.

Das interessierte mich nicht besonders. Dann wurde der Malerbetrieb, in dem Gary arbeitete, damit beauftragt, Poppys Haus innen zu streichen. Während der ganzen zwei Wochen, die er dort tätig war, rannten sie und Trish jeden Nachmittag zusammen von der Schule nach Hause, um einen Blick auf ihn zu erhaschen.

»Wollen wir nicht zu dir gehen und warten, bis Gary nach Hause kommt?«, fragte Poppy.

Ich sah meine Hände an. Sie scharrten jetzt nahezu manisch in der Erde.

»Komm schon«, sagte Trish. Ich wusste, ihre Augen waren meerdunkel geworden, auf mein Gesicht gerichtet, um mich zum Hochgucken zu zwingen, damit sie mich durch ihren Blick zum Nachgeben bewegen konnte.

Meine Finger berührten etwas Schleimiges: einen großen dicken Wurm. Ich zog sie rasch weg. »Mein Dad ...«

»Er kommt noch lange nicht nach Hause. Und Poppy hat ein Fernglas dabei.« Sie hatten es gemeinsam geplant, das war mir klar.

* * *

Zu Beginn jenes Jahres, als Trish und ich Poppy kennen lernten, fing ich mir ein seltsames Virus ein, wie Grippe, nur langwieriger. Mein Vater bat Mrs. Owen, unsere Nachbarin, nach mir zu sehen. Er musste sie nicht lange überreden, ihre grauen Locken wippten munter, wenn sie mit einer Suppenschüssel die Treppe rauf und runter trabte. Allmählich ging es mir besser, doch meine Muskeln blieben schwach, und der Arzt sagte, ich brauchte noch eine Weile, um zu genesen. Es wäre mir sehr lieb gewesen, von der Schule fern zu bleiben, hätte ich nicht befürchtet, Poppy könnte mir Trishs Zuneigung wegnehmen.

Mein Vater versorgte mich mit Lektüre aus der Bücherei, aber bald wurde mir langweilig. Mrs. Owen versuchte mich im Bett zu halten, doch ich schlich mich raus und setzte mich in das unbenutzte Schlafzimmer auf der Vorderseite des Hauses, um auf die Straße zu sehen.

Es war früher das Zimmer meiner Eltern gewesen, und obwohl es schon über zehn Jahre nicht mehr benutzt wurde, zog es mich an, weil es noch Spuren meiner Mutter enthielt. Im Schminktisch lagen ihre alten Kosmetika, abgenutzte Lippenstifte in altmodischen Farbtönen, grüne und blaue Lidschatten in Cremeform, ausgetrocknete Wimperntusche. Ich durchwühlte die Schubladen, streifte Modeschmuck über Handgelenke und Finger, wand mir Seidenschals um den Kopf: zuerst Grace Kelly, dann ein Woodstock-Hippie. Im Schrank befanden sich Anziehsachen; Staubmäntel und Kleider mit weiten Röcken, die schon unmodern gewesen sein dürften, als sie wegging, aber die machten mir Angst, und ich rührte sie nicht an.

Mrs. Owen war zu ihrem Wocheneinkauf unterwegs, und ich hatte mich auf den Fenstersitz gekuschelt und hielt Ausschau nach ihr. Es war am späten Nachmittag. Die Straßenbeleuchtung war noch nicht an, als ich in dem vorderen Schlafzimmer des Hauses gegenüber Licht sah: in Gary Bennetts Haus.

Gary kam wohl gar nicht auf die Idee, den Vorhang zuzuziehen, wenn er nach oben ging, um sich nach der Arbeit umzuziehen. An jenem Nachmittag knipste er das Licht an und kam in das Zimmer, zog Pullover und T-Shirt über den Kopf und verschwand in der Ecke, um sich zu waschen. Nach einer Weile bot sich wieder ein aufreizender Blick auf seinen nackten Brustkasten, als er an den Kleiderschrank trat und ein Hemd herausnahm. Ich sah ihm zu, wie er es von oben nach unten zuknöpfte. Dann drehte er mir den Rücken zu, steckte das Hemd in saubere Jeans, beugte die Schultern nach vorn, um den Reißverschluss zu schließen.

Ich erinnere mich an dieses Aufblitzen von Nacktheit, wie bei einer Serie von Polaroid-Schnappschüssen – die schmalen weißen Schultern in dem nikotingelben Schein der Deckenlampe, die erstaunlich kräftigen Arme, die flachen Brustmuskeln, die sich gerade entwickelten, da sein Knabenkörper sich auf Männerarbeit einstellte. Ich hätte ihn noch länger beobachtet, doch ich hörte Mrs. Owens Schlüssel im Schloss und huschte wieder in mein Bett, bevor sie mich erwischte.

Ich konnte es kaum erwarten, den anderen zu erzählen, was ich gesehen hatte. Nach dem ersten Tag, an dem ich wieder zur Schule ging, kamen Trish und Poppy mit zu mir nach Hause; wir ließen uns im vorderen Schlafzimmer nieder und warteten. Kurz nach halb sechs ging das Licht gegenüber an, und Gary ging am Erkerfenster vorbei, während er sich den Pullover über den Kopf zog. Er trocknete sich mit einem Handtuch ab und sah dabei aus dem Fenster, in seliger Ahnungslosigkeit, dass sich drei Verehrerinnen jedes Mal, wenn er zu uns herübersah, unter das Fenster duckten.

Danach verging kaum eine Woche, in der wir nicht wenigstens einen Versuch unternahmen, ihn beim Ausziehen zu beobachten. Wir hatten nicht immer Glück. An manchen Abenden vollführte er das gesamte Ritual außer Sicht in einer Ecke des Zimmers. Oder er kam erst zurück, als es schon zu spät war; ich musste zusehen, dass Trish und Poppy verschwanden, bevor Dad nach Hause kam. Einmal kam Garys Mutter mittendrin in sein Zimmer – vielleicht wies sie ihn zurecht, weil er sich so zur Schau stellte –, trat ans Fenster und zog den Vorhang zu.

Bis zum Frühjahr war Garys Brustkasten muskulöser und breiter geworden, und er hatte sich die Haare lang wachsen lassen. Die helleren Abende waren enttäuschend für uns. Er musste kein Licht mehr anknipsen, und wegen der Spiegelung des Himmels im Fenster war es fast unmöglich, ins Innere des Zimmers zu spähen. Aber das hinderte uns nicht zu hoffen. Vielleicht würde wärmeres Wetter uns helfen. Neuerdings öffnete er manchmal das Fenster, und einmal beugte er sich sogar mit nackter Brust ganze zwei Minuten über die Fensterbank und sah auf die Straße. Trish hatte die Zeit gestoppt.

Falls Gary unsere blitzschnell auf- und abtauchenden Köpfe auffielen, ließ er sich nichts anmerken. Doch in letzter Zeit war ich ihm zwei-, dreimal auf dem Weg zur Schule begegnet, und statt mich zu ignorieren, hatte er mir zugezwinkert oder -gewunken. Es überlief mich jedes Mal heiß, und ich wurde rot. Allmählich fragte ich mich, wie lange wir ihn noch unbehelligt ausspionieren konnten.

Aber das war nicht der Grund, weshalb ich heute zögerte. Mein Dad hatte es nicht gern, wenn meine Freundinnen herkamen; er sprach es nie aus, machte es aber irgendwie klar. Ich wusste, dass unsere Zeit zu zweit ihm wichtig war. Er hatte ein schlechtes Gewissen, weil er noch bei der Arbeit war, wenn ich nach Hause kam, und es wurmte ihn, dass keine Mutter auf mich wartete, die mir meinen Tee machte. Er kam frühestens um sechs zurück, aber es war schwierig, Trish und Poppy klarzumachen, dass sie gehen sollten.

»Ach, komm schon, Katie«, sagte Poppy. »Ich hab Daddy erzählt, dass du leidenschaftlich gern Vögel beobachtest, deshalb hat er mir das Fernglas geliehen. Wir müssen es ausprobieren.«

»Wir können Gary in *Großaufnahme* sehen«, fügte Trish hinzu, um mich zu überreden.

Aber wenn er uns sähe? Trotzdem war ich unwillkürlich aufgeregt. Dies war vielleicht eine Möglichkeit, mehr zu erspähen. Poppy schwor, sie hätte einmal eine weiße Unterhose aufblitzen sehen, und wir wollten ihr gern glauben, doch Trish und ich hatten nie etwas gesehen, das diese Beobachtung bestätigt hätte.

Trish merkte, dass ich schwankte. Sie stand auf.

»Entweder zu dir, oder wir gehen in den Tennis-Club«, sagte sie. *»Ohne dich.«*

Ihr Vater war Architekt. Mein Dad war Handwerker. Er konnte sich eine Mitgliedschaft in dem Club nicht leisten, wo Poppy und Trish jeden Samstag Tennisstunden nahmen.

»Okay«, sagte ich und befreite zögernd meine rastlosen Finger von der Erde. »Dann kommt.«

Unser Bath war sehr anders als das der Touristen mit den halbmondförmigen georgianischen Straßenzügen, großen Terrassenhäusern aus honigfarbenem Kalkstein und eleganten Plätzen. Wo ich wohnte, auf der Stadtseite des Hügels unterhalb von Green Down, gab es ebenfalls Ringstraßen und halbmondförmige Straßenzüge, aber mit modernen Doppelhäusern, gedrungen und mit billigem gelben Kunststein verblendet. Die Bewohner machten die Hässlichkeit wett, indem sie sich mit Feuereifer auf ihre Vorgärten stürzten. Da gab es Sonnenuhren und Vogelbäder, rosa Pflastersteine und leuchtend grünen Kies, Heere von purpurrot blühendem Salbei in Reih und Glied.

»Fehlt nur noch ein weinender Jesus«, sagte Trish verächtlich, als wir an einem besonders üppig gestalteten Vorgarten vorbeikamen. Ein angelnder Zwerg hockte hoffnungsvoll an einem Wunschbrunnen, eine Nymphe schüttete Wasser aus einer Muschelschale, und aus einer steinernen Schubkarre ergossen sich rote Löwenmäulchen, gelbe Stiefmütterchen und violette Lobelien.

»Ich finde es hübsch«, sagte ich nervös. Wir hatten einen weinenden Jesus im Wohnzimmer an der Wand, und ich verstand nicht recht, was er in einem Garten zu suchen haben sollte. Unser Jesus hatte große traurige Augen, und auf dem Bild klopfte er an eine

Tür. Er erinnerte mich an einen Staubsaugervertreter am Ende eines langen, harten Tages. Als ich kleiner war, dachte ich, er weinte, weil er wusste, dass er meine Mutter nicht zu Hause antreffen würde.

Trishs Handbewegung umfasste die gießende Nymphe, den reglosen Zwerg und die unersättlichen Löwenmäulchen.

»Es ist *Kitsch*«, sagte sie. Ich verstand den Zusammenhang mit Jesus immer noch nicht.

Unser Haus war still und roch nach nasser Wäsche. Immer, egal, wie das Wetter war. Jedes Mal, wenn ich meine Freundinnen zu der grünen Haustür mit der rhombusförmigen Milchglasscheibe hereinließ, war mir bewusst, wie klein und vollgestopft dieses Haus war. Trishs Zuhause in Midcombe war besonders hübsch, ein altes georgianisches Pfarrhaus, das auf Rosen und offenes Land hinaussah. Poppys modernes großes Haus auf der anderen Seite von Green Down war von einem Architekten entworfen worden und stand auf einem knappen Morgen Land mit makellosem Rasen und Terrassen, von hohen Nadelbäumen umfriedet.

Mein Dad hatte den größten Teil unseres kleinen Gartens betoniert und, bevor die Masse trocken war, Wellenlinien darauf gemalt, sodass es wie ein irrwitziges Pflaster aussah.

Im Zimmer meiner Mutter war es stickig, warm und muffig. Ich bildete mir ein, einen Hauch Parfüm einzufangen, als hätte sie vor zehn Jahren etwas verschüttet.

»Leg das Fernglas hierhin«, sagte Trish, die zum Fenster marschierte und wie immer das Kommando übernahm.

»Da kann er's sehen«, protestierte Poppy.

»Nicht, wenn du den Vorhang ein Stück zuziehst und es darunterlegst.« Trish wollte sich schon hinter das Fernglas stellen, aber Poppy schob sie weg.

»Es gehört meinem Vater. Ich bin zuerst dran.« Sie kniete sich auf den Boden. »Er ist noch nicht zurück. Aber ich sehe ein Led-Zeppelin-Poster an der Wand.« Eine rote Haarsträhne fand wieder den Weg in ihren Mund, und sie kaute rhythmisch darauf herum. »Und in der Ecke sehe ich eine Gitarre.«

»Warte«, sagte Trish. »Er kommt.«

Ich sah den Lieferwagen seines Chefs oben in der Straße wegfahren. Gary ging leichtfüßig, lässig. Ich fragte mich, ob er Pläne für den Abend hatte – einen Kneipenbesuch mit seinen Kumpels, vielleicht eine Verabredung mit einem Mädchen. Wir hatten Gary nie mit einer Freundin gesehen, aber das hieß nicht, dass er keine hatte.

Er trat schwungvoll durch das Vorgartentörchen. Fünf lange Minuten krochen dahin. Vielleicht machte seine Mutter ihm eine Tasse Tee und erkundigte sich, wie es auf der Arbeit gewesen war.

»Nun mach schon«, murmelte Poppy mit zusammengebissenen Zähnen. Einen Augenblick später flüsterte sie: »Ja ...« Trish und ich, die unter dem Fenster auf dem Fußboden kauerten und warteten, bis wir an der Reihe waren, zappelten vor Ungeduld.

»Er ist im Zimmer«, berichtete Poppy. »Ich sehe ... er zieht sein T-Shirt aus.« Schweigen. »Aaahh ...«

»Was siehst du?«, fragte Trish.

»Seinen traumhaften Brustkasten«, erklärte Poppy. »Seinen himmlischen Brustkasten. Oh!«

»Ja?«, fragten wir wie aus einem Mund.

»Er hat da ein kleines Haardreieck drauf«, sagte Poppy. Sie klang enttäuscht. »Das ist mir noch nie aufgefallen.« Über Brustbehaarung hatten wir uns noch keine Gedanken gemacht. »Jetzt geht er sich waschen.«

»Lass uns mal ran«, sagte Trish. »Du hast es lange genug gehabt.«

»Katie ist die Nächste«, sagte Poppy. »Mein Fernglas, ihr Haus.«

Ich rutschte an ihren Platz. Weil ich kleiner war, musste ich auf den Fenstersitz klettern, statt zu knien, und dann war der Winkel des Fernglases nicht richtig. Ich wollte es gerade einstellen, als Gary ans Fenster kam, während er sich unter den Armen abtrocknete. Sein Blick schien auf etwas zu fallen, und er machte das Fenster weiter auf. Ich richtete das Fernglas so gut ich konnte auf seine Brust – sie war nicht *sehr* behaart –, und als ich es dann höher nahm, merkte ich, dass er mich direkt anguckte. Ich stieß ein leises Quieken aus und fiel vom Fenstersitz.

»Was? Was hast du gesehen?«, zischte Trish.

»Seine Unterhose?«, mutmaßte Poppy verträumt.

Aber ich hatte keine Zeit zu antworten, weil ich plötzlich Schritte auf der Treppe hörte. Die Schlafzimmertür flog auf, und da stand mein Vater.

Ich sah, wie er die Szenerie in sich aufnahm – drei kichernde Teenager, auf dem Fußboden ausgestreckt, in dem Raum, der einst das Schlafzimmer von ihm und seiner Frau gewesen war. Es entstand eine entsetzliche Stille, die ewig anzuhalten schien.

»Was macht ihr hier?«, fragte er schließlich mit freundlicher, ruhiger Stimme. »Katie, du weißt doch, ich mag es nicht, wenn du hier reingehst.«

Trish und Poppy hörten der Stimme meines Vaters nichts als leise Enttäuschung an, aber ich hörte etwas viel Gefährlicheres. Sie kannten meinen Vater nicht so wie ich.

»Entschuldigen Sie, Mr. Carter«, sagte Trish. »Wir ... wir haben nur ein bisschen herumgealbert.«

Mein Vater schien das friedlich aufzunehmen, als hätte er sich mit den Launen halbwüchsiger Mädchen abgefunden.

»Ich fahre euch jetzt am besten nach Hause«, sagte er. »Und Katie, du gehst in dein Zimmer und fängst mit den Hausaufgaben an.« Wie sanft und verständig das klang; niemand außer mir hätte ahnen können, was das hieß.

»Er hat gepfiffen, als er uns nach Hause fuhr«, erzählte mir Trish am nächsten Tag. »Er war ... na ja, ein bisschen distanziert, er hat nicht mit uns gesprochen oder so. Aber wütend kam er mir nicht vor.« Sie wusste nicht, dass es ein Zeichen unbändigen Zorns war, wenn mein Vater durch zusammengebissene Zähne pfiff. »Ich kann nicht glauben, dass ... also, man hat ihm überhaupt nicht angemerkt, dass er sauer war.«

Nach seiner Rückkehr kam mein Vater geradewegs nach oben in mein Zimmer. Ich saß auf dem Bett und versuchte mir im Geschichtsbuch das Kapitel über die Korngesetze einzuprägen, obwohl ich die ganze Zeit nur hatte denken können, wie die Schritte meines Vaters auf der Treppe sich anhören würden.

Er war noch schneller als sonst; ich hatte keine Chance. Er kam ans Bett und versetzte mir einen harten, heftigen Schlag gegen den Kopf. Ich flog nach hinten und versuchte mich mit einem Arm so gut es ging zu schützen und so wenig wie möglich von seiner erbarmungslosen Rechten abzukriegen. Ich krachte gegen das gerahmte Foto meiner Mutter auf dem Nachttisch. Es fiel zu Boden, und Rahmen und Glas brachen entzwei.

Mein Vater sagte nur: »Heb das auf.« Er zitterte. Dann ging er aus dem Zimmer.

Mein Kopf dröhnte vor Schmerzen. Ich legte mich schwer atmend aufs Bett. Überrascht war ich nicht, fühlte nur die übliche Hohlheit. Ich wartete, bis die Benommenheit nachließ, dann hob ich das Foto meiner Mutter auf, schüttelte das zerbrochene Glas in den Papierkorb und ermahnte mich, nicht barfuß zu laufen, bis ich gründlich gesaugt hatte. Ich stellte den kaputten Rahmen und das Foto wieder auf den Nachttisch, lehnte es an die Lampe.

Die Hohlheit kam zum Teil vom Hunger, aber ich traute mich nicht, nach unten zu gehen. Mein Herz raste noch, doch ich zwang mich, das Geschichtskapitel ganz durchzuarbeiten und als Erdkundehausarbeit eine Karte von dem Kohlerevier in Somerset zu zeichnen, bevor ich ins Bett ging. Draußen war es noch hell, und ich lag eine Weile wach und hörte die Stereoanlage unten Bobby Darin und Roy Orbison spielen. Ich war selber schuld. Ich hätte Trish und Poppy nicht herbringen sollen.

Aber die ganze Zeit erinnerte ich mich auch an das Gesicht von Gary Bennett. Ich war überzeugt, er hatte mir durch das Fernglas in die Augen gesehen und mir zugezwinkert.

5

Als Gary Bennett zu mir herüberkommt, sieht er als Erstes meinen Hintern. Ich beuge mich vor, um mir die Stiefel zuzuschnüren. Jetzt fällt ihm bei meinem Namen vermutlich immer *Hinterteil* ein.

Als ich mich aufrichte, bemüht, nicht zu zeigen, wie bestürzt ich beim Klang seiner Stimme bin, nimmt er seinen Schutzhelm ab, als lüfte er ihn vor einer Dame. Ich erkenne ihn sofort. Er muss jetzt um die vierzig sein, hat aber immer noch das Gesicht einer römischen Statue, das straffe Kinn, den geschwungenen Mund, einen Höcker mitten auf der Nase und denselben halb belustigten Gesichtsausdruck, als nehme er die Welt nicht allzu ernst. Auf beiden Seiten des Mundes haben sich tiefe Kerben in die Wangen eingegraben, und die Haare sind ganz kurz geschnitten und silbergrau. Steht ihm gut, trotzdem vermisse ich die hübschen dunkelblonden Locken.

Er erkennt mich nicht, Gott sei Dank. Wie sollte er auch? Ich habe einen anderen Namen und mich auch verändert. Ich trug damals lange Haare wie einen Vorhang um das Gesicht und fand selten den Mut, jemandem in die Augen zu sehen. Außerdem bezweifle ich, dass er mich jemals so intensiv betrachtet hat wie ich ihn. Ich hätte diese Gesichtszüge so akkurat nachzeichnen können, wie ich einst das Kohlerevier in Somerset in meinem Erdkundebuch durchgepaust hatte.

Er scheint seit damals etwas fülliger geworden zu sein, was allerdings unter der großen gelben Jacke schwer auszumachen ist. Seine Beine in den schlammbespritzten Jeans sind stämmig, und mir fällt auf, dass er geschrumpft ist. Unsinn, ich bin natürlich gewachsen. Damals schien er mir groß, mit langen Gliedmaßen, dabei war er eigentlich nur Durchschnitt. Seitlich am Kinn hat sich ein kleiner Pickel durch seine Spätnachmittagsstoppeln gebohrt.

Er gibt mir die Hand.

»Kommen Sie in den Besprechungsraum«, fordert er mich auf. »Das Wasser ist schon aufgesetzt.«

Nein, nicht ein Schimmer des Erkennens in den ruhigen blauen Augen. Wärst du damals vor vielen Jahren gewesen, wo du hättest sein sollen, dann wäre alles anders gekommen.

»Gute Reise gehabt? Von weit her?«, fährt er fort. Er wartet höflich, bis ich mit dem Schnüren des zweiten Stiefels fertig bin. Als ich mich aufrichte, sieht er mich mit einer ganz kleinen Spur Besorgnis an. »Ich nehme Sie Montag mit unter Tage. Wir wollen nichts überstürzen. Wir müssen heute Nachmittag eine Menge durcharbeiten – beinahe die ganze Mannschaft wird bei der Besprechung dabei sein. Es wird nicht allzu technisch.«

Läßt er gerade den Macho raushängen? Ihm muss doch klar sein, dass ich mich mit Technik auskenne – das ist mein Job. Aber es hat keinen Sinn, ein Thema daraus zu machen und mich an meinem ersten Tag arrogant zu zeigen, auch wenn es mir nicht passt, dass Gary Bennett mich behandelt wie ein Dummchen. Mir reicht es schon, wie er seinen Helm gelüftet hat. Entschlossen nehme ich meinen eigenen aus dem Auto und setze ihn auf, bevor wir uns zum Büro aufmachen.

Er geht auf dem Schotter voraus, an Stapeln von Paletten, Stahl- und Holzstreben vorbei zu dem nächsten und größten der Metallcontainer. Trotz all des Materials ist nicht viel los. Das Projekt wartet noch darauf, dass die Regierung die Freigabe der Gelder abnickt. Bis dahin können nur die notwendigsten Arbeiten ausgeführt werden, um die gefährlichsten Stellen unter Tage abzustützen.

Schmale Stufen führen zu einer offenen Tür. An einem Ende des Containers ist eine Küchenzeile, und ein Mann in einem grauen Pullover füllt seinen Becher aus einem großen Kessel mit heißem Wasser. Er dreht sich um und lächelt mich schmallippig an.

»Kaffee oder Tee?«

»Rupert«, sagt Gary, »das ist Mrs. Parry, unsere neue Ingenieurin. Rupert ist unser Fledermausmann.«

Die strubbeligen Haare über einem länglichen Gesicht sind von demselben Grau wie der Pullover. Er sieht aus, als sehe er nicht genügend Tageslicht, und die Hand, die er mir entgegenstreckt, ist trocken und fühlt sich wie Papier an. Beinahe erwarte ich, dass er raschelt.

»Sie sind ein bisschen früh dran«, sage ich.

Hoppla, das war daneben. Er reicht mir mit einem eisigen Blick meinen Kaffee.

»'tschuldigung«, fahre ich fort. »Der letzte Bergbauingenieur hat wohl denselben Witz gemacht. Unsere Zunft ist für ihren prickelnden Humor bekannt.«

»Ich achte die Arbeit, die Sie hier machen werden, Mrs. Parry.« Er hat eine hohe, durchdringend sonore Stimme, und alle drehen sich nach ihm um. »Denken Sie dafür an das Gesetz, wonach Sie die Fledermauskolonien zu respektieren haben.«

In den Minen sind mehrere Fledermausarten beheimatet, allesamt geschützt, einige äußerst selten und um diese Jahreszeit alle im Winterschlaf. Rupert muss seine Arbeit wirklich ernst nehmen, wenn er mitten im Winter zu Planbesprechungen kommt. Gary nimmt meinen Arm und führt mich entschlossen in den Besprechungsraum.

»Machen Sie sich nichts draus«, murmelt er. »Er ist besessen. Behandelt uns alle so.«

Ebenso entschlossen befreie ich meinen Arm von seiner Hand durch den einfachen Trick, dass ich ihm meinen Kaffee in die Hand drücke, damit ich mir die Jacke ausziehen kann. In diesem Moment sieht auf der anderen Seite des Tisches ein Typ mit langen strähnigen Haaren und einer Kamelnase hoch. Sein Blick kommt ungefähr auf Brusthöhe zur Ruhe.

Der Besprechungsraum ist schicker, als ich erwartet hätte. Aus einem Heizgerät bläst warme Luft, Schautafeln zeigen Karten und Fotografien von den laufenden Arbeiten, und Stühle und Tisch sind nicht mit so vielen Kaffeekringeln wie üblich verziert. An einer Wand sehe ich eine weiße Projektionsleinwand. Etwa fünfzehn Personen laufen umher, hängen Fleece- und Warnschutzjacken über Stuhllehnen. Der Kerl in der Ecke, der den Laptop aufklappt, könnte der Hydrogeologe sein, der sich anschickt, anhand seiner Tabellen und Diagramme zu zeigen, wie das Wasser durch die Kavernen fließt – einer von mehreren Experten. Der mit den langen strähnigen Haaren ist vermutlich der Archäologe; Archäologen sehen meistens schlampig aus. Alle Anwesenden sind Männer, was kaum überrascht.

Ich habe mich nie an erste Tage gewöhnt, wenn man versuchen muss, herauszufinden, wer auf deiner Seite steht und wer meint, du hast hier nichts zu suchen. Bei der Ausbildung an der Bergbauakademie in Camborne war ich die einzige Frau in meinem Jahrgang. Es gibt nicht viele Mädchen, die sagen: *Wenn ich groß bin, will ich Berg-*

mann werden. Auch nicht mehr viele Jungen, seit es hierzulande kaum noch Bergbau gibt. Die meisten englischen Jobs sind wie der hier: seit langem stillgelegte Minen absichern. Richtig Karriere machen kann man nur im Ausland. Mein Vorgänger hier hat ein glänzenderes Angebot bekommen und ist letzte Woche in den Kongo abgeschwirrt, für das doppelte Gehalt.

Meistens kenne ich mindestens einen aus der Mannschaft, wenn ich eine neue Stelle antrete, aber heute nicht – es sei denn, ich zähle Gary Bennett mit. Aber er weiß ja nicht, dass ich ihn kenne. Was denken die nun alle? *So'n Pech muss man erstmal haben, eine Frau zu bekommen?* Oder *Gott, die muss zäh sein?* So was wie *So wie sie aussieht, versteht sie ihren Job* wäre mir lieber, weil es nämlich wahr ist. Bloß muss ich mir das heute dauernd vorbeten.

Ein schwerfälliger, großer Mann kommt herbei, als ich einen Stuhl hervorziehe. Sein Schnurrbart sieht aus, als hätte er ihn für ein Siebziger-Jahre-Kostümfest ins Gesicht geklebt und vergessen, ihn wieder abzunehmen. Mein Kopf reicht gerade mal bis zu dem Rock-Dek-Logo auf seiner marineblauen Fleecejacke.

»Brendan«, sagt er mit einem leichten schottischen Akzent. »McGill.« Er trennt die Namen, als müsse ich wissen, wer er ist. »Minenverwalter«, ergänzt er hilfreich, als ich nicht reagiere.

Ich muss mich in den Griff kriegen. Dass ich Gary hier antraf, hat mich echt umgehauen. Ich benehme mich wie eine dämliche Mieze, die jeden Abend ihren Schutzhelm wienert, statt wie eine Frau mit mehr als zehn Jahren Erfahrung im Abstützen großer Gruben unter der Erde.

»Kümmert Gary sich um Sie?«, fragt Brendan.

»Hm – ja. Prima.«

»Ich weiß nicht, was wir ohne ihn täten.« Brendan verabreicht Gary einen freundschaftlichen männlichen Schlag auf die Schulter. »Er ist der Einzige von uns, der aus dieser Gegend stammt und in den Steinbrüchen in Corsham gearbeitet hat. Dabei möchte ich behaupten, ich weiß selbst dies und das über Kalkstein ...«

»Natürlich.« Mein Grips tritt endlich wieder in Aktion. »Haben Sie nicht bei dem Einsturz in Gilmerton gearbeitet?«

Er wirkt erleichtert. Die Frau ist doch keine dämliche Mieze. »Mit Roy Bailey. Er spricht in den höchsten Tönen von Ihnen.«

Das täte er nicht, wenn er sähe, wie ich mich heute Nachmittag benehme. »Ich habe gehört, es war Roy, der berechnet hat, dass der Einsturz in Ferniehill sich nicht aufhalten lassen würde.«

»Wir wollen nur hoffen, dass so was hier nicht passiert«, sagt Brendan. Er hat sanfte hellbraune Augen, die sich gut darauf verstehen, besorgt dreinzublicken. »Auf diesem Gelände stehen sechshundert Häuser.«

Gilmerton ist berüchtigt. Es war ein alter Kalksteinbruch wie dieser hier, unter mehreren in den siebziger Jahren erbauten Wohnsiedlungen südlich von Edinburgh. An einem kalten Novembermorgen bemerkten die Bewohner von Ferniehill Risse in ihren gemütlichen kleinen Bungalows. Binnen weniger Tage wurde klar, dass die ganze Straße langsam im Boden versank. Die Gemeindeverwaltung musste ungefähr fünfhundert Menschen evakuieren und ließ viele Häuser und Wohnungen abreißen.

»Beängstigend«, sage ich.

»Vor allem wenn man zufällig unter Tage ist, wenn es passiert.«

»Aber in Gilmerton war niemand unten, oder?«

»Es gab nur einen Todesfall. Ein Goldfisch, den eine Familie bei der Evakuierung in einem Eimer mit Wasser im Freien vergaß. Total vereist.«

Gary und ich lachen. Was nicht verhindert, dass der arme Goldfisch mir leid tut.

»Immerhin«, sagt Brendan selbstgefällig, »dürften wir mit meinen kleinen Hightech-Kanarienvögeln sicher sein.«

Diese Besprechung dient unter anderem dem Zweck zu beurteilen, wie verlässlich das neue Untergrund-Alarmsystem ist, das Brendan hier installiert. Miteinander vernetzte Bodenbewegungsmelder sollen Signale senden, die auf mikroseismischen Analysen fußen, sodass schon winzigste Bewegungen im Gestein registriert werden, die vor einem bevorstehenden Einsturz warnen können. Gary hat nicht mal die Stirn gerunzelt, aber seine plötzlich verbindliche, höfliche Miene sagt mir, dass er nicht ganz überzeugt ist.

»Nachdem Roy zum ersten Mal mit Ihnen wegen dieses Jobs telefoniert hatte, meinte er, Sie seien nicht sonderlich erpicht darauf, ihn anzunehmen«, sagt Brendan. Die sanften hellbraunen Augen sind auf einmal gar nicht mehr so sanft, und sein Blick bohrt sich geradezu in mich hinein. »Was hat Sie umgestimmt?«

»Das Geld natürlich.«

Brendan grinst. »Ich mag's, wenn eine Frau Sinn für Humor hat. Und abergläubisch sind Sie auch nicht, wie ich sehe.«

»Abergläubisch?«

»An einem Freitag einen neuen Job anzutreten. Vielleicht spielt das nur nördlich der Grenze eine Rolle. Die Bergleute in Lanarkshire, wo ich aufgewachsen bin, haben nie an einem Freitag eine neue Strosse in Angriff genommen.«

Der Rabe stößt über die Lichtung und landet mit lautem Flügelschlag. Bergleute gehen nicht unter Tage, wenn sie einen Vogel am Eingang der Mine sehen. Das sagt einen Einsturz voraus. »Ich bin nicht abergläubisch«, erwidere ich. Wie um zu beweisen, dass ich Unrecht habe, erscheint ein Farbblitz in meinem Augenwinkel. Auf der anderen Seite des Raumes hat jemand soeben einen Plan der Anlage an die Wand geworfen. Er sieht so kompliziert aus wie der Londoner U-Bahn-Plan, in fast genauso vielen Farben: Die Stollen sind unendlich, sie durchlöchern den ganzen Hang. Brendan entgeht mein Schrecken nicht und er missdeutet ihn.

»Und das sind nur die, von denen wir wissen«, erklärt er. »Es könnten noch viel mehr sein. Hier wurde seit Römerzeiten Stein gebrochen.«

Der Experte prüft, ob die Computermaus funktioniert; der elektronische Zeiger kreiselt unentschlossen, dann kriecht er von Nordwest nach Südost über den Plan. Mein Herz rast, und mir ist eng um die Brust. *Crow Stone ...*

»Und wir verfüllen das ganze Gelände?«, frage ich, weil ich unbedingt etwas sagen, mich ablenken muss, genau in dem Moment, als alle zu sprechen aufhören. Es ist vollkommen falsch herausgekommen, dusslig, als hätte ich meine Hausaufgaben nicht gemacht.

Allgemeines Gelächter. Als wir alle sitzen und Brendan uns vorstellt, sehe ich immer noch Belustigung in ihren Augen. Ich möchte gern glauben, dass es ein wohlwollendes Lachen war, aber das stimmt vielleicht nicht; denn ich sollte so gut wie sie wissen, dass Jahre vor uns liegen, in denen Stahlgerüste errichtet werden und Beton gepumpt wird, bis die unterirdischen Hohlräume dicht und stabil sind.

Begrabt sie mit all ihren Geheimnissen auf immer, immer, immer …

Ein Experte der Beraterfirma – vor lauter Angst, dass ich mich noch einmal lächerlich mache, hab ich seinen Namen nicht verstanden –, ist zum Hauptthema des Tages übergegangen. Das ganze Projekt wird von mehreren Partnern betrieben. Der Kerl ist von Garamond, dem Ingenieursbüro, das die allgemeine Strategie entwickelt.

Brendans Trupp, zu dem auch ich gehöre, arbeitet für RockDek, die Bergbaugesellschaft, die mit den Stabilisierungsarbeiten beauftragt ist. Er hat inzwischen einen Stadtplan von Green Down über den Untergrundplan an die Wand projiziert.

»Belastungsbeschränkungen auf der Hauptstraße und Richtung Stonefield Avenue?«, fragt Brendan. Der Siebziger-Jahre-Schnurrbart hängt missbilligend nach unten. »Das bedeutet eine Umleitung der Busroute. In wenigen Wochen findet wieder ein Informationsabend statt, und die Leute werden nicht erfreut sein, wenn wir ihnen erzählen, dass sie es achthundert Meter weiter bis zur Bushaltestelle haben werden. Oder dass ihr neuer Herd nicht geliefert werden kann, weil wir auf der High Street keine Lastwagen zulassen. Meinen Sie, die Gefahr, dass die Steinbrüche einstürzen, ist größer, als Sie bisher dachten?«

Ich stelle fest, dass Brendan und Gary die Einzigen sind, die die unterirdischen Anlagen korrekt als Steinbrüche bezeichnen. Alle anderen sagen Minen, obwohl es technisch gesehen keine sind – Stein wird gebrochen, nicht abgebaut. Nach allem, was ich über Brendan gehört habe, wäre das typisch für ihn: Er steht in dem Ruf eines Sachwalters, für den Einzelheiten wichtig sind. Deswegen stellt man ihn ein. In Sachen Sicherheit gilt er als einer der Besten in diesem Beruf, selbst wenn er im Ausland gearbeitet hat, wo Risiko-

Management oft nicht nur oberflächlich, sondern vielmehr gar nicht vorhanden ist.

»Die Lastenbeschränkung ist nur eine Vorsichtsmaßnahme«, sagt der Experte. »Wir haben nochmal über mögliche Frostschäden nachgedacht. Immerhin habe ich gehört, bei Ihnen gab es letzte Woche eine ziemliche Aufregung, als einige Alarmvorrichtungen Bewegungen im Gestein registrierten.«

»Die Geophone geben oft falschen Alarm«, erklärt Gary. »Sie würden ständig losgehen, wenn wir die Schwelle nicht künstlich hochsetzen würden.«

»Was hat das System dann überhaupt für einen Sinn?«, fragt der Experte.

»Das Problem ist folgendes: Wir sind so dicht an der Oberfläche, dass die Sensoren jedes Mal ausgelöst werden, wenn eine Frau mit einem Kinderwagen oben drüber geht. Ich übertreibe, aber ...«

»Sie übertreiben«, sagt Brendan in dem ruhigen, aber leicht verzweifelten Ton eines Mannes, der weiß, dass er Recht hat und alle anderen sich irren. »Die Vorteile werden unübersehbar sein, wenn das komplette Netzwerk an Ort und Stelle ist. Natürlich gibt es Kinderkrankheiten, bevor wir das System kalibrieren.«

»Mrs. Parry«, fragt der Experte, »haben Sie schon mit diesen Alarmsystemen gearbeitet?«

»Sie sind hierzulande nicht sehr verbreitet«, sage ich mit dem beunruhigenden Gefühl, dass dies der nächste Test ist, den ich nicht bestehe. »Dieses stammt aus Australien, nicht wahr?«

»Wo es jedes Mal losgeht, wenn ein dämliches Känguru dahergehopst kommt«, murmelt einer. Brendan wirft Gary einen Blick zu.

»Brendan hat Recht«, sagt Gary, der Getreue. »Kinderkrankheiten, das ist alles. Auf lange Sicht kann es Leben retten, und nur das zählt.«

Rupert meldet sich mit seiner hohen, durchdringenden Stimme und klagt über die Möglichkeit, dass der ständige Alarm die Fledermäuse aus dem Winterschlaf aufschreckt. Die Wärme im Raum macht mich dösig, mein Blick schweift durch das Fenster, das auf den Sportplatz hinausgeht, in die Dämmerung. Die kleinen Fußballspieler haben sicherlich Mühe, den Ball noch zu erkennen. Ihre Füße rennen auf einer dünnen Erdkruste, darunter befinden sich ein Gewirr aus Gängen und Stützsäulen, schlammige unterirdische Schienenwege, die die Arbeiter Strecken nennen, haufenweise Steinabfälle, kilometerweit …

Jemand beobachtet mich.

Aus dem Augenwinkel sehe ich, dass der Archäologe mit den strähnigen Haaren mit verkniffenem Mund zu mir rüberschaut. Ich schätze ihn auf Anfang dreißig, jünger als ich. Er hat große rot geränderte Nasenlöcher und ein schlaffes Gesicht, das an einen Hangrutsch erinnert. Er fühlt sich erwischt und beugt sich schnell über seine Papiere. Mein Blick richtet sich anderswohin und trifft über die Schulter des Mannes hinweg auf eine schattenhafte, schmächtige dunkelhaarige Frau in einer roten Fleecejacke, die mich aus der Fensterscheibe ansieht. Aus dieser Entfernung könnte sie ebenfalls Anfang dreißig sein, doch bei näherem Hinsehen wird die blasse Haut sie verraten. Ihr Gesichtsausdruck ist geheimnisvoll und traurig. Ich fahre mir mit der Hand übers Gesicht, und sie tut dasselbe, streicht sich einen stufig geschnittenen Pony aus der hohen Stirn. Es sieht aus, als würde sie winken, und ich frage mich, ob *sie* weiß, was ich hier tue. *Katie, Katie …*

Ich muss mich losreißen und wieder auf den Raum konzentrieren. Doch auch während ich mich bemühe, mir die Namen der verschiedenen Grubenbezirke einzuprägen, über die gesprochen wird – Stonefield, Mare's Hill, Paradise Woods, Chog Lane –, fange ich den vorwurfsvollen Blick meines Spiegelbildes auf. *Was ist los mit dir? Du hast ein Dutzend Jobs wie diesen gemacht, Kit, inzwischen solltest du wissen, was du tust.*

Eine Stunde später ist die Besprechung zu Ende. Gary begleitet mich zu meinem Auto – für den Fall, dass ich zu blöd bin, um es allein zu finden. Vermutlich hat er Recht. Heute Nachmittag würde es mich nicht überraschen, wenn ich es fertigbrächte, in das Loch mitten auf dem Gelände zu fallen: einen senkrechten Schacht, unseren Hauptzugang zu den Minen. Zum Glück hat man für Vollidioten geplant und das Gelände in Flutlicht getaucht. Trotzdem scheint Dunkelheit aus dem Schachteingang aufzusteigen.

»Wo sind Sie untergekommen?«, fragt Gary, höflich wie immer. Ich kann seine Augen nicht sehen, sie liegen tief im Schatten unter dem Schirm seines Schutzhelms.

»In Bathford, vorerst. Das Hotel hab ich im Internet gefunden.« Ich verdiene zwar keine Kongo-Kohle, aber auch nicht so wenig, dass ich in einer billigen Pension absteigen muss. »Am Wochenende mache ich mich auf Haussuche. Die Immobilienmakler sagen, es gibt viele Objekte zu mieten.«

»Haben Sie heute Abend schon was vor?«

So so.

»Ich hab das Okay, Sie auszuführen, auf Spesen«, fährt er schnell fort.

Ich werde auf der Stelle verlegen. Wieso komme ich auf die Idee, dass er scharf auf mich ist? Er muss mein argwöhnisches Gesicht gesehen und beschlossen haben, deutlich zu machen, dass dies eine Dienstverpflichtung ist, keine Anmache. Trotzdem ... ein entspannendes Bad und ein ruhiger Abend allein – das hatte ich mir eher vorgestellt.

Aber ruhige Abende lassen einem zu viel Zeit für Selbstbetrachtung. Und obwohl es sich hier um Gary Bennett handelt, einen Teil meiner Vergangenheit, auch wenn er es nicht weiß, kann ich ihn sicherlich in Eis einschließen wie den Goldfisch in Gilmerton. Wir sind Kollegen. Wir werden monate-, vielleicht jahrelang zusammenarbeiten, und ich kann ruhig schon mal anfangen, mich daran zu gewöhnen. Darum ringe ich mir ein Lächeln ab.

»Das wäre sehr nett.« Hinter ihm sehe ich ein schwarzes Auto über den Schotter auf uns zurumpeln. »Ich gehe aber am besten erst mal ins Hotel, einchecken. Und ich muss ein paar Anrufe erledigen.« Wenn er denkt, ich telefoniere mit Ehemann und Familie, soll es mir recht sein.

Gary packt meinen Arm, nur eine Sekunde zu spät. Ich werde nassgespritzt, weil das schwarze Auto durch eine Pfütze neben mir fährt.

»Idiot«, knurre ich. Der Mistkerl hätte leicht ausweichen können. »Wer war das?«

»Dickon«, sagt Gary. »Der Archäologe.«

»Schade, dass er nicht Auto fahren kann.« Ich zupfe an meinem durchnässten Hosenbein.

»Soll ich Sie dann um halb acht abholen?«, fragt Gary. »Ist es das Hotel am Wehr?«

»Ja.« Ehrlich gesagt habe ich keine Ahnung, aber da es *Wehrhaus* heißt, lässt sich mit ziemlich großer Sicherheit darauf schließen, dass es das ist. Ich gebe ihm meine Handy-Nummer, nur für den Fall, dass es nicht stimmt.

Als ich über das Gelände fahre, sehe ich im Rückspiegel, dass er mir nachsieht. Dann dreht er sich um und geht zu einem Geländewagen, der über und über mit Schlamm bedeckt ist, so als wäre er aus der Erde gestiegen. Hinter der Einfahrt zum Gelände blinke ich links und hoffe inständig, dass es die richtige Richtung zum Hotel ist. So wie ich mich den ganzen Nachmittag benommen habe, bezweifle ich es.

6

Als ich an dem Morgen aufwachte, nachdem mein Vater mich geschlagen hatte, pulsierte es seitlich in meinem Schädel, und als ich mir die Haare aus dem Gesicht strich, entdeckte ich eine lila-bräunliche Beule am Haaransatz. Die Stelle war so schmerzhaft, dass ich mit der Bürste nicht darüberfahren konnte; ich fasste die Haare vorsichtig zu einem Pferdeschwanz zusammen, wand ein Band darum und ließ die kürzeren Haare an der Seite nach vorne fallen. Schluderig, aber normal.

Als ich nach unten kam, war er schon zur Arbeit gegangen. Ich schüttete Cornflakes und Milch in eine Schüssel, aber als ich den Löffel in die Hand nahm, mochte ich nicht essen. Ich goss alles in den Mülleimer.

Auf dem Boden des Eimers unter den durchweichten Cornflakes glänzte etwas: Glasscherben. Die Fotografie meiner Mutter in dem zerbrochenen Rahmen war von meinem Nachttisch verschwunden. Mein Vater musste in mein Zimmer gekommen sein, als ich schlief. Ich stellte mir vor, wie er die restlichen Scherben leise aufgelesen hatte, um mich nicht zu stören, wobei er auf meinen Atem lauschte und die Bruchstücke des Rahmens liebevoll wieder zusammenfügte.

Als ich das Haus verließ, sah ich Gary auf der anderen Straßenseite durch das Gartentor kommen. Er schloss es nicht hinter sich und mühte sich damit ab, einen Arm in seine Jeansjacke zu schieben. Vielleicht hatte er verschlafen. Unsere Blicke trafen sich kurz. Er deutete verlegen ein Nicken an und schritt dann forsch die Straße entlang. Hatte er mich gestern Abend gesehen? Ich dachte daran, wie sein Blick sich durch das Fernglas auf mich geheftet hatte. Vielleicht hatten die Linsen das Licht reflektiert und mich verraten. Ich ging hinter ihm her. Am Ende der Straße bog er links ab zur Bushaltestelle, und ich ging nach rechts, hügelan Richtung Green Down und Schule.

Im Sommer ging ich gern zu Fuß und dachte dabei an Ammoniten, was mir bei dem steilen Stück den Berg hinauf half. Ich wusste, sie waren tief im Boden unter dem Pflaster begraben. Manchmal wünschte ich, ich könnte mich zusammenrollen wie sie und über Millionen von Jahren verborgen liegen.

Trish quälte sich sicher von Süden her die andere Hügelseite herauf. Wenn ich den richtigen Zeitpunkt erwischte, trafen wir uns oben und gingen zusammen durchs Dorf. Ich war später dran als sonst. Sie wartete bestimmt nicht auf mich. Oft erspähte ich sie weit vor mir, und ich musste rennen, um sie einzuholen.

Ungefähr ein Dutzend grüne Blazer kam den Hügel hoch, und ein paar weitere zockelten auf der Hauptstraße zur Schule, aber keine Spur von Trish mit ihrem dicken schwarzen Zopf. Je näher ich nach St. Anne kam, desto mehr grüne Uniformen waren zu sehen. Es war, als suche man im Gestein nach Graptolithen: Zuerst sieht man keine, dann konzentriert man den Blick fest darauf, und schon blinzeln einen unzählige winzige versteinerte Kreaturen an.

Ich ging durch das Schultor und bemühte mich, auszusehen wie alle anderen.

* * *

»O Rose, du siechst«, sagte Mrs. Ruthven, die Englischlehrerin, den Blick durchs Fenster des Klassenzimmers auf die Buchen gerichtet. Aus dem Augenwinkel sah ich, dass Trish einen Finger an den Mund führte und so tat, als müsse sie kotzen. Poppy, die nur aus langen Beinen und sommersprossigen Armen bestand, zog die Schultern hoch, um ihr Kichern zu verbergen. Mrs. Ruthven verlagerte das Gewicht – ein Bein war kürzer als das andere, und sie trug Spezialschuhe mit einer erhöhten Sohle – und fuhr unverdrossen fort:

»Der unsichtbare Wurm,
der ausfliegt zur Nacht
im heulenden Sturm ...«

Wir nahmen in diesem Trimester die romantischen Dichter durch, und ich fand Wordsworth langweilig, zuweilen zu schwer verständlich, aber meistens schlichtweg blöd. Doch Blakes kurze Zeilen setzten sich im Kopf fest und pulsierten dort, auch wenn man nicht immer genau wusste, was sie bedeuteten.

»fand den Weg in dein Bett
von roter *Lust*:
Und sein dunkles Begehren
durchbohrt dir die Brust.«

Mrs. Ruthven wandte sich auf ihrem erhöhten Schuh wieder zur Klasse um. »Worum geht es hier, Trish Klein?«

Sie hatte es doch gesehen.

»Sex, Mrs. Ruthven.« Trish hatte ihre unschuldigste Miene aufgesetzt.

Mrs. Ruthven seufzte. Sie war eine der jüngeren Lehrerinnen, vor der bislang keiner von uns Angst hatte. Sie war auch unsere Klassenlehrerin, und sie lernte schnell, dass es ein Fehler gewesen war, sich allzu kumpelhaft zu geben. »Junge Liebe, ja, aber was noch?«

Schweigen. Alle starrten auf ihre Bücher, damit sie ja nicht drankamen.

»Worüber haben wir letzte Woche gesprochen?« Sie betrachtete die Reihen verständnisloser Gesichter. Wir waren noch in dem Alter, in dem wir dachten, Gedichte seien zum Auswendiglernen da, nicht um darüber zu sprechen. »Hatte ich nicht erklärt, man kann die Romantiker nicht von den politischen und industriellen Umwälzungen trennen, die ringsum stattfanden? Man könnte die Rose als buchstäblich krank betrachten, von der industriellen Revolution vergiftet. Es ist eine Metapher, die auf vielen Ebenen anwendbar ist. Woran erkennen wir sonst noch, dass Blake sich für die industrielle Revolution interessierte?«

Niemand wollte antworten, darum hob ich die Hand.

»Dunkle Satansmühlen?«

»Sehr gut, Katie. Aus dem Gedicht, das wir uns letzte Woche angesehen haben, dasjenige, das ihr als Hymne kennt. Jerusalem. *Und zogen diese Füße einst ...* Blake kehrt in eine frühere, unschuldigere Zeit zurück, bevor der Mensch die Landschaft verschandelte. Er nannte seine Gedichte Lieder der Unschuld und Lieder der Erfahrung, nicht wahr?«

Poppy und Trish schoben sich unter ihren Pulten Zettel zu. Poppys Eltern waren gestern Abend aus Schottland zurückgekommen; sie hatten ihr versprochen, sie dürfe am Wochenende einige Freundinnen einladen. Natürlich hatte Poppy mich eingeladen; aber ich war nicht diejenige, mit der sie die Gästeliste durchging.

»Blake lebte in London, aber was hätte er vorgefunden, wenn er hierher nach Green Down gekommen wäre? Da wir bekanntlich über einer der ersten großen Industrieanlagen des achtzehnten Jahrhunderts leben.« Mrs. Ruthven kämpfte. Die Wimperntusche war unter ihren Augen zerlaufen. Sie hob die Sätze am Ende, als fürchte sie, wir wollten mit ihr diskutieren. »Die unterirdischen Steinbrüche, wie ihr wisst.«

Es klingelte, und sie blieb mitten im Satz stecken. Es folgte das übliche Klappern der Pultdeckel, als alle aus dem Klassenzimmer und zum Mittagessen nach unten drängten, um die besten Tische zu ergattern.

»Katie«, sagte Mrs. Ruthven, »ich muss dich kurz sprechen.«

Ich sah Trish und Poppy schon in der stoßenden, schiebenden Menge an der Tür. Sie guckten sich nicht mal um, um zu sehen, wo ich blieb.

»Ja, Mrs. Ruthven?«

Sie sah wieder aus dem Fenster und wartete, bis die letzten Nachzüglerinnen das Klassenzimmer verlassen hatten und wir allein waren. Der erhöhte Schuh tappte energisch auf den Parkettboden.

»Es läuft nicht besonders gut dieses Trimester, was, Katie?«

Es überlief mich heiß auf Hals und Wangen.

»Mrs. Ruthven?«

»Tu nicht, als wüsstest du nicht, wovon ich spreche. Du gehörst zu den besten Schülerinnen des Jahrgangs. Aber deinen Noten aus der letzten Zeit merkt man das nicht an.«

»Tut mir leid, Mrs. Ruthven.«

»Mir als deiner Klassenlehrerin macht es Sorgen, wenn andere Lehrer neuerdings von dir als einer Schülerin sprechen, die – nun ja, nicht *versagt* aber doch hinter den Erwartungen zurückbleibt. Vor allem in Mathematik, und die brauchst du, wenn du Naturwissenschaften studieren willst ... Findest du, es ist schwerer geworden? Verstehst du etwas nicht?«

»Nein.« Ich hätte mich nicht getraut, es einzugestehen, selbst wenn es so gewesen wäre. »Wirklich. Ich verstehe alles.«

»Was hast du dann für eine Erklärung? Fällt es dir schwer aufzuholen, nachdem du im letzten Trimester krank warst?«

Ich sah auf meine Füße. »Ich weiß nicht.«

»Ist zu Hause alles in Ordnung?«

»Klar«. Ich sah verzweifelt zur Tür und überlegte krampfhaft, was ich sonst noch sagen könnte. »Wirklich, alles bestens.«

»Hm, das will ich hoffen. Vielleicht sollte ich mal mit deinem Vater sprechen.«

»Nein«, sagte ich. »Ich werde mich anstrengen. Ehrlich.«

Mrs. Ruthvens Lippen wurden so schmal wie der Strich unter einer Rechenaufgabe. Sie sah mich bekümmert an. Ich dachte, sie wolle noch was sagen, doch dann griff sie sich ihre Aktenmappe und hinkte hinaus.

Ich hatte nicht gelogen. Ich verstand Mathe. Und zu Hause war alles wie immer. Nur war an diesen helleren Abenden nicht viel Zeit für Hausaufgaben. Trish und Poppy hatten es nach der Schule nicht eilig, nach Hause zu kommen. Aber Trish gelang immer alles, und wenn nicht, regte sich niemand so darüber auf, wie sich mein Dad aufgeregt hätte.

In dem holzgetäfelten Speisesaal mit den Reproduktionen von präraffaelitischen Gemälden ging es so laut zu wie in einem Vogelhaus. Überall kicherten und kreischten Mädchen. An dem Tisch, wo Trish und Poppy saßen, war nichts mehr frei.

»Warum habt ihr mir keinen Platz freigehalten?«

»'tschuldige«, sagte Poppy. »Pauline Jagger wollte, dass wir zusammenrücken, als ihre Freundinnen kamen.«

Ich sah, dass an einem Tisch am anderen Ende des Saals unter Rossettis *Die Geliebte* noch was frei war. Hier saßen lauter Mädchen aus der Klasse über uns, von denen ich keine kannte. Ich quetschte mich ans Ende der Bank; mir war ganz elend zumute. Widerwillig rückten die älteren Mädchen auf, um Platz zu machen. Auf der anderen Seite des Saals steckten Poppy und Trish lachend die Köpfe zusammen.

Ich senkte den Kopf auf meinen Teller.

* * *

In den Pausen durften wir zum Sportplatz gehen, sofern wir uns am Rand aufhielten und den Rasen nicht beschädigten. Ich holte Trish und Poppy auf dem Weg dorthin ein. Unser Stammplatz war eine Stelle neben den Tennisplätzen, wo sich unter den Bäumen eine grasbewachsene Böschung befand. Die betrachteten wir inzwischen als unser Eigentum.

»Schwirrt ab!«, rief Trish einer Gruppe von Neunjährigen zu, die auf der Böschung so was wie »Frau vom Berge« spielten. Sie zerstreuten sich, als sei das sowieso die nächste Etappe des Spiels.

Es war ein heißer, trüber Nachmittag, und es sah nach Regen aus. Die Rosskastanien rings um die Sportplätze blühten, die weißen Kerzen hoben sich leuchtend von dem dunkelgrauen Himmel ab. In der Ferne war ein Surren zu hören, die Sägen in dem Steinbruch unten am Hügel.

Trish pflückte Gänseblümchen und flocht sie in Poppys Haare. Poppy seufzte leicht und tat so, als bräche sie in Trishs Schoß zusammen. Der pure Neid fraß an meinem Innern.

»Im Handarbeitsschrank meiner Mutter hab ich *Lady Chatterley* gefunden«, sagte Trish zu Poppy, »und du errätst nie, wo der Wildhüter die Gänseblümchen hingesteckt hat.«

Mir schlug das Herz bis zum Hals. Ich stieß die Worte aus jener Tiefe hervor, wo sie sich sonst verbargen. »Mein Dad hat mich gestern Abend geschlagen.«

So, jetzt hatte ich ihre Beachtung.

Den ganzen Rest des Tages konnte Trish nicht von dem Thema lassen.

»Wie oft schlägt er dich?«

»Nicht oft.«

Wir waren auf dem Weg zum Biologielabor. Es ging das Gerücht, die Fortpflanzung des Kaninchens sei das einzige interessante Thema, das in diesem Trimester angeboten wurde. Jetzt käme die Schafslunge dran. Poppy hatte mit einem Mädchen aus der nächsthöheren Klasse gesprochen, die sie vorwarnte, das Exemplar sei nicht besonders gut erhalten.

»Und wie oft ist nicht oft?« Trish ließ nicht locker. Unsere Schuhe knarrten auf dem gewienerten Fußboden, als wir um die Ecke bogen und zur Treppe gingen. Zwei Paar Schuhe: Das dritte Paar, das von Poppy, weit hinten im Flur, versuchte uns einzuholen.

»Vielleicht ... so alle drei bis vier Wochen.«

»Als Dad mich das letzte Mal geschlagen hat, war ich sieben und hatte Geld aus Mummys Portemonnaie geklaut. Er hat mir mit einem Lineal auf die Hand geschlagen.«

»Daddy hat mich noch nie gehauen«, piepste Poppy hinter uns, atemlos, weil sie fast den ganzen Weg über den Flur gerannt war, auf die Gefahr hin, nachsitzen zu müssen. Trish ging nicht auf sie ein.

»Aber du hast doch gar nichts Schlimmes gemacht.«

»Es passiert, wenn er sich über was ärgert«, erklärte ich. »Da wird er wütend und verliert die Beherrschung. Danach ist es wieder gut. Er meint es nicht so.«

Trish kaute auf ihrer Unterlippe. »Aber *wie* haben wir ihn geärgert? Wir haben doch gar nichts getan.«

Nichts, außer das Haus gegenüber durch ein Fernglas auszuspionieren in der Hoffnung, Gary Bennetts Pimmel zu sehen.

»Er will nicht, dass jemand in das Zimmer geht.«

»Aber es ist unbenutzt. Schließlich schläft er nicht dort.«

»Nein.« Ich konnte es nicht erklären. Trish hatte eine entspannte, liebevolle Familie. Alle betraten nach Lust und Laune die Zimmer der anderen.

Wir stiegen die Treppe hoch, Poppy keuchte hinter uns her. Als wir um die Ecke bogen, stolperte sie und ließ ihre Bücher fallen, aber Trish blieb nicht stehen und half ihr nicht, sie aufzuheben.

»Die Beule sieht schlimm aus.«

»Ach was.« Mir taten die Beine weh, weil ich so schnell die Treppe raufgelaufen war. Jetzt bereute ich, dass ich es ihnen erzählt hatte.

»Er hätte dir den Schädel einschlagen können.«

»*So* schlimm war es nicht.«

Wir kamen am Labor an. Ich seufzte vor Erleichterung.

Nach der Hälfte des Biologieunterrichts teilte Miss Millichip uns für einen Atemversuch zu Paaren auf. Von der Schafslunge war noch nichts zu sehen, aber der Geruch, der an Miss Millichips Laborkittel haftete, verriet uns, dass die Lunge nicht weit entfernt war. Ich hasste Paarversuche, weil immer die Möglichkeit bestand, dass Poppy mir zuvorkam und sich Trish schnappte, während ich allein dastand.

Aber ich hätte unbesorgt sein können. Trish tat sich sogleich mit mir zusammen.

»Was ist das Schlimmste, das er dir jemals angetan hat?«

»Nicht viel mehr als ab und zu ein blauer Fleck. Ehrlich. Du musst hier reinblasen.«

Trish blies ausgiebig in die Glasglocke. »Was sollen wir jetzt hiermit machen? Hat er dich denn nie irgendwohin geschlagen, wo man's sieht?«

»Wir müssen messen, wie weit der Wasserstand gesunken ist. Einmal hat er mir die Schulter ausgerenkt. Aber er hat beim Militärdienst eine Sanitäterausbildung gemacht und konnte sie wieder einrenken.«

»Dreikommafünf Zentimeter. Hat das wehgetan?«

Ich zuckte zusammen. »Ja ... höllisch.« Die Worte kamen mir fremd vor. Ich konnte mich nicht recht erinnern, wie es sich angefühlt hatte.

»Du musst es jemandem sagen.«

»Nein.«

Trish zuckte die Achseln. »Dann bist du selber schuld, wenn's immer wieder passiert. Jetzt bist du dran mit Blasen.«

Ich blies so fest in die Glasglocke, als wollte ich sie zum Platzen bringen.

Miss Millichip trug ein goldenes Kreuz um den Hals und Faltenröcke, die Mrs. Owen als »praktisch« bezeichnet hätte. Die schauten unter dem weißen Laborkittel hervor. Als wir mit dem Atemversuch fertig waren, mussten wir uns vorne um das große Pult versammeln.

Trish bahnte sich einen Weg in die vorderste Reihe. Ich folgte ihr und wünschte, ich hätte es nicht getan. Auf dem Pult lag etwas Rosa-Graues, schrumpelig wie Finger, die zu lange im Wasser gewesen waren, ein Sack, aus dessen Ende ein makkaroniartiges Röhrchen rausragte. Es roch faul, kupferig, krank. Nein, nicht nur krank – tot, und zwar schon seit langer Zeit.

Miss Millichip zeigte auf das Diagramm an der Tafel hinter ihr.

Sie konnte gut zeichnen, und vor Unterrichtsbeginn hatte sie mit Kreide in drei verschiedenen Farben ein Bild von der ganzen Lunge gemalt und mit säuberlichen Großbuchstaben beschriftet.

»Wie ihr seht, ist dies einer von zwei Lungenflügeln. Das Röhrchen oben dran – wie nennt man das, Trish Klein?«

Trish sah blinzelnd auf die Tafel. »Bronch ... Bronchius?«

»Ohne i. Bron-kus. Der Bronchus hier ...« Miss Millichip stieß mit einem stumpfen, unlackierten Fingernagel an das wabbelige Röhrchen »... ist einer von zwei Ästen, die von der Luftröhre in die Lunge führen. Wenn das Zwerchfell – wo sitzt dein Zwerchfell, Pauline Jagger?« Pauline zeigte unbestimmt auf ihre Magengegend. »Nicht schlecht, aber etwas höher. Hier ...« Miss Millichip piekte Pauline denselben Finger in den Bauch, mit dem sie das Röhrchen angefasst hatte. »Wenn das Zwerchfell flach wird, macht es Platz für die Lungen, damit sie sich ausdehnen können, und Luft wird den Bronchus hinuntergezogen und bläht die Lunge – so ...« Sie schob rasch einen leuchtend gelben Trinkhalm in das Röhrchen. Sie beugte sich vor und blies fest hinein, und der schrumpelige graue Sack füllte sich wie ein alter Luftballon. Ein Gestank nach Ammoniak, der mir irgendwie bekannt vorkam, wehte über das Pult. Plötzlich fand ich es sehr warm im Raum. Ich hatte Schweißperlen hinter den Ohren.

»Die Sauerstoffmoleküle dringen durch die Wände der kleinen Röhrchen in den Lungen – die heißen wie, Katie Carter?«

»Bronchiolen, Miss Millichip.« Meine Stimme schien von irgendwo weit außerhalb von mir zu kommen.

»... und in den Blutkreislauf, wo sie gegen Kohlendioxid ausgetauscht werden, der zurück in die Bronchiolen dringt. Die Bauchmuskeln ziehen sich zusammen, um das Zwerchfell nach oben zu wölben, die Zwischenrippenmuskeln drücken den Brustkorb zusammen, und die Luft wird aus den Lungen gepresst – so!« Sie drückte mit dem Handballen auf das grässlich stinkende Ding, und ein Schwall fauliger Luft schoss aus dem Röhrchen geradewegs in meine Nase. Schweiß brach mir aus allen Poren, und jemand streute mir schwarzes Konfetti vor die Augen.

Ich kam auf dem Boden wieder zu mir. Miss Millichip fächelte mir das Gesicht mit einem Aufsatz über den Augapfel – ich sah etwas wie einen dicken rosa Tintenfisch hin und her blitzen –, während die Klasse sich hinter ihr drängte und mich anstarrte. Alle wirkten enttäuscht, weil ich wieder zu mir gekommen war.

»Hrrrg«, machte ich oder so was Ähnliches. Meine Zunge schien an den unteren Zähnen zu kleben.

Das Gesicht von Miss Millichip war ganz rot und sah erschrocken aus. »Bryony, hol die Krankenschwester, ja? Wie geht es dir, Liebes?«

»Ank, Uff. G-geht schon.« Ich versuchte mich aufzusetzen.

»Bleib liegen, Liebes. Die Schwester kommt gleich. Du bist ohnmächtig geworden. Lieg lieber noch ein bisschen still.« Sie strich mir zärtlich mit der Hand über die Stirn. Die Haare fielen mir aus dem Gesicht. »Das ist aber eine böse Beule. Wo hast du dir die denn geholt?«

Auch die Krankenschwester war besorgt wegen der Beule. Sie dachte, meine Ohnmacht hänge vielleicht damit zusammen.

»Nein, das muss passiert sein, als ich umgekippt bin. Hab mir wohl irgendwo den Kopf gestoßen.«

»Red keinen Unsinn. So schnell bildet sich keine Beule.«

»Hm, vielleicht ist es passiert, als ich mir gestern Abend in der Badewanne den Kopf gestoßen habe. Ich hab mir die Haare unter Wasser ausgespült, und als ich auftauchte, bin ich an den Heißwasserhahn gerummst. Ich wusste gar nicht, dass es geschwollen ist. Ist es wirklich schlimm?« Ich riss die Augen so weit auf, wie ich nur konnte. »Haben Sie einen Spiegel? Kann ich mal sehen?«

Sie schwankte. »Ich finde, wir sollten dich röntgen lassen.«

»O nein. Fühlen Sie mal. Alles in Ordnung. Kein Loch im Kopf.«

»Möglicherweise hast du eine Gehirnerschütterung.«

»Aber das würde ich doch merken. Ehrlich, mir geht's gut.«

»Hast du Kopfschmerzen? Hattest du gestern Abend welche oder heute?«

»Absolut nichts. Aber …« Ich machte plötzlich ein schuldbewusstes Gesicht. »Ich hab heute Mittag nichts gegessen. Es gab Eintopf, und den mag ich nicht. Und ich hab meine Periode.«

»Ah.« Die Schwester überlegte kurz. Sie hatte offenbar keine große Lust, mich ins Krankenhaus am anderen Ende der Stadt zu bringen. Sie sah mir fest in die Augen. Ich starrte zurück und betete, dass ich nicht schielte.

»Na gut. Aber ich fahre dich nach Hause und spreche mit deiner Mum. Wenn dir wieder schwindlig wird, soll sie dich sofort in die Notaufnahme bringen.«

»Ich hab nur meinen Dad. Er will sicher nicht, dass Sie sich Sorgen machen. Ich kann allein nach Hause gehen, wirklich.«

Aber damit kam ich nicht durch. Die Schwester verfrachtete mich in ihren Morris Minor und fuhr mich nach Hause. Natürlich war mein Vater nicht da. Er würde erst in einer Ewigkeit zurückkommen, aber das verriet ich ihr nicht. Ich sagte, ich würde gleich zu Mrs. Owen gehen, sobald ich meine Bücher abgeladen und mir ein Schinkenbrot gemacht hätte, und ich gelobte aufrichtig, meinem Vater auszurichten, dass er mich sofort in die Notaufnahme bringen müsse, falls ich noch einmal einen Schwindelanfall hätte.

Sie fuhr davon, vermutlich froh, zeitig ins Wochenende zu kommen. Ich sah ihr nach, dann ging ich ins Haus. Jesus blickte mit seinen großen traurigen Augen von der Wohnzimmerwand auf mich herunter. Jetzt war er unglücklich, weil ich eine so gute Lügnerin war. Ich bekam meine Tage noch gar nicht.

Als mein Vater um sechs Uhr nach Hause kam, brachte er eine große Packung Walls-Eiskrem mit, Kaffeegeschmack, meine Lieblingssorte. Er schob sie mir vorsichtig über den Tisch zu. Unsere Blicke trafen sich.

7

Wie stark sich doch im Lauf der Jahre der Männergeschmack von Mädchen ändert! An der Uni mochten wir schmächtige, zart wirkende Männer. Keine Männer wie Martin – Martin war alles andere als schmächtig, eher wie ein Rugbyspieler gebaut. Die Männer, für die wir schwärmten, hatten keinen nennenswerten Brustkorb, sie waren tatsächlich praktisch konkav, mit schmalen Schultern und knochigen Handgelenken. Sie sahen unterernährt aus, wie Strichmännchen, aber wir hielten sie für sensible Intellektuelle. Ha!

Ich habe einen geheiratet, ich dumme Kuh. Martin hatte mir abgeraten.

Später standen alle netten auf Mädchen Börsenmakler. Na ja, vielleicht nicht wörtlich genommen. Die meisten waren Wichser. Doch irgendwie wurden breite männliche Schultern modern, kantige Kinnpartien, schicke, gut geschnittene Anzüge, sogar ein gemütlicher Bauchansatz. Viele Geschäftsessen sprachen für einen guten Ernährer.

Diese Phase habe ich übersprungen. Ich war noch an Mister Gefühlvoll gebunden. Nur hätte ich Nick unterdessen anders beschrieben. Wir lebten offiziell noch zusammen in dem Haus in Chiswick, das wir uns nur von meinem Geld leisten konnten. Aber ich hielt mich immer mehr in Cornwall auf, in dem Wochenend-Cottage, das ich von meinem Überstundengeld gekauft hatte, als ich auf den Bohrinseln arbeitete. Ich hasste Nicks dreimalschlaue Medienfreunde, ich hasste meinen Job bei Shell. Darum wurde es auf einmal ein Werktags-Cottage, und ich beschäftigte mich mit Bergbau.

Mitte der Neunziger wurde *rau* modern. Handwerker mit schwieligen Händen. Muskeln, kurzgeschorenes Haar, sogar die eine oder andere Tätowierung. Da war es nicht das Schlechteste, unter Tage zu arbeiten. Gelegenheiten noch und noch. Martin nahm die meisten wahr, aber ich pickte mir die Rosinen raus. Mister Gefühl*los*, wie wir meinen Ex-Mann nennen sollten, war inzwischen an die Westküste gezogen, um seinen Medienroman zu schreiben, witzig, ironisch, nie vollendet. Er bildete sich ein, auf der Überholspur zu leben, das Kaff hieß Aberystwyth.

Das waren meine Gedanken, als ich Gary Bennett in dem Restaurant gegenübersitze, das er ausgesucht hat. Heute Nachmittag sah er in Schutzhelm und verwaschenem blauen Sweatshirt wie das Ideal des Millenium-Manns aus, aber heute Abend hat er mich verblüfft, als er im Anzug auftauchte, anthrazitgraue Wolle, gut geschnitten, gut gebügelt. Dagegen komme ich mir schmuddelig vor, obwohl ich meine beste Hose und einen schwarzen Kaschmirpullover trage. Mit Erleichterung entdeckte ich, dass er sich nicht die Mühe gemacht hat, den Geländewagen zu waschen.

Sein Restaurantgeschmack passt auch nicht zu mir. Ist nicht so ganz mein Ding. Zu viel dunkelroter Samt und Holztäfelung. Man hat uns in eine gemütliche Ecke platziert, damit der Kellner uns nicht allzu viel Beachtung schenken muss. Das Essen ist in Ordnung, klassisch französisch, die Soßen ein bisschen schwer, aber alles andere schmeckt frisch.

Gary mampft begeistert ein Steak au poivre; er hat von der Speisekarte genau das gewählt, was ich von ihm erwartet hätte. Ich genieße die Ente und ein großes Glas Rotwein. Gary hat lange, sensibel aussehende Finger, die Nägel sind adrett und sauber. Ich weiß nicht, wann ich meine – die übliche Mischung aus langen und abgebrochenen – das letzte Mal gefeilt habe. Ich lege meine Gabel auf den Teller und stecke die Hände unter den Tisch.

Gleich werde ich was sagen müssen, aber mir fällt nichts ein. Die Unterhaltung war bis jetzt nicht allzu quälend und stockend – seine Militärzeit in Nordirland, meine zwei Jahre in Kanada –, sie ist aber auch nicht gerade flüssig. Ich trinke einfach noch etwas Wein.

Er hebt den Kopf gerade rechtzeitig von seinem Steak, um zu sehen, dass ich nach der Flasche greife. Er hält mit der Gabel kurz vor dem Mund inne, legt sie mit dem Stückchen blutigen Fleisches sorgsam auf dem Tellerrand ab und sagt: »Lassen Sie mich das machen.«

Gluckgluckgluck. Lieblicher Duft nach schwarzen Johannisbeeren entströmt der Flasche. Aber ich habe so eine Ahnung, dass es im Rückblick kein so lieblicher Duft sein wird. Heute Abend schmeckt der Wein nach Ribena, aber morgen früh wird er sich in meinem Bauch in Batteriesäure verwandelt haben. Ich will meine Hand über das Glas legen, aber Gary will es unbedingt bis zum Rand vollschenken.

»Nicht. Sie machen mich betrunken.«

»Sie müssen nicht fahren. Einer muss die Flasche leeren.«

»Gönnen Sie sie dem Kellner.«

Gary schaut entrüstet. Ich kann mir nicht denken, warum. Er hat gesagt, die Firma zahlt das Essen. Oder haben sie so eine knickrige Abmachung, dass die Angestellten alkoholische Getränke selbst bezahlen müssen?

»Es ist ein Gevrey-Chambertin.«

»Der Kellner weiß ihn vermutlich mehr zu schätzen als ich.«

»Schmeckt er Ihnen nicht?«

Schuldbewusst sage ich: »Verzeihung, so hatte ich das nicht gemeint. Der Wein ist gut. Ich mag nur nicht betrunken werden.«

»Von weniger als einer Flasche?«

»Mein Ex-Mann war Alkoholiker. Ist Alkoholiker, besser gesagt. Dass er mich verließ, hat ihn nicht kuriert.«

»Oh. Ach so.« Gary denkt kurz nach, während er den letzten Happen Steak verzehrt. Er legt das Besteck hin. »Ich bin auch geschieden.«

Oh, nein. Ich habe mich auf einen Abend nachehelichen Weltschmerz eingelassen. Es wäre höflich, ihn danach zu fragen, aber ich will mir nicht anhören müssen, wie jemand anders es ebenfalls verpfuscht hat. Zum Glück stattet der Kellner uns in diesem Moment seinen stündlichen Besuch ab. Er hat diesen beflissenen Ausdruck im Gesicht, der besagt, dass er gleich fragen wird, ob's geschmeckt hat.

Er ahnt nicht, was auf ihn zukommt.

»Herr Ober!«, sage ich sehr laut mit so viel Empörung, wie ich in so kurzer Zeit aufbringen kann.

Sein Kopf fährt hoch. Seine Hand verweilt unentschlossen neben meinem Teller.

»Madame?«

Ich kann pseudofranzösische Kellner nicht ausstehen. Besonders solche, die einen fast den ganzen Abend ignorieren und dann ein großzügiges Trinkgeld erwarten, nur weil sie daran gedacht haben zu fragen, ob alles recht war.

»Der Wein ist verdorben. Er korkt.«

Der Kellner starrt mich an. Er kann es nicht fassen. Die Flasche ist mehr als dreiviertel leer. Verwirrung und Verdacht huschen in seinem Gesicht hin und her. Er überlegt, ob er es wagen soll, mir zu widersprechen.

»Aber Madame ... die Flasche ...«

»Mein Mann hat das meiste getrunken. Sein Gaumen ist ungefähr so empfindlich wie Beton.«

Man kann Garys Gaumen beinahe *sehen*, so weit ist ihm der Kinnladen runtergefallen.

»Ich habe soeben den ersten Schluck getrunken«, fahre ich fort, »und ich sage Ihnen, der Wein schmeckt entschieden nach Korken.«

Der Kellner sieht auf mein fast volles Glas. Er ist überzeugt, dass ich lüge, aber das Restaurant ist zu schlecht beleuchtet, und er war zu sehr mit anderen Dingen beschäftigt, um mich trinken zu sehen. Er starrt mich an. Ich sehe, wie er abwägt: *Trinkgeld, kein Trinkgeld?* Es ist ein heikler Moment. Wenn er sagt, er holt den Geschäftsführer, bin ich geliefert. Ich versuche, seinem Blick standzuhalten und weiterzuatmen.

»Wünschen Madame eine andere Flasche?«

Puhh.

»Nein danke. Ich erwarte nur, dass Sie diese nicht berechnen.«

»Selbstverständlich, Madame.« Er nimmt die Flasche so übervorsichtig, als enthielte sie flüssiges Gelatinedynamit. Im Weggehen schnuppert er misstrauisch daran.

Gary Bennett hat seine Kinnlade fast wieder in der Gewalt. »Was war das denn für eine Vorstellung?« Er bemüht sich, nicht zu lachen, falls der Kellner uns hört, aber ich merke, alles ist gut, es macht ihm nichts aus, dass ich ihn wie einen Deppen habe dastehen lassen.

»Den Trick habe ich von meinem Ex-Mann gelernt. Wie man in schicken Restaurants umsonst trinkt. Es gelingt nur in den richtig snobistischen Läden, in denen der Gast immer Recht hat und Aufruhr ihnen peinlich ist. Natürlich wäre Nick schon bei der zweiten Flasche gewesen.«

Gary Bennett lacht jetzt frei heraus. »Ich hab wirklich alles falsch gemacht! Sie mochten den Wein nicht, und das Restaurant mögen Sie auch nicht.«

»Den Wein mochte ich. Und das Restaurant ist in Ordnung ...«

»Nur zu protzig?«

»Ja. Hm. Verzeihung – ist es Ihr Lieblingslokal?«

»Ich bin zum ersten Mal hier. Gewöhnlich halte ich mich an Pizza Express.«

»Dorthin hätten Sie mit mir doch auch gehen können!«

»Auf Spesen?«

»Sie haben Recht, man muss die Kerle schröpfen. Immerhin haben wir ihnen den Preis für eine Flasche Wein erspart.«

»Den haben wir *mir* erspart. Sie haben es mit Waliser Methodisten zu tun – die Vereinbarung sieht vor, dass Auslagen für alkoholische Getränke nicht erstattet werden.«

»Das hab ich mir gedacht. Sie haben es zu persönlich genommen, als ich vorschlug, den Wein dem Kellner zu gönnen.« Ich lehnte mich triumphierend zurück. »Auf jeden Fall lassen wir uns am besten die Rechnung geben, bevor er den Mut fasst, den Rest der Flasche selbst zu trinken.«

Gary gibt ein großzügiges Trinkgeld. Als er mir in den Mantel hilft, streifen die langen sensiblen Finger meine Schulter, zucken dann nervös zurück – ein bisschen wie die Unterhaltung an diesem Abend. Dabei fällt mir plötzlich auf: Warum führt der Vorarbeiter mich zum Essen aus und nicht der Minenverwalter?

Er lacht immer noch, als er an der Hotelbar was zu trinken bestellt. »Sie werden hier nicht denselben Trick anwenden, oder? Ich glaube nicht, dass mein Blutdruck das zweimal an einem Abend übersteht.«

»Nicks Regel hieß: niemals da, wohin man zurückkommen will.«

»Er hört sich nach einem Original an, Ihr Ex.«

»Glauben Sie mir, er war keins.«

Gary trägt die Getränke zu einem Tisch auf der verglasten Veranda, die auf das Wehr hinaussieht. Zumindest vermute ich, dass sie aufs Wehr hinaussieht; denn wir hören es, ein stetes Hintergrundrauschen. An Sommerabenden muss die Aussicht herrlich sein, aber heute Abend sind nur unsere Spiegelbilder in der Fensterscheibe zu sehen. Gary mit seinem kantigen, kräftigen Gesicht, das im Lampenlicht voller Kerben und Spalten einem Kalkstein gleicht, ich mit struppigen Haaren, die nie glatt anliegen, gleichgültig, wie gut sie geschnitten sind, und dem herzförmigen Gesicht, das zu scharfe Linien hat, um hübsch zu sein. Heute Abend sehe ich nicht ganz so traurig aus, aber immer noch erschöpft und in mich gekehrt. Wir könnten ein Ehepaar sein, das sich schon so lange kennt, dass ihm der Gesprächsstoff ausgegangen ist, oder zwei Fremde, die so schüchtern sind, dass sie nicht wissen, was sie sich sagen sollen.

»Und was macht er so, Ihr Ex?«

»Er war so was wie Journalist. Er hätte richtig gut sein können, aber er hat sich zu viel in Bars rumgetrieben.«

»Ich dachte, das machen Journalisten immer so – und können trotzdem schreiben.«

»Auf Papier macht sich Nuscheln nicht bemerkbar – Nick war beim Radio.«

»Ah.«

»Er arbeitet noch freiberuflich, aber die meiste Zeit sitzt er in dem Pub, den er vom Erlös aus dem Verkauf meines Hauses erworben hat, und vertrinkt den Gewinn. Aberystwyth gibt wenig Anlass zu Sensationsberichterstattung.«

Gary Bennett trinkt Mineralwasser. Er folgt meinem Blick zu der Flasche und zuckt die Achseln. Ich bin bei koffeinfreiem Kaffee. Nick würde jetzt die Kokainlinien legen. Ich lebe gefährlich, indem ich mir das Schoko-Mint-Täfelchen in den Mund schiebe, das es zum Kaffee gibt.

»Haben Sie Kinder?«, fragt Gary.

»Gott sei Dank nicht. Ich hätte wohl nicht den Mut gehabt, Nick rauszuwerfen, wenn ich Kinder gehabt hätte.«

»Das kann ich mir kaum vorstellen. Sie kommen mir nicht gerade unterwürfig vor.«

»Es ist was anderes, wenn man an Kinder denken muss. Ich hätte zum Beispiel diesen Job nicht machen können. Wir wären auf Nick angewiesen gewesen. Haben Sie Kinder?«

Etwas Undeutbares huscht über Garys Gesicht. Es könnte nur ein Magendrücken sein, die Rache des Steak au poivre, aber das glaube ich nicht.

»Ein Kind. Lebt bei meiner Ex-Frau.«

»Sie dürfen es aber sehen?«

»Nein.«

Ich warte, aber er erklärt es nicht näher. Direkt zu fragen scheint mir unhöflich, trotzdem frage ich.

»Das ist kompliziert. Sie ist mit einem südafrikanischen Fahrlehrer zusammen, der hält sich einen Schäferhund, den er Ripper ruft. Jeff behauptet, er hat ihn abgerichtet, schwarzen Männern die Eier abzureißen. Ich halte mich vorsichtshalber fern. Ich habe den Eindruck, der Hund ist farbenblind.« Er trinkt einen großen Schluck Wasser, und um seine Augen legen sich Falten, wie anscheinend immer dann, wenn er nach der richtigen Art und Weise sucht, Zusammenhänge darzulegen. »Aber genug von mir. Was dagegen, wenn ich rauche?«

»Nur wenn Sie mir keine anbieten.«

Er zieht ein Päckchen Extra Mild aus seiner Jackentasche und hält es mir hin.

»Ich sollte es aufgeben«, sage ich und beuge mich zum Feuerzeug. »Ich versuche es jedes Mal, wenn ich einen neuen Job anfange. Ohne Erfolg.«

Er zieht das Feuerzeug blitzschnell weg. »Dann will ich Sie nicht in Versuchung führen.«

»Scheiß drauf.« Schon kabbeln wir uns, wie ich es mit Martin tue. Ich packe seine Hand und ziehe sie zu mir. Er dreht das Rädchen, und ich zünde mir die Zigarette an, die Finger noch um seine Hand gelegt, um die Flamme zu schützen. Warum tue ich das? Ich berühre Menschen nicht gern. Ich lasse seine Hand los und nehme einen langen Zug. Er zündet sich auch eine an. Er sieht mich an.

»Warum haben Sie im Restaurant den Trick abgezogen?«

Ich weiß es nicht.

»Ich hab Ihnen doch gesagt, Möchtegern ist mir ein Gräuel.«

Ich wollte, dass du mich beachtest.

»Deckt denn nie jemand Ihren Bluff auf, Kit?«

»Manchmal. Das macht es ja so aufregend.«

Er klopft seine Zigarette ganz vorsichtig am Rand des Aschenbechers ab. »Ich hoffe nur, dass Sie sich unter Tage nicht so benehmen.«

»*Weil* ich mich unter Tage nicht so benehme, muss ich in schicken Restaurants meine Spielchen treiben.«

»Verstehe.«

Er versteht es nicht. Er sieht mich jetzt eindringlich an, als wolle er meine Gedanken lesen, und ich versuche seinem Blick standzuhalten, obwohl mein Instinkt mir sagt: Läden runterlassen und wegschauen.

»Verdammt, Gary, die Zigaretten schmecken nach nichts.« Ich muss unbedingt weiterreden; es gab beinahe einen gefährlichen Moment. Das Paar in der Fensterscheibe hat sehr ernst ausgesehen. »Wenn Sie sich schon umbringen wollen, dann wenigstens mit was Stärkerem. Damit Sie spüren, dass Sie rauchen. Ich brauche noch einen Kaffee, um in die Gänge zu kommen.«

Er steht auf und legt seine Zigarette sorgsam auf den Rand des Aschenbechers. »Wollen Sie wirklich nicht was Stärkeres dazu? Einen Brandy? Whisky vielleicht?«

»Ach, warum nicht? Laphroaig, wenn sie den haben.« Meine schwache Stelle, torfig und rauchig. »Und noch Schokolade«, füge ich hinzu.

»Bitte.«

»Bitte.«

Ich sehe ihm nach, wie er an die Bar geht, um den Kaffee zu holen. Nicht viele Männer würden gleich so springen. Er hat schöne Schultern in dem anthrazitgrauen Sakko, einen forschen Gang. Unter dem Stoff bewegen sich Muskeln. Aber vermutlich verachtet er mich jetzt, weil ich mich so bedienen lasse. Die Zigarette, die er im Aschenbecher abgelegt hat, ringelt eine lange Rauchspirale in die Luft, dann schickt sie stotternd mehrere kleine Stöße los, wie ein SOS.

Es ist zu heiß hier drin. Ich schwitze, mein Pullover klebt mir am Rücken.

... ging langsam die Treppe hinunter ihm entgegen, den Blick auf das blasse V seiner Brust geheftet; die langen Haare ringeln sich auf seinem

Schlüsselbein. Er würde meinen Schweiß ebenso riechen, wenn ich die Hand ausstreckte, wie ich seinen gerochen hatte …

Einen Moment lang habe ich beinahe vergessen, dass ich ihn früher gekannt habe, in einem anderen Leben.

Es ist eindeutig, dass er mich vergessen hat. Würde er sich erinnern, hätte er mich weder heute noch an einem anderen Abend zum Essen eingeladen.

Verdammt, was tu ich? Ich muss verrückt gewesen sein, nach Green Down zurückzukommen.

Ich weiß, ich weiß, es ist Freitagabend, noch nicht elf Uhr, morgen ist Samstag. Ich muss nicht zur Arbeit, ich kann lange aufbleiben und dann ausschlafen. Aber ich bin todmüde. Ich werde den Laphroaig trinken, den er mir bringt, noch eine von seinen Luftzigaretten rauchen, mich für den schönen Abend bedanken und ins Bett sinken.

8

Unsere Küche roch noch feuchter als sonst: nach Seifenwasser und nasser Wolle. Mrs. Owen kniete wie eine Betende, unter der offenen Backofentür lag Zeitungspapier ausgebreitet, um die orangebraunen Tropfen aufzufangen, während Mrs. Owen dem eingebrannten Fett von zwei Monaten zu Leibe rückte. Ihr gewaltiges Hinterteil bewegte sich beim Scheuern rhythmisch auf und ab. Ich stand am Spülbecken und schrubbte die Grillroste. Meine Hände waren knallrot vom heißen Wasser, die Fingerspitzen runzlig wie Rosinen.

Mein Vater war zur Arbeit gegangen; samstag morgens bekam ich ihn nie zu sehen.

»Wasser!«, donnerte es dumpf aus dem Innern des Ofens. Ich gehorchte beflissen. Meine zweite Aufgabe bestand darin, die Plastikschüssel immer wieder mit frischem Wasser zu füllen, damit Mrs. Owen den Lappen ausspülen konnte.

»Dein Vater meint wohl, das machen die Heinzelmännchen.« Ihr

Kopf war noch im Ofen. »Diese Stelle ist besonders hartnäckig. Ist das Wasser sauber?«

Ich hockte mich neben sie, das Wasser schwappte über den Schüsselrand. Die Augen tränten mir von dem strengen Geruch des Backofenreinigers. Mrs. Owen rutschte auf den Knien rückwärts, und ihre steifen grauen Locken tauchten aus dem Ofen auf. Sie sah aus wie ein Topfkratzer in Menschengestalt.

»Du solltest bei deinen Freundinnen sein, Herzblatt«, murrte Mrs. Owen. Sie tauchte ihren Lappen energisch in meine Schüssel. Wieder schwappte Wasser auf die Zeitung. »Jesses, verdammt, guck dir nur mal mein Kleid an.« Sie lachte, ein großes Kind, das ausgelassen in Pfützen planscht. »Ein letztes Mal noch.« Ihr Drahtwollekopf verschwand wieder.

Ich setzte mich im Schneidersitz auf den Fußboden, balancierte die Schüssel auf dem Schoß, stets zu Diensten von Mrs. Owen, der Hauspriesterin. Mein Vater dachte nicht, dass die Heinzelmännchen saubermachten und Staub wischten und Wäsche wuschen; er dachte, das machte ich.

Im Vorderzimmer lief das Radio, ich hörte knisterndes Lachen und Applaus. Wir schalteten es immer ein, wenn Mrs. Owen kam, weil die Uhr in der Küche nicht ging, und ich musste auf die kurzen Pieptöne zu Beginn der Mittagsnachrichten lauschen; denn dann war es Zeit für Mrs. Owen, sich die Hände zu waschen, ihr nasses Kleid auszuschütteln und so spurlos zu verschwinden wie ein Kobold, bevor mein Vater nach Hause kam.

Mit einem letzten Grunzen tauchte Mrs. Owen auf und hielt ihren fettigen Lappen in die Höhe. Ich hielt ihr die Schüssel hin. Sie tauchte den Lappen ein und wrang ihn aus. Ich stellte die Schüssel ab, und wir zupften beide an unseren nassen Oberteilen.

»Ich weiß nicht, was dein Dad hier kocht, aber es ist immer alles schmutzig.«

Mrs. Owen konnte sich nicht vorstellen, dass mein Vater kochen konnte, und ergänzte unsere Kost daher mit ihren Eintopfgerichten und mächtigen Biskuitkuchen. Sie schrieb meine geringe Größe Mangelernährung zu, aber da irrte sie sich. Meine Mutter war klein. Es gab ein Foto von ihr auf der Hochzeitsreise in Cromer. Mein Dad, den Arm um ihre Schultern, um sie vor dem kalten Norfolkwind zu schützen, überragte sie, obwohl er nicht besonders groß war.

Mrs. Owen zerknüllte die Zeitung und warf sie in den Abfalleimer. Sie zog die Gummihandschuhe aus und kramte in ihrer Tasche nach Zigaretten. Sie wollte keine rauchen; sie erinnerte sich nur gern, dass sie da waren.

»Das hast du gut gemacht«, sagte sie mit Blick auf die Roste. Sie glänzten. »Schieb sie in den Ofen, und dann trinken wir erst mal einen guten Kaffee.«

Nur ein Kaffee und ein Schwätzchen – das war Mrs. Owens einzige Belohnung für ihre Mühen, und ich brachte es nie fertig, es ihr abzuschlagen. Ich ließ Wasser in den Kessel laufen.

»Nicht zu stark, Herzblatt«, mahnte Mrs. Owen. »Sonst krieg ich Herzklabastern.« Sie setzte sich an den Tisch. Ich wusste, sie hätte gern eine Zigarette geraucht, aber mein Vater rauchte nicht, und das Tabakaroma, vermischt mit dem Putzmittelgeruch, würde uns beiden Ärger bereiten.

Die Küche in unserem Haus war klein. Sie war noch genauso wie 1962, als mein Vater und meine Mutter nach meiner Geburt hier eingezogen waren. Es war gerade genug Platz für den Tisch mit der roten Resopalplatte und zwei rote Plastikstühle. An den Unterschränken blätterte die cremeweiße Farbe ab, und die Schiebetüren der Furnierholzschränke an den Wänden waren verzogen und ließen sich zuweilen nur halb schließen. Ich hatte den Schrank, aus dem ich die Kaffeedose genommen hatte, nicht zubekommen, und Mrs. Owen betrachtete ihn nachdenklich.

»Wird Zeit, dass dein Dad mal streichen läßt«, sagte sie, als ich den Kaffee vor sie hinstellte.

Ich malte mir aus, wie der erhitzte Gary Bennett auf einer Leiter Farbe an die Decke klatschte. Ich wusste, das würde nicht geschehen. Mein Dad würde niemanden bezahlen, um zu streichen; er würde selbst auf der Leiter stehen. Vielmehr, er würde gar nichts machen.

»Er sagt immer, er hat zu viel zu tun«, sagte ich in der Hoffnung,

Mrs. Owen zu veranlassen, von Gary zu sprechen, der vor kurzem ihre Küche gestrichen hatte. Aber so leicht war sie nicht zu verleiten.

»Und die Schränke müssen verschwinden«, sagte sie. »Eine neue Küche bei MFI kostet gar nicht viel. Ein praktisch veranlagter Mann wie er würde nicht lange brauchen, um sie einzubauen.«

Poppys Mutter hatte eine Küche aus Deutschland kommen lassen, die über tausend Pfund kostete. Sie hatte lila und grüne Blümchen auf den Schranktüren und eine wunderschöne Marmorarbeitsfläche. Aber Poppys Küche war dreimal so groß wie unsere, und sie hatten einen Swimmingpool im Garten. Poppys Dad fuhr einen dicken grauen Daimler, und ihre Mum hatte einen himmelblauen Kombi zum Rumkutschieren.

»Du bist so still«, sagte Mrs. Owen. »Was ist, hat's dir die Sprache verschlagen?«

»'tschuldigung. Müde. Hab nicht besonders gut geschlafen.«

»Dein Vater hätte dich nicht auf diese Schule schicken sollen.« Die Stirn von Mrs. Owen wellte sich wie ihre Locken. »Schlimm, wie hart die dich rannehmen. Und immer hast du die Nase in einem Buch. Ich weiß nicht, meine waren nie so wie du.« Mrs. Owens Töchter hatten beide ordentliche Milchmänner geheiratet. Sie hatten sie zusammen bei einer Tanzveranstaltung im Kirchensaal kennengelernt und wohnten nun in der Nachbarschaft, wo sie stramme milchweiße Babys aufzogen. Ihre Vorstellung von Lektüre waren die Strickmuster in *Woman's Weekly*. »Ich sag ja, was sollen die Mädchen mit Wissenschaft?«

Meine Finger malten eine Ammonitenspirale auf die Tischplatte. Ich lauschte mit einem Ohr auf die kurzen Pieptöne.

Mrs. Owen verstand den Hinweis und stand schwerfällig auf. Ihren Kaffee hatte sie nur halb getrunken.

»Ich geh jetzt lieber. Keith ist sicher schon unterwegs.« Sie gab immer vor, sie ginge, weil ihr Mann bald nach Hause käme, nicht mein Vater. »Meine Güte, da draußen ist es schwarz wie die Nacht.« Sie sah aus dem Küchenfenster auf die sich zusammenballenden Regenwolken. »Mach mal Licht, Katie, man sieht ja die Hand vor Augen nicht.« Sie gebrauchte gerne Redensarten, auch Anrufungen, um die Götter zu besänftigen, die für Frauenangelegenheiten und für das Wetter zuständig waren. Ich erhob mich von meinem Plastikstuhl und holte ein sauberes Geschirrtuch, während sie die Kaffeebecher spülte.

»Dein Dad kommt bestimmt patschnass nach Hause. Grüß ihn von mir, ja?« Dabei wusste sie genau, dass ich es ihm nie erzählte, wenn sie hier gewesen war.

Als sie die Becher wegräumte, hatte ich plötzlich das Bedürfnis, sie zu umarmen; ich sehnte mich nach dem Gefühl ihres mächtigen durchnässten Busens an meiner Wange. Aber so etwas tat ich nie. Sie zauste mich am Kopf, als sie auf dem Weg zur Tür an mir vorbeiging, und ich drückte mich an ihre Hand wie eine Katze. Das war das Höchste an Zärtlichkeit zwischen uns. Als ich die Haustür hinter ihr zufallen hörte, setzte ich mich wieder an den Tisch und dachte an meine Mutter.

Meine letzte Erinnerung an meine Mutter ist kaum eine Erinnerung. Es ist mehr ein Gefühl, warm und geborgen zu sein; die Einzelheiten sind ganz deutlich und zugleich unwirklich. Vielleicht habe ich mir alles nur eingebildet. Es ist Weihnachten oder kurz davor, glaube ich – überall sind lauter Glitzersachen, und ich sehe Feuerschein auf glänzenden Kugeln. Auf einem Ständer vor dem Kamin hängen Sachen zum Trocknen, Fäustlinge, Socken und mein blaues Mäntelchen. Es riecht nach feuchter Wolle. Ich habe draußen im Schnee gespielt, aber jetzt ist es dunkel und Zeit fürs Bett; ich habe eine Schüssel voll mit etwas gegessen, das breiig und süß und lecker und leuchtend orangegelb war. Ich bin im Schlafanzug, und ich kuschele mich müde auf das Sofa mit der hohen Rückenlehne, und meine Mutter liest mir eine Geschichte von Zwinki, Blinki und Nicki vor, drei Fischer, die in den Armen eines Halbmondes, der wie ein Schiff am Himmel segelt, in den Schlaf gewiegt werden. Oder war es ein Holzschuh? Auch ich lasse mich treiben, eingehüllt in den nass-warmen Geruch dampfender Kleider.

Ob dies wirklich das letzte Mal war, dass ich meine Mutter sah, wusste ich nicht genau, aber ich hatte es als das letzte Mal in Erinnerung. Vor Neujahr war sie verschwunden. Seitdem holte mein Vater in jedem Dezember die Pakete mit Lametta und die laternenförmigen Christbaumlichter hervor, die immer wieder durchbrannten und die er geduldig reparierte, Jahr für Jahr. Aber es war nie mehr wie früher. Das überirdische Schiff, in dem Zwinki, Blinki und Nicki am Himmel segelten, hatte auch meine Mutter mitgenommen.

Mein Vater sprach nie darüber, wie oder warum sie fortgegangen war. »Sie ist weggegangen«, sagte er unbestimmt, wenn ich nach ihr weinte, als ich noch klein war. »Schsch. Sei brav, sonst hört sie dich und kommt nie wieder.«

Aber sosehr ich mich auch bemühte, brav zu sein, sie kam nie wieder.

Niemand erklärte es mir. Was ich wusste, hatte ich aufgeschnappt. Eines Tages in den Schulferien – ich muss damals acht oder neun gewesen sein, verkroch mich aber immer noch unter dem Esstisch und spielte für mich allein Mutter und Kind – passte Mrs. Owen auf mich auf, während mein Dad bei der Arbeit war. Sie hatte zwei Freundinnen eingeladen. Sie saßen im rückwärtigen Zimmer, die Fenstertüren standen offen, damit der Rauch von ihren Zigaretten hinauswehte. Sie wussten nicht, dass ich sie hören konnte.

Mrs. Pegg musste das Foto von meiner Mutter auf dem Kaminsims gesehen haben.

»Stellt euch das mal vor«, sagte sie und stieß eine dünne Rauchfahne aus, »ihr würdet einfach abhauen und euer Kind verlassen.«

Ich lehnte mich in der Häschenhocke ans Tischbein und hob die Tischdecke an, um besser zu hören.

»Keine Großeltern?«, fragte Mrs. Joad.

»Alle tot«, erklärte Mrs. Owen.

»Armes Lämmchen«, sagte Mrs. Joad.

»Armes kleines Herzblatt«, stimmte Mrs. Owen zu. Da merkte ich, dass sie über mich sprachen. Sie nannte mich immer ihr kleines Herzblatt.

»Schreibt sie nicht mal? Schickt sie keine Geburtstagskarten?«

»Sie ist einfach abgehauen. Man sollte nicht denken, dass eine Mutter das kann, oder? Einfach verschwinden und aus.«

»Herzlos.«

»Dem hat sie quasi die Eier abgeschnitten.« Mrs. Pegg wieherte. »Ein echter Mann hätte sie doch zurückgeholt.«

Ich hörte ein Rascheln, als Mrs. Owen sich auf dem Zweiersofa zurücklehnte. Ihre Lippen schmatzten an der Zigarette. »Sie war in anderen Umständen, als sie ging.«

»Nicht von ihm?«

»Von einem anderen, möcht ich wetten. Sie war mit einem anderen Mann zusammen.« Sie beugte sich vor und flüsterte etwas, das sich wie *Sollat* anhörte.

Ich wollte noch mehr hören, aber ich musste mich irgendwie verraten haben. Die Tischdecke schnellte zur Seite. Drei große Gesichter spähten zu mir herunter, atmeten Tabakgeruch aus, wollten wissen, wie viel ich verstanden hatte.

»Der Ärmste«, hörte ich Mrs. Joad in der Tür sagen, wo sie ihren Plastikregenmantel überzog. »Ganz allein so ein Kind großzuziehen. Gelingt ihm aber gut, oder?«

Dann etwas Unhörbares von Mrs. Owen – vermutlich »mir zu verdanken«. Sie kehrte mir den Rücken zu, und ich schlich mich hinter ihr in die Diele.

»Freilich«, tuschelte Mrs. Pegg, »es gibt immer zwei Seiten, nicht? Vielleicht hat er sie aus dem Haus *gejagt*.«

»O nein«, sagte Mrs. Owen. »Er ist ein reizender Mensch. Immer höflich. Immer freundlich.«

Ihre Loyalität war fehl am Platz. Bald darauf passte es meinem Vater nicht mehr, Mrs. Owen die ganze Zeit bei uns im Haus zu haben. Er sagte zu mir, sie sei zu neugierig, und vielleicht hat er es ihr auch gesagt, denn sie hatte ziemlich rote Augen, als sie mich am Ende der Ferien den Hügel hinaufbrachte und erklärte, jetzt sei ich groß genug, um allein zur Schule und nach Hause zu gehen. Eine engherzigere Frau wäre beleidigt gewesen, aber es spricht sehr für sie, dass sie weiterhin mit Eintopfgerichten zu uns huschte.

»Ich hab das Rezept in einer Illustrierten gelesen«, sagte sie zu meinem Vater, »und Keith mag kein ausgefallenes Essen, da hab ich an Sie gedacht.«

Die Gerichte schmeckten köstlich, aber wenn mein Vater schlecht gelaunt von der Arbeit nach Hause kam, wanderten sie in den Mülleimer. Einmal bekam ich ein Weihnachtsgeschenk von ihr, eine in blau marmoriertem Kunststoff eingefasste Haarbürste, die ich wunderhübsch fand, und mein Vater marschierte am Weihnachtsmorgen zu Mrs. Owen und nötigte sie, sie zurückzunehmen.

An meinem elften Geburtstag war ich mutig genug, um ihn auf meine verschwundene Mutter anzusprechen. »Meinst du nicht, dass Mum eine Karte schickt, jetzt, da ich fast ein Teenager bin?«

»Nein«, sagte mein Vater kurz angebunden, und ich wusste, ich durfte sie nie wieder erwähnen.

Plötzlich stand er in der Küchentür und beobachtete mich. Seine kurzen lockigen Haare waren dunkel und glänzend vom Regen, was ihn jünger aussehen ließ als sonst, obgleich sein Gesicht müde war und er Falten um die Augen hatte. Die Schultern seiner Jacke waren voller Regentropfen, die unter der Küchenlampe glitzerten. Er trug einen Overall zur Arbeit, zog aber für den Hin- und Rückweg immer ein Sportsakko über.

Ich wurde rot und starr, weil er mich beobachtet hatte und ich nicht wusste, wie lange schon.

»Entschuldige, Dad. Ich hab kein Mittagessen gemacht.«

»Nur keine Umstände.« Er bedeutete mir mit einer Geste, ich solle mich wieder setzen. »Ich mache uns ein Sandwich. Es ist sicher noch Schinken da.«

So war denn alles in Ordnung. Dies war ein guter Tag.

Ich setzte mich wieder an den Tisch. Er nahm Schinken und Tomaten aus dem Kühlschrank. Er hatte silbrige Sprenkel in den schwarzen Haaren. Mir wurde klar, dass ich nicht mal wusste, wie alt mein Dad war. Vielleicht vier-, fünfunddreißig? Ziemlich alt, wenn man darüber nachdachte. Aber ich dachte nicht darüber nach. Er war einfach mein Dad.

Ich fragte mich, wie es wohl gewesen wäre, wenn meine Mutter geblieben wäre. Wäre er weniger zornig, wäre er lustiger? Ich versuchte mir einen Samstag vorzustellen, an dem ich meiner Mutter half, den Backofen zu putzen und uns Kuchen zum Tee zu backen. Sie und ich würden vielleicht nachmittags einkaufen gehen, während mein Vater die Sportschau sah. Aber dann käme ich vielleicht nicht zu den Dingen, die er und ich jetzt zusammen am Wochenende machten, etwa nach Ammoniten suchen oder zu der Kletterwand in Bristol gehen, wo er mir zeigte, wie die Bergleute in den Steinbrüchen die Felswand hochkletterten. *Drei Berührungspunkte, Katie, das gibt dir festen Halt ...*

»Guck mal in die Diele«, sagte mein Vater, während er mit dem Rücken zu mir Brotscheiben abschnitt.

Seine Bewegungen waren stets so sorgsam und exakt wie die Schaltdiagramme, die er zeichnete, oder seine Pläne für Rohrleitungen. Früher hat er als Elektriker im Steinbruch gearbeitet, aber aufgrund nervöser Erschöpfung hatte er es aufgeben müssen und sich selbständig gemacht. Er verstand sich ebenso gut auf sanitäre Installationen wie auf Elektroinstallationen. Er war in allen handwerklichen Dingen gut.

Ich ging in die Diele. Durch den Glasrhombus in der Haustür fiel das Licht auf einen Bücherstapel auf dem Tisch. Dad war auf dem Rückweg in der Bücherei gewesen. Er wusste, was mich interessierte. Ich sah einen John Wyndham, *The Chrysaldis*, und ein Buch mit dem Titel *Geschichte Britanniens*, einen alten Band, zum Schutz in Folie eingebunden; allerdings schien das Buch nicht sehr oft ausgeliehen zu werden. *Von der geologischen Entstehung des Landes bis zur Entwicklung der Zivilisation* stand auf dem Deckel.

Es enthielt Hochglanzbilder in Schwarzweiß. Beim Durchblättern fiel mir etwas ins Auge, das wie eine versteinerte Tulpe aussah – eine Seelilie, sagte die Unterschrift. Ich sah einen Trilobiten wie eine riesige Steinassel und eine ganze Seite Marmor-Ammoniten, Dutzende Spiralen in einer Platte aus poliertem schwarzem Gestein. Ein Kapitel war den ersten Menschen in Britannien gewidmet. Homo erectus, Homo heidelbergensis, Neandertaler, Homo sapiens. Ich murmelte die Namen vor mich hin wie einen Rosenkranz und fuhr mit dem Finger die Schädelreihe auf der Seite nach.

»Was machst du?«, rief mein Vater.

»Ich guck mir das Buch an. Das mit den Ammoniten.«

»Nicht das Buch, Dummchen. Die Tüte.«

Neben den Büchern lag ein braunes Papiertütchen, so klein, dass ich es übersehen hatte. Es war um etwas in Watte Gewickeltes herum zu einem adretten Quadrat gefaltet. Ich wickelte es aus.

»Genial«, sagte ich, wieder in der Küche. »Wo hast du das gefunden?«

Es war ein Ammonit von der Größe einer alten Pennymünze. Er war gespalten, deshalb war die Rückseite rauer rotbrauner Sandstein, die Vorderseite aber auf Glanz geschliffen, ockerfarben, gold und grau, sodass die verborgenen Spiralkammern des Ammoniten freigelegt waren.

»Das Buch oder den Ammoniten?« Er lächelte übers ganze Gesicht. Also ein *sehr* guter Tag.

»Beides.«

»Ich habe den Ammoniten in der Walcot Street in einem Schaufenster gesehen«, sagte mein Vater. »Und das Buch ist deiner Lieblingsbibliothekarin zu verdanken.« Er stellte einen Teller mit einem Sandwich aus ganz dicken Brotscheiben vor mich hin. »Mayonnaise, kein Senf, wie die Dame es liebt.«

»Welche meinst du?« Mir war gar nicht bewusst, dass ich eine Lieblingsbibliothekarin hatte.

»Die junge.«

»Da sind keine jungen.«

Mein Vater nahm sein dickes Sandwich – sicherlich mit viel Senf – und setzte sich mir gegenüber. »Die mit dem Haarknoten. Miss Legge.«

»Heißt sie so? Die ist uralt.«

»Unsinn. Sie ist viel jünger als ich. Ich habe sie gefragt, ob sie etwas über Ammoniten hat. Wir haben in der Kartei nachgeguckt, und bingo.«

Ich biss von meinem Sandwich ab. »Sieht super aus«, sagte ich mit dem Mund voll Schinken und Salat. Ich schlug das Buch auf und zeigte ihm den Marmor mit den Ammoniten. Er hob die Augenbrauen.

»Deiner gefällt mir besser, hm? Der ist bunt. Was hast du heute Nachmittag vor?«

»Poppy gibt eine Poolparty. Kannst du mich hinfahren? Es fängt um drei an.«

»Es *regnet*«, sagte mein Dad.

»Dann werden wir eben nass. Das wird man beim Schwimmen sowieso.«

Ich saß in meinem Zimmer vor der Frisierkommode und strich mit den Fingern über die kühle polierte Oberfläche des Ammoniten. Ich stellte mir das Kreischen und Spritzen vor, wenn Füße auf den regenschlüpfrigen Fliesen neben dem Schwimmbecken schlitterten. Ich sah mich unbeachtet am Rand sitzen, mit den Zehen im Wasser planschen und so tun, als wäre ich ganz zufrieden damit, glitschige nasse Blätter und tote Insekten zu betrachten, die auf der Oberfläche schaukelten. Am Ende wollte ich dann doch nicht zu Poppys Party.

Ich kam mir vor wie das Mädchen auf meinem Edward-Dulac-Poster an der Wand neben meinem Bett, ein verlassenes Geschöpf, das in einem riesigen dunklen Nadelwald kniete und das Gesicht in den Händen barg. *Manche sind zum Entzücken erwacht, manche geboren zu ewiger Nacht.*

»Katie?« Die Stimme meines Vaters schallte die Treppe herauf. »Wir müssen los.«

Ich hörte seine Schritte auf der Treppe. Die Tür ging auf.

»Na mach schon, du kommst sonst zu spät.«

Ich sah ihn im Kommodenspiegel. Er stand unbeholfen an der Tür, hinter dem hässlichen rosa Fleck im Vordergrund, der ich war.

»Was ist jetzt?«

Mir kamen wieder die Tränen. Ich legte das Gesicht in die Hände wie das Mädchen auf dem Poster. Er kam herüber, ich spürte seinen Arm um meine Schultern.

»Komm, Herzchen, es ist bestimmt nicht so schlimm.«

»Ich seh aus wie ein Monster.«

Er zog mir die Hände von den Augen. Ich sah ihn im Spiegel, er kniete neben mir, sein besorgtes sommersprossiges Gesicht neben meinem rot glänzenden. »Stimmt doch gar nicht. Du siehst hübsch aus.«

»Nein. Ich seh aus wie ein scheußlicher Pudding.« Ich hatte eine rosa Bluse an, die er mir auf dem Markt gekauft hatte. Das war nicht meine Farbe.

»Hmmm.« Er betrachtete gründlich mein Bild im Spiegel. »Zugegeben, sie beißt sich mit deiner Nase. Zieh einfach was anderes an.«

»Alle anderen Sachen sind schmutzig«, jammerte ich. »Oder häßlich. Ich hab nichts Richtiges zum Anziehen. Trish und Poppy ...«

Trish und Poppy bekamen Taschengeld. Sie gingen in die Stadt und kauften ihre Sachen bei Miss Selfridge und Top Shop. Sie würden heute Nachmittag im Bikini sein, und ich hatte nur den schwarzen Schulbadeanzug mit dem hochgeschlossenen Vorderteil und den gekreuzten Trägern.

Die Lippen meines Vaters bildeten eine harte gerade Linie in seinem Gesicht. »Trish Klein sieht manchmal aus wie eine kleine ... Madam. Du willst doch nicht zu schnell erwachsen werden, Katie.«

»Aber sie werden erwachsen, und ich bleibe allein zurück.«

Mein Vater betrachtete mich im Spiegel, meine langen dunkelbraunen Haare, glatt wie die meiner Mutter, nicht lockig wie seine, meine fleckige, gerötete Haut, die schmalen, vor Kummer hochgezogenen Schultern. Meine Bluse war hässlich, sie hatte die Farbe von inneren Organen. Sie erinnerte mich irgendwie an eine Hundezunge. Sie war aus billigem Nylon, und mein Vater kaufte mir die Sachen immer eine Nummer zu groß, damit ich reinwachsen konnte. Er seufzte.

»Vielleicht sollte ich Mrs. Owen bitten, dir öfter was zum Anziehen zu kaufen.«

»Bitte nicht!«, jammerte ich. Ich hatte einen von den praktischen Röcken in A-Linienform an, die sie mir gekauft hatte; die Knie umspielend, war er weder kurz noch modisch lang. Ich zupfte ärgerlich an der Bluse, oberhalb der Stelle, wo meine Brüste zu knospen begonnen hatten, zwei harte kleine Äpfel in dem ersten A-Körbchen-BH, fast verloren unter dem formlosen glänzenden Rosa.

»Die werden mich auslachen.«

Mein Vater schloss die Augen, als würde er um ein Wunder beten. Er schwieg einen Moment lang, aber sein Arm schloss sich fester um meine Schultern.

»Schau«, sagte er schließlich. »Schau in den Spiegel.«

Ich sah hin. Keine magische Verwandlung. Rosa Gesicht, rosa geschwollene Augen, rosa Hundezungenbluse.

»Du bist hübsch«, tröstete er mich. »Klar, dein alter Dad muss das wohl sagen, aber es ist wahr. Du hast so schöne Haare.« Er fädelte seine Finger unbeholfen in die glänzenden Strähnen.

»Geh, spritz dir kaltes Wasser ins Gesicht. Und wenn du nicht zu der Party willst, fahr ich mit dir wieder zur Kletterwand. Oder ins Kino. Es würde mich stolz machen, mit dir gesehen zu werden.«

Ich ging nicht zu der Party. Wir sahen uns lieber im Odeon *Rocky* an. Als wir anschließend die Milsom Street entlang zum Auto gingen, versuchte ich, nicht in die Schaufenster zu gucken.

Wir gingen gerade bei Jolly's vorüber, dem großen Kaufhaus, als mein Vater sagte: »Ich finde, du bist jetzt alt genug, um dir deine Anziehsachen selbst zu kaufen. Ich werde dir Taschengeld geben.«

Mein Blick glitt zum Schaufenster. Darin stand eine Puppe mit Schlaghose und einem Oberteil, das unter der Brust geknotet war und die Taille frei ließ. »Aber«, fügte mein Vater rasch hinzu, »schlag nicht über die Stränge.«

»Womit? Mit den Klamotten oder dem Taschengeld?«

»Mit beidem. Ich bin kein Krösus.« Er lächelte mich an, aber ich merkte, dass er unsicher war.

Ein großes Glücksgefühl wallte aus meinem Bauch herauf, so gewaltig, dass ich meinte, vor Freude rülpsen zu müsen. Die Milsom Street sah wunderschön aus, die Pflastersteine glänzten noch vom Regen, der Sommerabendhimmel über den Dächern war blau und gelb marmoriert. Die Luft war frisch und roch nach nassen Blättern. Ich fragte mich, ob Poppy und Trish gemerkt hatten, dass ich nicht auf der Party war. Ich hoffte, dass sie mich vermissten. Aber eigentlich war es mir egal.

»Hey«, sagte mein Vater. »Da drüben ist deine nette Bibliothekarin.«

DRITTER WEIHEGRAD – DER SOLDAT

Man kann verstehen, warum der Mithraismus dem römischen Militär so gut gefiel. Das hatte mit einem schlichten Pflicht- und Ehrenkodex zu tun. Die Jünger des Gottes sind seine Soldaten, die einen Eid ablegen, ihm zu dienen. *Miles*, der Soldat, verkörperlicht die dritte Initiationsstufe. Seine Zeichen sind Lanze und Helm, sein Element ist die solide, verlässliche Erde. Seine Loyalität muss erprobt, sein Mut bewiesen werden. Hiermit beginnen die schweren Prüfungen.

(*Das Mithras-Mysterium* von Martin Ekwall,
Oxford University Press)

9

Der Himmel ist ein entschwindendes blaues Rund. Mein Atem hängt wie Nebel im Schacht, als ich die reifglatte Leiter hinuntersteige.

Gary Bennett ist direkt über mir. Wenn ich nach oben sehe, erkenne ich in dem trüben Licht seine schweren Stahlkappenstiefel auf den Sprossen. Ganz in Martins Sinne: Schick die Frau zuerst runter, dann landest du schön weich. Dabei ist das hier was vollkommen anderes als die inoffiziellen Erkundungen von Feuersteinminen; auf halbem Weg nach unten gibt es eine Plattform, um uns aufzufangen, falls wir abrutschen. Dies ist heutzutage vermutlich der bestgeführte, am meisten auf Sicherheit bedachte Industriezweig in England. Kommt leider ein bisschen spät für all die Bergleute, die früher an Staublunge starben oder bei Kohlengasexplosionen ums Leben kamen.

Oberhalb von Gary ist der Archäologe, der mit der roten Triefnase und den strähnigen Haaren, dessen Blick ständig auf meine Brüste schwenkt. Ich höre ihn niesen. Sein Name ist Dick*on*, mit Betonung auf der letzten Silbe. Ich wünschte, er hätte gelernt, sich die Nase zu putzen. Bestimmt tropft sie innerhalb der nächsten Sekunden auf mich runter. Ist wohl doch keine gute Idee, nach oben zu schauen, auch wenn ich aus diesem Blickwinkel noch so gerne mehr von Gary sehen möchte.

Gott, hatte ich Samstagmorgen einen Kater. Ich bin panisch um fünf Uhr aufgewacht, überzeugt, Garys Kopf neben meinem auf dem Kissen zu finden. Nein, zum Glück. Ich hatte anscheinend allein ins Bett gefunden.

Meine ich – zum Glück?

Kleiner Scherz, tatsächlich erinnere ich mich nahezu an jede Einzelheit am Freitagabend. Ich habe mich lobenswert beherrscht, dafür dass dem ersten Laphroaig noch etliche folgten. Nick wäre stolz auf mich gewesen. Wenn du trinken willst, sagte er immer, dann musst du was vertragen können, so wie ich. Danach fiel er dann um.

Ich glaube, ich habe nichts allzu Peinliches gesagt. Ich erinnere mich, ganz intensiv über Bergbau gesprochen zu haben und darüber, dass Unter-Tage-gehen immer bedeutet, an seine Grenzen zu stoßen, aber auch alles dafür zu tun, heil wieder raufzukommen. Und Gary hat genickt und mich mit seinen hellblauen Augen angeguckt und sich noch eine von seinen Luftzigaretten angezündet. Er ist ein guter Zuhörer, das muss ich ihm lassen.

Mein Fuß berührt Schlamm: den Schachtboden. Es ist schon wärmer, aber ausgesprochen feucht; die Temperatur in den Steinminen liegt beständig um neun Grad, sommers wie winters. Gary springt die letzten Sprossen hinunter, landet neben mir und geht zu dem Schaltbrett an der Wand. Das Tageslicht bringt nicht viel, deshalb kann ich mehr hören als sehen, dass Dickon unten ankommt ...

Und *fühlen*. Verdammtnochmal. Das war Absicht, ganz bestimmt. Der Mistkerl hat mit einem Arm meine Brust gestreift.

Ich bebe vor Zorn und will ihm gerade die Meinung geigen, als Gary die Schalter bedient und es plötzlich hell wird.

Gott, ist das schön.

Das Licht zeigt uns riesige Räume wie die Krypta einer Kathedrale, eine Felsendecke, von Steinsäulen gestützt, die nach unten konisch zulaufen. Der Stein hat alle Schattierungen von cremegelb, die man sich vorstellen kann. Wie Butter, wie Honig, wie Karamell. Oberirdisch verwittert Kalkstein und färbt sich gräulich. Aber hier unten ist er voller Saft und Kraft, weich, reizvoll, golden.

»Waren Sie schon mal in einem unterirdischen Steinbruch, Kit?«, fragt Gary.

»Ich habe noch nie mit Kalkstein gearbeitet. Die meisten Stabilisierungsmaßnahmen, an denen ich beteiligt war, waren in Cornwall – alte Kupfer- und Zinnminen.«

Der Stein ist weich, weil er voll Wasser ist. Im Boden saugt Kalkstein Feuchtigkeit auf, die so genannte Bergfeuchte. Diese verdunstet oberirdisch, der Stein wird hart und trocken. Doch zuvor ist er weich wie Käse und lässt sich leicht aus der Erde schneiden. Es ist ein Mauerstein, und die Männer, die ihn zu Quadern formten, hießen Freimaurer. Man kann ihn in jeder Richtung schneiden, wie Bauholz sägen, so leicht wie Holz schnitzen. Sogar noch leichter, weil es keine Maserung zu berücksichtigen gibt.

Die Steine, aus denen die Wandelhalle von Bath gebaut wurde, stammen vielleicht genau von der Stelle, an der ich jetzt stehe. Schade, dass man hier keine geführten Touren anbieten kann; Amerikaner und Japaner wären begeistert, Fotoblitze würden von der Decke abprallen wie unterirdische Gewitterblitze.

Der Archäologe schnäuzt sich, und es ist, als hätte jemand in der Kirche gefurzt.

Gary sieht meinen Gesichtsausdruck und lächelt. Er hat ein hübsches Lächeln. Es ist wie der Stein: sonnig, solide und beruhigend. Für einen Moment könnte ich beinahe vergessen, dass diese herrliche Kathedrale mit Beton ausgegossen werden muss.

Ich sehe mich wieder um, diesmal mit professionellem Auge. Herrgott im Himmel. Ich war ja schon an vielen wackeligen Orten, aber das hier übertrifft alles.

Große Kavernen wie diese heißen Hohlräume. Sie sind von künstlichen Metall- und Holzstollen durchzogen. Sie gleichen langen Käfigen mit spinnwebartigen, großen Stahl- oder Holzstreben als Wände und haben stabile verstärkte Decken. Wir müssen innerhalb dieser Gänge bleiben, weil es außerhalb zu gefährlich ist. Schon ein ganzes Jahr lang, seit Beginn der Bauphase des Projekts, bauen Arbeitertrupps diese Schutzgänge, die uns Meter für Meter durch die Steinbrüche führen, und sie sind noch nicht annähernd fertig. In ferner Zukunft, wenn Beton in die Hohlräume gepumpt worden und die Arbeit erledigt ist, werden die Stahlgänge noch da sein, Wurmlöcher in der Verfüllung, damit die Fledermäuse ein- und ausfliegen können.

»Sind Sie bereit hierfür, Kit?«, fragt Gary. Er kommt mir ein bisschen überfürsorglich vor, aber das ist bei den Männern, mit denen ich arbeite, nichts Seltenes. Er klopft auf das Rettungsgerät an seinem Gürtel und sieht zum ungefähr vierten Mal nach, ob wir unseres nicht verloren haben. Nur für den Fall, dass die Decke einstürzt. Sollte das passieren und die Decke uns unter sich begraben, reicht der Sauerstoff in diesen kleinen Flaschen ungefähr eine Stunde lang zum Atmen.

Ach, Scheiße.

Aber komischerweise fühle ich hauptsächlich Erleichterung. Das elektrische Licht, die glänzenden Stahlgänge, die durch die Hohlräume verlaufen, das alles hat die Geister vertrieben. Hier ist nichts so, wie ich es aus jenem trockenen Sommer vor langer Zeit in Erinnerung habe. Nur der Geruch ist derselbe, der scharfe, feuchte kalkige Geruch, den man beinahe schmecken kann.

»Die Bergleute benutzen den senkrechten Schacht, weil das der schnellste Weg zu den Bereichen ist, die wir stabilisieren müssen«, sagt Gary, als wir uns auf den Weg durch den Metallgang machen; die Stiefel schlittern auf dem schlammigen Boden. »Aber das schwere Gerät bringen wir durch den Eingang in der Stonefield Lane, einige Straßen weiter. Viele Stolleneingänge sind ebenerdig und führen direkt in den Berghang. Sie sind jetzt fast alle gesperrt, schon seit den sechziger Jahren.« Er sieht mich an. »Aber ich nehme an, das wissen Sie alles.«

»Setzen Sie nichts voraus«, antwortete ich. »Das hier ist mit meinem letzten Job nicht zu vergleichen. Himmel, schauen Sie sich die Säule an! Die da sieht ungefähr so stabil aus wie eine Salzstange.«

»Dies ist einer der ältesten Abschnitte der Mine«, mischt Dickon sich ein. »Wurde im frühen achtzehnten Jahrhundert ausgebeutet. Die konische Form der Säulen ist ganz typisch, teils weil spätere Generationen immer wieder wegen des Steins an ihnen herumgesäbelt haben, aber auch um die Decke zu stützen. Sie sind am oberen Ende so breit wie möglich, um so etwas wie ein Gewölbe zu bilden. Das hält die Decke oben.«

»Das stimmt nicht«, entfährt es mir, ehe ich mich zurückhalten kann.

»Pardon?« Dickon dreht ruckartig den Kopf und sieht mir ausnahmsweise tatsächlich ins Gesicht.

»Das mögen die Steinbruchleute früher gedacht haben, aber da haben sie sich geirrt. Stimmt, ein Gewölbe ist stabiler als eine flache Decke, aber diese Säulen stehen viel zu weit auseinander, um brauchbare Gewölbebogen zu bilden. Das ist ein Teil des Problems.«

Dickons Kinnlade klappt runter, dabei kann ich mir nicht denken, warum. Er muss wissen, dass ein Bergbauingenieur sich mit den Grundzügen der Statik auskennt, und das sollte ein Archäologe auch tun. Der Blick, den er mir zuwirft, ist ausgesprochen giftig. Und ich mag deine Triefnase nicht, mein Sonnenschein. Und deine schweifenden Hände. Ich werde dir verdammt klarmachen, dass es total daneben war, mich anzugrapschen. Vielleicht ist er es nicht gewöhnt, von einer Frau belehrt zu werden; denn er marschiert eiligst und kopfschüttelnd davon. Gary zieht mit einem amüsierten Grinsen eine Augenbraue hoch.

»Da haben Sie einen Freund gewonnen.«

»Tut mir leid. Ich war ein bisschen schroff. Aber er hat es erklärt, als wäre ich ein Schulmädchen. Und falsch noch dazu.«

»Dies ist sein erster Job unter Tage.« Dickon ist schon um die Ecke im nächsten Hohlraum verschwunden; Gary trödelt und senkt die Stimme. »Wir hatten vor ihm einen tollen Kerl, er ist in Pension gegangen, der wusste alles, was es über Bergbau und Steinbrüche zu wissen gab. Dickon kommt aus einer anderen Richtung – sein Spezialgebiet sind Eisen- und Straßenbahnen, Industrietransporte. Wenn wir auf Räderfurchen oder ein Metallgleis stoßen, was ziemlich oft der Fall ist, dann ist er in seinem Element. Was den Rest angeht, so lernt er dazu. Er ist mit Eifer dabei, das muss ich ihm lassen.«

Der Metallgang ist solide und vertrauenerweckend, er sondert uns von der weiten, beklemmenden Dunkelheit dahinter ab. Wir könnten Astronauten sein, die von der sicheren Raumstation aus ins Leere schauen. Über unseren Köpfen verlaufen Kabel, die den Strom für die Beleuchtung und für die Mitteilungen von Brendans Hightech-Kanarienvögeln führen. Ich verstehe jetzt, warum ihm so an den Erdbewegungsmeldern liegt; manche der Säulen sind sehr instabil. Es ist eine Erleichterung, als wir dem Gang um die Ecke folgen und in einen eindeutig neueren Bereich des Steinbruchs gelangen; die Säulen sind breiter und solide, die Hohlräume sind kleinere Kammern.

Dickon muss seine Verstimmung überwunden haben, denn er wartet auf uns und zeigt auf eine Säule mit einem dunklen, keilförmigen Schatten am Fuß.

»Ein Schubkarren.« Sein Blick gleitet wieder zu meinen Brüsten. »Hier zurückgeblieben, als die Mine vor hundert Jahren geschlossen wurde. Das Holz ist verrottet und hat einen schwarzen Abdruck genau in der Form des Karrens hinterlassen.«

Der Gedanke lässt mich schaudern. Meine Geister sind nicht die einzigen.

»Ich höre noch nichts«, sage ich. »Wie weit sind wir von der Stelle entfernt, wo sie arbeiten?«

»Etwa zwölfhundert Meter von der Truppe im Abschnitt Nord«, sagt Gary. »Luftlinie. Südlich legt ein anderer Trupp Wege an. Aber es ist gespenstisch, wenn man sein Leben in Bergwerken und Steinbrüchen verbracht hat. Es ist so still. Wo sind meine Ohrenschützer?« Er hält sich in gespielter Panik die Ohren zu. »Aber Sie müssen doch daran gewöhnt sein, wenn Sie viel in alten Minen gearbeitet haben.«

Ich habe mich nie daran gewöhnt. Solche Orte erfüllen mich immer mit Ehrfurcht und Staunen. Woher hatten die Leute – *Männer* – den Mut, nur mit Picken und Kerzen Stollen in diese verborgenen Orte zu treiben und sich der Gefahr von Überflutung und Schlagwetter auszusetzen, es zu riskieren, in die Luft gejagt oder lebendig begraben zu werden? Meine Füße rutschen und planschen in trüben Pfützen. Von den Wänden tropft stellenweise Wasser, das im Licht schimmert. »Verirrt sich schon mal jemand?«, frage ich.

»Unmöglich«, sagt Gary. »Niemand, wirklich niemand verstößt gegen die Sicherheitsvorschriften. Dafür sorge ich, verlassen Sie sich drauf. Alle bleiben innerhalb der Schutzgänge, auch wenn wir einen neuen anlegen. Unsinn machen ist nicht drin, dafür ist es hier zu gefährlich. Wenn Dickon wünscht, dass wir uns eine Besonderheit näher anschauen, bauen wir einen Schutzgang dahin. Keine Abkürzungen, für niemanden.«

Der unterirdische Gang biegt noch einmal nach links, vorbei an einer vom Boden bis zur Decke reichenden Stützsäule, die aus dem Abfallgestein gebaut wurde, das die Bergarbeiter Schroppen nennen. Meine Anspannung lässt jetzt nach, weil ich weiß, dass wir uns nach Norden bewegen. Alle naselang zweigt wieder ein Holz- oder Metallstollen ab, der in einen anderen Bereich der Mine führt. Mir scheint, wir sind schon eine Ewigkeit unterwegs. Die Luftfeuchtigkeit trübt das Licht; so hell es auch ist, es kann nicht weit jenseits des Schutzgangs vordringen.

Dickon stößt so etwas wie einen leisen Pfiff aus, ein unangenehmes, tonloses Zischen durch die Zähne, als sich wieder eine Kathedralenkrypta vor uns öffnet, eine unebene Landschaft mit Bergen von Steinabfällen. Ich sehe Gary nervös an. Wer von uns wird jetzt was sagen?

»Wir sind unter dem Ortszentrum von Green Down, wo die Geschäfte sind«, erklärt Gary. »Lassen Sie das, Dickon! Die Arbeiter drehen durch, wenn sie das hören. Sie müssen auf den Aberglauben Rücksicht nehmen. Besonders hier.« Er zeigt auf etliche Säulen, die weiße Hüllen aus verstärkendem Beton tragen. »Dies ist die so genannte Co-op-Kaverne. Vor ein paar Monaten gab es hier einen kleinen Deckenversturz, nicht besonders schlimm, aber der bedauernswerte Co-op oben musste deswegen die Lieferanten bitten, ihre Laster fünfhundert Meter weiter zu parken und die Ware zu Fuß ranzutragen, bis wir die Säulen verstärkt hatten.«

»Wie weit befindet sich der Supermarkt über uns?«

»Knappe zwei Meter.«

»*Himmel.*« Wie leben die Menschen mit einer solchen Unsicherheit?

»Haben Sie sich schon eine Wohnung gesucht?«, fragt Gary.

»Hm, bestimmt nicht in Green Down«, sage ich schnell. Beide Männer lachen.

»Das Vertrackte ist, wohin man in dieser Gegend auch geht, es gibt überall Bergbau«, sagt Dickon. Er gehört wohl zu den Typen, die es genießen, Überbringer froher Botschaften zu sein. Er schnäuzt sich mit einem entsetzlichen, feuchten Trompetenton. »Tatsächlich ...« Schnief, schnief, sie tropft *immer noch*, ist das zu glauben, und an der Spitze hängt ein Popel. »... auch wo Sie wohnen, Gary, ist unten drunter ein Steinbruch. Ich habe mir letzte Woche im Stadtarchiv einen alten Lageplan angesehen.«

»Vielen Dank, *Dick*«, sagt Gary. Er schreitet in einem Tempo aus, als wolle er Dickon abhängen. Aber so leicht wird man den nicht los.

»Im Ernst, Gary, Sie sollten eine Vermessung vornehmen lassen, sonst müssen Sie womöglich feststellen, dass Ihre Versicherung unzureichend ist.«

»Sie wird todsicher unzureichend, wenn sich bei einer Vermessung ergibt, dass ich auf Katastrophengrund wohne.«

»Verkaufen Sie's«, mische ich mich ein. »Überlassen Sie das Problem dem Nächsten.«

Gary wirft mir einen strengen Blick zu, um herauszufinden, ob ich scherze. Dickon nimmt mich ernst.

»Das wäre unmoralisch.«

»Manchmal«, sage ich, als wir um eine Ecke biegen und zu weiteren mit Säulen abgestützten Kammern gelangen, »ist es unmoralisch, Menschen Wahrheiten zu sagen, die sie nicht zu wissen brauchen.«

Er versucht noch, daraus schlau zu werden, als ich gedämpftes Wummern und Krachen höre. Ich sehe Gary mit hochgezogenen Augenbrauen an.

»Das sind die Arbeiten«, bestätigt er.

Vor uns sehen wir gelegentlich einen weißen Lichtblitz am Ende einer langen Kammer mit Säulen, die konisch sind wie Supermanns Rumpf. Dahinter verschwindet der Stollen im Dunkel. Ich werfe einen Blick auf die Karte. Wir sind fast am äußersten nordöstlichen Ende unter einem Gebiet namens Mare's Field.

Das sprühende Licht der Schweißgeräte zeigt Momentaufnahmen der Arbeit an einem neuen Schutzgangabschnitt. Ich erkenne ungefähr zehn behelmte Gestalten. Mit ihren Warnschutzwesten heben sie sich wie leuchtende Silberblitze vor der Dunkelheit ab.

»Die meisten in dieser Mannschaft sind freie Bergleute aus dem Forest of Dean«, sagt Gary. »Es gibt Reibereien zwischen ihnen und den Waliser Bergleuten, aber sie sind eine tolle Truppe. Irre zäh, gute Arbeiter. Das Erbstollenrecht geht bis ins Mittelalter zurück. Sie sind die Einzigen, die zu Hause Kohle schürfen dürfen, aber davon kann heute keiner mehr leben.«

Ich stelle sie mir dort draußen zwischen den Bäumen vor, schweigsame dunkle Männer mit Muskeln wie verknotete Taue, einsame Pickengeräusche hallen durchs bemooste Geäst. Tock, tock, tock, wie Spechte.

Wir sind fast am Ende des Schutzgangs, und die Bergleute haben uns bemerkt. Einer nach dem anderen legen sie ihr Werkzeug hin und stehen wartend da, mit verschränkten Armen, im letzten elektrischen Lichtschein. Hinter ihnen ist es stockdunkel.

»Hi, Jungs«, sagt Gary. »Hi, Ted. Ich will der neuen Ingenieurin nur den Betrieb hier zeigen.«

Ted, der am nächsten bei mir steht, ist ein großer Kerl, auf dessen sehnigen Armen sich Tätowierungen schlängeln. Er schiebt den Schirm seines Schutzhelms zurück, um besser sehen zu können. Sein Blick ist steinhart, sein Mund starr wie Beton.

Sogar Dickon, der Saftsack, merkt, dass da was nicht stimmt. In der dröhnenden Stille, die sich über uns gesenkt hat, höre ich ihn nervös von einem Fuß auf den anderen treten.

Es hat wohl niemand hat daran gedacht, ihnen zu sagen, dass der neue Ingenieur eine Frau ist.

10

Ich wachte vom Geräusch eines Hammers auf, das in meinen Schlaf drang, als würde jemand ans Innere meines Schädels klopfen. Ein sehr leises Pochen. *Poch poch poch*. Als ob sich jemand Mühe gab, nicht gehört zu werden. Ich sah auf die Uhr an meinem Bett in der Erwartung, es sei früher Morgen. Aber es war noch nicht einmal Mitternacht.

Ich wusste sofort, es war ein Hammer und nichts sonst, weil ich die diversen Geräusche, die Hämmer machen können, von klein auf unterscheiden gelernt hatte. Ich hörte, dass dies ein kleiner Hammer war, der auf einen winzigen Nagel schlug, kaum größer als eine Stecknadel, und ihn vorsichtig ins Holz trieb. Das Hämmern pochte durch mein Schlafzimmerfenster, das weit offen stand, um das feuchte Sommerlüftchen hereinzulassen. Es kam aus der Werkstatt meines Vaters in der Garage.

Ich warf die Zudecke zurück und schwenkte die Füße auf den Boden. Ein orangeroter Schimmer von den Straßenlaternen auf dem Hügel oberhalb unseres Hauses sickerte durch die Gardine. Beau Bunny, das Stoffkaninchen, das ich schon als ganz kleines Kind hatte, und eine Abordnung meiner alten Teddybären saßen auf einem Korbstuhl beim Fenster. Ihre Knopfaugen musterten mich missbilligend. Im Spiegel der Frisierkommode entdeckte ich meine geisterhafte weiße Gestalt. Und plötzlich fiel mir auf, dass ich mich oft wie ein Geist im Haus fühlte.

Ich schlich aus dem Zimmer und die Treppe hinunter – *poch poch poch* –, durch die kleine Diele, in der es heute Abend nach gebratenem Fisch roch – *poch poch poch* –, in die Küche, wo der Abwasch vom Abendessen sich noch im Spülbecken stapelte. Die Hintertür stand offen, ich schlüpfte hinaus. Der betonierte Hof war sandig, aber schön kühl an meinen Fußsohlen. Die gespenstischen Schatten, die die orangegelbe Straßenbeleuchtung warf, verfremdeten und verschärften alle Konturen wie in einem Comic.

Die Garage stand ein Stück von der Straße zurückgesetzt, vom Haus getrennt auf einem tieferen Niveau, weil die Straße abfiel.

Mein Vater hatte an der Seite einen Eingang geschaffen, drei Stufen führten in die Garage hinunter. Durch das halb offene Tor drang Licht nach draußen.

Solange ich denken konnte, hatte mein Vater hier seine Werkstatt gehabt. Ich schlich gerne hinein, um ihm zuzuschauen. Er hatte eine wuchtige Werkbank mit einem Schraubstock aufgestellt und an die Rückwand Metallregale montiert, mit Haken, um sein Werkzeug aufzuhängen, und Dutzenden von Schachteln mit Nägeln, Schrauben, Muttern und Bolzen. Ich durfte mich auf die oberste Stufe setzen – »nicht näher, hörst du, solange ich arbeite« – und blieb dort stundenlang, während er Maß nahm und sägte, feilte und zurechtschnitt, nagelte und leimte. Die meiste Zeit hatte ich keine Ahnung, was er da machte. Weil ich so still war, vergaß er, dass ich da war, und hielt es nicht für nötig, es zu erklären. Jetzt schob ich mich um die Tür herum, damit ich zu ihm hinunterschauen konnte, während er arbeitete, wie immer so vertieft, dass er mich nicht bemerkte.

Auf der Werkbank lag die Fotografie meiner Mutter in dem kaputten vergoldeten Rahmen, dessen Seitenleiste verrenkt und gesplittert war wie ein gebrochener Arm. Sie hatte für ein Atelierporträt posiert. Der Fotograf hatte sie seitlich gesetzt, und sie blickte über die Schulter mit dem Halblächeln einer nachgemachten Mona Lisa in den Apparat. Sie trug die dunklen Haare kess kurz geschnitten wie Audrey Hepburn, sodass sie ihr federartig ins Gesicht fielen. Von meinem Standort aus sah es so aus, als richte sie den Blick auf meinen Vater, während er reparierte, was er zerbrochen hatte.

Vermutlich hatte er versucht, den alten Rahmen zu reparieren, und es aufgegeben. Er bastelte einen neuen aus hellem, glattgeschmirgeltem Fichtenholz und maß das letzte Stück an dem halb montierten Rahmen, um sicherzugehen, dass es passte. Er stand halb mit dem Rücken zu mir, hochkonzentriert; seine Finger arbeiteten sorgfältig, präzise. Zufrieden nahm er einen Spachtel, tauchte ihn in den Leimtopf, bestrich die Ecken und passte das Teil ein. Er entnahm dem Regal winzige Nägel, hielt sie ans Holz, um die Länge abzugleichen. Dann schlug er die Nägel mit einem leichten Hammer ein, um die Verbindungsstellen zu festigen. *Poch poch poch.* Ein Nagel, den mein Vater einschlug, ging immer gerade ins Holz. Er passte Klemmschrauben in die Ecken ein, prüfte die Winkel mit einem Richtscheit, schraubte alle Klemmen mit genau derselben Anzahl Drehungen fest, um die Verbindungsstelle unter Druck zu halten, bis der Leim getrocknet war.

Mein Vater hatte mir das Tischlern nicht beigebracht, aber ich hatte das Wesentliche durch Zuschauen gelernt. Diese Verbindungen würden sich auf keinen Fall lösen.

Er griff nach dem Foto in dem alten Rahmen. Die Hartfaserversteifung war noch vorhanden, und er zog jetzt die Stifte heraus, die sie mit dem Rahmen verbanden. Er blieb mit dem Finger an einem Stift hängen, legte das Bild schnell weg und saugte an der aufgerissenen Stelle. Ein Blutstropfen war auf das Gesicht meiner Mutter gefallen; er wischte ihn vorsichtig mit seinem Taschentuch weg. Mir brannten die Augen, und ich schlich fort und über den Hof, bevor er mich entdeckte. Es fing eben an zu regnen, dicke Tropfen, die sich mir wie Daumen durch das Nachthemd in die Haut drückten.

Ich lag lange wach im Bett, lauschte auf den Regenguss und das tiefe Donnergrollen. Ich fragte mich, wo meine Mutter jetzt war und ob sie wusste, wie sehr mein Vater sie noch liebte.

Montagmorgen sah ich Trish, als ich den Hügel hinaufkam. Sie latschte vor mir her, die Schultasche lässig über die Schulter geschlungen; die Bücher purzelten durcheinander.

»Du verlierst dein *Aere Perennius*«, sagte ich, ein bisschen außer Atem von der Anstrengung, sie einzuholen. Trish drehte sich um, erschrak, und das Lateinbuch fiel auf die Straße. Ein Radfahrer wich schimpfend aus.

Ich hob das Buch auf. »Jetzt ist es ganz nass.«

»Na und, wen juckt das schon?«

Ich wischte das Buch an meinem Ärmel ab. Die Blätter wellten sich schon. »Wie war Poppys Party?«

»Mies. Helen Mansell hat ins Wasser gereihert. Wir mussten alle raus.« Trish steckte das Buch in ihre Tasche und ging weiter. »Wo warst du überhaupt?«

Wenigstens war ihnen aufgefallen, dass ich nicht gekommen war.

»Meine Großmutter war krank«, log ich. Meine Großmutter war mehr als krank, sie war seit zwanzig Jahren tot.

»Ich denke, sie wohnt in Blackpool.«

»O ja«, sagte ich. Ich knibbelte an einer fusseligen Naht unten in meiner Tasche. »Wir mussten hinfahren. Wir waren erst um vier Uhr morgens zurück.«

»Ist sie schwer krank?«

»Lungenentzündung.«

»Oh, Katie, das ist ja furchtbar. Wird sie – du weißt schon?«

»Sterben? Nein, ich glaub nicht. Dad sagt, die Krise ist überstanden, und sie wird wohl durchkommen.«

Ich hatte weder sie noch sonst jemand von meinen Großeltern gekannt. Die Mutter meines Vaters war kaum sechzig gewesen, als sie an einem Herzinfarkt starb, während sie noch um ihren Mann trauerte, der in einem japanischen Kriegsgefangenenlager umgekommen war. Auch die Eltern meiner Mutter waren Opfer des Krieges geworden, bei einem Bombenangriff auf Bristol, und sie war bei ihrer Großmutter aufgewachsen.

Es war mir unerträglich, bedauert zu werden. Als ich Trish kennenlernte, konnte ich ihren mitleidigen Blick nicht ertragen, als sie erfuhr, dass meine Mutter abgehauen war. Deshalb schenkte ich mir eine lebendige Großmutter, die sicherheitshalber am anderen Ende des Landes wohnte, damit ich nie in Gefahr geriet, sie vorzeigen zu müssen.

»Sie muss schwach auf der Lunge sein, deine Oma – hatte sie letztes Jahr nicht auch Lungenentzündung?«

Mein Fingernagel durchstieß das Futter meiner Tasche. »Dad sagt immer, sie muss aufhören zu rauchen.«

»Jedenfalls hast du nicht viel verpasst«, sagte Trish. »Ich nehm's Helen nicht übel, dass sie gekotzt hat. Zu viel Angeberei – *wie findet ihr unseren Pool? Lasst kein Eis auf unsere wunder-, wunderschönen Terrassenmöbel tropfen*. Poppys Eltern sind ein bisschen – du weißt schon, *nouveau*.«

»Neu?«

»*Nouveau*. Vergoldete Wasserhähne und so.«

»Oh.« Wie so oft bei Trish war ich nicht ganz sicher, dass ich ihr folgen konnte, aber es schien mir das Einfachste, so zu tun, als ob. Außerdem konnte ich Poppys Mutter auch nicht besonders gut leiden. Sie sah mich immer von der Seite an, wenn ich zum Tee vorbeikam, als könne ich nicht mit Messer und Gabel essen.

Wir waren jetzt auf der Höhe der Büros des Verteidigungsministeriums, wo Poppys Vater arbeitete, mit dem von Stacheldraht gekrönten Zäunen und dem Wächter in dunkler Uniform und weißen Gamaschen am Tor. Gerade fuhr ein Wagen an der Schranke vor, ein großer grauer. Der Wächter schlenderte hin, um den Ausweis des Fahrers zu kontrollieren. Trish winkte, und wir gingen hin. Die Beifahrertür wurde geöffnet, und Poppy stieg aus.

»*Super* Party«, sagte Trish. »Ich hab's Katie gerade erzählt. Echt super.«

»Schade, dass du nicht da warst«, sagte Poppy. Sie warf ihrem Dad eine Kusshand zu und schlug die Autotür zu. »Wir haben dich vermisst.« Ich sah sie scharf an. Sie schien es ehrlich zu meinen.

In der Lateinstunde schob Poppy mir einen Zettel zu. *Wir gehen nach der Schule in die Stadt, einkaufen. Kommst du mit?*

Ja, schrieb ich drunter und schob den Zettel zurück. Ich fragte mich, wann sie das ausgemacht hatten.

»*Nonne*«, sagte Mr. Clayton, der Lateinlehrer. Er zeigte mit der Kreide auf die zwei Wörter, die er an die Tafel geschrieben hatte. »Und *num*. Zwei verschiedene Arten, eine Frage einzuleiten. Weiß jemand noch, was sie bedeuten?«

Schweigen. Niemand meldete sich.

»Sicherlich«, sagte Mr. Clayton, »*sicherlich* wird doch jemand eine Vermutung haben.« Sicherlich hatte niemand eine.

»*Nonne* bedeutet *sicherlich*«, erklärte Mr. Clayton, der zwischen den Pultreihen entlangschlenderte, die Hände zu einem Spitzdach aneinandergelegt, was er immer tat, wenn er zu erkennen geben wollte, dass er hochkonzentriert war. »Mit anderen Worten, es ist eine Frage, auf die man die Antwort *ja* erwartet. *Num* wiederum ...«

Er brach ab und sah sich erwartungsvoll in der Klasse um, nun drohte er uns mit den kleinen Fingern. Doch keine von uns hatte großes Interesse an Latein. »*Num* leitet eine Frage ein, auf die man die Antwort *nein* erwartet. Trish, was ist denn um Himmels willen mit deinem Buch passiert? Es sieht aus, als hättest du es zum Baden mitgenommen.«

Während alle lachten, überlegte ich, ob Poppy die Frage auf ihrem Zettel mit *nonne* oder *num* eingeleitet hätte. Sie konnte nicht gewusst haben, dass Dad mir Taschengeld für Kleidung versprochen hatte. Sie musste erwartet haben, dass ich sagen würde, ich käme nicht mit.

Tja, Pech gehabt. Ich hatte das Geld noch nicht, aber ich konnte mir schon mal was aussuchen. Ich sah Poppy an mit ihren Drahtzöpfen, ihrem hübschen sommersprossigen Gesicht. Sie grinste mich kurz an und hielt die Daumen nach oben. Ich ließ mich nicht täuschen.

Ich war schon mal allein bei Top Shop gewesen, aber heute war es was anderes, weil ich wusste, dass ich bald Geld zum Ausgeben haben würde. Ich ließ mir Zeit. Im Hintergrund dröhnten Disco Tex und die Sex-O-Lettes. Was es nicht alles gab: Ständer über Ständer. Ich strich über den glatten Satin eines rückenfreien Oberteils. Ich musste unbedingt so eine weite Hose mit Aufschlägen haben. Und so eine Bauernbluse würde mir doch sicher gut stehen. *Nonne?*

Bald hatte ich so einen Riesenhaufen zusammengeklaubt, dass ich über die schleifenden Röcke stolperte, als ich zu den Anprobekabinen ging.

»Nicht mehr als fünf Teile!« herrschte mich die Verkäuferin an. Sie hatte große Pandabär-Augen, die mit schwarzem Glitzerschatten umrandet waren, und kaute Kaugummi. Ich entwirrte die Sachen auf meinem Arm und versuchte zu entscheiden, welche ich mit in die Kabine nehmen und welche ich draußen lassen sollte.

Der Vorhang der Sammelanprobe wurde aufgerissen. Poppy und Trish kamen heraus. Trish warf der Verkäuferin ihr Bündel Sachen zu, alle auf links und verkrumpelt.

»Mist«, schimpfte sie. »Billig und hässlich, der ganze Kram. Kommt, wir suchen uns einen Laden, wo sie bessere Sachen verkaufen.«

Ich gab der Verkäuferin meinen Arm voll und versuchte dabei zu vermitteln, dass auch mir plötzlich das minderwertige Material und die schlechte Verarbeitung aufgefallen waren. Es muss schlimm sein, dachte ich, in einem Geschäft arbeiten zu müssen, in dem die Kleider so schlecht gearbeitet sind, und als ich sie ihr gab, sagte ich unhörbar »Entschuldigung«.

Sie beachtete mich nicht, kaute ihr Kaugummi und sah über meinen Kopf hinweg. Ich eilte Trish und Poppy nach.

»Wisst ihr was«, sagte Trish, als wir wieder auf der Straße waren. »Lasst uns BHs anprobieren gehen. Ich brauch einen neuen.«

»Marks and Spencer ist am anderen Ende der Stadt«, wandte Poppy ein.

Trish warf ihr einen vernichtenden Blick zu. »Du kaufst deine BHs doch nicht etwa bei Marks? Mum geht mit mir immer zu Jolly's.«

»Oh, *Verzei-hung*«, sagte Poppy. »Ich bitte um Vergebung für meinen schlechten Geschmack.«

»Die haben eine viel größere Auswahl.« Trish bekam einen roten Kopf.

»Und viel höhere Preise.«

»Deine Mum kann sich das doch leisten, oder?«

Poppy warf mir einen Blick zu. »Marks und Spencer bietet mehr fürs Geld«, behauptete sie. »Und sie haben auch richtig nette Sachen.«

»Jolly's ist näher.«

Poppy gab nach, dabei warf sie mir schnell noch einen Blick zu.

Ich wollte gerade meinen Fuß auf die weiß-goldene Treppe bei Jolly's setzen, die in die erste Etage führte, als Trish mich am Arm zurückhielt. »Nicht nach oben. Dessous gibt's im Parterre.«

Dessous. Ich hatte dieses fremdartige, erotische Wort noch nie in meinem Mund gekostet. Ich flüsterte es leise vor mich hin, zog es in die Länge, während ich Trish und Poppy durch das Warenhaus folgte. Ich trug Unterhosen – so sagte mein Dad dazu. Seine Stimme stieß das Wort dermaßen flüchtig und beiläufig hervor, dass ich merkte, es war ihm peinlich. *Der Wäschekorb ist voll mit deinen Unterhosen, Katie, kannst du sie nicht wegräumen?* Oder Schlüpfer, wie Mrs. Owen dazu sagte. *Häng die Schlüpfer auf die Leine, Katie, lass frische Luft ran.* Aber hier waren es *Slips*, so stand es auf den Preisschildchen. Ein schlichtes, diskretes, elegantes Wort. Etwas, das Rechtsanwältinnen mit langen, wohlgeformten Beinen in hauchdünnen schwarzen Strümpfen überstreiften. Oder weite seidene, wie Filmstars sie in den dreißiger Jahren trugen.

Wie würden die sich auf der Haut anfühlen? Ich stellte sie mir kühl und glatt vor. Man würde sich köstlich nackt vorkommen, wenn die weiten Beine dem Intimbereich frische Luft zufächelten. Ich würde mich nicht trauen, damit vor die Tür zu gehen, dachte ich. Es wäre, als ginge man ganz ohne Schlüpfer.

Trish und Poppy waren bei den BHs. Poppy alberte herum und setzte sich ein größeres Modell wie eine Kappe auf den Kopf. Die Verkäuferin, die selbst mit einem beachtlichen Busen ausgestattet war, warf uns einen missbilligenden Blick zu, und Poppy hängte den BH hastig zurück.

»Hast du was gefunden?«, fragte Trish, ohne hochzugucken. Die Plastikbügel mit den BHs klapperten, als sie sie hin und her schob.

»Noch nicht«, sagte ich. »Ich seh nichts in meiner Größe.«

»Welche Größe suchst du?«, fragte Poppy, die mit einem Hauch aus kaffeebrauner Spitze wedelte. »Der hier ist sehr hübsch.«

»Gewöhnlich hab ich 32A.« Gewöhnlich? Ich besaß nur einen BH und trug ihn nur bei besonderen Anlässen. Er war aus weißer Baumwolle und stammte von der Abteilung »Erster BH« bei Marks und Spencer.

»Poppy«, sagte Trish hinter einem anderen Ständer, »siehst du was Gescheites in 34C?«

C? Trish trug C-Körbchen? Ich versuchte durch die BH-Reihen ihre Brust zu erspähen. Sie konnte doch in der Woche, seit wir uns zuletzt in der Umkleide der Schule gedrängt hatten, um uns für die

Schwimmstunde umzuziehen, nicht so sehr zugelegt haben, oder? Sicher – *num* – hatte sie nicht so viel mehr als ich?

Trish kam hinter dem Ständer mit den BHs hervor, in der Hand drei, vier schwarze und einen echt gewagten Plunge-BH in Scharlachrot. »Beeilt euch. Die schließen in zehn Minuten.« Sie verschwand in der Anprobe, dicht gefolgt von Poppy, die das kaffeebraune Spitzenteil und noch eins in Pink mit reinnahm.

Ich schnappte mir die erstbesten zwei BHs vom Ständer und sauste hinter ihnen her zur Anprobe. Aber hier hatten sie keine Sammelanproben wie bei Miss Selfridge und Top Shop, sondern eine Reihe Holzlattentüren wie in einem Western. Unter einer konnte ich Poppys und Trishs Beine sehen und wollte mich zu ihnen reinschieben.

»Hey«, sagte Trish. Ich erhaschte einen Blick auf ihre Brust, ein leuchtend weißes Halbrund mit einer rosa Spitze. »Zu eng. Wir passen nicht alle drei rein. Such dir 'ne eigene.«

»Trishs Titten nehmen den ganzen Platz weg«, sagte Poppy.

Ich schob mich durch die Tür der Kabine nebenan. Sie klapperte hinter mir wie eine Saloontür im Western, nachdem man den stadtbekannten Säufer rausgeworfen hat.

»Den finde ich ein bisschen flittchenhaft«, kam Poppys Stimme von nebenan. »Sitzt aber gut. Macht ein tolles Dekolleté.«

Ich schälte mich aus meinem Schulkleid. In den an zwei Seiten angebrachten Spiegeln sah ich, wie meine bloße Brust enthüllt wurde. Meine Brüste kamen mir vor wie eine Geschichte, die ich erfunden hatte. Sie waren kaum größer als Pickel.

»Ich mach jetzt Diät«, hörte ich Trish sagen. »So eine Grapefruit-Eier-Diät, die Mum immer gemacht hat, wenn sie abnehmen musste, um Unterwäsche vorzuführen.«

»Deine Mum hat Unterwäsche vorgeführt?«, fragte Poppy.

Ich beschloss, auch eine Diät zu machen. Wenn meine Taille schmaler wurde, würden die Brüste vielleicht größer wirken.

»Nein, nicht den«, sagte Trish hinter der Wand. »Pink beißt sich mit deiner Haarfarbe. Aber der kaffeebraune ist gut.«

»Schade, dass man ihn *drunter* tragen muss«, sagte Poppy.

Sie wieherten.

Ich fuhr mit den Armen durch die Träger des ersten BHs. Er war grässlich hellbeige, die Farbe von Stützstrümpfen für alte Damen. Selbst mit dem engsten Haken war er viel zu groß. Die Körbchen sackten ein und sahen aus wie schrumpelige Luftballons.

»Wie kommst du zurecht?«, rief Poppy.

»Prima«, sagte ich. »Sitzt gut. Prima.«

Eine von ihnen musste das Gleichgewicht verloren haben, denn es gab einen lauten Bums an der Kabinenwand und einen Kreisch- und Kicherausbruch.

»Lass das«, sagte Poppy.

»Lass das? *Du* fummelst doch an meinen Titten herum.« Wieder Gelächter.

Ich hakte den BH auf, pflückte ihn von meiner Brust wie Schorf.

»Hey, Katie«, sagte Trish zwischen Prusten und Lachen, »Poppy hatte Samstag eine echt geniale Idee.«

»Was?« Ich kriegte Kopfschmerzen. Und Magenweh.

»Sie hat gesagt ...«

»Das war deine Idee, Trish, ich hab bloß überlegt, was wir schreiben sollen.«

»Sie hat gesagt, wir sollten Gary Bennett einen Brief schreiben.«

»Einen Brief?« Ich hängte den BH auf den Bügel zurück. Hatte es überhaupt einen Sinn, den anderen anzuprobieren?

»Einen Brief, in dem steht, dass eine von uns seine geheimnisvolle Verehrerin ist und ihm anbietet, sich mit ihm zu treffen. Ein heimliches *Rendezvous*.«

»Eine blöde Idee«, sagte ich. »Soll er sich vielleicht mit uns allen dreien verabreden?«

»Wir ziehen Stöckchen, Dummchen. Die mit dem längeren geht zu dem *Rendezvous*. Sie geht mit ihm nach Crow Stone in die Büsche zum Knutschen.«

Ich hob meine Brüste in die Körbchen des zweiten BHs. Er war knallpink, dieselbe Machart, die Poppy sich ausgesucht hatte, tief ausgeschnitten und gepolstert, mit einer kontrastierenden schwarzen Borte an der Oberseite der Körbchen.

»Die Chancen stehen eins zu drei«, sagte Trish.

Ich betrachtete mich im Spiegel. Der BH saß perfekt. Er rundete meine kleinen Brüste zu festen Kugeln, machte sie füllig, sodass ich mich zum ersten Mal als Frau fühlte. Ich drehte mich zu dem zweiten Spiegel hin, um mich von der Seite zu betrachten. Ich hatte Konturen und eine richtig gute Figur. Meine Mundwinkel verzogen sich zu einem dümmlichen Grinsen.

»Also, was meinst du?«, fragte Poppy.

»Klasse. Genial. Ich bin dabei.«

Ich zog mein Kleid über und betrachtete die neue Figur, die der BH darunter mir machte. Ich stemmte die Hände auf die Hüften, holte tief Luft und sah, wie mein Busen sich mit dem Brustkorb hob. Mit solchen Titten könnte ich glatt jemandem die Augen ausstechen.

»Hast du was gefunden, das dir gefällt?«, fragte Poppy nebenan. »Ich nehm den mit der Spitze. Trish kann sich nicht entscheiden.«

»Nein«, sagte ich. »Ich kann mich nicht damit anfreunden. War nicht so berauschend.« Ich betrachtete mich wieder im Spiegel. Ich stellte mich auf die Zehenspitzen, streckte die Brust raus und tat, als sei ich das Mädchen auf dem Cover des Roxy-Music-Albums.

Ich hörte die Tür der Kabine nebenan aufschwingen.

»Fertig?«, rief Trish.

»Fertig«, sagte ich. Ich nahm den anderen BH vom Haken, hob meine Schultasche auf und schob mich durch die Schwingtür. Trish sah feixend auf den Stützstrumpf-BH in meiner Hand.

»Den willst du doch nicht etwa kaufen?«

»Natürlich nicht«, sagte ich so verächtlich wie möglich. »Ich hab ihn bloß wegen der Größe anprobiert.« Ich verließ die Anprobe und hängte den BH wieder auf den Ständer. »Ich hab massenhaft BHs zu Hause. Hast du dich entschieden?«

»Ich warte bis Samstag, dann soll Mum mitkommen und mir aussuchen helfen«, sagte Trish. Ich guckte auf die BHs, die sie zurückhängte. Das waren keine C-Körbchen. Es waren B-Körbchen. Und kein Wunder, dass sie sie nicht gleich kaufte. Sie kosteten mehr, als etliche Kleider bei Top Shop gekostet hätten.

Poppy hatte ihren BH bezahlt und steckte ihr Portemonnaie weg. Die mittelalte Verkäuferin mit dem enormen Polsterbusen sortierte die BHs auf dem Ständer und klapperte laut mit den Bügeln, um ihr Missfallen darüber zu äußern, wie wir den Ständer hinterlassen hatten. Ich zog instinktiv die Schultern vor und bemühte mich, so eingefallen wie möglich auszusehen. Doch ich fühlte, wie der neue BH mich umarmte, wie zwei verborgene starke Hände meine Brüste umfingen.

Erst draußen bekam ich es mit der Angst zu tun.

»So«, sagte Trish, als wir vor Jolly's auf dem Bürgersteig standen. »Und was machen wir jetzt?«

Mir war, als würden die eleganten Schaufensterpuppen mich vorwurfsvoll anglotzen. Ich rechnete damit, dass die schwere Eingangstür des Kaufhauses aufschwingen und eine Schar Angestellte, angeführt von Frau Polsterbusen, schreiend und gestikulierend herausströmen würde. *Das ist sie. Das ist das diebische kleine Miststück. Hat ein Paar neue Brüste gestohlen.*

»Los, lasst uns abziehen«, drängelte ich. Meine Schultern kribbelten in der Erwartung, dass jeden Moment eine schwere Hand meinen Arm umschließen würde. »Ich muss jetzt nach Hause.«

Das passte Poppy und Trish überhaupt nicht. Sie wollten sich *Rocky* anschauen.

»In einer Viertelstunde beginnt eine Vorstellung«, sagte Trish mit einem Blick auf ihre Uhr. »Genau richtig.«

»Dann beeilt euch mal«, sagte ich. »Sonst verpasst ihr sie noch.«

»Quatsch«, sagte Poppy. »Zum Kino braucht man ungefähr drei Minuten von hier. Kommst du nicht mit?«

Ich hatte den Film am Samstag mit Dad gesehen, aber das konnte ich ihnen nicht sagen. »Ich muss nach Hause«, beharrte ich. »Ich geh jetzt zur Bushaltestelle. Ich will den nächsten nicht verpassen und dann ewig warten müssen.«

»Was bist du zappelig«, sagte Trish.

»Mein Dad«, redete ich mich heraus. »Ihr wisst ja. Ich will ihn nicht verärgern.«

»Oh. Verzeihung. Hatte ich ganz vergessen.« Trish schürzte die

Lippen, wirkte besorgt. »Ist alles in Ordnung bei dir, Katie? Wir haben uns Sorgen gemacht, weil du Samstag nicht da warst. Wir wussten das mit deiner Großmutter ja nicht, wir dachten …«

»Alles in Ordnung«, sagte ich und warf wieder einen verzweifelten Blick auf die Tür von Jolly's. »Alles in Butter. Nur … ich muss nach Hause. Für den Fall dass.« Ich ging rückwärts davon. Ich wollte mich nicht zur Seite drehen, damit sie meine neue Silhouette nicht sahen.

»Katie?«, sagte Poppy. »Du kannst uns immer alles erzählen.«

Ich setzte das strahlendste Lächeln auf, das ich mir abringen konnte, und schüttelte den Kopf, um klarzumachen, dass es nichts zu erzählen gab. Als ich um die Ecke bog, konnte ich erkennen, dass Poppy mir noch nachsah, aber Trish hatte sich umgedreht und betrachtete die Kleider an den hochnäsigen Schaufensterpuppen.

* * *

Ich hatte knapp einen Bus verpasst. Ich sah ihn noch von weitem die Straße entlangtuckern und dachte daran zu rennen, um ihn einzuholen, wusste aber nicht recht, wie das meinen neuen Brüsten bekäme. Ich war überzeugt, dass der BH sie wachsen ließ. Ich fürchtete, sie würden über den Rand quellen wie Teig, den man zum Gehen an einen warmen Ort gestellt hat.

An der Bushaltestelle stand eine Bank. Ich setzte mich an ein Ende und lehnte den Kopf an die rußige Wand dahinter. Das Pflaster roch nach Abgasen und schaler Pisse. Ich trat mit den Füßen gegen weggeworfene Bierdosen und eine Unmenge Zigarettenkippen unter der Bank. Von hier aus hatte ich einen guten Blick die Straße entlang auf die Geschäfte, und ich wäre rechtzeitig gewarnt, wenn Frau Polsterbusen und ihre Schar wütender Ladendetektive auf mich zugerast kämen. Dann würde ich rennen, klar.

Beim Nachdenken über meine Tat spürte ich, wie meine Brüste auf ihre normale Größe schrumpften. Noch kleiner sogar. Die verborgenen starken Hände des BHs umfassten leere Luft. Ich hatte noch nie im Leben etwas gestohlen. Ich sah auf die vorbeikriechenden Autos, mir war ganz übel. Ich hatte etwas genommen, das ich nicht bezahlt hatte. Hieß es nicht, dass Stehlen einen Kitzel verschaffte? Ich war nicht mehr erregt; mir lag nur ein dicker Klumpen unverdauter Angst auf dem Magen.

»Katie«, sagte eine Frauenstimme, die ich nicht erkannte. Ich wäre fast die Straße rauf getürmt. »Katie Carter, nicht wahr?«

Am anderen Ende der Bank stand eine unbekannte Frau und sah mich an. Aber ich wusste, ich hatte sie schon mal gesehen. Sie hatte kurze dunkle Haare, die sich wie Federn auf ihre Wangen legten, und sie war nicht sehr groß.

Die BH-Hände auf meiner Brust pressten sich in meinen Körper und schnürten mir den Magen zu. Für einen Moment verschlug es mir den Atem. Ich starrte sie voll schmerzender Hoffnung an. Ich wusste nicht, ob ich gleich weinen würde.

»Ich bin Janey Legge. Aus der Bücherei, erkennst du mich?«

Die Hände ließen meinen Magen los, und alle Hoffnung fiel aus mir heraus auf das schmutzige Pflaster unter der Bank und nichts blieb, außer grenzenloser Enttäuschung.

»Entschuldige«, sagte sie. »Ich wollte dich nicht erschrecken. Du bist so blass, geht's dir nicht gut?«

»Doch, doch«, sagte ich und hoffte, dass sie das Zittern in meiner Stimme nicht hörte.

Sie setzte sich neben mich auf die Bank, machte ein besorgtes Gesicht. Jetzt, da sie ganz nahe war, sah ich, wie dumm ich gewesen war. Sie war um Jahre jünger als meine Mutter. Ihre Haare waren gar nicht kurz, sie waren lang und am Hinterknopf zu einem Knoten geschlungen, nur vorne ringelten sich kurze fedrige Strähnen auf ihren weichen Wangen. Der rötliche Farbton wirkte nicht natürlich. Auch ihr Gesicht mit der spitzen Himmelfahrtsnase und den hohen Wangenknochen war schmaler als das meiner Mutter.

»Fehlt dir wirklich nichts?«, fragte sie.

Sie war nicht meine Mutter. Was fiel ihr ein, sich Sorgen um mich zu machen? Was fiel ihr ein, den Eindruck in mir zu erwecken ...

»Ich seh dich oft in der Bücherei«, fuhr sie fort. »Und dein Vater hat mir Samstag alles über dich erzählt. Er ist ja so stolz auf dich.«

Sie lächelte mich an. Auf einem Schneidezahn hatte sie einen pflaumenfarbenen Lippenstiftfleck.

»Aber ich kann mich nicht an *Sie* erinnern«, sagte ich. Dabei erinnerte ich mich durchaus an sie. Ich hatte nur nie richtig Notiz von ihr genommen.

Es zuckte unter ihrem einen Auge. »Ich weiß ein bisschen was über dich«, sagte sie. »Du holst dir immer Bücher über Archäologie. Uns fällt so was auf, den anderen Bibliothekarinnen und mir. Wir nennen dich ›Kleine Buddlerin‹.«

Statt eines Mantels trug sie eine flauschige lila Wickeljacke über einem Kleid, das wohl in demselben Farbton sein wollte, aber doch farblich nicht passte. An ihrem Hals hing ein dünnes goldenes Kreuz an einer Kette. Mir fiel nichts ein, was ich zu ihr hätte sagen können.

»Na so was, Buddlerin«, sagte sie. »So eine Überraschung, dich an meiner Bushaltestelle zu treffen, was? Aber dein Dad hat gesagt, ihr wohnt oben in Green Down. Vielleicht treffen wir uns von nun an öfter.« Sie öffnete den Reißverschluss ihrer großen Gobelin-Umhängetasche. »Eine Banane? Ich bekomme auf dem Heimweg immer Hunger.«

»Nein danke«, sagte ich abweisend. »Ich bin auf Diät.«

Sie hob die Augenbrauen. Unter den scharfen Wangenknochen hatte sie kleine Rougetupfer. »Bewegung«, sagte sie. »Bewegung ist besser als Diät. Tanzt du, Katie?«

Ein Bus kam die Straße entlang. Ich blinzelte über Janey Legges flauschige Schulter. Es war nicht mein Bus. Ich überlegte, ob ich trotzdem einsteigen sollte, um sie loszuwerden. Der Bus hielt, und der Motorenlärm verschluckte Janeys Worte. Sie blickte auf die Nummer des Busses.

»Das ist meiner. War nett, mit dir zu plaudern. Und nicht vergessen, ja?«

»Was?«

»Deinen Vater von mir zu grüßen. Was für ein netter Mann. Du kannst ihm ruhig erzählen, dass ich das gesagt habe.« Sie stand auf und rückte ihre Umhängetasche zurecht. »Bis bald.«

Nur über meine Leiche. Ich sah dem Bus nach, als er auf die Brücke zufuhr, und versuchte ihn durch Telepathie zum Explodieren zu bringen. Aber es gab keinen Feuerball, keinen Rauchpilz. Er brachte Janey Legge und die anderen Fahrgäste sicher über den Fluss.

11

Ich lege im Hotel meine Sachen zusammen, als das Telefon klingelt. Es ist Gary.

»Tut mir leid«, sagt er. »Ist nicht gut gelaufen, wie?«

»Das können Sie laut sagen.«

»Na ja.« Er hält unsicher inne. »Was machen Sie gerade? Sie klingen mal näher am Telefon, mal weiter weg.«

»Ich packe.«

»Sie *packen*? Nur weil ein paar Bergarbeiter sich aufgeregt haben?«

Ich gebe den Versuch auf, einen roten Mohairpullover in den Koffer zu stopfen, und klemme das Telefon fester unters Kinn. »Natürlich nicht. Ich hab was zur Miete gefunden. Morgen oder übermorgen ziehe ich aus dem Hotel aus.«

»Das ging ja schnell.«

»Ich hab am Wochenende die Immobilienmakler abgeklappert. Jetzt hab ich ein Cottage in Turleigh.«

»Schicke Gegend.« In seiner Stimme klingt Neid an. »Da wird nicht oft was frei.«

»Ich hab Glück gehabt. Es ist das Wochenendhaus von Leuten aus London, die nach Minnesota versetzt wurden, die Ärmsten.«

Das war wirklich Glück. Es ist zehnmal schöner als mein Cottage in Cornwall, sosehr ich auch daran hänge. In Cornwall sind die Cottages vorwiegend aus schlecht trocknendem Granit gebaut, und die feuchten Wände vergiften einen mit Radon, aber das Cottage in Turley ist aus behaglichem Kalkstein. Es hat zwei Starkstrahlduschen, die direkt von den Zimmern abgehen, in der Küche Arbeitsflächen aus massivem Marmor und ein Garagentor mit Fernbedienung.

»Da muss ein Haken dabei sein«, sagt Gary. »Vielleicht spukt's da drin.«

»Damit kann ich leben.«

»Wie auch immer. Ich wollte nur sichergehen, dass Sie nicht verschnupft sind.«

»Verschnupft? Weswegen?«

»Sie wissen schon. Die Bergleute.« Er klingt verlegen, und das mit Recht.

»Man gewöhnt sich dran. Genau wie die sich an mich gewöhnen müssen.«

»Okay«, sagt Gary. Er klingt aber nicht überzeugt. »Tja. Wird wohl so sein.«

»Ich muss Schluss machen«, sage ich. »Ich erwarte einen Anruf.«

Als ich das Telefon weggelegt habe, denke ich: Na klar. Einen Anruf von Großmutter.

Ich ziehe die obere Schublade der Kommode unterm Fenster auf und nehme Hände voll Unterwäsche heraus, um sie in den Koffer zu schichten. Alles schwarz oder hautfarben, schlicht, strapazierfähig, praktisch. Ein BH fällt auf den Boden, ich hebe ihn auf, bewundere die glatten Rundungen, die perfekt an meinen glatten Rundungen sitzen. Die Form erinnert mich an eine Hängebrücke: vollendete Konstruktion. War es nicht Howard Hughes, der für Jayne Russell einen BH nach dem Auslegerprinzip konstruiert hat?

Mist, Kit, sagt Martins Stimme in meinem Kopf. *Kauf dir einen BH in Knallpink.*

In der Nacht werde ich plötzlich wach und starre ins Dunkel. Im Zimmer ist es stockfinster bis auf das rote Lämpchen am Fernseher und einen gelben Strich unter der Tür. Das einzige Geräusch ist das Rauschen des Wehrs draußen.

Seit dem Deckeneinsturz in der Feuersteinmine sind fast sechs Wochen vergangen.

Ich bin unter Vorspiegelung falscher Tatsachen hier. Von Rechts wegen sollte ich tot sein.

Ich wälze mich von einer Seite auf die andere, sehe ständig das

Gesicht vor mir, das ich nicht mehr gesehen habe, seit ich vierzehn war. Und Finger. Lange, empfindsame Finger. Finger wie weiße Halme, die im Dunkeln nach mir grapschen ... Nein. Es ist zu heiß im Zimmer. Ich möchte schlafen, weiß aber, daraus wird nichts. Ich habe Angst vor dem Schlafen; kann ja sein, dass dem Tod plötzlich auffällt, dass er mich übersehen hat, und ich wache nie mehr auf. Ich schmecke Knoblauch vom Abendessen und metallische, trockene Schlaflosigkeit hinten auf meiner Zunge.

Kann denn keiner das Wehr abstellen?

Endloses Geräusch. Endlose Nacht.

Ich sitze am nächsten Morgen am Computer, als die Vorladung kommt. Das ist wie der eisige Luftschwall, der mit Rosie, der Verwaltungsassistentin, mit der ich das Büro teile, in den Container weht. Das Harems-Prinzip: Steck die Frauen zusammen, damit du sie im Auge behalten kannst. Wir haben sogar einen eigenen Eunuchen – auch wenn der zum Glück gerade abwesend ist.

»Brendan möchte Sie sprechen«, sagt Rosie. Sie balanciert zwei randvolle Kaffeetassen und versucht gleichzeitig mit dem Po die Tür zuzustoßen. »Wir brauchen einen neuen Wasserkocher.«

Unsere Blicke wandern automatisch zu dem dritten Schreibtisch. Er ist bestückt mit einem Computer, dessen Bildschirm mit gelben Post-it-Zetteln bepflastert ist, einem Vorrat an Vitamintabletten und Anti-Allergika und einer dieser geschmacklosen Priaposfigürchen, die man in den Andenkenläden der griechischen Urlaubsorte kaufen kann. Eine Kelle, die dritte Hand eines Archäologen, lehnt an der Wurzel von Priapos' überdimensioniertem Pimmel. Saftsack ist im Moment nicht da, Gott sei's getrommelt und gepfiffen. Ich bitte den Kriegsgott um eine Splittergranate, die ich dem Kerl unter das Kissen seines Kniestuhls legen kann. Das ist so ein Möbelstück, das einen angeblich zwingt, gerade zu sitzen, aber wenn Dickon darauf hockt, sieht er trotzdem wie ein langer krummer Pissestrahl aus.

Rosie und ich finden Saftsack heute besonders zum Kotzen, weil er gestern Abend als Letzter gegangen ist und vergessen hat, den Wasserkocher auszuschalten. Das war noch einer von denen, die sich nicht automatisch abschalten, wenn das Wasser kocht, und da ist er durchgebrannt. Jetzt müssen wir immer, wenn wir einen Kaffee wollen, über die zugefrorenen Pfützen zu dem großen Container mit der kleinen Küche tippeln. Das heißt für Rosie und mich ungefähr alle halbe Stunde, und wir haben es jetzt schon gründlich satt.

»Ich nehme nicht an, dass Brendan mich wegen des Wasserkochers sprechen will?«

Rosie verzieht das Gesicht. »Nee, leider.«

»Nämlich?«

»Das soll er Ihnen selber sagen.« Sie stellt die Kaffeetassen ab, eine auf ihren ordentlichen Schreibtisch, eine auf meinen, auf dem sich schon Sedimentschichten aus zerknülltem Papier bilden. Sie hält einen Finger hoch und deutet damit auf Dickons Kniestuhl.

Rosie und ich kennen uns erst gut einen Tag, aber ich glaube, wir werden gut miteinander auskommen. Ich gebe ihr vierzig Sekunden, bevor sie mit der schlechten Nachricht rausrückt. Es muss eine schlechte Nachricht sein; ich fühle es kommen, seit ich gestern unter Tage war, mit Sicherheit ein kleineres, dennoch vernichtendes Erdbeben.

Sie setzt sich an ihren Schreibtisch, der umrahmt ist von einer Galerie munterer Geschwister und Freunde, die allesamt auf Skihängen, an Felswänden oder auf rasenden Strömungen unmögliche athletische Verrenkungen vollbringen. Rosie ist Ende zwanzig, und ich bin sicher, ihr geschmeidiger, schlanker Körper hüpft dort mit ihren Kumpels auf und ab und fotografiert dabei sogar noch. Vielleicht ist auch ihr Freund zu sehen. Er ist einer von den Bergleuten, die hier arbeiten: Huw, aus dem Waliser Revier, den Valleys, keiner von Teds Mannschaft.

»Und?«, sage ich.

Sie zwirbelt ihre kinnlangen blonden Haare zu einem Korkenzieher und befestigt sie mit einem Papierclip auf dem Kopf. Es fällt ihr nicht leicht, mich anzusehen.

»Also …« Sie guckt mich an und sie wirkt gereizt, hilflos. »Ach Mist, es ist schrecklich.«

»Spucken Sie's aus.«

»Teds Mannschaft hat sich beschwert. Sie wollen nicht, dass eine Frau unter Tage arbeitet.«

»Das hab ich mir gedacht. Ich hab's ihnen gestern angesehen.«

»Aber die können Sie nicht abhalten, oder? Das ist doch Geschlechterdiskriminierung, nicht?«

An der Unterseite meines Schreibtisches finden meine Finger einen getrockneten Kaugummibatzen und knibbeln daran rum. »Genau genommen schon. Aber ...« Ich weiß nicht, warum ich so ruhig bleibe.

Die Tür geht auf, und wieder weht nadelscharfe, eiskalte Luft herein. Es ist Gary. Er ist wütend.

»Hab's gerade gehört.«

Er kann nicht still stehen, er geht in unserem winzigen Frauengemach auf und ab, was ihm ungefähr anderthalb Schritte erlaubt, bevor er mit Saftsacks Kniestuhl zusammenstößt. Schließlich gibt er auf und setzt sich abrupt darauf.

»Gehört?«, sage ich.

»Sie müssen wissen ... Scheiße, ich fasse es nicht. Die freien Bergleute sagen, es bringt Unglück, eine Frau unter Tage zu haben.«

»Ja. Brendan will mich sprechen.«

»Ich weiß nicht, was er denkt, was er da machen kann. Sie drohen mit Kündigung. Gerade waren drei von ihnen bei mir im Büro. Sie behaupten, als das letzte Mal eine Frau in der Grube war, gab's am nächsten Tag einen Versturz. Das waren übrigens Sie, Rosie. Ich fasse es nicht ...« Er knallt seine Hand auf Dickons Schreibtisch. Ein Nasenspray rutscht an die Kante und fällt zu Boden. Gary sieht mich zum ersten Mal richtig an, seit er reingekommen ist.

»Warum sind Sie nicht aufgebrachter?«

Ich betrachte meine unterschiedlich langen Fingernägel. »Ich bin aufgebracht.«

»Sie sehen aber nicht so aus. Ich nehme an, Sie sind das gewöhnt ...«

»Eigentlich nicht.« Plötzlich werde ich doch wütend, richtig wütend. In meinen Augenwinkeln brennen Tränen, und ich habe ein schreckliches Zittern ums Kinn, aber ich will verflucht sein, wenn ich dem nachgebe. »Ich war überall auf der Welt im Einsatz, und noch nie hat sich jemand geweigert, mit mir zu arbeiten. Und jetzt will eine Bande abergläubischer, bescheuerter ...«

Die Tür schwingt wieder auf. Es ist Dickon. Er versucht seine Freude hinter einem dick aufgetragenen, besorgten Blick zu verbergen.

»Kit, mein Gott. Ich hab's gerade gehört. Das ist ja furchtbar.«

Nein, du Fettfleck, es ist eine ausgemachte Katastrophe. Ich darf nicht vor ihm weinen, Scheiße, Scheiße, Scheiße, denk nur an Granit, Serpentin, Basalt, hartes, widerstandsfähiges Gestein unter peitschenden Stürmen, die Cairngorms, die Felstürme von Dartmoor ... Nicht nett sein, Gary. Nicht liebenswürdig sein. Wenn du was Nettes sagst, bin ich verloren.

»Kit«, sagt Rosie forsch, »Brendan hat gesagt, *sofort.*«

* * *

Nachdem sich meine Lungen beim Gang über den frostkalten Schotter zum Büro des Minenverwalters mit prickelnd kalter Luft gefüllt haben, habe ich mich dank Retterin Rosie wieder im Griff. Ich überstehe das Treffen mit Brendan, indem ich mir einbilde, dass ich von der Decke aus zuschaue. Ich sehe mich als zäh, praktisch, ohne das geringste selbstmitleidige Zittern in der Unterlippe.

»Natürlich geben wir denen nicht nach«, sagt er. Ich nicke.

»Natürlich wäre es wohl klüger, ein paar Tage lang nicht hinunterzugehen«, meint er. Er kaut auf der Unterlippe, um die Wörter vorsichtig durch seinen mächtigen, gelblich-braunen Schnurrbart sickern zu lassen. Ich beobachte ihn nachdenklich.

»Natürlich müssen Sie eigentlich gar nicht oft unter Tage gehen, nicht?«, überlegt er. Ich werfe ihm einen aufsässigen Blick zu. Der Schnurrbart flacht zu einem breiten, versöhnlichen Grinsen ab, und Brendan macht hastig einen Rückzieher.

»Natürlich habe ich damit gemeint, Ihr Part besteht hauptsächlich aus Planung und Überwachung, also sind Sie wohl nicht täglich unter Tage, oder? Die meiste Arbeit erledigen Sie doch am Computer. Sie haben eigentlich keine Veranlassung, täglich vor Ort zu sein …«

Man weiß immer, dass es schwer wird, wenn sie sich in alberne Floskeln flüchten.

»Brendan«, sage ich, »ich gehe wieder in den Schacht. Vielleicht nicht heute, aber irgendwann.«

»Gut. Ja. *Natürlich.*«

»Mit den freien Bergleuten ist es nämlich so«, sagt Dickon selbstgefällig, weil er uns sein überragendes Wissen vermitteln kann, »sie sind anscheinend die direkten Nachkommen der keltischen Schmiedemeister aus dem Forest.«

»Ach, und deswegen ist das in Ordnung, ja?«, sagt Rosie spitz.

»Nein, nein, ich meine nur, Hüttenarbeit war eine nahezu magische, priesterliche Berufung. Stellen Sie sich vor, sich in die Erde graben, das harte Metall schmieden.«

»Ja, richtig, sehr freudianisch.«

»Nein, nein, *nein*. Worauf ich hinauswollte, ist die Gefahr. Die Sterblichkeit. Das Leben unter Tage ist fragil. Man kann jederzeit sterben – Einstürze, Überflutung, Schlagwetter, *lebendig begraben*. Es gilt, die Götter günstig zu stimmen. Deswegen herrscht bei Bergleuten so viel Aberglaube, genau wie bei Fischern und Seeleuten.«

»Es gibt Frauen auf See«, erklärt Rosie. »Ich segele.«

»Und Sie kennen natürlich jede Menge weibliche Seeleute auf Fischkuttern?«

»Dickon hat nicht ganz Unrecht«, sagt Gary, der die ganze Zeit schweigend an der Wand gelehnt hat. Aber er hat mich angesehen. Jedes Mal, wenn er meinen Blick sucht, muss ich wegsehen. »Was denken Sie, Kit?«

»Ich denke, wieso Frauen?«

»Wie meinen Sie das?«, fragt Dickon. Er ist aufrichtig interessiert, das muss ich ihm lassen.

»Warum nicht die Farbe Grün? Oder unter Tage niesen? Warum müssen es Frauen sein, die Unglück bringen? Als wären wir dämonische Versucherinnen, die immerzu die Männer verführen und sie dann wegen Vergewaltigung verklagen.«

Und da sehe ich zu meiner Verwunderung, wie Garys Gesicht sich verschließt. Was habe ich gesagt?

»*Sie* sind nicht abergläubisch, was Frauen betrifft, oder?«, sage ich beim Mittagessen in dem Pub gegenüber dem Gelände. Rosie bestellt an der zigarettennarbigen Bar die Sandwiches; sie hat vergessen, den Papierclip aus den Haaren zu nehmen. Gary und ich sitzen an einem Tisch bei dem unechten Holzfeuer. Es riecht nach fadem Lagerbier und schalem Tabak, und hier und da kleben einem die Füße am Boden fest, aber wir müssen die Stiefel nicht ausziehen, wenn wir hierher kommen.

»Natürlich nicht.«

»Bloß ...« Ich fummle an einem Zuckertütchen, das die Vorgänger auf dem Tisch liegen gelassen haben. Es ist so ein längliches, wurstförmiges, der Zucker ist steinhart geworden. Es befriedigt mich, ihn zwischen Finger und Daumen zu rollen, bis er weich und mürbe ist. »Bloß, ich habe das Gefühl, es sind nicht nur die freien Bergleute, denen ohne mich wohler wäre.«

»Quatsch. Sie sind ja paranoid.«

»Na ja, Dickon mag mich nicht besonders.«

»Ist es nicht eher umgekehrt?«

»Was?«

»Was haben Sie gegen Dickon?«

Rosie scheint uns was sagen zu wollen, aber jemand lässt die Happy Mondays in der Musicbox laufen, und ich kann nicht hören, was sie sagt. Ich halte meine Hand ans Ohr.

»Kein Käsetoast«, sagt Gary. »Mist. Sie haben nie Toast, wenn es kalt ist.« Er legt die Hände auf die Schultern, flattert mit den Ellenbogen und sagt lautlos »Hühnchen«.

»Ich geh in den Schacht, wann ich will.« Ich finde noch ein Zuckerröhrchen hinter dem Ketchup. »Ich lasse mich nicht einschüchtern.«

»Das habe ich auch nicht angenommen.«

»Haben Sie wirklich kein Problem mit Frauen am Arbeitsplatz?«

Gary gewährt mir den vollen Genuss seiner klaren blauen Augen. »Kit, der beste Ingenieur, mit dem ich je zusammengearbeitet habe, war eine Frau. In Kasachstan. Sie war die Minenverwalterin, und sie wusste ganz genau, was sie tat. Die haben dort nicht so strenge Arbeitsvorschriften wie wir, aber bei ihr war das Unfallprotokoll einwandfrei.« Er lächelt zärtlich, und da quetscht etwas mein Inneres zusammen. »Was für ein zähes kleines Luder.«

»Klein?«

»Glauben Sie nur nicht den alten Unsinn, dass alle Sowjetfrauen wie Kugelstoßerinnen gebaut sind. Sie hätte Ballett-Tänzerin sein können.«

Das Zuckerpäckchen platzt und streut Kristalle auf den Tisch. Gary merkt es zum Glück nicht.

Er sieht immer noch gut aus. Ohne seine Fleecejacke, in dem alten, verwaschenen blauen Sweatshirt, kann man sehen, dass seine Muskeln für einen Mann um die vierzig gut definiert sind. Schwimmerschultern, noch keine Spur von Bauch.

... zog mich an seine Brust. Er roch nach Seife und Tabak. Sein Atem in meinem Haar ...

Aber vor allem ist er nicht Nick.

Rosie kommt mit den Getränken. Blonde Haarsträhnen entweichen dem Papierclip und fallen ihr in die Augen. Sie balanciert eine Cola, ein St. Clement's und ein Becks. Das Becks ist für mich. Gary guckt missbilligend, als ich das Bier ins Glas gieße.

»Sie gehen nicht in den Schacht, wenn Sie das getrunken haben.«

Er wird noch mal ... auf deinen Gefühlen herumtrampeln.

»Ich geh nicht in den Schacht«, antworte ich. »Schon vergessen? Keiner will eine Frau da unten haben.«

Heute ist nicht mein Tag. Als wir zum Gelände zurückgehen, klingelt mein Handy.

»Es tut mir leid, Mrs. Parry, wir haben ein Problem mit dem Cottage.«

Im ersten Moment weiß ich nicht, wovon er spricht. Oder wer er ist. Dann fällt es mir ein. Es ist der Immobilienmakler. Ich sollte heute Abend einziehen. Mein Gepäck ist im Auto. Ich wollte gleich nach der Arbeit hinfahren.

»Es geht um das warme Wasser. Als die Putzfrau heute Morgen hinkam, hat sie ein Problem festgestellt. Wie es aussieht, ist die Pumpe der Zentralheizung defekt.«

»Wann wird das repariert?«

»Wir hoffen, morgen jemanden zu kriegen. Aber man kann nie wissen. Sagen wir lieber Donnerstag?«

»Hören Sie«, sage ich. »Es gibt doch keine Minen unter dem Cottage?«

»Minen?« Der Makler klingt ehrlich erschrocken.

»Vergessen Sie's«, sage ich. »Achten Sie nicht auf meine Paranoia.«

Es ist nach fünf, ein schmutzig-rußiger Nachmittag; ein dünner, boshafter Nieselregen befeuchtet die Außenwände des Büros. Die kleinen Jungen spielen wieder Fußball auf dem Platz hinter dem Tor. Anscheinend spielen sie gerne im Dunkeln. Immer wieder kreischen sie, wenn zwei aneinanderrempeln, und ich glaube nicht, dass es jedes Mal ein vorsätzliches Gerangel ist.

Unser erleuchtetes Bürofenster sieht beinahe anheimelnd aus, wie es aus der Düsternis strahlt. Ich tipple wieder mit einem Becher dampfendem Kaffee über den Schotter. Rosie ist zeitig gegangen, um uns auf dem Heimweg einen neuen Wasserkocher zu kaufen, aber ich muss noch bleiben, um mich mit dem Ausmaß der Arbeit vertraut zu machen. Ich muss mehrere Belastungssimulationen am Computer durchführen. Ein Bergbauingenieur, der nicht unter Tage geht: mit der heutigen Technik durchaus möglich, nehme ich an.

Und hey, was für ein Zuhause hab ich denn? Ein nettes, aber äußerst langweiliges Hotelzimmer; das ewige Rauschen des Wehrs. Naja, wenigstens habe ich ein Bett.

Auf dem Parkplatz wird immer und immer wieder ein Motor angelassen; er weigert sich, bei der Kälte anzuspringen. Die Schicht der Bergleute ist vor kurzem zu Ende gegangen; sie dürften jetzt alle zu Hause sein. Der Wagen springt endlich an und kommt auf Touren, und Scheinwerfer wackeln über das Gelände Richtung Wachhäuschen und Tor.

Ich muss mich auch mit der CAD-Software vertraut machen. Brendan benutzt ein neues Programm, das anders ist als das, an das ich gewöhnt bin ...

Scheiß drauf. Ich geh runter, solange niemand da ist.

Ich trinke schnell zwei Schluck Kaffee, kippe den Rest auf den Schotter, laufe die Stufen hoch und schnappe meine Ausrüstung aus dem verlassenen Büro, bevor ich's mir anders überlegen kann.

Ich habe halb erwartet, dass mir ein Strich durch die Rechnung gemacht wird. Der Schacht wird gewöhnlich zugesperrt, wenn die Bergarbeiter draußen sind; niemand möchte, dass Kinder da unten nach ihrem Ball suchen. Aber der Deckel ist offen, der obere Teil der Leiter gerade noch sichtbar in dem gähnenden Dunkel, das mir noch kälter und finsterer vorkommt als bei meinem ersten Besuch am Freitag. Streng genommen ist es verrückt hinunterzugehen, und obendrein verboten. Die Regel lautet: Keiner geht unter Tage, ohne jemandem Bescheid zu sagen. Aber ich will mir keine Zeit zum Nachdenken geben. Ich pfeif auf die Regeln – ich will auf der Stelle da runter.

Andererseits stünde ich schön dumm da, wenn jemand vorbeikäme und mich einschlösse. In meiner Tasche habe ich die Untergrundkarte, die Brendan jede Woche auf den neuesten Stand bringt, und daran angeheftet eine Kopie der Geländevorschriften. Ich reiße sie ab, kritzele ein paar Zeilen auf die Rückseite, lege das weiße Blatt Papier auf den Schachtdeckel, wo es nicht zu übersehen ist, weil es sich hell vom Dunkel abhebt, und beschwere es mit einem Kalksteinbrocken.

Um mir Mut zu machen, greife ich in die Kartentasche meiner wasserdichten Jacke, berühre, was sich darin befindet. Glatt auf der einen Seite, rau auf der anderen. Dann steige ich, nur ein kleines bisschen außer Atem, die Leiter hinunter.

Stell dich deinen Dämonen. Das sagte sie immer wieder zu mir, wenn ich Prüfungen verpatzt hatte und sie wiederholen musste, wenn ich mich weigerte, auf Partys zu gehen, oder blass aus der neuen Schule kam, wo ich mich nicht eingewöhnen konnte.

Stell dich deinen Dämonen. Es ist leichter, sie einzumauern. Vielleicht sollte ich sie so in Schach halten. Furcht ist es wohl eher nicht. Die Dinge, die einen am meisten ängstigen, das sind die Dinge, die man immer und immer wieder tun muss, die ich immer und immer wieder tue, es ist nur ...

Meine Füße landen in dem Matsch am Fuß der Leiter. Die Lichter sind schon an – damit hatte ich nicht gerechnet. Jemand muss vergessen haben, sie auszumachen. Um jede nackte Glühlampe kämpft ein dunstiger Schein gegen die ungeheure Finsternis jenseits des stählernen Schutzgangs.

Manche sind zum Entzücken erwacht, manche geboren zu ewiger Nacht ... die Zeilen des Verses kommen aus dem Nichts, wiederholen sich unaufhörlich im Takt mit dem Aufschlag meiner Stiefel auf dem unebenen Boden. Wohin gehe ich? Keine Ahnung. Habe mich nicht recht entschlossen; ich muss nur hier unten sein, allein. Die Dunkelheit ist endlos. Der Strahl meiner Taschenlampe erfasst Bruchsteinhaufen, schiefe Säulen und Stützpfeiler. Die Luft ist erfüllt von dem scharfen Geruch nach nassem Zement. Eine tiefe Traurigkeit setzt sich in meine Kehle. Ewige Nacht, ewige Nacht.

Plötzlich erstrecken sich ungleichmäßige Säulenreihen in die Ferne, manche von ihnen mit weißen Hüllen – die Stelle, die Gary als Co-op-Kaverne bezeichnet hat. Ich bin mindestens achthundert Meter gegangen und habe keine Ahnung, wie ich hierher geraten bin. Das ist doch die Co-op-Kaverne, oder? Die Karte ist schwierig zu lesen; meine Hand zittert. Überallhin gehen unterirdische Strecken ab, die mir gar nicht aufgefallen waren, als ich gestern hier unten war. Ich hätte nicht allein kommen sollen. Man kann sich zu leicht verirren.

Die Zeit springt verwirrend hin und her. Jetzt bin ich wieder in einem engen, niedrigen Stollen. Mein Verstand setzt immer wieder aus, stürzt ab wie ein Computer, der irgendwo hängen bleibt und sich weigert, auf Mausklicks zu reagieren. Drücken Sie eine beliebige Taste ...

Aus einem Seitenstollen vor mir kommt eine dunkle Gestalt, die mich entweder nicht sieht oder nicht beachtet, hastig wie das weiße Kaninchen aus »Alice im Wunderland«. Ich lasse beinahe die Taschenlampe fallen, mein Herz schlägt heftig gegen den Brustkorb. Die Gestalt schnäuzt sich lautstark.

»Dickon!«, sage ich, ehe ich mich bremsen kann.

Dickon, der eine alte Wachsjacke trägt, jault auf und dreht sich um, ebenso erschrocken wie ich, jemand anderen unter Tage anzutreffen. Wie alle Archäologen, denen ich begegnet bin, scheint er eine Abneigung gegen das Tragen gut sichtbarer Sachen zu haben. Jeder weniger egozentrische Mensch würde mich fragen, was ich hier suche, aber das kommt ihm zum Glück nicht in den Sinn.

»Verdammter Mist, Kit, was schleichen Sie hier 'rum? Ich hätte fast einen Herzinfarkt gekriegt.«

»Ich dachte, ich bin allein hier unten.«

»Ich auch. Lassen Sie mich erst mal verschnaufen.« Er lässt sich auf einen Steinblock sinken, klopft sich auf die Brust, das Taschentuch noch in der Hand. Wir sind beide atemlos vor Schreck. Wenn ich ganz bei Sinnen gewesen wäre, hätte ich mich still verhalten und ihn weitergehen lassen, bevor er mich entdeckte, aber jetzt habe ich ihn am Hals. Sein Keuchen macht mich kribbelig.

»Entschuldigen Sie«, sage ich. »Ich war sowieso auf dem Weg nach draußen.« Ich versuche, mich an ihm vorbeizuschlängeln.

»Falsche Richtung.«

Er hat Recht. Ich bin vollkommen desorientiert. Seine Schuld, verdammt noch mal – ich hatte mich total im Griff, bevor ich ihn traf.

»Sie bleiben am besten bei mir. Ich muss nur noch eine Aufnahme machen.«

Natürlich. Deswegen bin ich so unruhig. Er hat die Kamera nicht umgehängt; sie steckt in seiner Jackentasche und beult sie aus; sie ist zu sehen, als Dickon sich vorbeugt und die Tasche aufklafft. Mein Blick muss kurz auf den Apparat gefallen sein, als Dickon sich hinsetzte. Ich strenge mich sehr an, meinen Atem zu verlangsamen. Es ist okay, ich werde damit fertig. Verdammt, es ist nur ein Fotoapparat, um die archäologischen Funde aufzunehmen, weiter nichts. Dickons Aufgabe besteht darin zu katalogisieren, was hier unten ist, bevor es für immer einbetoniert wird. Ich habe keine Angst mehr vor Kameras. Nein. Ich benutze sie dauernd, wenn ich mit Martin zusammen bin.

»Worauf sind Sie heute gestoßen?«, frage ich; mein Atem geht noch etwas pfeifend wie bei einer Asthmatikerin. Dickon putzt sich noch einmal die Nase und stopft das Taschentuch über den Fotoapparat in seiner Tasche, worauf ich mich ein bisschen besser fühle.

»Da ist ein alter Kran, den ich mir anschauen muss, nur ein Stückchen weiter von der Stelle, wo wir gestern waren. Die Leute haben einen neuen Schutzgang dorthin gebaut.« Er steht auf. »Ich gehe meistens runter, wenn die Schicht zu Ende ist, damit ich ihnen nicht im Weg bin. Wenn meine Frau das wüsste, brächte sie mich um. Sie findet sowieso, dass ich zu viel arbeite. Aber sie ist zu Hause in London, deshalb merkt sie nicht, was ich so treibe.«

Sein Lachen ist viel zu anzüglich. Ich hatte mir Saftsack nicht verheiratet vorgestellt; da erhebt sich die rätselhafte Frage, welche Frau ihn wahrhaftig anziehend findet. Ich versuche mich so weit weg von ihm zu halten, wie es in dem schmalen Schutzgang möglich ist, könnte mich ohrfeigen, weil ich mich bemerkbar gemacht habe, und bin mir dabei bewusst, dass ich wirklich nicht unter Tage sein sollte. Brendan hat mir deutlich zu verstehen gegeben, dass ich den Gruben fern bleiben soll, wenigstens bis sich die Aufregung gelegt hat. Und ich habe zum Mittagessen Alkohol getrunken. Nur ein kleines Lagerbier, aber ich könnte den Job verlieren, weil ich mit Alkohol im Blut unter Tage bin. Aber das muss Dickon ja nicht wissen – er war nicht im Pub.

»Nur gut, dass ich Sie getroffen habe«, sagt Dickon, als könne er meine Gedanken lesen. »Sie hätten sich leicht verirren können. Sie sollten nicht allein hier runterkommen, bis Sie besser mit den Örtlichkeiten vertraut sind.«

»Ich habe die Karte dabei«, sage ich abwehrend.

»Die Grubenkarte?« Er lacht. »Die würde Ihnen schwerlich was nützen.«

»Sie ist doch genau!«

»Na klar. Soweit sie reicht. Die Gruben sind nie vollständig kartiert worden. Die Karte basiert auf oberirdischer Vermessungstechnik, und wir sind bereits auf ein halbes Dutzend Stollen und Hohlräume gestoßen, die es der Karte nach theoretisch nicht geben dürfte. Sie brauchen nur ein bisschen verwirrt zu sein ...« Etwas in seiner Stimme lässt anklingen, dass er das für möglich hält. Schließlich wissen aufrechte Kerle – und so einer ist er natürlich –, dass Frauen mit der räumlichen Wahrnehmung ihre Schwierigkeiten haben. »... und eh Sie sich's versehen, sitzen Sie im Schlamassel.«

Wie um seinen Standpunkt zu beweisen, tut sich linkerhand wieder ein Stollen auf. Dickon richtet den Strahl seiner Taschenlampe auf die Steinbruchwand daneben. »Sehen Sie. Bergarbeiter-Graffito. Kein besonders interessantes Beispiel. Relativ modern.«

Da steht: *Jeder, der während der Mahlzeiten in dieser Frühstückskaue furzt, muss 6 Dimes Strafe zahlen.*

»Nichts hat darauf hingedeutet, dass es diesen Gang gab, bis wir hierher kamen.« Abschätzig wendet Dickon den Strahl ruckartig von dem Grafitto und dringt mit der Lampe in die Schwärze. Das Licht reicht nur wenige Meter weit, ehe es verschluckt wird. »Sackgasse. Finster, was? Wissen Sie, was wir am Ende gefunden haben? Knochen von einer Katze.«

»Wie unerfreulich.« Ich beherrsche meine Stimme, so gut ich kann.

»Vielleicht ein Haustier, das sich verlaufen hat. Vielleicht haben die Bergleute sie umgebracht.« Er scheint die Vorstellung zu genießen. »Vielleicht ist das mit ein Grund, warum die Sie nicht mögen, Kit. Ihr Name. Katzen in Bergwerken sollen auch Unglück bringen, nicht wahr?«

Er ist so durchschaubar, dass mir zum Lachen ist.

Am liebsten würde ich sagen: Erstens, Dickon, arbeite ich schon so lange unter Tage, dass ich mich nicht so leicht fürchte. Zweitens, Angst machen törnt mich nicht an, okay? Nichts an Ihnen törnt mich an. Und drittens, versuchen Sie nicht noch mal, mich zu begrapschen.

Und warum sag ich's nicht?

Weil ich das Gefühl habe, dass die Dunkelheit rund um mich flüstert.

Du kleines Flittchen.

Lange weiße Finger greifen nach mir ...

Hinter den Stahlstreben des Schutzgangs scheinen die Säulen ewig weiterzugehen, bis sie sich schließlich in der Dunkelheit verlieren. Für einen Augenblick kann ich glauben, ich habe mich zwischen ihnen verloren, und Dickon wandert allein weiter, eine winzige Gestalt, die, vor sich hinbrabbelnd, in der Ferne verschwindet. Aber nein, er geht unangenehm dicht neben mir her. Ich zwinge mich, so natürlich wie möglich zu klingen.

»Sie sagen also, es könnte ganze Steinbruchareale geben, von denen niemand was weiß? Welche, die wir total verpassen könnten, wenn wir uns nicht außerhalb der Schutzgänge bewegen?«

»Kit, wir gehen nicht außerhalb der Schutzgänge.« Dickon wirft mir einen vernichtenden Blick zu. Er versteht nicht, warum mir das wichtig ist. »Sie haben doch gehört, was Gary gestern gesagt hat! Alle Arbeiten, die wir machen, müssen in absoluter Sicherheit ausgeführt werden.«

Das Werksareal sieht einsam aus ohne das Getriebe von Schutzhelmen und gelben Jacken. Stahlstangen und Schweißgeräte stapeln sich am Ende des Schutzgangs. Soweit ich sehe, ist die Arbeit seit gestern kaum vorangegangen, aber Saftsack ist außer sich vor Aufregung. Er packt mich an der Schulter, und ich verkrampfe mich unwillkürlich, aber das merkt er nicht. Seine großen Nasenlöcher blähen sich vor Begeisterung; sie sind feucht und schleimig wie bei einer Kuh.

»Sehen Sie sich das an!«, sagt er. »Muss frühes neunzehntes Jahrhundert sein.«

Zuerst denke ich, er spricht von dem Stützpfeiler – einer Trockenmauer, von den Kumpels errichtet, um die Decke zu stützen. Die Ausführung ist solide Handwerkskunst, jeder Stein genau in den nächsten angepasst, nicht ein Krümel Mörtel zu sehen. Aber er zeigt mit der Lampe in die Kammer daneben.

Ich habe die Begeisterung der Männer für alte Maschinen nie richtig verstanden. Der Kran ist so schwarz vor Rost, dass ich ihn im Dunkeln fast übersehen hätte, ein hohes korrodiertes Gebilde, das an Boden und Decke befestigt ist.

Dickon macht sich ans Messen und Fotografieren, redet von Lewis-Ankern, Keilklauen und weiterem Zeugs, das mich nicht interessiert. Ich kriege Kopfschmerzen von den Blitzen, die an den Kavernenwänden flimmern.

Es war nutzlos, hier herunterzukommen. Wenn ich Rechtfertigungen vorbringen wollte, gibt es keine Zeugen, nur Saftsack. Ich setze mich auf einen umgedrehten Eimer und schließe die Augen. Ich wünschte, Martin wäre hier.

»Haben Sie nie den Wunsch, sich außerhalb der Schutzgänge zu bewegen?«, höre ich mich fragen.

Dickons Stimme klingt ausgesprochen brav. »Das ist viel zu gefährlich.«

»Mal ehrlich, Dick. Sie tun es bestimmt, wenn sonst niemand hier ist.«

Ich öffne die Augen, und wieder gab es so einen verwirrenden Zeitsprung. Irgendwie bin ich auf die andere Seite der Stahlstreben gelangt. Raum und Dunkelheit wallen um mich auf. Ich drehe mich langsam um dreihundertsechzig Grad, knipse meine Taschenlampe an, betrachte den Lichtkreis, der über die Decke, die Wände, die Säulen krabbelt wie ein helles Insekt.

»Kit?«, höre ich Dickons Stimme. »Kit, wo ... oh, verfluchter Mist.«

»Erzählen Sie mir nicht, dass Sie das noch nie gemacht haben.«

»Kit, Sie dürfen das wirklich nicht ...«

Aber mein helles Insekt ist verwundert stehen geblieben. Ist das nur eine Unregelmäßigkeit im Stein oder ...

»Dick«, sage ich. »Kommen Sie, sehen Sie sich das an.«

»Kit, das ist zu gefährlich. Wir werden hinkommen, was immer es ist, wenn die Leute den Schutzgang ein Stück weiter gebaut haben.«

»Geben Sie mir Ihren Fotoapparat.«

»Sie sind ja verrückt.«

In dem Lichtkreis der Taschenlampe ist irgendein Zeichen in den Stein geritzt. Von hier aus lässt es sich unmöglich einordnen; ich muss näher heran, um mir das genau anzusehen.

»Scheiße, was haben Sie sich nur dabei gedacht?« Das ist Garys Stimme. »So ein verdammter Schwachsinn, Kit. Sie haben außerhalb der Schutzgänge nichts zu suchen!«

12

»Sie dämliche Pute«, sagt Gary Bennett. Er zittert vor Wut. Die Adern an seinem Hals sind hervorgetreten, aber seine Stimme ist eisig, ruhig, voller Verachtung. »Kommen Sie sofort wieder in den Schutzgang. Die Decke kann *jederzeit* herunterkommen.«

Ich rühre mich nicht, bin erstarrt vom Klang seiner Stimme. *Er wird mich schlagen, wenn ich ihn nahe genug heranlasse.* Ich meine nicht Gary. Da ist noch jemand bei mir in der Dunkelheit.

»Kit«, sagt Dickon matt, »er hat Recht. Dies ist ein hochgefährlicher Bereich – sobald der Schutzgang angelegt ist, muss mit der Verfüllung begonnen werden.«

Seine Stimme holt mich in die Gegenwart zurück. Das hier darf nicht vernichtet werden. Ich muss verhindern, dass Beton in diesen Teil der Mine gepumpt wird.

Das Zeichen an der Säule ist klein, unbeholfen in den Stein geritzt, als hätte es jemand eilig damit gehabt.

... überbringt eine Botschaft vom Sonnengott, befiehlt zuerst das Jagen, dann das Schlachten des Stiers.

Meine Finger verharren dicht über der Fläche. Ich wage nicht, sie zu berühren.

Aus dem auf die Erde spritzenden Blut und Sperma des Tiers wachsen Pflanzen.

Was macht das hier? Wenn ich mich nicht irre, passt es gar nicht ins Bild.

»Werfen Sie mir den Fotoapparat rüber, Dickon«, sage ich, sorgsam darauf bedacht, beide Silben auszusprechen. »Ich komm zurück, sobald ich ein Foto davon gemacht habe.«

»Wenn Sie Ihren Hintern nicht auf der Stelle hierher bewegen, hole ich Sie«, knurrt Gary. Ich kann die Verachtung in seiner Stimme nicht ertragen. In meinem Fuß zuckt es. Vielleicht hat Gary Recht. Ich dürfte nicht hier sein. Ich bringe uns alle in Gefahr.

Dickon wirft Gary rasch einen verlegenen Blick zu. Aber er ist Archäologe. Selbst wenn ihnen die Decke jeden Moment auf den Kopf knallen kann, müssen Archäologen es unbedingt genau wissen. Er wirft mir die Kamera rüber. Sie landet wie eine Granate in meinen Händen; ich darf mich nicht an dem kalten, rutschigen Gefühl des Kunststoffgehäuses stören, als ich den Sucher einstelle.

»Können Sie mal mit Ihren Taschenlampen hier rüberleuchten?«

»Sie dumme Kuh, Sie sind unbelehrbar!«, schimpft Gary, leuchtet aber mit seiner Lampe auf die Säule.

Drei Lichtkreise treffen sich. Und im Zentrum der Helligkeit ein Vogel, der Bote der Sonne …

Der Apparat blitzt. Ich halte ihn ruhig, er blitzt noch einmal. Und noch einmal.

Ich fingere an den Knöpfen herum, betrachte die Bilder. »Fertig.« Und ich kehre durch die Kammer zurück, klettere durch die Streben auf sicheres Terrain. Ich zittere, aber ich hab's geschafft. Wenn ich Recht habe, hat es sich gelohnt.

Wenn ich mich irre …

Ausgeschlossen.

* * *

Ich finde keine Ruhe. Das Hotelzimmer scheint in jeder Richtung um gut einen Meter geschrumpft zu sein. Ich stehe, setze mich auf die Bettkante, steh wieder auf. Setze mich an die Kommode, wo ich den Laptop eingestöpselt habe, und schaue mir auf dem Bildschirm die von Dickons Fotoapparat heruntergeladenen Bilder an. Eins, zwei, drei, ich klicke sie immer wieder an. Stehe auf. Trete ans Fenster, blicke auf den Garten am Wasser hinaus. Reif glitzert auf dem

Rasen, der von den Lampen in den Blumenbeeten orange gefärbt ist.

Dickon hielt mich für übergeschnappt, als wir uns in dem Container die Bilder ansahen.

»Graffito. Achtzehntes Jahrhundert, frühestens. Interessant, ja, aber nicht ...«

Er irrt sich. Ich weiß, dass er sich irrt. Er hat keine Ahnung.

Und warum solltest du mehr davon verstehen als er?

Er ist ein aufgeblasener Wichtigtuer. Ein Arschloch.

Er ist *Archäologe*. Du nicht.

Aber er ist kein Spezialist für solche Sachen. Er ist Industriearchäologe, der sich mit verrosteten alten Kränen und verrotteten Schubkarren auskennt, das ist alles. Warum also auf ihn hören?

Er arbeitet seit sechs Monaten in den Steinbrüchen. Das macht ihn zum Spezialisten, oder?

Ja, aber er ist kein Spezialist für diese Art von ...

Ich greife zum Telefon. Ich kenne einen Spezialisten.

* * *

»Martin, alter Blödmann. Ich möchte dir was zeigen. Du musst kommen und es dir ansehen. Ich mail dir ein Foto, aber du musst es an Ort und Stelle sehen.«

»Langsam, langsam, Kit! Ich kann nicht.«

»Wie, du kannst nicht?«

»Kalifornien, schon vergessen? Ich fliege nächste Woche.«

Ich starre aufs Fenster und sehe mein stirnrunzelndes Spiegelbild; das Handy habe ich zwischen Kinn und Schulter geklemmt. Der Nachtportier hat die Lampen in den Blumenbeeten ausgeschaltet, und der Hotelgarten ist ins Dunkel entschwunden. Irgendwo da draußen liegt das Wehr. Mein eines Ohr vernimmt sein gleichmäßiges Rauschen, während ich mit dem anderen das Zischen des Telefonsignals auf seinem langen Weg zum Satelliten und zurück wahrnehme.

»Sag's ab.«

»Was?«

»Dort gibt es Terroristen. Hab ich in den Nachrichten gehört. Ich habe geträumt, sie werden das Flugzeug kapern und in die Golden-Gate-Brücke krachen lassen. Komm lieber her und sieh dir das an.«

»Kit, ich kann nicht ...«

Ich trete gegen die Kommode. Der Laptop zittert. Erdbeben. Sankt-Andreas-Graben.

»Dann komm am Wochenende. Wenn du wieder da bist, könnte es schon unter Schaumbeton begraben sein.«

Ich klappe mein Handy zu und kauere mich wieder ans Fußende des Betts. Ich schaue auf mein rechtes Bein: Es zittert. Ich nehme das Weinglas von der Kommode und starre hinein; auf der Oberfläche bilden sich konzentrische Ringe.

Gary schwieg auf dem ganzen Rückweg zum Schachteingang. Im Licht des Schutzgangs sah ich seinen Kiefer mahlen; es sah aus, als knirsche er mit den Zähnen, um sich am Sprechen zu hindern. Sogar Dickon wusste nicht, was er sagen sollte. Der Weg schien ewig zu dauern und war doch nicht lang genug. Was ich gesehen zu haben glaubte, raubte mir den Atem; ich fürchtete mich davor, was Gary sagen würde, wenn er endlich spräche. Ich wollte mich seiner Verachtung nicht aussetzen, aber ich wusste, diesmal habe ich bestimmt Recht. Da ist tatsächlich was, und ich hab es mit dem Fotoapparat eingefangen, etwas wirklich Altes, das allen anderen entgangen ist ...

Ich habe Kopfschmerzen von der Anstrengung, die beharrliche, skeptische Stimme in mir zu ignorieren, die fragt: Was? Was hast du tatsächlich gesehen?

Was hast du gefunden?

Dickon stieg als Erster die Leiter hoch. Als ich meinen Fuß auf die untere Sprosse setzte, sagte Gary: »Wir sprechen uns in meinem Büro.« Damit wandte er sich ab und knipste die Lichter an dem Brett unten im Schacht aus.

Diesmal habe ich bestimmt Recht. Kein Platz für Zweifel, kein Wunschdenken.

Ich trinke einen Schluck Wein und zünde mir noch eine Zigarette an. Ich habe heute Nacht ein Nichtraucherzimmer, darum schnippe ich die Asche in meinen Becher, wo sie auf dem kalten Kaffee schwimmt.

* * *

»Strengt Sie das denn gar nicht an, Kit?«, fragte Gary, sobald wir allein waren.

»Was?«

»Gegen Regeln zu verstoßen. Muss doch furchtbar anstrengend sein.«

Er hat Recht. Ich bin geschlaucht. Manchmal ist es sehr mühsam. Aber ich kann nicht anders. Die Macht der Gewohnheit.

»Ich verstehe nicht, wie Sie sich so lange in dieser Branche halten konnten, wenn Sie sich so aufführen.«

Seine Stimme ist so deutlich in meinem Kopf, er könnte jetzt hier im Zimmer sein. Er saß an seinem Schreibtisch; der kleine Plausch hatte nichts Freundschaftliches.

»Nennen Sie mir einen plausiblen Grund, warum ich das nicht melden soll.«

Es ist stockdunkel draußen, die Flutlichter sind an, aber alle anderen Büros sind verlassen und zugesperrt. Abgesehen von dem Wachmann in seinem Häuschen am Tor befindet sich außer uns niemand auf dem Gelände. Garys Büro hat einen eigenen Eingang und liegt am Ende des großen Containers, wo wir am ersten Tag die Lagebesprechung hatten. Ich konnte den Blick nicht von der Tür zum Konferenzraum hinter seinem Schreibtisch abwenden: Sie war geschlossen; aber irgendwie schien sie anzudeuten, dass dahinter ein Komitee von Leuten der Hauptgeschäftsstelle darauf wartete, mir den Laufpass zu geben.

»Gewöhnlich führe ich mich nicht so auf, wie Sie es nennen.«

»Was ist dann in Sie gefahren? Erstens, Sie trinken zum Mittagessen Alkohol, bevor Sie unter Tage gehen. Sie wissen verdammt gut, dass das allein schon reicht, um Sie zu feuern. Dann bewegen Sie sich außerhalb der Schutzgänge. Kit, das Projekt ist so streng reguliert, dass niemand unter Tage furzen darf, ohne die Erlaubnis des Mannes vom Arbeitsschutz einzuholen ...«

Jeder, der erwischt wird, wenn er in dieser Frühstückskaue furzt ...

»... und man muss glauben, dass wir keine Fehler machen, damit wir die Gelder von der Regierung bekommen. Ohne die gibt es kein Projekt. Kein Projekt, keine Arbeit. Sie bringen unsere Jobs in Gefahr.«

... muss 6 Dimes Strafe zahlen.

»Ich weiß. Verzeihung.«

»Woher soll ich wissen, dass Sie das nicht noch mal machen?«

Garys Schreibtisch war peinlich aufgeräumt. Grauer Eingangskorb mit einem Blatt Papier darin. Roter Plastik-Stiftebehälter mit einem Kuli, einem Textmarker und zwei Bleistiften. Kein Foto, keine Postkarte, kein Kekskrümel. Die einzige Sache, die nicht an ihrem Platz lag, war eine Büroklammer in Garys kräftigen Fingern, die sie von einer Form in die andere bogen, zu einem Hirtenstab, einem Leuchtstab, einem einarmigen, einbeinigen Pfeifenreinigermännchen.

»Gary, ich ...« Ich stockte. »Ich hab mich furchtbar aufgeregt wegen heute Morgen. Die Bergarbeiter ...«

Gary sah mich an wie einen Kieselstein im Profil seines Stiefels. »Kit, es ist im Moment sicher nicht angenehm, aber Sie wissen so gut wie ich, dass die dumme Geschichte sich von selbst erledigen wird. Die Bergarbeiter können Sie nicht feuern lassen. Sie müssen mit jedem arbeiten, den die Firma einstellt.«

»So was ist mir noch nie passiert.«

»Wirklich?« Er hat mir das keine Sekunde lang abgenommen, und das mit Recht. Es gibt viel Sexismus in dieser Branche. Frauen, die im Bergbau arbeiten, lernen damit umzugehen, indem sie so professionell wie möglich sind.

Und sich nie erlauben, bei der Arbeit zu flirten ...

»Ich meine, so was Unverschämtes ist mir noch nie begegnet. Dass die Männer sich tatsächlich weigern, mit mir zu arbeiten.«

»Das ist keine Entschuldigung für Ihr Verhalten. Jetzt haben Sie denen allen Grund gegeben, die Zusammenarbeit mit Ihnen zu verweigern.«

»Ja, ich weiß, das ist keine Entschuldigung. Aber es hat mich aus der Bahn geworfen.«

Die bis zur Unkenntlichkeit verbogene Büroklammer brach entzwei. Gary warf die Stücke in den Papierkorb unter dem Schreibtisch. Dann blickte er an die Decke. Er öffnete den Mund und schloss ihn wieder. Ich wartete.

»Ich sehe ein, das war kein sonderlich guter Anfang«, räumte er schließlich ein.

Da wusste ich, es würde gut gehen. Er hatte beschlossen, die lahme Ausrede zu akzeptieren. Er hätte mich sofort entlassen können. Allerdings wird heutzutage niemand mehr auf der Stelle entlassen. Vorschriften müssen eingehalten werden, es muss Abmahnungen geben, den ganzen leidigen Kram für den Fall, dass die Geschasste den Spieß umdreht und den Laden wegen ungerechtfertigter Kündigung verklagt. Das muss Gary alles bedacht haben. Er muss sich ausgerechnet haben, wie begeistert die Firma wäre, das alles durchstehen und außerdem kurzfristig einen neuen Bergbauingenieur anheuern zu müssen.

»Okay«, fuhr er fort, »ich müsste es melden, aber ich werd's nicht tun.«

Es klopfte leise, zögernd an der Tür. Ehe Gary etwas sagen konnte, öffnete sie sich und der Fledermausexperte Rupert steckte den Kopf herein.

»Verzeihen Sie die Störung, Gary. Wollte bloß Bescheid sagen, ich bin bis Samstag in London, hab aber einer Studentin meine Schlüssel überlassen.«

»Sie hätte meine Ersatzschlüssel haben können.«

»Gary, Sie waren nicht da, deshalb konnte ich Sie nicht fragen, und ich wollte die Schlüssel nicht einfach nehmen. Übrigens, die neuen Inkubatoren sind gekommen.«

»Großartig«, sagte Gary. »Ein andermal mehr, Rupert, Kit und ich müssen einiges klären ...«

»Oh, Verzeihung, verstehe.« Rupert zog sich unter Entschuldigungen zurück. Gary wartete, bis er außer Hörweite war, dann sprach er weiter.

»Aber auch wenn ich es nicht melde, werde ich Sie im Auge behalten. Eine einzige Chance noch, Kit. Ein zweiter Verstoß, und Sie sind draußen.«

»Danke.«

»Und ich stelle Bedingungen. Erstens, Sie betreten die Minen nicht außerhalb der Arbeitszeit, ohne mir Bescheid zu sagen. Zweitens, Sie versprechen mir, die Schutzgänge nicht wieder zu verlassen. Was auch immer Sie zu sehen glauben.«

»In Ordnung.« Unsere Blicke verschränkten sich, und für einen langen Moment konnten wir sie nicht voneinander lösen, doch zu meiner Erleichterung senkte er den Blick und suchte nach einer neuen Büroklammer. Er wirkte so verlegen wie ich.

»Überlassen Sie die Archäologie dem Archäologen. Okay?«

In meinem Hotelzimmer trinke ich nachdenklich noch einen großen Schluck Wein. Wie soll ich bloß, noch dazu mit Martin, wieder unter Tage gelangen, ohne dass Gary dahinterkommt. Wir müssen viel näher heran, um das Zeichen an der Wand zu untersuchen. Aber darüber will ich morgen früh nachdenken. Ich stehe auf, öffne das Fenster, um den Zigarettenrauch rauszulassen, und schaudere, weil ein frostiger Windstoß hereinweht.

Ich wachte vom Geräusch eines Hammers auf. *Poch poch poch:* Jemand gab sich Mühe, nicht gehört zu werden.

Ich warf die Zudecke zurück und schwenkte die Füße auf den Boden. In dem orangeroten Schimmer, der durch die Gardine sickerte, sahen meine Beine kränklich aus. Ich schlich aus dem Zimmer und die Treppe hinunter – *poch poch poch* – durch die kleine Diele, in der es heute Abend nach schalem Zigarettenrauch roch – *poch poch poch* –, in die Küche. Die Hintertür stand offen, ich schlüpfte hinaus. Die orangegelbe Straßenbeleuchtung machte alles unnatürlich, härter, gespenstisch, schattenhaft, wie in einem Comic. Eimer, Besen, aufgerollter Schlauch: Die Schatten nahmen vor dem Mauerwerk eine außergewöhnliche Bedeutung an.

Ich schob mich um das geöffnete Garagentor, damit ich zu meinem Vater hinunterschauen konnte, während er arbeitete.

Auf der Werkbank lag die Fotografie meiner Mutter in dem zerbrochenen vergoldeten Rahmen.

Mein Vater schlug mit dem Hammer unaufhörlich darauf ein.

Und jetzt *bin* ich wach, lausche dem Rauschen des Wehrs. Mir ist, als hätte ich in einem Aschenbecher gelegen. Das Zimmer stinkt, mein Mund ist trocken, die Nase zu, Schlaf und Kälte haben meinen Körper zu einer Brezel gebogen, und ich habe Kopfschmerzen. Ein kränklich-gelber Dunst sickert unter der Tür herein: Man lässt im Hotelflur die ganze Nacht über das Licht brennen.

So ist es jedes Mal: Etwas erwischt mich im Schlaf, wenn ich nicht auf der Hut bin, und ich wache auf, um dem Träumen ein Ende zu machen. Ich drehe mich auf den Rücken, beuge mich hinüber, um auf die Uhr zu sehen. Es ist fünf Uhr morgens; ich muss wieder einschlafen, sonst geht es mir bei der Arbeit beschissen. Ich greife nach einem imaginären Stein und setze ihn sorgsam auf einen anderen, genau wie bei den Trockensteinmauern unter Tage. Sicherheitshalber stelle ich mir auch einen großen Eimer Mörtel vor, damit ich die Fugen verputzen kann. Ich nehme den nächsten Stein, der genau die passende Form hat, um ihn draufzusetzen. Darin ist ein Ammonit, ich fahre mit den Fingern über die Erhebungen, setze dann den Stein sorgsam auf meine Mauer. Eine Kelle voll Mörtel obendrauf, dann der nächste Stein.

In diesen ist ein Zeichen geritzt, genau wie bei jenem, den ich an der Säule gesehen habe.

Und wenn ich *nicht* Recht habe? Aber ich habe Recht, ich muss Recht haben.

Ich habe Martin die Fotos an die Universität gemailt. Er behauptet, sein Computer zu Hause sei zu alt und lahm, um große Dateien runterzuladen. Bei der Arbeit erhalte ich eine hastig getippte, aufgeregte Antwortmail.

Denke, du hats rehct. Muss aber nah ran, um sihcerzugehn.

Ich blicke auf den langen krummen Rücken von Dickon, der auf seinem Kniestuhl balanciert. Der Stuhl zwingt ihn, die Füße nach hinten zu knicken, mit den Sohlen nach oben. Er hat das Preisschildchen nicht von seinen Schuhen entfernt. Es ist schmutzig und abgeschabt, aber ich erkenne den roten Kreis noch, auf dem *Schlussverkauf* steht.

Er scheint intensiv in etwas auf dem Computerschirm vertieft zu sein. Ich glaube, er spielt Battleship.

Ankufnt Frt. mit Zug 1515, hol mich ab. Freru mich auf Wohnen in Chateau Parry.

* * *

Ich beschließe, auf das Mittagessen im Pub zu verzichten. Ich habe Probleme mit einigen Belastungskalkulationen und möchte herausfinden, warum der letzte Ingenieur, der mit dem Job im Kongo, es für so wichtig hielt, die Kaverne, in der sie gerade arbeiten, sofort zu verfüllen, den Hohlraum, in dem ich das Zeichen gesehen habe. Die Hauptstraße verläuft in der Nähe, liegt aber nicht unmittelbar über dem Hohlraum.

Ich habe versucht, den Bereich virtuell zu kartographieren, habe die Säulen eingezeichnet, die die Decke stützen, habe zu ergründen versucht, was passieren würde, wenn eine einknickte – würde die ganze Geschichte einstürzen wie Dominosteine? Der Computer stürzt aber dauernd ab, als wolle er lieber nicht über diese Möglichkeit nachdenken.

Außerdem will ich Gary nicht sehen, wenn es sich vermeiden lässt.

Aber ich will ihn natürlich sehen. Ich denke immer wieder daran, wie unsere Blicke sich gestern verschränkt haben. Ich erinnere mich nur zu genau an das Gefühl, als sie mich festhielten.

Plötzlich ist es ein heißer Sommerabend, ich renne durch Poppys Diele, voller Angst, dass ich mit meinen hohen Plateauschuhen auf dem Parkett ausrutsche. Ich reiße die Haustür auf, und Gary und seine Freunde stehen auf der Schwelle.

Ja, genau. Sieh nur, wohin dich das gebracht hat.

Nicht dran denken.

Ich ziehe meine Schreibtischschublade auf; Schokolade statt Mittagessen. Die Bürotür geht auf, und Dickon kommt rein.

»Ich dachte, Sie sind mit den anderen im Pub«, sage ich.

»Hab mir bloß ein Sandwich geholt. Ich dachte, *Sie* sind im Pub.«

Er setzt sich an seinen Schreibtisch, stellt einen Pappbecher hin, der nach richtig gutem Kaffee duftet, zieht die Plastikfolie von einer dreieckigen Sandwich-Verpackung.

»Woher haben Sie das?«, frage ich. Die Scholoade hat ihren Reiz verloren; ich fühle förmlich, wie sich der Zucker in meinem Darm in Hefe umwandelt.

»Haben Sie den Imbiss noch nicht entdeckt?«

»Mir hat keiner was davon gesagt.«

Er gräbt die Zähne in das Sandwich, und Mayonnaise quillt seitlich heraus. »Arbeiten Sie noch an den Belastungsberechnungen für Mare's Hill?«

»Bin fast fertig.«

»Wissen Sie, das hat keinen Sinn. Dans Berechnungen sind doppelt und dreifach überprüft worden. Die Verfüllung dieses Bereichs hat absolute Priorität.«

»Warum eigentlich? Er liegt nicht unter der Hauptstraße, der Verkehr dort kann nicht der Rede wert sein ...«

»Sehen Sie mal nach, was sich obendrüber befindet.«

Er sitzt da mit einem Feixen im Gesicht, als hätte er mich drangekriegt. Ich weiß gar nicht, warum er so zufrieden mit sich ist. Will er denn nicht retten, was da unter Tage ist? Ich öffne ein neues Fenster auf dem Bildschirm, rufe die im großen Maßstab gezeichnete topographische Karte auf und lege sie über die Karte der Arbeiten ...

»Bloß Bürogebäude ... oh.«

Ich hab's gefunden. Verdammt, ich kann's nicht glauben. Kein Wunder, dass uns gesagt wurde, wir sollen uns beeilen und das Gebiet verfüllen. Obendrüber liegt *bloß* das Verteidigungsministerium.

»Sehen Sie?«, triumphiert Dickon. »Im Ernst, Kit, mir gefällt das so wenig wie Ihnen. Aber ich bin schon lange Zeit in der Rettungsarchäologie tätig und weiß, wann nicht die geringste Chance besteht zu retten, was auch immer sich dort befinden mag. Und zwar wegen des Besitzers dieses Geländes. Seien Sie realistisch, Mädel. In dem Moment, wenn die Gelder bewilligt sind – und das wird eher früher als später geschehen –, wird dort Schaumbeton reingepumpt, um unsere tapferen Jungs zu unterstützen. Oder wollen Sie die Moral der Truppe untergraben?«

Ich verzieh mich aufs Klo, und als ich zurückkomme, sitzt Brendan auf meinem Stuhl. Das RockDek-Sweatshirt spannt sich über dem mächtigen Brustkorb, die aschblonden Haare haben sich in der Feuchtigkeit gekräuselt, und mit dem hängenden Schnurrbart wirkt er mehr denn je wie ein Cowboy-Polizist, der nach New York gekommen ist, um gründlich aufzuräumen. Mir rutscht das Herz in die Hose. Vergiss verschränkte Blicke und hormonelles Atemstocken. Gary, der Mistkerl, hat mich doch verpfiffen.

»Kit.« Brendan tut so, als sei er überrascht, mich hier zu sehen, dabei hat er sich doch an meinen Schreibtisch gesetzt. »Wie ich sehe, sind Sie die Belastungsberechnungen für Mare's Hill durchgegangen.«

Warum schnüffelt er nicht an Dickons Computer herum? Der trieft vermutlich vor Kinderpornos.

»Weil ich nicht glaube, dass das Gebiet unbedingt Priorität haben müsste«, sage ich und halte den Atem an.

»Ach, daran gibt es keinen Zweifel«, erwidert Brendan. Der Schnurrbart weist nach oben, und Brendan zeigt alle seine großen Grabsteinzähne. Vermutlich lügt er wie gedruckt. »Ich bin die Berechnungen sicherheitshalber mehrmals mit Dan durchgegangen.«

»Aber die Kavernendecke ist stabil«, erkläre ich. »Die Bohrlöcher zeigen, dass der Stein nicht bis unmittelbar unter der Oberfläche gebrochen wurde. Sie haben da mindestens sechs Meter, das ist mehr als unter dem High-Street-Areal, und *das* hat keine Priorität.«

»Sehen Sie sich die Säulen an«, wendet Brendan ein. »Man hat sie im neunzehnten Jahrhundert wegen des Steins angegriffen. Der Kran, den wir gefunden haben, beweist, dass in diesem Bereich zweimal abgebaut wurde.«

»Ich bin trotzdem der Meinung …«

»Gilmerton«, sagt Brendan. Er spielt seinen Trumpf aus, um es zu beweisen: Dieser Cowboy aus Hicksville lässt sich von den Großstadt-Falschspielern nicht reinlegen. »Das haben sie bei den Gilmerton-Brüchen auch gesagt. Aber es braucht nur eine Säule einzustürzen …« Der Schnurrbart senkt sich, um mir zu verdeutlichen, wie ernst das war. Es gab Tote. Ohne gefährliche Optimisten wie mich hätte das Leben von Goldfischen gerettet werden können. »Dominoeffekt. Alles könnte runterkrachen.«

Wir diskutieren über Belastungsberechnungen. Niemand hat was davon gesagt, nach einem Bier unter Tage zu gehen, oder davon, die Schutzgänge zu verlassen. Und Brendan spielt nur den großen freundschaftlichen Bruder – *'tschuldige, Schwesterchen, du würdest solche Dinge verstehen, wenn du nicht durch eine unterentwickelte räumliche Vorstellungskraft behindert wärst, aber ich bin dazu da, dich davor zu bewahren, dich allzu sehr zu blamieren* –, anstatt mich rauszuwerfen. Sieht so aus, als hätte Gary mich doch nicht verpfiffen.

Ich möchte Brendan sagen, wir sollten den Mare's-Hill-Hohlraum nicht verfüllen, bevor wir das Zeichen auf der Säule untersucht haben. Aber dann würde er sagen: *»Welches Zeichen auf der Säule? Welche Säule überhaupt? Verdammt, wie konnten Sie das sehen, Schätzchen, wenn der Schutzgang über fünfzehn Meter weit weg ist?«*

Ich schaue hilflos zu Dickon rüber, der von dem Zeichen weiß, aber dessen Bedeutung partout nicht einsehen will. Er sitzt mit dem Rücken zu mir und dreht sich nicht um.

»Eigentlich«, sagt Brendan, »bin ich nicht hier, um über Belastungsberechnungen zu diskutieren. Ich habe eine gute Nachricht. Wir haben das Problem mit den Bergarbeitern ausbaldowert.«

Eine Sekunde lang ist mir nicht klar, was er meint, und dann sehe ich Ted mit den Tätowierungen vor mir, den finsteren Blick, mit dem er mich Montag Nachmittag gemustert hat.

»Ausbaldowert?«

»Ich habe mit dem Gewerkschaftsvertreter gesprochen. Er fand es unerhört.«

Na klar. Die freien Bergleute gehören keiner Gewerkschaft an. Er muss ihnen nicht den Rücken stärken.

»Und was nützt uns das?«

»Wir hatten eine Besprechung und haben sie daran erinnert, dass viele polnische Bergleute nur zu gerne mit einer Frau zusammenarbeiten würden.«

Ein schrecklicher Verdacht regt sich in einer Nische meines Gehirns. Ist das nicht unheimlich schnell gegangen? Waren Brendan und der Gewerkschaftsmensch *enttäuscht*, dass die freien Bergleute sich gefügt haben? Hat die Firma vielleicht absichtlich eine Frau ernannt, weil das den freien Bergleuten stinken würde?

Nein, so hinterhältig konnten sie nicht sein. Ich war zu lange mit einem Verschwörungstheoretiker verheiratet. Der gute Nick sah Firmenkomplotte, wohin sein Journalistenauge auch fiel. Und er selbst war einer kleinen emotionalen Verschwörung nicht abgeneigt, wenn er meinte, mich damit ausmanövrieren zu können. Für so was sind Brendan und sein Schnurrbart nicht raffiniert genug.

»Schön«, sage ich, »das ist eine gute Nachricht.«

»Ich will nicht sagen, dass sie Ihnen aus der Hand fressen werden wie niedliche kleine Welpen«, sagt Brendan. »Aber Sie sind ein großes starkes Mädchen, oder?«

Ich mache einen Spaziergang, um einen klaren Kopf zu bekommen. Ich habe Computerkopfweh, so ein drückendes, schwummeriges Nagen, das nach einem Vormittag am Bildschirm hinter den Augen lauert, nicht schlimm genug für Schmerztabletten, macht aber auch nicht gerade Lust, Bäume auszureißen.

Das Gelände des Verteidigungsministeriums liegt gleich neben der Hauptstraße, eine Zweigstelle, die mittlerweile mit Versorgungsschiffen zu tun hat. Die Fassade sieht traurig und heruntergekommen aus: eckige Büroblocks mit Flachdach im Sechziger-Jahre-Stil hinter einem hohen, von Stacheldraht gekrönten Maschendrahtzaun. In gardinenlosen, schmierigen Fensterscheiben spiegelt sich ein bleierner Himmel. Ich erinnere mich, wie es in meiner Kindheit war, als Poppys Vater dort arbeitete: geschäftiges Treiben, große schicke Autos und zackiges Salutieren. Jetzt steht an der Schranke ein einziger Militärpolizist, der mit den Füßen stampft und sehnsüchtig auf das warme Pförtnerhaus starrt. Niemand geht hinein oder kommt heraus. Der größte Teil des Marineministeriums ist vor Jahren von Bath nach Bristol verlegt worden.

Als der Militärpolizist an der Schranke einen schwarzen Wagen die Straße entlang kommen sieht, wächst er um fünf Zentimeter und wirft sich in die Brust für den Fall, dass es ein hohes Tier ist. Aber das Auto fährt vorbei. Er bleibt in Habachtstellung, weil zwei junge Frauen mit Kinderwagen auf dem Bürgersteig gehen. Beide haben lange dunkle Haare und tragen enge Jeans, sie haben nicht mal Mäntel an, wogegen ich mich gegen die Kälte eingemummelt habe wie Nanuk der Eskimo. Sie geben vor, den Soldaten nicht zu beachten, aber man merkt an der Art, wie sie gehen, dass sie sich seiner sehr wohl bewusst sind; sie beugen sich zueinander, lachen, schütteln die langen Haare über die Schultern nach hinten. Just als sie an dem Soldaten vorbeigehen, bleibt eine stehen und beugt sich vor, um den Teddy ihres Kindes an der Seite des Kinderwagens sicherer zu verstauen.

Sie muss ungefähr so alt sein, wie meine Mutter damals gewesen ist.

Ich gehe flott auf der anderen Straßenseite, beschleunige meine Schritte, um den Schmerz aus meinem Schädel zu vertreiben, und ich blicke nicht zurück, um zu sehen, ob er auf ihren aufblitzenden Busen reagiert.

13

Plötzlich waren die Ferien da. Mein Vater war wie gewöhnlich in Verlegenheit. Jedes Mal in der Trimestermitte schien er zu vergessen, dass es sie gab, und als ich ihn an diesem Freitagabend daran erinnerte, dass nächste Woche schulfrei war, wirkte er bestürzt.

»Eine ganze Woche?«

»Ja.« Ich bemühte mich, kein allzu selbstgefälliges Gesicht zu machen.

»Das kommt so plötzlich.« Er sah ratlos auf die Küchenschubladen, als hoffe er, eine spränge auf und würfe einen Brief der Schule aus, der mich widerlegte. »Als ich ein Junge war, gab es höchstens mal einen *Tag* frei.«

Das hatte ich schon öfter gehört. Es waren immer die gleichen Geschichten, wie schwer mein Vater sich in der Schule angestrengt hatte, um Lineale, die auf Handflächen knallten, und einen wohlwollenden Lehrer, der meinen Dad schon fast überredet hatte, auf dem humanistischen Gymnasium zu bleiben und es an der Universität zu versuchen. Aber mein Vater musste seine Mutter unterstützen, eine Witwe, die den ganzen Tag aus dem Fenster starrte und sich nach meinem Großvater verzehrte, der irgendwo in Birma an einer Eisenbahnlinie begraben war. Es gab keine Wahl. Mein Dad verließ die Schule und ging in einem Steinbruch in die Lehre.

»Deine Prüfungen stehen ohnehin bevor. Ich finde, das ist eine gute Gelegenheit, den Stoff zu wiederholen.«

Nein, ist es nicht, hätte ich am liebsten gesagt. *Es ist eine gute Gelegenheit, auf den Feldern rumzulungern, die vor Wiesenkerbel schäumen, und einen Brief an Gary aufzusetzen, den wir nie abschicken werden. Oder an Poppys Pool rumzuhängen. Oder einkaufen zu gehen.* Ich hatte den geklauten BH die ganze Woche getragen, in der Hoffnung, Gary auf dem Weg zur Schule zu begegnen. Nur mit großem Widerwillen zog ich ihn abends vor dem Zubettgehen aus.

Von alledem sagte ich nichts. Die Hilflosigkeit im Gesicht meines Vaters konnte sich so schnell in Groll verwandeln wie Wolkenschatten an einem stürmischen Tag.

»Ich wollte, ich könnte mich freimachen«, fuhr er fort. »Aber ...« Er sah aus dem Fenster. »Dicker Auftrag. Du weißt schon.« Er hatte gerade mit einem Team von Bauarbeitern mit der Renovierung einer der feudalen Villen auf dem Hügel hinter dem Royal Crescent begonnen.

»Ist schon gut«, antwortete ich erleichtert.

»Ich schlag dir was vor. Wir treffen uns mal zum Mittagessen«, sagte er, und seine Miene hellte sich auf. »Wir können im Victoria Park picknicken.«

Hatte er mit seinen Arbeitskollegen über mich gesprochen? Ich konnte mir denken, wie er mich ihnen vorstellen würde: *Das ist meine kluge Tochter Katie.* Stolz sprach aus seinem Gesicht, wenn er zu Elternabenden in die Schule kam. Fänden die anderen Arbeiter es nicht merkwürdig, wenn er die Mittagspause mit einer Dreizehnjährigen verbrachte statt mit ihnen im Pub? Aber vielleicht ging er ja sowieso nicht mit ihnen in den Pub. Ich fragte mich, was sie von meinem Vater hielten. Klopfte er Sprüche mit ihnen? Oder sonderte er sich ab? Und bekamen sie jemals die Seite von ihm zu sehen, vor der ich mich fürchtete?

»Das wär prima, Dad«, sagte ich.

Montagmorgen ging ich zu Trish nach Hause. Midcombe lag in dem Tal auf der anderen Hügelseite, ein Dorf, das durch ein schmales steiles Sträßchen mit Bath verbunden war. Als ich diesen Weg hinunterging, sahen die Cottage-Gärten zwischen den niedrigen Steinmauern wie sorglos verspritzte Farbtupfer aus. Trishs Mutter war in ihrem Garten und schnippelte lustlos an einem Rosenstrauch herum.

Das Haus der Kleins war schön. Anders als die meisten, die mit Bath-Stein verblendet waren, war es weiß gestrichen. Die Fenster waren bogenförmig wie Kirchenfenster, anmutig und heiter.

Ich blieb stehen, um den großen Ammoniten in der Mauer zu streicheln, mit den Fingern über die Erhebungen zu fahren. Dann öffnete ich das Tor und betrat den Garten.

»Katie!«, rief Trishs Mutter und legte die Gartenschere mit sichtlicher Erleichterung weg. Ich ging von dem Weg, der zu der Haustür unter der Veranda mit schmiedeeisernem Gitterwerk führte, zu ihr herüber. Ich hatte Mrs. Klein immer gern gemocht. Sie sah nicht auf mich herab wie Poppys Mutter. Irgendwie war ich überzeugt, sollten Trish und Poppy jemals beschließen, mich fallen zu lassen, brächte Mrs. Klein sie dazu, mich wieder einzubeziehen.

Sie trug ein langes rötliches Leinenkleid, vollkommen schlicht, aber elegant. Ihre langen honigblonden Haare waren mit einem Tuch zurückgehalten. Ihre Arme waren glatt und sonnengebräunt, und sie hatte kein Wabbelkinn, dabei war sie nur wenige Jahre jünger als Mrs. Owen. Ich reichte ihr kaum bis an die Schulter und wog halb so viel wie sie, trotzdem kam ich mir neben ihr wie ein Klotz vor.

»Hallo«, begrüßte sie mich und lächelte, als hätte ich ihr durch mein Auftauchen den Vormittag gerettet. Ihre Stimme mochte ich auch. So klar und frisch.

»Ich wollte zu Trish«, sagte ich. Natürlich wollte ich zu Trish, aber Mrs. Klein verstand es, einen glauben zu machen, man könnte eigens gekommen sein, um sie zu besuchen.

»Trish ist nicht da.« Sie stopfte eine Haarsträhne unter den Schal. Sie sah immer wie für Modeaufnahmen zurechtgemacht aus, wie diejenigen, die sie laut Trish in den frühen sechziger Jahren berühmt gemacht hatten. Heute hatte sie die Lippen passend zu ihrem Kleid rotbraun geschminkt.

»Robert ist für ein paar Tage mit ihr nach London gefahren«, fuhr sie fort. »Sie wohnen bei ihrer Großmutter in Twickenham.« Sie sah mein enttäuschtes Gesicht. »Sie hatte wohl keine Zeit mehr, es dir zu erzählen. Es ist erst am Wochenende beschlossen worden.«

»Oh. Klar.« Ich sah mich verzweifelt im Garten nach irgendetwas um, das ich noch ansprechen konnte. »Sie haben herrliche Rosen.«

Sie blickte auf die altmodische Pergola. Lange Kletterrosenstiele sanken über sie wie in Ohnmacht fallende Diven; die kupferfarbenen Blüten hatten beinahe dieselbe Farbe wie Mrs. Kleins Lippen.

»Albertine. Ich hätte sie voriges Jahr weiter zurückschneiden müssen. Magst du nicht auf einen Kaffee mit reinkommen?«

Und eine ganze Unterhaltung bestreiten? Aber der Rückweg hügelan war steil, und mir war heiß.

»Danke, sehr gern«, sagte ich.

Sie lachte. »Katie, du bist immer so höflich.« War das ein Kompliment oder Kritik?

Die Küche war riesig und grünlich-dämmerig wegen der Glyzinie rund ums Fenster. Trishs Mutter bat mich, an dem nackten Tannenholztisch Platz zu nehmen, und stellte den Kessel auf den Herd. Trotz der Hitze draußen hatte sich eine alte Schildpattkatze auf der

Kochplattenabdeckung niedergelassen. Sie sprang schwerfällig auf den Boden, als Mrs. Klein das Wasser aufsetzte.

Ich staunte: Sie mahlte die Kaffeebohnen frisch. Sie maß sie mit den Händen ab und schüttete sie in die Mühle. Einige von ihnen fielen von der gekachelten Arbeitsfläche auf den Fußboden, und sie machte sich nicht die Mühe, sie aufzuheben. Ich bückte mich hilfsbereit.

»Ach, lass nur, Katie, morgen kommt die Putzfrau, die macht das schon«, sagte sie. *Morgen?* Bei uns in der Küche hätten sie sofort zusammengekehrt werden müssen. Nicht, dass es bei uns frische Kaffeebohnen gab, geschweige denn eine Putzfrau.

Stephen, Trishs jüngerer Bruder, kam in die Küche geschlendert. Er warf mir schnell einen verächtlichen Blick zu, und ich starrte ihn auch mit stummer Verachtung an. Aber da hatte er sich schon umgedreht und lümmelte an der Anrichte, und ich hatte Sorge um Mrs. Kleins Sammlung von blauem und weißem Porzellan. Sie musste über hundert Teile haben, eine Patchwork-Sammlung aus Krügen, einzelnen Tassen und Untertassen, alles in Trödelläden erstanden, laut Trish. Ich fragte mich, ob sie sich ihnen so verbunden fühlte wie ich den Ammoniten.

»Mum, mir ist langweilig.«

»Du könntest die Rosen für mich fertig beschneiden.«

»Keine Lust. Kannst du sie nicht ...«

Trishs Mutter schaltete die Kaffeemühle ein, und in dem Geräusch gingen seine Worte unter. Er schnitt ihr eine Grimasse. Sie schnitt ihm auch eine und schaltete die Kaffeemühle aus.

»Und wenn ich dir ein Pfund dafür gebe?«

»Einverstanden.« Er streckte die Hand aus. Mrs. Klein griff in die weiche lederne Umhängetasche, die an der Rückenlehne eines Stuhls hing, und drückte Stephen eine Pfundnote in die Hand. Er schob die Hand rasch in die Hosentasche, bevor sie es sich anders überlegen konnte. Amüsiert kniff sie die Augen zusammen, als er aus der Tür schlüpfte, langsam gefolgt von der alten Katze.

»Der Junge macht uns noch arm.« Sie goss den Kaffee mit kochendem Wasser auf und brachte die Kanne an den Tisch. Ich schob einen Untersetzer darunter. »Keine Angst, er ist in dem Alter, in dem er zu allen Menschen unfreundlich ist. Ich kann's kaum erwarten, dass er die Aufnahmeprüfung besteht, um ihn dann nach Malvern schicken zu können.«

»Warum schicken Sie die Jungen ins Internat und Trish nicht?«, fragte ich.

Mrs. Klein setzte sich mir gegenüber. »Verdammt gute Frage. Weil ihr Vater im Internat war.«

»Und Sie nicht?«

»Katie, wenn's nach mir ginge, würde ich sie alle zu Hause behalten. Sie sind meine Schätze, und ich vermisse sie jeden Moment, den sie weg sind. Aber so ist das nun mal in Roberts Familie.« Sie stand auf. »Becher oder Tasse?«

»Eine Tasse, bitte, Mrs. Klein.« Einen ganzen Becher richtigen Kaffee würde ich nie schaffen. Ich könnte Herzklabastern kriegen wie Mrs. Owen. Was immer das war.

Sie schenkte uns Kaffee ein und bot mir Milch in einem blau-weißen Kännchen in Gestalt einer Kuh an.

»Vermisst du deine Mum, Katie?«

Vor lauter Schreck blieb mir die Luft weg. Noch nie hatte ein Erwachsener mit mir über meine Mutter gesprochen.

»Ich weiß nicht«, erwiderte ich. »Ich hab sie gar nicht richtig gekannt.«

»Sie vermisst dich ganz bestimmt.«

Ich sah auf meinen Kaffee. Kleine schwarze Stippchen drehten sich an der Oberfläche träge im Kreis.

»Hast du schon mal daran gedacht, sie zu suchen?«, fragte Mrs. Klein.

Ich wusste nicht, was ich sagen sollte. Meine Mutter war in meinem Leben dermaßen abwesend, dass sie schon wieder gegenwärtig war. In mir fühlte ich ein Loch, und ich wusste, ohne sie würde es sich nie füllen lassen. Aber das konnte ich niemandem erzählen, schon gar nicht Trishs Mutter. Sie versuchte mich zu zwingen, sie anzusehen, und ich fühlte ihren bohrenden Blick auf mir ruhen. Aber ich traute mich nicht aufzublicken, falls ich weinen müsste.

»Sie will nicht, dass ich sie suche«, sagte ich zu den schwarzen Stippchen auf dem Kaffee.

»Unsinn«, sagte Trishs Mutter. »Wie kommst du nur auf diesen Gedanken?«

»Sie hat mir nie ...« Es war zu schmerzlich, als dass ich weitersprechen konnte. Ich grub die Fingernägel in eine Kerbe in der abgenutzten Tischplatte. Klebriger Schmutz hatte sich darin festgesetzt, so tief, dass man mit dem Staubtuch nicht drankam, aber ich versuchte, ihn mit dem kleinen Finger rauszupulen.

»Ich schreibe den Jungen auch nicht«, fuhr Mrs. Klein fort. »Ich denke immer, es ist ihnen peinlich. Ich sage mir, sie werden langsam erwachsen und wollen nicht von ihrer Mutter verhätschelt werden. Ist dir schon mal der Gedanke gekommen, dass deine Mutter vielleicht Angst davor hat, sich mit dir in Verbindung zu setzen?«

»Angst?«

»Angst, dass du sie hasst, weil sie fortgegangen ist.«

»Oh.« Ich kratzte mit dem Fingernagel einen Schmutzbatzen heraus und rollte ihn auf der Tischplatte zu einem Kügelchen. »Aber sie ist doch meinetwegen weggegangen.«

»Was?«

»Mein Dad denkt das.« Die Stille auf der anderen Seite des Tisches war so bedrückend, dass ich den Blick heben musste. Mrs. Klein sah mich mit entsetzter Miene an. O Gott, ich darf nie wieder herkommen, weil sie jetzt weiß, dass ich der Grund war, weshalb meine Mutter uns verließ.

»Das hat dir dein Vater nicht gesagt, oder?«

»Er ...« Ich wusste nicht mehr, ob er das tatsächlich gesagt hatte. Aber ich war mir sicher. »Er denkt es.«

»Aber wie konntest du der Grund dafür sein, dass deine Mutter fortging? Du warst wie alt? Zwei? Drei?«

»Sie wollte kein Kind.«

»Um Himmels willen, woher willst du das wissen?«

»Ich ...« Woher wusste ich es? Ich war mir nicht sicher. Ich überlegte fieberhaft. »Vielleicht hab ich gehört, wie sie's gesagt hat?«

»Katie, ich bin nicht besonders klug, aber ich glaube nicht eine Sekunde lang, dass deine Mutter so über dich dachte, geschweige denn es ausgesprochen hat. Da hast du was missverstanden. Du sprichst mit deinem Vater wohl nie darüber, stimmt's?« Mrs. Klein sah mich wieder fest an. Im dämmrigen Grün der Küche fiel mir auf, dass sie die gleichen Augen hatte wie Trish, deren Farbe wechselte, je nachdem, wo sie hinsah.

Ich nickte.

»Glaub mir«, sagte Mrs. Klein, »deine Mutter denkt an dich. Es vergeht kein Tag, ohne dass du ihr nahe bist.« Zu meiner Verwunderung sah ich eine dicke Träne in einem Winkel ihrer meergrünen Augen, und ihre Nase hatte sich gerötet. Sie kramte hinter sich in der Ledertasche und holte ein Papiertaschentuch hervor, doch anstatt es zu benutzen, hielt sie es fest in der Hand und riss eine Ecke ein. Jetzt war sie es, die mich nicht ansehen konnte.

»Geht's Ihnen gut, Mrs. Klein?«

»Jaja.« Der Mund von Mrs. Klein war plötzlich verkniffen. Der Lippenstift hatte auf die Kaffeetasse abgefärbt, und unter einem Auge sah ich einen schwarzen verschmierten Wimperntusche-Halbmond. Sie hatte einen schmalen Streifen von dem Papiertaschentuch abgerissen und fing mit dem nächsten an. Ich wusste nicht, was ich tun sollte.

»Also ...« Ich wollte unbedingt gehen. Aber mir fiel kein Vorwand ein. Ich hatte meinen Kaffee nicht mal angerührt. Mrs. Klein kam mir zuvor, bevor ich mir was ausdenken konnte, um den Satz zu beenden.

»Wenn du deine Mutter suchen möchtest, könnte ich dir dabei helfen. Ich weiß, wie man so was macht. Das heißt, falls du möchtest.«

»Ich überleg's mir«, sagte ich. »Ich ... ich weiß im Moment noch nicht, was ich von der Idee halten soll.«

Sie stand auf und nahm meine Kaffeetasse vom Tisch. Ich hatte sie immer noch nicht angerührt, aber das war ihr anscheinend nicht aufgefallen. Sie stellte die Tassen ins Spülbecken. Dort blieb sie eine Weile stehen, mit dem Rücken zu mir, und sah durch die blauen Glyzinientrauben in den Garten hinaus. Die Glyzinie wucherte dermaßen, dass sie sich schon durch die Ventilatorrippen über dem Spülbecken rankte. Ich hörte Stephens *Schnipp-schnipp-schnipp*, der sich mit der Gartenschere sein Pfund verdiente.

Auf dem Tisch lagen die Überreste des Papiertaschentuchs zu einem Häufchen gekringelt. Mrs. Klein hatte es in zarte Streifchen verwandelt. Feenverbandszeug für unsichtbare Wunden.

Das Geräusch von Wasser, das aus den Hähnen schoss, ließ mich zusammenfahren. Mrs. Klein spritzte Spülmittel über das blau-weiße Steingutgeschirr.

»Ich hasse es, wenn meine Kinder weggehen«, sagte sie zum Fenster und zur Glyzinie. »Ich hasse es. Gott sei Dank, dass ich Trish habe.«

Ich stand auf. »Wann sagten Sie, kommt sie zurück?«

Mrs. Klein drehte sich abrupt um. Ich glaube, sie hatte vergessen, dass ich da war. »Was? Nicht vor Samstag. Ich sag ihr, dass du hier warst.«

Als ich auf dem Heimweg über die Hügelkuppe kam, keuchte Mrs. Owen von der anderen Seite den Hang hoch, O-beinig wie ein Affe und mit den Armen rudernd, um ihrem mächtigen Hinterteil bergauf zu helfen. Sie sah mich und richtete sich ächzend auf.

»Uff. Der bringt mich jedes Mal um, dieser Hügel.«

»Sie sollten den Bus nehmen.«

»Herzblatt, das ist die einzige Bewegung, die ich habe. Andere Leute lassen ein Vermögen auf diesen Schönheitsfarmen, um dermaßen außer Atem zu kommen.« Sie war beängstigend gerötet. »Uff. Ich muss nur mal verschnaufen.« Sie wedelte mit den Händen, als hoffe sie, damit genug Wind zu machen, um ihre Lungen wieder mit Luft zu füllen. Ihre Brust wogte wie ein Erdbeben. »Was hast du vor?«

»Nichts weiter.«

»Komm mit mir zum Co-op, ich kauf dir 'nen Lutscher.«

»Ich ess keine Lutscher. Ich bin auf Diät.«

»Diät?«, sagte Mrs. Owen in demselben Tonfall, in dem sie *in der Nase bohren?* gesagt hätte. Sie kniff mich in den Oberarm. »Jetzt mach aber mal 'nen Punkt. Ist eh schon nichts an dir dran. Komm schon, mir hängt der Magen in den Kniekehlen. Wir gönnen uns im Café eine schöne Tasse Kaffee und ein Teilchen. Ich lad dich ein.«

Das war das Ende meiner Diät.

»Mrs. Owen?«, fragte ich, während ich mir Reste der Glasur vom Kinn wischte. Meine Augen brannten von dichtem Zigarettenqualm.

Die Wände des Cafés waren cremegelb gestrichen, damit man das Nikotin nicht so sah. Hier versammelten sich alle Frauen von Green Down, die ihren Ehemännern vormachten, sie hätten das Rauchen aufgegeben. Es hieß, sogar die Küchenschaben hätten Lungenkrebs.

»Mmm?« Mrs. Owen war selig bei ihrer dritten Zigarette. Zwei mit ihrem orangefarbenen Lippenstift markierte, ausgedrückte Kippen ruhten in dem Alu-Aschenbecher auf einem halben Dutzend anderer, die mit verschiedenen Farbtönen gezeichnet waren. Um uns herum rauschte müßiges Geplauder, und aus einem Kassettenrekorder schmetterten The Carpenters.

»Wie hat meine Mum geheißen?«

Fast rechnete ich damit, dass das Stimmengewirr zu bestürztem Schweigen verblasste, nun, da ich es ausgesprochen hatte. Aber Karen Carpenter stürzte sich notenrein in *Only Yesterday*, und Mrs. Owen blickte eher verwundert als erschrocken drein.

»Das weißt du nicht, Herzblatt?«

»Nein. Hat mir nie jemand gesagt.«

»Sie hieß Kitty.«

»Kitty.« Es schmeckte komisch auf meiner Zunge, zu süß, wie ein glasiertes Teilchen. »Und mich hat sie Katie genannt? Kitty und Katie?«

»Dein Vater fand, es hörte sich hübsch an.«

Ich wollte mir nicht vorstellen, wie Trish darüber dächte, falls sie das je herausbekäme.

»Und ihr Nachname? Ich meine, bevor sie geheiratet hat?«

»Was, ihr Mädchenname? Da komm ich grad nicht drauf. Hatte was mit Karten zu tun.«

»Karten? Was für welche? Für Weihnachten?«

»Tut mir leid, Herzblatt. Ist mir aus dem Kopf gerutscht. Fällt mir bestimmt mitten in der Nacht wieder ein.« Mrs. Owen nahm einen letzten hoffnungsvollen Zug an ihrer Zigarette. Über dem braunen Filter war nur noch ein winziger weißer Rand. »Sie stammte aus Brissel, weißt du.«

Bristol war nur zwölf Meilen entfernt. War sie dorthin zurückgekehrt, als sie uns verlassen hatte? Sie wäre bestimmt weiter weggezogen. Und der Mann? War sie noch mit ihm zusammen?

»Wer war der Mann?«

»Welcher Mann?«

»Der, mit dem sie weg ist.«

»Woher weißt du von ihm?«

»Ich hab mal gehört, wie sie über ihn geredet haben, ist Jahre her.«

»Ah.« Mrs. Owen drückte ihre Zigarettenkippe resolut auf den anderen aus. »Also, es gab Gerüchte, dass es einer vom Verteidigungsministerium war. Einer von der Pforte. Sie wurde mit einem Mann in Uniform gesehen. Sie ist sowieso immer da oben spazieren gegangen, bei der Sportanlage.«

»Und ich?« Ich war empört. Sie hatte mich zu Hause gelassen, während sie mit ihrem Liebsten unterwegs war? Ich war doch noch ein Krabbelkind.

»Oh, Herzblatt, du wirst bei ihr gewesen sein. Im Kinderwagen. Sie hat dich nie allein zu Hause gelassen.«

»Dann hab ich ihn gesehen«, sagte ich. »Ich war bei ihnen.«

»Musst du wohl.« Mrs. Owen stieß mit dem Finger nach dem Haufen Zigarettenkippen. Die oberste fiel herunter und rollte über die Tischkante. »Aber dann wurde er abkommandiert. Und das war's. Sie ist mit ihm gegangen.«

Ich will kein Kind. Hatte ich es da gehört? Im Sportwagen? Wer hat es gesagt, er oder sie?

»Wieso hast du überhaupt davon angefangen?«, fragte Mrs. Owen. »Hör auf mich, Katie Carter. Manche Geschichten lässt man am besten ruhen. Ich bin nicht oft mit deinem Dad einer Meinung, aber ich denke, es ist richtig von ihm, nicht darüber zu sprechen. Das war eine sehr, sehr schlimme Zeit.« Sie stand schwerfällig auf, und zwei weitere Zigarettenkippen fielen von dem Aschenbecher zu Boden. »Sinnlos, in was rumzustochern, das vorbei ist.«

»Ich will's einfach wissen«, sagte ich. »Einfach ... ein bisschen mehr wissen.«

»Dann pass nur auf, dass dein Dad dich nicht dabei erwischt. Der hat Augen wie ein Luchs, der Mann. Und er hat seinen Stolz.« Sie griff nach ihren Einkäufen und watete durch den gelben Dunst zur Kasse, um zu bezahlen.

14

Als ich von Mrs. Owen zurückkam, hörte ich Musik in Garys Haus. Sein Schlafzimmerfenster stand offen; anscheinend hatte er frei. Als ich näher kam, begann ein neues Musikstück, und jemand drehte die Lautstärke auf. Es klang wie Hubschrauber im Wüstenwind; dann setzten Schlagzeug und Gitarren ein, und wie von ferne war eine klagende Stimme zu hören. Ich setzte mich auf die Gartenmauer, um zuzuhören. Irgendetwas an der Musik brachte mich zum Lächeln, denn selbst ich erkannte, dass sie auf großartige Weise maßlos war: Der elektronische Wind heulte, und der Gesang war mit so viel Hall unterlegt, als wäre er in einer riesigen Höhle aufgenommen worden. Das war also Garys Musik? Als ich die Treppe zu unserem Haus hinaufstieg, fing das Stück von vorne an.

Ich öffnete die Tür und entdeckte im trüben Licht der Diele einen Brief auf der Fußmatte. Es klebte keine Briefmarke drauf; jemand musste ihn persönlich eingeworfen haben. Er war an meinen Dad adressiert, und die Handschrift war nach rechts geneigt, kühne veilchenblaue Schleifen, die auffallen wollten. Mein Dad sollte im Augenblick eigentlich ausschließlich mit den Renovierungsarbeiten beschäftigt sein, aber ich hatte das Gefühl, dass er abends noch einen Nebenjob hatte. In der vergangenen Woche war er an einigen Abenden viel später als sonst nach Hause gekommen.

Ich legte den Brief für Dad auf den Küchentisch.

Ohne Trish wusste ich nicht, was ich mit mir anfangen sollte. Ich ging nach oben und warf mich aufs Bett. Der flauschige weiße Überwurf war schmuddelig. Ich hätte ihn eigentlich waschen müssen. Wie es wohl wäre, wenn ich in einem Haus wie dem von Trish wohnte, wo man sich um solche Arbeiten nie kümmern musste, weil jemand anders das erledigte? Im Sonnenlicht war das Glas über meinem gerahmten Poster – das Mädchen, das sich im dunklen Wald verirrt hatte – verschmiert und voller Fingerabdrücke. Ich war noch nie auf den Gedanken gekommen, dass man das Glas von Bilderrahmen ab und zu abwischen musste. Nahm das Putzen denn nie ein Ende?

Ich hätte jetzt wohl einen feuchten Lappen und Essig von unten holen sollen. Das hätte Mrs. Owen jedenfalls gesagt. *Das ist im Nu erledigt, Katie. Tu's gleich, wenn's dir auffällt.* Stattdessen nahm ich das Buch über Fossilien zur Hand, das mein Vater mir aus der Bibliothek mitgebracht hatte.

Bisher hatte ich es schwer verständlich gefunden. Die Sprache klang altmodisch, wie für Erwachsene geschrieben. Ich gewann nur eine undeutliche Vorstellung von dem Text. Er rann mir so schnell durch die Finger wie Meerwasser. Aber das Buch erklärte, was es mit dem Kalkstein auf sich hatte.

Wo ich jetzt lag, war mal ein Ozean gewesen. Damals verging die Zeit anders, äonen- und zeitalterweise, dass einem nur so der Kopf brummte. Für das Gestein, aus dem Green Down erbaut war, hatten Millionen und Abermillionen Jahre lang Partikel durch blaues Wasser zu Boden sinken, ganze Kontinente wie verlassene Schiffe dahintreiben, Fels langsam an Fels reiben müssen. Es wurde erst verständlich, wenn man es schneller abspulte, wie einen Film. Dann schlugen die Geschehnisse so heftig durch wie eine Flutwelle – Unwetter, Donner, Blitz, peitschender Regen, klagender Wind, als die Erde in einer Art Gallenkolik klumpige Hügel und zerklüftete Berge erbrochen hatte. Und ich? Ich war nur eines jener Partikel, die in Spiralbewegungen in einem ungeheuren Ozean versanken und im Nu verschwunden waren.

Mein Vater hatte mir von den Fossilien erzählt, die die Bergleute bei ihrer Arbeit zutage förderten. Er hatte früher in einem der Steinbrüche über Tage gearbeitet und brachte Ammoniten und einmal einen langen Knochen mit nach Hause. Der war aus der Decke eines langen Tunnels unter Tage gefallen. Wir schleppten ihn in ein Museum, und der Mann dort sagte, er gehöre zu einem Wisent. Er erzählte uns, dass das Klima einmal viel wärmer gewesen sei. Es hatte Flusspferde in englischen Gewässern gegeben, und ganz in der Nähe hatte man einige der frühesten Zeugnisse menschlichen Lebens auf den britischen Inseln gefunden, in einem anderen Steinbruch knapp zwanzig Meilen von hier in den Hügeln von Mendip. Die Steinhauer hatten dort beinahe eine halbe Million Jahre alte Steinwerkzeuge entdeckt. *Und zogen diese Füße einst ...* Unglaublich, die ersten Engländer waren über Hügel gelaufen, die man von Green Down aus in der Ferne sehen konnte!

In dem Buch ging es auch um den Frühmenschen. Wobei der Mann natürlich viel wichtiger war als die Frau. Ich stellte ihn mir vor, wie er nach jeder Eiszeit die Gletscher nordwärts jagte; sie trottete hinter ihm her und nögelte, dass es eines Tages garantiert wieder abkühlen werde. Und dann kam die Kälte wirklich zurück und trieb sie südwärts. Vor und zurück, und jedes Mal hinterließen sie in Höhlen und Flusstälern Spuren, einen Satz Steinwerkzeuge, manchmal einen Kieferknochen oder ein Stück von einem Schädel.

Der Homo heidelbergensis, der Neandertaler, der Swanscombe-Mensch: Man nannte sie immer nach den Orten, an denen man sie gefunden hatte. Wenn man hier um den Avon herum tief genug grübe, fände man vielleicht den Bathampton-Menschen, den Midcombe-Menschen oder den Green-Down-Menschen.

Das Klingeln des Telefons durchschnitt meine Gedanken. Ich sprang vom Bett und rannte die Treppe runter, ziemlich schläfrig und benommen.

»Katie«, hörte ich Poppys Stimme, »was machst du gerade?«

»Nichts. Lesen.«

»*Lesen?* Bei dem Wetter? Hast du Lust vorbeizukommen? Trish ist nach London abgeschwirrt.«

Ich war natürlich die zweite Wahl. Sie rief mich nur an, weil Trish nicht zur Verfügung stand.

»Hm …«

»Ach, komm schon!«

Durch den trüben Glasrhombus in der Haustür sah ich, wie hell die Welt da draußen war. Ich dachte an den Swimmingpool in Poppys Garten mit seinem Kachelmosaik, kühl und blau. Es war ein idealer Tag zum Schwimmen.

»Okay. In einer halben Stunde bin ich bei dir.«

Poppy und ich standen am Swimmingpool. Ich konnte meine Enttäuschung nicht verbergen.

»Wie meinst du das, er ist undicht?«

Sie deutete auf den Sprung, der sich im Zickzack mitten durch den Pool zog, ein Blitz auf blauem Himmel. Die Mosaikkacheln ringsum sahen aus wie Puzzleteile, die kreuz und quer in einem Karton lagen. Am anderen Ende des Beckens stand das Wasser noch über dreißig Zentimeter hoch. Eine Schicht Piniennadeln von den Bäumen, die um den Garten herum standen, schwamm darauf. Ansonsten war der Swimmingpool völlig leer.

»Daddy ist fuchsteufelswütend. Er hat das Wasser erst vor der Party eingelassen.«

»Es ist einfach versickert?« Ich begriff nicht, wohin es verschwunden sein sollte. Durch den Sprung, ja, aber wohin?

»Über Nacht war alles weg. Als ob es jemand *geklaut* hätte. Heute Nachmittag kommt ein Mann, der sich das ansieht. Mummy sagt, es ist ihr ein Rätsel.« Poppy drehte sich um und ging in den Schatten, ihre Plateausandaletten klapperten über den Beckenrand. Ihre Beine – in Hotpants aus blauem Gingan, die im Jahr zuvor modern gewesen waren – sahen aus wie lange, bleiche, sommersprossenübersäte Stängel, die plötzlich im Dunkeln gewachsen waren.

Das Haus lag am Hang mit Blick nach Südwesten in Richtung der Hügel von Mendip, und der Garten bestand aus einer Reihe von Terrassen, die in den Hang gehauen worden waren. Der Pool lag auf der Terrasse am Haus und war auf einer Seite durch ein Spalier abgeschirmt, an dem sich Weinreben mit ihren herzförmigen Blättern reglos in der Hitze emporrankten. Wir setzten uns auf Liegestühle, und ich streifte meine Turnschuhe, die neben Poppys Plateausandaletten so flach und kindlich wirkten, von den Füßen. Unter dem leichten Sommerkleid brannten meine Schenkel auf dem heißen Plastik des Liegestuhls. Durch die Nadelbäume, die den Garten umgaben, fühlte man sich wie in Italien.

Das Haus schien nur aus Fenstern zu bestehen. In den deckenhohen Glasscheiben spiegelten sich der blaue Himmel und eine weißgelb sprühende Sonne. Es gab keine neugierigen Nachbarn. Jedes der Architektenhäuser in der Siedlung lag ein gutes Stück vom nächsten entfernt, durch die Landschaftsgestaltung geschickt verborgen.

Poppys Mutter kam in einem orangefarbenen Bikini mit Nackenband und einer großen Jackie-O-Sonnenbrille aus dem Haus, das glänzende dunkle Haar mit Haarspray zu großen Locken frisiert, die ihren Kopf wie ein Helm umgaben. Sie trug eine Zeitschrift und eine Schachtel Zigaretten, und ihre hochhackigen Schuhe klapperten wie die von Poppy auf den Fliesen um den Pool. Ich spürte ihre Verärgerung, als sie sah, dass wir die Liegestühle mit Beschlag belegt hatten; sie sagte nicht einmal Hallo, sondern ging weiter die Treppe zur nächsten Terrasse runter, wo ein Tisch und Stühle standen.

Die Hitze machte mich reizbar. Poppy untersuchte ihre Zehennägel, die sie pink lackiert hatte. Sie sah hoch und fing meinen Blick auf. »Soll ich dir deine machen?«

»Nein, danke.«

Ihr Blick zuckte fort. Ich hatte nicht so unfreundlich klingen wollen.

»Es ist zu heiß hier draußen«, sagte ich.

»Wir könnten hoch in mein Zimmer gehen.«

Meine nackten Füße rutschten über die glatten Holzstufen. Ich ging hinter Poppy her und sah, dass der Plastikliegestuhl Abdrücke auf ihren Schenkeln hinterlassen hatte. Ich tastete unter dem Kleid meine Beine ab. Sie waren auch ganz geriffelt.

Ich war noch nie in Poppys Zimmer gewesen. Das Haus bestand zum größten Teil aus dem weitläufigen Erdgeschoss; das Obergeschoss wirkte, als hätte man es nachträglich draufgesetzt, und gehörte jetzt Poppy allein, nachdem ihre erwachsene Halbschwester ins Ausland gegangen war. Ein Fenster nahm beinahe eine ganze Wand des L-förmigen Raums ein. Durch eine Schiebetür kam man auf eine Flachdachterrasse mit Blick auf das Schwimmbecken. Die Tür stand halb offen, und als wir das Zimmer betraten, bewegten sich die Voilegardinen im Luftzug. Die Sonne kam gerade um die Hausecke und warf einen goldenen Lichtbalken auf den Boden. An einer Seite des Zimmers befanden sich Regale, auf denen mehr Barbiepuppen saßen, als ich je auf einem Haufen gesehen hatte.

Poppys Haut hatte sich in der Sonne bereits leicht gerötet, doch als sie nun sah, wie ich die Barbiepuppen betrachtete, errötete sie noch stärker. »Mit denen spiele ich nicht mehr«, erklärte sie abwehrend. »Ein paar davon haben meiner Schwester gehört.«

Kein Wunder, dass sie Trish und mich nie in ihr Zimmer gelassen hatte. Trish hätte sie ständig mit den Barbiepuppen aufgezogen. Es gab aber noch Peinlicheres. Ein Poster von Donny und Marie Osmond. Sie schmusten mit einem jungen Hund.

»Poppy …«, sagte ich. Ich wusste nicht, wie ich mit der Panik in ihren Augen umgehen sollte. »Das ist schon in Ordnung«, beendete ich meinen Satz lahm.

Sie setzte sich aufs Bettende. Ich spürte förmlich ihre Erleichterung. Dann sah ich mir die Barbiepuppen an. Poppys Blick folgte mir wie der eines ängstlichen Kätzchens.

Ich nahm eine in die Hand; passend zum Wetter trug sie einen grünen Bikini. Ich hatte Leute über Sanduhrfiguren reden hören, aber diese Puppe erinnerte mich weniger an eine Sanduhr als an ein Weinglas: Beine bis unter die Achseln, wie Mrs. Owen gesagt hätte. Als ich sie zu den übrigen zurück ins Regal setzte, fiel mir plötzlich wieder ein, wie ich einmal eine feiste Puppe mit rosigen Wangen vorsichtig in ein Nest aus Decken unter unseren Wohnzimmertisch gelegt, ihr die hellen Haare aus Nylon glattgestrichen und ihr die Decke bis zum Kinn hochgezogen hatte, so wie ich mir eine Mutter mit ihrem Kind vorstellte. Soweit ich mich erinnern konnte, war das die einzige Puppe, mit der ich je gespielt hatte. Ihren Namen wusste ich nicht mehr. Ich hatte keine Ahnung, was aus ihr geworden war oder von wem ich sie bekommen hatte.

»Sie sind wie Strichmädchen, oder?« Poppys Stimme drang in meine Erinnerungen, und im Nu hatte sich das Puppengesicht in fliegende Plastikscherben aufgelöst.

»Strichmädchen?« So dünn waren sie nun auch nicht.

»Du weißt schon. Nutten. Die auf einen Freier warten.«

»Ach so.« Sie hatte Recht. Sie rekelten sich träge auf dem Regal wie die lebenslustigen Mädchen in Filmen. Die einzige Ausnahme war die Brautbarbie in ihrem langen weißen Kleid und dem Schleier, die krampfhaft Kens kleine Plastikhand festhielt, während sie starr in ihre gemeinsame Zukunft schauten. Sie wirkte völlig verängstigt.

»Manchmal stelle ich mir vor, dass sie sich nachts unterhalten«, sagte Poppy. »Sie erzählen sich gegenseitig Geschichten, wie es sein wird, wenn sie einen reichen Freund finden.«

»Und bis dahin müssen sie sich Ken teilen.« Wir lachten. Poppy stand auf, stieß die Terrassentüren weiter auf und wedelte mit der Gardine wie mit einem Fächer, um Bewegung in die Luft zu bringen. Ich schlenderte zum Wandschrank mit den Lamellentüren, öffnete sie und benutzte sie ebenfalls als Fächer.

»Hey«, sagte ich. »Hübscher Rock.« Er war cremefarben, im Folklorestil und mit drei Reihen Volants besetzt. Der Stoffstreifen am Saum sah aus, als würde ein Unterrock darunter vorschauen.

»Gefällt er dir?«, fragte Poppy. »Nimm ihn.«

»Nein.« Ich starrte sie an. Sie sah aus, als ob sie es ernst meinte. »Echt?«

»Probier ihn an. Den habe ich von meiner Schwester. Sie hat ihn auf der Kings Road gekauft. Er steht mir nicht.«

Ich zog mein Kleid aus und den Rock an. Ich hatte vergessen, dass ich ja den gestohlenen BH trug, aber zum Glück fiel er Poppy nicht auf.

»Was meinst du?«

»Da fehlt was um die Taille. Warte.« Sie öffnete eine andere Lamellentür. Zum Vorschein kam eine Stange voller Gürtel. Ich besaß nicht mal *einen*. Poppy suchte einen geflochtenen bunten Ledergürtel mit Bändern an den Enden aus. Sie legte ihn mir um die Hüften und verknotete die Bänder lose. Dann glättete sie den Rock und strich dabei über meine Hüftknochen. Meine Haut kribbelte.

»So.« Sie drehte mich zu dem mannshohen Spiegel hin. »Zieh dazu deine Bauernbluse an, die am Ausschnitt zugebunden wird. Du siehst wirklich sexy aus.«

»Sieht er bei dir nicht so aus?«

»Meine Hüften sind breiter. Ich hab ausgesehen wie eine Hochzeitstorte.« Ich hatte das Gefühl, dass sie mir nicht die Wahrheit sagte, aber der Rock stand mir wirklich. Ich zog ihn wieder aus. Nun war ich gehemmt, obwohl wir uns jede Woche nackt sahen, wenn wir uns zum Schwimmen umzogen. Sie betrachtete mich mit einem komischen Gesichtsausdruck.

»Glaubst du wirklich, dass es eine gute Idee ist, Gary zu schreiben?«, fragte sie und wedelte wieder mit der Gardine.

»Wie bitte? Ich dachte, es war *deine* Idee.« Ich zog mein Kleid wieder an und legte den Rock aufs Bett.

»Nein, ehrlich nicht«, meinte Poppy. »Trish hat sich das ausgedacht. Sie meinte, wir könnten ihm schreiben, dass wir drei einsame Jungfrauen sind, die seinen Körper aus der Ferne bewundern. Er könnte seine Wahl treffen, wie Paris bei Helena von Troja. Aber ich weiß nicht, ob das so ein guter Einfall ist.«

Ich setzte mich an der Terrassentür auf den Boden, um etwas von dem Lüftchen abzubekommen, das Poppy erzeugte.

»Naja, was soll schon passieren?«

»Was wäre, wenn er uns beim Wort nimmt?«

»Der interessiert sich doch nicht für uns. Er ist siebzehn.« Doch als ich das sagte, war ich enttäuscht. Ich wusste, wir würden es nicht machen, aber ich wollte weiter so tun, als ob.

»Hm.« Gereizt zog sie die Gardine zurück, und die Gardinenringe aus Messing klirrten. »Immer hat Trish diese tollen Ideen, und wir müssen dann mitmachen.«

Unten klingelte es an der Tür. Ich erwartete, dass Poppy öffnen würde. Doch sie schaute weiter aus dem Fenster. Der Sonnenbalken auf dem Boden war zu einer Sonnenflut geworden, die schon bis ans Bett reichte. In diesem Haus schien es vor der Helligkeit kein Entkommen zu geben.

»Hör mal«, sagte ich, »wir warten einfach ab, was Trish meint, wenn sie wieder da ist.«

»Ich weiß, was dann passiert. Trish wird uns überreden, es zu tun.«

Es klingelte erneut an der Tür. Ich hörte Mrs. McClarens Absätze über das Parkett in der Diele klappern.

»Das ist der Mann wegen des Pools«, sagte Poppy. »Lass uns zuschauen.«

Wir gingen auf die Dachterrasse, legten uns auf den heißen Asphaltbelag und spähten über den Rand. Es gab ein Geländer, aber wir konnten unsere Köpfe darunter durchstrecken und wie zwei Wasserspeier auf den Swimmingpool runtersehen. Steinchen piekten mich in die Beine. Unter uns kam Mrs. McClaren aus dem Haus. Die Kopfhaut an ihrem Scheitel war ganz hell, und am Haaransatz war bereits ein glanzloses, ausgebleichtes Braun nachgewachsen. Sie hatte ein Herrenhemd über ihren Bikini gezogen, zeigte aber immer noch viel Bein. Der Handwerker folgte ihr in gut zwei Metern Abstand.

»Es ist einfach über Nacht verschwunden«, hörte ich sie sagen.

»Ja, das wundert mich nicht.« Der Handwerker sprang am flachen Ende ins Becken und besah sich den Sprung in den Kacheln. Er achtete darauf, ihm nicht zu nahe zu kommen. »Sehen Sie, da ist Ihr Problem, der Sprung da.«

»Das sehe ich«, erwiderte Mrs. McClaren in eisigem Ton. Ich betrachtete das verbliebene Wasser im Becken, doch zu meiner Enttäuschung gefror es nicht.

»Sehen Sie, das ist typisch für diese Gegend«, erklärte der Mann. »Wie lange haben Sie den Pool schon?«

»Er war schon da, als wir das Haus kauften. Wir sind erst kurz nach Weihnachten eingezogen, von daher haben wir zum ersten Mal Wasser eingelassen.«

»Haben Sie denn eine Vermessung vornehmen lassen?«

»Mein Mann dachte, das sei nicht nötig. Das Haus ist nicht einmal zehn Jahre alt.«

»Sie hätten eine Vermessung vornehmen lassen sollen. Die Gegend hier ist völlig von Bergwerken unterhöhlt.« Der Mann stemmte sich geschmeidig aus dem Swimmingpool hoch, setzte sich an den Rand und ließ die Beine baumeln. »Verstehen Sie, der Boden senkt sich ab.«

»Wir haben selbstverständlich Erkundigungen eingezogen«, entgegnete Mrs. McClaren. »Unser Anwalt hat sich über die Bergbauaktivitäten informiert.«

»Wissen Sie, viele Bergwerke hier in der Gegend tauchen nicht in den Akten auf«, erklärte der Handwerker. »Aber wenn Sie mich fragen … Ich hätte Ihnen gesagt, dass es keinen Sinn hat, hier einen Pool zu bauen.« Er stand auf und klopfte sich die Hose ab.

»Und was werden Sie jetzt machen?«, fragte Mrs. McClaren.

»Machen?« Er schüttelte den Kopf. »Wir können den Sprung zubetonieren, wenn Sie wollen. Aber lassen Sie mich mal so sagen: Ihr Geld landet dann da, wo das Wasser schon ist. In den Tunneln da unten. Gibt keine Garantie, dass das nicht noch mal passiert. Die Erde kommt nie zur Ruhe, verstehen Sie.«

»Sie meinen, unser Pool liegt über einem Kohlebergwerk?«, fragte Mrs. McClaren. Ihr Gesicht war zu einer Maske der Ungläubigkeit erstarrt.

»Über einem unterirdischen Steinbruch«, erwiderte der Mann. »Wahrscheinlich.«

Er sah hoch, entdeckte uns und winkte lachend. »Sie haben da oben ja zwei kleine Gartenzwerge.«

Mrs. McClaren beachtete uns nicht. »Sie meinen, es ist nicht *sicher*?«

»Tja, so sicher wahrscheinlich, wie Häuser hier eben sind.« Der Mann nahm sein Klemmbrett. »Wer weiß schon, wie sicher die Häuser sind. Aber sehen Sie es mal so: Wir hatten keinen großen Einbruch mehr, solange ich mich zurückerinnern kann.«

Er holte seinen Kugelschreiber hervor und hielt ihr einen Block hin. »Unterschreiben Sie bitte hier. Sagten Sie, Sie wollen den Sprung repariert haben?«

»Ich muss erst mit meinem Mann sprechen.« Mrs. McClaren stach mit dem Stift nach dem Block. »Möglicherweise will er mit unserem Anwalt sprechen. Oder eine zweite Meinung einholen.«

»Auch recht«, meinte der Mann vergnügt.

»Wie meint er das – Tunnel?«, flüsterte Poppy.

Ich drehte mich auf den Rücken und blickte in den wolkenlosen Himmel. »Früher hat man unter der Erde Stein abgebaut. Den Stein, aus dem hier in Bath alle Häuser sind. Er hat Recht, es gibt massenweise Tunnel hier drunter, jeder weiß das.«

»Im Ernst?« Vorsichtig setzte Poppy sich auf. Sie sah aus, als rechne sie damit, dass das Haus jeden Augenblick unter ihrem Gewicht zusammenbräche. »Ist das nicht gefährlich?«

»Glaub ich nicht. Früher konnte man da doch rein und so.«

»Also wie Geheimgänge? *Spitze.*«

»Aber jetzt sind sie angeblich alle versperrt. Haben sich dauernd Hunde drin verirrt.«

»Du meinst, da ist alles voll mit toten Hunden? Igitt.« Poppy kaute auf einer Haarsträhne. »Jetzt mit *nassen* toten Hunden.«

»Da können sie Hundepaddeln üben. Wie wir im Schwimmunterricht.« Wir zappelten wie Fische und lachten.

»Und wo war der Eingang?«, wollte Poppy wissen.

»Es gab mehrere. Im Keller vom Pub auf der Hauptstraße – da ist jetzt alles zubetoniert. Einer ist an der Stonefield Lane – davor ist ein Gitter, damit die Fledermäuse rein- und rauskönnen.«

»Fledermäuse? Igitt igitt.«

Ich fand Fledermäuse süß. Unsere alte Katze hatte einmal eine gefangen. Sie lag wie ein zerknittertes Blatt auf dem Teppich in der Diele. Ich hab sie umgedreht, weil ich ihren Mäusekörper sehen wollte. Sie war winzig und keuchte und war völlig verschreckt. In einem Flügel war ein großer Riss, wo die Katze sie mit ihren Krallen erwischt hatte. Sie erinnerte mich an einen kaputten kleinen Regenschirm. Mein Vater brachte sie dann in den Garten, um sie freizulassen. Aber ich glaubte nicht, dass sie noch fliegen konnte.

»Mädchen?« Mrs. McClarens Stimme schwebte zu uns herauf. »Ich will nicht, dass ihr da am Rand liegt. Das ist gefährlich.«

»Ach, *Mum.*« Poppy kroch an den Rand und spähte hinunter. Ich kroch hinterher. Der Handwerker war fort, und Mrs. McClaren stand unter uns, die Hände in die Hüften gestemmt, die Jackie-O-Sonnenbrille uns nach oben zugewandt wie zwei Scheinwerfer, die schwarze Wutstrahlen verströmten.

»Ich meine es ernst, Poppy. Ärgere mich nicht. Ich spüre die Migräne schon.«

Sie legte eine Hand an die Stirn und massierte mit dem Daumen die Schläfe. Die Scheinwerfer sandten einen letzten finsteren Strahl in meine Richtung. Es war meine Schuld, dass wir hier waren, signalisierten sie mir.

»Komm«, meinte Poppy und kroch vom Dachrand weg. »Ist wohl besser, wir gehorchen.«

Ich beobachtete, wie Mrs. McClaren mit klappernden Absätzen ums Schwimmbecken herumging, um ihre Zeitschrift und ihre Zigaretten zu holen. Dann schob ich mich langsam hinter Poppy her.

* * *

Auf dem Heimweg machte ich einen Umweg über die Stonefield Lane. Es war natürlich noch viel zu früh für Fledermäuse. Einmal hatte ich welche gesehen, im Spätsommer, in der Dämmerung. Sie sahen aus wie Rauch, der aus einem Loch in der Felswand quoll.

Ich fragte mich, ob das die Stelle war, an der der Kamera-Mann früher in die Tunnel geschlüpft war. Der Kamera-Mann war eigentlich ein alter Landstreicher. Es gab da eine Geschichte – Mrs. Owen hatte sie mir erzählt –, dass er früher ein ganz normaler Kerl mit einer anständigen Arbeit gewesen sei, aber die Frau, die er liebte, habe ihn verschmäht, und da wurde er verrückt und lebte von da an in einem Zelt im Wald. Wenn es im Winter kalt wurde, zog er in die unterirdischen Steinbrüche.

Er hieß der Kamera-Mann, weil er immer wieder in Fotogeschäfte einbrach und so viele Nikon-, Canon-, Brownie- und Instamatic-

Kameras klaute, wie er tragen konnte – alles, was eine Linse hatte. Er war völlig fasziniert von diesem einen blinzelnden Auge. Seine Beute brachte er in die Tunnel und verstaute sie in den Frühstückskauen der Bergleute, bis ein graugrüner Schimmel sie überzog. Er fotografierte nie, er versteckte nur die Fotoapparate. Vielleicht hatte er Angst vor ihnen, und so fühlte er sich sicher.

Mrs. Owen hatte mir von dem Kamera-Mann erzählt, aber von den Hunden, die in den Tunneln verloren gingen, hatte mir mein Vater berichtet. Er erinnerte sich, dass die Tunnel endgültig versperrt worden waren, als auch drei Jungen sich darin verirrt hatten.

Ich sah zu dem schmalen Spalt hoch, durch den die Fledermäuse herauskommen würden. Was war aus dem Kamera-Mann geworden, als man die Tunnel zugemacht hatte? War er in seinem Lager im Wald erfroren? Oder schaffte er es immer noch irgendwie, in die Tunnel zu klettern, indem er sich wie eine Maus durch den Spalt zwängte, den man für die Fledermäuse offen gelassen hatte?

Die Sonne ging hinter den Bäumen unter, und ich hatte Gänsehaut auf den nackten Armen. Ich zitterte und ging rasch nach Hause.

15

Als ich am Donnerstag unter Tage gehe, muss ich ständig an den Kamera-Mann denken. Dabei überläuft es mich immer noch eiskalt. Ich stelle mir lange bleiche Finger vor, die schwitzen, wie die Steine Bergfeuchte absondern, und seine schimmligen Trophäen hin und her wenden, den Sucher an ein wimpernloses helles Auge halten.

Während ich die Leiter hinabklettere, sage ich mir, dass nur Taten, die einem Angst machen, der Mühe wert sind.

Der Bergmann mit den Tätowierungen ist Ted. John hat dünne fettige, zu Dreadlocks gedrehte Haare, die unter seinem Helm hervorschauen; Pat ist der mit den blonden Haaren und den weißen Augenbrauen … Ich werde mir die Namen dieser freien Bergleute nie merken können. Aber ich muss. Ich muss sämtliche Ingenieure, mit denen sie je zusammengearbeitet haben, in den Schatten stellen.

Und hinterher im Pub witzeln sie trotzdem über die Größe meiner Titten, oder über die Form meines Hinterns, wenn er die Leiter runterkommt. Aber das spielt keine Rolle, denn ich darf mich nicht darum kümmern, darf nicht darüber nachdenken, darf es nicht an mich heranlassen … Einen Augenblick lang ist mir das alles – der Umgang mit den Männern, ganz zu schweigen von der Stabilisierung des Bergwerks – zu viel, wie jedes Mal. Bis ich mir sage, dass ich hier nur das mache, wofür ich bezahlt werde, und es so gut wie möglich mache, mehr kann ich nicht tun. Mich darauf konzentrieren, alles richtig zu machen. So erwirbt man sich Respekt.

Ted sieht mich an und wartet auf Anweisungen. Diesen Blick habe ich schon Millionen Mal gesehen. Komm schon, sagt er, jetzt zeig mal, was du kannst. Wir wissen, dass du dich in die Scheiße reiten wirst, aber wir werden tun, was du uns sagst, und warten, bis du so richtig drin liegst, bis wir dich armen Wurm am Kragen packen und wieder rausziehen.

»Wir haben einen instabilen Bereich in der Decke zwischen den beiden Stützsäulen dort«, erzähle ich ihm. »Er liegt unter der Straße, die zur Grundschule führt.« Über die jeden Morgen und jeden Nachmittag mehrere Dutzend Muttis in Geländewagen und Minivans rumpeln, um ihre kleinen Lieblinge abzuliefern und wieder einzusammeln. Für die Straße gibt es eine Lastbeschränkung, aber das hält nur die Schwerlaster ab. Wir müssen unbedingt eine Sicherungsverfüllung in diesem Hohlraum vornehmen, sonst tut sich bald mitten auf der Grove Road ein Riesenloch auf – hoffentlich nicht, wenn gerade ein Minibus voller Schulkinder drüberfährt.

»Klar«, sagt Ted, der auf irgendwas herumkaut. »Wir haben die Karte gesehen.«

Jetzt oder später? Jetzt.

»Hören Sie, Ted«, sage ich. »Ich hab's kapiert. Ich geb mir Mühe, Sie nicht von oben herab zu behandeln, wenn Sie sich Mühe geben, das auch nicht zu tun, okay?«

»Ich weiß gar nicht, was sie hat«, wandte Ted sich an die anderen Bergleute.

Endlich kann ich doch noch in dem Cottage in Turleigh einziehen. Es tut gut, von dem lauten Wehr am Hotel wegzukommen und meine Habseligkeiten irgendwo abzuladen, wo ich ich selbst sein kann. Die Küche hier ist schön, geräumig, niedrige Decke, helles Holz und Edelstahl, beigefarbene Kacheln. Gute Qualität, mit Sorgfalt und Geschmack ausgesucht. Der Geschirrspüler ist kaputt, aber was soll's, denn endlich habe ich meinen ersten Aga-Herd. Susie Klein würde lächeln.

Plötzlich heule ich. Ich hasse die beschissenen Bergleute. Arschlöcher. Arschlöcher. Ich werde einfach nicht mehr mit ihnen fertig.

»Was ist los?«, fragt Martin. Ich habe mir das Telefon zwischen Schulter und Wange geklemmt. »Du hast doch früher schon Bergleute in den Arsch getreten.«

»Die Ärsche hier sind größer.«

»Quatsch. Du brauchst einfach nur mich, um dich wieder aufzubauen. Nach zwei Flaschen billigem Wein sieht die Welt ganz anders aus. Hast du da unten noch mehr von diesen Symbolen gefunden?«

»Ich halte Ausschau danach. Ich würde ja die Bergleute fragen, aber ich glaub nicht, dass die mir was erzählen.«

»Wenn meine Theorie stimmt, gibt es noch mehr davon.«

»Welche Theorie?«

»Sag ich dir, wenn ich da bin. Willst du mich immer noch vom Bahnhof abholen?«

»Keine Sorge.«

Ich lege auf und tappe über den Fliesenboden. Kalkstein, keiner von hier, wahrscheinlich französisch. Mit Fußbodenheizung, damit man sich frühmorgens keine kalten Stampferchen holt. Vielleicht sollte ich so etwas auch in meinem Cottage in Cornwall installieren. Wenn ich es nicht verkaufe.

Überall fühle ich mich wie auf Abruf. Deshalb kann ich mich auch nie zu Verschönerungsarbeiten durchringen.

Terrassentüren, die sich zum Garten hin öffnen; ich trete hinaus in die Dunkelheit, rieche Frost und Holzrauch. Steige drei niedrige Stufen zum Garten hinauf, drehe mich um und betrachte das Licht in anderen Cottagefenstern und schwarz aufragende Bäume, dann drehe ich mich um und betrachte das Licht, das aus der Küche unter mir fällt, und meine Fußspuren, die sich über den glitzernden Rasen vom Haus entfernen. Meine verschlungene Schneckenspur, meine labyrinthische Bewegung. Immer von etwas fort, nie auf etwas zu.

Freitagnachmittag, nachdem ich Brendan angelogen habe, ich müsse den Gasmann, der sich meinen kaputten Boiler ansehen wolle, reinlassen, stelle ich fest, dass ich ganz vergessen hatte, wie entzückend Bath ist, sogar im Regen. Ich gehe an der Ampel über die Straße und auf die Pulteney Bridge, die sich mit ihren kleinen Geschäften über dem Wehr erhebt. Regen prasselt auf meinen Schirm, in meinen hochhackigen Stiefeln rutsche ich auf dem Pflaster aus. Warum habe ich mir die Mühe gemacht, mich aufzubrezeln? Es ist doch nur Martin. Aber er mag es, das weiß ich, wenn ich mir Mühe gebe, meine Haare zu einem französischen Knoten aufstecke, mir Make-up ins Gesicht klatsche, einen Wildlederrock und kniehohe Stiefel anziehe.

Aus einem Impuls heraus schlüpfe ich in den Landkartenladen auf der Brücke. Im Schaufenster liegt eine ziemlich schöne alte Karte von John Speed, die Karte des County Somerset, aber man müsste schon ein ernsthafter Sammler sein, um das Geld dafür locker zu machen. Ich weiß, dass sie teuer ist, auch ohne zu fragen. Nick hat früher alte Landkarten gesammelt. Er hat immer gestöhnt, dass er sich ein bisschen zu spät darauf verlegt habe, als die Preise schon nach oben gegangen waren; dass man damals in den Siebzigern eine Karte wie diese für fünfzig Pfund hätte abstauben können. Heute ist sie bestimmt achthundert, wenn nicht tausend wert. Er hat seine Sammlung mitgenommen, als er nach Wales zog, aber mittlerweile hat er sie bestimmt versoffen. Er hatte einige sehr hübsche Karten, zart koloriert, schöne Stiche.

Das Geschäft ist winzig; mit einem großen Schritt ist man auf der anderen Seite. Durch die Fenster zum Fluss ist es lichtdurchflutet, und alles ist voller Karten. Sie bedecken jeden freien Zentimeter Wand oder sind in Kartons nach Countys abgelegt. Ich denke plötzlich voller Nostalgie an das Haus in Chiswick, wo Nick seine Sammlung im Treppenhaus und in der Diele aufgehängt hatte. Er hat diese Karten geliebt. Das war das einzige Mal, dass ich ihn mit einem Lappen in der Hand sah. Ansonsten rührte er im Haus keinen Finger, aber das Glas seiner gerahmten Karten hat er immer gerne poliert. In einem Antiquitätenladen entdeckte er einen Kartentisch, einen mit flachen Schubladen, darin bewahrte er die ungerahmten Karten auf. Ganze Sonntagnachmittage verbrachte er damit, sie rauszuholen, anzuschauen und in seiner Phantasie Reisen zu planen. Reisen auf Straßen, die für Kutschen und Karossen angelegt worden waren, durch Dörfer, die heute Städte, und Landstriche, die heute Vororte sind; Reisen, die er – typisch Nick – niemals unternahm.

Nostalgie. Fällt mir sonst nichts ein, was ich über meine damaligen Gefühle sagen könnte? Aber die Heirat war mein Fehler. Selbst als ich sie miteinander im Bett erwischte, war ich wütender auf sie als auf ihn.

»Suchen Sie nach etwas Bestimmtem?«

Der Ladenbesitzer steht neben mir.

»Eigentlich nicht. Es sei denn, Sie haben Karten von den unterirdischen Steinbrüchen.«

Er schüttelt den Kopf. »Ist mir noch nie untergekommen. Ich weiß gar nicht, ob sich jemand die Mühe gemacht hat, sie kartografisch zu erfassen. Es waren ja jede Menge kleiner Bergwerksunternehmen, die im Lauf der Jahrhunderte hier ein bisschen abgebaut haben, da ein bisschen in alte Minen durchgebrochen sind. Wie das Labyrinth des Minotaurus. Selbst die Leute, die jetzt dort oben in Green Down arbeiten, haben keine klare Vorstellung davon, wie das alles zusammenhängt.«

»Du Liebling der Götter«, sagt Martin, als wir durch Bath fahren, das sich bereits mit dem Freitagnachmittagsverkehr füllt. »Du Kind der Fortuna. Das ist ganz entzückend.«

»Das ist es wohl.«

»Mach einen Umweg. Mach den Royal Crescent mit mir. Mach den Circus mit mir.«

»Das ist die falsche Richtung.«

»Hast du keinen Sinn für Poesie? Der Royal Crescent war John Woods Meisterwerk. Er starb, bevor er ihn vollenden konnte. Sein Sohn musste seine Vision vollenden. Und du kannst nicht mal einen klitzekleinen Umweg fahren, damit wir ihm huldigen können.«

Wir machen den Royal Crescent.

»Wood war einfach ein Genie«, sagt Martin, als ich in meinen dussligen Schuhen über das trocknende Kopfsteinpflaster stöckle. »Hat sich die Geschichte so zurechtgezimmert, dass sie zu seinen bizarren Ideen passte.«

Zu unserer Rechten beschreibt der Royal Crescent einen großen Bogen, eine ebenmäßige Parabel aus hellem Stein, wie ein perfekt geschwungener Bleistiftstrich. Er weckt in mir den Wunsch, zeichnen zu können. Es gibt abgetretene breite Bürgersteige aus dem für Bath charakteristischen grauen Pflasterstein, in frischen, leuchtenden Farben gestrichene Haustüren. Halb rechne ich damit, dass sie gleich alle aufspringen und fünfzig Dienstmägde aus dem Musical *Oliver!* lauthals singen und sich die Seele aus dem Leib tanzen.

»Hat geglaubt, er komme der klassischen Architektur über den Tempel Salomos und die Monumente der alten Briten auf die Spur.« Martin hatte seinen Spaß, er war im Doziermodus.

Ich weiß das alles. Wood glaubte, auf dem Lansdown Hill hätten früher Sonnen- und Mondtempel gestanden. Der Circus und der Royal Crescent waren sein Versuch, sie neu erstehen zu lassen. Der Durchmesser des Circus basiert auf den Abmessungen von Stonehenge und der Steinkreise in Stanton Drew. Geometrie. Freimaurerei. Schlangen mit dem Schwanz im Maul.

»Offen gestanden«, sage ich, »hab ich das in der Schule gelernt. Wir haben früher Ausflüge hierher gemacht.«

Martin, der bis jetzt über das Kopfsteinpflaster gezappelt ist und sich aufgeführt hat, als sei er der TV-Historiker David Starkey, bleibt stehen und sieht mich an. Über seiner Schulter sinkt eine große düsterrote Sonne in Richtung Midcombe.

»Hm, das war aber ein weiter Fußmarsch von Bornemouth aus«, meint er.

Ganz kurz bin ich neidisch auf John Wood. Er war so viel besser darin, sich die Geschichte zurechtzuzimmern.

»Wir sind mit dem Bus gefahren, du Dummerjan«, füge ich hastig hinzu. »Und nur ein, zwei Mal.«

Martin ist ein angenehmer Wochenendgast, weil er alles bewundert, abgesehen von meinem Fahrstil, über den er schon immer gestöhnt hat.

Er bewundert den Royal Crescent; er bewundert die steilen Straßen, die aus Bath raus bis ganz hoch nach Green Down und dann wieder runter ins Tal führen, wo wir über den Fluss und dann wieder bergan nach Turleigh fahren. »Das ist ja wie in der Dordogne«, meint er.

»Manchmal lebst du noch in den Achtzigern.«

»Hast du die Eurythmics? Ich hätte Lust, was von Annie Lennox zu hören.«

»Nicht im Auto, Martin. Moderne Menschen hören keine Eurythmics im Auto.«

»Wir legen sie auf, wenn wir zu Hause sind. Brems. Himmel, *brems!* Musstest du so schnell in die Kurve gehen? Meine Fingerknöchel sind so weiß, dass ich damit Werbung für Dash machen könnte. O Gott, ist es das? Ich sterbe vor Entzücken. Ganz reizend. Viel schöner als dein grässlicher feuchter Schuppen in Cornwall.«

Mit der Fernbedienung öffne ich das Garagentor, und er bekommt fast einen Orgasmus. Seine Begeisterung lässt allerdings nach, als er merkt, dass die Garage sehr schmal ist und er zum Aussteigen über den Fahrersitz rutschen muss. Ich weise ihn darauf hin, dass der Schaltknüppel weitere Möglichkeiten zur Ekstase bietet, aber das Tuntenspiel hat seinen Reiz verloren, und Martin möchte es sich nur noch mit einem Glas gekühltem Weißwein bequem machen.

Er rümpft die Nase, als ich ihm verschiedene Tiefkühlprodukte von Marks and Spencer anbiete. Wie ich mir gedacht habe, durchstöbert er meinen Kühlschrank, bis er die Zutaten für ein seiner

Meinung nach anständiges Abendessen gefunden hat, beklagt das Fehlen einer Schürze und macht sich ans Kochen.

»Ich hätte dich heiraten sollen, nicht Nick«, sage ich und sehe ihm mit einem Glas Wein in der Hand zu.

»Das hätte dir viel Ärger erspart«, sagt Martin. »Aber, mein Blümchen, du bist wirklich die schlechteste Hausfrau, die ich kenne. Hast du tatsächlich nur Oliven aus der Dose?«

* * *

Nach dem Abendessen machen wir es uns in dem zur Küche offenen Wohnzimmer gemütlich, der Kühlschrank mit dem Wein ist mit einem schwankenden Schritt zu erreichen.

»Also, wie ist dein Plan?«, fragt Martin. »Wie willst du mich unter Tage schmuggeln?«

»Zerbrich dir darüber nicht den hübschen Kopf. Ich habe einen Plan.«

»Welchen denn? Willst du mich wie eine arabische Prinzessin in einen Teppich einrollen?«

»Viel besser. Ich sorge dafür, dass die Wachmänner nicht hinsehen.«

»Und wie?«

»Wir nehmen einen anderen Eingang.«

Selbst am Wochenende ist ein Wachdienst auf dem Gelände, damit niemand Werkzeuge oder Anlagen stiehlt. Ich allein käme problemlos über den Hauptschacht in die Gruben, allerdings besteht die Gefahr, dass der Wachmann es Gary melden würde. Aber Martin auf das Gelände zu bringen wäre unmöglich. Besucher sind hier nicht gerne gesehen, und wegen der Versicherung darf außer den Mitarbeitern niemand unter Tage.

Aber es gibt einen weiteren Zugang, der noch nicht völlig versperrt ist.

»Voilà«, sage ich, als wir in die Stonefield Lane einbiegen.

»Voilà? Sechs Häuschen und ein Bestattungsunternehmer?«

»Wir schleichen uns durch die Gasse beim Bestattungsunternehmer um die Ecke.« Ich biege zwischen den Gebäuden ein. Jemand hat *Bath rockt* auf die Mauer gesprüht. Die dünne Eisschicht auf den Pfützen kracht unter unseren Füßen. »Eh voilà. Die Fledermaushöhle.«

Hinter dem Bestattungsunternehmen fällt der Boden in eine flache Senke ab – ein seit langem stillgelegter überirdischer Steinbruch. Der Bestattungsunternehmer stellt dort den Leichenwagen und einige Transporter ab. Am anderen Ende befindet sich eine niedrige Felswand, keine vier Meter hoch. Hier ist die Haustür der Fledermäuse, ein Stollen, der unter Tage führt. Früher war er bis auf einen Spalt für die Fledermäuse verschlossen, aber man hat ihn wieder geöffnet, weil es zu ebener Erde der breiteste Zugang zu den Stabilisierungsarbeiten ist. Hier können wir schweres Gerät unter Tage bringen, auch wenn Rupert viel Aufhebens darum macht, dass wir die Fledermäuse an ihren Ruheplätzen stören könnten, besonders wenn die Tiere Winterschlaf halten.

Die Firma hat das Gelände um den Stollen mit einem hohen Maschendrahtzaun umgeben. Am Tor hängt ein Vorhängeschloss. Rupert hat natürlich den Schlüssel, damit er abends herkommen und in aller Ruhe seine geliebten Fledermäuse zählen kann. Aber es gibt zwei Ersatzschlüssel in unseren Büros, einen beim Wachdienst, den anderen in Garys Büro. Den werde ich stehlen.

Ich habe beschlossen, Martin nichts davon zu sagen. Es ist nicht so, dass er gleich einen Anfall kriegen würde: Er mag sich über meinen Fahrstil beschweren, aber der Zugang zur Unterwelt ist Gemeingut, soweit es ihn betrifft. Er hat mir schon gezeigt, wie man versperrte Gruben mit dem Dietrich aufbekommt, als wir noch Studenten waren. Nein, es ist zu seinem eigenen Schutz. Wenn man uns schnappt, sollte ich die Einzige sein, die das Gesetz übertreten hat. Natürlich dürften wir gar nicht dort sein, und das weiß er auch, aber ich möchte ihn nicht zum Mittäter machen, wenn ich Firmeneigentum stehle.

»Okay«, sage ich. »Meine Schlüssel liegen in meinem Büro. Ich muss sie holen. Unterdessen hast *du* eine wichtige Geheimmission.«

»Ich stehe zu deiner Verfügung, o mon capitaine.«

»Ein Stück die Straße rauf ist ein wirklich guter Feinkostladen. Geh und kauf uns ein paar anständige Oliven. Wir treffen uns in zehn Minuten wieder am Auto.«

Das Firmengelände ist nur ein paar Straßen entfernt, und ich schlendere zur Hütte des Wachmanns, als wäre ich so ein Ehrgeizling, der sich auch am Wochenende nicht von seinem Schreibtisch trennen kann. Er schaut auf einem kleinen tragbaren Fernseher Wiederholungen von *Buffy* an; mit etwas Glück beobachtet er mich gleich nicht auf den Monitoren der Videoüberwachung. Als ich an seinem Fenster vorbeikomme, sehe ich mich selbst auf den Monitoren, aufgenommen von der oben am Tor angebrachten Kamera. Die Perspektive ist alles andere als schmeichelhaft: In meiner Arbeitskleidung sehe ich klein und gedrungen, erschöpft und verbraucht aus. Werde langsam zu alt für solche Tricks. Ich setze einen mädchenhaften Gesichtsausdruck auf. Habe vergessen, Dateien, die ich fürs Wochenende brauche, auf meinen Laptop zu überspielen, sage ich. Und dann, so was Dummes, habe ich auch noch meinen Schlüssel zum Büro vergessen. Was für ein Schussel ich doch bin. Seine Miene sagt: *Was will man von einer Frau anderes erwarten?*

»Sie müssen nicht mitkommen«, füge ich hinzu. »Ich nehme einfach den Hauptschlüssel und hole mir, was ich brauche, dauert nicht lange.«

»Sind Sie sicher, dass Sie klarkommen?«

Na ja, Menschenskind, ich könnte über meine Stöckelschuhe stolpern und kopfüber in den Schacht fallen, aber ich werde versuchen, das zu vermeiden. Und wenn diese ekligen alten Vampire aus dem Höllenschlund getorkelt kommen, schreie ich einfach.

»Ja, kein Problem.«

Er wendet dem Fernseher den Rücken zu, wo Giles gerade Buffy zusammenstaucht, weil sie nicht genug Karate geübt hat. Ich mag das Mädchen. Ich schlendere aus der Hütte und gehe zu den Büros, wobei ich versuche, so zu wirken, als wisse ich nicht genau, wo ich hingehe. Wenn er dann wutentbrannt um die Ecke stürmt und mich anbrüllt, weil ich ins falsche Büro gegangen bin, kann ich lächelnd erwidern: *Falsches Büro? Ach, ich Dummerchen. Bin ja erst eine Woche hier, ich kann die Container einfach nicht auseinanderhalten.*

Aber er kommt nicht, und ich schließe Garys Büro auf.

In Garys Büro hallt es regelrecht, so leer ist es ohne Gary. Sein Schreibtisch ist im Vergleich zu dem fröhlichen Wirrwarr aus Rosies Fotos, meinen Papierstapeln und Dickons Vitaminen der reinste Vorwurf. Es gibt einen Aktenschrank mit einem Drucker darauf, einen zweiten Stuhl, ein Regal, in dem ein Wörterbuch und sonst nichts steht. Es ist das Büro eines Mannes, der nur vorübergehend hier ist, der nichts fürs Büro übrig hat. Wo sind die Fotos von Frau und Kindern? Ach, keine Frau natürlich, ihr Bild steckt in der Brieftasche des südafrikanischen Fahrlehrers. Aber was ist mit seinem Sohn? Vielleicht hat Gary auch für Familie nichts übrig?

Zeit, mir auf die Finger zu klopfen. Ich bin nicht hier, um Garys verborgene Persönlichkeit zu entdecken. Ich bin hier, um den Schlüssel zur Fledermaushöhle zu klauen, damit die zwei Ritter der Fledermaus die Geheimnisse des Steinbruchs erforschen können. Jäger des verlorenen Zeichens. Indiana Parry und der Tempel des Todes. Und ich weiß, wo er den Schlüssel aufbewahrt. Rechte obere Schreibtischschublade.

Aber sie ist *abgeschlossen*. Scheiße. Sein Name sei Ordnungsfanatiker! Schließt bei Feierabend seinen Schreibtisch ab und die Bürotür auch. Was vermuten lässt, dass der Schreibtischschlüssel wahrscheinlich an seinem Schlüsselbund hängt. Manchmal, Kit Parry, machen mir deine gewagten Schlussfolgerungen richtig Angst.

Also, was jetzt, Indiana? Das Schloss aufbrechen, damit er Montagmorgen liebevoll lächelnd das zersplitterte Holz betrachtet und denkt: *Wie sehr mich diese Frau doch begehrt, sie bricht sogar am Wochenende in mein Büro ein?* Nein, nein, nein. Außerdem, warum sollte der Schreibtisch abgeschlossen sein? Männer schließen ihren Schreibtisch nicht ab. Frauen schließen ihren Schreibtisch ab, weil sie sich das Büro teilen und in den Schubladen Tampons und vertrocknete Rosen aufbewahren, die ihnen der Liebste am Valentinstag geschickt hat, und Artikel aus der *Marie Claire* darüber, wie man einen Orgasmus bekommt, auch wenn der Freund nicht weiß, welche Knöpfe er drücken muss. Wenn Gary kein wirklich peinliches Geheimnis hat wie einen Katalog mit *Gerrys Geiler Gummigarderobe*, dann hat er keinen Grund, seinen Schreibtisch abzuschließen.

Die zweite Schublade lässt sich problemlos öffnen. Sie enthält eine Dose mit Büroklammern, ein halbes Dutzend Kulis und ein Plastiklineal. Ich packe den Griff der oberen Schublade und ziehe erneut daran. Sie gibt einen Millimeter nach, gerade genug, um das Lineal in den Spalt zu schieben und damit herumzufuhrwerken. Ha! Die Schublade ist gar nicht abgeschlossen. Sie hängt nur irgendwo fest.

Und dann, als ich, die Augen nach oben verdreht, mit dem Lineal nach dem Hindernis taste wie ein Blinder mit seinem Stock, schlägt mir plötzlich das Herz bis zum Hals, und ich quieke fast, denn gerade geht Gary am Fenster vorbei.

Schei-ßeee. Ich kann nur durch die andere Tür in den Besprechungsraum. Das Lineal fest umklammernd, bete ich zu Gott, Gary möge nicht hören, wie ich die Tür zumache, als er stehen bleibt, um seine Schlüssel hervorzuholen.

Mein Herz schlägt so heftig, dass es gegen die Trennwand klopft, an die ich mich presse – *hier bin ich, Gary, komm und hol mich.*

Ich höre den Schlüssel im Schloss der Außentür. Nur leider – du Idiot, Kit! – ist sie gar nicht abgeschlossen. Ich stelle mir vor, wie er versucht, den Schlüssel rumzudrehen, und ihn überrascht anstarrt, weil er sich nicht drehen lässt. Wird ihm klar sein, dass jemand hier war, oder wird er denken, er hätte abends nicht abgeschlossen? Ich höre ein Rappeln, dann das Klicken des Türknaufs, seine Schritte auf den Dielen, die unter meinen Füßen beben. Ich halte den Atem an. Wird er die Tür zum Besprechungsraum öffnen? Ich sehe mich um und frage mich, ob ich mich irgendwo verstecken kann. Aber da ist nichts. Ich kann mich nur hinter der Tür an die Wand drücken. Wenn ich noch Zeit hätte, würde ich auf die andere Seite huschen und durch die Küche rausschlüpfen. Die Tür ist bestimmt abgeschlossen, aber mit den Hauptschlüsseln könnte ich …

Scheiße.

Ich versuche mich daran zu erinnern, wo ich die hingelegt habe. Auf den Aktenschrank, gleich als ich reinkam? Auf den Boden, als ich mich hingekniet habe, um die Schublade zu öffnen?

Aus, vorbei, ich bin geliefert. Ich habe sie auf dem Schreibtisch liegen lassen. Ich sehe sie vor mir, mitten auf dieser großen leeren Fläche, sie blitzen silbern und veranstalten einen kleinen klimpernden Schlüsseltanz, um Garys Aufmerksamkeit zu erregen.

Und außerdem, auch wenn er sie durch irgendein komplettes Wunder nicht bemerkt, muss Brian, der Buffy-Fan, jeden Augenblick hier auftauchen, um nachzusehen, warum aus »dauert nicht lange« eine verdammte halbe Stunde geworden ist. Ich wappne mich für die Entdeckung. Selbst die Lügen scheinen mein Hirn, dieses zum Untergang verurteilte Bauwerk, in geordnetem Rückzug verlassen zu haben.

Aber die Tür hat sich nicht geöffnet.

Ein Knarren. Hat Gary sich an seinen Schreibtisch gesetzt? Starrt er die Schlüssel an? Zählt langsam zwei und zwei zusammen? O Gott, wenn ich nur was sehen könnte. Wenn ich Buffy wäre, gäbe es einen winzig kleinen Spalt in der Trennwand, durch den ich einen Blick werfen könnte … aber natürlich gibt es den nicht.

»Bist du da?« Garys Stimme. *Mist.* Ich erstarre. Vielleicht will er mich durch die Wand erschießen. Sie mit der Axt spalten, um zu zeigen, wer der Boss ist. *Hier ist … Gary.* »Ich weiß, dass du da bist.«

Ich würde ja antworten, nur fällt mir keine Antwort ein. Ich könnte ihn mit dem Lineal schlagen, das ich immer noch wie blöde umklammere. Alles, was mir einfällt, wirkt … blöd. Ich komme mir blöd vor. Ich komme mir vor wie ein blödes kleines Mädchen, das Buffy gespielt hat, und jetzt wird mich gleich ein Erwachsener vernichtend ansehen und mir ganz langsam erklären, dass es keine Vampire gibt.

»Ach, Scheiße, Tessa, nimm ab.«

Vor Erleichterung wird mir so schwach, dass ich beinahe umkippe.

»Ich weiß, dass du da bist, weil ich gerade vorbeigefahren bin und dein Auto in der Einfahrt gesehen hab«, sagt Gary.

Wer ist *Tessa*? (Das Miststück.)

»Wir müssen uns unterhalten. Das ist doch Wahnsinn. Wir können das nicht über unsere Anwälte regeln. Ruf mich an, okay? Das ist die dritte Nachricht, die ich dir hinterlasse. Löscht Jeff, dieser Mistkerl, vielleicht alle meine Nachrichten? Ich hab dich durchschaut, Jeff. Sag Tess, sie soll mich anrufen.«

Der Hörer kracht auf die Gabel.

Ich atme kaum noch und warte darauf, dass Gary die Schlüssel auf seinem Schreibtisch bemerkt. Ich höre nichts. Ich stelle mir vor, wie er vor sich hin starrt und darüber nachgrübelt, was die treulose Tessa getan hat, was auch immer es sein mag. Das muss seine Frau sein. Seine Ex-Frau. Starr weiter vor dich hin, Gary. Stell den Blick nicht scharf. Steh auf und geh, verfluch die Schlampe so inbrünstig, dass du nicht siehst, was dicht vor deiner Nase liegt.

Was zum Teufel macht er überhaupt an einem Samstag im Büro? Das ist *traurig*. Wirklich traurig. Ich wünschte, ich könnte etwas sehen …

Die unverwechselbare Melodie, mit der Windows auf seinem Computer startet. Scheiße. Womöglich sitze ich den ganzen Vormittag hier fest. Martin wird sich an die Motorhaube lehnen und sich fragen, wo um alles in der Welt ich stecke …

Nein. Bitte nicht. Bitte ruf mich nicht an, Martin.

Verzweifelt sehe ich auf die Uhr. Mindestens eine Viertelstunde ist vergangen, seit ich Martin gesagt habe, wir würden uns in zehn Minuten treffen. Er ist nicht der Geduldigsten einer. Das Handy steckt natürlich in meiner Tasche, weil ich ganz offensichtlich keine Begabung zum Einbruchdiebstahl habe und es mir nicht in den Sinn gekommen ist, es auszuschalten. Ich stecke eine Hand in die Tasche und greife nach dem Handy, aber eigentlich kann ich nichts tun, weil es ein zierliches kleines Klapphandy ist, das jedes Mal ein zischendes Geräusch von sich gibt, wenn man es auf- oder zuklappt, und man kann das verdammte Ding nicht ausschalten, ohne es aufzuklappen. Ich schließe fest die Hand darum. Ich würde das Mistding gerne ersticken.

Auf der anderen Seite des Raums lockt verführerisch die Tür zur

Küche. Wenn ich bis dort käme, würde das Telefonklingeln wenigstens nicht wie eine Bombe einschlagen. Was für einen Klingelton habe ich eigentlich? Kann mich nicht erinnern. Vermutlich Beethovens verdammte Fünfte. Aber als Gary durch sein Büro lief, habe ich jeden seiner Schritte an meinen Fußsohlen gespürt. Der Boden muss eine einzige federnde Sperrholzplatte sein – er würde merken, dass jemand hier ist.

Der Schweiß tropft mir aus den Achseln, tränkt meinen BH, strömt mir wasserfallartig den Rücken runter. Himmel, wahrscheinlich breitet sich schon langsam ein großer feuchter Fleck auf der vermaledeiten Trennwand aus. *Komisch*, denkt Gary, *Kit-förmige Feuchtigkeit auf einer Innenwand?* Als ob das hier sozusagen das Turiner Grabtuch der Containerbürowände wäre.

Auf der anderen Seite der Wand, direkt an meinem Ohr, erwacht plötzlich der Drucker zum Leben. Ich bekomme fast einen Herzinfarkt. *Sst sst, sst sst* … Bitte, lieber Gott, mach, dass das bedeutet, er ist fertig mit der Arbeit, die der Grund seines Kommens ist. Wieder bebt der Boden, als Gary zum Drucker geht. Er steht buchstäblich nur Zentimeter von mir entfernt. Ich spüre ihn beinahe atmen. Für den Fall, dass mein Atem vom vielen Rauchen schon pfeift, lehne ich mich so weit von der Wand weg, wie ich kann, ohne einen Schritt zu tun oder das Gleichgewicht zu verlieren.

Lieber Gott, wie lange dauert das denn? Das wäre wieder mal typisch mein Glück, wenn er gleich einen ganzen Roman ausdrucken würde, an dem er insgeheim in den frühen Morgenstunden schreibt.

Sst. Endlich kommt der Drucker wieder zur Ruhe. *Tüdelidü*. Da fährt der Laptop runter. Bis dann, Gary. Einstellungen werden gespeichert. Bis dann. Bitte geh endlich.

Es ist wieder völlig still, aber ich weiß, dass er noch da ist. Ich habe die Tür nicht gehört. Ich sehe ihn vor mir, wie er die Schlüssel anstarrt. Und sich fragt, wie die verdammt noch mal da hingekommen sind. Hauptschlüssel an einem dicken fetten Schlüsselring mit einem grünen Plastikschildchen, auf dem *Security* steht.

Ein Klicken ertönt, als der Laptop zugeklappt wird; der Boden erbebt, die Außentür öffnet und schließt sich. Gary ist weg.

Instinktiv rutsche ich an der Wand runter für den Fall, dass er im Vorbeigehen durchs Fenster in den Besprechungsraum späht. Nicht dass das was nützen würde – ich sehe sein Profil vorbeigehen. Aber er sieht nicht her. Seine Miene ist starr, besorgt, die Stirn gerunzelt.

Ehe er umkehren und zurückkommen kann *(Was haben diese Schlüssel bloß auf meinem Schreibtisch zu suchen?)*, sause ich durch die Tür zurück in sein Büro.

Der Schreibtisch ist leer.

Leer?

Betäubt starre ich ihn an. Mist, Gary muss sie mitgenommen haben. Und sie zurück zum Wachdienst gebracht haben? *Brian, Sie haben Ihre Schlüssel auf meinem Schreibtisch liegen lassen. Nun weiß ich zwar nicht* (verständnisvolles Lachen von Mann zu Mann), *was Sie bei mir wollten, aber sagen wir mal so: Ich verrate Sie nicht, wenn Sie nichts von dem Katalog für* Gerrys Geile Gummigarderobe *sagen.* Verdutzt sieht Brian ihn an. *Katalog? Schlüssel? Die habe ich Kit geliehen.*

Ich weiß zwar nicht, wie ich mich da rausreden soll, wenn sie zusammen zurückkommen, was jeden Moment der Fall sein kann, aber es wird nicht hilfreich sein, wenn ich das Tatwerkzeug meines Einbruchshandwerks, das Lineal, dann immer noch in der Hand halte. Ich reiße die zweite Schublade auf und lege es so schnell wie möglich zurück, als wäre es glühend heiß.

Und da liegen die Hauptschlüssel.

Tja, wenn ich jetzt so drüber nachdenke, da mein Herz wieder normal schlägt, habe ich sie *natürlich* nicht auf dem Schreibtisch liegen gelassen. Natürlich erinnere ich mich jetzt, dass ich sie in die zweite Schublade gelegt habe, um beide Hände frei zu haben, während ich versucht habe, die oberste Lade aufzustemmen. Und dass ich so geistesgegenwärtig war, die Schublade leise zu schließen, bevor ich mich in den Besprechungsraum verzogen habe. Eigentlich erinnere ich mich nicht ausdrücklich an alles, aber es ergibt instinktiv einen Sinn. Plötzlich sitze ich auf dem Boden, meine Beine sind einfach unter mir zusammengeklappt, wie sie es schon seit zehn Minuten wollten. O Gott. Das war wirklich haarscharf.

In meiner Tasche geht das Handy los, und zwar mit den ersten Takten von *There Must Be An Angel, Playing With My Heart* von den Eurythmics. Martin, der Idiot, muss gestern Abend den Klingelton geändert haben. Natürlich ist er der Anrufer.

»Wo zum Teufel steckst du?«

»Bin jemandem in die Arme gelaufen. Tut mir leid. Bin gleich bei dir. Ich muss nur« – mit dem Lineal stochere ich in der schmalen Ritze zwischen Schublade und Schreibtisch herum – »eine letzte Sache holen.«

»Ich hab die Oliven.« Jetzt schwatz nicht rum, Martin. Halt einfach den Mund, bis ich … »Was um alles in der Welt treibst du da, Kit? Das klingt, als wolltest du das Sparschwein irgendeines armen Kindes ausrauben.«

»Ich versuche nur, eine Schublade aufzubekommen, die sich verklemmt hat. Dauert nicht lange.« Ich lege auf, bevor er noch etwas sagen kann, und widme mich ganz der Schublade. Endlich gleitet das Lineal über das Hindernis. Hab es … Ich kann es weit genug runterdrücken, um die Schublade zu öffnen, ziehe fest am Griff, und das ganze Ding kommt mir entgegen.

Der Schlüssel zur Fledermaushöhle liegt, ordentlich mit *Stonefield-Eingang* beschriftet, ganz vorne in der Schublade. Ansonsten ist sie voller Bücher, die sich verkeilt hatten. Es gibt einen Prospekt einer Fernuniversität, einen dicken Band mit dem Titel *Filmtheorie und Filmkritik* und einen Versandkatalog für Spielzeug. Nichts davon passt zu meinem Bild von Gary. Sitzt er etwa hier und liest Essays über Eisenstein und die Semiotik des Films, während wir anderen auf unseren Computern *Freecell* spielen?

Es ist verlockend, im Schneidersitz auf dem Boden sitzen zu bleiben und Garys Leben zu durchforsten, wie es sich im Inhalt seiner Schreibtischschublade spiegelt. Aber eigentlich will ich es nicht erfahren – noch nicht, jedenfalls. Ich habe Angst, das Geheimnis zu lüften, das ihn umgibt. Ich befürchte, ich könnte vielleicht nicht unbedingt Kataloge für Latexbekleidung entdecken, aber doch Mountainbikezeitschriften, die darauf schließen lassen, dass seine bevorzugte Freizeitkleidung enge schwarze Radlerhosen aus Lycra sind, oder die Monatszeitschrift des Taubenzüchtervereins oder das Eisenbahnmagazin. Ich fürchte, ich könnte Schnappschüsse aus dem Urlaub finden, auf denen er Sandalen mit Socken trägt, oder von einer Kneipentour mit der Herrenclique, bei der er weiße Slipper mit einem Goldkettchen obendrauf trägt. An seiner Fußbekleidung sollst du den Mann erkennen.

Ich glaube zwar nicht, dass Gary so ist. Aber ich mag kein Risiko eingehen. Ich ziehe einen heilen Traum immer noch dem realen Mann vor. Ich nehme den Schlüssel und gehe.

Was hätte er mit mir angestellt, wenn er mich erwischt hätte?

Martin lehnt am Auto und liest den *Guardian*. Zu seinen Füßen stehen ein paar Tragetaschen.

»Was hast du denn da alles gekauft?«

»Spielt keine Rolle. Beeil dich und schließ den Wagen auf. Ich friere mir hier draußen den Arsch ab.«

»Wir haben keine Zeit zum Aufwärmen. Schmeiß die Tüten in den Kofferraum, und dann geht's unter Tage.« Ich hole die Schutzhelme aus dem Wagen.

»Die trage ich nicht«, sagt Martin, als ich eine Warnschutzjacke für ihn herauszerre.

»Wir müssen so aussehen, als ob wir da hingehören.«

»Ich werde aussehen wie eine halb geschälte Banane. Die Jacke ist auch nicht ansatzweise groß genug.«

Um Schadensbegrenzung zu betreiben, schiebe ich ihn schnell um die Ecke in die Stonefield Lane und neben dem Bestattungsunternehmen entlang. Wenigstens die Helme geben uns einen halbwegs offiziellen Anstrich, sollte uns jemand sehen. Ich öffne das Maschendrahttor, und wir sind drin.

»Ich hoffe, du weißt, wo es lang geht«, sagt Martin, als wir den engen Tunnel zu den Arbeiten unter Tage entlanghasten.

»Ich kenne das Gelände wie meine Westentasche«, versichere ich ihm.

»Wie lange arbeitest du jetzt hier?«

»Du kannst mich mal.«

Die Fledermaushöhle ist zugleich der Notausgang. Wenn es einen schlimmen Einsturz gäbe, der die Bergarbeiter vom Hauptschacht abschnitte, könnten sie auf diesem Weg hinaus. Irgendwo an der Wand in der Nähe des Eingangs muss ein Verteilerkasten sein, wo man den Strom für Licht einschaltet. Das Problem ist nur, ich war noch nie hier und habe keine Ahnung, wo er genau ist. Nervös leuchte ich mit der Taschenlampe die Wände ab und hoffe, dass er auffällig angebracht ist.

»Scheiße.« Der Tunnel mündet in einen großen Hohlraum, wie üblich von einem stählernen Schutzgang in zwei Hälften geteilt. Ich muss den Verteilerkasten übersehen haben. Martin trödelt wie ein Tourist irgendwo hinter mir. Der Lichtkreis seiner Taschenlampe flackert über die Decke.

»Wie tief sind wir unter der Erde, hast du gesagt?«, fragt er, als ich zu ihm zurückkomme.

»Mach dir keine Sorgen, die Decke ist hier ziemlich stabil. Aus diesem Steinbruch haben sie nicht viel rausgeholt – minderwertiger Stein.«

»Oh.« Martin klingt einigermaßen enttäuscht. Wahrscheinlich findet er, dass unserer Expedition ohne ein kleines Risiko die Würze fehlt. »Laufen die einzelnen Steinbrüche alle unter Tage zusammen?«

»Nicht zwangsläufig. Aber viele schon. Alle Bergwerksgesellschaften sind immer weiter vorgedrungen, um so viel Stein wie möglich rauszuholen. Es gab keinerlei staatliche Regulierung. Erst wenn sie in den benachbarten Steinbruch durchbrachen, hörten sie auf. Und bauten eine Mauer. Oder manchmal auch nicht, wenn sie dachten, es ginge auch so.«

»Ist deshalb hier alles so instabil?«

»Hoff lieber, dass nicht gerade heute alles runterkommt.« Als ich das sage, verspüre ich einen Anflug von Angst, weil ich an den Einsturz in der Feuersteinmine denken muss. Irgendwie spürt Martin mein Unbehagen.

»Bist du wirklich sicher, dass du es tun willst?«

»Hey, ich habe dich darum gebeten. Mir geht's bestens.«

»Gut, mir nämlich nicht. Ich mache mir vor Angst gleich in die Hose.«

Ich glaube ihm nicht. Martin wurde mit der Fähigkeit geboren, seinen eigenen Tod in Betracht zu ziehen. Aber es tut gut, so zu tun, als wäre ich nicht die Einzige hier, die nervös ist. Er leuchtet noch einmal mit seiner Taschenlampe um sich, und da entdecke ich den Verteilerkasten. Er ist großzügig mit Fledermauskot getarnt.

Als ich den Schalter umlege, wird die große Kaverne in goldenes Licht getaucht.

»Mein Gott«, sagt Martin. Es haut ihn genauso um wie mich, als ich das erste Mal hier unten war. »Wow. Wie eine Kirche.«

»Solange du keine Kirchenlieder singst.«

»Dad hätte das gefallen.« Martins Vater, der Pfarrer und Hobbyhöhlenforscher, ist vor fünf Jahren an Krebs gestorben.

Eine einzelne Fledermaus gleitet, vom Licht oder von unseren Stimmen aufgescheucht, an der Kavernendecke entlang.

»Komm«, fordere ich ihn auf. »Wir wollen nicht die ganze Kolonie wecken.« Aber Martin scheint zu zögern, den Schutzgang zu betreten.

»Weißt du, was Dad immer gesagt hat, wenn er mich mit unter Tage genommen hat? Er hat immer gesagt – praktisch jedes Mal, es war wie ein Mantra, ich hab immer gestöhnt, wenn er das im Beisein eines meiner Freunde gesagt hat … Er hat immer gewartet, bis wir in eine große Höhle wie die hier kamen, dann hat er seine Handschuhe ausgezogen und gesagt: *Weißt du, mein Sohn, manche verehren Himmelsgötter, und manche verehren Erdgötter. Ich finde meinen Gott an den dunklen Orten.*«

»Du musstest dann aber nicht vor deinen Freunden beten, oder?«

»*So* unsensibel war er dann doch wieder nicht. Wir haben alle sehr feierlich dreingeschaut und uns dann, wenn wir allein waren, über ihn kaputtgelacht.«

Kann ich mir vorstellen. Ich kann mir auch vorstellen, wie das für Martin gewesen sein muss, heimlich schwul zu sein und zwischen finsterstem Christentum und jungen Höhlenforschern heranzuwachsen, die kichernd darüber spekulierten, welche dunklen Orte der Pfarrer wohl genau meinte. Diese Anekdote hat er mir noch nie erzählt.

»Hat es dir was ausgemacht?«

»Was?«

»Dass andere sich über deinen Vater lustig gemacht haben.«

Martin seufzt. »Möglich. Ich kann mich nur ganz allgemein an eine lähmende Verlegenheit erinnern. Aber jedes Mal, wenn ich unter Tage gehe, denke ich daran, dass er das gesagt hat. Vielleicht hatte er Recht.«

»Du glaubst doch nicht an Gott.«

»Nein.« Martin zieht seinen Helm in die Stirn und hakt in bester Village-People-Manier die Daumen in die Träger seines Rucksacks. »Geh voran, Lara Croft. Auf zu ruhmreichen Taten.«

Weil es der Notausgang ist, verläuft die Verbindung von der Fledermaushöhle durch den Teil der Gruben, an dem gerade gearbeitet wird, ziemlich gerade. Einige Nebentunnel zweigen davon ab, aber der Hauptschutzgang ist nicht zu verwechseln, und wenn man nicht vom Weg abweicht, kann man sich nicht verirren.

»Ich vermisse ihn furchtbar, weißt du«, sagt Martin, als wir in Richtung der Kaverne dahintrotten, in der ich das Symbol entdeckt habe. »Weißt du, was er mich im Krankenhaus gefragt hat? Er wollte wissen, wann ich dich endlich heiraten würde.«

Ich weiß, dass Martins Mutter insgeheim den Wunsch hegte, ich möge ihren Sohn davon überzeugen, dass seine sexuelle Vorliebe ein Irrtum sei, aber seinen Vater hatte ich für realistischer gehalten.

»Das war das Morphium, oder?«

»Nein, er hat wirklich geglaubt, dass es irgendwann dazu kommen würde. Ich habe es nie fertiggebracht, ihm zu sagen, dass ich schwul bin.«

»Hm«, sagt Martin. »Hm. Interessant.«

Wir stehen abseits der Verzweigung des Schutzgangs, den man gebaut hat, damit Dickon den alten Kran untersuchen kann, der jetzt wie ein verkrüppelter Vogel neben uns aufragt. Viel nördlicher haben die Bergleute sich nicht vorgegraben, ungefähr bis unter das

Gelände des Verteidigungsministeriums. Martins starke Taschenlampe ist auf die Steinsäule mit dem Symbol gerichtet. Erst als ich zischend den Atem ausstoße, merke ich, dass ich ihn angehalten hatte.

»Nur interessant? Nicht *Wow, Kit, wir sind gemachte Leute?*«

»Na ja, ich enttäusche dich nur ungern, aber ich glaube, dieser Dickon hat Recht«, erwidert Martin. »Das ist höchstens achtzehntes Jahrhundert. Vielleicht auch viel jünger. Das stammt nicht von Römern.«

»Woher willst du das wissen?«

»Offen gesagt, sie hätten es besser gemacht. Und diese Kerben weiter unten an der Säule stammen von Schrämeisen, mit denen die Steinhauer im achtzehnten Jahrhundert Stein herausgebrochen haben. Ich hab das nachgelesen. Ergo ist die Säule achtzehntes Jahrhundert, ergo muss dieses Bild zur selben Zeit oder später angefertigt worden sein. Du solltest übrigens ein Foto von diesen Zeichen machen.«

»Scheiße.« Ich nehme meinen Rucksack ab und hole den Fotoapparat heraus.

»Aber« – er fährt leicht mit der Fingerspitze um den in Stein geritzten Vogel herum, ohne den Stein wirklich zu berühren – »ich finde es trotzdem interessant. Es ist genau das, was du gesagt hast: ein mithraisches Symbol. Ein Rabe. Der erste Weihegrad im Prozess der Initiation in den Kult. Denn das daneben ist unverkennbar ein Caduceus.« Er deutet auf den anderen Teil des Bildes, eine dünne Linie mit ein paar Kreisen und einem Kreuz. »Der magische Stab des Merkur. Das zeigt, dass der Rabe der Bote des Sonnengottes ist.«

In der Sonntagnacht nach meinem Wochenende bei Martin, dem Wochenende, an dem ich beinahe in der Feuersteinmine ums Leben gekommen wäre, sah ich ein Bild des Raben und des Caduceus, das fast genauso aussah. Ich war zu Hause in Cornwall, aber ich konnte wieder nicht schlafen. Ich hatte Angst, nie mehr aufzuwachen. Ich wälzte mich rastlos auf den Rücken und fühlte mich, als wäre ich immer noch in dem Steinbruch, unter einem Berg aus Kreide begraben, würde halluzinieren, dass man mich gerettet hätte, und träumen, ich läge in meinem eigenen Bett.

Ich musste aufstehen. Ich musste aufrecht sein. Wenn ich auf dem Rücken lag, spürte ich das ganze Gewicht auf meiner Brust. Ich schwang die Füße aus dem Bett und ging nach unten. Dann saß ich an meinem Küchentisch, meinem entzückenden alten Tisch aus dem Trödelladen, mit den Beinen, an denen Generationen von Katzen ihre Krallen gewetzt hatten, und versuchte nicht an die Feuersteinmine zu denken. Aber immer wieder sah ich das Bild dieses verdammten großen Vogels, der wie ein verhängnisvolles Omen grotesk mit den Flügeln schlagend über die Lichtung flog und zwischen den Bäumen verschwand.

Das Kapitel aus Martins Buch ging mir nicht aus dem Kopf. Ich wünschte, ich hätte es mitgenommen. Da stand ein Wort. Es fiel mir nicht mehr ein. Psycho… Psychopompos? Der Führer, der einen in die Unterwelt geleitet. Ich ging ins Arbeitszimmer, fuhr den Computer hoch und rief Google auf. »Raben« … und »Mythos«. Martin hatte Recht. Raben und Mysterienkulte gehören zusammen wie Honig und Brot. In der keltischen Mythologie tauchte der Rabe überall auf. Es gab Rabengöttinnen und Rabengötter, und anscheinend konnte man die Raben bis in die Bronzezeit als Sonnenvögel nachweisen, die mit Sonne und Licht verbunden wurden – erst später betrachtete man sie als böses Omen. Und zur Zeit der Römer …

Ich bin ein Stern, der mit dir geht und aus der Tiefe leuchtet

In einem Mysterienkult, den die Römer aus Persien mitbrachten, verband man den Vogel dann mit dem ersten Weihegrad: im Kult um Mithras, den Stiertöter, den Gott des luftigen Lichts zwischen Himmel und Erde.

»Du dachtest doch, das Zeichen könnte römisch sein«, höre ich mich zu Martin sagen. »Du bist den weiten Weg hierher gekommen, du musst gedacht haben, dass da was dran ist.« Meine Stimme hat einen unerfreulich schmollenden Unterton.

»Das kann man erst sagen, wenn man es im Zusammenhang sieht«, erwidert Martin. Er zeichnet die Umrisse der Steinsäule mit den Händen nach. »Das Foto in deiner E-Mail war nicht scharf genug, um die Kerben auf der Säule zu datieren. Aber du hattest völlig Recht, was die Symbolik angeht. Ein Rabe allein ist nur ein Rabe oder möglicherweise nur ein großer schwarzer Vogel, aber der Caduceus dabei bedeutet, dass er höchstwahrscheinlich mit dem Mithraismus zusammenhängt. Dieses Symbol ist einer Reihe von Symbolen sehr ähnlich, die man in Ostia, Roms altem Hafen, gefunden hat.«

Darauf war ich im Internet gestoßen. Auf einer Website, die sich mit Tempelmosaiken befasste, sah ich den Raben mit Merkurs magischem Stab, genau wie auf dieser Stützsäule.

»Der Mithraismus war ein römischer Kult«, sage ich, entschlossen, nicht aufzugeben. »Er ging mit dem Römischen Reich unter. Wenn das keine römische Arbeit ist, warum sollte dann jemand ein mithraisches Symbol in den Stein ritzen?«

»Tja, das ist es ja.« Martin sieht das Symbol noch einen Augenblick an, dann verschwindet er in der Dunkelheit hinter der Säule.

»Warte!« Ich rechne jeden Augenblick damit, dass Gary hinter einer Säule hervorspringt und losbrüllt, und das macht mich ziemlich nervös. »Verlauf dich nicht. Wir könnten uns hier drin verirren.«

»Ich will nur nachsehen, ob es einen anderen Ausgang aus dieser Höhle gibt.«

»Hohlraum. Man nennt das Hohlraum. Es gibt so gut wie sicher keinen anderen Ausgang, aber es ist gefährlich, da rumzulaufen, wo noch keine Schutzgänge gebaut sind. Weißt du noch, was ich über das Zusammenlaufen sämtlicher Gruben gesagt habe? Im Ernst, Martin, ich habe keine Karte. Niemand hat eine vollständige Karte. Ich glaube, wir sollten nicht riskieren, uns hier drin zu verirren.«

»Was? Du meinst, wir würden nicht nur sterben, sondern du würdest obendrein auch noch deinen Job verlieren?«

»Leck mich. Ich bleibe hier. Einer von uns muss da bleiben, wo Licht ist und wir den Schutzgang sehen können.«

»Ungewöhnlich vernünftig für deine Verhältnisse«, höre ich Martin ein Stück von mir entfernt. »Aber mach dir keine Sorgen. Das Licht da kann man vermutlich meilenweit sehen … Oh. Ich verstehe.« Von seiner Taschenlampe ist nichts mehr zu sehen, nicht einmal ein schwaches Glimmen. »Das ist nicht nur ein einziger schlichter Raum, wie? Der ganze Laden ist voller Felswände und Kammern.«

»Martin!« Es ist mir gleich, ob er die Panik in meiner Stimme hört.

»Schon gut, mein Blümchen, ich komme zurück.« Seine Taschenlampe taucht wieder auf, sie hüpft in einiger Entfernung in der Finsternis auf und ab. Aber anstatt direkt auf mich zuzukommen, schwenkt sie nach rechts um, ihr Licht fällt auf eine Trockenmauer, die vom Boden bis zur Decke reicht. Der Schein der Taschenlampe wandert darüber hinweg und ruht dann auf etwas am Boden. Plötzlich ist mir eisig kalt, ich will wieder raus ans Licht.

»Martin. Wir sollten gehen.«

»Also, das hätte ich nicht…«

»Was hättest du nicht?«

»Da ist noch etwas.«

»Ein weiterer Rabe?«

»Nein. Viel interessanter. Das könnte Mithras selbst sein. Er trägt die richtige Mütze. Komm und sieh's dir an.«

Ich werfe hastig einen nervösen Blick zurück zum Schutzgang, dann folge ich dem Licht seiner Taschenlampe, wobei ich mir sage, dass es eigentlich nicht weit ist. Nicht einmal so weit, dass ich meine eigene Taschenlampe einschalten muss. Ich tu's trotzdem. Die Sicherheit des beleuchteten Schutzgangs bleibt immer weiter hinter mir zurück. Als ich bei Martin ankomme, ist sie nur noch ein ferner schwacher Schimmer zwischen zwei Stützsäulen.

Die Trockenmauer ist eine von denen, die die Steinbrecher errichteten, um die Decke abzustützen. Dickon hat mir erzählt, man erkennt die neueren daran, dass sie Mörtel benutzt haben, aber die älteren Mauern sind echte Trockenmauern, von Männern errichtet, die genau wussten, welcher Stein perfekt zu seinen Nachbarn passen würde. Diese Mauer ist allerdings teilweise eingestürzt, oder sie wurde nie fertiggestellt, denn an der Unterseite liegt ein Haufen Steine herum. Martin kniet und leuchtet die Steine mit der Taschenlampe ab. Die Strahlen unserer Lampen überschneiden sich: Es ist ein Basrelief, unvollständig, denn der Stein ist in zwei Hälften zerbrochen. Auf der verbleibenden Hälfte sieht man einen Mann, der rittlings über irgendeinem Tier hockt.

»Das ist Noddy, der Weihnachtself«, sage ich. So sieht er jedenfalls aus – er hat eine Zipfelmütze auf, deren Zipfel runterhängt, scheinbar mit einem Glöckchen dran.

»Sei nicht so ignorant, Weib. Das ist eine phrygische Mütze nach dem Vorbild des Mithras, des persischen Gottes des Lichts. Ich kann mich auch irren, in den Initiationsriten taucht auch noch ein mysteriöser Perser auf, aber da Noddy aussieht, als ob er den Stier bumst, würde ich sagen, es ist der Meister selbst.«

»Warum bumst er einen Stier?«

»Er bumst ihn gar nicht, er tötet ihn. Ich dachte, das wüsstest du alles. Die ursprüngliche Mithraslegende.«

»Ehrlich gesagt habe ich nur auf den Raben geachtet. Der Rest ist mehr oder weniger an mir vorbeigerauscht.«

Martin seufzt. *Schlechte* Schülerin. Der freundliche Gelehrte wird ihr eine Lektion erteilen müssen.

»Okay. Die Kurzfassung. Der Sonnengott befiehlt Mithras, der persischen, aus lebendem Fels geborenen Lichtgottheit, den heiligen Stier zu jagen. In einer Höhle treibt er ihn in die Enge und tötet ihn. Dadurch setzt er das göttliche Blut frei, das die Kraft des Lebens ist. Deshalb sind alle Mithrastempel – in korrektem Latein Mithraea – unterirdisch angelegt oder die Mittelschiffe lagen tiefer, um die Gläubigen an die heilige Höhle zu erinnern.«

»Ich wusste, dass sie unterirdisch waren. Deshalb dachte ich ja …«

»Tja, es ist nicht völlig ausgeschlossen. Und das hier« – er deutet mit der Taschenlampe auf die Meißelarbeit – »erhöht die Wahrscheinlichkeit. Ich glaube, das ist das Fragment einer Tauroktonie. Das Bild zeigt Mithras, der den Stier erschlägt. Es hätte in jedem Mithräum den Ehrenplatz inne gehabt. Jemand hat es gefunden – hey, genau die richtige Größe für meine Mauer – und es hierher gebracht.«

»Und wo ist dann der Rest?«

»Frag mich was Leichteres. Könnte in einem anderen Teil der Mauer stecken …« Seine Taschenlampe tanzt über eine entmutigend große Mauerfläche. »Oder es ist noch im Mithräum, wo immer das auch sein mag. Oder es befindet sich in der da – da drüben.« Der Lichtstrahl fällt auf eine andere große Trockenmauerkonstruktion, ein Stück weiter zwischen zwei Felswänden. »Man muss nur nachsehen. Du machst hier weiter, ich versuch's da hinten.« Entschlossen schreitet er davon, der Rucksack schlägt ihm schwungvoll gegen die Schultern.

Ich wende mich wieder dem Bruchsteinhaufen zu und frage mich gerade, wo ich anfangen soll, da geht das Licht aus.

Ein anderes Fragment von Martins Manuskript schießt mir durch den Kopf. Darin geht es um die Prüfungen, denen ein Novize sich unterziehen musste. Nackt und mit verbundenen Augen musste er in der Höhle knien. Seine Hände waren mit Hühnerdärmen gebunden. Dann warf man ihn vielleicht hilflos und gefesselt, wie er war, über tiefe Gruben voller Wasser oder Feuer – aus früheren Besuchen im Heiligtum wusste er, was in den Gruben für die Initiationsprüfungen war. Ein Schnitzer, ein verpatzter Fang … Irgendwann kam dann sein »Befreier« und bot ihm auf der Spitze eines Schwertes eine Krone oder einen Lorbeerkranz dar, um den Mut zu ehren, den er bisher bewiesen hatte. Doch dies war ein falsches Angebot, eine Versuchung, und der Soldat mußte das erkennen. Mit den Worten »Allein Mithras ist meine Krone« wies er das Angebotene zurück.

Sie ließen ihn völlig hilflos allein in der Dunkelheit zurück.

16

Der Vormittag, für den mein Vater unser Picknick geplant hatte, war bedeckt und schwül. Am Abend zuvor hatte er in der Küche herumgefuhrwerkt. Als ich aufstand, war er schon zur Arbeit gegangen, aber in der Küche lag ein Zettel.

SCHINKEN IM KÜHLSCHRANK. UND HARTGEKOCHTE EIER, SALAT, THUNFISCHMAYONESE. BRÖTCHEN IM BROTKASTEN. VERGISS TOMATEN NICHT!!! JOGHURT!!!

Das war genug zu essen, um eine Kompanie zu verpflegen, und

erst recht uns zwei. Ich fand acht Brötchen im Brotkasten, zwei davon dicke, zähe braune Dinger. Was hatte mein Dad sich dabei gedacht? Wir aßen immer knuspriges Weißbrot. Und wir konnten auf keinen Fall jeder vier verdrücken. Ich beschloss, die schweren braunen Klumpen zu Hause zu lassen. Auch Thunfischmayonnaise war eine neue Errungenschaft. Die Renovierung von vornehmen Häusern wirkte sich offenbar auf Dads Geschmack aus.

Ich belegte die sechs weißen Brötchen. Es waren auch Joghurts im Kühlschrank, die ich vermutlich mitbringen sollte. Ich mochte Erdbeere und er Schwarzkirsche, kaugummirosa und dunkelrot, in Plastikbechern mit Bildern darauf. Aber die hier waren in schlichten weißen Gefäßen, und als ich die Deckel abhob, war der Inhalt bleich und wenig überzeugend und eher klumpig. *Jennets Farm. Biojoghurt aus kontrolliert biologischem Anbau,* lautete die schlecht gedruckte Beschriftung. Das klang eher nach etwas aus einer Science-Fiction-Geschichte als nach einer Süßspeise. Ich schaute sie mir an, steckte dann aber doch zwei davon in die Tüte mit den Brötchen, den Tomaten und ein paar Chipsbeuteln, die ich im Küchenschrank gefunden hatte.

Mein Dad hatte sich richtig ins Zeug gelegt, das sah ich, also ging ich nach oben, zog den Stufenrock an, den Poppy mir geschenkt hatte, und schlang mir den geflochtenen Gürtel mit den Bändern um die Taille. Ich sah aus wie eine Zigeunerin, fand ich. Wie eine wilde, gefährliche Frau.

Der Victoria Park füllte sich bereits mit Büroangestellten, die mittags in die Sonne wollten, auch wenn sie nicht schien. Die Männer saßen mit ihren Sandwiches auf Bänken, die Frauen rekelten sich auf dem Rasen und zeigten ihre Beine. Niemand achtete auf mich, als ich mit meiner Tragetasche vorbeitrottete, nur ein unheimlicher Mann, der allein auf einer Bank unter Tannen saß. Er verfolgte mich mit den Augen, als ich den Weg entlangkam. Ich wagte nicht, mich umzudrehen, um herauszufinden, ob er mir auf den Po starrte.

Mein Dad war schon da, als ich zu der Rasenfläche unterhalb des Royal Crescent kam. Er hatte eine karierte Wolldecke mitgebracht, die ich noch nie gesehen hatte, und sie auf dem Rasen ausgebreitet.

Ich war über die Maßen geschmeichelt. Die Decke machte ein besonderes Ereignis aus unserem Picknick, nicht nur ein Treffen zum Mittagessen mit Dad.

Er hatte auch eine Tüte dabei. Der dunkelgrüne Hals einer Weinflasche schaute daraus hervor. Wir hatten noch nie zusammen Wein getrunken. Manchmal ging er auf dem Heimweg von der Arbeit in einen Pub, und an seinem Geburtstag hatte er mit viel Brimborium eine große Dose Lagerbier aufgemacht und sie zum Abendessen getrunken, aber ich glaubte nicht, dass wir schon einmal eine Flasche Wein im Haus gehabt hatten.

Ich setzte mich auf die Decke und holte die Brötchen aus der Tüte, jedes einzelne ordentlich in Frischhaltefolie gewickelt wie Sandwiches aus einem Geschäft. Ich konnte die Augen nicht von der Weinflasche abwenden, ich war stolz und aufgeregt. Mein Dad fand, ich sei groß genug, um beim Picknick Wein zu trinken. Trishs Eltern erlaubten ihrer Tochter, zu besonderen Gelegenheiten Wein zu trinken. Poppys Vater bestand darauf, dass sie ein Glas trank, wenn sie essen gingen, damit sie damit umzugehen lernte, sagte er. Wein hatte mit Erwachsenwerden zu tun, damit, in Maßen trinken zu lernen.

Aber mein Dad öffnete die Flasche nicht.

Er strahlte mich an, lehnte sich über die Decke zu mir und zerstrubbelte mir die Haare.

»Ist das nicht großartig? Ich hab denen auf der Arbeit gesagt, ich treffe meine Tochter zum Mittagessen. Sie wird uns ein Picknick gemacht haben. Da waren sie richtig neidisch.«

Er hatte seinen Arbeitsoverall ausgezogen und trug sein übliches verblichenes Sweatshirt, aber während ich ihn noch ansah, lächelte er mir wieder zu und zog es über den Kopf. Darunter trug er ein kurzärmeliges blaues Hemd.

»Schwül, nicht?«

Am Vorabend hatte ich ihn dieses Hemd bügeln sehen. Kleine weiße Farbflecken klebten an seiner aufgerauten Haut, doch seine Fingernägel waren sauber, abgesehen von dem dünnen Rand aus Farbe und Kleister, der immer an seinen Nagelhäuten zu haften schien.

»Du hast dich ja fein gemacht, Dad«, sagte ich, und ein kalter Wurm wand sich in meinem Magen.

»Weil heute ein besonderer Tag ist«, sagte er. »Ich treffe mich mit meiner Tochter. Ich bin stolz auf dich, Katie. Sieh dich mal an in diesem hübschen Rock. Du hast dich auch fein gemacht. Du wirst so schnell erwachsen, manchmal wünschte ich, du müsstest nicht groß werden, aber was soll's, so ist das Leben, nicht wahr? Man kann den Lauf der Dinge nicht aufhalten.«

Eine Amsel zwitscherte im Gebüsch weiter unten am Hang. Jemand kam über den Rasen auf uns zu, eine Frau mit dunklen Haaren, die ihr offen über die Schultern fielen. In ihren hohen Plateausandalen mit Riemchen an den Knöcheln ging sie sehr vorsichtig. Sie winkte.

»Na, was für eine Überraschung«, sagte mein Vater. »Wer hätte das gedacht? Das ist deine Freundin, die Bibliothekarin.«

Was für eine Überraschung. Ich hätte heulen mögen.

»Setzen Sie sich«, forderte mein Vater sie auf. »Setzen Sie sich doch zu uns.«

Ja, setzen Sie sich doch. Nein, ich hätte ihr zu gern das selbstgefällige, zu stark gepuderte Gesicht zerkratzt.

»Katie, rutsch mal da rüber. Mach Janey ein bisschen Platz. Na also, das ist ja lustig, dass Sie auch hier sind.«

»Ach, ich gehe in der Mittagspause immer in den Park.«

Janey Legge hatte sich auch schick gemacht. Sie trug einen aus der Mode gekommenen gelben Rock, kürzer, als es für eine Frau ihres Alters ratsam war, und ein enges weißes T-Shirt. Die Cups des BHs darunter waren ihr zu groß, sodass anstelle der Brustwarzen Vertiefungen zu sehen waren. Sie streckte die Beine vor sich aus, als sie sich setzte, damit mein Vater ihre Knie bewundern konnte. Sie waren knochig, und ihre Strümpfe hatten ein grässliches Orange.

»Na, ist das nicht herrlich?«, meinte sie zu mir. »Wir könnten brüderlich und schwesterlich miteinander teilen, oder?«

In Janey Legges Tüte waren keine Sandwiches. Sie holte eine Tüte Kirschen und eine Plastikdose raus. Darin war brauner Reis mit Stückchen, es sah eklig aus.

»Hol die Brötchen raus, Katie«, sagte mein Vater.

»Hab ich schon.«

»Wo sind die Vollkornbrötchen?« Er wirkte bestürzt. »Ich hatte auch Vollkornbrötchen gekauft.«

»Diese klumpigen braunen Dinger? Die hab ich liegen lassen. Ich wusste nicht, dass noch jemand kommt.« Aber du, dachte ich kühl. Du hast diese Brötchen für sie gekauft.

»Die weißen sind auch prima«, meinte Janey. Aber als ich ihr ein Schinkenbrötchen reichte, drückte ihre Miene das Gegenteil aus. »Nein, tut mir leid, Katie, ich esse kein Fleisch.«

»Es gibt Thunfisch«, warf mein Vater hastig ein. »Du hast doch auch Brötchen mit Thunfischmayonnaise gemacht, oder?«

Ich wünschte, die hätte ich auch im Kühlschrank gelassen – oder drauf gespuckt. Ich tröstete mich mit dem Wissen, dass ich nur zwei Joghurts mitgebracht hatte.

»An der frischen Luft habe ich immer so einen Appetit«, sagte Janey. »Makrobiotischer Reissalat, Katie? Besser für dein Innenleben als das da«, fügte sie hinzu, als ich den Kopf schüttelte und eine Tüte Chips aufriss. »Oooh ja, Col, ich nehme gern ein Glas von dem köstlichen Wein. Und gekühlt ist er auch, wie haben Sie das gemacht?«

Col. Als ob ich noch einen Beweis dafür gebraucht hätte, dass sie das schon mal getan hatten. Wie oft mochten sie sich im Park getroffen haben?

»Mein Vater heißt Colin«, sagte ich. »Niemand nennt ihn Col, oder, Dad?«

»Sie können mich nennen, wie Sie wollen«, entgegnete mein Vater. Er warf mir einen enttäuschten Blick zu. Ich wusste, ich benahm mich schlecht, aber ich konnte nichts dagegen tun.

Eine weiße Sonne versuchte, ein Loch in die Wolkendecke zu brennen. Es war heiß und stickig. Das traurige Picknick zog sich dahin, aber ich wusste, dass nur ich es traurig fand. Janey Legge war aufgeräumt und neckisch-verschämt. Mein Vater – ich wusste nicht, wie ich meinen Vater beschreiben sollte. Ich hatte ihn noch nie so erlebt. Er war größer als Janey, aber irgendwie hatte er sich auf der

Decke weiter hangabwärts hingesetzt, sodass er immer zu ihr aufschauen musste. Sie saß sehr aufrecht, die Beine adrett seitlich angewinkelt, und ständig zupfte sie ihren gelben Rock herunter und zog damit nur die Aufmerksamkeit auf die Dunkelheit zwischen ihren Schenkeln. Sie reckte oft den Hals, als wollte sie, dass mein Vater ihre weiße Haut und die kleinen blauen Adern darin bewundern konnte. Das war gar nicht nötig. Sein Blick folgte ihr die ganze Zeit. Manchmal rieb er sich den Nacken, als würde es ihn jucken. Dann roch ich den Schweiß unter seinen Armen, und daran, wie sich ihre Nasenlöcher weiteten, erkannte ich, dass sie ihn auch roch. Aber das schien sie nicht abzuschrecken. Im Gegenteil, ihre Augen wurden dunkler und zugleich irgendwie auch strahlender.

Sie redeten über nichts Besonderes, aber sie redeten und redeten. Ich merkte, dass sie einander weniger zuhörten, als sich vielmehr gegenseitig aufsaugten, absorbierten. Es fiel ihnen offenbar nicht auf, dass ich kein Wort sagte. Meine Finger waren in der Erde, rissen Grashalme aus, kratzten, gruben.

»Gib mir bitte einen Joghurt, Katie«, bat Janey. »Oh, Col, das sind meine Lieblingsjoghurts. Aufregend lebendig.« Sie lachte, und das Geräusch schien aus ihren geweiteten Nasenlöchern zu kommen. Ich hoffte, sie würde die braunen Halbmonde unter meinen Fingernägeln bemerken und angeekelt zurückprallen, aber sie sah ihn an. »Wie Sie. Ein echtes Energiebündel.«

Mein Vater lachte auch, aber es war ein Lachen, das in der Kehle stecken blieb, nicht so selbstbewusst wie ihres. Er war nervös, das merkte ich. Ich verstand nicht, warum. Ich wollte weg von den beiden. Aber ich wusste, dass sie genau das auch wollten, tief im Innern. Also blieb ich da und ließ zu, dass ihr Anblick mir immer neue Stiche vrsetzte.

»Tja«, sagte mein Vater schließlich. »Tja. Ich muss wieder zur Arbeit.« Er rührte sich nicht. Er lag jetzt praktisch in voller Länge auf der Decke, auf einen Ellenbogen gestützt. Janey schien über uns aufzuragen, obwohl sie kaum größer war als ich.

»Ich auch«, sagte sie. Sie rührte sich genauso wenig. Ihre Blicke waren ineinander versenkt. Ich stand auf und räumte die Überreste des Picknicks in der Hoffnung ab, dass dann Bewegung in die beiden käme.

»Tja«, machte mein Vater noch einmal. In seiner Stimme lag eine Sanftheit, die – wie ich hoffte – für mich bestimmt war. Ich hatte sie so oft gehört, wenn er mich abends ins Bett gebracht hatte, als ich noch klein war, und er mir gesagt hatte, wie stolz ihn meine Schulnoten machten. Aber als ich hochschaute, sah er immer noch sie an.

»Sie wollen uns also schon sitzen lassen, hm?«, sagte Janey. »Na dann, Col. Gehen Sie lieber. Sie wollen doch nicht zu spät kommen.«

»Nein«, meinte mein Vater. Plötzlich rollte er sich auf den Bauch, machte eine erstaunlich behände liegestützartige Bewegung und war auf den Füßen. Liebevoll sah er uns beide an. »Also, Mädels. Ich geh dann mal. Katie, ich muss heute Abend vielleicht wieder lange arbeiten. Janey, ich …« Er legte den Mittelfinger an den Mund. »Ich denke, wir sehen uns. Bald.« Seine Augen sagten etwas anderes.

Ich stand auch auf und nahm die Tragetüte mit dem Abfall. Ich wollte nicht mit Janey Legge allein bleiben. Ich wartete, bis er widerwillig den Hang rauf auf das Haus zuging, in dem er gerade arbeitete, wobei er sich hin und wieder nach Janey umsah und verlegen ein halbes Winken zustande brachte. Dann sagte ich: »BisdanneswarschönSiewiederzusehen.« Und rannte den Rasen runter auf den Weg zu, der aus dem Park hinausführte.

Die weiße Sonne hatte sich durch die Wolken gedrängelt, und mir war heiß, der Schweiß prickelte unter meiner Bauernbluse, und meine Handgelenke waren erdbeerrot, während ich wild mit den Armen ruderte, um mich voranzutreiben. Ich marschierte wie ein Soldat. Ich wollte nicht den Bus nehmen. Ich wollte mich nicht hinsetzen. Ich musste mich bewegen. Je mehr ich mich bewegte, desto weniger musste ich denken. Es waren noch zwei Schinkenbrötchen übrig – mein Vater hatte nur eins runtergebracht, und ich auch –, aber ich wollte nie wieder Schinkenbrötchen essen, und so rammte ich die Tüte mit Wucht in den Abfalleimer, so fest, dass sie riss. Dann eilte ich im Laufschritt aus dem Park.

Der Heimweg war weit und führte größtenteils bergauf, aber ich merkte gar nicht, wie lange ich brauchte. Überleg dir was, sagten meine Beine zu mir. Ich trat auf dem steilen Bürgersteig so fest auf, dass meine Schenkelknochen vibrierten. Überleg dir was. Meine Beine verhedderten sich im Rock, die Muskeln taten mir weh, ein ziehender Schmerz. Ich überlegte mir was.

»Mrs. Owen«, sagte ich, als ich bei ihr vor der Tür stand. »Sie müssen mir alles, was Sie wissen, über meine Mutter erzählen.«

Mrs. Owen sah mich verdutzt an. »Du bist krebsrot, Katie, du hast zu viel Sonne abgekriegt. Komm rein und trink was Kaltes, bevor du mir zusammenklappst.«

Ich hatte Durst. Ich hatte es gar nicht gemerkt, aber ich fühlte mich wie ausgedörrt, alle Feuchtigkeit war in meine Bluse gesickert, die klatschnass war. Ich folgte Mrs. Owen in die Küche. Das rote, orangefarbene und grüne Gemüse auf der Tapete tat mir in den Augen weh. Ihre strahlend weißen Schränke starrten mich wütend an. Sie öffnete den großen geräuschvollen Kühlschrank und goss mir ein Glas trüber, selbstgemachter Limonade ein. Ich trank es rasch aus.

»Was ist denn nur passiert?«, fragte Mrs. Owen. »Ich hab's dir doch gesagt. Hat keinen Sinn, so schmerzhafte Geschichten wieder auszugraben.«

»Ich werd sie suchen«, sagte ich. »Ich werd ihr sagen, dass sie nach Hause kommen soll. Dad liebt sie immer noch, sie muss nach Hause kommen.« Das erschien mir völlig logisch, doch Mrs. Owen schüttelte den Kopf und legte mir eine Hand auf die Stirn. Als sie sie wieder fortnahm, ließ sie Kopfschmerzen zurück.

»Du solltest dich hinlegen«, sagte sie. »Du hast die kalte Limonade zu schnell getrunken. Setz dich, sonst fällst du noch um.«

»Tut mir leid«, sagte ich. »Ich muss … ich glaube, mir wird schlecht.« Das glänzende dicke Gemüse auf ihrer Küchentapete tanzte mir vor den Augen.

»Du hast eine komische Gesichtsfarbe, kein Zweifel«, sagte sie. »Unter dem Krebsrot bist du kreidebleich.«

Ich kniete mich vor ihre Toilette im Erdgeschoss, aber es kam nichts. Mrs. Owen trat hinter mich und tätschelte mir aufmunternd die Schulter.

»Spuck's aus, Kleine«, sagte sie. »Besser, es kommt raus.« Aber was es auch war, es wollte nicht raus.

»Vielleicht solltest du dich lieber im Gästezimmer hinlegen«, meinte sie. »Du gefällst mir gar nicht …« Aber ich sah, was sie dachte. Mein Dad würde es Einmischung nennen.

»Ich würde mich lieber zu Hause hinlegen«, sagte ich. »Dad wird bald zurück sein.«

Mrs. Owen wirkte erleichtert. »Aber red in seiner Gegenwart bloß kein dummes Zeug von wegen deiner Mum.«

Als ich von ihrem Haus zu unserem ging, sah ich Gary in seinem farbverschmierten Overall die Straße entlangkommen. Er hatte ihn bis zur Hüfte aufgeknöpft und darunter trug er nichts, daher sah ich seine blasse Brust. Mein Magen zog sich wieder zusammen, aber diesmal hatte es nichts mit Übelkeit zu tun. Mit meinem rotweißen Gesicht und den großen Schweißflecken unter den Armen wollte ich ihm nicht begegnen. Hastig ging ich durch unser Tor und die Betonstufen zur Haustür rauf. Bevor ich dort ankam, hörte ich ihn »Hi!« rufen.

Ich drehte mich um, mir war heiß und kalt.

»Du hast deinen Gürtel verloren!«, rief er. Er stand an unserem Tor und hielt den Gürtel mit den Bändern in der Hand. Ich wollte sagen, nein, der gehört mir nicht, und ins Haus rennen. Aber ich ging langsam die Treppe hinunter ihm entgegen, den Blick auf das blasse V seiner Brust geheftet. Sie glänzte. Auch er schwitzte. Als ich näher kam, hob Gary den Arm und streckte mir den Gürtel hin, und ich konnte ihn riechen, wie ich meinen Dad hatte riechen können. Aber er roch anders. Ich nahm ihn in einem anderen Teil von mir wahr. Ich roch seinen Schweiß nicht mit der Nase, sondern hinten in meiner Kehle; ich roch ihn unten in meinem Bauch und in der Leistengegend.

Ich griff über das Tor nach dem Gürtel. Unsere Finger berührten sich nur ganz leicht. Ich hatte mein rotes Gesicht vergessen, meine verschwitzte Bluse – nein, ich hatte sie nicht vergessen, aber es war mir gleichgültig, ob mein Gesicht glühte und dass ich wusste, wenn ich die Hand ausstreckte, würde er meinen Schweiß ebenso riechen, wie ich den seinen.

Sobald ich den Gürtel genommen hatte, lächelte er, dann drehte er sich um und ging. Ich starrte ihm hinterher. Ich hatte vergessen, mich zu bedanken. Aber mein Mund wollte mir nicht gehorchen, er war zu trocken. Ich drehte mich ebenfalls um, ging zurück, die Stufen hinauf und ins Haus.

Den ganzen Abend über fühlte ich mich komisch. In dem schweren Junigrün der Bäume draußen auf der Straße schien eine geheime Bedeutung zu gären. Ich verstand sie nicht, aber sie war zum Greifen nahe. Mein Kopf pochte, mir war immer noch übel, und in meinem Bauch spürte ich ein müdes Ziehen. Aber zugleich war ich in einer sonderbaren Hochstimmung. Irgendwo auf der Welt summte es vor Ekstase. Sie war in den Blättern der Bäume verborgen, murmelte am heißen, bleichen Himmel. Ihre Schwingungen brachten meinen Körper ebenfalls zum Summen. Sie hatte mich noch nicht erreicht, aber das würde sie noch tun.

Der Fernseher lief, aber ich konnte nicht fernsehen. Stattdessen las ich mein Buch. Ich dachte an den Ersten Engländer. Er wartete auf mich, das wusste ich, hinter den Hügeln, draußen auf den Feldern.

Mein Vater kam erst um halb neun nach Hause. Er kam nicht ins Wohnzimmer; ich hörte ihn gleich die Treppe hinaufgehen. Dann hörte ich die Dusche.

Ich ging in die Küche und setzte den Wasserkessel auf. Im Kühlschrank war noch etwas Schinken, und den richtete ich ihm sorgfältig mit etwas Salat und einem der klumpigen braunen Brötchen auf einem Teller an. In sauberen Kleidern kam er leise singend herunter, als ich gerade den Küchentisch für ihn deckte. Seine Haare waren nass und zurückgekämmt, und er sah jünger aus, wie auf dem Flitterwochenfoto mit meiner Mutter.

»Ach, Katie, das war nicht nötig, ich hab schon gegessen. Tut mir leid. Ich hätte dir sagen sollen, dass ich auf dem Heimweg eine Kleinigkeit esse.«

»Mit *ihr*?«

Das Lächeln wich aus seinem Gesicht. Er sah aus, als hätte ich ihn getreten. »Nicht doch, Katie. Sei nicht eifersüchtig. Dafür gibt es gar keinen Grund.«

»Eifersüchtig? Ich bin nicht eifersüchtig. Ich weiß nicht, warum du sie nicht durchschaust. Und warum du mir das heute … antun musstest. Lässt mich denken, das Picknick sei für mich. Es war für sie.«

»Nein, das war es nicht. Es war für euch beide. Ich wollte mit den beiden wichtigsten Frauen in meinem Leben Mittag essen.«

»Wichtig? Seit wann ist sie dir *wichtig*?« Mein Inneres spannte sich an wie eine Sprungfeder. Er sah so verletzt aus. Er hatte nicht damit gerechnet, dass ich so reagieren würde. Ich borgte mir Worte, die ich im Fernsehen gehört hatte. »Komm schon, ich bin doch nicht blöd. Wie lange läuft das schon?« Aber ich behielt seine Augen im Blick. Ich konnte mich nicht bremsen, aber ich wusste, ich musste seine Augen im Blick behalten.

Sein Mund öffnete sich, und ich dachte, er werde etwas sagen, aber er sah einfach nur verloren aus. Er atmete leise keuchend aus, sein Blick irrte durch die Küche, als ob er dort an der Wand irgendwo die richtigen Worte finden könnte. »Janey ist eine reizende Frau«, sagte er schließlich. »Sie interessiert sich wirklich für dich. Ihr liegt an dir.«

Ganz kurz fragte ich mich, wie viele andere es im Lauf der Jahre gegeben haben mochte, reizende Frauen, von denen ich nie erfahren hatte, weil sie sich *nicht* für mich interessiert hatten. Noch nie war mir in den Sinn gekommen, dass mein Dad in den zehn Jahren, seit meine Mutter fortgegangen war, Freundinnen gehabt haben könnte. Aber ich konnte mich trotzdem nicht bremsen.

»Ihr liegt an mir? Ich will nicht, dass ihr an mir liegt …«

»Katie, bitte …«

»Was ist mit meiner Mutter? Wie kannst du meiner Mutter das antun?«

Ich hätte ihn beinahe übersehen, den Augenblick, in dem seine Augen sich verwandelten, von offen und glänzend zu glanzlos und leer, und seine Hand in einem Bogen auf mich zuschoss. Ich sah es gerade rechtzeitig, um zur Seite zu springen, womit ich die Tischecke zwischen uns brachte. Er hätte beinahe das Gleichgewicht verloren, tat einen Schritt nach vorne, um nicht zu fallen, und stieß sich das Bein an der Tischecke. Das muss richtig wehgetan haben. Mein Fehler war, über seine Schmerzen nachzudenken; ich hätte stattdessen abhauen sollen. Jetzt lief alles ganz langsam und traumähnlich ab. Mit der anderen Hand fegte er den Teller vom Tisch, und der Salat landete auf meinem Rock. Ich hörte, wie der Teller zu Boden fiel, und spürte Scherben auf meinen Füßen. Dann schoss diese harte Rechte, die immer zu wissen schien, wo ich war, egal, wie leer die Augen waren, auf mich zu und traf mich so hart an der Schulter, dass mir die Luft wegblieb. Ein elektrisches Kribbeln lief durch mein Schlüsselbein, und mein ganzer Arm wurde taub. Er hat ihn mir gebrochen, dachte ich. O Gott, er ist gebrochen. Was sollen wir jetzt tun? Ich stand da und starrte ihn an, mein Arm hing taub herab. Aber seine Augen bestanden nur aus Pupillen, er sah mich immer noch nicht. Ich musste aus dem Zimmer raus, aber meine Füße schienen am Boden zu kleben. Ich warf mich zur Seite wie ein Rugbyspieler in Zeitlupe, täuschte an, schlüpfte unter seinem Arm hindurch und rannte hinter ihm durch die Tür, die Treppe rauf und ins Bad, weil das der einzige Raum war, den man abschließen konnte.

Keuchend saß ich auf der Toilette. Der Schweiß tropfte mir aus den Haaren in die Augen; ich hatte Angst, es könnte Blut sein, und hob eine Hand, um nachzusehen. Er hatte mich nicht auch auf den Kopf geschlagen, oder? Der ganze Vorfall kam mir so unwirklich vor, dass ich mir nicht sicher war. Langsam spürte ich meinen linken Arm wieder. Meine Schulter schrie auf, als ich versuchte, die Hand in den Schoß zu legen, aber der Arm ließ sich bewegen. Vielleicht war er gar nicht gebrochen. Ich sah mich im Badezimmerspiegel, kreidebleich. Meine Schulter sah normal aus. Mir war schwindlig, übel, und dieses schwere Ziehen im unteren Rücken war jetzt stärker, aber es war nicht so schlimm.

An meinem Fuß war ein kleiner Blutfleck; eine Tellerscherbe musste mich erwischt haben. Der Zigeunerrock war voller Salatsoße und roter Beete. Das würde vermutlich nie wieder rausgehen. Ich versuchte, ihn auszuziehen; er musste sofort eingeweicht werden. Mein Arm funktionierte schon wieder besser. Jetzt spürte ich dort einen dumpfen Schmerz, der nur dann stechend wurde, wenn ich mich bewegte, ohne daran zu denken.

Auf meinem Bein war auch ein Blutstreifen. Ich stand auf und humpelte mit dem Rock zum Waschbecken. Je näher ich dem Spiegel kam, desto weißer sah ich aus. Der ganze Sonnenbrand schien herausgesickert zu sein. Ich sah aus wie Salatsoße, nicht wie rote Beete. Ich drehte das kalte Wasser auf – *immer in kaltem Wasser einweichen, Katie,* hörte ich Mrs. Owens Stimme – und tauchte den Rock hinein. Dünne Rosttentakel sickerten aus dem Stoff.

O nein. Ich holte den Rock aus dem Wasser und drehte ihn um. Vorne waren die Flecken durchsichtig und fettig und dunkellilarot. Hinten war ein braunroter Fleck. Ein Krampf durchfuhr meinen Unterkörper, als hätte er nur darauf gewartet, dass ich begriff, was da geschah. Die Unterhose fühlte sich glitschig und nass zwischen meinen Beinen an.

Sonderbar distanziert starrte ich das Blut an. Das war es also. Darum machten sie alle so ein Aufheben. (Uff, noch ein übler Krampf.) Das war es, was Mrs. Owen die Regel nannte, was Trish und Poppy *die Tage* nannten. Mein Bauch krampfte sich zusammen. Nichts würde wieder sein wie bisher. Ich spürte das langsame Tröpfeln des Bluts, und damit ging so viel anderes einher, das fremd war, aber zugleich merkwürdig vertraut. Jetzt weißt du, was es heißt, eine Frau zu sein, sagte mein Körper. Jetzt *weißt* du es.

Trish hatte sie schon, Poppy noch nicht. Ich hatte sie geschlagen.

O Gott, hatte ich schon den ganzen Nachmittag geblutet? War irgendjemand der Fleck hinten auf meinem Rock aufgefallen? Hatte Gary ihn gesehen, als ich zum Haus gegangen war? Mein Gesicht wurde heiß, vor Scham wie auch wegen des Sonnenbrands. Aber bestimmt hätte Mrs. Owen doch etwas gesagt, wenn da ein Fleck gewesen wäre … Ich zog meine Unterhose runter und besah mir den Zwickel. Ich hatte das Gefühl, ich hätte schon mindestens einen Liter Blut verloren, aber der dunkelrote feuchte Fleck im Schritt meiner Unterhose war klein. Er roch nach Fleisch, das zu lange in der Hitze gelegen hatte. Das kam aus meinem Bauch. Vielleicht ein Ei, das zu klein war, um sichtbar zu sein, und das ein Baby hätte werden können.

Aber ich hatte nichts. Hätte ich eine Mutter gehabt, dann hätte sie gewusst, was zu tun war. Sie hätte etwas gehabt, eine Binde, ein Paket Tampons. Ich hatte nichts. Ich war nicht vorbereitet. Ich machte mir ein Polster aus Klopapier und stopfte es mir zwischen die Beine. Im Wäscheschrank waren saubere Unterhosen und ein sauberer Rock. Ich zog sie an und lauschte an der Tür. Ich hörte nichts. Was geschehen war, war nun vorbei. Vermutlich konnte ich ruhig wieder runtergehen.

Mein Vater war in der Küche, auf allen vieren fegte er sorgfältig die Tellerscherben und den Salat auf. Ich stand in der Tür, verändert jetzt. Ich war nicht mehr das Mädchen, das er geschlagen hatte. Ich war eine Frau. Jetzt konnte er mich nicht mehr anfassen.

Langsam wandte er sich um und sah zu mir hoch. Ich wollte, dass er sah, wie ich mich verändert hatte. Ich war nicht mehr sein kleines Mädchen. Jetzt war ich Janey Legge ebenbürtig. Aber meine Stimme klang ganz falsch, klein und verängstigt.

»Dad, ich blute«, sagte ich.

Er war betroffen, erschrocken. »Lieber Himmel, Katie, mein Gott, es tut mir leid, o Gott, lass mich sehen …«

»Du hast mich nicht verletzt. Ich *blute.*« Verständnislos sah er mich an. »Du weißt schon – Frauenblutungen.«

Er ging in die Hocke. Er hatte Tränen in den Augen. Ich auch, wie im Reflex.

»O mein Gott, Katie. O mein Gott.« Er legte die Arme um meine Knie und drückte sie an sich, vergrub für einen Augenblick sein Gesicht an meinen Schenkeln, zuckte dann hastig zurück. »Es tut mir leid. Es tut mir wirklich leid.« Sein Gesicht war nass. »Verzeih mir. Du musst mir verzeihen.«

Nun war ich verlegen. Er war mitleiderregend. Ich fühlte mich wieder stark, erwachsen. Aber er war immer noch mein Dad. Ich berührte ganz leicht seine Haare.

»Ich brauche … du weißt schon.«

»Was?«

»Sachen. Frauenzeug. Für die Blutung.«

»O Gott, ja.« Er wirkte völlig benommen, völlig hilflos. »Sachen. Klar. Mrs. Owen?« Ich schüttelte den Kopf. Zu alt.

»Okay. Dann sollte ich wohl … du bleibst hier. Ich gehe … Leg dich hin. Tut es weh?«

»Bisschen.«

»O Gott. Ich weiß nicht … Ich bin gleich wieder da, okay? Keine Angst. Bin bald wieder da.«

Ich lag auf dem Sofa und hörte, wie er den Lieferwagen rückwärts aus der Einfahrt setzte. Als er eine halbe Stunde später zurückkam, gab er mir eine Tüte. Sie enthielt einen Gürtel und einige dicke, unhandliche Binden. Es war, als trüge ich ein Kissen zwischen den Beinen. Ich wusste, wo er sie herhatte. Janey Legge. *Blöde Kuh.* Irgendwie war es ihr gelungen, mir auch diesen Augenblick zu verderben.

17

»Kit?« Martins Stimme, ausnahmsweise einmal verunsichert. »Was ist passiert?«

Ich sehe in einiger Entfernung seine Taschenlampe aufblitzen. Jetzt sind die Lampen entlang des Schutzgangs alle aus. Ich bin im kleinen Radius meiner Taschenlampe gefangen. Alles andere ist ein einziger großer schwarzer Raum – kein Hier, kein Da, formlos und furchterregend.

»Ich weiß nicht. Was du auch tust, rühr dich nicht vom Fleck.« Ich hole meine Ersatztaschenlampe aus dem Rucksack und schalte sie auch ein, mehr zur Beruhigung als aus anderen Gründen. Aber sie erhellt nicht viel, denn ich habe vorhin vergessen, die Batterie zu überprüfen. Ich könnte mich in den Hintern treten, weil ich mich nicht damit durchgesetzt habe, die Warnschutzjacken zu tragen.

Die Dunkelheit selbst ist nicht furchterregend. Unter der Erde erwartet man Dunkelheit. Was Angst macht, ist die Frage, was sich noch mit einem zusammen in der Dunkelheit befinden könnte. *Lange bleiche Finger …*

»Du kommst jetzt zu mir zurück!«, rufe ich Martin zu.

Der Lichtschein seiner Taschenlampe schwankt durch die Dunkelheit auf mich zu. Er scheint eine Ewigkeit zu brauchen. Wie weit war er überhaupt weg, um Himmels willen? Irgendwo da draußen lauert das schaurige Ungeheuer namens Verirrt, mit unendlich langen Beinen und Hunderten von Armen, die in alle Richtungen deuten.

»Tja, das einzig Positive daran ist, dass wir eine authentische Mithraskult-Erfahrung machen«, sagt Martin. Er macht einen auf völlig ungerührt, aber es gelingt ihm nicht ganz. »Alle Zeremonien fanden in beinahe völliger Dunkelheit statt, nur von flackernden Fackeln erleuchtet.«

»Großartig.« Ich kann nicht behaupten, dass mich die authentische Mithraskult-Erfahrung sonderlich begeistert. Ich käme einfach nur gerne hier raus. Ich glaube, ich weiß, in welcher Richtung der Schutzgang liegt. Ich *glaube* es. Vorsichtig schiebe ich mit dem Fuß einen der losen Steine so zurecht, dass das schmalere Ende in die richtige Richtung zeigt.

Martin ist jetzt bei mir, beruhigend greifbar. Ich rieche seinen Schweiß, und ich weiß, ihm ist so unwohl wie mir. Was uns beiden mehr Sorgen als die Dunkelheit macht, ist die Frage, warum das Licht plötzlich ausgegangen ist.

»Nervös?«, frage ich ihn.

»Natürlich nicht, mein Blümchen. Ich verlasse mich ganz darauf, dass dein umfangreiches Wissen über dieses Bergwerk uns ins Land der Lebenden zurückbringt.« Er klemmt sich die Taschenlampe unters Kinn und lässt die Augenbrauen tanzen. »Es ist doch nicht sehr weit. Oder sollte ich schon mal zu Mithras beten und ihn um Beistand bitten?«

»Knie dich hin. Ich habe schon gelobt, ein paar Stiere zu opfern.«

»Wird dir nichts nützen. Er hört nicht auf Mädchen. Ein reiner Männerkult.«

Ich leuchte hoffnungsvoll mit meiner Taschenlampe umher, vielleicht blitzt irgendwo das Metall des Schutzgangs auf. Nicht das kleinste Glitzern. Wir haben uns ein ganzes Stück davon entfernt, sind auf verschlungenen Wegen zwischen massiven Steinsäulen hindurchgewandert.

»Hast du die Schritte gezählt?«, frage ich ihn. Das soll man nämlich tun, damit man immer weiß, wie weit man gegangen ist.

»Nein. Du?«

Hat keinen Sinn zu sagen, dass ich nicht damit gerechnet habe, dass die Lampen ausgehen. Es sind schon zwei Dummköpfe nötig, um sich so richtig in die Scheiße zu reiten.

»Sei mal einen Moment still, ja?«, bitte ich ihn. »Es könnte ein Stromausfall sein, aber vielleicht ist auch jemand in den Steinbruch gekommen und hat das Licht ausgemacht.«

»Aus?«, fragt Martin beklommen.

Es ist still, völlig geräuschlos. Nicht einmal Wasser tropft, obwohl es in Teilen der Gruben von den Wänden rinnt. Die Erde isoliert uns vom Lärm der Welt über uns, und wir müssten uns direkt unter den leeren Büros des Verteidigungsministeriums befinden. Wenigstens höre ich nicht, was ich befürchtet habe: Schritte.

Wenn wirklich jemand den Hauptschalter am Eingang betätigt hat, dann braucht er ein Weilchen, bis er bei uns ist. Und er hat das Licht *aus*gemacht, nicht an.

Daran dass ich mir vorstelle, wie jemand in völliger Dunkelheit durch die Tunnel schleicht, um uns zu überraschen, sieht man, wie leicht man hier in Panik gerät. Aber nein – höchstwahrscheinlich ist es ein Stromausfall. Sei vernünftig, Kit – wer soll denn an einem Samstag hier runterkommen?

»Dein Fledermausexperte«, sagte Martin. »Arbeitet der am Wochenende?«

»Vielleicht. Das könnte sein.« Erleichterung durchflutet mich. »Er hätte gedacht, dass man das Licht aus Versehen angelassen hat. Er kommt nicht in die Grube selbst, sondern nur so weit rein, dass er nach den Fledermäusen sehen kann.«

Es ist still, aber die Dunkelheit um uns herum ist dicht und belebt, voller Geister. Ich versuche, mich auf meine Nervosität zu setzen, um sie unter Kontrolle zu halten, aber wie ein glitschiger Wasserball rutscht sie immer wieder unter mir weg.

»Wir müssen gehen«, sage ich. »Je länger wir es rauszögern, desto unsicherer werden wir.« Ich leuchte mit der Taschenlampe zu Boden, um den Stein zu finden, den ich umgedreht habe. »Du bleibst hier, ich geh los und suche den Schutzgang. Ich bin sicher, er liegt in der Richtung. Gib mir deine große Taschenlampe, die ist stärker als meine. Wenn ich ihn finde, rufe ich dich, und du kommst nach.«

»Warte«, sagt Martin. »Die Tauroktonie. Was machen wir mit der Tauroktonie?«

»Was glaubst du denn?«

»Wir brauchen ein Foto, um deinen Saftsack davon zu überzeugen, dass es sie gibt«, meint Martin.

Ich habe den Fotoapparat an der Stützsäule mit dem Rabensymbol gelassen.

Diesmal bin ich ganz sicher. Ich weiß, dass er da liegt. Ich hatte den Apparat gerade aus dem Rucksack geholt, da rief Martin nach mir, damit ich mir die Tauroktonie ansehe. Ich weiß noch, dass ich ihn vorsichtig auf den Boden gelegt habe. Sicherheitshalber sehe ich in meinem Rucksack nach, aber da ist tatsächlich keine Kamera.

»Wir holen sie auf dem Rückweg, wenn wir den Schutzgang finden«, sagt Martin beruhigend. Ich wünschte nur, ich hätte sein Vertrauen in meinen Orientierungssinn. »Ich würde die Tauroktonie lieber nicht bewegen, bis wir sie fotografiert haben …«

Der Strahl meiner Taschenlampe wandert über den Bruchsteinhaufen. »Du hast Recht. Wenn man den Stein da rauszieht, könnte das ganze Ding einstürzen. Die Mauer steht ja da, um die Decke zu stützen, und das Ganze ist auch so schon nicht stabil.«

Während ich losgehe, drehe ich mich um und grinse ihn fröhlich an. Ich kann sein Gesicht nicht sehen; er hat seine Taschenlampe auf mich gerichtet. Es fällt mir schwer, einen Fuß vor den anderen zu setzen. Die Knie zittern mir. Die Dunkelheit erinnert mich immer stärker an dicke schwarze Vorhänge, die sich meinen tastenden Händen widersetzen, sich in meinen Beinen verfangen, mein Gesicht in erstickende Falten hüllen. Der Schutzgang kann nicht weit weg sein; wenn ich nicht in die völlig falsche Richtung gehe, muss ich bald darauf stoßen. Ich muss nur die Dunkelheit mit meiner Lampe absuchen, dann werde ich irgendwann ein metallisches Glitzern sehen.

Warum dauert es dann so lange? Ich muss in die falsche Richtung gegangen sein. Oder vielleicht bin ich vom Kurs abgekommen, ohne es zu merken.

Ich bleibe stehen und versuche, meinen persönlichen Radar einzuschalten in der Hoffnung, dass der Schutzgang Impulse aussendet, um mich einzuweisen.

»Kit …« Martins Stimme, nicht direkt hinter mir, wie ich erwartet hätte, sondern weiter links. Ich will mich dahin umdrehen, halte jedoch inne, weil mir aufgeht, dass mich das nur noch mehr verwirren würde. Er klingt ein bisschen nervös. »Ich glaube, du musst dich mehr links halten, zwischen den beiden großen Stützsäulen da drüben.«

»Kannst du mich noch sehen?«, frage ich und verkneife es mir, den Kopf zu ihm umzudrehen, damit ich nicht das Gefühl dafür verliere, wohin ich gehen muss.

»Locker.«

»Mach mich nicht kirre. Ich bin sicher, er liegt hier entlang. Guck dir den Stein an, den ich mir zurechtgeschoben habe.«

»Welchen Stein? Hier liegen etwa dreihundert Steine auf einem großen Haufen.«

»Ich habe einen so umgedreht, dass er in die richtige Richtung zeigt. Na ja, in die Richtung, die ich für richtig hielt. Bin ich immer noch auf Kurs?«

»Kann ich nicht beurteilen. Ich weiß nicht, welchen Stein du meinst, und außerdem sind keine Pfeile drauf.«

»Verdammt. Gib dir mal ein bisschen Mühe!«

»Mach ich ja. Ich glaube, du gehst in die falsche Richtung.«

»Aber du weißt es nicht, verdammt noch mal! Ich tu, was ich kann, weißt du.«

»Schnauz mich nicht so an. Ich hab nur gesagt, ich glaube, er ist ein bisschen weiter links.«

Ich habe ein Gefühl von Enge in der Brust. Er bringt mich durcheinander. Wenn er nur den Mund hielte, könnte ich es vielleicht spüren, könnte zu dem Weg zurückfinden, was ich instinktiv weiß … Aber ich weiß auch, wie leicht es ist, in der Dunkelheit jedes Richtungsgefühl zu verlieren. Hilflos schwenke ich die Taschenlampe hin und her. Ich bin wirklich am Ende. Ich habe keinen blassen Schimmer mehr, wohin ich muss.

»Warte!« Wieder Martins Stimme, diesmal direkt hinter mir. Hat er sich bewegt oder ich? »Da! Schwenk die Taschenlampe zurück.«

Da ist er. Nur ein Aufblitzen zwischen den Säulen links von mir.

»Ich glaube, das ist er.« Zaghaft gehe ich einen Schritt und halte die Taschenlampe so ruhig wie möglich. Das Aufblitzen wird zum Schimmer. Noch ein Schritt, und es ist ein Glänzen. Jetzt erkenne ich im Dunkeln die Stahlstreben des Schutzgangs. Geschafft. Gott sei Dank. In Sicherheit.

Aber die Erfahrung sagt mir, dass Sicherheit unter Tage manchmal eine Illusion ist.

-

Überall am Schutzgang gibt es einzelne Lichtschalter, aber sie funktionieren nur, wenn der Hauptschalter im Verteilerkasten in der Nähe des Eingangs an ist. Im Vorbeigehen betätige ich hoffnungsvoll einige davon für den Fall, dass der Stromausfall nur lokal ist, habe aber kein Glück. Wir suchen uns im Taschenlampenlicht unseren Weg zum Fledermauseingang.

»Entschuldige«, sage ich nach einer Weile. »Ich hätte nicht so rumschnauzen sollen.«

»Du warst völlig vom Kurs abgekommen.«

»Gar nicht wahr.« Ich leuchte ihm ins Gesicht, um zu sehen, ob er scherzt. »Na ja, vielleicht ein, zwei Grad, aber im Großen und Ganzen bin ich in die richtige Richtung gegangen.«

»Ich hab dich noch nie so gereizt erlebt. Ich dachte, jetzt drehst du ab.«

»Nur ein kleiner Ausraster.«

»Kenne ich«, sagt er, bestimmt, damit ich mich nicht so mies fühle. »Mir ist seitdem auch nicht mehr ganz wohl unter Tage.«

Er glaubt, es ist wegen dem Einsturz der Feuersteinmine. Logisch, wir hätten beide darin umkommen können. Er ist so groß und verlässlich und ruhig, da vergesse ich oft, dass er auch nicht unverletzbar ist.

Er muss sich wundern, dass ich so ausgeflippt bin. Im Allgemeinen gerate ich nicht in Panik. Noch nicht einmal, als ich mich in dem Moor in Derbyshire bei Einbruch der Dämmerung im Nebel verirrt hatte bei dem Versuch, unser Auto wiederzufinden, bin ich so in Panik geraten wie heute – und das *war* meine Schuld; ich hatte den Kompass vergessen und uns im Kreis geführt.

»Na ja. So was passiert eben. Ich wollte uns schnell da rausbringen. Entschuldige.«

»Aber wir hätten zurückgehen sollen, um die Tauroktonie zu fotografieren«, sagt er eine Spur vorwurfsvoll. Wir haben die Kamera an der Raben-Säule abgeholt, aber ohne das Licht am Schutzgang war ich nicht bereit, das Risiko einzugehen, die Tauroktonie noch einmal zu suchen.

»Und uns noch mal verirren?«

»Ich hätte ja allein gehen können«, entgegnet er. »Du hättest da bleiben können, um mich zurückzuleiten.«

Keine Chance. Ich habe genug davon, allein im Dunkeln zu stehen. Wir kommen zu einem abzweigenden Schutzgang, und ich bleibe stehen und betätige den Schalter an der Einmündung. Immer noch nichts.

»Wenn es kein größerer Stromausfall ist, schalten wir das Licht am Verteilerkasten wieder ein und kehren zurück, okay?« Ich ginge eigentlich lieber sofort an die frische Luft, aber ich habe ihn extra hergebracht, um einen Mithrastempel zu suchen – er wird es komisch finden, wenn ich plötzlich das Interesse daran verliere.

Plötzlich drückt Martin meinen Arm.

»Warte.« Er flüstert. »Ich höre Stimmen.«

»Scheiße.« Ich schalte die Taschenlampe aus, Martin ebenfalls. Totale Finsternis umgibt uns. Hier spüren wir einen Lufthauch im Gesicht, einen Luftzug aus dem Stollen, wir können also nur ein paar Tunnelbiegungen von der Fledermaushöhle entfernt sein. Martins Atem kitzelt mich am Ohr.

»Dein Fledermausmann?«

»Vermutlich.« Rupert hat eine hohe, weit tragende Stimme, die mühelos alles durchdringt. Ich schiebe mich vor, versuche, kein Geräusch zu machen.

»... zweihundert Große Hufeisennasen. Im Frühjahr suchen die Weibchen sich Aufzuchtquartiere, aber mit den neuen Inkubatoren können wir sie vielleicht ermuntern, hier zu bleiben.«

»Den ganzen Sommer über?« Diese Stimme trägt nicht so weit, aber die gutturalen schottischen Rs klingen erschrocken: Brendan, den die Vorstellung entsetzt, ganzjährig Kindermädchen für eine Kolonie der seltensten Fledermäuse Großbritanniens spielen zu müssen.

Martin steht direkt hinter mir. »Können wir nicht vorbei?«

»Sie würden uns hören.« Wir haben Glück, dass wir nicht in sie reingelaufen sind mit unseren hell leuchtenden Taschenlampen. »Wir müssen hier warten, bis sie wieder gehen.«

»Also, wo haben Ihre Bergleute diese Fledermaus gefunden?« Rupert, jetzt lauter – sie kommen auf uns zu. *»Unterwegs zeige ich Ihnen die Inkubatoren.«*

Martin umklammert fest meine Schulter.

»Zurück«, flüstere ich. Wir wagen nicht zu rennen, sie würden uns sicher hören. Martins Stiefel landen klatschend in einer Pfütze, aber Rupert, gesegnet sei er, holt ja zwischen den Sätzen nicht einmal Atem.

»Wenn sie allein war, könnte es eine Brandtfledermaus sein, obwohl die gewöhnlich an den kälteren Stellen in der Nähe des Eingangs schlafen. Aber wir haben noch nicht alle Einfluglöcher verzeichnet. Wahrscheinlich gibt es viele Einfluglöcher in den Wäldern im Süden, von denen wir nichts wissen.«

Es ist unwahrscheinlich, dass sie uns überholen, aber es besteht die Gefahr, dass sie auf einer längeren geraden Strecke unsere Taschenlampen sehen. Wenn sie bloß abbögen … Ich kenne diesen Teil der Steinbrüche einfach nicht gut genug. Welcher Gang führt zu den Inkubatoren?

»Den Idioten, der das Licht angelassen hat, bekäme ich gern in die Finger. Ich hab den Bergleuten immer wieder eingeschärft, dass sie in den Gebieten, wo die Fledermäuse schlafen, kein Licht machen sollen.« Klingt, als säße Rupert auf dem hohen Ross. *»Das ist nur für Notfälle da. Offenbar ist ihnen nicht klar, wie selten einige dieser Tiere sind. Der Verteilerkasten sollte weiter drinnen sein, dann würde das nicht passieren.«*

Ich kann Brendans Antwort nicht hören, aber ich kann mir vorstellen, dass sein Schnurrbart auf Vollmast schwebt und er etwas in der Art von *Bedauerlicherweise schreiben die Sicherheitsbestimmungen vor …* sagt. Ein stählerner Schutzgang zweigt ab, und Martin will schon darin verschwinden. Ich packe seine Fleecejacke und zerre ihn zurück. Stahl wird nur bei dauerhaft angelegten Schutzgängen verwendet, bei solchen, die man offen lässt, wenn die Gruben verfüllt werden. Es muss also ein Fledermausgang sein. Ich hoffe, es ist der, der zu den Inkubatoren führt.

»Welche Farbe hatte die Fledermaus?«

»Keine Ahnung«, erwidert Brendan. Ihre Stimmen kommen näher, sie sind jetzt besser zu verstehen. *»Sind die nicht alle schwarz?«*

»Ganz und gar nicht. Brandtfledermäuse sind mittelbraun und silbergrau. Natürlich könnte es auch eine Kleine Bartfledermaus gewesen sein – die sieht praktisch genauso aus. Man kann sie nur an der Form des Penis unterscheiden.«

»Penis?« Brendan ist es ganz offensichtlich noch nie in den Sinn gekommen, dass eine Fledermaus einen Penis haben könnte, ganz zu schweigen von der Frage, wie man den zu Gesicht bekommt. *»Ich meine, Sie gucken sich tatsächlich die Penisse von Fledermäusen an und vergleichen sie?«*

»Der einer Kleinen Bartfledermaus ist länger und dünner. Wenn er wie eine Keule geformt ist, ist es eine Brandt …« Aber Ruperts Stimme verklingt jetzt. Sie haben den Schutzgang zu den Inkubatoren genommen. Ich schleiche zurück und spähe vorsichtig um die Ecke: Tan-

zende Lichter schweben den Nebentunnel entlang. Brendan geht voran, und seine Warnschutzjacke mit dem RockDek-Logo leuchtet fluoreszierend inmitten der Dunkelheit, wenn Ruperts Taschenlampe darauffällt. Schließlich ist ihr Licht nicht mehr zu sehen. Wir können in aller Ruhe zurück zum Stonefield-Eingang gehen.

Martin überredet mich, in den Feinkostladen einzukehren, der sich als Mrs. Owens ehemaliges Lieblingscafé herausstellt. Heute stehen hinten im Geschäft ein paar schicke Buchenholztische und -stühle, wo man essen kann. Ich sehne mich danach, mir eine anzustecken – keine Chance, klar, wir leben im einundzwanzigsten Jahrhundert. Ich muss an den schwankenden Kippenhaufen, an die Aschehalden denken, die zu Mrs. Owens Zeit über die Ränder der Aluminiumaschenbecher quollen.

»Wir *gehen* doch heute Nachmittag zurück, um die Tauroktonie zu fotografieren, oder?«, fragt Martin, den Mund voll Panini.

»Nein. Wir wären schon zweimal beinahe erwischt worden …«

»Zweimal?«

Ich habe vergessen, dass ich den Zwischenfall mit Gary nicht erwähnt habe.

»Ich will es einfach nicht riskieren.«

»Hey, mein Blümchen, hast du die Lust verloren? Ich brauche das Foto, um es mit einigen der klassischen Funde aus Mithrastempeln zu vergleichen. Ich kann mich nicht aus dem Fenster hängen, wenn ich nicht sicher bin.«

»Du kannst dich nicht aus dem Fenster hängen, ohne dass man *mich* an den Füßen aufhängt«, erkläre ich ihm. »Wenn jemand rausfindet, dass wir heute hier waren, werde ich auf jeden Fall gefeuert.«

Das nennt man eine klassische Zwickmühle. Wenn wir irgendwem erzählen, was wir gesehen haben, kann ich meinen Job vergessen, weil ich einen Unbefugten mit unter Tage genommen habe. Meine Karriere kann ich dann auch gleich vergessen. Eine solche Verfehlung macht sich nicht gut im Lebenslauf. Und ohne den Job kann ich nicht dafür sorgen, dass die Tauroktonie gefunden wird.

»*Ist* es denn eine Tauroktonie?«, frage ich Martin auf dem Weg zum Auto besorgt. »Du bist absolut sicher?«

Martin schnaubt. »Mit Sicherheit weiß ich es erst, wenn ich das Ding vernünftig mit anderen vergleichen kann. Aber ich denke, es ist wahrscheinlich eine. Der einzige Haken ist die Tatsache« – er zieht widerwillig die Nase kraus – »dass der Mithraismus ein Soldatenkult ist. In Persien ist er sehr alt – möglicherweise geht er auf das Jahr 1400 vor Christus zurück –, aber erst die römischen Heere haben ihn im gesamten römischen Reich verbreitet. Alle britischen Mithrastempel gehörten zu Garnisonen – am Hadrianswall gab es diverse. Aber es gibt absolut keinen Hinweis auf eine nennenswerte Präsenz des römischen Heers in Bath.«

»Wie meinst du das? Es gibt die römischen Bäder, oder? Die Armee muss doch wohl hier vorbeigekommen sein, als sie in England einfiel.«

»Die Römer stießen in dieser Gegend auf keinen großen Widerstand. Wahrscheinlich haben sie Bath ganz umgangen und sind gleich in die Hügel von Mendip marschiert – die Blei- und Silberbergwerke dort haben sie um dreiundvierzig, vierundvierzig nach Christus übernommen, nur wenige Jahre nach der Invasion. Irgendwann wurde Bath religiöses Zentrum und Badekurort, aber da war schon alles friedlich. Und der Mithraismus wurde erst viel später populär. Im dritten oder vierten Jahrhundert.«

Wir sind am Auto. Mit dem Funkschlüssel entriegele ich die Türen. Ich verstehe wirklich nicht, warum es unmöglich sein soll. Doch ich begreife allmählich, warum Dickon so darauf beharrte, dass ich mich bei dem Symbol auf der Säule irre.

»Aber es müssen Soldaten hier gelebt haben, wenn auch nur, um alte Wunden auszuheilen.«

Martin wirft mir einen Blick zu, der besagt, ich wisse nicht, wovon ich rede. »Und noch was: Es gibt absolut keinen verlässlichen Beweis dafür, dass die Römer in Green Down Stein abgebaut haben. Es ist kaum umstritten, dass sie in Bathampton Down welchen abgebaut haben, aber noch jeder Fachmann, mit dem ich diese Woche gesprochen habe, meint, es sei beinahe sicher eine offene Anlage gewesen. Die Römer sind nie unter Tage gegangen, um Stein abzubauen.«

Ich steige ein und knalle gereizt die Tür zu. »Aber wenn sie in Green Down keinen Stein abgebaut haben, wenn es keine verdammten Soldaten und von daher auch keinen Mithrastempel gab, warum lehnt dann da unten eine Tauroktonie an der Mauer?«

»Frag mich was Leichteres, Kit. Ich muss selbst ein bisschen nachforschen.« Er steigt ein und stößt misstrauisch mit dem Finger an den CD-Spieler. »Können wir diesmal Brian Ferry hören?«

»Ich habe Brian Ferry nicht dabei. Der ist rührseligen Abenden vorbehalten, an denen ich mich an die Zeit erinnere, als Nick noch nett zu mir war. The Clash?«

»Wenn es *sein* muss.«

Die CD muss ich einlegen, denn Martin hat mit Technik nichts am Hut, es sei denn, sie ist Tausende von Jahren alt. Wir machen uns auf den Weg nach Turleigh. Martin starrt aus dem Fenster und kaut auf der Innenseite seiner Wange – bei ihm immer ein Anzeichen tiefschürfender archäologischer Gedankengänge.

Es ist erst vier Uhr, aber Martin beharrt darauf, dass das Kochen des Abendessens mindestens zweieinhalb Stunden in Anspruch nimmt und er mit den Vorbereitungen anfangen muss. Also sitzen wir in der Küche, während das Licht am winterlichen Himmel schwindet. Er schneidet irgendwelches Zeug, ich sause am Laptop durchs Internet und versuche, Bilder von Tauroktonien zum Vergleichen aufzutreiben.

»Wo ist deine Knoblauchpresse?«

»Glaub bloß nicht, dass ich eine habe. Altarstein? Klingt das richtig? Ach nein, fast nur Geschriebenes. *Deo Invicto Mith…*, nein, *Mitrae M. Simpel-irgendwer VSLM*. Was bedeutet das alles?«

Er sieht mir über die Schulter. »Marcus Simplicius Simplex, wer er auch war, hat sein dem Gott gegebenes Gelübde erfüllt.« Martins Finger verströmen den Duft von Zitronenschale, als er lebhaft gestikuliert. »Sie bezeichnen Mithras immer als *invictus* – unbesiegt. Deshalb war er für die Soldaten ja so überzeugend. Es ging um Mut und Wahrheit, Ehre und Disziplin. Bei sozialen Randgruppen wie Freigelassenen und Kaufleuten war er allerdings ebenso populär.«

»Siehst du, ich hab's dir ja gesagt. Warum soll es kein Mithräum in Bath geben? Es muss hier Freigelassene und Kaufleute gegeben haben.«

Er legt das Schälmesser hin. »Weil man die entsprechenden Altäre in Großbritannien bisher nur in Garnisonsstädten gefunden hat. Es gibt einen in London, diverse am Hadrianswall, noch einen in Segontium – das war in Nordwales, da brodelte es immer. Okay« – er nimmt ein größeres Messer und hackt Petersilie –, »natürlich schließt das nichts aus. *Aber.*«

»Aber was?«

»Das macht es wirklich schwer, seriöse Akademiker davon zu überzeugen, dass es hier eins gegeben haben könnte. Und wenn ich jetzt Semmelbrösel sage, dann findest du einen Laib Brot für mich, oder?«

»Was kochst du überhaupt?«

»Geheimnis. Geheimes Männerwissen. Darf nicht mit Frauen geteilt werden. Wie der Mithraismus. Wie das Freimaurertum.«

Es tut gut, Martin hier zu haben in dieser warmen beigefarbenen Küche, die gemütlich nach zerdrücktem Knoblauch und gebratenen Zwiebeln riecht. Ich liebe es, wenn er für mich kocht.

»Früher nannte man in England die Arbeiter in den Steinbrüchen Freimaurer«, sage ich. »Weil sie den so genannten *freestone*, einen allseitig spaltbaren Stein, zu Quadern behauten.«

»John Wood, der den Royal Crescent entworfen hat, war ein Freimaurer des achtzehnten Jahrhunderts«, erklärt Martin. »Ich meine die Loge, nicht den Beruf. Vermutlich ist er so im Leben vorangekommen. Ein armer Junge mit einem Gespür für die richtigen Beziehungen.«

Auf meinem Bildschirm taucht wieder ein Bild von Noddy auf. »Hey«, sage ich. »Es ist nicht dasselbe Bild. Aber derselbe Bursche. Mit seiner Mütze.«

Martin beugt sich über mich und späht auf den Bildschirm. »O ja«, sagt er. »Das ist er. Mithras, der aus lebendigem Fels geboren wird.«

Es ist ein verwittertes Fresko auf einer getünchten Wand. Er trägt einen Umhang, eine Tunika und eine Hose. Auf dem Umhang sind verblasste Spuren von Rot, und sein Gesicht ist gleichmäßig weiß. In einer Hand hält er eine Fackel, in der anderen ein Schwert. Lichtstrahlen sind um seinen Kopf herum angeordnet.

»Diese Strahlen waren bestimmt aus dem Stein geschnitten, und dahinter war ein Hohlraum in der Wand«, erklärt Martin. »Darin haben sie dann eine Lampe angezündet. Ziemlich beeindruckend. Der wiedergeborene Gott erhebt sich hinter dem Altar mit einem Heiligenschein aus flackerndem Licht.«

Das erinnert mich an etwas. An etwas Tiefsitzendes, Urtümliches, das mit Weihrauch und Kirchengesang einhergeht.

»Ist das nicht ein bisschen wie … na ja, in der *Kirche*?«

»Ja, nun ja. Man hat schon alles Mögliche über Mithras behauptet«, meint Martin. »Es ist ein Kult mit einem Erlöser, einem Opfer und einer Wiedergeburt. Er hatte sogar ein letztes Abendmahl. Aber andere Leute behaupten, er sei Luzifer. Feuer, Morgendämmerung, Morgenstern. Der aktuellen Theorie zufolge hat das alles mit Astrologie zu tun. Offen gestanden, da es ein Mysterienkult ist, weiß das niemand. Es gibt keine schriftlichen Aufzeichnungen. Das meiste uns Bekannte ist aus der Symbolik abgeleitet – Wandgemälde wie das da, gemeißelte Reliefs, Altarsteine, Votivgaben. Siehst du die zwei Jungs da zu beiden Seiten des Mithras?«

Man kann sie gerade eben erkennen, zwei Figuren in langen Gewändern, die beide Fackeln tragen. Einer hält seine Fackel hoch, die des anderen ist nach unten gerichtet.

»Cautes und Cautopates«, erklärt Martin. »Die Zwillinge. Sie stellen Auf- und Untergang der Sonne dar beziehungsweise Hoffnung und Sorge.«

Ich kenne die beiden. Aufdringliche Kerle – wenn man ihnen erst einmal begegnet ist, schauen sie immer wieder vorbei. Ich sehe aus dem Fenster. Cautopates hat seine Arbeit getan: Die Sonne ist hinter dem Hügel auf der anderen Seite des Tals untergegangen. Kalte neblige Dunkelheit zieht vom Fluss die Felder herauf, und grimmige Sterne schnellen an einen eisblauen Himmel. Ich stehe auf und ziehe die Vorhänge zu. Das reicht für heute Abend an Mithraismus. Aber Martin blickt immer noch hoffnungsvoll auf den Bildschirm.

»Das wäre wirklich eine großartige Sache, wenn es da einen Tempel gegeben hätte«, sagt er. »*Wirklich* groß. Ein Wahnsinnsereignis.«

»Mit einem Wahnsinnshaufen Beton, der demnächst da reingepumpt wird.«

»Das können sie nicht machen. Das tun sie nicht, wenn wir beweisen, dass da ein Tempel ist.«

Da bin ich mir nicht so sicher. Ich glaube, sie täten es trotzdem. Aber das sage ich nicht. Ich bringe ihm eine Scheibe Brot – mein Beitrag zum Essen – und sehe zu, wie er sie für die Füllung zerkrümelt. Auf seinem Gesicht liegt ein abwesendes Lächeln, als er sich vorstellt, wie er seinen ganz persönlichen, bisher unentdeckten Mithrastempel findet.

Das Abendessen, das sich als Entenrollbraten mit einer Pilz- und Salbeisoße entpuppt, gart im Backofen, und meine Küche riecht wie bei einer glücklichen Familie. Vielleicht sollte ich irgendwann mal bei Martin Kochunterricht nehmen. Er liegt auf dem Sofa, auf der Nasenspitze eine komische kleine Brille, die ich noch nie an ihm gesehen habe, und liest Ausgrabungsberichte, die er heruntergeladen hat. Ich trinke Wein und frage mich, warum es in männerzentrierten Religionen offenbar immer um Ehre geht.

»Was glaubst du, warum dein Dad das mit dem Heiraten gesagt hat?«, frage ich.

»Hm?« Martin schiebt die Brille wieder hoch, merkt, dass er mich so auch nicht besser sehen kann, und schiebt sie so weit auf die Nasenspitze, dass sie beinahe runterfällt. »Ich kann mich an das verdammte Ding nicht gewöhnen. Sehe ich damit gescheit aus? Oder eher wie eine traurige alte Tunte? Sag nichts. Warum sollte er nicht gewollt haben, dass ich mich mit einem netten Mädchen zusammentue?«

»Schon, aber …« Ich versuche, den Finger auf die Stelle zu legen, die mir seltsam daran vorkommt, auch wenn Martins Dad keine Ahnung von der sexuellen Orientierung seines Sohnes hatte. »Wie um alles in der Welt ist er darauf gekommen, dass ich ein nettes Mädchen bin? Ich bin ihm – wie oft? – zweimal begegnet. Und beim ersten Mal war ich immer noch sehr mit Nick verheiratet.«

»Ehrlich gesagt, glaube ich, das war es«, meint Martin. »Er dachte, du und Nick, ihr hättet einen Fehler gemacht. Er hat zu mir gesagt: Warum um alles in der Welt hat sie sich mit einer Platzverschwendung wie Nick Parry eingelassen? Sie braucht einen netten Burschen wie dich, mein Sohn.«

»Dein Dad hatte es wohl mit Opfern, was?«

»Nein, Dummerchen, er hat wohl gedacht, es hätte auch für mich Vorteile. Aber er hat sich gern in das Leben anderer Leute eingemischt, und er war auch gut darin, die Menschen einzuschätzen. Wie – ach, nein.«

»Ach nein was?«

»Nein, ich habe gerade an etwas anderes gedacht, was er gesagt hat. Spielt keine Rolle. Ein andermal.«

Ich will eigentlich nachhaken, aber es klingelt an der Tür. Das ist unerwartet. Ich kenne niemanden, der vorbeikommen könnte. Halb sieben an einem Samstagabend wäre selbst für Vertreter oder Zeugen Jehovas stark. Vielleicht ist es ein Nachbar, der sich vorstellen will.

Es ist Gary.

Er steht vor der Tür und verlagert sein Gewicht kaum merklich von einem Bein aufs andere wie ein Athlet, der sich für den Anlauf zum Hochsprung bereit macht. In der einen Hand hält er einen Strauß Blumen, in der anderen eine Flasche Wein. Diesmal trägt er nicht seinen feinen Anzug, sondern ebenso ordentlich gebügelte schwarze Jeans und einen hellblauen Kaschmirpullover mit rundem Ausschnitt. Ein schwacher, unaufdringlicher Hauch von Aftershave liegt in der Luft, und alles an ihm signalisiert: Ich gebe mir große Mühe. Mein Herz fliegt ihm zu.

»Hi«, beginnt er. »Ich dachte, ich schau mal vorbei und heiße Sie in Ihrem neuen …« Und dann sieht er Martin.

Die Haustür führt direkt in den großen Wohnraum mit der durch den Bogengang zugänglichen offenen Küche dahinter, deshalb schwebt dieser leckere Duft nach glücklicher Familie im selben Moment in Garys Nase, in dem er Martin ohne Schuhe auf dem Sofa sieht. Sicher, in Martins Hand befindet sich ein archäologischer Bericht – lass ihn einfach unauffällig fallen, Martin, lass Gary nicht sehen, dass in 28-Punkt-Schrift *Mithrastempel* drübersteht –, aber er hat es sich auf eine Weise gemütlich gemacht, die nahelegt, dass ich gerade noch mit den Brusthaaren gespielt habe, die über seinem aufgeknöpften Hemdkragen hervorschauen.

Irgendwie wird alles noch schlimmer, als Martin wieder den Trick mit seiner Brille vorführt, weil er Gary nicht richtig sehen kann. Aber anstatt wie eine traurige alte Tunte sieht er aus wie ein robustes, heterosexuelles, intellektuelles Alphamännchen, das Mr. Beta taxiert, der die Frechheit besitzt, seine Frau zu besuchen.

»Oh«, sagt Gary. »Oh. Tut mir leid. Sie sind nicht allein.« Und mein Herz zieht sich zusammen.

»Kommen Sie rein«, sage ich viel zu herzlich und klinge in meinen eigenen Ohren wie ein frenetisches Frauchen mit dem Abendessen im Ofen und dem Sperma ihres Mannes im Mund. »Doch, kommen Sie rein. Die stelle ich ins Wasser …« Scheiße, Scheiße, Scheiße. Ich mache es nur schlimmer. »Möchten Sie ein Glas Wein? Kein Gevrey Chambertin, tut mir leid …«

Martin, der sich an die Vorstellung seiner Brille als Männlichkeitsrequisit gewöhnt, schiebt sie wieder auf die Nasenspitze und hebt die Brauen, als wolle er sagen: *Gevrey Chambertin? Wovon redest du da? Das ist überkandideltes Zeug für Trottel, die nichts von Wein verstehen.* Gary tritt ein wie ein Roboter, gibt mir die Blumen, hält aber den Wein fest, als sei er sicher, ich würde über das Etikett lachen.

»Wie nett«, sage ich und entwinde ihm die Flasche. »Oh, lecker. Rioja. Hervorragend. Fantastisch. Den liebe ich. Stimmt doch, Martin?« Verdammt. »Mensch, ich vergesse ja meine Kinderstube, darf ich vorstellen: Martin. Alter Freund …« Martin wackelt wieder an der Brille und versucht, wie Eric Morecambe auszusehen, glaube ich, aber er erreicht damit nur, dass er auf aggressive Weise besitzergreifend wirkt. »Und Martin, das ist Gary. Von der Arbeit. Der Vorarbeiter. Der Vorarbeiter der ganzen Arbeiten, meine ich.«

»Und was machen Sie, Martin?«, fragt Gary höflich.

»Ich lehre Archäologie«, antwortet Martin. Er sieht mein wildes Mienenspiel, mit dem ich ihm bedeute, er solle nichts verraten, was Gary helfen könnte, zwei und zwei zusammenzuzählen. Ein verdutzter Ausdruck huscht über sein Gesicht. Dann kapiert er. »Ich bin auf … ach, auf dies und jenes spezialisiert. Vor allem natürlich Paläolithikum.«

»Paläolithikum, klar«, meint Gary, diesmal so höflich, dass klar ist, er hat nicht den blassesten Schimmer, was Martin meint.

»Das ist natürlich die frühe Steinzeit. Aber das wissen Sie sicher. Andererseits, wieso sollten Sie?« Verlegenheit ist ansteckend. Martin hat sie jetzt richtig erwischt, das weiß ich, aber für jeden anderen wirkt er wie ein aufgeblasener Idiot.

»Natürlich«, stimmt Gary zu. Er wirkt hilflos, als hätte ich ihm seine Männlichkeit genommen, als ich ihm die Blumen und den Wein abnahm.

»Setzen Sie sich doch, Gary. Rot oder weiß? Wir haben beides im Anbruch.« Ich flattere herum wie ein kaputter Schirm im Sturm. »Martin ist gerade übers Wochenende hergekommen.« Abgesehen von dem Gedanken *Ich vermute, er ist schärfer auf deinen Arsch als auf meinen* wüsste ich nicht, wie ich ihn über die Natur unserer Beziehung aufklären könnte.

Aber was tut Martin da? O Gott. Er versucht mir zu helfen. Er macht einen auf seinen Dad, den Pfarrer. Er macht einen auf *Ich hoffe, Ihre Absichten gegenüber dieser jungen Dame sind ehrenhaft, junger Mann.* Das Problem ist, so kommt es nicht an. Es wirkt wie *Verpiss dich, sie gehört mir.*

»Hören Sie«, sagt Gary, »ich will nicht stören. Tut mir leid. Ich gehe jetzt lieber.«

»Nein!«, ruft Martin aus, völlig übertrieben. Er hätte auch *Ja! Ja! Bitte geh!* rufen können. »Wir haben nichts Besonderes vor. Bleiben Sie zum Essen. Es reicht bestimmt auch für drei.« Er meint es ernst, er würde zu gern vor einem anderen Mann mit seinen Kochkünsten angeben, aber das kann Gary ja nicht ahnen.

»Nein, wirklich. Ich wollte Ihnen einfach nur den Wein und die

Blumen zum Einzug vorbeibringen. Ich muss jetzt sowieso weg. Ein anderes Wochenende vielleicht.« Er weicht bereits Richtung Tür zurück. Ich hole ihn ein, als er sie öffnet.

»Gary, ehrlich, das war sehr nett.« Ich will, dass unsere Blicke wieder ineinander versinken, aber er sieht mir nicht in die Augen. »Wirklich. Ich bin ganz gerührt, dass Sie mir Wein und Blumen geschenkt haben. Danke.«

»Schon in Ordnung, Kit«, sagt er, und ganz kurz sehe ich diese blauen Augen aufblitzen, aber er schaut wieder weg, und dann ist er unten auf dem Bürgersteig, die Hände in den Jeanstaschen, die Schultern hochgezogen, und geht ohne einen Blick zurück zu dem Geländewagen, der unter der einzigen Straßenlaterne von Turleigh parkt. Etwas ist anders. Himmel, er hat ihn *gewaschen*. Jetzt sieht man, dass er grün ist.

»Jesses, du bist ein hoffnungsloser Fall, mein Blümchen«, sagt Martin, als ich mich ihm wieder zuwende.

»Ein hoffnungsloser Fall, ja? Und was ist mit dir? Du hast den armen Kerl mit diesem Brillentrick völlig verschreckt.«

»Ich weiß nicht, was du meinst. Ich brauche die Brille. Ich habe Presbyopie.«

»Du hattest einen schlimmen Anfall von Bühnenakademie.«

»Und du fährst total auf ihn ab.«

»So offensichtlich war es aber nicht, oder?«

»Für ihn nicht. Warum hast du ihn nicht geküsst?«

»Ihn *geküsst*?«

»Ich meine nicht knutschen. Nur ein Küsschen auf die Wange zum Dank für die Blumen. Das hätte gereicht.«

So was mache ich nicht. Ich berühre die Menschen nicht gerne. Martin weiß das, weil wir uns nie Begrüßungsküsschen geben. Wir nehmen uns ja kaum jemals in den Arm.

Er sieht mich mit einer merkwürdigen Besorgnis im Blick an.

»Manchmal bist du wirklich eine dumme Nudel«, fährt er fort. »Wenn du ihn nicht willst, überlass ihn mir. Er hat keine Ahnung von Klamotten, aber ganz entzückende Brustmuskeln.«

Gerechtigkeit muss sein. Martin bekommt den Laptop, ich mache den Abwasch, da ich immer noch keine Lust hatte, den Makler wegen der kaputten Spülmaschine anzurufen. Ich stehe an der Spüle und sehe aus dem Fenster auf die Terrasse.

Als ich mir den Schmortopf vornehme, sehe ich aus dem Augenwinkel eine Bewegung im dunklen Garten, nur ganz flüchtig, etwas Weißes wie ein Gesicht jenseits der Terrasse, wo der Apfelbaum seine knochigen Arme dem Mond entgegenreckt. Nervös spähe ich aus dem Fenster, bis mir klar wird, dass es mein eigenes Spiegelbild auf der Scheibe ist. Ich greife nach dem Scheuerschwamm und will weiterschrubben, da ist es wieder. Wenn sich das Licht in meinem Ehering fängt, sieht es genauso aus, als würde sich da draußen jemand unter dem Baum verstecken, mich beobachten, sich hastig zurückziehen, damit ich ihn nicht sehe.

Ich weiß, wer es ist: Katie. Ich wusste immer, dass ich mich ihr stellen muss, wenn ich zurückkomme.

Aber ich bin noch nicht bereit. Geh weg.

18

Wir trafen uns in Bath am Bahnhof. Sie hatte mich mit ihrem großen Kombi abholen wollen, aber ich wollte nicht, dass sie zu mir nach Hause kam. Es hätte sie jemand sehen und es meinem Dad erzählen können.

Ich wartete am Fahrkartenschalter, als ich sie kommen sah. Schon von weitem erkannte ich sie an ihrem hellen Leinenkleid und dem langen Schal. Ihre Beine taten etwas Sonderbares, aber sehr Elegantes, wenn sie ging: Sie setzte einen Fuß immer genau vor den anderen, und dadurch schwangen ihre Hüften hin und her, und ihre Beine wirkten sehr lang. Sie trug Sandalen mit niedrigen Keilabsätzen und über der Schulter eine riesige Basttasche mit Lederriemen. Alles an ihr war in zarten, neutralen Farben gehalten, abgesehen von dem Schal und ihrem Lippenstift, aber sie sah doppelt so lebendig aus wie Janey Legge in ihrem Violett und Gelb und ihren Rüschen.

Das Herz schlug mir bis zum Hals. Es war beängstigend. Würde ich es durchstehen? Ich hatte kaum geschlafen, hatte immer an den vor mir liegenden Tag denken müssen, daran, was ich vielleicht herausfinden würde.

»Es tut mir leid«, begrüßte ich sie, als sie bei mir war. »Könnten Sie mir die Fahrkarte kaufen? Mir war nicht klar, dass sie so teuer ist.«

»Das hatte ich sowieso vor«, sagte Mrs. Klein. »Schließlich hab ich doch darauf bestanden, dass wir fahren.« Sie ging bereits auf den Schalter zu.

»Ich zahle es Ihnen zurück.«

»Sei nicht töricht.«

»Ehrlich«, protestierte ich.

»Ich bezahle«, sagte sie entschlossen über die Schulter. »Und ich mache es gern. Ich werde es genießen.« In ihren Augen war ein Glitzern, etwas Stählernes. Sie war eine Frau mit einer Mission. »Zweimal zweiter Klasse nach Paddington, bitte.«

»Fährt Ihre Tochter noch für Kinder?«, fragte der Mann hinter der Scheibe.

»Ach, du lieber Gott. Katie? Ich weiß gar nicht mehr, wann dein Geburtstag ist.«

Der Mann hinter der Scheibe warf Mrs. Klein einen irritierten Blick zu.

»Nein«, sagte ich mit fester Stimme. »Ich brauche eine Erwachsenenfahrkarte.«

Es waren immer noch mehrere Wochen bis zu meinem vierzehnten Geburtstag, aber soweit es mich betraf, war ich erwachsen.

Meine Beine fühlten sich wackelig an, als wir die steinerne Treppe, die nach Pipi roch, auf den Bahnstein hinauf stiegen. Die Gleise verliefen in einer großen Kurve vom Bahnhof aus in Richtung London. In Richtung meiner Mutter, hoffte ich. Oder zumindest in Richtung einer Ahnung, wo sie sein könnte.

Als ich sie am Tag, nachdem ich zum ersten Mal meine Periode bekommen hatte, anrief, wirkte Mrs. Klein nicht überrascht, dass ich sie bat, mir bei der Suche nach meiner Mutter zu helfen.

»Was für eine großartige Idee«, sagte sie. »Vielleicht dauert es eine Weile, aber es wird das Beste sein, was du je getan hast.«

Sie sagte, wir sollten beim Geburten-, Heirats- und Sterberegister anfangen. Wenn wir eine brauchbare Information hätten, könnte es uns ein gutes Stück weiterbringen, wenn wir herausfänden, ob meine Mutter wieder geheiratet hatte.

»Was für eine brauchbare Information?«, wollte ich wissen.

»Ach«, sagte Mrs. Klein. »Ach. Das kommt drauf an. Aber hey, das bekommen wir schon hin. Finde alles über deine Mutter heraus, was du kannst. Voller Name. Mädchenname. Geburtsdatum. Namen der Eltern. Adresse der Eltern. Alles in dieser Richtung.«

»Aber ihre Eltern sind tot«, sagte ich. »Sie waren schon gestorben, bevor ich geboren wurde.«

»Alles«, sagte Mrs. Klein ein wenig ärgerlich. »Alles.« Dann klang ihre Stimme wieder fröhlicher. »Wir müssen natürlich nach London fahren. Alle Register werden im St. Catherine's House geführt.«

Ich war erst einmal in London gewesen, auf einem Tagesausflug mit meinem Dad. Vormittags waren wir bei Madame Tussauds und im Planetarium gewesen und nachmittags im Naturgeschichtlichen Museum, um die Fossilien anzusehen.

»Wir können nach South Kensington fahren, wenn wir die Register eingesehen haben«, fuhr sie fort. »Zu Harrods und Harvey Nicholls. Oder in die Bond Street zu Fenwick. Ich liebe Fenwick.« Ich meinte, einen leisen Seufzer durchs Telefon zu hören. »Trish ist immer noch bei ihrer Großmutter in London, aber offen gestanden kann ich Roberts Mutter nicht ausstehen. Es macht dir doch nichts aus, wenn wir ihnen nichts von unserem Ausflug erzählen, oder?«

Aber wie sollte ich diese eine brauchbare Information finden, welche das auch sein mochte? Ich durchsuchte die Schubladen der Frisierkommode im vorderen Schlafzimmer, fand aber weder Briefe noch Urkunden, die mir geholfen hätten. Als meine Mutter fortgegangen war, hatte sie wohl alles mitgenommen. Ich ging über die Straße zu Mrs. Owen.

»Du bist immer noch ganz blass um die Nase«, bemerkte sie und öffnete einen ihrer glänzenden weißen Küchenschränke, um die Keksdose herauszunehmen. »Bist du sicher, dass du nicht krank wirst?« Ich erklärte ihr nicht, warum ich immer noch blass war. Ihr nicht von meiner Periode zu erzählen fühlte sich auch erwachsen an.

Sie war meine einzige Hoffnung, noch irgendetwas über meine Mutter herauszufinden. Mrs. Owen hatte die unermüdliche Neugier einer Klatschreporterin. Wenn neue Nachbarn in unsere Straße zogen, war sie sofort zur Stelle und brachte ihnen eine Flasche Milch und eine Tasse Zucker – »Falls Sie sich einen Tee kochen wollen, bevor Sie auspacken« –, bewaffnet mit einer Liste von Fragen, um ihre Vorfahren und ihren gesellschaftlichen Rang in der Straße festzustellen. Wenn jemand etwas über die Herkunft meiner Mutter wusste, dann sie.

»Ich will wirklich wenigstens *etwas* über sie wissen«, sagte ich, als Mrs. Owen die Tassen an den Tisch brachte. »Ich meine, was, wenn sie eines Tages nach mir sucht? Welche Tochter möchte nicht alles über ihre Mutter wissen?«

Mrs. Owen seufzte und nahm einen Keks. »Du lässt nicht locker, was, Herzblatt?«, meinte sie.

»Na ja, mit wem könnte ich sonst wohl über sie sprechen?«

»'türlich war sie viel jünger als ich«, sagte Mrs. Owen, als wüßte ich das nicht. »Und sie blieb meistens für sich. Du warst noch ganz klein, als sie einzogen – ich denke, das war in dem Jahr, als du auch geboren wurdest …«

Es ging los. Ich tunkte Mürbegebäck in meinen Tee und wartete auf den Rest der Geschichte.

Als wir unsere Plätze im Zug eingenommen hatten, zündete Mrs. Klein sich als Erstes eine Zigarette an.

»Erzähl das nicht Trish«, bat sie. »Zu Hause rauche ich nie. Rob verabscheut es. Und es wäre ein schlechtes Vorbild. Fang *du* nur nie damit an.«

»Auf keinen Fall«, erwiderte ich brav.

Der Zug ruckelte einmal, dann fuhr er aus dem Bahnhof. Ich blickte aus dem Fenster, um Bath vorbeiziehen zu sehen, aber Mrs. Klein hatte schon ein Notizbuch aus ihrer großen Tasche geholt. »Leg los«, sagte sie ungeduldig. »Was hast du rausgefunden?«

Es war nicht viel. Mein Vater hatte meine Mutter Ende der Fünfziger kennengelernt, möglicherweise bei einer Tanzveranstaltung in Bristol. Und Mrs. Owen war schließlich auch wieder eingefallen, was genau der Name mit Karten zu tun hatte. Mit Spielkarten.

»Ihr Mädchenname war Trumper«, sagte ich – wie *trump*, Trumpf. »Ihr Vorname war vielleicht Katherine. Kurz Kitty.«

»Katherine mit K oder mit C?«, fragte Mrs. Klein und schrieb es auf. »I-N-E oder Y-N?«

Das wusste ich nicht. Ich war mir bei gar nichts sicher. Mrs. Owen hatte sich an eine Unterhaltung vor mehr als dreizehn Jahren erinnert. Aber Trumper war ein ungewöhnlicher Name, deshalb hoffte ich, dass sie ihn sich richtig gemerkt hatte.

»Geburtsdatum?«, fragte Mrs. Klein.

»Tut mir leid. Mrs. Owen meinte, sie sei wohl damals Mitte zwanzig gewesen. In dem Punkt war sie sich sicher. Nicht älter als fünfundzwanzig oder sechsundzwanzig.«

»Hm«, meinte Mrs. Klein. »Fragwürdig. Noch etwas?«

»Ihre Eltern waren beide im Krieg umgekommen, bei einem Luftangriff. Sie ist bei ihrer Großmutter aufgewachsen. Sie kam aus Bedminster«, fügte ich hinzu. »In Bristol. Aber die Adresse weiß ich nicht. Sie war nicht sehr groß, meinte Mrs. Owen. Genau wie ich.«

»Das ist gut«, sagte Mrs. Klein tapfer. »Wirklich hilfreich.« Am Klang ihrer Stimme hörte ich, dass das nicht stimmte. »Immerhin hieß sie nicht Smith oder Brown.«

Kurz bevor wir in London einfuhren, trommelte Regen in langen grauen Salven an die Zugfenster. Es war der erste Schauer seit mehreren Wochen, aber es kühlte sich nicht ab; als wir in Paddington ankamen, war die Luft heiß und dunstig. Wir nahmen die U-Bahn bis Holborn, wo Mrs. Klein einen Klappschirm aus der Tasche holte. Er passte genau zu ihrem rötlichen Schal. Hatte sie mehrere davon in verschiedenen Farben, damit der Schirm immer zu ihren Kleidern passte?

Das St. Catherine's House war ein großes Gebäude an der Ecke von Kingsway und Aldwych. Alles schien doppelt so groß zu sein wie normal. Der Verkehr raste vorbei, kam widerwillig an einem Zebrastreifen zum Stehen, beschleunigte dann wieder und war fort. Mein Herz schlug heftig, als Mrs. Klein durch eine Drehtür die Eingangshalle betrat. Viele wichtigtuerische Männer in Portiersuniformen schritten auf und ab. Mrs. Klein ging einfach an ihnen vorbei. Sie schien genau zu wissen, wohin sie wollte.

Es war ein großer Raum, wie eine Bibliothek, aber er erinnerte mich an die Tardis, die Zeit-Raum-Maschine in *Doctor Who*, nur war es umgekehrt: Von draußen wirkte er größer als drinnen, man konnte sich kaum rühren. Am anderen Ende standen zahllose grüne Metallregale voller großer Bücher und dazwischen Reihen von Lesepulten aus Holz, an denen die Leute in noch mehr dicken Büchern blätterten. Es blieb kaum Platz zwischen den Regalen und den Pulten, und alle Pulte waren belegt. Die meisten Leute im Raum waren schon älter, abgesehen von einigen jüngeren Männern in schmuddeligen Anzügen, die mit den Fingern im Eiltempo über die Buchseiten fuhren und sich hin und wieder etwas auf Spiralblöcken notierten. Es stank nach nasser Wolle und trockenem, porösem Papier, Schweiß und schalem Alte-Damen-Parfüm.

»Okay, hol tief Luft«, sagte Mrs. Klein. »Auf in den Kampf.«

Als wir uns den Regalen näherten, begriff ich, was sie meinte. Es war überhaupt nicht wie in einer Bibliothek. Vielmehr gab es ein schamloses Gerangel um die Bücher. Mittelalte Frauen rammten beleibten älteren Gentlemen die Ellenbogen in die gut gepolsterten Rippen, und ich sah, wie eine weißhaarige, aber schneidige alte Dame einem jungen Mann im nassen Regenmantel ein Buch entwand.

»Es tut mir leid«, sagte sie zu ihm. »Ich warte schon den ganzen Vormittag auf das dritte Quartal 1869.«

Das verstand ich. Auch ich war finster entschlossen, jeden abzuwehren, der sich zwischen mich und die Bücher drängte, denn irgendwo da drin war meine Mutter. Wir setzten ebenfalls unsere Ellenbogen ein, um uns durchzukämpfen, und erreichten schließlich einen vergleichsweise ruhigen Abschnitt: 1930 bis 1940.

»Hier werden wir es ruhig haben«, meinte Mrs. Klein. »Die meisten forschen nach ihrer Familiengeschichte, von daher interessieren sie sich nur fürs neunzehnte Jahrhundert, als ihre Großeltern geboren wurden. Vielleicht müssen wir einige Angestellte des Nachlassgerichts abwehren, die nach fehlenden Erben suchen, aber im Großen und Ganzen werden wir das zwanzigste Jahrhundert für uns haben.«

In meinem Magen kämpften lauter Schlangen gegeneinander.

»Entschuldigung«, sagte ich, »ich muss mal verschwinden.«

In der Kabine auf der Damentoilette lehnte ich den Kopf an die Tür. Das graue Resopal fühlte sich kühl an auf meiner heißen Haut. Ich fragte mich, ob ich mich übergeben müsste, aber es ging vorbei wie an jenem Abend. In meiner Tasche war der Ammonit, den mein Vater mir geschenkt hatte. Ich fuhr mit den Fingern über seine Windungen und zählte die Erhebungen, um mich zu beruhigen. Ich zog an der Kette, wusch mir die Hände und kehrte zu Mrs. Klein und den Regalen zurück.

Die Geburtenregister wurden in Büchern mit rotem Einband geführt. Hochzeiten waren grün, Todesfälle schwarz. In die Buchrücken waren Griffe eingearbeitet, an denen man die Bücher aus den Regalen ziehen konnte, und jedes Buch enthielt die Einträge eines ganzen Quartals für das ganze Land, lange Namenslisten in alphabetischer Reihenfolge. Mrs. Klein hatte beschlossen, dass wir einige Zeit vor dem Krieg mit der Suche nach der Geburt meiner Mutter beginnen sollten, nur für den Fall, dass Mrs. Owen sich im Alter geirrt hatte.

»Sachte«, sagte Mrs. Klein, als ich nach dem roten Buch für Januar bis März 1930 greifen wollte. »Die sind tonnenschwer.«

Ich fragte mich, wie die alten Damen damit fertig wurden. Sie mussten Muskeln wie Kugelstoßer haben. Wir würden fünfzehn Jahre Geburten durchsuchen, um das Geburtsdatum meiner Mutter zu finden; vier Quartale pro Jahr bedeuteten vier Bücher mal fünfzehn, das machte sechzig. Sechzig! Wie lange würde das dauern? Mir war nicht klar gewesen, wie viel Arbeit das alles bedeutete. Mein einziger Trost war die Tatsache, dass Mrs. Klein die Register sehr schnell überflog. Wir bekamen kein Lesepult, deshalb hockte sie sich in eine Ecke am Ende der Regale und legte die schweren Bände auf den Knien ab. Hin und wieder kam jemand vorbei und stolperte über sie. Meine Aufgabe war es, die Bücher zu holen und wieder wegzubringen. Ich brachte ihr jedes Mal zwei Bände, die ich an den Griffen trug. Nach wenigen Gängen war ich sicher, dass meine Arme am Ende so lang sein würden wie die von Gorillas.

Jetzt wurde mir klar, welches Glück wir hatten, dass meine Mutter Trumper hieß. Namen wie Smith füllten Spalten über Spalten. Aber es gab nie mehr als rund ein Dutzend Trumpers im ganzen Land verstreut. Manchmal gab es gar keinen.

»Warum müssen wir mit ihrer Geburt anfangen?«, fragte ich. Ein älterer Herr, der vermutlich aus Versehen ins zwanzigste Jahrhundert geraten war, blickte uns finster an. Ich sprach leiser. »Das dauert ja ewig. Könnten wir nicht gleich mit den Hochzeiten beginnen?«

»So kommen wir an die Information, mit der wir garantiert die richtige Hochzeit finden. Wir kennen dann ihr genaues Geburtsdatum, ihren zweiten Vornamen und die Namen ihrer Eltern. Schließlich wird sie nicht mehr Trumper geheißen haben, nachdem sie deinen Vater geheiratet hatte. Sie könnte auf ihrer zweiten Heiratsurkunde als geschiedene Carter firmieren, und es gibt viel mehr Carters als Trumpers, wir brauchen also ihr Geburtsdatum, um sicher zu gehen.«

Geschiedene Carter. Ich hatte an meinen Vater nicht als geschieden gedacht. Davon hatte er nichts erwähnt. Andererseits erzählte er nie irgendetwas über meine Mutter. Natürlich hatte sie sich scheiden lassen müssen, um wieder heiraten zu können. Ich wusste nicht, wie ich es fände, wenn sie einen neuen Ehemann hätte. Ich wollte, dass sie frei war, um zu meinem Dad zurückzukommen, aber wie sonst sollte ich sie finden, wenn sie nicht noch einmal geheiratet hatte? Mrs. Klein erklärte, sie könnte in den Wählerlisten stehen, aber die waren schwieriger. Man musste ungefähr wissen, wo sie lebte, und in die entsprechende Stadt fahren.

»Woher wissen Sie das alles?«, fragte ich sie.

Sie beugte sich über das Register, als hätte sie Angst, sie könnte aus den Augen verlieren, bis wohin sie gekommen war.

»Ich habe Roberts Familienstammbaum für ihn recherchiert«, sagte sie. Das kam mir komisch vor, denn Trish hatte mir erzählt, ihre jüdischen Großeltern seien in den dreißiger Jahren aus Deutschland nach England geflohen. Wie wollte Mrs. Klein dann die Familie ihres Mannes in einem Geburtenregister in England gefunden haben?

Es gab nur wenige Fenster, die kaum Licht hereinließen. Trübe Leuchtstoffquadrate an der Decke spendeten ein ungesundes Licht. Die Klimaanlage brummte und zischte, aber kein Lüftchen regte sich. Ich ging zurück an den Regalen entlang und holte weitere Bände. Eine Frau mit matten silbernen Haaren und Barthärchen am Kinn schlängelte sich an den Regalen vorbei und lächelte mich an. Sie ging weiter, ein graues Wispern in Chiffonbluse und Vijellarock.

Ich kehrte mit dem nächsten Quartal zurück zu Mrs. Klein. Sie trug eine Halbbrille, die auf ihrer Nasenspitze saß.

»Wir haben's«, sagte sie leise und drehte mir das Buch zu. »Da. Das ist deine Mutter.«

Ich legte einen Finger oben auf die Spalte, die mit Trumper begann. Er zitterte. Ich konnte ihn nicht ruhig halten, als ich damit langsam die Namensliste entlangfuhr. Wo stand sie? Mein Mund war trocken, und etwas Kaltes kroch mir in den Magen.

Derek … Edgar J. … Mary … Mein zitternder Finger fuhr die Spalten entlang. Derby … Wolverhampton … Luton … Überall im Land, diese Trumpers … Michael, Sarah L. … Ich sah sie nicht.

Noch mal von vorn.

Alexandra … Jennifer … Ruth … Stephen …

Über uns plagte sich die Klimaanlage weiter ab: mmmm, mmmm, mmmm, mmmm.

Und da war sie.

TRUMPER, KATHLEEN …

Mrs. Klein hielt das große Buch schräg, damit ich etwas sehen konnte, deshalb kam es mir so vor, als stünden alle Wörter schief und verliefen ineinander. Sie verschwammen mir vor den Augen.

»Nimm ein Taschentuch.«

Das war meine Mutter. Meine Mutter, die da geboren worden war.

Wie hatte sie wohl ausgesehen? War sie eins dieser Babys gewesen, die wie winzige Knospen aussehen, oder war sie rot, zerknittert und lärmend gewesen? Hatte ihre Mutter (Mädchenname ELAINE BILLINGS) sie wie eine kostbare Porzellanpuppe im Arm gehalten, den zarten Schädel stützend in die Ellenbeuge gelegt, während ihr Mann (JACK TRUMPER, FISCHHÄNDLER, HEIRAT MIT ELAINE BILLINGS AM 23. MÄRZ 1932) sie stolz ansah?

Diese Namen schriftlich niedergelegt zu sehen ließ mir meine Mutter zum ersten Mal wirklich erscheinen. Ich saß im Schneidersitz auf dem Boden, während Mrs. Klein hin- und hersauste und immer mehr Informationen zusammentrug.

Sie war ein spätes Kind gewesen, das einzige Kind von Eltern, die bereits Mitte dreißig gewesen waren, als sie geheiratet hatten, beinahe vierzig, als Kathleen geboren wurde. Sie musste etwas ganz Besonderes für sie gewesen sein, nachdem sie es so lange versucht hatten. War ihre Großmutter (KATHLEEN BILLINGS) – Kitty war also nach ihr benannt worden –, GESTORBEN AM 18. JULI 1959, auch dabei gewesen und hatte die Enkelin angelächelt, die sie schon zwei Jahre später selbst hatte aufziehen müssen, nachdem Elaine und Jack am selben Tag (2. JUNI 1942) unter den Trümmern ihres Hauses begraben worden waren? Wo war die kleine Kathleen da gewesen? Wie hatte sie überlebt?

Das würde ich wohl nie erfahren. Es sei denn, ich fand sie.

Es war Mittagszeit. Zwischen den Regalen sah ich beinahe keine Leute mehr, worüber ich nur froh war, denn immer wieder quollen mir Tränen unter den Wimpern vor.

Mrs. Klein weinte auch ein bisschen. Unter ihren Augen entdeckte ich Mascaraflecken, und ihre Nase war rot. Sie nahm mich fest in die Arme.

»Ein schöner Anblick sind wir zwei«, sagte sie. Ich hatte eine glänzende Schneckenspur auf der Vorderseite ihres Kleides hinterlassen. »Robert sagt immer, er kennt keine andere Frau, die so nah am Wasser gebaut hat wie ich. Aber es tut gut. Wie fühlst du dich?«

»Ganz merkwürdig«, murmelte ich. »Einfach … merkwürdig. Ich kann nicht glauben, dass sie das ist. Es ist, als ob ich sie wirklich *ansehe.*«

TRUMPER, KATHLEEN. Genannt Kitty. Konnte sich an ihre Mutter wahrscheinlich auch nicht erinnern, genau wie ich, oder an ihren Vater. Sie hatte nur ihre Großmutter, die andere Kathleen, die schon über sechzig war, als ihre Tochter und ihr Schwiegersohn umkamen. Dann starb auch sie, bevor Kitty zwanzig war. Hatte sie meinen Vater vorher schon kennengelernt? Ich stellte mir meine Urgroßmutter – ich wollte, dass sie wie Mrs. Owen ausgesehen hatte, eine schwerfällige dicke Frau – im Bett sitzend vor, wie sie die Hand meiner Mutter hielt. *Ich bin so froh, dass du ihn hast, Herzblatt,* keuchte sie. *Mir wäre gar nicht wohl dabei, wenn du ganz auf dich allein gestellt wärst, wenn ich nicht mehr lebe …*

KITTY TRUMPER, HEIRAT MIT COLIN CARTER, ELEKTRIKER, 15. MÄRZ 1960. Colin, ein pfiffiger Bursche, der es – wie alle dachten – im Leben zu etwas bringen würde. Der hatte nämlich was gelernt. Kitty liebte ihn, aber er war so damit beschäftigt, es zu etwas zu bringen, dass er nie da war. Sie saß mit ihrem Baby zu Hause und manchmal ging sie in Green Down spazieren, an dem Soldaten vorbei, der das Tor zu den Gebäuden des Verteidigungsministeriums bewachte …

»Machen wir eine Pause«, schlug Mrs. Klein vor. »Die haben wir uns redlich verdient. Und ich brauche jetzt unbedingt 'ne Zigarette, nach der ganzen Aufregung.«

»Und wenn wir rausfinden, wann sie wieder geheiratet hat, was dann?«, fragte ich beim Mittagessen im Kardomah Coffee Shop nebenan auf dem Kingsway. Vom Bücherschleppen taten mir die Arme weh.

»Dann gibt's mehrere Möglichkeiten«, meinte Mrs. Klein. »Wenn ihr neuer Mann wirklich Soldat war, können wir ihn übers Verteidigungsministerium aufspüren, wenn wir gleich seinen Namen herausfinden. Vielleicht haben sie sogar noch die gleiche Adresse wie auf der Heiratsurkunde. Es ist wie eine Jagd, Katie.« Ihre Augen strahlten vor Begeisterung. »Wir pirschen uns über die Register und die Wählerlisten an sie heran.«

Ja, aber wessen Jagd war das?

Ich legte mein Sandwich hin. Es blieb mir nur in der Kehle stecken, und mir war überaus mulmig zumute. Was würde mein Vater nur sagen, wenn er herausfände, was ich hier machte? Vielleicht würde er denken, dass ich ihn nicht mehr liebte? Aber das stimmte nicht, überhaupt nicht, ich wollte nur nicht, dass er mit Janey zusammen war.

Mrs. Klein lächelte. »Mach dir keine Sorgen, wir finden sie, das verspreche ich dir. Und sie wird sich so freuen, dass du sie gesucht hast.«

Meine Finger wanderten in die Tasche zu dem Ammoniten. Er war so beruhigend wie Mrs. Kleins freundliche Stimme. Sie hatte Recht. Ich würde meine Mutter finden. Ich musste einfach.

Das Kardomah war voller Büroangestellter: Männer, die ihre Anzugjacken über die Rückenlehnen ihrer Stühle hängten, Frauen in adretten ausgestellten Röcken. Mrs. Klein überstrahlte die meisten von ihnen, Männer wie Frauen, in ihrem eleganten cremefarbenen Kleid, das an Janey Legge wie ein nasser Sack ausgesehen hätte.

Und meine Mutter? Hätte meine Mutter so ein Kleid tragen können?

»Sie müssen wunderschön gewesen sein, als Sie jung waren«, sagte ich zu Mrs. Klein.

»Danke, Katie.« Ihr Mund verzog sich, als hätte ich etwas Lustiges gesagt.

»Wussten Sie immer schon, dass Sie Mannequin werden wollten?«, fragte ich.

Sie lachte. »Trish übertreibt maßlos. Ich hab ein paar Jahre lang Kleider vorgeführt, das ist alles. Ich war noch keine zwanzig, als ich Robert heiratete. Und ich verrate dir ein Geheimnis. Ich bin nur Mannequin geworden, weil ich von zu Hause weggelaufen war.«

»Sie sind *weggelaufen*?« Ich konnte mir nicht vorstellen, warum jemand wie Mrs. Klein so etwas tun sollte.

»Ich hatte einen schlimmen Streit mit meinen Eltern«, erzählte sie. »Furchtbar. Also habe ich eines Nachmittags einfach nach der Schule den Zug ins West End genommen. Bin nie wieder nach Hause gekommen.«

»Nie wieder?«

»Na ja, ich hab sie natürlich mal besucht. Nach meiner Heirat, nachdem Marcus geboren war, habe ich sie besucht, weil Robert es so wollte. Aber einmal hat mir gereicht. Meine Mutter habe ich vor einigen Jahren im Krankenhaus gesehen, als sie Krebs hatte und im Sterben lag, aber mit meinem Vater habe ich seit Jahren nicht gesprochen.«

»Meine Güte.« Ich wusste nichts zu sagen. Es schien mir unhöflich weiterzufragen, auch wenn ich gerne gewusst hätte, warum sie ihren Vater so hasste. Ihre großen meergrünen Augen waren fest auf mich gerichtet, ich sah, dass sie beobachtete, wie ich reagierte.

»Er war kein sehr netter Mann«, erklärte sie. »Er …«

Einer der Büroangestellten stieß an unseren Tisch, als er sein Jackett anzog. Mein bis zum Rand mit Orangensaft gefülltes Glas wackelte und der Saft schwappte über. Mrs. Klein streckte die Hand aus, um ihn mit einer Papierserviette aufzuwischen, bevor er über den Tischrand tropfen konnte, warf das Glas dabei aber nur vollends um.

»Katie, das tut mir so leid …« Sie fing das Glas auf, bevor es vom Tisch rollen konnte. Der junge Mann im Anzug schlenderte ungerührt aus der Tür. »Meine Schuld. Wie ungeschickt von mir. Hast du was abbekommen?«

»Ehrlich gesagt, nein.« Ich sah hinunter auf meine Beine; ich trug wieder den Zigeunerrock. Die meisten Flecken waren rausgegangen, aber man sah noch ein paar ganz schwache rosa Stellen und jetzt auch einen orangefarbenen Fleck in der Nähe des Saums. »Jedenfalls nicht viel.«

»Bist du sicher? Nein, sieh mal, der ist ruiniert. Das tut mir schrecklich leid. Wir kaufen dir einen neuen, wenn wir nachher einkaufen gehen. Robert sagt immer, ich bin die ungeschickteste Frau, die er je gesehen hat.«

»Nein, es ist schon in Ordnung.«

»Nein, ist es nicht. Wie auch immer«, fuhr sie fort, »lass uns bezahlen und zum Register zurückgehen. Ich wette, wir finden die Wiederverheiratung deiner Mutter in der nächsten halben Stunde.«

Aber so war es nicht.

»Sie hat sich Zeit gelassen mit dem Heiraten«, meinte Mrs. Klein, als sie einen weiteren großen grünen Band zuklappte. »Ist das 1972, was du da hast?«

Meine Mutter hatte meinen Vater 1965 verlassen.

»Vielleicht irre ich mich, und sie hat den Namen deines Vaters nach der Scheidung nicht behalten, dann steht es unter Trumper. Oder vielleicht hat sie ihren Soldaten auch gar nicht geheiratet.«

Eine Welle der Erleichterung durchlief mich. Dann könnte sie immer noch zu uns zurückkommen.

»Vielleicht haben sie aber auch einfach so zusammengelebt. Das war in den Sechzigern. Wir brauchen natürlich die Scheidungspapiere, wie *dumm* von mir …« Sie nahm ihre Halbbrille ab und putzte sie. Dabei murmelte sie vor sich hin: »Es muss eine Adresse geben, das wäre ein Anfang … Oder Kinder. Vielleicht hatten sie Kinder, und wenn sie nicht verheiratet waren, wären sie doch wahrscheinlich unter ihrem Namen gemeldet.«

Kinder? Etwas schnitt mir heiß in die Brust.

»Sie meinen, ich habe vielleicht Geschwister?«

»Nun ja, *Halb*geschwister natürlich. Wenn sie bei ihm geblieben ist, muss sie eigentlich noch Kinder bekommen haben.«

»Aber …«

»Das könnte toll sein, Katie, du könntest eine ganz neue Familie bekommen.«

»Hören wir auf. Das reicht für heute. Ich … möchte aufhören.«

Mrs. Klein schob ihre Brille zurück auf die Nase und musterte mich darüber hinweg. *»Jetzt?«*

»Ja. Bitte. Ich weiß gar nicht mehr, ob ich sie noch finden will.«

»Aber wir sind so nahe am Ziel.«

Mir fiel wieder ein, was Mrs. Owen an dem Tag zu ihren Freundinnen gesagt hatte, als ich mich unter dem Tisch versteckt hatte: *Sie war in anderen Umständen, als sie ging.*

Wenn sie noch mehr Kinder hatte, warum sollte sie mich dann sehen wollen? Ich schloss die Augen, um die Tränen zurückzuhalten – andere Tränen jetzt, Tränen, die heiß und beißend aus dem harten Knoten in meiner Brust emporsprudelten. Meine Finger wanderten wieder zu dem Ammoniten in der Tasche. Er fühlte sich tot und leblos an. Er war ja auch nur eine Muschel aus Stein.

Ich bedeutete ihr nichts. Schließlich hatte sie *mich* verlassen, nicht nur meinen Vater. Es gab ein neues Baby, ein geliebteres Baby.

»Sie hat mich vergessen«, sagte ich. »Wenn es nach ihr geht, GIBT ES MICH GAR NICHT.«

Ein Mann an einem der Lesepulte sah hoch, blickte mich missbilligend an und legte einen Finger an die Lippen. Alles war im Fluss. Nichts fühlte sich noch sicher an.

»Schsch, Katie. Katie. Es ist gut.« Ich spürte, wie Mrs. Klein die Arme um mich legte. Ich hielt die Augen geschlossen und lehnte mich von ihr weg, widersetzte mich ihrem Trost. »Mach dir keine Sorgen. Ich halt dich ganz fest.« Zum Beweis umarmte sie mich heftiger. »Scht. Du bist ja steif wie ein Brett. Na bitte. Das tut gut. Ist ja gut.« Ich entspannte den Hals und vergrub das Gesicht an ihrer Brust. Ich spürte die harten Bügel ihres BHs und roch den süßen, pudrigen Duft ihres Deodorants. Sie legte ihr Kinn auf meinen Kopf.

»Ich hab's dir schon mal gesagt, deine Mutter hat dich *bestimmt* geliebt. Sie hat dich nicht verlassen wollen, aber sie musste. Damit du ein besseres Leben hast. Das hat sie jedenfalls gehofft.« Ihre Stimme war brüchig. »Vielleicht hatten sie nicht viel Geld. Vielleicht war ihr Soldat auch gerade an einen anderen Ort versetzt worden, wohin man ein Kleinkind nicht gut mitnehmen konnte. Und dann hat dein Vater sie wahrscheinlich davon abgehalten, zurückzukommen und dich zu holen.«

Das Schweigen wollte kein Ende nehmen.

Mein Vater sollte sie davon abgehalten haben? Mein Vater sollte ganz bewusst verhindert haben, dass ich meine Mutter wiedersah? Vielleicht hatte sie versucht, mir zu schreiben, und er hatte ihre Briefe versteckt. Ja, das passte, jetzt war es mir klar, aber woher wusste Mrs. Klein, dass mein Vater so etwas tun könnte? Ich hörte das Rascheln von Buchseiten, während alte Männer und Frauen nach ihren Vorfahren forschten, das Knarren, wenn die schweren Bände aus den Regalen gezogen wurden, den Verkehr, der draußen auf der Aldwych vorbeiraste.

»Katie …«

Es war zu verwirrend. In meinem Kopf war nicht genug Raum für all das Neue.

»Ich möchte nach Hause«, sagte ich.

»Warte«, meinte Mrs. Klein. »Ich finde, wir sollten das hier klären …«

»Nein«, erwiderte ich. »Ich kann nicht … Gehen wir.« Ich packte die Kante des Lesepults, damit ich nicht davonschwebte, quälend leicht, ein Nichts. Ich brauchte etwas Festes, etwas Schweres, das mich am Boden hielt. Ich spürte, wie der Ammonit in der Tasche an mir zerrte, aber er war nicht annähernd schwer genug. Nach Hause kam mir plötzlich ganz falsch vor.

»Sie haben gesagt, wir könnten nach South Kensington fahren.« Meine Stimme klang wie die der alten Damen, ein dünnes Flüstern.

Ich dachte an das Naturgeschichtliche Museum, wollte umherschlendern zwischen kühlen Glaskästen mit wie fein graviert aussehenden Steinen; in Sandstein eingebettetem, hauchdünnem Blätterflechtwerk, in Schiefer gebannten Farnen, glattpolierten Ammoniten und Trilobiten und stacheligen Fischskeletten; wollte Licht, das in breiten hellen Strahlen durch hohe Fenster hereinfiel, anders als in diesem trüben, müffelnden Raum voller Geflüster und vermisster Menschen. Ich wusste noch gut, wie mein Dad mit mir da gewesen war. Wenn ich dorthin zurück könnte, wäre dies alles weggewischt.

»Harrods«, sagte Mrs. Klein fröhlich. »Genau das, was du jetzt brauchst. Wir fallen bei Harrods ein.«

Normalerweise wäre eine Einkaufstour mit Mrs. Klein klasse gewesen. Man merkte sofort, dass sie schnell entschlossen war, und an diesem Nachmittag war es ihr Ehrgeiz, mich über und über mit neuen Klamotten zu beladen. Ich wollte nicht unhöflich sein. Ich kannte sie nicht gut genug, um ihr zu erklären, dass es nicht funktionieren würde. Sie war eine Naturgewalt, wirbelte von Ständer zu Ständer, flog unaufhaltsam von einer Etage zur nächsten. Da war es mir noch nicht in den Sinn gekommen, dass sie vielleicht ihre eigenen Dämonen abschütteln wollte.

»Nein«, entschied Mrs. Klein kategorisch, als ich an einem rüschenbesetzten hellblauen Oberteil zupfte, das ich nur ihr zu Gefallen anprobiert hatte. »Dafür bist du zu klein. Kleinen Frauen stehen klare Linien und Farben am besten. Was ist hiermit?« Sie hielt mir ein orangefarbenes T-Shirt hin. »Und kein blau, Katie. Das macht dich blass; deine Haut ist zu hell. Nimm wärmere Farben.«

Warum erzählte sie mir das? Es war mir egal. Sie schickte mich in die Kabine, die Arme voller Kleidungsstücke, und ich musste ihr alles vorführen, gleichgültig, ob es mir gefiel oder nicht. Ich wusste nicht, ob die Sachen mir standen, weil ich kein Mädchen sah, als ich vor dem Spiegel stand. Ich sah etwas Verlassenes, Verlegtes, Vergessenes. Oder etwas Weggeschlossenes und Verstecktes. Einerlei, ob meine Mutter mich verlassen oder mein Vater nicht erlaubt hatte, dass sie Verbindung zu mir aufnahm, da war eine Abwesenheit, eine Lücke. Ich war wie ein Vampir, der kein Spiegelbild hatte. Die Stoffe und Muster waren durchscheinend, Rauch in der Luft. Meine Augen blickten mitten durch sie hindurch auf löchrige Maschinenschrift in dicken roten Bänden; ich sah Listen mit Namen, und keiner davon gehörte wahrhaft zu mir.

»Und noch etwas«, sagte sie und zupfte ein Jersey-Oberteil zurecht. »Billig heißt nicht immer auch schlecht geschnitten oder schlechtes Material. Aber wenn du dir nicht viel leisten kannst, kauf lieber ein gutes Teil als sechs billige. Qualität sieht man.« Ein letztes Zupfen. »Ehrlich gesagt hast du das hier gut ausgesucht. Es steht dir. Du hast den richtigen Blick.« Ich hatte es aus einem Regal gezerrt, ohne zu sehen, was es war.

Plötzlich hielt ich eine Menge Tüten in der Hand. Woher kamen die alle?

»Macht es dir Spaß?«, fragte sie. Ich verstand, dass es ihr wichtig war.

»O *ja*«, sagte ich. »Es ist toll. Mit Ihnen einzukaufen, meine ich.«

»Tja, erzähl das mal Trish. Die will nicht mehr mit mir einkaufen gehen. Schreit mich im Umkleideraum an, das undankbare Gör.«

Ich warf verstohlen einen Blick in eine der Tüten. Sie enthielt einen Rock, viel schöner als der, den ich gerade trug, der immer noch klebrig war vom Saft. Ich erinnerte mich undeutlich, ihn anprobiert zu haben.

»Das können Sie mir doch nicht alles schenken«, protestierte ich, obwohl es bereits zu spät war.

»Sei nicht töricht. Ich hab dir deinen Rock ruiniert«, sagte sie. »Es hat Spaß gemacht. Altes New Yorker Sprichwort: Wenn nichts mehr hilft, hilft nur noch einkaufen. Wir müssen schleunigst zum Zug. Geht's dir besser?«

Woher sollte ich das wissen? Ich erinnerte mich kaum an irgendetwas, seit wir das St. Catherine's House verlassen hatten. Ich hörte immer noch die Klimaanlage brummen, mmmm, mmmm, mmmm. Sie übertönte die seichte Kaufhausmusik in den Geschäften, in denen wir gewesen waren. Ich fühlte mich immer noch gefährlich leicht und durchscheinend. Aber ich sah, dass es Mrs. Klein besser ging, also nickte ich.

»Wir nehmen ein Taxi«, sagte sie und winkte hoffnungsvoll mit ihrem kleinen roten Schirm, als wir in Knightsbridge auf dem Bürgersteig standen. »Vielleicht gönne ich mir im Zug sogar einen klitzekleinen Gin Tonic. Schmeckt ohne Eis natürlich scheußlich. Aber der Tag war ein bisschen anstrengend.«

Ich überlegte, ob ich mich im Zug so lange wie möglich auf der Toilette verstecken sollte. Aber auf dem Boden standen Pfützen und überall lag feuchtes Klopapier, deshalb ging ich gar nicht erst rein. Die am anderen Ende des nächsten Waggons sah genauso aus, und die dahinter hielt jemand besetzt, der offenbar den gleichen Einfall gehabt hatte wie ich und nicht vorhatte, wieder rauszukommen. Vielleicht versteckte er sich vor dem Schaffner.

»Geht's dir gut?«, fragte Mrs. Klein, als ich mich wieder gesetzt hatte. »Du warst ziemlich lange weg.«

»Mir geht's gut. Ich bin müde.«

»Also, ich will dich ja nicht drängen, aber wir sollten bald noch einmal zum St. Catherine's House fahren. Und es wäre sehr hilfreich, wenn du die Scheidungspapiere deines Vaters finden könntest.«

Ich sehnte mich danach, allein zu sein.

»Ich denk drüber nach«, meinte ich. »Das muss ich alles erst mal verarbeiten.«

Wir ratterten durch Didcot. Mrs. Klein betrachtete die Bläschen in ihrem Gin Tonic; ich sah hinaus auf die Hügel in der Ferne. In einen der Hügel ist ein riesiges weißes Pferd eingekerbt. Ich wusste das noch von der Zugfahrt nach London mit meinem Vater.

Verriet ich ihn? Oder hatte er mich verraten? Mir fielen die Winterspaziergänge ein, bei denen wir Ammoniten ausgegraben hatten. Eiscreme. Die rosa Bluse. Er hatte für mich gesorgt, seit meine Mutter fort war. Sie hatte mich verlassen, mit dem neuen Baby im Bauch.

»Katie«, sagte Mrs. Klein. Ich sah sie an. Ihr Blick war immer noch auf das Ginglas gerichtet. »Katie, ich möchte mit dir über eine Sache reden. Vielleicht ist jetzt nicht der richtige Zeitpunkt ...«

»Ja«, sagte ich. Ich meinte damit, ja, es ist der falsche Zeitpunkt, egal, worum es geht.

»Dein Vater«, begann sie. »Trish hat mir erzählt ...«

»Hat Ihnen was erzählt?«, fragte ich. Das heiße, erstickende Gefühl war wieder da.

»Ich glaube, du solltest deinem Vater nicht erzählen, was wir heute gemacht haben«, sagte Mrs. Klein. »Wenn man bedenkt, wie er ist.«

»Was hat Trish Ihnen erzählt?«

Mrs. Klein wirkte verlegen.

»Katie, ich weiß, wie das ist«, sagte sie. »Ich weiß es ganz genau.« Sie senkte die Stimme. »Du hast wahrscheinlich das Gefühl, dass du die Einzige auf der Welt bist, der so etwas passiert, aber glaub mir, dieses Schicksal haben viele Mädchen. Mein Vater ... nun, was glaubst du, warum ich von zu Hause weggelaufen bin?«

Jetzt war mir alles klar. Dachte sie, ich würde nicht drauf kommen? Ihre Sehnsucht nach dem Baby, das sie zur Adoption freigegeben hatte, steckte in den Tüten in der Gepäckablage über uns. Aber ich erwiderte nichts, wandte mich bloß ab und hielt durchs Fenster Ausschau nach dem weißen Pferd.

»O Gott.« Mrs. Klein verbarg den Kopf in den Händen. »Ich mache alles falsch.« Sie sprach zu der Tischplatte zwischen uns. »Ich bin weggelaufen, weil mein Vater mich immer geschlagen hat. Er hat auch meine Mutter verprügelt. Ich wollte, dass sie ihn verlässt, aber sie wollte nicht, sie wollte nicht mal mit mir darüber reden. Ich bin nicht nur weggelaufen, weil er mich verdroschen hat, sondern weil ich es nicht mehr ertragen konnte, dass er sie schlug.« Als sie hochsah, standen ihr die Tränen in den Augen. »Gewalt ist etwas sehr Schlimmes. Du musst stark sein und dich dagegen wehren und es jemandem erzählen, Katie.«

»Trish hat mal wieder übertrieben«, sagte ich so kühl wie möglich. »Ich weiß nicht, wovon Sie reden.«

VIERTER WEIHEGRAD – DER LÖWE

Je tiefer man in den Mithraismus eindringt, desto deutlicher sieht man, wie sehr er in unsere heutige Welt nachwirkt. Beispielsweise kann jeder, der in der Zeitung sein Horoskop liest, eine Reihe mithraischer Symbole wiedererkennen: Taurus, den Stier, der im Frühling geopfert wird; Gemini, die Zwillinge, Hoffnung und Verzweiflung; Virgo, die Jungfrau, hat hingegen gewiss etwas mit Nymphus, dem Transvestiten, unserer männlichen Braut zu tun. Ebenso vertraut ist uns der Name, der dem Eingeweihten des vierten Grades verliehen wurde: Leo, der Löwe. Sein Element ist wie das des Tierkreiszeichens das Feuer.

(*Das Mithras-Mysterium* von Martin Ekwall,
Oxford University Press)

19

»Du musst mich so bald wie möglich wieder da runter bringen«, bedrängt Martin mich, als wir in Bath auf den Bahnhofsvorplatz fahren. Pendler, die den Frühzug nach London nehmen wollen, strömen über die Fahrbahn und zwingen uns ein Schneckentempo auf.

»Es ist komplizierter als ich dachte.« Es ist nur ein Behindertenparkplatz frei, also stelle ich mich dorthin. »Ich dachte, du überprüfst einfach die Echtheit des Symbols auf der Säule, dann hätte keiner erfahren, dass ich dich unter Tage gebracht habe. Vergiss es erst mal, ja? Ende der Woche fliegst du sowieso nach Kalifornien. Lass uns nach Weihnachten weitersehen.«

Hinter mir hupt jemand. Im Rückspiegel entdecke ich einen Mann in einem kleinen roten Auto, zwei winkende Finger und einen Behindertenausweis. Martin steigt aus und holt seine Tasche vom Rücksitz.

»Das sieht dir gar nicht ähnlich, Kit. Du hast doch damit angefangen. Warum bekommst du jetzt kalte Füße?«, will er wissen. »Dir ist offenbar nicht klar, was für eine Entdeckung das sein könnte. Weißt du, was mein Dad damals über dich gesagt hat? Er meinte, du könntest dich aus Prinzip nicht dazu durchringen, etwas zu glauben, was ein Mann sagt.« Er richtet sich auf, hängt sich die Tasche über die Schulter und beugt sich dann wie ein Liebhaber, der seine Liebste zum Abschied küssen will, wieder zu mir rein. »Und dass du einen Mann geheiratet hast, bei dem du dich darauf verlassen konntest, dass er dich enttäuscht.« Ungewöhnlich übellaunig schlägt er die Tür zu und geht in den Bahnhof.

Brendan hat eine Kanne richtigen Kaffee gekocht, extra stark, weil es Montagmorgen und immer noch früh ist. Gary kommt in die Küche. Er nickt mir zu, so knapp, dass es mir wie eine Abfuhr vorkommt. Das ist nicht fair: Schließlich bin nicht ich unangekündigt mit Blumen und Wein reingeplatzt. Ich sollte ihm möglichst diskret zu verstehen geben, dass Martin und ich kein Paar sind.

Mach es offensichtlich, sagt Martin in meinem Kopf. *Es macht nichts, wenn du dich lächerlich machst. Du weißt doch, wofür.*

Wenn ich auf dem letzten Stand bin, ist Martin dreimal dafür verwarnt worden, dass er es auf öffentlichen Toiletten zu offensichtlich gemacht hat.

»Ich muss dich sprechen«, sagt Gary zu Brendan. »Wegen der Bodenbewegungsmelder. Sobald du einen Augenblick Zeit hast.«

»Kaffee?«, fragt Brendan und drückt den Stempel der Stabfilterkanne runter.

»Nein.« Und schon ist Gary in sein Büro am anderen Ende gegangen.

»Schlechte Laune«, bemerke ich.

»Ach, na ja. Er ist Bergmann. Er misstraut der neuen Technologie. Und natürlich hat er Ärger mit seiner Frau«, meint Brendan und gießt sich mit einem Lächeln, das besagt, *wir Männer verstehen uns,* Kaffee in seinen Becher.

»Ich dachte, er ist geschieden«, rutscht es mir raus.

»Zum Glück. Aber er kann sie offenbar nicht gehen lassen.«

Das ist wirklich nicht das, was ich hören wollte, aber Brendan trägt jetzt ein großes Geschlossen-Schild vor dem Mund und wendet sich mit seinem riesigen Kaffeebecher zur Tür. Als ich die Kanne nehme, um mir auch einen Kaffee einzugießen, ist noch ein halber Fingerhut voll übrig.

Draußen macht sich die erste Schicht Bergleute bereit, unter Tage zu gehen. Ted und seine Mannschaft schlüpfen in ihre Arbeitskleidung. Alle sehen mich an, als ich vorbeigehe, und einer sagt gerade so leise, dass ich nicht sicher bin, was ich höre, entweder *Lesbe* oder *Wespe*.

Als ich durch den schmalen Durchgang zwischen den Lagerschuppen zu meinem Büro gehe, blicke ich mich um: Gary hat sich zu den Bergleuten am Schachteingang gestellt. Ich beobachte ihn lange genug, um sicher zu sein, dass er unter Tage geht, dann schleiche ich mich in sein Büro und lege den Schlüssel wieder in seine Schreibtischschublade. Ich bin froh, ihn los zu sein.

Green Down erwacht gerade zum Leben, als ich zum Zeitungskiosk gehe, um eine Zeitung und Zigaretten zu kaufen. Ich setze mich auf die Friedhofsmauer, rauche eine und denke über Martins letzten Seitenhieb nach. Es stimmt nicht. Nick war … Nein, der Alkohol hat ihn dazu gebracht, sich so zu verhalten, wie er es tat, und als ich ihn heiratete, wusste ich noch nicht, wie der Alkohol Menschen verändert.

Flache Pfützen sind immer noch mit einer knisternden Eisschicht bedeckt, aber der Himmel ist blau. Auf der anderen Straßenseite hat der wilde Wein an einer georgianischen Häuserzeile nur noch wenige rote Blätter. Die Jahre haben das Buttergelb des Steins in ein anheimelndes verwittertes Grau verwandelt.

In meiner Jugend bin ich diese Straße jeden Tag entlanggegangen. Um mich herum leben die Menschen ihren Alltag. Frauen rollen in leeren Minivans durch die schmale Straße, fahren links ran, um einander vorbeizulassen. Kinder in Schulblazern trotten mit Chipstüten vorbei. Jungen *und* Mädchen. St. Anne's macht jetzt wohl Koedukation. Ein Mann mit weißen Haaren, die er über seine rosa Kopfhaut zurückgekämmt hat, kommt durch das Friedhofstor; eine Bassethündin, deren Zitzen über den Boden schleifen, watschelt hinter ihm her. Er lächelt und hebt die Hand, als würde er mich kennen.

Sie wirken alle bemerkenswert unbekümmert, wenn man bedenkt, dass sie auf einem Pulverfass sitzen. Die Gruben gibt es seit mindestens zweihundert Jahren, warum sollten sie jetzt einstürzen? In den Kriegsjahren, erzählte mir Mrs. Owen, lagerte das Marineministerium Wasserbomben in den Tunneln, und niemand hat auch nur mit der Wimper gezuckt. Die Bombenhüllen rosteten in der Feuchtigkeit, und alle paar Monate kratzten Frauen und Gefangene als Beitrag zu den Kriegsanstrengungen den Rost wieder ab. Aber ich frage mich trotzdem, ob diese Leute nachts aufwachen und sich vorstellen, sie könnten spüren, wie ihre Häuser schwanken.

Ich kehre an die Arbeit zurück. Gilmerton. Brendan hat Recht. Was da in Schottland passiert ist, war beinahe eine Katastrophe. Wenn man sein Zuhause verliert, dann glaubt man vielleicht, dass das kein »Beinahe« ist. Ich habe die wankenden Stützsäulen gesehen, angenagt von gierigen Steinsägen. Warum will ich mir etwas ausdenken, was das Verfüllen hinauszögert? Wir müssen das so schnell wie möglich über die Bühne bringen. Was da unten ist, soll im Verborgenen bleiben. Sollen die Steinbrüche ihre Geheimnisse bewahren.

Die erste Website, welche die Suchmaschine findet, als ich *Gilmerton UND Steinbruch* eingebe, ist ein Zeitungsarchiv. Text und Bilder: eine Reihe Nachkriegshäuschen am Tag der Evakuierung. Man käme nicht darauf, dass da etwas nicht in Ordnung war. Nur sieht man keine Leute und keine Autos. Ein Gartentor steht offen, ein Spielzeugpferd liegt verlassen auf dem Weg dahinter. In einigen Häusern sind die Vorhänge zugezogen, als hätten die Eigentümer die Vorstellung nicht ertragen, dass jemand ins Haus sieht, während sie fort sind. Die Straße ist menschenleer. Es ist, als betrachte man das Gesicht eines Verstorbenen: Etwas fehlt.

Wie haben sie sich gefühlt, als man ihnen sagte, sie müssten sofort raus? War es früh am Morgen – Frauen, die Frotteebademäntel anzogen, und unrasierte Männer in Unterhemden, die ihre Kinder aus dem Haus scheuchten, die zurückblickten, während sie den Gartenweg entlanghasteten und sich fragten, ob sie ihre Häuser gleich langsam hinter sich im Boden versinken sähen; die Kinder enttäuscht, als das nicht geschah? Oder vielleicht kam die Polizei auch mitten am Tag, und einige Leute waren bei der Arbeit und wussten von nichts, und als sie am Abend nach Hause kamen, verstanden sie nicht, warum sie keine spielenden Kinder und keine Lichter und überhaupt niemanden sahen …

Ein Schauder überläuft mich. Das geht mir an die Nieren, die Vorstellung, dass sie nach Hause kamen und nicht begriffen, dass etwas nicht stimmte. Ganz kurz hätte ich schwören können, dass die Wände des Büros wackeln.

Ich ersticke. Ich muss raus. Meine Hand …

Ganz ruhig, Katie. Es wird nicht mehr wehtun. Zwei, drei und aufwachen …

Ich kann mich nicht erinnern, aufgestanden zu sein, aber ich stehe, als die Tür aufgeht, und reibe die weiße Narbe auf meiner Handfläche.

»Morgen«, zwitschert Dickon. »Guten Morgen, guten Morgen, guten Morgen, Sonnenschein …« Er blickt mich verdutzt an. »Geht's Ihnen gut? Sie haben eine ganz komische Gesichtsfarbe.«

»Bestens«, sage ich. Ich höre eine unregelmäßige Atmung. Vermutlich meine.

»Nein, es geht Ihnen nicht bestens, oder?«

Er kommt auf mich zu und ich weiche zurück, nur dass ich nirgendwohin zurückweichen kann, deshalb lande ich mit dem Hintern an der Schreibtischkante. Ich möchte ihn anschnauzen, *Lassen Sie mich in Ruhe,* aber hinter meinem Geisteszustand stehen hier bei der Arbeit sowieso schon genug Fragezeichen, deshalb tue ich das, was ich immer tue, wenn ich mich in die Enge getrieben fühle.

»Hab mit meinem Freund Schluss gemacht«, erkläre ich. »Dieses Wochenende. Tut mir leid, Dickon. Ich hasse Gefühlsausbrüche. Es geht schon, ehrlich.« Der Teil stimmt: Es geht wirklich. Das erstickende Gefühl ist schon wieder weg. Wahrscheinlich hat Dickons Nähe es aus meinem Kopf vertrieben.

»Ach, Kit«, sagt er, und seine Augen fließen über vor gespielter Besorgnis. Er ist mir noch immer viel zu nahe. »Das ist ja schrecklich. Brauchen Sie ein Taschentuch?« Er wühlt in seiner Tasche. »Ich verstehe Sie gut. Die Sache ist die: Es wird auch nicht leichter, je älter man wird, oder?«

Ver*piss* dich, Dickon. Er ist dermaßen unsensibel – das kann er doch unmöglich ernst gemeint haben? –, ich weiß nicht, ob ich ihn schlagen oder einfach nur lachen soll.

»Ich weiß alles über Liebeskummer«, fährt er fort und findet schließlich ein Taschentuch, das so zerknittert und fleckig ist, dass selbst er den Anstand besitzt, es gleich wieder wegzustecken. »Vielleicht hat Rosie Taschentücher in ihrem Schreibtisch. Ob Sie's glauben oder nicht, ich musste auch einige Zurückweisungen hinnehmen.«

Was für ein Schwachkopf.

»Aber es ist doch so: Man muss weiter dran glauben, dass es für jeden irgendwo jemanden gibt. Jetzt tut es natürlich schrecklich weh, aber ich verspreche Ihnen …«

Hilfe! Er soll sofort aufhören!

»… dass Sie eines Morgens aufwachen und merken, dass Sie eine ganze Nacht nicht von ihm geträumt haben.«

Die Tür geht auf. Jemand hat meinen stummen Hilfeschrei gehört: Rosie.

»Ich hoffe, ihr habt schon Wasser aufgesetzt«, sagt sie. »Es ist saukalt heute Morgen.«

»Kits Freund hat mit ihr Schluss gemacht«, erklärt Dickon feierlich.

Rosies dunkle Augenbrauen verschwinden unter ihren blonden Strähnchen.

»Tatsächlich?«, meint sie und sieht mich, die ich ihr erst letzte Woche erzählt habe, dass ich Single bin, durchdringend an. »Hat Sie sitzen lassen, ja? Der alte Wie-hieß-er-noch-gleich?«

»Es war eher in gegenseitigem Einverständnis«, murmle ich. »War schon lange fällig. Es geht mir gut, Rosie, Dickon ist nur im falschen Moment reingekommen.«

»Okay«, sagt Dickon. »Kapiert. Ihr wollt unter euch sein ...«

»Nein, du bist dran mit Kaffeekochen«, versetzt Rosie. »Und zwar zackig!« Die Tür knallt zu, als Dickon davonhastet. Ich weiß nicht, wie sie das macht, aber ich könnte mir jedenfalls ein Scheibchen davon abschneiden, wenn ich unten bei Ted und seinen Jungs bin.

Sie hebt eine Augenbraue, um mir zu bedeuten, dass da eine Erklärung fällig ist.

»Entschuldigung«, sage ich. »Montagmorgen. Ich freue mich nicht gerade darauf, den Bergleuten gegenüberzutreten, aber das wollte ich ihm nicht sagen.« Nicht gerade eine Million Meilen von der Wahrheit entfernt, aber genau genommen immer noch geschwindelt.

Rosies Gesicht lächelt mitfühlend. »Keine Sorge. Die werden schon lernen, Sie zu respektieren. Huw findet Sie nett.«

»Ihr Freund ist eben ein bisschen moderner.«

»Ich hab was, das Sie garantiert aufmuntert«, meint Rosie. »Lassen Sie uns unter Tage gehen. Huw sagt, sie schaffen heute Steine weg.«

Hin und wieder stoßen die Bergarbeiter, die unter Tage die Schutzgänge bauen, auf Stellen, an denen die Steinhauer früher riesige behauene Steinblöcke zurückgelassen haben. Niemand weiß, warum man diese Blöcke nicht über Tage gebracht hat; vielleicht hielt man sie für minderwertig, oder der Kran war zusammengebrochen, oder dem Eigentümer des Steinbruchs war das Geld ausgegangen.

All dies erklärt mir Rosie, während wir die Leiter hinunterklettern. Es gehört nicht gerade zu ihrer Arbeit als Verwaltungsassistentin, unter Tage zu gehen, aber Rosie hält es für eins ihrer Vorrechte.

»Und was ist so besonders daran, dass sie die wegschaffen?« Ich habe schon so viele Steine gesehen, die irgendwo hingeschafft wurden, dass man damit die Pyramiden wiederaufbauen könnte. Ich kann mir nicht vorstellen, warum es mich interessieren sollte, wie da ein paar Steinblöcke weggeräumt werden. Aber Rosie hat ein dickes Grinsen im Gesicht.

»Sie werden schon sehen.«

Rosies Freund Huw arbeitet mit dem Waliser Team in einem Bereich, in dem bis ins zwanzigste Jahrhundert Stein gebrochen wurde. Anstatt in großen höhlenartigen Hohlräumen wurde der Stein da schon in quadratischen Kammern abgebaut, die man durch die breiten Tunnel erreichte, die die Bergleute Strecken nennen. Eine davon muss nun geräumt werden. Wir stellen uns zu einer Gruppe Bergarbeiter an einer Kreuzung von zwei Strecken. Die Abzweigung zur Rechten ist durch zwei massive Blöcke versperrt, jeder praktisch von der Größe eines Doppelbetts.

»Willst dir die Show nicht entgehen lassen, was?«, fragt Huw.

»Unverbesserlich, deine Rosie«, meint Cennydd, der Schichtführer.

Ein tiefes, urtümliches Grollen dringt aus dem Tunnel zu unserer Linken. Mich kribbelt es. Da kommt etwas, wird lauter und lauter. Plötzlich wird es heller, viel heller als das Licht der Glühbirnen an den Metallstreben über uns. Das Licht prallt von den Wänden zurück, als das, was da kommt, um eine Kurve schlingert und dann mit ohrenbetäubendem Röhren aus der Abzweigung donnert.

Alle treten instinktiv einen Schritt zurück. Es ist ein Ungetüm, ein großes gelbes Metallmonster mit einem einzigen hellen Auge und langen bösartigen Hörnern. Mit gesenktem Kopf springt es über die Kreuzung und versenkt seine Hörner tief unter einem der riesigen Steinblöcke. Dann springt es mit einem weiteren mächtigen Röhren zurück. Ich könnte schwören, dass es versucht, den Stein zu werfen, damit zu jonglieren. Es dreht und wendet sich, krümmt sich in der Mitte, hüpft auf seinen großen dicken Reifen, macht in einer für den beschränkten Raum irrwitzigen Geschwindigkeit Ausfälle nach hinten und nach vorn, zeigt uns erst sein großes stieres Auge, dann die vier blendend hellen Scheinwerfer an der Rückseite. Die bis zum Äußersten beanspruchten Räder bespritzen uns mit Matsch. Wir stehen alle geduckt an der Wand, mit offenen Mündern und halb geblendet von den umherschwenkenden Scheinwerfern, aber wir können die Augen nicht von diesem außergewöhnlich urtümlichen Kampf zwischen Maschine und Fels abwenden. Die ganze Zeit über röhrt das Ungetüm wie ein wütender Dinosaurier, der seine Beute schüttelt, bis es den gewaltigen Steinblock irgendwie auf der Metallgabel an seiner Vorderseite ausbalanciert hat. Dann schießt es im Rückwärtsgang aus der Kammer. Die Scheinwerfer verschwinden in der Strecke, und das Donnergrollen wird allmählich leiser, bis wir mit klingelnden Ohren in der Stille zurückbleiben.

Mir stehen sämtliche Haare zu Berge, es kribbelt mich überall.

»Was war das denn?«

»Gary«, sagt Rosie. »Gut, was?«

Aber das Donnergrollen kommt zurück und übertönt uns. Da sind sie wieder, die zustoßenden Hörner, das blendend helle Auge, und donnern an uns vorbei zum nächsten riesigen Steinblock. Diesmal kann ich in der Fahrerkabine eine Gestalt erkennen, deren Profil unter dem Helm und den Ohrenschützern ich undeutlich als Garys wahrnehme. Ich glaube, er lächelt.

Die lange Metallgabel stößt unter den Stein; Gary wechselt in einen höheren Gang, und die Maschine erbebt. Die vier Rücklichter schwenken auf uns zu, als der Fahrlader auf dem schlammigen Boden ins Schleudern kommt. Wir stieben in alle Richtungen auseinander, obwohl Gary genau zu wissen scheint, was er da tut, und die Maschine wieder unter Kontrolle bekommt; wir sind eigentlich nicht in Gefahr, unter den riesigen Rädern zermalmt zu werden – es kommt einem nur so vor.

Er donnert wieder auf den Stein zu, und diesmal heben die Räder vom Boden ab, als der Lader mit aufheulendem Motor versucht, das Gewicht aufzunehmen.

»Er gibt an!«, brüllt Huw mir ins Ohr.

Der Lader weicht wieder zurück, schwenkt mit knirschendem Getriebe quer durch den Raum und senkt die Gabel, um den Stein zu attackieren. Bis jetzt hat er nur mit dem Block gespielt, aber nun wird es *ernst*, und es sieht so aus, als bohre er sich regelrecht in den Stein, er schiebt und schüttelt, bis der Motor wieder aufheult. Schließlich scheint der Block auf der Gabel zur Ruhe zu kommen, die Maschine hat bekommen, was sie wollte, und nun röhrt sie triumphierend oder befriedigt auf. Das Auge schwenkt herum und blendet uns alle, dann legt Gary krachend den Rückwärtsgang ein und verschwindet wieder in der Strecke.

Mir ist ganz schwach, ich keuche.

»Verdammt feine kleine Maschine«, sagt Cennydd. »Auf die kann man sich verlassen. Zweihundertsiebzig Pferdestärken, hydraulischer Steuerknüppel, Aufsteckschaufeln. Und er weiß genau, wie er das Ultimum aus ihr rausholt, stimmt's?«

Rosie und ich sehen uns an.

»Er ist so *animalisch*«, meint Rosie, als wir durch den Schutzgang zurücktrotten. »Als ich ihn zum ersten Mal sah, fuhr Cennydd ihn, und ich musste an eine Ameise denken, wissen Sie, die etwas heben will, was zehnmal so viel wiegt wie sie selbst. Der Lader sieht ja auch ein bisschen ameisenähnlich aus; ich glaube, einige der Bergleute nennen ihn sogar die Ameise. Aber dann hab ich gesehen, wie Gary ihn fährt.«

»Ja«, sage ich. »Hat nicht mehr viel von einer Ameise, wenn er am Steuer ist.«

»Dachte ich mir doch, dass Ihnen das Spaß macht.«

Etwa eine halbe Stunde später kommt Gary ins Büro geschlichen. Er wirkt ein bisschen verlegen.

»Was machen Sie Donnerstagabend?«

Mein Gesicht wird heiß. Genauer gesagt ist mir überall warm.

»Da ist doch der Informationsabend«, fährt er fort, »und Brendan hat mich gebeten, so viele von uns mitzubringen wie möglich.«

Oh. Ich erinnere mich dunkel an die Diskussion an meinem ersten Nachmittag auf dem Gelände; ich hatte ganz vergessen, dass es diesen Informationsabend geben sollte.

»Warum sollen wir denn da alle hingehen?«, will ich wissen.

»PR, im Wesentlichen. Damit wir wie nette freundliche Leute wirken. Er legt besonderen Wert darauf, dass Sie anwesend sind.«

»Soll ich auch ein Kleid tragen?«

»Wie bitte?«

»Vergessen Sie's. Ich kann gern das ›menschliche Antlitz des Bergbaus‹ spielen.« Um ehrlich zu sein, ich habe sowieso nichts Besseres vor.

»Soll ich Sie dann abholen? Nachdem wir doch in der gleichen Richtung wohnen?«

Dickon blickt uns aus seiner Ecke des Büros finster an.

»Ja, gerne.«

Zum Glück sind sie beide gerade woanders, als mein Handy klingelt: Martin, den Geräuschen nach immer noch im Zug.

»Bist du noch nicht da?«, frage ich. »Laub auf den Gleisen? Typisch.«

»Nein.« Seine Stimme klingt plötzlich völlig entstellt und ich verpasse etwas. »… Kurator. Was für ein hilfreiches Gespräch. Viel Stoff zum Nachdenken. Vielleicht muss ich absagen …« Die Verbindung wird wieder undechiffrierbar und ich kann nur einen Fetzen über »einsame Schwuchteln, die nichts Besseres vorhaben« aufschnappen. »Entschuldige. Bist du noch da? Ich glaube, wir sind gleich am Box Tunnel.«

»Am Box Tunnel? Du bist nur fünf Minuten von Bath entfernt? Was hast du den ganzen Vormittag lang gemacht?«, frage ich ihn.

»Hab ich dir doch gesagt. Ich hab die römischen Bäder besucht. Den Kurator hab ich mal auf einer Konferenz kennengelernt …«

Die Verbindung ist unterbrochen. Ich stelle mir vor, wie der Zug sich wie ein Wurm in den Box Tunnel schlängelt – auch so ein Kalksteinsteilhang, der von unterirdischen Steinbrüchen durchlöchert ist.

20

Der Winter ist die beste Zeit, um nach Ammoniten zu suchen. Dann sind die Äcker frisch gepflügt, und die lockere Erde löst sich leicht.

Es war wenig sinnvoll, in einem trockenen Sommer danach zu suchen. Die Erde unter der verfilzten gelben Rasenschicht war knochenhart. Ich lag auf der Wiese, auf der Trish die Biologiestunde gegeben hatte, unter einem Baum auf dem Bauch. Sogar die Kuhfladen waren hart und trocken; die Kühe waren auf eine andere Weide umgezogen.

Im Winter hatte ich mit meinem Vater dieses Feld abgeschritten, und wir waren mit zwei fast perfekten Ammoniten, groß wie Untertassen, nach Hause gekommen.

Ich hackte wütend auf die Erde ein. Aber die Pflanzkelle, die ich aus der Garage mitgenommen hatte, hinterließ kaum Spuren. Die Erde gab ihre Geheimnisse nicht preis.

Ich war meinem Vater noch nicht begegnet, seit ich aus London zurück war. Hatte er meine Mutter davon abgehalten, mich zu sehen? Ich wusste immer noch nicht, was ich glauben sollte.

Nachdem Mrs. Klein mich am Vorabend am oberen Ende der Straße abgesetzt hatte, hatte ich die Einkaufstüten einfach hinten in meinen Schrank geworfen, aber ich fühlte mich zu angespannt, um ins Bett zu gehen. Stattdessen war ich durchs leere Haus gestreift, ein Geist in meinem eigenen Zuhause. Mein Vater hatte mich vorgewarnt, dass es bei ihm spät werden könnte. Freitagabend mit Janey Legge: Ich stellte sie mir zusammen im Pub vor oder irgendwo beim Tanzen, wo sie steife Rock'n'Roll-Schritte machten wie die Leute aus der Generation meines Vaters in den Schwarz-Weiß-Filmen im Fernsehen.

Ich ging in das ehemalige Zimmer meiner Mutter. Das orangegelbe Licht der Straßenlaterne beleuchtete meinen Fenstersitz, auf den ich mich immer gekauert hatte, um Gary zu beobachten. Ich öffnete die Schubladen der Frisierkommode und fuhr mit einer Hand durch die seidigen Halstücher. Es war, als hielte ich meine Hand in kühles Wasser. Doch nach einer Weile wurden die Halstücher warm, und der Arm tat mir weh. Ich setzte mich auf den Fenstersitz und sah hinaus in die Nacht.

Im Westen glühte der Himmel immer noch schwach. In Garys Zimmer auf der anderen Straßenseite war alles dunkel. Es war Freitagabend. Bestimmt war er mit seinen Kumpeln unterwegs. Vielleicht mit einem Mädchen. Ganz tief unten in meinem Bauch schlug etwas Purzelbäume.

Irgendwo im Haus lagen die Scheidungspapiere meines Vaters mit der Adresse meiner Mutter. Und vielleicht, wenn Mrs. Klein Recht hätte, ein Bündel an mich adressierter Briefe von ihr. Wer von ihnen hatte mir das angetan: Mutter? Vater? Wollte ich die Wahrheit wirklich wissen?

Wo könnte er sie aufbewahren?

Ich hatte schon einmal nach den Scheidungspapieren gesucht, als ich die Informationen über Kitty gesammelt hatte. Es gab nur eine Stelle, an der ich nicht hatte suchen können: der Sekretär meines Vaters im vorderen Zimmer im Erdgeschoss. Da machte er jeden Sonntagabend die Abrechnung, schrieb in seiner ordentlichen Handschrift Rechnungen, während ich am Küchentisch meine Hausaufgaben erledigte.

Im Licht der Straßenlaterne stand ich vor dem Sekretär. In der Klappe vorn war ein Schlüsselloch, in der Schublade darunter noch eins, und darunter war ein abgeschlossener Schrank. Als ich das letzte Mal nach den Papieren gesucht hatte, war mein Vater bei der Arbeit gewesen und hatte seinen großen Schlüsselring bei sich. Heute Abend war er mit Janey tanzen gegangen. Ob er die Schlüssel mitgenommen hatte? Wenn er etwas trinken wollte, hätte er den Lieferwagen stehen lassen.

Die Schlüssel waren in seinem Schlafzimmer, sie glänzten und lagen zusammen mit einer Hand voll Kleingeld auf der Kommode. Ich streckte die Hand aus, dann hielt ich inne. Es ging nicht. Mein Vater würde mich umbringen … Und zu Recht. Es wäre ein Verrat.

Wessen Verrat? Warum war er nicht ehrlich zu mir gewesen? Meine Finger umklammerten die Schlüssel.

Die obere Hälfte des Sekretärs war voller Papiere: Quittungen, Rechnungen, Rechnungskopien. Aber das war schnell durchsucht, denn alles war in beschrifteten Fächern untergebracht; typisch mein Vater. Alles da drin hatte mit seiner Arbeit zu tun.

In der Schublade darunter war nur leeres Schreibpapier, ebenfalls ordentlich in von ihm selbst angefertigten Fächern sortiert.

Nun blieb nur noch der Schrank darunter. Ich drehte den Schlüssel um; die Tür schwang auf, und ein Sammelsurium an Papieren und Zeitschriften und alten Schuhkartons ergoss sich auf den Boden. Bestürzt betrachtete ich das Chaos und fragte mich, wie ich diesen unerwarteten Erdrutsch wieder in den Schrank bekommen sollte, damit mein Vater nicht merkte, dass ich herumgeschnüffelt hatte. Es war naiv von mir gewesen, einfach seine Papiere zu durchsuchen. Es war nach zehn; er konnte jeden Augenblick nach Hause kommen. Ich stopfte den Schlamassel hastig wieder in den Schrank zurück.

Als ich den letzten Schuhkarton hineinschob, gab der ramponierte Deckel nach, und zu meiner Verblüffung sah ich meiner Mutter in die Augen. Ich erkannte sie sofort von dem Porträtfoto an meinem Bett. Kittys Augen, dachte ich bei mir. Kitty, die Frau, die meinen Vater einfach so verlassen hatte und mit ihrem Soldaten fortgelaufen war. Einen Augenblick lang hatte ich kein Mitleid, dann aber dachte ich an das Bündel verzweifelter, tränenbefleckter Briefe mit ihrer Handschrift, die vielleicht unter diesem Foto in dem Karton lagen.

Der Karton war groß und hatte einst ein Paar Arbeitsschuhe meines Vaters enthalten – auf dem Etikett stand »vier Pfund fünfzehn Schilling«. Briefe sah ich erst einmal keine; nur ein Sammelsurium von Fotos und zerlesenen, muffig riechenden Zeitschriften. Das Foto meiner Mutter steckte so unter der obersten Zeitschrift, dass man nur ihr Gesicht und ihre Schultern sah. Eine dieser bezaubernden altmodischen Atelieraufnahmen, dachte ich. Kitty hatte sich mit nackten Schultern fotografieren lassen, damit man ihren anmutig gebogenen Hals sehen konnte; sie hatte den Kopf ein wenig gedreht, sodass sie seitlich in die Kamera blickte statt frontal, und dadurch wirkte sie scheu und verletzlich.

Ich zog das Foto heraus, um es genauer zu betrachten. Eisiges Entsetzen durchfuhr mich. Nicht nur die Schultern meiner Mutter waren nackt. Sie war völlig nackt: kleine Brüste mit großen dunklen Brustwarzen, die sich keck der Kamera entgegenzurecken schienen, glatter fester Bauch. Sie saß auf einem zerknitterten Bettlaken, die Beine gespreizt, das linke Bein nach vorn ausgestreckt, das rechte angewinkelt und aufgestellt. Eine Hand ruhte auf dem Schenkel, aber die andere lag sanft zwischen ihren Beinen und beschützte sittsam, was dort war. Um ihre Finger herum lockte sich der dunkle Kranz ihres Schamhaars.

Das Herz klopfte mir bis zum Hals. An dem Foto war etwas Schreckliches, trotz Kittys scheinbarer Sittsamkeit, ihres scheuen seitlichen Blicks, der abschirmenden Hand. Ich kam nicht darauf, was, aber ich hatte ein ungutes Gefühl dabei. Warum hatte sie sich so fotografieren lassen? Und wer war der Fotograf? Mein Vater? Oder jemand anders?

Das Foto zitterte in meinen Händen. Ich wollte es nicht berühren, aber irgendwie reizte es mich auch. Kittys Gesichtsausdruck, was hatte der zu bedeuten? Ihr Mund war ganz leicht geöffnet, und auf ihren Lippen lag ein Lächeln, das genauso gut gezwungen wie auch aufrichtig sein konnte. Ganz hinten in meinem Kopf flüsterte mir eine Stimme zu: *Du weißt es, du weißt es.* Aber ich wollte nicht hinhören.

Ich ließ das Foto auf den Stapel Zeitschriften in dem Karton fallen, und erst da fiel mir auf, worum es sich handelte. Mir wurde schwindlig, ich war völlig verwirrt und wie benommen vor Entsetzen. Das oberste Heft war das schlimmste. Die anderen hätten auch aus dem obersten Regal im Zeitungskiosk von Green Down stammen können. Trish, Poppy und ich hatten schon ganz ähnliche gesehen: *Mayfair, Penthouse* und so weiter. Einmal hatte Trish eins aus dem Regal gezogen und darin geblättert, bevor der Zeitungshändler es uns abgenommen und uns aus dem Laden gejagt hatte. Aber die Zeitschrift, die über dem Foto meiner Mutter gelegen hatte, unterschied sich von den anderen.

Auf dem Titelbild kauerte eine nackte Frau. Sie sah über die Schulter in die Kamera und zeigte die Zähne – es war mehr ein Zähnefletschen als ein Lächeln; auf dem großen Foto wirkte ihr Hintern riesig, ein großer Pfirsich mit einem Spalt in der Mitte, und um ihren Hals lag ein stachelbesetztes Hundehalsband; eine tätowierte Männerhand hielt es straff gespannt. Auf den ersten Blick sah das ziemlich lustig aus, aber ich wusste, das es nicht lustig war. Ich konnte dem Drang, die Zeitschrift aufzuschlagen, nicht widerstehen und erkannte dieselbe Frau wieder. Sie sah immer noch über die

Schulter, aber diesmal hatte sie die Augen zugekniffen, ihr Mund stand offen und ihr großer nackter Hintern wurde von zwei zusammengekniffenen haarigen Pobacken verdeckt.

Der Gedanke, der mir dabei durch den Kopf schoss, war: O Gott, sie tun es. Diese Leute tun es wirklich. Und dann wirbelten mir die Bilder und Gedanken nur so durch den Kopf, fast zu schnell, um sie auseinander zu halten,

Aber er tut ihr ja weh – gefällt ihr das? Machen das alle Männer macht Gary das wie fühlt sich das an warum hat mein Vater diese Zeitschriften was macht das Foto meiner Mutter da drin nein nicht meine Mutter nicht mein Vater …

Ich knallte den beschädigten Deckel wieder auf den Karton, schob ihn so weit wie möglich in den Schrank und versuchte, die Türen zu schließen, aber es ging nicht, irgendwas war im Weg, eine Ecke des Kartons, und ich schob und schob, bis er einknickte und sich reinschieben ließ und ich die Türen zubekam und sie einrasteten und ich sie zuschließen konnte, zuschließen.

ZUSCHLIESSEN …

Ich ging schnurstracks nach oben und brachte die Schlüssel wieder ins Arbeitszimmer meines Vaters. Dann machte ich mir eine heiße Ovomaltine mit viel Milch und zog meinen Schlafanzug an. Was auch sonst noch in dem Schrank sein mochte, ich wollte es nicht wissen. Ich saß in Kittys Zimmer im Obergeschoss auf dem Fenstersitz und starrte über die Straße auf Garys dunkles Fenster. Kurz nach elf kam mein Vater zu Fuß die Straße entlang. Als er unter der Straßenlaterne durchging, entdeckte ich ein Lächeln auf seinem Gesicht. Ein Mann, der mit der Welt im Einklang war.

Ich lag im Bett, bevor sein Schlüssel am Schloss kratzte.

Als ich an jenem Samstagvormittag vom Ammonitenfeld wiederkam, war mein Vater schon von der Arbeit zurück und machte Mittagessen. Ich hörte das Radio in der Küche. Samstags hatte er immer den Lokalsender eingestellt. Er mochte Old Pete und Big Eval, zwei Bristoler Originale, die sich in schönstem Bristoler Dialekt mit Spitznamen titulierten und Oldies spielten.

»Every night, I hope and pray
Ba-da-da-da«

Bobby Darin, der Lieblingssänger meines Vaters, sang »Dream Lover«. Mein Dad sang mit. Ich sah ihn durch die offene Tür, wie er beim Tomatenschneiden im Takt der Musik den Hintern hin- und herschwenkte. Beim Refrain änderte sich der Takt, und mein Dad vollführte einen kleinen Tanz, wirbelte auf Zehenspitzen herum, schwenkte die Hüften und deutete mit dem Messer auf ein unsichtbares Publikum in einer Ecke der Küche. Irgendwann musste ich ihm ja gegenübertreten. Ich ging in die Küche.

Mein Dad blieb stehen, ein schuldbewusstes, Verzeihung heischendes Grinsen im Gesicht. »Katie! Wo warst du denn?«

Berechtigte Frage. »Nirgendwo.«

»Alles in Ordnung?«

»Ich hab nicht gut geschlafen. Zu heiß.«

Er zog einen Stuhl vom Tisch ab. »Setz dich. Ist dir nicht gut?«

»Doch, mir geht's gut.«

»Es ist so, manchmal kann die Regel …« Er senkte die Stimme. Wer zum Teufel, glaubte er, könnte uns hier hören? »…richtig unangenehm für eine Frau sein. Meine Mutter hat sehr darunter gelitten. Ich wusste immer, wann sie sie hatte.«

Ich stellte mir einen einsamen Jungen vor, der auf Zehenspitzen durchs Haus schlich, während seine Mutter im Bett lag und sich leise stöhnend eine kalte Kompresse auf die Stirn drückte. Ich war ohne Mutter aufgewachsen, aber mein Dad hatte seinen Vater nie richtig kennengelernt.

Wie hatte er nur Kitty von mir fernhalten können? Er musste doch wissen, wie es war, mit nur einem Elternteil aufzuwachsen.

»Wenn es dir genauso wie ihr geht, wenn sie ihre Regel hatte«, fuhr er fort, »dann wirst du …«

»Ach, hör doch auf damit!«, rief ich. »Tu doch nicht so! Ich weiß es, Dad. Ich weiß es …«

Hilflos und verdutzt sah mein Vater mich an.

»So war es bei ihr auch immer«, sagte er. »Genauso. Dann wusste ich, dass ich ihr besser aus dem Weg ging.«

Ich fand die richtigen Worte nicht, um ihn geradeheraus zu fragen, ob meine Mutter je versucht hatte, Verbindung mit mir aufzunehmen. Jedes Mal, wenn ich sagte, *ich weiß,* dachte er, es gehe um ihn und Janey. Und ich musste auf diesen matten Glanz in seinen Augen achten, das erste Anzeichen seiner dunklen, verwirrten Seite. Ich hatte ja erlebt, dass er sich ohne weiteres verwandeln konnte, wenn er glaubte, dass ich Janey kritisierte. Er war lieb und verständnisvoll, weil er an seine Mutter dachte, aber ich wusste genau, wie sich die Muskeln um seine Augen herum zusammenzogen. Ganz kurz sah ich es auch jetzt. Er wäre beinahe hochgegangen, aber er riss sich am Riemen.

Ich hielt den Mund.

Hätte es etwas geändert, wenn ich das nicht getan hätte?

Nein.

Ich stürmte wieder aus dem Haus. Ich wollte nicht bei meinem Vater bleiben, wenn er diesen dümmlichen, vernarrten Gesichtsausdruck bekam, sobald der Name Janey fiel.

Aus Garys Schlafzimmer hörte ich wieder diese Musik, die wie Hubschrauber und Wüstenwind klang. Da war er! In einem weißen T-Shirt lehnte er am Fensterrahmen und sah auf die Straße.

Ich wollte vorbeihuschen wie ein Mäuschen, aber er sah mich und winkte.

Er winkte! Zuerst wollte ich so tun, als hätte ich es nicht gesehen. Mein Gesicht brannte. Blitzartig schoss mir das Bild von den zusammengekniffenen haarigen Pobacken in der Zeitschrift durch den Kopf. Ich huschte noch schneller weiter, als ich eigentlich wollte.

Als ich schon fast an seinem Haus vorbei war, blieb ich doch stehen und drehte mich um. Er stand immer noch am Fenster und beobachtete mich grinsend.

»Was ist das für Musik?«, rief ich zu ihm hoch. »Das klingt wie Flugzeuge oder so.«

»Es heißt *Silver Machine*!«, rief er zurück. »Es ist über UFOs.«

»Das ist ja ein komisches Thema für ein Lied.«

»Die Band heißt Hawkwind. Die glauben total da dran.«

»Oh.« Mehr fiel mir dazu nicht ein. »Es ist sehr nett.« Ich wedelte matt mit der Hand und ging weiter. Ich wäre so gerne lässig gewesen.

Am Montag begann die Schule wieder.

Trish, Poppy und ich saßen in der Mittagspause auf dem Rasen mit Blick auf den Sportplatz. Trish hatte viel zu erzählen: wo sie gewesen war und was sie in London gesehen hatte.

»Wir sind auf die Kings Road gegangen, weil mein Vater meinte, da hätte er meine Mutter kennengelernt, in einem Café in der Nähe ihres möblierten Zimmers. Es war irre, wir sind in dasselbe Café gegangen, und da war so ein Typ in einem zerrissenen schwarzen T-Shirt, und seine Jeans wurden von Sicherheitsnadeln zusammengehalten, und er hatte eine Sicherheitsnadel im Ohr …«

Trish hatte sich ein schwarzes T-Shirt mit der Aufschrift SEX quer über der Brust gekauft.

»Was, das steht da wirklich?«, fragte Poppy.

Trish nickte mit ausgelassener, glücklicher Miene.

»Das kannst du nicht tragen«, erklärte ich. »Ich glaube – man wird dich festnehmen.«

»Mein Dad hat es mir gekauft«, sagte Trish. »Ihm macht es nichts aus. Er findet es lustig.«

Eine Spinne hatte zwischen den Blättern eines Rhododendron ein Netz gewebt und gerade hatte sich eine Fliege darin verfangen. Die Spinne hockte auf der hilflosen Fliege und wirbelte sie so herum wie ein Mann seine Rock'n'Roll-Partnerin, wieder und wieder, so schnell, dass das ganze Netz in der Sonne wackelte.

Ich überlegte, ob ich die Fliege befreien sollte, aber es war wahrscheinlich zu spät.

Ich konnte Trish und Poppy das wirre Zeug in meinem Kopf nicht erzählen. In kaum einer Woche hatte ich Poppy und ihre Barbies hinter mir gelassen, und Mrs. Klein hatte mich gebeten, Trish nichts davon zu sagen, dass wir in London gewesen waren. Aber wir veränderten uns alle sehr schnell.

Trish hatte in jener Woche eine Idee. Sie erzählte sie uns am Mittwoch auf dem Heimweg.

»Du hast doch bald Geburtstag«, sagte sie zu mir.

»Na ja, Ende Juli. Kurz vor Schuljahresende.«

»Wir geben eine Party. Es wäre gleich nach den Prüfungen. Dann können wir feiern.«

Wir gingen die Allee mit ihren gestutzten Bäumen entlang, am Sportplatz vorbei. Ein paar Jungs spielten Fußball. Sie hatten ihre T-Shirts in Haufen auf den Rasen geworfen und spielten mit nacktem Oberkörper.

»Eine Party für mich? Wie sollen wir das machen? Das erlaubt mein Dad nie.«

»Nicht bei dir. Woanders.«

»Nein«, sagte ich. Aber sie beachteten mich beide nicht.

Poppy gefiel der Gedanke. »Wir könnten die Leute bitten, Cider mitzubringen.«

»Wir laden ein paar Jungs ein. Die wissen immer, wie man was zu trinken besorgt«, meinte Trish. Sie winkte. »Wir könnten Gary einladen.«

Da war er und spielte mit seinen Kumpels Fußball. Wir blieben am Gitter stehen und sahen zu. Dieser Brustkorb entwickelte allmählich erkennbar männliche Formen, in der Spätnachmittagssonne nahm er eine goldene Färbung an. Sie beachteten uns nicht, dachte ich bei mir, so sehr waren sie in ihr Spiel vertieft. Die Angriffe wurden härter, die Manöver, mit denen um den Ball gekämpft wurde, immer ausgefallener, und als Gary den Ball schließlich erfolgreich zwischen die T-Shirt-Torpfosten setzte, lief er eine Ehrenrunde, bei der er die Arme emporreckte und die Locken schüttelte wie Kevin Keegan.

Als ich nach Hause kam, klingelte das Telefon. Ich nahm nicht ab. Es hörte auf, aber als ich Wasser aufsetzte, klingelte es wieder. In dem leeren Haus klang es hart und abgehackt wie eine gezackte Messerschneide, die an einem Seil sägt. Ich ließ es klingeln und ging mit meinem Tee nach oben, wo ich es mir im ehemaligen Zimmer meiner Mutter auf dem Fenstersitz gemütlich machte. Die Tür hatte ich zugemacht, damit das Klingeln nicht so laut zu hören war.

Die ganze Woche über hatte das Telefon geklingelt, wenn ich allein zu Hause war. Es klingelte frühmorgens, nachdem mein Vater zur Arbeit gegangen war. Es klingelte, wenn ich von der Schule nach Hause kam, aber es hörte vor sechs Uhr abends auf und klingelte dann den ganzen Abend nicht mehr. Ich ging nicht ran, weil es nur jemand sein konnte, mit dem ich nicht sprechen wollte. Es wäre entweder Janey Legge, die meinen Vater suchte, oder Trishs Mutter.

»Katie, ich muss mit dir reden.«

Noch jemand, mit dem ich nicht sprechen wollte: Mrs. Ruthven, unsere Englischlehrerin. Sie erspähte mich, als ich allein über den Schulvorplatz ging; ich hatte Trish an diesem Morgen verpasst. Alle anderen strömten auf dem Weg zur Morgenversammlung an uns vorbei.

»Ich möchte nicht zu spät kommen«, antwortete ich nervös.

»Es dauert nur eine Minute«, sagte Mrs. Ruthven. Sie hatte einen Stapel Schulhefte an die Brust gedrückt, stand unterhalb des Haupteingangs auf der letzten Stufe und versperrte mir den Weg. Mit einem flauen Gefühl im Magen erkannte ich, dass es die Hefte waren, die wir tags zuvor abgegeben hatten.

»Was ist los mit dir in diesem Trimester?«, fragte sie. »Das sieht dir gar nicht ähnlich. Als ich das letzte Mal mit dir sprach, waren deine Noten enttäuschend, aber jetzt sind sie lachhaft schlecht geworden. Du hast ein Ausreichend in Mathematik, während du früher glatte Einsen hattest – nein, unterbrich mich nicht. Und du hast dir nicht mal die Mühe gemacht, die Englischhausarbeit zu beenden, die ich euch über die Ferien aufgegeben hatte.«

»Es tut mir leid, Mrs. Ruthven«, sagte ich, die Augen zu Boden gerichtet. »Es kommt nicht wieder vor.«

»Das wäre auch besser für dich. Dir ist doch klar, dass du Mathematik brauchst, wenn du Naturwissenschaften studieren willst.«

»Ja, Mrs. Ruthven.«

»Tja, reiß dich zusammen. Die Prüfungen sind in drei Wochen, und du musst hart arbeiten, wenn du ordentliche Noten willst.« Sie wandte sich um und stieg die Treppe hinauf. Jetzt waren wir die Einzigen auf dem Vorplatz, wenn man von einigen Nachzüglern absah, die keuchend durch das Schultor gerannt kamen. Einer von ihnen war Poppy.

Plötzlich blieb Mrs. Ruthven stehen und warf einen Blick zurück über die Schulter.

»Miss Millichip hat mir gesagt, dass dir vor einiger Zeit im Biologieunterricht übel geworden ist«, sagte sie. »Hat das etwas damit zu tun?«

»Nein«, erwiderte ich. »Überhaupt nichts. Ich werde mir mehr Mühe geben, Mrs. Ruthven. Ehrlich.«

Sie kniff die Augen zusammen und verschwand durch die Glastür im Gebäude. Ich hatte ein ganz flaues Gefühl in der Magengrube.

Poppy holte mich ein, bevor ich die Treppe erklommen hatte.

»Was wollte Ruthers?«, fragte sie.

»Hat sich über meine Mathenoten beschwert«, sagte ich. Ausnahmsweise konnte ich nicht lügen; ich machte mir zu viele Sorgen. Was, wenn Mrs. Ruthven meinen Vater anriefe? Er würde mich umbringen.

»Und ich hatte ganz vergessen, dass ich den Englischaufsatz noch nicht fertig hatte. Ich glaube, sie hat mir eine Fünf gegeben …«

Die Woche verlief normal, und ich ging meinem Vater aus dem Weg. Aber ging er mir womöglich auch aus dem Weg? Er verließ das Haus frühmorgens und kam meistens erst zurück, wenn ich mit dem Abendessen fertig war. Wenn ich Hausaufgaben machte, sah er fern. Wenn ich fernsah, ging er in seine Werkstatt in der Garage.

Eines Abends wurde ich sehr spät noch einmal wach und spürte, wie die Matratze nachgab, als er sich auf die Bettkante setzte. Ich kniff die Augen zu und versuchte, so langsam und flach zu atmen, als ob ich schliefe. Er strich mir übers Haar, saß eine Weile dort und ging dann wieder.

Die Party beherrschte allmählich Trishs Gedanken. Sie redete von kaum etwas anderem und war überzeugt, dass sie noch den idealen Partyraum finden würde.

»Wenn du unbedingt eine Party willst, warum kann sie dann nicht bei dir zu Hause stattfinden?«, fragte ich sie. Obwohl ich auch dort keine Party gewollt hätte.

»Sie kann nicht bei mir zu Hause sein, weil es deine Party ist«, meinte Trish. »Außerdem, Marcus hat letztes Jahr eine Party gegeben, und Dad hat beschlossen, nie wieder. Er hat gesehen, wie jemand ins Vogelbad gepinkelt hat.«

»Kein Wunder, dass dein Vater nicht begeistert war!«, meinte Poppy.

»Ein *Junge*«, sagte Trish. »Das ist die Hauptsache, Jungs einladen. Was haltet ihr davon, wenn wir in der Schule einbrechen und die Party da steigen lassen?«

»Wie denn?«, fragte Poppy.

»Wir brauchen einfach nur Jungs«, meinte Trish. »Die wissen, wie man so was bringt.«

»Der Hausmeister dreht nachts seine Runden«, warnte ich. Ich hatte keinerlei Interesse an der Party. Sie war nicht für mich, sie war für Trish, aber ich tat so, als mache ich das nicht, weil abzusehen war, dass nichts daraus werden würde.

»Was ist mit den Tunneln?«, fragte Poppy.

»Was für Tunnel?«, wollte Trish wissen.

»Die unter unserem Swimmingpool. Katie sagt, unter der Erde befinden sich meilenweit Tunnel.«

Trish sah mich zweifelnd an. Aber ich war das Ammonitenmädchen. Ich wusste da unten Bescheid.

»Im Ernst?«, fragte sie.

»Da kommt man nicht rein. Die sind alle versperrt.«

»Kleinigkeit«, meinte Trish und hob die Hand in einer matten Geste, die sie in einem James-Bond-Film gesehen hatte. »Das ist doch spitze. Wir brauchen ein Planungstreffen. Treffen wir uns am Samstag. Kommt einfach zum Mittagessen. Meine Mutter fragt mich ständig, ob bei dir alles in Ordnung ist.«

»Ich kann nicht«, sagte ich rasch. »Ich hab was vor.«

»Was denn?«

»Wir könnten uns vorher in der Stadt treffen.«

»Okay. Aber du musst rausfinden, wie wir in die Tunnel reinkommen.«

»Hör mal«, sagte ich. Wir gingen die Allee entlang. »Und wenn du nicht hören willst, dann sieh hin.« Ich zog sie am Ärmel ihres Blazers in die Abzweigung zur Stonefield Lane und deutete auf den Durchgang, der hinter das Bestattungsinstitut führte. »Das ist der Eingang zu den Bergwerken, da hinten. Wenn du nicht Draculas Schwester bist und dich so klein wie eine Fledermaus machen kannst, dann kommst du da nicht rein.«

»Irgendwo wird es doch einen Eingang geben«, entgegnete Trish störrisch. »Ich wette, die Jungs wissen das.«

»Welche *Jungs*?«, fragte ich sie. »Komm auf den Teppich, Trish! Wir kennen gar keine Jungs.«

»Doch, Gary.«

»Ich kenne Gary nicht. Ich hab noch nie mit ihm gesprochen.«

Du hast deinen Gürtel verloren.

Der Geruch seines Schweißes.

»Ach, komm. Du wohnst direkt gegenüber.«

»Ich frage ihn nicht.«

Das könnte ich *nie*.

»Es wäre ideal«, meinte sie. »Niemand wüsste, wo wir sind. Wir könnten gleich unter ihren Füßen sein und die Musik irre laut stellen, aber sie wüssten nicht, wo sie uns suchen sollten.«

Wie die Jungen, die sich da drin verirrt und nie wieder herausgefunden hatten … oder der Kamera-Mann. Ich spürte den Anflug eines Schauders.

Mrs. Owen hatte keine Söhne, aber ihre Töchter hatten Männer geheiratet, die in den sechziger Jahren Kinder gewesen waren, als man die Tunnel versperrt und versiegelt hatte. Die wüssten, ob es einen Weg dort hinein gab. Einer von ihnen war unser Milchmann. Er kam morgens immer auf eine Tasse Tee bei Mrs. Owen vorbei, nachdem er die Straße mit Milchflaschen gesäumt hatte.

Trish sah, dass ich nachdachte.

»Los«, meinte sie. »Frag Gary.«

»Okay«, stimmte ich zu. Das würde ich nicht, aber das brauchte sie nicht zu erfahren. Ich würde Mrs. Owens Schwiegersohn fragen.

Dafür musste ich früh aufstehen. George legte seine weiße Spur vor halb sieben Uhr morgens. Es war gerade fünf vor halb, als ich am folgenden Samstag die paar Häuser weiterging. Mein Vater schlief noch. Er hatte den Abend mal wieder mit Janey Legge verbracht. Ich hatte sicherheitshalber bei ihm ins Zimmer geschaut.

Der Himmel war strahlend blau, die Straße wirkte wie die Kulisse für einen Film über das Ende der Welt: helles Tageslicht, keine Menschen. In Garys Zimmer waren die Vorhänge zugezogen. Georges Milchwagen stand vor Mrs. Owens Haus.

Mrs. Owen sah ganz erschrocken aus, als sie mich vor ihrer Tür stehen sah.

»Was ist denn los, Herzblatt?«

»Nichts«, antwortete ich. »Ich war nur schon wach und hatte Lust auf eine Tasse Tee.«

»Wo ist dein Dad?«

»Noch im Bett.« Ich war gekränkt, weil sie mich nicht herzlicher willkommen hieß. »Darf ich reinkommen?«

Mrs. Owens rundes, faltiges Gesicht strahlte Sorge aus. Sie trug einen Morgenmantel, er war riesengroß, rosa und flauschig.

»Bist du sicher, dass alles in Ordnung ist?«

»Alles prima.« Ich ging an ihr vorbei und fühlte den ganzen Weg in die Küche über ihre Augen auf mir ruhen.

»George ist da«, sagte Mrs. Owen überflüssigerweise. George saß am Tisch und aß eine Schüssel Rice Krispies. Daneben stand ein Becher Tee. Er wirkte verstimmt, als er mich sah. Sein Blick schoss von mir zu Mrs. Owen hinter mir; seine buschigen Augenbrauen zogen sich in der Mitte zusammen.

»Schon gut«, sagte Mrs. Owen. »Unsere Katie konnte nicht mehr schlafen, nicht wahr?«

George klopfte auf den Stuhl neben sich. »Setz dich, Schätzchen.«

Wie Mrs. Owens Ehemann Keith war er ein kleiner Mann mit rotem Gesicht unter einem eckig geschnittenen, fettigen braunen Pony. Er hatte seine Milchmannjacke ausgezogen und über die Rückenlehne seines Stuhls gehängt. Sein Nylonhemd hatte feuchte Ringe unter den Armen. »Wird brühheiß heute«, meinte er.

Ich hielt es für falsch, sofort zur Sache zu kommen, deshalb wartete ich, bis der Tee eingegossen war, ehe ich nach den Tunneln fragte.

»Was, die unterirdischen Steinbrüche?« Georges Augenbrauen verknoteten sich wieder. »Wofür willst'n das wissen?«

»Schulprojekt.«

»Tja, ich weiß nur, dass es sie gibt«, meinte George. »Aber ich kenn mich da nicht aus. Da musste jemand anders fragen.«

»Sind Sie denn als Kind nie da reingegangen?«, fragte ich.

»Was, ich? Mein Dad hätt mir den Hintern versohlt, dass mir Hören und Sehen vergeht. Er war Kumpel, drunten in Crow Stone, und er hat gemeint, die sind gefährlich ...«

»Das sind sie auch. Mach da bloß keinen Unsinn, Katie«, sagte Mrs. Owen.

»Und dann sind diese Jungs da drin verloren gegangen, das war dreiundsechzig. Er hat also Recht gehabt. Nein, das war richtig, dass sie die alten Tunnel da zugemacht haben. Nich mal 'n Karnickel käm da jetzt noch rein. Die Eingänge sind so dicht wie ...«

»... dicke Klostermauern«, sagte Mrs. Owen schnell, aber nicht schnell genug.

»... tausend Russen«, sagte George. »Wir haben zugesehn. Jede Menge Zement und Schlackenstein.«

»Oh.« Ich wollte eigentlich gar nicht, dass die Tunnel offen waren, aber trotzdem war ich enttäuscht.

»Wohlgemerkt, manchmal denk ich, wie schade. Gibt jede Menge altes Zeug in den Tunneln da. Die Leute sagen, das geht zurück bis zu den Römern. Vielleicht noch früher.«

»Was denn, Sie meinen vorgeschichtlich?«

»Noch davor. Aber dein Dad ist der, den du fragen musst. Der hat als Jugendlicher in Crow Stone Elektriker gelernt, bevor du kamst, und mein Vater hat ihn gekannt. Hat als Junge dicke Töne gespuckt von wegen, er geht in die Tunnel. Meinte, das wären weniger Tunnel als richtig große Räume, alle miteinander verbunden, wie ein Labyrinth da unten. Einmal hat er da drin 'nen toten Hund gefunden.« Er nahm einen großen Schluck Tee. »*Mein* Dad sagte, das beweist, dass es da drin gefährlich ist. Da sind Tiere reingefallen und nich mehr rausgekommen, dann kann das Menschen auch so gehn.«

»Das stimmt«, sagte Mrs. Owen. »Das hab ich dir doch gesagt, weißt du noch? Der Einzige, der sich da unten wirklich ausgekannt hat, war der Kamera-Mann, und der muss schon seit Jahren tot sein.«

Ich trank meinen Tee aus.

»Danke sehr«, sagte ich. »Ich glaube, ich muss jetzt los.«

Mrs. Owen sah auf die Uhr. »Bleib doch zum Frühstück«, meinte sie. »Keith wird gleich wach sein, und samstags mach ich ihm immer Eier mit Speck. Bleib sitzen und iss mit.«

Ich fürchtete, mein Vater könnte wach werden und mich vermissen, während ich mit Mrs. Owens Mann frühstückte. Waren Eier mit Speck das wert?

»Nein, danke«, sagte ich. »Lieber nicht.«

George blickte Mrs. Owen an. Sie sahen aus, als wäre da eine Verschwörung im Gange, aber ich wusste nicht, worum es gehen könnte.

»Dann lieber nicht«, stimmte Mrs. Owen zu. »Mach keinen Unsinn, Mädchen, denk dran.«

Als ich zurück über die Straße ging, sah ich zu Garys Fenster hoch. Die Vorhänge waren immer noch zugezogen.

Ich hatte Poppy und Trish versprochen, sie um halb zwölf in den Parade Gardens am Fluss zu treffen. Aber als ich von Mrs. Owen zurückkam, kroch ich wieder ins Bett. Ich wollte nur so lange liegen bleiben, bis mein Vater aufstand und zur Arbeit ging. Aber dann schlief ich ein, und deshalb hetzte ich jetzt die Pierrepont Street von der Bushaltestelle hinauf, mindestens eine Viertelstunde zu spät.

Ich hatte nachgedacht unterwegs. Ich würde die Suche nach meiner Mutter erst einmal aufgeben. Sie zu finden würde nur dazu führen, dass ich sie wieder verlor, vollends, endgültig, falls sie mich aus einem bestimmten Grund verlassen hatte und nichts mehr mit mir zu tun haben wollte. Oder ich würde meinen Vater verlieren, wenn ich herausfände, dass er meine Mutter wirklich von mir ferngehalten hatte.

Vielleicht würde ich irgendwann noch einmal mit Mrs. Klein darüber sprechen. Aber erst wenn die Prüfungen vorbei wären. Ich musste lernen. Wenn ich in Mathe nicht aufholte, würden sie mich vielleicht nicht Naturwissenschaften studieren lassen, aber das musste ich, denn ich wollte Paläontologin werden. Oder vielleicht Archäologin. Etwas in der Richtung. Meine Zukunft war mit Steinen und Gebeinen verknüpft. Ich würde den ersten Engländer entdecken, der irgendwo dort draußen in den Hügeln auf mich wartete.

Einstweilen würde ich Poppy und Trish sagen, dass man nicht in die Tunnel hineinkonnte, es also keinen Sinn hatte, diese Party zu planen. Sie konnten ja machen, was sie wollten, aber ich würde für die Prüfungen lernen. Würde nicht an Mütter denken, nicht an Geburtstage, nicht an Jungen.

Ich rannte die Stufen in die Parade Gardens hinunter. Poppy und Trish sah ich schon von weitem auf einer Bank am Musikpavillon sitzen. Ich erkannte sie, weil Trish ganz in Schwarz war; so würde sie sich jetzt immer anziehen, hatte sie mir erzählt. Als ich näher kam, sah ich beunruhigt, dass ihr T-Shirt einen Riss hatte. Ein Ärmel war fast abgerissen, ich sah ihre knochige weiße Schulter.

»Alles in Ordnung?«, fragte ich. »Bist du hingefallen?«

Trish sah mich an, als wäre ich verrückt geworden.

»Das ist jetzt modern.«

»Aber es ist zerrissen.«

»Das tragen sie aber auf der Kings Road.«

»Oh.«

»Du bist viel zu spät. Wir haben schon alles geplant.«

»Tut mir leid«, sagte ich fröhlich. »Die Tunnel sind so dicht wie« – was hatte George noch gleich gesagt? – »tausend russische Klosterfrauen. Da kommt man nicht rein. Ich hab's überprüft.«

»Vergiss die Tunnel«, sagte Trish. »Das war der Plan von gestern. Der von heute ist zehnmillionenmal besser. Wir machen die Party bei Poppy.«

Ich starrte sie an. Poppy nickte … fröhlich? Nein, sie sah nervös aus. Trish hatte sie offenbar einfach überrollt.

»Wie willst du deine Eltern überreden?«, fragte ich sie. Ich wusste ja, dass ihre Mutter mich nicht mochte, es konnte also nicht meine Party sein.

Poppy wirkte noch erschrockener, aber auch trotzig.

»Das muss ich nicht«, sagte sie. »Sie werden nicht da sein, am Wochenende vor deinem Geburtstag. Trish hat schon an alles gedacht.«

Der Plan war ganz einfach, meinte Trish. Außerdem ein Geniestreich und narrensicher. Poppys Eltern fuhren wieder mal nach Schottland. Es gab eine Hochzeit in der Familie. Aber Poppy konnte nicht mitkommen, weil wir unsere letzte Prüfung noch vor uns hatten.

Du wirst wieder bei Trish wohnen müssen, Liebes, hatte ihre Mutter gesagt. *Kannst du sie fragen, ob das möglich ist, wenn du sie morgen siehst?* Also würde Poppys Elternhaus mit dem Swimmingpool und den riesigen Fenstern das ganze Wochenende über leer stehen. Reichlich Platz für eine Party, reichlich Zeit, um hinterher aufzuräumen.

»Genial, oder?«, meinte Trish.

»Nein, ist es nicht«, entgegnete ich. »Es ist dämlich. Du und Poppy, ihr schlaft bei dir, Trish, stimmt's? Wie wollt ihr von da wegkommen und bei Poppy eine Party machen? Deine Mutter geht auf die Palme, wenn sie das hört.«

»Sie wird nichts davon erfahren, Dummerchen«, sagte Trish. »Weil Poppy ihren Eltern erzählt, dass sie bei mir schläft. Und ich erzähle meinen Eltern, wir schlafen bei ihr.«

»Das finden sie doch raus«, meinte ich. »Poppy, was ist, wenn deine Mum Trishs Mum anruft, um zu fragen, ob es in Ordnung ist, dass du da schläfst?«

»Das wird sie nicht«, sagte Poppy. »Sie lässt mich immer selbst fragen. Und wenn sie anruft – na ja, ich *werde* ja Samstagabend bei Trish schlafen. Wir machen die Party am Freitagabend. Daten kann sie sich nie merken, wir erzählen ihr einfach, dass Trishs Mutter das Datum verwechselt hat.«

»Das klappt niemals«, prophezeite ich. Aber es würde wohl doch funktionieren.

»Wir erzählen meiner Mum, dass ich Freitag nach der Schule mit zu Poppy gehe, weil wir zusammen lernen wollen«, sagte Trish.

»Das glaubt sie doch nie.«

»Doch, das wird sie glauben, weil wir ihr nämlich sagen, dass du auch dabei bist.«

»Mein Dad lässt mich nicht woanders übernachten.«

»Doch, das erlaubt er, wenn er glaubt, dass es wegen des Lernens ist.«

In dem Punkt hatte Trish Recht. Mein Vater wollte, dass ich gut abschnitt. Er war stolz auf seine kluge Tochter. Er mochte Trish und Poppy nicht besonders, aber er wusste, dass Trish meistens gute Noten hatte.

»Wartet mal«, sagte ich. »Die Prüfungen sind dann noch nicht vorbei. Ich muss wirklich lernen.«

»Ach, leck mich doch am Arsch!«, meinte Trish.

Entsetztes Schweigen. So drastisch hatte sich noch keine von uns bisher ausgedrückt.

»Ich kann da nicht mitmachen«, sagte ich. »Tut mir leid.«

»Du musst doch zu deiner eigenen Party kommen«, sagte Trish. Ihre meergrünen Augen wurden schmal. »Oder ich schreibe deinem Vater, wie schlecht du in Mathe bist.«

Ich warf Poppy, der Verräterin, einen vorwurfsvollen Blick zu. Sie besaß den Anstand, beschämt dreinzuschauen.

»Und noch was«, sagte Trish. »Du musst Gary einladen. Sag ihm nicht, dass es unsere Party ist. Sag ihm, Marcus gibt sie, damit er nicht denkt, dass es eine Teeniebopperparty wird. Aber sorg dafür, dass er auch kommt.«

Ich konnte Gary nicht fragen. Auf keinen Fall. Ich würde kein Wort herausbringen.

Aber wenn ich schon zu dieser blöden Party musste, dann war Gary das Einzige, das sie erträglich machen würde.

Nein, es ging nicht.

Ich stieg aus dem Bus und ging hügelan Richtung Green Down. In irgendeinem Garten blühte Falscher Jasmin; der Duft strömte über den Bürgersteig, und mir wurde schwindlig.

Trish würde meinem Vater nichts verraten, sie wusste doch … Sie hatte ihrer Mutter erzählt, dass er mich geschlagen hatte, obwohl sie versprochen hatte, es nicht zu tun. Ich konnte Trish nicht trauen. Sie würde tun, wozu sie Lust hatte. Und ich hatte nicht übersehen, dass es ihrer Meinung nach trotz allem meine Party war. Wer wäre also schuld, wenn etwas schief ging?

O Gott. Was sollte ich nur machen? Ich bog von der Hauptstraße ab und trottete unsere Straße entlang. Garys Fenster stand offen. Musik dröhnte heraus. Er spielte wieder Hawkwind, *Silver Machine*. Das Lied über UFOs. Wenn ich Glück hatte, würde eines landen und mich entführen.

21

Donnerstagmorgens, am Tag des Informationsabends, hat ein steter Nieselregen den Frost abgelöst. Ich stehe an der Spüle und beobachte eine Amsel draußen auf dem Rasen. Sie trippelt ein paar Schritte, macht dann einen großen Satz, sieht in alle Richtungen, ob nicht irgendwo Katzen lauern, die sie verschlingen wollen, legt schließlich den Kopf schräg und lauscht. Dann pickt der gelbe Schnabel in die weiche, regenfeuchte Erde und kommt mit einem sich noch windenden Faden wieder hoch.

Sie wirkt sehr zufrieden mit sich. Pickt noch einige Male auf den Wurm ein. Dann lässt sie ihn unerklärlicherweise liegen und landet mit lautem Geflatter auf der Küchenfensterbank. Sie neigt den Kopf, und ein helles Glasperlenauge beobachtet mich beim Abwasch. Erneutes Geflatter, und sie ist fort, hüpft über den Rasen, sucht nach ihrem Wurm.

Ich habe Angst um diesen verwegenen Vogel. Er macht sich verwundbar. Die Nachbarskatze könnte ihn erwischen, während ich arbeite, und wenn ich nach Hause käme, fände ich nur noch ein, zwei schwarze Federn, ein bisschen Flaum, sonst nichts.

Bei Regen ist mir unter Tage immer mulmig zumute. Alter Höhlenforscherinstinkt: Unterirdische Höhlen laufen schnell voll. Martin hat einen Freund so verloren; wie ein Bündel Kleider in einer Waschmaschine wurde er durch die Spalten in der Erde gewirbelt.

Der Hydrogeologe sagt, die Steinbrüche werden aller Wahrscheinlichkeit nach nicht überflutet. Aber länger anhaltende Regenfälle könnten die Decke destabilisieren. Ich bin nicht gerne hier unten, wenn ich weiß, dass es draußen regnet. Es riecht sogar anders, wie Gemüse, das zu lange im Kühlschrank gelegen hat.

Beide Bergarbeiterteams arbeiten heute im südlichen Abschnitt, nicht weit voneinander entfernt, weil man gestern Nachmittag einen neuen Gang gefunden hat. Über Tage hat man Bohrlöcher gesetzt, und Wissenschaftler sind mit Bodenradar durch die Gärten der Anwohner gestapft, theoretisch wissen wir also, was darunter liegt, auch wenn die Karten nicht vollständig sind. Aber die Steinbrüche können uns immer noch überraschen. Man hat Ted und seine Crew dazu abkommandiert, einen neuen Schutzgangabschnitt in dem unbekannten Tunnel zu bauen, ohne zu wissen, ob der irgendwohin führt.

Unterdessen nimmt das Waliser Team, alles Männer aus dem tiefsten Revier, den Valleys, eine Sicherungsverfüllung unter der Straße vor, die zur Grundschule führt. Sie sind wunderbar, die reine Freude. Denen ist nichts zu viel.

»Glauben Sie, wir sollten dort anfangen, Mrs. Parry?«, fragt Huw, Rosies Freund.

»Nennen Sie mich Kit.« Hat Rosie ihm gesagt, er soll mein Selbstvertrauen stärken? »Ja. Irgendeine Chance, dass Sie heute damit fertigwerden, damit wir das beim Informationsabend präsentieren können?«

»Klar. Ist im Nu fertig. Bei uns wird nicht getrödelt.« Er wirft einen Blick den Schutzgang entlang in Richtung des Bereichs, wo Teds Team arbeitet. »Nicht wie diese Engländer, die faulen Säcke.«

»Also, wenn Sie am Ende der Schicht noch Zeit haben, könnten Sie vorbeikommen und meinen Garten neu gestalten.«

»Sorry, Kit. Die Leute stehen schon Schlange. Der Boss hat zuerst gefragt.«

»Was halten Sie von der Mauer?«, frage ich Cennydd, den Schichtführer. »Stabil? Oder sollten wir sie auch gleich abstützen?«

Er wirft einen langen nachdenklichen Blick darauf.

»Sieht stabil aus im Augenblick. Keine Trümmer in der obersten Steinreihe, sehen Sie?«

»Das denke ich auch.«

»Und da sind Kritzeleien von Bergleuten, also muss der Archäologe da mal einen Blick draufwerfen.« Wo archäologische Funde es wert sind, erhalten zu werden, sollen die Gruben mit Sand statt Beton verfüllt werden, damit die altertümlichen Schätze nicht endgültig verlorengehen.

»Holen wir ihn runter«, sagte ich. »Er ist heute im Büro. Der Kerl kann ruhig mal was tun für sein Geld.«

Wenn ich nicht auch für Ted und seinen Haufen verantwortlich wäre, könnte dieser Job traumhaft sein: Ich arbeite hier mit erfahrenen Bergleuten zusammen, die instinktiv wissen, was zu tun ist. Jemand ist schon losgegangen, um Dickon zu rufen; Huw überwacht die Pumpenanschlüsse.

Aus dem Augenwinkel erhasche ich eine Bewegung ein Stück hinter mir im Schutzgang, wo er um eine der Stützsäulen herum verläuft. Das kann nicht schon Dickon sein …

Es ist der blonde Pat aus Teds Mannschaft. Er schwitzt. Niemand sieht in diesem Licht gut aus, aber er wirkt unnatürlich bleich.

»Wir haben ein Problem«, sagt er. Meine Brust wird eng.

»Unfall?«, fragt Cennydd. Die Waliser Bergleute haben alle aufgehört zu arbeiten, hören zu, sind auf dem Sprung.

Pat schüttelt den Kopf.

»Hexerei«, sagt er. »Schwarze Magie. Eine Hexenpuppe, Knochen und so'n Zeug.«

Mich überläuft ein Schauder, den ich nicht unterdrücken kann. »Wo?«, frage ich, so ruhig wie möglich.

»Auf einem Sims im Nebengang. John hat das Zeug entdeckt. Ted meinte, ich soll Sie rufen.«

»Der Archäologe ist schon unterwegs«, sage ich und spüre, wie die Wände auf mich zurücken. »Sagen Sie den anderen, sie sollen nichts anfassen.«

Als Pat durch den Schutzgang zurückgeht, berührt Cennydd mich leicht am Arm.

»Abergläubische Wichser«, murmelt er. »Die haben bestimmt nur 'ne Ausrede gesucht, um alles stehen und liegen zu lassen.«

Und das von dem Mann, den ich heute Morgen noch ausspucken sah, weil das Glück bringt.

»Ehrlich gesagt«, fügt er hinzu, »würde es mich nicht wundern, wenn sie das Zeug selbst da hingelegt haben.«

Dickon leuchtet das Sims mit der Taschenlampe aus und rückt die kleine Sammlung ins Licht, die so sorgfältig wie eine Schaufensterdekoration angeordnet ist.

»Hexerei, so'n Quatsch!« Er lacht. »Ich hoffe, Sie sind nicht drauf reingefallen, Kit. Kinder. Das müssen Kinder gewesen sein.«

Auch ich lache jetzt, weil ich gerade die Hexenpuppe der Bergleute entdeckt habe. Sie ist klein und untersetzt und hässlich, vielleicht sieben Zentimeter groß, mit langem, verfilztem Haar; das Haar ist mehr als körperlang, und das Mopsgesicht ist völlig verdreckt.

»Das ist eine Trollpuppe«, sage ich. »Die kenne ich. Ich hatte auch eine, als ich neun war oder so.«

Wenn sie nicht so dreckig wäre, hätte man sofort gesehen, dass sie aus Plastik ist, nicht aus Ton. Es gab sie mit verschiedenen Haarfarben, orange, grün, lila, aber weiß der Himmel, welche Haarfarbe die hier ursprünglich mal hatte.

»Muss aus den Sechzigern sein«, vermutet Dickon. »Damals haben sie die Eingänge versiegelt, also muss sie vorher hier reingelegt worden sein.«

»Nein«, erwidere ich. »Man kam auch später noch hier rein.«

Ich will schon nach der Puppe greifen, doch Dickon legt mir die Hand auf den Arm.

»Warten Sie. Ich muss erst Bilder machen.« Jeder Fund muss verzeichnet, fotografiert, in eine Karte eingetragen, beschriftet werden. Der Blitz friert die armselige kleine Sammlung auf dem Sims ein. Dickon hat Recht, das müssen Kinder gewesen sein. Federn, Kiesel, ein Vogelnest. Ein Kerzenstummel und abgebrannte Streichhölzer. Der Blitz flackert immer wieder auf, während Dickon die Sachen aus jeder möglichen Perspektive ablichtet. Dann misst er die Entfernungen zwischen den einzelnen Gegenständen aus.

»Dickon, das ist wohl kaum …«

»Ich mache nur meine Arbeit«, entgegnet er scharf und erinnert mich daran, wer von uns hier der Archäologe ist.

Ich kehre zurück zu den Bergleuten, die am Gerüst hocken und aus ihren Thermoskannen trinken. Dafür, dass sie sich erst vor einer halben Stunde über Hexerei beschwert haben, wirken sie bemerkenswert ungerührt. Ted sitzt auf einer umgedrehten Plastikkiste und isst einen Schokoriegel.

»Spielsachen«, sage ich.

»Tatsächlich?« Ted könnte nicht gleichgültiger aussehen.

Es *war* ein Streich. Diese Scheißkerle. Sie waren kein Stück besorgt; sie wollten mich nur erschrecken. Als ob ich mich vor einer Hand voll Federn und einer Plastikpuppe fürchten würde. Als Ted seinen Becher zum Mund führt, fällt das Licht auf seine Tätowierungen. Sie sehen wie verblichene Abziehbilder auf seinen Armen aus, ein armseliger Versuch, männlich zu wirken.

»Es ist eine Sackgasse«, sage ich. »Hat keinen Sinn, den Schutzgang in der Richtung weiterzubauen.«

»Mr. McGill hat heute Morgen aber was anderes gesagt.«

»Es sah so aus, als könnte da hinten ein weiterer Gang abzweigen. Ist aber nicht so.«

»Woher wissen Sie das?«

Ich stehe, und er sitzt, aber er ist so groß, dass kaum ein Höhenunterschied zwischen uns besteht. Und er ist völlig entspannt, wohingegen ich die Hände in die Jackentaschen stemme. Mein Daumen ist wund an der Stelle, wo ich die Haut um den Nagel abgezupft habe. Ted trinkt entspannt noch einen großen Schluck Tee und sieht amüsiert zu mir hoch, um zu bekräftigen, dass er die Richtung dieses Gesprächs bestimmt.

»Man kann jetzt das Ende des Tunnels sehen«, sagte ich defensiver als beabsichtigt. »Nur eine nackte Felswand.«

»Sie waren schon da unten?«

»Natürlich nicht.«

»Und woher wollen Sie dann wissen, wo der Tunnel hinführt? Schwer zu erkennen vom Schutzgang aus, auch mit dem starken Scheinwerfer.«

»Bei den geophysikalischen Messungen hat man nichts entdeckt.«

»Damit entdeckt man auch nicht alles.«

»Ted«, sage ich und lege besondere Betonung auf seinen Namen. »Tun Sie einfach, was ich Ihnen sage, verdammt. Der Gang geht nur noch wenige Meter weiter. Es lohnt sich nicht, den Schutzgang weiterzubauen. Kapiert?«

»Alles klar, Kit«, höre ich Dickons Stimme. »Fertig. Könnten Sie mir eine Kiste mitbringen, um den Kram abzutransportieren?«

Geschmeidig erhebt sich Ted. Für einen solchen Riesen bewegt er sich erstaunlich anmutig. Mit ausgebreiteten Händen bietet er mir die Kiste an, auf der er gesessen hat.

Ich will sie nicht, aber es ist die nächste. Als ich sie umdrehe, fühlt sich das abgeschabte blaue Plastik unangenehm warm an, als verströme es den Geruch seines großen Männerhinterns. Ich gehe durch den Tunnel zu Dickon zurück und spüre die ganze Zeit Teds Blick im Rücken.

»Alles klar«, sagt Dickon. »Seien Sie vorsichtig, wenn Sie das Zeug reinlegen. Ganz hinten sind ein paar zerbrechliche Sachen.«

Die waren mir gar nicht aufgefallen. Wie konnte ich die übersehen? Winzig, vollkommen, gelbweiß; zerbrechlich wie eine Eierschale. Es ist der Schädel eines Vogels, vielleicht einer Krähe, vielleicht auch einer Taube, aber das ist schwer zu sagen, weil der Schnabel fehlt, was den Schädel erstaunlich menschlich aussehen lässt. Ich nehme ihn vorsichtig in die Hand, und er passt genau in die Mulde wie ein Ei ins Nest.

Ich habe einen kleinen Kloß im Hals, als ich an die Amsel heute Morgen auf meiner Fensterbank denke. Ganz sanft berühre ich mit einer Fingerspitze das Schädeldach, damit es nicht davon schon einen Sprung bekommt. Der Schädel hat die Beschaffenheit feinen Porzellans. Ich fahre die kleinen leeren Augenhöhlen nach, die gezackte Höhlung, wo der Schnabel abgebrochen ist. Meine Haut ist wie elektrisiert, zuckt vor Zärtlichkeit; ich versuche, es unter Kontrolle zu bekommen, mein unbeholfenes Streicheln zu beherrschen, die dicken großen Tränen, die in mir aufsteigen und mir über die Unterlider laufen. Ich spüre die Seele des Vogels unter meinem Finger, sie versucht, sich aus dem Schädel zu befreien, aus meiner ihn umschließenden Hand. Ich kann sie nicht ziehen lassen, aber ich kann sie auch nicht länger festhalten …

»Ich frage mich, was das hier sollte«, meint Dickon. »Sie wissen schon, was sie sich dabei gedacht haben, warum diese Gegenstände, warum hier? Es ist wie ein Altar.«

»Jungen«, sage ich. Meine Stimme schnappt über. Sie fühlt sich an, als wäre es nicht meine. »Die sammeln doch alles.«

»Kit, geht es Ihnen auch wirklich gut?«

»Bestens«, sage ich. Da ist er, in meiner Hand. Er kann nicht fort; er hat keine Flügel mehr. Ich werde ihn hier rausbringen, wo alles verlorengeht, und ihm das Tageslicht zeigen.

»Ich hole Sie um viertel vor sieben ab«, sagte Gary, als ich Feierabend machte.

Ich habe zu knapp kalkuliert. Hätte auf dem Rückweg nicht am Supermarkt halten sollen.

Ich nehme die Abzweigung ins Dorf zu schnell und muss einer roten Katze ausweichen, die über die Straße schlendert. Von dem Winkel aus kann ich nicht vor der Garage einparken. Ach, egal, lasse ich ihn eben auf der Straße stehen.

Ich stürze mit meinen Tüten durch die Tür. Auf der Fußmatte liegt ein dicker Briefumschlag. Ich trete ihn aus dem Weg. Wehe, es gibt kein heißes Wasser zum Duschen. Nein! Auf der Uhr am Herd ist es schon halb sieben durch. Die Tüten müssen auf dem Küchentisch warten.

Der Wildlederrock hängt auf der Rückseite der Schlafzimmertür, aber der dazu passende Pulli liegt zusammengeknüllt im Wäschekorb. Ich brauche irgendwas, Hauptsache sauber.

Die Türklingel. Muss er unbedingt zu früh kommen? Ich mag keine Männer, die zu früh kommen.

Der orangefarbene Pulli war ein Fehler, aber jetzt ist es zu spät. Warum klemmt der Reißverschluss an den Stiefeln immer, wenn man es eilig hat? Mit flatterndem Stiefelschaft hüpfe ich die Treppe runter.

Mist, ich hab mir die Augen noch nicht geschminkt.

»Gary! Tut mir leid, ich bin ein bisschen spät dran. Kommen Sie rein …«

Er trägt den Anzug mit einem gestärkten weißen Hemd und einer eisblauen Krawatte. Seiner Kleidung merkt man immer an, dass er sich im Vergleich zum Anlass offenbar zu viel Mühe gibt. Er ist frisch rasiert und verströmt einen sauberen Duft nach Seife und Zahnpasta.

Ich fühle mich wie eine Frau, die man hastig aus den restlichen Teilen zusammengebaut hat, nachdem die anderen Frauen fertig waren.

»Wir müssen los. Brendan hat gesagt, wir sollen früh da sein.«

»Tut mir leid, der Reißverschluss an meinem Stiefel klemmt … Mist, er geht weder hoch noch runter. Ich weiß nicht, wie ich das gemacht habe …«

»Lassen Sie mich mal.«

O – mein – Gott.

Aber er ist viel zu geschickt. Der Reißverschluss klemmt nicht mehr, der Stiefel ist zu, und Gary steht wieder, bevor ich Zeit habe, den Augenblick zu genießen.

»Kommen Sie. Es ist schon zehn vor«, sagt er.

Handtasche …?

»Nur eben …«

Schlüssel! Verdammt!

»Lassen Sie schon mal den Motor an, ich bin gleich bei Ihnen, muss nur eben …«

Ich rede mit seinem Rücken. Er ist schon halb die Straße runter. Ich schnappe mir die Schlüssel vom Küchentisch, finde einen Mantel, knalle die Tür hinter mir zu und trabe so schnell hinter ihm her, wie dieser bescheuerte Rock es zulässt.

»Was tun Sie da?«

»Schnell noch die Wimpern tuschen.«

»Wenn ich plötzlich bremsen muss, stechen Sie sich ein Auge aus.«

Ich versuche, mich darauf zu konzentrieren, kein Auge zu verlieren, aber ich kann es nicht ändern, ich konzentriere mich vor allem auf seine Hand am Schaltknüppel, wie sie in den Kurven hoch- und runterschaltet.

»Legen Sie Musik ein, wenn Sie mögen«, sagt er. »Im Handschuhfach sind CDs.«

U2, Bruce Springsteen, Green Day: Das meiste von dem Zeug ist bombastisch und laut, eigentlich nicht mein Fall. Beim Anblick einer völlig zerkratzten Kassettenhülle muss ich lächeln. Aus der Kassette darin quellen in glänzenden braunen Plastikschleifen die Eingeweide heraus.

»Hawkwind«, entschlüpft es mir unwillkürlich und ich lache.

»Die hab ich schon ewig nicht mehr gehört«, sagt er abwehrend.

»Ich glaube, die hat es gehabt. Hawkwind, mein Gott. Musik, zu der man UFOs beobachten kann. Ich kenne sonst niemanden, der eine Hawkwind-Kassette im Auto hatte.«

»Tja.« Er ist eindeutig verlegen. »Ich müsste sie eigentlich wegschmeißen. Den Wagen mal richtig sauber machen.«

In dem Geländewagen ist es viel ordentlicher als beim letzten Mal, er verströmt den metallischen Geruch von Reinigungsflüssigkeit. Gary muss sämtliche Oberflächen gewienert haben.

»Schmeißen Sie die Kassette nicht weg«, sage ich. Es tut mir leid, dass ich ihn geneckt habe. »Sie erinnert mich an früher. An die Siebziger, meine ich.«

»Mich auch.« Ich glaube, er lächelt, aber im Dunkeln kann ich es nicht sehen.

Wir biegen in eine Nebenstraße ein, die ich nicht wiedererkenne, und plötzlich sind da Straßenlaternen und die ersten Häuser am Rand von Green Down, die man in den letzten zwanzig Jahren gebaut hat. Umgebaute Scheunen und Sackgassen, die zu exklusiven Wohnsiedlungen führen, überziehen den Hang da, wo sich früher Bauernhöfe und Steinbrüche befanden. Gary fährt auf den Parkplatz vor der Grundschule. Es gibt kaum noch Parklücken. Helles Licht fällt durch die große Holz- und Glasmauer der Aula, in der die Veranstaltung stattfinden soll, nach draußen. Ein poliertes Schild glänzt an der Wand: Eröffnet am 27. April 1982 von Ihrer Königlichen Hoheit, Prinzessin Anne. Architekten: R. Klein und Partner.

»Es sind mehr Leute da als beim letzten Infoabend.« Gary folgt mir in das überfüllte Foyer. »Hoffentlich bedeutet das nicht, dass wir Schwierigkeiten bekommen.«

Brendan steht an der Tür zum Saal. Sein Schnurrbart versucht tapfer, sich aufzurichten, hängt aber nur auf Halbmast. Neben ihm steht eine energische Frau mit kurzem Fransenschnitt, die von der Stadtverwaltung ist, und ich erkenne einen Mann im Anzug. Er ist aus der RockDek-Zentrale – abgesehen von Gary der Einzige, der formell gekleidet ist. Er trägt eine senfgelbe Krawatte mit kleinen braunen Punkten darauf, sieht aus wie Comic-Akne.

»Setzen Sie sich vorne hin«, zischt Brendan. »Ich brauche moralische Unterstützung.«

»Nein, lieber hinten«, erwidert der aalglatte RockDek-Mann.

»Egal, wo«, meint die Frau von der Stadtverwaltung. Sie klingt erschöpft.

Ein Mann mit einer Videokamera über der Schulter filmt die hereinströmenden Menschen, und Akne-Krawatte wirft besorgte Blicke in seine Richtung. Ein Mädchen mit einem Notizblock kommt auf uns zu.

»Western Daily Press«, stellt sie sich Gary vor. »Sind Sie von RockDek?«

»Das bin ich.« Akne-Krawatte drängt sich vor Gary. »Alan Prince. Public Relations. Wenn Sie ein Interview wollen, reden Sie mit mir. Ich möchte nicht, dass Sie sich direkt an jemanden aus dem Team wenden.«

Die Frau mit dem Fransenschnitt sieht ihn so an wie ich sonst Dickon und reicht der Reporterin die Hand. »Ich bin Lucy Mackintyre«, sagt sie. »Projektleiterin bei der Stadtverwaltung. Ich gebe nach der Veranstaltung gerne eine Stellungnahme ab.«

»Ich komme nachher gerne darauf zurück«, sagt das Mädchen. »Entschuldigen Sie. Ich habe gerade jemanden gesehen ...« Und sie entschwebt in die Menge.

»Warum ist die Presse hier?«, fragt Brendan vorwurfsvoll.

»Hören Sie«, sagt der Mann von RockDek, »es ist sehr wichtig, dass wir alle ins selbe Horn stoßen.«

»Um Himmels willen, unterstützt mich«, fleht Brendan. »Kit, wenn ich Sie auffordere ...«

»Machen Sie sich nicht lächerlich«, fährt Akne-Krawatte ihn an. »Wir können hier nicht ständig neue Leute aus dem Hut zaubern wie Kaninchen im Varieté.« Er blickt mich finster an. »Sie sagen kein Wort.«

Brendan sieht sehr unglücklich aus.

Die ganze Zeit über mustere ich die Gesichter der Menschen, die an uns vorbeidrängen. Teils befürchte ich, bestimmte Gesichter zu sehen, teils hoffe ich es auch. Aber ich erkenne niemanden wieder. Sie sind wahrscheinlich alle tot oder längst weggezogen. Ein breiter Rücken, der schwankend den Toilettenschildern die Treppe hinauf folgt, lässt mich an Mrs. Owen denken, aber ich bin sicher, dass sie tot ist; ein Herzinfarkt zwischen fünfzig und sechzig. Niemand würde mich jetzt noch erkennen.

Es bräuchte nicht viel, um die Leute daran zu erinnern.

An der Tür gibt es einen kleinen Tumult. Ein älterer Mann versucht, sich hereinzudrängen. Eine Frau in purpurrotem Paschmina versperrt ihm den Weg.

»Es tut mir leid, Sie können Ihren Hund nicht mit hereinnehmen«, sagt sie laut.

Hinter dem Mann schleppt eine alte Bassethündin sich die Treppe hoch und sieht aus, als hätte sie ohnehin keine große Lust hineinzugehen. Ihr Besitzer ist der weißhaarige Mann, der mir auf dem Friedhof zugelächelt hat.

»Ich kann Riley an so einem kalten Abend nicht draußen lassen«, sagt der Mann und drückt immer noch gegen die Tür. »Sie ist zu alt.«

Die Paschmina-Frau sieht aus, als wolle sie sagen: *Und du auch.*

»Keine Hunde«, wiederholt sie. »Dies ist eine Schule.«

»Ich wüsste nicht, was das damit zu tun hat«, meint der alte Mann. »Ich möchte da rein und meine Meinung sagen.«

»Nun, es ist Ihre Entscheidung«, sagt Purpur-Paschmina. Sie lächelt das strahlende, fromme Lächeln einer Mitarbeiterin von Essen auf Rädern. »Wenn rein, dann ohne den Hund; mit Hund – raus.« Als böte sie ihm Backpflaumen mit Vanillesoße auf einem Plastiktablett an. »Überlegen Sie es sich.«

Der alte Mann sieht den Hund an. Mir bricht das Herz.

»Die sollten endlich diesen verdammten Steinbruch in Ordnung bringen«, sagt er. »Mehr wollte ich gar nicht sagen. Dann könnten wir endlich unsere Häuser verkaufen.« Er dreht sich um und zieht an der Hundeleine. Riley, die gerade erst die Stufen heraufgewatschelt ist, folgt ihm geduldig wieder nach draußen.

»Tja, ein Nörgler weniger«, meint Alan Prince. »Jedes bisschen hilft.«

Gary nimmt meinen Arm und schiebt mich durch die Glastür in den Saal.

»Hey«, sage ich, als wir uns durch eine Stuhlreihe drängen und den Leuten auf die Füße treten, »Sie haben es plötzlich aber eilig.«

»Ich musste da weg, bevor ich dem Armleuchter eine reinhaue«, sagt Gary. »Zum einen war der alte Knabe auf unserer Seite. Er will, dass wir mit der Arbeit weitermachen, er begreift nur nicht, warum wir nicht das ganze Gelände sofort verfüllen können. Und der gute Brendan ist völlig überfordert. Ich würde mich nicht wundern, wenn diese Mistkerle in der Zentrale ihn fertigmachen. Da läuft irgendwas heute Abend. Ich verstehe nicht, was die Presse hier will.«

Schließlich ergattern wir zwei freie Stühle.

»Wer ist sonst noch da?«, frage ich. Gary sucht den Saal ab, bevor er sich setzt.

»Nicht viele, die wir kennen«, meint er. »Rupert ist gerade gekommen. Der verpasst keine Gelegenheit, um über seine famosen Fledermäuse zu reden.«

Brendan, Akne-Krawatte und Lucy Mackintyre betreten den Saal und nehmen ihre Plätze auf dem Podium ein. Brendan dreht sich um und winkt uns kurz zu, während er die Stufen hinaufsteigt; er wirkt verloren.

»Er ist ein netter Kerl«, sagt Gary. »Hoffentlich lassen sie nicht zu, dass er sich zum Narren macht.«

Zunächst läuft alles normal. Der Vorsitzende der Anwohnergemeinschaft, ein hoch gewachsener älterer Herr, der mich ein wenig an Poppys Vater erinnert, stellt die Leute auf dem Podium vor. Lucy hält eine Eröffnungsansprache darüber, wie zufrieden die Stadtverwaltung ist und so weiter, dass die Finanzierung nur eine Frage der Zeit ist, eigentlich eine reine Formalität ... Brendan steht auf und erläutert, was man bisher erreicht hat. Er bedient sich dabei einer PowerPoint-Präsentation, die ihn zweimal im Stich lässt, sodass er verwirrt auf die Leinwand starrt. Doch er erholt sich wieder, und als er sich setzt, bekommt er sogar ein wenig Applaus, nachdem er uns versichert hat, dass wir dank seiner Hightech-Kanarienvögel nachts alle gut schlafen können. Sie werden uns rechtzeitig warnen, bevor die Häuser der Leute im Abgrund verschwinden.

»Fragen aus dem Publikum?«, fragt der Vorsitzende.

Es herrscht die übliche bedeutungsschwangere Pause, während alle darauf warten, dass jemand die Nerven hat, die erste Frage zu stellen. Und dann geht es los.

»Kann mir jemand erklären, warum wir fünfzehn Jahre, nachdem zum ersten Mal bekannt gegeben wurde, dass die Gruben nicht sicher sind, immer noch nicht wissen, ob das Problem gelöst wird?«

Der Sprecher ist ein Mann einige Reihen vor uns. Seiner Stimme nach – laut und selbstsicher – halte ich ihn für einen Angehörigen der Mittelschicht von Green Down, einer von denen, die in den denkmalgeschützten georgianischen Cottages leben. Er trägt einen zerknitterten, abgewetzten Ledermantel, und über seinem Kragen wellt sich dunkles, ergrauendes Haar.

»Haben Sie eine Ahnung, wer das ist?«, flüstere ich Gary zu.

Er schüttelt den Kopf. Lucy beugt sich vor und erklärt geduldig, dass die Gruben verfüllt werden, wir auf jeden Fall die Gelder bekommen, die Stadtverwaltung das Problem sehr ernst nimmt, ebenso wie alle anderen, die an dem Projekt mitwirken … Aber Ledermantel scheint etwas ausgesprochen zu haben, was schon eine Weile in den Leuten gärt. Sie werden unruhig und murren halblaut, während Lucy antwortet und noch einmal alles erklärt, was sie schon in ihrer Eröffnungsansprache gesagt hat.

»Und wir leben auf einem Pulverfass!«, ruft jemand hinter uns. Plötzlich fällt mir das rote Blinklicht auf der Fernsehkamera auf. Die Nachrichtenleute sind nach vorne gekommen; der Kameramann steht breitbeinig da, auf seiner Schulter stemmt er die schwere Kamera, deren eines dunkles Auge über die Menge wandert. Instinktiv beuge ich mich zur Seite und lande an Garys anthrazitfarben bekleideter Schulter. Unsere Arme berühren sich, und ich würde mich am liebsten stärker an ihn lehnen. Stattdessen rücke ich verlegen von ihm ab.

»Wie wütend die sind«, sage ich. »So wirken sie gar nicht, wenn man sie tagsüber trifft. Ich verstehe das nicht. Die Gruben waren doch immer schon da.«

»Na ja, das ist ja wohl nicht verwunderlich«, meint Gary. Es klingt, als sei er sauer auf mich, weil ich das nicht verstehe. »Aber Sie haben natürlich meine Mum nicht gekannt, die keinen Käufer für ihr Haus finden konnte. Sie war fest davon überzeugt, dass es jeden Tag mit ihr in einem schwarzen Loch verschwinden könnte. Für die Summe, auf die man ihr Haus vor drei Jahren geschätzt hat, hätte sie nirgendwo anders in Bath auch nur ein vernünftiges Apartment bekommen.«

»Lebt Ihre Mum immer noch hier in der Gegend?«

»Sie ist letztes Jahr in einem Pflegeheim gestorben. Der Hausverkauf hat gerade eben die Kosten abgedeckt.«

»Das tut mir leid.«

Das Murren und Füßescharren wird lauter, und er schenkt mir dieses steife kleine Lächeln, das besagt, danke für Ihre höfliche Anteilnahme, aber warum eigentlich? Aber es tut mir wirklich leid, auch wenn ich mich kaum an sie erinnern kann: eine Frau, die hin und wieder in Mrs. Owens Küche saß, eine undeutliche Gestalt, die die Vorhänge in Garys Zimmer zuzieht.

Jetzt spricht Akne-Krawatte von RockDek. Er versucht, die Leute zu beruhigen, aber das Publikum ist jetzt kaum mehr zu halten. Brendan wirkt beklommen. Jetzt stehen auch andere Leute auf und schreien. Warum kann das Verfüllen nicht sofort beginnen?

»Das Amt des Stellvertretenden Premierministers muss uns erst die Finanzierung genehmigen«, wiederholt Lucy Mackintyre ruhig und geduldig. »Sie glauben doch nicht, dass die Stadtverwaltung die Arbeiten allein finanzieren könnte. Es wird über einhundertfünfzig Millionen Pfund kosten.«

»Ich habe gehört, wir müssen so lange warten, bis geklärt ist, welche Gänge für die Fledermäuse offen gehalten werden!«, ruft eine Frau in der dritten Reihe. »Seit wann sind Fledermäuse wichtiger als Menschen?« Rupert will aufstehen, und der RockDek-PR-Mann versucht, ihn mit einem finsteren Blick wieder zum Hinsetzen zu bewegen. Doch Rupert erhält keine Gelegenheit, uns zu verkünden, dass er, offen gesagt, eine Große Hufeisennase dem Fragesteller jederzeit vorzöge, denn da springt ein Mann zwei Reihen weiter hinten auf.

»Und wer bezahlt die Instandhaltung?« Jemand applaudiert. »Sie sagen, die Arbeiten sind nach sechs Jahren beendet, aber jeder weiß doch, dass ein derartiges Projekt in Wirklichkeit nie fertig wird. Alle diese Schutzgänge, die Sie da unter Tage gebaut haben, wer soll die instand halten?«

Auf dem Podium herrscht unbehagliches Schweigen. Die offizielle Stellungnahme lautet, dass die Menschen, die über den Schutzgängen wohnen, gesetzlich zu deren Instandhaltung verpflichtet sind, nachdem die Stabilisierung abgeschlossen ist. Lucy Mackintyre versucht das zu erläutern und entfesselt damit einen Schwall wütender Zwischenrufe.

Ein kleiner Mann in einem formlosen zerknitterten Anzug, wie Buchhalter aus Kleinstädten sie gerne tragen, erhebt sich. Er versucht vergeblich, die Leute mit Gesten zur Ruhe zu bringen, gibt auf, zieht einen Schuh aus und schlägt damit auf die Sitzfläche seines Stuhls.

Schweigen senkt sich herab.

»Ich heiße Graham Schofield«, sagt er. »Sagten Sie, dass wir laut Gesetz für den Teil der Gruben verantwortlich sind, der unmittelbar unter unseren Häusern liegt?«

»In etwa, ja«, erwidert Lucy.

»In diesem Fall wüsste ich gerne, warum ich nichts unterschreiben musste, womit ich mein Einverständnis zu den Arbeiten unter meinem Haus gebe?«

Lucy Mackintyre wird bleich. Aus dem Publikum ertönt ein ohrenbetäubender Protestchor.

»Tatsache ist …«, übertönt der kleine Mann das Getöse. »Tatsache ist, dass Sie meine Zustimmung brauchen. Und da Sie offenbar aus Versehen vergessen haben, mich zu fragen, sage ich Ihnen hier und jetzt, dass ich meine Zustimmung nicht geben werde, bis man mich davon überzeugt hat, dass das, was Sie da unten reinpumpen, zu hundert Prozent umweltfreundlich ist.«

Auf dem Podium vergräbt Brendan den Kopf in den Händen. Akne-Krawatte sieht aus wie vom Blitz getroffen und dreht sich wütend zu Lucy Mackintyre um, die den Kopf schüttelt. Der Saal kocht. Es würde mich nicht überraschen, wenn die Leute Lynchjustiz übten und den kleinen Buchhalter gleich an Ort und Stelle auf dem Podium aufknüpften.

»Scheiße«, flucht Gary.

»Ich verstehe das nicht«, sage ich. »Was ist los?«

»Graham Schofield, der kleine Wichser, hat es soeben geschafft, die Arbeiten von jetzt auf gleich zum totalen Stillstand zu bringen«, erklärt Gary.

Im Pub, in dem wir uns treffen, nachdem wir dem Tumult entflohen sind, erklärt Brendan die Lage.

»Sieht so aus, als hätte hier jemand so richtig Mist gebaut. Jetzt sitzen wir in der Scheiße«, sagt er. »Entschuldigen Sie meine Ausdrucksweise, Kit. Lucy Mackintyre schwört Stein und Bein, dass es nicht die Schuld der Stadtverwaltung gewesen sein kann, aber ich wette, dass jetzt Köpfe rollen. Es gab vor einer Weile ein riesiges Anhörungsverfahren, und alle Anwohner hätten ein Dokument unterzeichnen müssen, mit dem sie uns das Recht einräumen, die Arbeiten unter ihrem Besitz durchzuführen. Offenbar hat Mr. Schofield sein Haus mitten im laufenden Verfahren gekauft. Irgendwie hat man ihn übersehen. Lucy ist davon überzeugt, dass der Voreigentümer unterschrieben hat, bevor er an Schofield verkauft hat, aber sie können die Unterlagen nicht finden, und Schofield schwört Stein und Bein, dass er und sein Anwalt auf den Sachverhalt nicht hingewiesen worden seien. Das ist alles ein großes juristisches Kuddelmuddel, und niemand weiß genau, wer wen verklagen sollte.«

»Also steht jetzt alles still?«

»Nein. Wir machen trotzdem mit der Arbeit weiter, wir dürfen eben nur nicht in das Gebiet unter Mr. Schofields Besitz.«

»Und das ist …?«

»Gleich hinter der Stelle, bis zu der Ted und die Jungs den nördlichen Schutzgang schon gebaut haben.«

»Was? Das muss doch das Gelände des Verteidigungsministeriums sein.«

»Mr. Schofield ist der nächste Nachbar. Sein Garten – und es ist ein großer Garten – stößt hinten an den Zaun des Verteidigungsministeriums.«

Brendan klingt, als wisse er das alles schon lange. Warum hat mich niemand vorgewarnt?

»Es wurde bei der Versammlung an dem Freitag erwähnt, als Sie angekommen sind«, sagt Brendan abwehrend.

»Aber nicht so deutlich, dass ich es hätte verstehen können«, entgegne ich. »Ich kapiere das nicht – wenn Sie das alle wussten, warum hat das dann niemand in Ordnung gebracht?«

»Wir haben gehofft, dass er vernünftig wird und schließlich doch noch unterschreibt. Niemandem war klar, dass er ein heimlicher Umweltschützer mit einem Hass auf Schaumbeton ist.«

»Wahrscheinlich noch nicht einmal das«, wirft Gary ein. »Er ist bloß ein pedantischer Idiot, dem es gefällt, dass er uns in der Hand hat.«

Brendan starrt düster in sein Bier wie eine Wahrsagerin in die Kristallkugel. Vielleicht hofft er, dass er darin einen kleinen Mann in einem schlecht sitzenden Anzug ertrinken sieht. Ich nehme einen großen Schluck von dem essigsauren Wein. Einstweilen sind die Tauroktonie und das mithraische Symbol sicher.

Keiner von uns beiden spricht viel, als Gary mich nach Hause fährt. Vielleicht denkt er an seine Mum in ihrem kleinen gelben Haus auf der billigen Seite des Hügels, bevor sie ins Pflegeheim kam. Aber ich denke nur an Mrs. Bennetts Sohn.

Ein Auto kommt uns entgegen, und ganz kurz beleuchten die Scheinwerfer Garys Gesicht, das gröber und nicht mehr so schön ist, wie ich es aus dem Sommer in Erinnerung habe, als ich vierzehn wurde. Er wirkt solide und verlässlich, ein Mann in einem Anzug, dem seine Mutter viel bedeutet hat. Und dann denke ich wieder daran, wie der Fahrlader durch die Tunnel donnerte, wie er damit den Stein attackierte, ihn tanzen ließ, alles immer gerade noch unter Kontrolle hatte.

»Ich hab mich gefragt«, beginnt Gary. Schließt den Mund wieder, sieht verloren aus. »Na ja. Sie haben wahrscheinlich was vor.«

»Wann?«, frage ich ein bisschen schneller, als ich vorhatte.

»Samstagvormittag. Ich will nämlich meine Küche renovieren, und mir gefiel die, die Sie in Ihrem Cottage haben, wirklich gut, und da habe ich mich gefragt, ob Sie mir helfen würden und sich mit mir Kacheln und all das ansehen …«

Was? Ich soll mir irgendwelche bescheuerten Kacheln ansehen? Warum bittet er mich nicht einfach, mit ihm auszugehen? Oder noch besser, tritt auf die Bremse, fährt den Geländewagen in die Hecke und vögelt mich um den Verstand?

»Natürlich, mache ich gerne.«

»Wunderbar«, sagt Gary. »Sie haben wirklich Geschmack …«

Das Schild mit der Dreißig-Meilen-Geschwindigkeitsbegrenzung huscht im Scheinwerferlicht an uns vorbei, als wir den Hügel runter nach Turleigh hineinfahren.

»Es ist nicht meine Küche. Ich wohne nur zur Miete.«

»Oh. Natürlich. Ähm. Aber Sie haben sich das Haus mit dieser Küche ausgesucht …«

»Ich helfe Ihnen wirklich gerne.«

»Gut.« Er fährt unmittelbar vor meinem Cottage rechts ran. »Wunderbar. Dann sehen wir uns morgen bei der Arbeit.«

»Danke fürs Mitnehmen«, sage ich und steige aus. Ich bin mir nicht sicher, ob ich das Richtige tue.

»Gern geschehen.« Er kurbelt das Fenster herunter, als ich auf seine Wagenseite gehe. »Ich weiß, es klingt komisch, aber ich habe den Abend genossen.« Er legt den Gang ein und fährt davon, ehe ich antworten kann.

Als ich im Cottage meinen Mantel aufhänge, stoße ich mit dem Fuß an den großen Umschlag, der schon vorhin auf der Matte lag. Reklame, vermute ich. Aber es ist ein schlichter brauner Umschlag mit einem mit der Schreibmaschine beschrifteten weißen Aufkleber. Dann muss er von Martin sein, der mir seine Recherche über Mithrastempel schickt. Ich werde sie beim Essen lesen. Ich nehme den Umschlag mit in die Küche und überlege, was ich Schnelles kochen kann. Unter meinen Einkäufen ist auch ein Paket Hühnerbrust, die kann ich mir rasch braten.

Ich schlitze die Plastikverpackung mit einem Messer auf, und da ich es schon einmal in der Hand halte, öffne ich damit auch gleich den braunen Umschlag, gehe zum Brett mit den Töpfen und hole die Bratpfanne runter, während ich den Inhalt des Umschlags herausziehe. Es sieht aus wie ein Bündel ausgedruckter Internetseiten. Obenauf liegt ein einzelnes weißes Blatt, auf das in großen Buchstaben VIEL SPASS gedruckt ist.

Das sieht Martin gar nicht ähnlich.

O Gott.

Mir wird schlecht.

Nein, nur schwindelig. Wo ist der Stuhl?

Die Bilder liegen auf dem Boden, und wenn ich sie auflese, muss ich sie wieder anschauen. Ich will sie nicht mehr anschauen. Aber jetzt sind sie in meinem Kopf. Abscheulich.

Scheißkerle.

Mein Mund ist trocken … Wasser.

Nein. Dann müsste ich mich übergeben.

Ich sitze jetzt im Wohnzimmer auf dem Sofa, habe die Bein hochgezogen und die Arme um mich geschlungen. Ich zittere wie Espenlaub. Ich kann einfach nicht fassen, dass jemand so was tut. Selbst aus der Distanz sind die Fotos ekelhaft. Ich kann sie aus dem Augenwinkel sehen, sie liegen unterm Küchentisch verstreut. Alles in Großaufnahme: Körperöffnungen, die jemand mit riesigen Instrumenten verstopft, in denen jemand bohrt, in die jemand eindringt, mit humorloser Grausamkeit. Die Hühnerteile liegen auch am Boden, fleischige blasse Kissen, die einigen der Abscheulichkeiten auf den Fotos zu sehr ähneln, feucht und purpurrötlich.

Die Augen zu schließen nützt nichts. Sie sind immer noch da. Es sind die Gesichter der Frauen, die mich nicht mehr loslassen. Tote ausgebrannte Blicke, schlaffe Münder, niemand zu Hause. Wie konnten sie das tun? Sie müssen unter Drogen gestanden und etwa so viel empfunden haben wie Poppys Barbiepuppen.

Ich muss da reingehen und sie alle auflesen. Weiß der Himmel, was ich mit ihnen mache. Ich sollte sie gleich in den Holzofen stecken.

Zuerst schalte ich alle Lampen ein. Ich will die Dunkelheit zurückdrängen, die aus dem Garten hereinsickert. Doch es nützt nichts: Das Licht reicht nur bis zum Rand der Terrasse. Jeder könnte da draußen sein, mich beobachten, sich schlapp lachen darüber, wie die Bergbauingenieurin auf ein Bündel Hardcore-Pornofotos aus dem Internet reagiert. Sie glaubt, sie ist hart im Nehmen, ja? Wir zeigen ihr, was hart ist …

Zum ersten Mal, seit ich ins Cottage gezogen bin, ziehe ich die

Vorhänge zu. Dann zwinge ich mich, in die Küche zu gehen, und schiebe die Blätter mit dem Fuß so gut wie möglich auf einen Haufen, ohne zu Boden zu blicken. Schließlich bücke ich mich, um sie aufzulesen, und versuche wieder, nicht hinzusehen, aber irgendetwas an den widerlichen Bildern veranlasst einen, doch hinzuschauen und zu sehen, was man nicht sehen will. Gott sei Dank sind keine mit Kindern dabei. Oder vielleicht doch, irgendwo in dem Stapel. Es reicht mit auch so schon, mir dreht sich der Magen um.

Eine Frau auf den Knien trägt ein Hundehalsband, eine große Männerhand hält die Leine straff gespannt … einen Augenblick lang bin ich sicher, dass ich das gesehen habe, aber nein, es ist eine Frau, die an vier D-Ringen angekettet ist, Arme und Beine zu einem X gespreizt, ein maskierter Mann hat ihr den Arm um die Kehle gelegt und nimmt sie von hinten, während ein anderer Mann zwischen ihren Beinen kniet.

Wer findet so was erotisch? Das ist doch nur krank. Dann drehe ich das Blatt um, und ihr Arm ist ab, abgehackt, hängt lose und blutig an der Kette. O Gott, ich fasse es nicht …

Als ich versuche, das alles schnell in den Umschlag zu stopfen, ohne den Papierstapel zu ordnen, fällt die Hälfte der Blätter wieder zu Boden, und ich heule vor Verzweiflung, ich will diese Bilder nicht noch einmal berühren …

Ich stopfe das letzte Blatt in den Umschlag und gehe zur Spüle, um mir Hände und Gesicht zu waschen, nachdem ich zuerst das Rollo heruntergezogen habe. Ich würde ja nach oben gehen, duschen, aber ich habe Angst davor, nackt zu sein hier im Haus, falls jemand mich von außen beobachtet.

Wo ist das Geschirrtuch? Ich öffne die Augen, in denen die Seife brennt, und drehe mich auf der Suche danach um.

Da auf dem Boden unter dem Tisch liegt ein Blatt, das ich offenbar nicht mit den anderen wieder eingesammelt habe. Noch ein weißes Blatt Papier, auf dem genau in der Mitte ein Wort in so großen Buchstaben gedruckt ist, dass ich es nicht übersehen kann.

BEFRIEDIGT?

22

Ich lernte für Mathe, bis ich schielte. Jeden Tag saß ich bis in den späten Abend über meinen Büchern. Wenn meine Noten besser wären, dachte ich, könnte ich mich vielleicht doch vor der Party drücken, denn Trishs Drohung, es meinem Vater zu petzen, wäre dann die Grundlage entzogen.

Aber es klappte nicht: Ich hatte immer noch Schwierigkeiten mit den Hausaufgaben. Wo war mein Grips geblieben? Je mehr ich mich anstrengte, desto dümmer fühlte ich mich. Nichts ergab mehr einen Sinn.

Ich saß unten im vorderen Zimmer und hatte meine Bücher auf dem Esstisch ausgebreitet. Garys Musik schwebte über die Straße und durchs offene Fenster zu mir herein.

Mein Vater sah mich so jeden Abend, wenn er nach Hause kam, und nickte.

»Braves Mädchen«, sagte er. »Weiter so.«

Ich wusste, dass er Janey Legge fast täglich nach der Arbeit sah, weil er kaum je vor sieben Uhr kam und sein Atem dann noch nach Bier roch. Keiner von uns erwähnte sie jetzt. Wenn ich sie ignorierte, würde sie dann verschwinden? Spielte es eine Rolle, falls nicht? Ich hatte beschlossen, nicht mehr über meine Mutter nachzudenken, aber die Erinnerung an dieses Foto im Sekretär ließ mich nicht los. Was, wenn ihre Briefe darunter versteckt lagen?

Eines Abends kam er zu mir, zog sich einen Stuhl heran, setzte sich ans Tischende und sah mich an.

Ich blickte vom Ohmschen Gesetz auf.

»Ja?« Es war mir egal, ob ich unhöflich klang. An diesem Abend, an dem mein müdes Hirn nichts mehr aufnahm, war ich bereit, mit dem Feuer zu spielen.

»Du lernst sehr viel.«

»Ich hab nächste Woche Prüfungen.«

»Man kann auch zu viel lernen, weißt du. Du musst dich auch amüsieren.«

Ich starrte ihn an. Er kapierte es einfach nicht. Er war viel zu sehr damit beschäftigt, sich zu amüsieren, um zu merken, wie es mir ging.

»Du weißt doch, dass ich dich sehr lieb habe«, sagte er unvermittelt. »Du bist alles, was ich habe, Katie.«

Nein, dachte ich, du hast jetzt Janey Legge.

Ein Luftzug versetzte die Gardinen in Bewegung. Garys Musik dröhnte über die Straße. Hinter meinem Vater stand der Sekretär, obendrauf lag ein ordentlicher Stapel Briefe. Aber darunter schienen die Schranktüren sich unter der Anstrengung, das Chaos im Innern zu bändigen, nach außen zu wölben. Ich meinte fast, das Holz splittern zu sehen.

»Hier«, sagte er. Er stand auf und wühlte in seiner Tasche. »Du hast so hart gearbeitet, da wollte ich dir etwas schenken, um dir zu zeigen, wie stolz ich auf dich bin.« Er holte eine längliche Schachtel hervor. »Den kannst du in deinen Prüfungen benutzen. Soll dir Glück bringen.« Er legte die Schachtel auf den Tisch und schob sie zu mir rüber.

Der Deckel war durchsichtig, und ich sah, dass in der Schachtel ein Füllhalter lag, mit einem schlanken silbernen Gehäuse und einem vergoldeten Griff in Form eines Pfeils. Er hatte meine Initialen darauf eingravieren lassen: *K.K.C.* in einer schnörkeligen Schrift.

»Ach, Dad«, sagte ich. Ich rührte den Füller nicht an. »Niemand benutzt mehr Füller. Die machen doch Tintenflecken an den Fingern.«

Die Muskeln um seine Augen zogen sich zusammen, aber diesmal war er nur bestürzt und verletzt. Ich sah, dass er sich innerlich dafür verfluchte, das Falsche gekauft zu haben. Ich wünschte, ich hätte die Worte zurücknehmen können, aber jetzt waren sie heraus. Ich hätte die Schachtel ergreifen sollen – es war noch nicht zu spät, ihm zu sagen, wie schön der Füller war, denn das war er wirklich, und dass ich ihn immer in Ehren halten und für besondere Briefe aufbewahren würde. Aber ich tat es nicht.

Er nahm die Schachtel mit einem schwachen Lächeln an sich und versuchte, das Beste aus der Situation zu machen.

»Tja«, sagte er. »Dein alter Dad macht immer alles falsch. Es tut mir leid, Katie. Ich besorge dir was anderes. Hättest du gerne einen Büchergutschein? Damit du dir selbst was aussuchen kannst?«

»Ja, prima«, sagte ich. »Ich mache jetzt lieber weiter, Dad. Testklausur morgen.«

* * *

Ich konnte mich immer noch nicht überwinden, Gary zu der Party einzuladen. Ich wollte unbedingt, dass er kam, aber ich wusste nicht, wie ich ihn fragen sollte. Trish würde es nicht auffallen. Sie hatte die halbe Schule eingeladen – die Hälfte, die ältere Brüder hatte.

Trish war bis dato nicht beliebt gewesen. Ich hatte gehört, wie man sie hinter ihrem Rücken Itzig genannt hatte, als sie neu war, und sie war mindestens so klug wie ich, auch nicht gerade ein Pluspunkt. Aber jetzt wollte jeder sie kennen, alle wollten sie zu dieser Party kommen, weil sie wussten, dass wir sie hinter dem Rücken unserer Eltern veranstalteten. Trish hatte die grundsätzliche Wahrheit entdeckt, dass es einen ungemein attraktiv macht, wenn man nicht brav ist.

Immer wieder machten sich Mitschüler auch an mich heran und fragten mich, ob sie zu meiner Party kommen könnten.

»Es ist nicht meine«, antwortete ich dann.

»Trish sagt, es ist deine.«

»Schon, aber sie organisiert alles«, erklärte ich ihnen. »Fragt sie.«

Poppy hatte den gleichen verzweifelten Gesichtsausdruck, den ich auch an meinem Spiegelbild entdeckte. Aber etwas Unaufhaltsames hatte sich in Bewegung gesetzt; es war zu spät, um noch abzuspringen.

»Hast du Gary gefragt, ob er kommt?«, fragte Trish.

Irgendwie war die Zeit verronnen, es war die Woche der Party. Ich war mit den Gedanken bei der Geschichtsprüfung, die wir an diesem Nachmittag ablegen mussten; ich versuchte, in meinem Kopf die Bürgerkriegsparlamente zu ordnen. Es gab das Lange Parlament und das Rumpfparlament, aber welches kam zuerst?

»Katie? Hörst du mir zu?«

»Ja, natürlich habe ich ihn gefragt.«

»Und? Hat er gesagt, er kommt?«

Dann war da noch das Barebones-Parlament, aber das war auf jeden Fall später gewesen. Und die Tapete wurde 1645 erfunden. Warum konnte man sich nutzlose Wissensfetzen leichter merken?

»Nein, er wusste es noch nicht.«

Offen gesagt lebte er in seliger Unwissenheit. Natürlich hatte ich ihn nicht gefragt. Meine Finger gruben sich in die Böschung und rupften an den Wurzeln der Gänseblümchen. Sie rührten sich nicht. Trish warf mir einen feindseligen Blick zu. Ihr war vermutlich völlig klar, dass ich nicht mit Gary gesprochen hatte.

»Mensch, sorg gefälligst dafür, er sich's überlegt! Ich will unbedingt, dass er kommt.«

1685, Schlacht von Sedgemoor, die letzte richtige Schlacht auf englischem Boden. Der Herzog von Monmouth erleidet eine vernichtende Niederlage, wird gefangengenommen und kurz darauf enthauptet.

Es schien wie ein Wink des Schicksals, dass Gary mir entgegenkam, als ich nach der Schule den Hügel hinunterging. Irgendwas war komisch. Du lieber Gott, er trug einen Anzug!

Wir erreichten die Ecke, an der unsere Straße abzweigte, beinahe zur gleichen Zeit. Er lächelte mich an. Er schien sich gar nicht wohl zu fühlen in dem Anzug, der an den Schultern zu groß und um die Beine zu weit war.

»Wofür hast du dich denn so fein gemacht?«, fragte ich ihn.

»Ich hab mich in der Berufsschule vorgestellt«, sagte er. »Meine Mum hat gesagt, ich soll das anziehen.«

»Berufsschule?«, fragte ich. »Aber du hast doch eine Arbeit.«

»Ich habe eine *neue* Arbeit«, erwiderte er stolz. »Eine Lehre im Steinbruch. Mit Freistellung für die Berufsschultage. Hab letzte Woche in Crow Stone angefangen.«

Crow Stone. Trish hätte gekichert. Der Steinbruch, in dem Gary jetzt tagsüber arbeitete, war abends der hiesige Treffpunkt für Liebespaare. Trish hatte ihn für unsere Verabredung mit Gary vorgeschlagen, als sie wollte, dass wir ihm einen Brief schrieben. Trish und ihre bescheuerten Einfälle …

Jetzt oder nie. »HättestduLustaufeineParty?«, fragte ich. »Sozusagenmeineabereigentlichdochnicht. Freitagabendirgendwannnachacht.«

»Oh«, machte er. Er wirkte nicht sehr begeistert.

»Der ältere Bruder meiner Freundin veranstaltet die Party. Seine Eltern sind nicht da.« Plötzlich wünschte ich mir sehnlichst, dass Gary käme. Ich würde ihm alles Mögliche erzählen, nur damit er käme. »Er spielt in einer Band. Er hat Hawkwind kennengelernt.«

»In Ordnung.« Gary wirkte ein bisschen betäubt von meinem Redeschwall. Aber er hatte zugesagt.

»Spitze. Super. Bis dann.« Ich drehte mich zum Gartentor um und hüpfte die Stufen hinauf.

»Warte!«, rief er.

»Ja?«

»Wo ist die Party? Du hast nicht gesagt, wo.«

Ich gab ihm Poppys Adresse.

Na bitte, geschafft. War gar nicht so schlimm. Als ich hineinging und meine Biologie- und Chemieaufzeichnungen für die Prüfungen am nächsten Tag herausholte, fühlte es sich so an, als würde mein Blut im Rhythmus der Eröffnungsakkorde von *Silver Machine* durch meine Adern gepumpt.

»Hast du gesagt, Poppy hätte dich eingeladen, Freitagabend bei ihr zu lernen?«, fragte mein Dad beim Abendessen.

»Hm-hm«, sagte ich, den Mund voller neuer Kartoffeln.

»Und bei ihr zu übernachten?«, fuhr er fort. Seine Gabel schwebte über seinem Teller.

»Darf ich?«

»Ja.« Er stach nach seinen Erbsen und spießte sie triumphierend auf. »Ich wollte mich nur vergewissern, sonst nichts.«

Er summte den ganzen Abwasch über.

23

Das muss Ted gewesen sein. Nur Ted ist ein solcher Wichser. Kein schönes Wort, aber bei weitem nicht hart genug für das, was er getan hat. Aber ich will mich nicht auf sein Niveau begeben.

Das Auto riecht so, wie ich mich fühle. Kalte Asche, teerfleckige Kippen, ungewaschene Arbeitsklamotten. Ich werde nie wieder sauber. Als ich ins Tal runterfahre, wo ich den Fluss und die Eisenbahnschienen überquere, gerate ich stellenweise in einen bräunlichen Nebel. Sogar der Morgen ist schmutzig.

Die Nacht war furchtbar. Ich habe nicht viel geschlafen, bildete mir permanent ein, unten Geräusche zu hören. Ich versuchte, Mauern in meinem Kopf zu errichten, aber ich konnte die Bilder nicht aufhalten, sie brachen immer wieder durch.

Krank.

Deshalb habe ich jetzt auf der Fahrt zur Arbeit Kopfschmerzen und einen Geschmack im Mund wie … Ich kann ihn nicht beschreiben. Mir fehlen die Worte.

Die Bilder stecken in ihrem Umschlag in der Garage. Ich wollte sie nicht bei mir im Haus haben. Ich werde sie im Holzofen verbrennen, wenn ich heute Abend zurückkomme.

Erzähl's jemandem, sagt Martin in meinem Kopf. *Das solltest du nicht für dich behalten. Da ist jemand zu weit gegangen.*

Du spinnst wohl. Ich gehe doch nicht zu Brendan mit – na ja, damit. Und wenn er es weitererzählt? Dann hätten sie alle so richtig was zu lachen. Das gönne ich ihnen nicht.

Wir sind nicht mehr in den Siebzigern. Es gibt Gesetze gegen Belästigung und Mobbing am Arbeitsplatz.

Geh zurück an die Uni, Martin. So läuft das nicht im Bergbau.

Dafür sollst du in der Hölle schmoren, Ted.

* * *

Der Name Schofield sei tausendfach gesegnet. Wegen seiner göttlichen Intervention beim Informationsabend muss ich heute nicht unter Tage Ted und seinen Trupp beaufsichtigen. Aber ich habe keine Angst vor ihnen. Kein bisschen.

Brendan hat für zehn Uhr eine Besprechung mit den Führungskräften und den Garamond-Leuten anberaumt. Jeder eine Tasse starken Kaffee in der Hand, setzen wir uns zusammen und erörtern, wie wir vorgehen sollen.

»Geht's Ihnen nicht gut?«, fragt Gary, der darauf wartet, dass ich mir Zucker nehme. Vier Löffel, aber heute brauch ich das. »Sie … sehen ein bisschen … mitgenommen aus.«

Hm, dann sehe ich vermutlich richtig schlimm aus. Ich betrachte mein Gesicht auf der glänzenden Oberfläche des Wasserkochers. Darauf sehe ich natürlich aus wie ein Kobold mit Zahnschmerzen, aber man sieht auch matte, strähnige Haare, ein erschreckend bleiches Gesicht und große dunkle Ringe unter den Augen.

Dickons Spiegelbild erscheint neben meinem, ein böser Troll, der mich über die Schulter anzüglich angrinst.

»Nicht geschlafen, Kit?« Er senkt die Stimme, und sein heißer Atem kitzelt mich am Ohr. »Das wird schon wieder, wirklich. Eine Frau wie Sie findet doch leicht einen anderen.«

Alan Prince, der Mann aus der RockDek-Zentrale, der beim Informationsabend war, sitzt bereits mit einem Kollegen am langen Tisch im Besprechungsraum, und sie scherzen ein bisschen zu unbeschwert mit einem dritten Mann im Anzug. Als das beratende Ingenieursbüro schickt Garamond jedes Mal, wenn es Ärger gibt, einen Delegierten: Dieser Mann wird uns sagen, wo's lang geht. Lucy Mackintyre sitzt so weit wie möglich von allen anderen entfernt. Sie blickt hoch, als ich hereinkomme, und ich frage mich, ob sie nach einer Verbündeten in diesem feindseligen Raum sucht, aber ihrem gelassenen Politikerinnenblick ist überhaupt nichts zu entnehmen.

»Also«, sagt der Mann aus der RockDek-Zentrale, als wir alle sitzen. »Wir stecken in einer Sackgasse. Lucy?«

»Das beschreibt das Problem ganz gut, Peter«, sagt sie.

»Und haben Sie irgendeine vage Vorstellung, wann wir da wieder rauskommen? Sie sehen sicher ein, dass das die Stadtverwaltung verbockt hat, oder?«

»Ich glaube nicht, dass man das so sagen kann. Das Anhörungsverfahren war, wie das ganze Projekt, seit seiner formalen Gründung vor fünf Jahren ein Joint Venture. RockDeks lückenhaftes Ablagesystem liegt nicht in der Zuständigkeit der Stadtverwaltung.«

»Erzählen Sie doch keinen Stuss, Lucy«, knurrt Brendan. »Heben Sie sich das für die Presse auf. Ich muss wissen, wann ich mit der Arbeit im Nordwestabschnitt weitermachen kann. Sie wissen sicher, dass er zum Gefahrenbereich erklärt wurde.«

»Das ist mir völlig klar«, fährt Lucy ihn an. »Aber ich hatte heute als Erstes eine Besprechung mit den Anwälten, und Gefahrenbereich hin oder her, wir können unter Schofields Haus nicht weiterarbeiten, bis das Problem gelöst ist.«

»Haben Sie wegen der Finanzierung irgendwas von der Nationalen Stadtentwicklung oder aus dem Amt des Stellvertretenden Premierministers gehört?«, fragt der Mann von Garamond.

»Nichts«, erwidert Lucy. »Offiziell. Inoffiziell hat man mir zu verstehen gegeben, dass eine Entscheidung erst gefällt wird, wenn wir das Problem gelöst haben.«

»Das ist absurd«, sagt Peter. »Die Leute hängen rum und haben nichts zu tun. Die Kosten …«

»Vom PR-Standpunkt aus ist das eine Katastrophe«, wirft Alan Prince ein.

»Hat jemand mit dem Mann vom Arbeitsschutz gesprochen? Wir sind gesetzlich dazu verpflichtet, mit der Arbeit in den Gefahrenbereichen weiterzumachen …«

Sie sehen aus wie Wölfe, die Lucy umzingeln. Sie hat keine Angst.

»Haben Sie mir nicht zugehört? Ich habe mit den Anwälten gesprochen. Sie *dürfen* mit der Arbeit unter Mr. Schofields Besitz keinesfalls weitermachen. Ich bin hier, um herauszufinden, ob Sie irgendeine Idee haben, wie Sie das Problem umschiffen können. Können Sie den Hohlraum sichern, ohne das Gebiet unter seinem Land zu betreten?«

»Kit?«, fragt Brendan. »Irgendwelche Ideen?«

»Die einfachste Methode wäre, die Strecke weiter nördlich voranzutreiben, damit wir Schofields Besitz völlig umgehen. Ich brauche eine Karte, auf der die genauen Begrenzungen eingetragen sind.«

»Gewiss …«

»Ich glaube, Sie werden feststellen, dass Mrs. Parry eine solche Karte bereits zur Verfügung steht«, sagt Peter aalglatt.

Mistkerl. Ich weiß, dass ich keine habe. Das ist das erste Mal, dass jemand gezielt mit mir über das Schofield-Problem spricht. Wollen die mich reinlegen? Aber wieso?

Jetzt weiß ich, wie sich der verdammte Stier im Mithraskult fühlt, kurz bevor er geopfert werden soll.

»Ich glaube, Sie werden feststellen, dass ich diese Karte noch nie zu Gesicht bekommen habe«, sage ich, so ruhig ich kann.

»Sie war in dem Infopaket, das ich Ihnen in der ersten Woche gemailt habe, Kit.« Et tu, Brendan? Du Mistkerl.

»Ob Mrs. Parry ihre E-Mails liest oder nicht, tut nichts zur Sache«, sagt Lucy. »Ist es ein Sicherheitsrisiko, wenn wir keinen Zugang zu dem Gebiet unter dem Schofield-Besitz haben?«

»Nein«, sage ich.

»Ja«, sagt Brendan gleichzeitig.

Lucy hebt die Augenbrauen.

»Warum sind Sie sich so sicher, Mrs. Parry, wenn Sie die Karte gar nicht kennen?«

»Weil ich mit der Entscheidung meines Vorgängers, den Hohlraum als Gefahrenbereich einzustufen, nicht übereinstimme«, erwidere ich. »Auf Grund der Belastungsberechnungen und der Berichte über die geophysikalischen Messungen und die Ergebnisse der Testbohrungen sehe ich überhaupt keinen Grund zu der Annahme, dass dieser Bereich signifikant unsicherer ist als die Gruben insgesamt. Natürlich muss er irgendwann verfüllt werden. Aber ich bin nicht der Ansicht, dass das jetzt sofort passieren muss.«

Schweigen. Ich wende den Blick nicht von Lucy Mackintyre ab. Sie sieht mir in die Augen, und diesmal liegt etwas mehr Wärme in ihrem Blick.

»Mr. McGill?«, fragt sie.

»Mrs. Parry hat noch keine Erfahrung mit der Stabilisierung von

Kalksteinumgebungen«, sagt er. »Ihr Vorgänger Dan Brotherton schon, und ich auch. Er hat mich davon überzeugt, dass das Gebiet stärker gefährdet ist.«

Ich fange Garys Blick auf. Er wirkt, als würde er sich am liebsten in sichere Entfernung zurückziehen, während die Wahnsinnige da ihre benzingetränkten Gewänder in Brand steckt. Aber er ist tapfer, knickt nicht ein und kneift die Augen kurz zusammen, um mir seine Unterstützung zu signalisieren – hoffe ich.

Lucy Mackintyre muss diesen Blick bemerkt haben, denn als Nächstes sagt sie: »Mr. Bennett? Ich weiß, Sie sind kein Ingenieur, aber Sie haben in den Steinbrüchen gearbeitet. Was halten Sie von Mrs. Parrys Vorschlag?«

»Das ist nicht mein Spezialgebiet«, sagt Gary. »Und in diesen Steinbrüchen habe ich nie gearbeitet – sie wurden im neunzehnten Jahrhundert geschlossen und ein paar Jahre, bevor ich in Crow Stone anfing, versiegelt. Aber ich war überrascht, als man den nordöstlichen Hohlraum zum Gefahrenbereich erklärte. Ich glaube, es gibt weitaus instabilere Stellen in den Gruben. Zum Beispiel das Gebiet unter der Grundschule, auf das Mrs. Parry sich diese Woche konzentriert.«

»Bei allem Respekt, Mrs. Mackintyre«, sagt der Mann von Garamond leise und meldet sich damit erstmals zu Wort. Alle anderen schweigen. »Die Frage ist nicht, ob wir die Einstufung, die die Bergbaubehörde bereits akzeptiert hat, ändern sollten oder nicht. Die Frage ist: Unterbrechen wir einstweilen jedwede Arbeit in diesem Hohlraum, bis jemand den Hintern hochkriegt und Mr. Schofield dazu bringt, zu unterschreiben? Offen gestanden, das ist unsere Entscheidung, nicht Ihre, und ich bin geneigt, mich für eine Unterbrechung der Arbeiten auszusprechen.«

Also kann Mithras seine Geheimnisse erst einmal wahren.

Brendan fasst mich am Arm, als die Besprechung aufgehoben wird.

»Kit, es tut mir wirklich leid …«

»Und mir erst«, fahre ich dazwischen. »Was ist das, eine Verschwörung?«

»Was um alles in der Welt meinen Sie?« Er wirkt völlig aufrichtig, aber so wirkt er ja immer.

»Warum haben Sie nicht schon früher mit mir über das Schofield-Problem gesprochen? Sie haben mich da in die Falle stolpern lassen, ohne ein Wort zu sagen. Ich lasse mich hier nicht einfach zum Sündenbock machen.«

Um uns herum gehen die Diskussionen weiter. Der Garamond-Mann ist mit der Einschätzung der Lage durch Lucys Anwälte nicht einverstanden. Er denkt offenbar, er kann Anwälte finden, die Schofield mit einer gerichtlichen Verfügung im Interesse der öffentlichen Sicherheit zu Leibe rücken und ihn zur Unterschrift zwingen können. Peter von RockDek hat Gary in die Ecke gedrängt und verpasst ihm eine Abreibung wegen illoyalen Verhaltens. Rupert, der nicht eingeladen war, aber trotzdem erschienen ist, hält Alan Prince eine flammende Rede über die Fledermauszugänge. Der Einzige, dem es gelungen ist, sich davonzuschleichen, ist Dickon.

»Hören Sie«, sagt Brendan leise, »ich weiß, Sie haben private Probleme …«

»Wie bitte?«

»Dieser Job ist schwierig für die Lebensgefährten. Wir haben das alle durchgemacht. Man kann sich glücklich schätzen, wenn eine Beziehung die räumliche Trennung aushält. Wenn sie daran zerbricht – na ja, vielleicht ist es dann am besten so. Nehmen Sie Gary. Nehmen Sie mich, um Himmels willen. Versuchen Sie nur, es sich bei der Arbeit nicht anmerken zu lassen.« Der Schnurrbart zuckt in die Höhe, und die großen schiefen Zähne blitzen kameradschaftlich auf. »Keiner verschwört sich hier gegen Sie, Kit. Das verspreche ich Ihnen.«

Als ich über das Gelände zurück zu meinem Büro gehe, komme ich an Ted und seinen Bergleuten vorbei. Gary lässt sie Bauholz sortieren und fortschaffen, das an der falschen Stelle angeliefert worden ist. Sie drehen sich alle um und sehen mich an. Ihre Augen brennen sich in meinen Rücken, als es mir irgendwie gelingt, meine Beine dazu zu bringen, dass sie mich an ihnen vorbeitragen. Jemand kichert, und blitzartig schießt mir ein Bild von purpurrötlichen Hautfalten, feuchten Lippen und erniedrigten toten Augen durch den Kopf.

In der Hölle sollst du schmoren.

Auf den Karten in meinem Computer finde ich keinen Hinweis auf die Schofieldschen Grenzen, aber damit wird Brendan sich nicht zufriedengeben, er wird nur sagen, ich hätte die fragliche Karte irrtümlich gelöscht, in einem Anfall von Trauer um einen verflossenen Geliebten. Ich schicke ihm eine E-Mail und bitte ihn um eine Kopie des Originals. Die bekomme ich postwendend, nur einen Anhang ohne Anschreiben.

Ich schiebe sie über meine eigene Kartierung des Schutzgangs. Zum Glück sind wir noch ein gutes Stück von den Grenzen des Schofield-Besitzes entfernt. Aber noch ein Tag Arbeit, und es wäre etwas ganz anderes gewesen.

Zufall oder Absicht?

»Soll ich Ihnen ein Sandwich aus dem Feinkostladen mitbringen, Kit?« Rosie setzt sich auf die Kante meines Schreibtischs. »Hey, sehen Sie mich an. Sie sind ja ganz weit weg. Tief unter Tage.«

»'tschuldigung. Ich hab nachgedacht.«

»Schlechte Angewohnheit.« Ihr offenes Gesicht, das noch immer gebräunt ist von ihrem letzten Skiurlaub, strahlt Besorgnis aus. Ich bin versucht, ihr von den Pornobildern zu erzählen, aber welchen Sinn hätte das? Sie kann mir auch nicht helfen.

Außerdem, wenn ich sie so in ihrer glänzenden roten Daunenjacke mit passendem Lippenstift sehe, bringe ich es auch nicht fertig. Sie ist so jung und unverbraucht. Man kann nicht in einem männlichen Umfeld arbeiten, ohne irgendwann auf Pornografie zu stoßen. Aber das hier hat eine andere Qualität. Krank. Gewalttätig. Pervers.

In der Hölle sollst du schmoren.

»Kommen Sie mit in den Pub?« Jetzt steht Gary in der Tür.

»Nein. Ich arbeite das Memo auf, das ich nie bekommen habe.«

»Das sieht Brendan gar nicht ähnlich. Er ist sehr gewissenhaft.«

»Sie meinen auch, ich denke mir das aus.«

»Mensch, ich hab Sie gerade eben unterstützt, falls es Ihnen nicht aufgefallen ist.«

»Tut mir leid. Danke. Mir ist klar, dass Sie sich nicht aus dem Fenster lehnen mussten.«

Er setzt sich an Dickons Schreibtisch. Irgendwie gelingt es ihm, auf dem Kniestuhl völlig entspannt zu wirken.

»Ich weiß nicht, ob's was nützt, aber ich fand, Sie hatten Recht. Ich habe nie verstanden, warum dieser Hohlraum ein Gefahrenbereich sein soll. Aber Dan war bei der Territorial-Army. Wahrscheinlich hat er mit seinem Blut einen Eid zur Einhaltung des Gesetzes zum Schutz von Staatsgeheimnissen verpflichtet.«

»Sie machen Witze.«

»Das hoffe ich. Übrigens, sind Sie morgen noch am Start?«

Hühnerbrüste, purpurn verfärbt und blutig. Benommene Gesichter, mit einer klumpigen weißen Flüssigkeit bespritzt.

»Ich weiß nicht«, sage ich. Enttäuschung zieht über sein Gesicht. »Ich habe nicht gut geschlafen. Vielleicht brüte ich was aus.«

Ich komme mir mies vor, denn seine blauen Augen sind voller Besorgnis.

»Hören Sie, das verstehe ich. Keine Sorge. Möchten Sie lieber nicht mit?«

Was ich jetzt lieber möchte, ist eine Umarmung, so, wie Martin mich manchmal fest in die Arme nimmt. Kein Knutschen, kein Bumsen, einfach nur ganz unkompliziert gedrückt werden von jemandem, der mir beweist, dass nicht alle Männer Schweine sind.

»Rufen Sie mich doch heute Abend an. Vielleicht geht es mir dann schon wieder besser.«

Ein Schwall kalter Luft trifft uns, als die Tür sich öffnet und Dickon hereinkommt. Er trägt eine Tüte vom Feinkostladen und putzt sich die Nase. Gary springt auf.

»Beachten Sie mich gar nicht«, sagt Dickon. »Störe ich?«

Im Holzofen lodert ein tosendes Feuer. Die Vorhänge sind fest zugezogen, sperren neugierige Blicke und die Nacht aus; erst halb neun, aber ich bin gebadet und im Schlafanzug. Auf dem Couchtisch stehen ein Kakao, der noch zu heiß zum Trinken ist, und ein Zimttoast, genauso, wie er sein sollte: mit in Ei getunktem und gebratenem Weißbrot.

Wenn die Seele auseinanderbricht, klebt Zimttoast die einzelnen Teile wieder zusammen.

Iss das, Katie, du lieber Gott, du musst was essen. Du kannst nicht den Rest deines Lebens …

Manchmal frage ich mich, ob meine gesamte Psyche nur noch Zimttoastkleister ist.

Der giftigbraune Umschlag liegt auf dem Boden vor dem Holzofen. Ich habe ihn aus der Garage geholt, bevor ich in die Wanne ging. Er hat bereits einen feucht-modrigen Geruch angenommen und ist mit spinnwebdurchsetztem Dreck vom Holzstapel beschmiert.

Öffne mich, sagt er. Sieh dir all die Scheußlichkeiten an, die Männer Frauen antun können. Schau, wie man dich pfählen, ficken, erniedrigen, schänden kann. Das können wir mit dir machen, wann immer wir wollen, und unsere Macht über dich ist so vollständig, dass du sogar ein trauriges, schlaffes Grinsen dabei aufsetzt.

Ich werde den Umschlag nicht noch einmal öffnen.

Stattdessen nehme ich einen Bissen von dem Zimttoast und schließe die Augen. Zimttoast hat viel für sich. Der Zucker knirscht, aber das in Ei getunkte Brot ist weich und saftig. Zimttoast ist süß und würzig, schmeckt durch das Braten aber auch köstlich nach Butter.

Ich öffne die Augen und fasse schon nach dem Griff an der Ofentür. Gerade rechtzeitig fällt mir wieder ein, wie heiß er wird, und nehme stattdessen die Zange. Ein Hitzeschwall schlägt mir ins Gesicht.

Das sind natürlich Beweise. Beweise dafür, dass ich mir Teds Feindseligkeit nicht nur einbilde.

Ich könnte den Umschlag behalten …

… oder ihn loslassen.

Du musst loslassen.

Jetzt liegt er in den Flammen, ebenso überrascht wie ich darüber, wie schnell ich bin. Die Ränder werden dunkelbraun, rauchen ein bisschen, dann leckt eine gelbe Zunge an einer Ecke. Ich erwarte fast, dass der Umschlag alle Kraft zusammennimmt und aus dem Ofen auf den Teppich springt. Die Zange hat irgendwie wieder in meine Hand gefunden, aber ich spanne die Muskeln an und halte den Arm an meiner Seite, und die Flamme fegt über den Umschlag, biegt ihn zurück und legt die Ecken sich schwärzender Seiten frei.

Das Telefon klingelt. Ich stehe auf und gehe in die Küche.

»Wie geht es Ihnen«, fragt Gary.

»Besser«, sage ich. Die Fliesen unter meinen nackten Füßen sind kalt. Ich kehre mit dem Telefon zurück auf den Teppich im Wohnzimmer. »Viel besser.«

Mit dem Telefon am Ohr knie ich mich vor den Holzofen. Ich hätte die Blätter eines nach dem anderen ins Feuer werfen sollen. Es hat unregelmäßige Stücke aus dem Umschlag herausgebissen, kann den Papierstapel nicht auf einmal verzehren. Ich erhasche flüchtige Blicke auf eine verkohlte Brust, einen gefesselten Knöchel, einen gekräuselten Penis. Ich nehme die Zange und schließe die Ofentür mit einer Hand. *Lass es los.*

»Morgen geht's mir wieder wunderbar«, sage ich. »Wann?«

Gary holt mich um zehn ab. Der Geländewagen riecht diesmal sogar noch stärker nach Politur. Zu meinem Bedauern ist die Hawkwind-Kassette aus dem Handschuhfach verschwunden.

»Ihnen ist aber klar, dass ich ja gar nicht weiß, wie Ihre Küche aussieht«, sage ich. Wir kommen an die Ampel, an der wir rechts auf die Hauptstraße nach Bath abbiegen. »Groß? Klein? Quadratisch? L-förmig?«

»Oh.« Er zieht die Handbremse an. »Sie meinen, ich hätte sie Ihnen erst zeigen sollen.« Jetzt blinkt er links statt rechts. »Daran habe ich gar nicht gedacht …«

»Nein, ist egal. Es ist sowieso Ihre Entscheidung, wie sie aussehen soll.« Ich stelle mir vor, dass er eine hübsche helle Küche von Ikea kauft, mit viel Edelstahl.

Das Auto hinter uns hupt; die Ampel ist umgesprungen. Gary biegt rechts ab, was weiteres Hupen zur Folge hat. Er lächelt mich hilflos an und winkt dem wütenden Fahrer entschuldigend zu.

Es ist ein dunstiger weißer Morgen, heiterer als gestern – aber vielleicht bin nur ich heute vergnügter, in Samstagsstimmung, entspannt, locker. Etwas ist gestern aus mir herausgebrannt. Ich habe traumlos geschlafen und bin mit klarem Kopf aufgewacht, als es gerade hell wurde. Ich fühlte mich so gut, dass ich auf dem Treidelpfad am Kanal joggen war, zwar nicht sehr lange, und es sah auch eher wie Torkeln aus, als ich über das Feld wieder hinauf ins Dorf lief, aber nach einer heißen Dusche und dem Frühstück glühe ich immer noch.

Der Verkehr zieht sich in einer langen Kette dahin, Autos, die nach Wochenende aussehen und Familien zu den Geschäften bringen. Gary und ich scheinen irgendwie eine Phase übersprungen zu haben. Sollten wir nicht einen trinken, essen, ins Kino gehen, Eintrittskarten für eine alternde Rockband im National Exhibition Center kaufen, bevor wir uns Küchen ansehen? So etwas mache ich doch eher mit Martin.

Garys Augen sind auf die Straße gerichtet. Er hat die verblichene Winterbräune der Menschen, die lange in heißem Klima gelebt haben, und dort, wo die Haut sich straff über seinem Wangenknochen spannt, gleich unterhalb der fächerförmigen Fältchen im Augenwinkel, hat er verblasste Sommersprossen. Sein Fahrstil ist geduldig, beherrscht; er fährt schnell, wenn er Platz hat, sonst wird er gelassen langsamer – keine Spur von jenen ungeduldigen ruckartigen Manövern, die Nick immer vollführte, wenn er in dichten Verkehr geriet: Er rammte dann immer den Fuß auf die Bremse, als führe er den anderen Autos eigentlich lieber mit Karacho hinten rein.

Aber den Lader hat Gary nicht sanft und geduldig gefahren. Ich senke den Blick auf den Schaltknüppel, auf dem seine Hand ruht, und in mir kribbelt es, wenn ich nur an diese langen Finger mit den gewissenhaft gepflegten Nägeln denke.

»Es gibt einige Küchengeschäfte, die wir uns ansehen könnten, dachte ich.« Er nimmt die Hand vom Schalthebel und deutet auf den Rücksitz. »Ich habe letzte Woche ein paar Prospekte gesammelt.«

Ich drehe mich um, um danach zu greifen, da geht er plötzlich voll in die Eisen, und der Sicherheitsgurt reißt mir fast den Arm ab.

»Scheiße«, sagt Gary. Er ist kreidebleich.

Ein großer silberner Angeber von einem Geländewagen im amerikanischen Stil kommt aus einer Seitenstraße und schiebt sich vor uns. Er thront hoch über der Straße. Allerdings würde jedes Wesen, das größer als eine Katze ist, trotzdem als Hackfleisch am Kuhfänger des Wagens enden. Wahrscheinlich heißt er großkotzig Chrysler Destructor oder Ford Planetcrusher. Daneben sieht Garys Jeep wie ein Mini aus.

»Den hab ich gar nicht gesehen«, sage ich. »Hat er nicht geblinkt?«

Der Besitzer hat den hinteren Teil seines Wagens mit einem dieser Hundegitter abgetrennt. Aber dahinter ist kein Hund eingesperrt, sondern ein Junge; er liegt halb auf der Seite und starrt raus auf die Straße, scheint nur aus Knien und Ellbogen zu bestehen. Er ist wahrscheinlich dreizehn oder vierzehn, und irgendetwas an ihm stimmt nicht. Sein Kopf hängt herab wie bei einem Wackeldackel, und er zieht auch komische Grimassen und staunt die Welt da draußen mit offenem Mund an. Jetzt winkt er.

»Dieses miese Arschloch«, flucht Gary. Seine Hände umklammern das Lenkrad, und die Adern an seinem Hals treten hervor.

»Was ist denn los?«

Gary kann kaum sprechen. Und mit seinen Augen stimmt auch etwas nicht – Scheiße, er weint ja fast. Er nimmt die Hand vom Steuer und winkt dem Jungen zu, versucht zu lächeln.

»Was ist los?«, frage ich.

»Ich fasse es einfach nicht, was er da macht. Das ist barbarisch.« Die Falten zu beiden Seiten seines Mundes haben sich vertieft wie Verwerfungen in Gestein.

»Meinen Sie den Jungen da hinten im Auto?«

Die Ampel ist gerade rot geworden, und die Bremslichter des Angeberschlittens leuchten so hell auf, dass man eine Sonnenbrille bräuchte. Rechts von uns verläuft eine leere Spur, auf der sich der

Verkehr in die Stadt einordnen und abbiegen kann. Plötzlich reißt Gary das Steuerrad scharf nach rechts und schießt auf die Abbiegespur, sodass wir neben dem amerikanischen Geländewagen zum Stehen kommen. Er zieht die Handbremse, und schon ist er aus dem Wagen gesprungen. Der umsichtige Fahrer ist zum Straßenmonster mutiert, umrundet die Motorhaube und steuert auf den Geländewagen zu. Es ist alles so schnell gegangen, dass mir nichts einfällt, womit ich ihn aufhalten könnte. Er strotzt nur so vor Aggressivität. Er reißt am Griff der Fahrertür und versucht, sie zu öffnen, aber der Fahrer hat ihn wohl kommen sehen und die Zentralverriegelung betätigt, und so tritt er sinnlos gegen den vorderen Kotflügel.

Doch der Fahrer kurbelt das Fenster runter, was wirklich mutig ist, so wie Gary sich aufführt. Ich kurbele meins auch einen Spalt weit runter, um hören zu können, was zum Teufel da vorgeht.

Gary zerrt immer noch am Türgriff, was ziemlich bescheuert aussieht. Sein Gegner ist im Vorteil, weil sein Fahrzeug so hoch über der Straße liegt. Er sieht nicht gerade erfreut darüber aus, dass jemand versucht, seinen rundum laufenden Kuhfänger ernsthaft zu beschädigen, aber er ist deutlich beherrschter als Gary.

»Du mieses Arschloch, Jeff«, stößt Gary hervor, und alles fügt sich ineinander. Das muss der südafrikanische Fahrlehrer sein, mit dem Garys Frau auf und davon ist.

»Ich krieg dich dran, wenn du meinen Wagen zerkratzt«, sagt Jeff.

»Du behandelst ihn wie einen Hund«, sagt Gary. »Du Scheißkerl! Wenn ich meine Kamera dabei hätte …«

»Es gefällt ihm dahinten«, behauptet Jeff. Er klingt leicht amüsiert. »Komm schon, Gary, sei vernünftig. Du machst es nur schlimmer.«

»Du hast ihn in einen Scheißkäfig gesteckt«, sagt Gary. »Als wäre er kein …«

»Na ja, das ist er ja genau genommen auch nicht, oder?«, gibt Jeff zurück. »Los, sprich's aus, Gary. Jamie ist nicht das, was die meisten Menschen normal nennen würden.«

Ich bin sicher, dass Gary ihn gleich schlägt, aber mit übermenschlicher Willensanstrengung tritt er einen Schritt zurück. Allerdings kann er es sich nicht verkneifen, der Angeberkarre einen deftigen Tritt in die Seite zu verpassen. Es scheppert ziemlich laut. Gary trägt wohl die Schuhe mit den Stahlkappen. Jeff läuft dunkelrot an.

Inzwischen ist die Ampel grün geworden, und die Leute hinter uns werden allmählich sauer auf Gary. Der Fahrer unmittelbar hinter uns hupt lange, und einige andere tun es ihm nach.

Es sieht so aus, als wollte Jeff aussteigen und Gary fertigmachen. Ich könnte es ihm nicht verübeln, denn als Gary zurücktritt, sehe ich eine verdammt große Beule in der Tür. Aber mir reicht es jetzt. Ich kurbele mein Fenster ganz runter.

»AUFHÖREN! AUFHÖREN! AUFHÖREN!«

Zwei verdutzte Gesichter. Lautes Gehupe von hinten. Im Außenspiegel sehe ich, dass ein Mann in einem grünen Renault gleich hinter uns seine Tür öffnet, damit er mitmischen kann.

»Ich habe den Jungen hinten im Auto gesehen, und Gary hat Recht«, brülle ich. »Das ist beschämend, und das werde ich bezeugen, wenn's vor Gericht geht.« Ich habe keine Ahnung, wovon ich da rede, aber Hauptsache ich muss nicht nach einer Prügelei mitten auf der Lower Bristol Road die blutigen Fetzen aufsammeln.

Das Hupen hinter mir wird immer lauter. Gary wirft mir einen dankbaren Blick zu und stürmt um die Motorhaube seines Kontrahenten herum. Er springt ins Auto, jagt den Motor hoch und biegt mit quietschenden Reifen rechts ab.

Jeff gibt Gas und versucht, quer über die Straße hinter uns herzujagen, aber das lässt der Mann im grünen Renault nicht zu. Heute kommen sie sich offenbar alle stark vor; ich hätte keine Lust, mich mit diesem Kuhfänger anzulegen. Glücklicherweise würgt Jeff den Motor ab, also eins zu null für uns.

Weil wir rechts abgebogen sind, befinden wir uns jetzt in dem Einbahnstraßensystem, das ins Stadtzentrum führt. Wir atmen beide schwer, und das Adrenalin pulsiert in mir wie ein Geysir. Ich will schon lachen, weil wir davongekommen sind, aber der Gedanke an den Jungen hinten im Wagen ernüchtert mich. Garys *Sohn*? Ich muss nicht fragen, was Jeff mit *nicht normal* gemeint hat. Es ist offensichtlich, dass dieses Kind anders ist.

Ich kann nicht anders, ich drücke sein Handgelenk. Es ist okay, will ich sagen, das lässt sich regeln, was es auch ist. Aber natürlich weiß man schon beim ersten Blick auf den Jungen, dass sich das nicht regeln lässt. Gary nimmt eine Hand vom Lenkrad und drückt meine. Der Wagen schleudert nach rechts, und wir fahren wieder über den Fluss.

»Entschuldigung. Entschuldigung, Kit. Was halten Sie jetzt bloß von mir?«

»Nichts«, sage ich. »Keine Sorge. Nichts. Setzen wir uns irgendwo ruhig hin. Dann können Sie mir alles erzählen.«

* * *

Am Ende fahren wir einfach zu ihm. Gary fährt wie auf Autopilot gestellt. Ich bin heilfroh, lebend anzukommen.

Er lebt in Bradford-on-Avon, etwa sieben Meilen von Bath entfernt. Georgianische Häuserzeilen überziehen einen steilen Hang. Es gibt eine alte steinerne Brücke, eine romanische Kirche und viele Schwäne. Garys Haus liegt mitten am Hang, mit Blick über halb Wiltshire.

»Wie konnten Sie sich das leisten?«, frage ich überwältigt. Das Haus ist riesig. Man könnte locker vier Familien darin unterbringen, eine auf jeder Etage.

»Kein richtiger Garten«, entgegnet Gary. Er stößt eine Tür an der Rückseite der Küche auf. Sie führt auf einen kleinen, von Mauern umgebenen Hof. Es gibt gerade so viel Licht, dass ein schüchterner kleiner Farn überleben kann.

»Im Sommer ist es besser«, fügt er entschuldigend hinzu. »Mittags scheint dann hier ein bisschen Sonne.«

Aus einem Löwenkopfbrunnen tröpfelt ein dünnes grünes Rinnsal die Mauer runter. In erhöhten Blumenbeeten sprießt eine seltene Kieselart. Es gibt eine Bank und eine komplett überflüssige Sonnenuhr aus Kupfer.

»Gefällt mir«, sage ich. »Der ideale pflegeleichte Garten.«

»Mir gefällt er auch ziemlich«, sagt er erfreut.

Er kocht Kaffee in einer winzigen L-förmigen Küche mit lackierten Holzschränken, die von einem Schiff stammen könnten, und einem uralten Herd, auf dem nur noch eine Kochstelle funktioniert. Wir nehmen unsere Becher mit in ein butterblumengelb gestrichenes Wohnzimmer im ersten Stock.

»Dieses Haus ist viel zu groß für Sie«, sage ich. Sofort sieht er enttäuscht aus. »Verstehen Sie mich nicht falsch«, füge ich hastig hinzu. »Es ist phantastisch. Aber warum haben Sie sich so ein großes Haus gekauft?«

»Es war für Jamie«, murmelt er.

Aha.

»Erzählen Sie mir von Jamie«, bitte ich ihn.

Als er endet, wäre ich am liebsten auf der anderen Seite des Raums in seiner Nähe und nähme ihn fest in den Arm. Doch zwischen uns liegen drei saubere Meter abgewetzter, aber gewissenhaft gesaugter Teppich. Es ist eine von diesen Geschichten, die einem nicht mehr aus dem Kopf gehen.

1982, in dem Jahr, in dem Nick und ich ein Paar wurden, schloss Crow Stone, der Steinbruch, in dem Gary arbeitete. Die Mine war erschöpft. Gary versuchte, bei einem der anderen hiesigen Steinbrüche Arbeit zu finden, in Combe Down und Limpley Stoke, aber Maggie Thatchers Stempelgeldschlangen waren lang, und niemand stellte Leute ein. Das war der Sommer des Falklandkriegs. Alle bis auf linke Studenten wie Nick und ich liebten Soldaten. Vom Ruhm der Eroberung des Mount Tumbledown geblendet, wurde Gary Soldat, als die Briten gerade Port Stanley einnahmen. Statt in den Südatlantik wurde er nach Nordirland geschickt. Als er zurückkam, lernte er in einer Disco in Warminster Tess kennen.

»Zufällig war es Tess, aber es hätte auch irgendeine andere sein können«, sagt er. »Ich war dreiundzwanzig. Ich hatte sechs Monate lang mehr Angst gehabt, als ich je für möglich gehalten hätte. Die Häuser in South Armagh sahen kaum anders aus als die in Bath, aber wenn ich um die Ecke bog, wusste ich nicht, ob mir gleich ein Heckenschütze die Rübe wegpustet. Ich hatte es gesehen, hatte es getan, hatte mir das Blut von den Stiefeln gewischt. Ich dachte, ich sei alt genug, um zu heiraten.«

Das kommt mir bekannt vor. Etwa um dieselbe Zeit kam ich in einem Kleid à la Prinzessin Diana mit Nick aus einem Brightoner Standesamt.

»Tess war sehr hübsch«, sagt Gary. »Ist sie immer noch. Ein bisschen vergnügungssüchtig, aber das war ich damals auch. Sie war schon zur Schulzeit mit Rekruten ausgegangen. Das täte sie vielleicht heute noch, wenn ich sie nicht geschwängert hätte.«

»Nicht Jamie«, sage ich nach einer kurzen Berechnung.

»Jamie kam viel später. Tess berichtete mir, ihre Periode sei ausgeblieben, und ich sagte, tja, dann heiraten wir wohl besser«, erzählt Gary. »Denn das wollte ich, wirklich. Eine andere Art von Vergnügen. Eine Frau und ein Kind. Etwas, das verkündet: *Gary war hier.*«

»Dann haben Sie zwei Kinder.«

»Nein. Es war eine Totgeburt.«

An einer Seite des Zimmers steht eine deckenhohe Regalwand, in der mehr Videos und DVDs als Bücher stehen. Mitten auf einem Regal voller Taschenbuchthriller fällt mir ein Titel ins Auge: *Den Verlust bewältigen.* Im Gegensatz zu den anderen Buchrücken glänzt der hier und hat keine Knicke. Gary kommt mir nicht wie jemand vor, der Selbsthilfebücher liest, aber ich kann mir vorstellen, dass er es für Tess gekauft und sie gedrängt hat, es zu lesen.

»Danach wollte sie kein Baby mehr. Jahrelang nicht. Und ich glaube, mir ist einfach nicht aufgefallen, als sich das geändert hat. Mir ist sowieso viel zu wenig aufgefallen. Damals hatte ich den Dienst schon quittiert und arbeitete wieder im Steinbruch. Die besten Jobs gab es im Ausland. Ich bekam einen Job in Sambia, und da war ich gerade, als Tess Jeff kennenlernte. Als ich nach Hause kam, war sie wieder schwanger.«

»Also ist Jamie gar nicht Ihr Kind?«

»Tess ließ mich in dem Glauben, er sei von mir. Ich mache in der Geschichte keine besonders gute Figur – ein Ehemann, der nie da ist, ein Vater, der nie da ist. Bei der Geburt war ich dabei – Kaiserschnitt, die Nabelschnur hatte sich um den Hals des Babys gewickelt –, und ich hab ihn im Arm gehalten und geküsst und bin dann schnurstracks nach Sambia zurückgeflogen. Tess musste mit allem allein fertig werden. Um es kurz zu machen, sie und Jeff trafen sich rund zehn verdammte Jahre lang hinter meinem Rücken. Jeff dachte ganz richtig, dass sein Leben viel einfacher sei, solange der gute Gary weiterhin glaubte, er sei Jamies Vater, und schöne dicke Auslandsschecks schickte.«

Auf dem breiten Regal neben mir steht ein Foto in einem Holzrahmen: Gary, mehr Haare, auf den Armen ein Kleinkind. Der Knirps sieht nicht in die Kamera, er sieht zu Gary hoch und lacht. Er blickt lächelnd in eine Zukunft voller Liebe und Flugzeugmobiles. Der Spielzeugkatalog. Deshalb liegt er in seiner Schreibtischschublade.

»Wie haben Sie es herausgefunden?«

»Bei meiner Mutter wurde Alzheimer diagnostiziert. Ich kam nach Hause, um bei ihr zu sein, solange sie mich noch erkannte. Ich hab mir Arbeit in den Steinbrüchen in Corsham gesucht und dieses Haus für uns alle gekauft, jedenfalls dachte ich das. Naiverweise nahm ich an, Tess würde mir bei der Pflege meiner Mutter helfen. Es war ein ziemlicher Schock, als sie mir erklärte, sie und Jamie würden stattdessen zu Jeff ziehen.«

»Und Sie hatten keine Ahnung, dass Jamie von ihm war?«

»Als ich ihr nicht glaubte, sagte Tess, Jeff hätte schon einen Vaterschaftstest machen lassen. Mein Anwalt machte mir klar, dass ich beim Sorgerecht keine Chance hätte und es nicht einmal Sinn hätte, um das Besuchsrecht zu kämpfen, weil Jeff seinen Sohn viel öfter gesehen hatte als ich. Ich hab trotzdem drum gekämpft, obwohl es mir nichts genutzt hat. Ich hab den Fehler gemacht, zu ihnen zu gehen, um Jeff zur Rede zu stellen, und ich hab die Beherrschung verloren und das halbe Geschirr zum Fenster rausgeworfen. Jeff wollte mich zu Hackfleisch verarbeiten oder wenigstens den Hund auf mich hetzen, aber Tess war klüger. Sie hat die Polizei gerufen und am Ende eine gerichtliche Verfügung gegen mich erwirkt. Jetzt darf ich ihnen oder Jamie nicht mehr nahe kommen.«

Im Bücherregal steht noch ein Foto von Jamie. Darauf ist er älter als auf dem anderen Bild, fast so alt wie jetzt. Der Babyspeck ist weg, sein Gesicht besteht aus lauter schiefen Ecken und Kanten, sein Haar ist zerstrubbelt und sein Kragen schief. Er posiert für die Kamera, aber er hat nicht genau kapiert, was das soll. Seine blauen Augen blicken ängstlich, verwirrt: *Ist das richtig so, Dad?*

»Manchmal denke ich, es ist sowieso meine Schuld«, sagt Gary und unterbricht meinen Gedankenfluss. »Ich dachte, ich tue das Richtige, wenn ich mehr Geld für uns verdiene, indem ich im Ausland arbeite. Aber ich hätte hier sein müssen. Vielleicht hätten wir mehr für ihn tun können, als er noch klein war. Sie wissen schon, diese alternativen Therapieeinrichtungen ... sie sagen, man kann das Wachstum der Nervenbahnen im Gehirn fördern, wenn man ihre Glieder bewegt. Vielleicht wäre er nicht so hilflos, wenn wir uns mehr Mühe gegeben hätten.«

»So ein Unsinn«, sage ich. »Das kann man gar nicht wissen. Jedenfalls können Sie nicht mehr zurück. Keiner von uns kann zurück.«

»Und ihn dann da hinten in Jeffs Wagen zu entdecken, wie ein Tier. So denkt er von Jamie. Sie haben's ja gesehen.«

»Aber vielleicht sitzt Jamie wirklich *gerne* so da hinten im Auto. Sie wissen doch, wie Kinder ...«

»Jeff dürfte das nicht zulassen«, sagt Gary und reibt sich mit den Fingerknöcheln die Augenwinkel. »Das ist erniedrigend.«

So kann man es sehen. Aber kein Richter wird das als Beweis dafür werten, dass Jeff und Tess schlechte Eltern sind. Unsere Blicke treffen sich. Er weiß, dass er seinen Sohn verloren hat. Ich habe das Gefühl, dass er am liebsten zu mir sagen würde: *Komm her. Halt mich fest.* Und wenn nicht, werde ich es trotzdem tun. Meine Beinmuskeln machen sich schon bereit, mich aus dem Sessel zu stemmen und durch das Zimmer zu ihm zu tragen.

Irgendwo in den Tiefen meiner Tasche klingelt gedämpft mein Handy mit dem ärgerlichen klimpernden Refrain von *There Must Be An Angel.*

»Die rufen noch mal an«, sage ich, die Augen fest auf Gary gerichtet. »Oder hinterlassen eine Nachricht.«

Aber er blickt wachsam, beunruhigt. »Es könnte beruflich sein. Ich hab mein Telefon unten gelassen. Gehen Sie lieber ran.«

Er hat Recht. Genauso würden wir von einem Einsturz unter Tage erfahren. Meine Finger stoßen auf Taschentücher, Tampons, Mascara, Kugelschreiber. Wo ist das verdammte Handy?

Es hört auf zu klingeln.

Gary steht vom Sofa auf. »Ich seh mal nach meinem.«

Mein Handy klingelt wieder. Es hat sich im Innenfutter der Tasche verheddert. Währenddessen könnten längst Krankenwagen, die Feuerwehr, Hubschrauber aus allen Richtungen nach Green Down rasen. Häuser schwanken und zerfallen. Ein riesiger Abgrund tut sich auf der High Street auf, und ein Minibus voller Kinder stürzt hinein.

Mein Herz klopft heftig. Irgendwie schaffe ich es, das Handy aus der Tasche zu ziehen und ans Ohr zu halten.

»Du hast dir verdammt viel Zeit gelassen.« Martins Stimme.

»Himmel. Weshalb rufst du an? Du bist doch in Kalifornien.«

»Ehrlich gesagt, nein«, meint Martin. »Ich stehe in Bath am Bahnhof.«

Gary ist auf halbem Weg zur Tür stehen geblieben. Inzwischen muss er herausgehört haben, dass Green Down doch nicht im Schoß der Erde versunken ist, aber er blickt immer noch besorgt drein.

»Was zum Teufel machst du hier?«, frage ich das Handy.

»Darauf warten, dass du mich abholst.«

»Moment.« Ich nehme das Handy vom Ohr. »Alles in Ordnung. Es ist nur Martin. Mein bester Freund.«

Hat Gary das richtig verstanden? Er hat wieder diesen höflichen, hilflosen, leeren Blick.

»Kit!«, dringt Martins Stimme blechern aus dem Handy. »Wo bist du? Jetzt sag nicht …«

Ich knalle mir das Handy wieder ans Ohr.

»Spielt keine Rolle. Aber warum …«

»Du bist bei ihm, ja? Ungezogenes Mädchen. Das ist ja schnell gegangen.«

Bestimmt kann Gary nichts hören. Ich bohre mir das Telefon praktisch in den Kopf in der Hoffnung, dass Martins laute Stimme nicht nach draußen dringt.

»Bring ihn mit zum Bahnhof. Es wäre nur fair, dass ich mich auf dem Rücksitz an ihn schmiegen darf, nachdem ich San Francisco selbstlos für dich aufgegeben habe.«

»*Nein*«, sage ich. »Ich verstehe nicht ...«

Gary verlässt diskret den Raum.

»Warum bist du hier? Ich dachte, du wolltest verreisen.«

»Hab ich dir doch gesagt. Als ich am Montag aus dem Zug angerufen habe. Nach dem, was mir der Kurator gezeigt hat, glaube ich, dass es doch genügend Anhaltspunkte gibt, um das Stipendium zweckzuentfremden und den Kalifornientrip abzublasen. Ich habe gestern Nacht beschlossen: Das hier ist wichtiger. Ich muss umdrehen und in deinen Gruben nach einem Mithräum suchen.«

»Hör mal«, sage ich, »das ist jetzt kein guter Zeitpunkt.«

»Ich bin hier, Kit.«

»Du hättest mich vorwarnen sollen.«

»Das habe ich.«

»Die Verbindung ist abgebrochen. Ich hab dich nicht gehört.«

»Entschuldige. Ich hätte dir ankündigen sollen, mit welchem Zug ich komme, aber ich dachte, scheiß drauf, ich komme einfach.«

»Na ja, wenn du schon hier bist, dann hole ich dich wohl besser schnell ab.«

Gary ist unten in der Schiffsküche und wäscht das Kaffeegeschirr ab. Er sieht mich nicht an.

»Tut mir leid«, sage ich. »Martin ist gerade in Bath angekommen. Ich hab ihn nicht erwartet.«

»Ich fahre Sie zurück, dann können Sie ihn abholen.«

»Wir sind kein Paar«, sage ich.

Gary nimmt das Geschirrtuch und trocknet die Tassen ab.

»Ich weiß. Dickon hat's mir erzählt.«

»Und was genau hat Dickon Ihnen erzählt?«

»Dass Sie und Martin letzte Woche Schluss gemacht haben.« Jetzt klingt er ziemlich wütend, verletzt.

»Gary, so ist das nicht.«

»Da bin ich sicher.«

»Wirklich. Martin und ich sind nur Freunde.«

»Ach, kommen Sie, Kit«, sagt er und hängt das Geschirrtuch zum Trocknen auf die Heizung. Als er sich zu mir umdreht, ist er ganz steif und höflich. »Sie schulden mir nichts. Dickon hat mir erzählt, Sie hätten im Büro geweint. Sie sollten Ihrer Beziehung noch eine Chance geben, wenn Martin schon den weiten Weg macht.«

»Nein«, sage ich. »Sie haben das völlig falsch verstanden.«

Er ist absichtlich begriffsstutzig. Er will nicht hören, dass ich und Martin keine Beziehung haben. Viel deutlicher kann ich es nicht sagen, es sei denn, ich sage explizit, dass Martin schwul ist.

Und warum tue ich's dann nicht?

Weil mir plötzlich klar geworden ist, dass ich Gary überhaupt nicht kenne. Wie kann ich so sicher sein, dass er gesagt hätte: *Komm her?* Woher will ich auch nur wissen, dass er mir die Wahrheit über sich und Tess erzählt hat? Was wäre passiert, wenn ich heute Vormittag nicht bei ihm auf der Lower Bristol Road gewesen wäre?

Ich dachte immer, ich kenne Nick, bis zu dem Tag, an dem ich nach Hause kam und in der Diele Parfüm und Sex roch. Und die Schlafzimmertür öffnete.

Warum machst du nicht mit? Es tut immer noch weh.

»Ach, vergessen Sie's. Fahren Sie mich nach Hause.«

Aber als er die Haustür hinter uns abschließt, fällt mir wieder Jamies ängstliches Lächeln auf dem Foto ein. *Ist das richtig so, Dad?* Mein Herz gerät ins Stocken.

»Ich verzweifle an dir, Kit«, sagt Martin.

Wir sitzen auf einer Steinbank am Rand des großen Beckens in den Römischen Bädern. Unsere Füße stehen auf dem Pflaster, das schon seit fast zweitausend Jahren hier liegt. Honigfarbene Steinsäulen rahmen einen blassen Winterhimmel ein. Die Sockel sind römisch, alles darüber ist eine Rekonstruktion aus dem neunzehnten Jahrhundert.

»Du willst wirklich sagen, du hast ihn in dem Glauben gelassen, dass wir ein Paar waren und uns letztes Wochenende getrennt haben und uns jetzt wieder versöhnen?«

»So ungefähr.«

»Du spinnst.« Er zieht die Schultern hoch, stützt das Kinn in die Hände und starrt auf die trübe dunkle Wasserfläche. Dampfwölkchen steigen auf und werden vom Sonnenlicht verzehrt. »Was ist nur los mit dir und den Männern?«

»Wie bitte?«

»Manchmal bist du wirklich hoffnungslos. Man könnte glauben, du zerstörst deine Beziehungen mit voller Absicht.«

»Das ist nicht fair. Nick hat unsere Ehe zerstört, nicht ich.«

Martin antwortet nicht. Eine Familie afrikanischer Touristen schlendert herein. Über ihren farbenprächtigen Gewändern tragen sie mindestens drei Strickjacken mit Zopfmuster. Zwei kleine Kinder beginnen ein Spiel, bei dem sie hin und zurück über eine Wasserrinne springen, die vor lauter Eisenablagerungen rostrot ist. Durch diese Rinne fließt das Wasser aus der heißen Quelle ins Becken.

»Er wollte mich nicht verstehen«, füge ich hinzu. »Du warst nicht dabei. Ich schon.«

»Sind wir wieder bei Gary, oder reden wir immer noch über Nick?«

Ich bin mir nicht sicher. Ich ramme die Absätze ins Pflaster, bis mir einfällt, dass ich mich hier an einem archäologischen Schatz abreagiere. Zum Glück hat Martin nichts gemerkt. Seine Aufmerksamkeit ist auf die Statuen gerichtet, die von der Terrasse auf uns herabsehen.

»Ich fand diese Statuen schon immer scheußlich«, sagt er. »Miserable Steinmetzarbeit aus dem neunzehnten Jahrhundert. Die Römer hatten da oben wahrscheinlich nie Statuen stehen, oder wenn doch, dann hätten sie um Klassen besser ausgesehen als die da. Die Viktorianer haben für ihr Leben gern rekonstruiert – aber schlecht.«

»Entschuldigen Sie«, sagt die Afrikanerin in ihrem Stammessonntagsstaat und den schottischen Wolljacken. Sie spricht perfekt Englisch mit amerikanischem Akzent und einer Sprechmelodie wie Vogelgesang. »Würde es Ihnen etwas ausmachen … ein Foto?«

»Aber gerne«, sagt Martin. »Also … ah, verstehe. Eine Digitalkamera. Gut. Einen Moment, Sie gehen alle ein bisschen weiter nach da, und dann bekomme ich Sie vor dem Dampf drauf, der aus dem großen Becken da im Hintergrund aufsteigt.« Die Familie – Mutter, Vater, zwei ältere Jungen und zwei Knirpse – schlurfen gehorsam über das römische Pflaster. »Nein, jetzt wieder ein bisschen nach da.« Alle schlurfen sie vor und zurück, einmal in einer Reihe, ein andermal auf einem Haufen, ein kunstvoller Tanz.

Martin hockt sich hin, steht auf, springt auf eine niedrige Mauer, tritt zurück und fällt beinahe ins Wasser, während er versucht, den besten Winkel zu finden. Es gefällt mir, dass er die Dinge so ernst nimmt.

Widerstrebend gibt er den Afrikanern ihren Fotoapparat zurück. Er war kurz davor, ihre gesamten Urlaubsfotos aufzurufen.

»Entschuldigen Sie«, sagt die Afrikanerin erneut. »Danke sehr, und können Sie uns auch sagen, wo wir die heilige Quelle finden?«

Martin erklärt es ihnen, und sie zuckeln los.

»Sie werden bitter enttäuscht sein«, sagt er zu mir. »Nichts zu sehen, nur ein paar Bläschen an der Oberfläche im King's Bath.«

»So sind wir Briten eben, was?«, meine ich. »Wir machen nicht gerne viel Aufhebens.«

Martin sieht auf die Uhr. »Kein Wunder, dass ich so einen Mordshunger habe.« Er streckt die Hand aus und zieht mich auf die Füße. »Komm und sieh dir an, warum ich dich hierher gebracht habe, dann essen wir irgendwo zu Mittag, und dann bekommst du Onkel Martins vollständigen Leitfaden zum Umgang mit Männern.«

* * *

Die Inschrift ist nicht sehr aussagekräftig. Es ist eine schlichte Steinplatte, die zusammen mit zahlreichen sehr ähnlichen schlichten Steinplatten in einem Hinterzimmer des Museums aufbewahrt wird. Das Publikum geht achtlos an ihnen vorbei, aber Archäologen und Historiker kriegen Herzklabastern bei ihrem Anblick.

»Sargdeckel«, erklärt Martin. »An den Römern mag ich unter anderem, dass sie gute Wiederverwerter waren. Irgendwann gegen Ende des dritten Jahrhunderts hat jemand diese kolossale Steinplatte entdeckt und gedacht: Hey, das wäre ein prima Sargdeckel. Genau richtig für unsere Mutti. Also haben sie ihn geklaut.«

»Von wo geklaut?«

»Ah, du dringst gleich zum Kern der Sache vor, wie immer. Ich mache noch eine Archäologin aus dir. Bevor der Stein hier zu Beerdigungszwecken wiederverwertet wurde, war er eine Gedenktafel, die an den Wiederaufbau eines Gebäudes erinnerte, das bei einem Brand zerstört worden war. Aber das eigentlich Interessante daran ist, was für ein Gebäude das war. Sieh auf die Inschrift.«

Auf dem Stein stehen viele spitze römische Buchstaben, die mir größtenteils nichts sagen. Außer einem Wort. INVICTO.

»Ist das nicht das Wort, das deiner Aussage nach immer auf mithraischen Altarsteinen auftaucht?«

»Was? Ach, das *invicto*. Ja, das stimmt. Unbesiegt. Nein, ich meinte den anderen Teil. Die Inschrift erwähnt PRINCIPIA – ein Wort, das meistens im Zusammenhang mit einem militärischen Hauptquartier stand. Im Grunde sagt uns diese Gedenktafel, dass ein Bursche namens Naevius ein Gebäude wieder aufgebaut hat, das militärisch genutzt wurde. Und auch wenn wir nicht genau wissen, wo dieses militärisch genutzte Gebäude gestanden hat, denke ich mir, dass es nicht gerade eine Million Meilen vom Fundort des Sargdeckels entfernt war.«

»Und der wäre?«

Martin schenkt mir ein breites strahlendes *Invicto*-Lächeln.

»Am Hang gleich unterhalb von Green Down.«

Am Sonntag gehen wir wandern.

Martin hat eine topographische Karte. Er hat seinen Freund, den Kurator der Römischen Bäder, überredet, ihm darauf den Fundort des Sargdeckels mit der Naevius-Inschrift einzutragen. Wir stellen den Wagen auf der Straße vor der Kirche von Green Down ab und gehen zu Fuß eine der schmalen Gassen entlang, die sich im Zickzack zwischen den Reihen der Cottages über den Hang winden. Sie führt steil bergab und endet an einer Treppe, die nicht weit von der Grundschule in ein Sträßchen mündet. Die Aussicht ist atemberaubend. Unter uns liegt ein steiler bewaldeter Hang, er fällt zu einem Bach hin ab, der das Tal durchzieht. Überall um uns herum ist das Land voller Falten, wie ein von Riesenhand gerafftes Stück Stoff. Der Fels darunter würde wie Marmorkuchen aussehen, die wirbelförmigen Gesteinsschichten mit Fossilien gesprenkelt. Der Himmel ist niedrig und schwer, und die Luft riecht nach aufziehendem Regen.

Zeig Martin eine Landschaft, und er benimmt sich wie ein Mann vor einem Regal mit Pornozeitschriften – er muss stehen bleiben und gucken. Ich beobachte, wie er alles in sich aufnimmt, es *liest*: die Bahn, die den Stein von den Steinbrüchen zum alten Somerset-Coal-Kanal bringt; die Furchen eines mittelalterlichen Feldersystems am anderen Ende des Tals …

»Warte mal, Kit, jetzt presch nicht einfach so ins Blaue davon, du läufst da auf einer alten Viehtreiberstraße …«

Ich laufe auf der Straße, auf der Trish und Poppy und ich immer nach der Schule den Hügel runtergetrottet sind, zu der Kuhweide, auf der ich die Ammoniten ausgrub. Im Sommer verflochten sich die Zweige der Bäume miteinander und bildeten ein grünes Dach über der Straße. Jetzt hat man die Scheunen der Vinegar Farm zu Wohnhäusern umgebaut, und die Bäume hat man abgeholzt, damit die Leute eine bessere Aussicht haben.

Martin folgt mir bis runter zu einer Kurve, sieht sich um, ob uns auch niemand beobachtet, und hüpft über die Mauer.

»Hier. Nimm meine Hand.«

»Brauche ich nicht.« Ich hieve mich über die durcheinander liegenden Steine und greife nach den Zweigen eines Haselnussstrauchs. »Dürfen wir uns hier aufhalten?«

»Natürlich nicht. Das ist Extremarchäologie. Sei doch froh. Du könntest wegen unbefugten Betretens erschossen werden – ein neuer Nervenkitzel auf deiner Liste.«

Mühsam erklimmen wir einen mit Blättern bedeckten Hang. Schließlich erreichen wir eine flache Mulde unterhalb einer Felswand. Weinreben und andere Kletterpflanzen hängen über die Wand eines alten Steinbruchs herab. Dieser Ort ist mir irgendwie vertraut, ein bohrendes Gefühl: die Buchen, die über unseren Köpfen ihre

Zweige verschränken, die hohe Stechpalme, die in einer Felsspalte wurzelt, und ein Anflug von irgendwas zwischen Angst und einer sanften frühmorgendlichen Traurigkeit. Aber Martin beachtet den Steinbruch nicht und nimmt den seitlichen Hang in Angriff.

»Wo genau gehen wir eigentlich hin?«

»Sind fast da«, sagt er. »Ah. Jep. Schieb dich an mir vorbei – halt dich einfach an der Stechpalme fest.«

Es gibt kaum genügend Platz für uns beide. Wir hocken höchst riskant auf dem Hang mit Blick auf die ehemalige Vinegar Farm und spähen durch die Bäume zu dem alten Bauernhaus runter. Dahinter steht eine hohe Steinmauer um einen fachmännisch gestalteten Garten, eine Reihe von Terrassen mit Rasen und Sträuchern, die sich an einem prächtigen viktorianischen Haus den Hang hinab erstrecken.

»Da haben sie die Sargdeckel ausgegraben«, sagt Martin. »Im Garten von Hope House, als sie die unteren Terrassen angelegt haben, gegen Ende des neunzehnten Jahrhunderts. Was für eine verdammte Schande – kurz bevor die Archäologie gründlicher wurde. Wir wissen nicht annähernd genug darüber, was sie alles fanden oder wo genau, weil die Viktorianer nicht so gewissenhaft waren wie wir heute. Manches ist verschwunden, weil sie das, was ihnen gefiel, einfach behalten haben.«

»Also war das ganze Gelände hier ein römischer Friedhof?«

»Nein, nein. Man hat nur wenige Gräber gefunden. Zu Zeiten der Römer war es gängige Praxis, die Toten gleich vor der Stadt neben der Straße zu bestatten. Damals war dieser Weg wahrscheinlich eine viel befahrene Straße. Natürlich lag die Villa weiter oben, zwischen Hope House und dem Bauernhof, schätze ich.«

»Hier stand eine römische Villa?«

»O ja. Definitiv. Die viktorianische Ausgrabung war keineswegs vollständig, aber wir wissen, dass sie hier lag, und außerdem ist der Name der Farm verräterisch. *Vinegar* ist eine Verballhornung von *vineyard* – Weinberg. Zur Zeit der Römer, als es ein, zwei Grad wärmer war, war das hier garantiert ein idealer Hang, um Wein anzubauen. Wäre es wahrscheinlich noch.«

Ein Auto schießt die Straße entlang, wo einst Ochsenkarren gemächlich den Hang raufschaukelten. Ich höre beinahe einen Trupp vorbeimarschierender Soldaten, *sin dex, sin dex,* links rechts, links rechts; Lederriemen knarren, das Sonnenlicht flimmert auf Schnallen, Speeren und polierten Metallhelmen.

»Die Geschichte besteht eigentlich aus Schichten«, sagt Martin und liest wie so oft meine Gedanken. »Es ist immer noch alles da, wenn man eine Schicht abzieht.«

»Sogar der Mithrastempel?«, frage ich. »Glaubst du wirklich, dass da einer ist, irgendwo unter Tage?«

»Weiß der Geier«, meint Martin. »Ich glaube, dass wir eine Tauroktonie gefunden haben, aber was weiß ich schon? Ich habe von diesen Sachen bisher nur gelesen oder sie im Museum gesehen. Ich habe noch nie einen Mithrastempel ausgegraben.«

Er hat einen hungrigen Gesichtsausdruck. Er muss seinen Tempel finden. Er will glauben, dass da einer ist. Für ihn ist das so wichtig wie damals für mich der erste Engländer.

Wir klettern an der mit Kletterpflanzen überwucherten Wand des Steinbruchs vorbei und wieder runter zur Straße. »Siehst du?«, fragt Martin. »Zur Abwechslung sind wir mal nicht beinahe geschnappt worden.« Er klingt ein bisschen enttäuscht.

»Möchtest du weiterwandern?«, frage ich. Es ist immer noch früh am Tag; wir sind gestiefelt und wasserfest verpackt, und es wäre eine Schande, jetzt schon nach Hause zu gehen. Martin nickt, und wir ziehen los. Wir gehen das Sträßchen entlang, das sich allmählich den Hang hinab in Richtung Talboden schlängelt. Der Himmel hat sich verdunkelt, und es nieselt. Ich ziehe meine Kapuze über, und die Welt reduziert sich auf das Rascheln des Goretex und den dumpfen Aufprall meiner Schritte auf der Straße. Wasser tropft von meinen Ponyfransen und rinnt mir die Nase runter. Martins Haare hängen ihm in feuchten Löckchen ums Gesicht, in seinem Bart glitzern Regentropfen.

Fast am Fuß des Hügels kommen wir an eine abgeknickte Kreuzung – die Straße macht eine Kehrtwendung und führt runter zu einem Dorf am alten Coal-Kanal. Martin holt die Karte hervor, betrachtet sie stirnrunzelnd und deutet dann scharf nach links, wo wir ein Stück bergauf durch ein Schwingtor auf einen bemoosten asphaltierten Fußweg gelangen. Wir erklimmen ihn langsam, drehen uns immer mal wieder um und blicken über die Dächer ins Tal. In der Ferne fließt der Avon unter dem Dundas-Aquädukt hindurch und schlängelt sich in Richtung Turleigh und Bradford. Irgendwo in dieser Richtung sitzt Gary jetzt mit dem Foto seines blauäugigen Nicht-Sohns in seinem großen einsamen Haus.

In der Nähe des Gipfels steht eine Bank, und Martin hockt sich seufzend drauf. Ich setze mich neben ihn, und wir genießen die Aussicht, die rasch in einem dunstigen Nieselregen untergeht.

»Sich hinzusetzen war vermutlich ein Fehler«, sagt Martin. »Mein Po ist nass.«

Selbst meinen Rucksack abzunehmen ist nach diesem Aufstieg anstrengend. »Ich hab Sandwiches gemacht. Sie könnten natürlich durchgeweicht sein.«

Sie sind es.

»Sehr gut«, sagt Martin. »Feuchte Sandwiches und ein feuchter Hintern. Die Wochenenden mit dir sind immer ein wahres Vergnügen, Kit.«

»Ich hab dich nicht ausdrücklich eingeladen«, erkläre ich ihm. »Apropos – wann wolltest du wieder fahren?«

»Na ja.« Martin zieht die Käsescheibe aus dem Sandwich, lässt sie sich in den Mund fallen und wirft das Brot weg. »Hm. Das ist eine gute Frage.« Er kaut ein Weilchen, um die Spannung zu steigern. »Wann kannst du mich wieder in euren Steinbruch schmuggeln?«

»Gar nicht«, sage ich. »Keine Chance. Beim letzten Mal haben sie uns fast erwischt.«

»Kalte Füße?«

»Schlimmste Erfrierungen.«

»Komm schon. Du kannst doch jetzt nicht aussteigen. Das könnte einer der größten archäologischen Funde dieses Jahrhunderts werden.«

»So lange dauert dieses Jahrhundert ja noch nicht.«

»Ich denke eben langfristig. Das wäre so groß, darüber würden sie noch 2104 reden. Im Ernst, Kit. Das könnte der absolute Hammer sein. Ich verstehe nicht, wie du plötzlich das Interesse daran verlieren kannst.«

Ich auch nicht. Vielleicht hat es mit dem sanften traurigen Gefühl zu tun, das mich in der Mulde im Wald überkam. Es hat mich daran erinnert, dass ich hier bin, um die Tunnel dichtzumachen, nicht um Geschichte auszugraben.

»Ich kann dich nicht reinbringen«, sage ich. »Keiner, der nicht dort arbeitet, kommt rein.«

»Offiziell, meinst du. Du kannst mich reinschmuggeln wie beim letzten Mal.«

»Das ist zu riskant.«

»Bitte überleg es dir noch mal.« Er lehnt sich zurück und fällt fast von der Bank. »Jedenfalls, nachdem ich Kalifornien abgeblasen habe, hab ich nichts anderes vor. Kann ich die Woche bei dir bleiben?«

Die andere Talseite ist im Nebel verschwunden; die Sandwiches haben die Beschaffenheit von feuchtem Löschpapier. Martin steht auf.

»Auf, auf, mein Blümchen.«

Ich werfe das Sandwich für die Vögel in die Hecke, setze den Rucksack auf und folge ihm. Der Regen bahnt sich einen Weg in den Kragen meiner Windjacke und wandert mit eisigen Fingern um meine Kehle und meine Schultern.

Er denkt, er kann mich überreden. Er glaubt, ich falle auf seinen jungenhaften Charme rein.

Er irrt sich.

Auf dem Gipfel des Hügels gelangen wir durch ein weiteres Schwingtor wieder auf ein Sträßchen. Martin konsultiert abermals seine Karte. Auch an dieser Kreuzung ist mir irgendwas vertraut, obwohl ich nicht genau sagen könnte, wo wir sind. Wir folgen einem Weg, der nach links und bergauf an ein paar Cottages vorbeiführt, biegen hinter einer Scheune nach rechts ab und kommen auf einem weiteren Sträßchen vor einem hohen stabilen Metalltor heraus.

Der Anblick versetzt mir einen Schock. Ich muss stehen bleiben.

O Gott. Hier.

Atme einfach tief und normal. Ein zwei drei, aus zwei, drei. Noch mal.

Ich werde gleich bis drei zählen, und dann wirst du ganz erfrischt aufwachen. Aber zuerst möchte ich, dass du diese Bilder hinter das Tor bringst. Ich möchte, dass du das Tor verschließt. Das Tor ist jetzt verschlossen. Nichts kann dir wehtun, Katie. Du hast nichts Falsches getan.

... zwei, drei und aufwachen.

Martin vor mir hat nichts mitbekommen und stapft am Tor vorbei. Er ahnt nicht, dass alle Dämonen meiner privaten Hölle sich von der anderen Seite gegen dieses Tor werfen, mir zuschreien, es zu öffnen und sie freizulassen. Ganz kurz habe ich den Eindruck, dass das Metall sich vorwölbt und eine Beule bekommt wie Jeffs Geländewagen, nur andersherum. Aber alles ist ruhig.

Am Tor hängt ein enormes Vorhängeschloss, genau wie das, das ich mir immer vorgestellt habe, an einer schweren Kette, die mehrfach um die Griffe gewunden ist. Auf einem verblassten Schild steht: *Crow Stone. Zu verkaufen oder zu vermieten, erstklassiges Gewerbeobjekt. Kontakt: Richard Chaney und Partner.*

Unkraut bricht durch den Beton der Auffahrt. Das Tor besteht aus zwei dicken, mit braunem Rost überzogenen Metallplatten. Buddleias strecken ihre Ärmchen wie hoffnungsvolle Gefangene ums Tor herum. Schon lange will niemand mehr dieses erstklassige Gewerbeobjekt haben.

Martin verschwindet um eine Kurve. Ich gehe hinter ihm her.

24

Am Freitag gingen wir direkt nach der Schule zu Poppy. Poppys Eltern waren schon morgens nach Schottland gefahren. Sie dachten, Poppy verbringe das Wochenende bei Trish. Trishs Eltern waren der Meinung, Poppys Eltern führen erst am Samstag los und Trish werde dort übernachten. Wir hatten alle drei Übernachtungstaschen in die Schule mitgenommen, aber Poppys war leer, weil sie ja am Nachmittag nach Hause kommen würde.

Die Hangsiedlung lag ganz still da, als wir von der Straße abbogen. Die Nachmittagssonne fiel schräg durch hohe Schirmkiefern. Zu den Häusern gehörten große Gärten, und sie standen so weit auseinander, dass hier wirklich jeder seine Ruhe hatte. Es war, wie Trish gesagt hatte: der ideale Ort für eine Party. Aber Poppy wirkte nervös. Ich konnte es ihr nicht verdenken. Mein Magen hatte sich auch verkrampft. Nur Trish wirkte völlig unbesorgt. Ihre Büchertasche über der Schulter und ihr Köfferchen in der anderen Hand, schlenderte sie munter voran.

Es würde ein warmer Abend werden. Nicht der leiseste Windhauch. Die Schulbluse klebte mir am Rücken.

Die Diele war kühl und still, bis auf das Klicken der Tasten, als Poppy die Alarmanlage bediente. Wir ließen unsere Taschen aufs Parkett fallen und gingen nach hinten in die Küche.

»Was soll es zu essen geben?«, fragte Trish.

»Essen?«, fragte Poppy erstaunt.

»Ist doch was zu essen da, oder?«

Poppys Mutter hatte vor der Abfahrt den Kühlschrank ausgeräumt.

»O Mann!«, stöhnte Trish. »Sie sind doch nur übers Wochenende weg. Hat deine Mutter einen Bakterienfimmel? Oder schmeißt sie Essen weg, um zu zeigen, dass sie sich's leisten kann?«

Poppy blinzelte verstört, als würde sie jeden Moment in Tränen ausbrechen. Sie war es nicht gewohnt, dass Trish ihr solche Sachen über ihre Eltern ins Gesicht sagte. Sie kramte im Gefrierschrank, der mit Schlankheitsmenüs vollgestopft war, und förderte schließlich eingefrorenes Brot und Eis zutage. Wir machten uns Toast mit Hefepaste und brachen eine Packung Vanilledesserts an, aber weder Poppy noch ich hatten großen Hunger.

Die Zeit schlich dahin. Wir hatten nichts zu tun, weil wir nicht wussten, wie man eine Party vorbereitet. Trish hatte den Leuten gesagt, sie sollten was zu trinken mitbringen und vielleicht auch Musik. Da wir bisher immer nur auf Kinderpartys gewesen waren, die

die jeweiligen Eltern organisiert hatten, fehlte uns jede Vorstellung, was eine Party eigentlich bedeutete. Wir gingen in das Wohnzimmer mit den cremefarbenen Ledersofas und dem eierschalfarbenen Teppich, rückten alle Möbel an die Wände und machten die Terrassentür auf. Poppy stellte ein paar Aschenbecher hin, für den Fall, dass jemand rauchte, aber mehr fiel uns nicht ein. Dann gingen wir nach oben, um uns fertig zu machen.

Wir hatten alle mehrere Sachen zum Anziehen dabei, damit wir uns gegenseitig fragen konnten, was am besten aussah. Trish war entschlossen, das SEX-T-Shirt anzuziehen, obwohl Poppy sie warnte, dass sei vielleicht doch ein bisschen zu riskant. Poppy trug ein langes weißes Kleid mit einer Glitzereule vorne drauf. Es hätte aus der Tournee-Garderobe von Abba entflohen sein können.

Ich stand vor dem Kleiderschrank von Poppys Mutter und musterte mich in den Spiegeltüren.

»Wo hast du die Hose her?«, fragte Trish. »Sieht echt nicht schlecht aus.«

Die hat mir deine Mutter gekauft. Aber das sagte ich lieber nicht. Es war eine schwarze Seidenhose, die mir beim Gehen elegant um die Beine floss. Mit der Oberweite, die mir der geklaute BH verlieh, sah ich richtig gut aus.

»Oranges T-Shirt oder schwarzes?«, fragte ich.

»Schwarz«, sagte Poppy. »Ist viel raffinierter, vor allem mit dem Gürtel.«

»Ich würde das orange nehmen«, riet mir Trish. Aber ich wusste, sie wollte nur die Einzige ganz in Schwarz sein.

»Ist schon fast acht«, stellte Poppy fest. Also klackten wir alle auf unseren hohen Schuhen die polierten Treppenstufen runter, setzten uns wie die Hühner aufs Sofa und warteten.

»Wir brauchen Musik«, sagte Trish. Zum Glück schien Poppy die Donny-und-Marie-Platten versteckt zu haben, aber ihr Geschmack war doch eher langweiliges Zeug – Hot Chocolate und Billy Joe Spears. Trish stapfte wieder nach oben, um eine Roxy-Music-Kassette aus ihrer Tasche zu holen, und wir setzten uns alle drei wieder hin.

»Es kommt keiner«, sagte Trish um viertel nach acht. Poppy und ich wechselten hoffnungsvolle Blicke.

Um zwanzig nach acht klingelte es: zwei Mädchen aus der Klasse unter uns in haargenau gleichen Latzhosen mit Glitzer. Nichts zu trinken. Keine Musik. Kein guter Anfang. Trish drehte die Roxy-Music-Kassette um, und die Mädchen nahmen je ein Glas Wasser in Empfang und tanzten dann steif in der Mitte des Wohnzimmers.

Um halb neun kamen noch ein paar Mädchen mit einer Flasche Apfelwein und einer Platte von Wizzard.

»Das ist doch hoffnungslos«, maulte Trish und schleppte mich auf die Terrasse hinaus. »Mit denen kann ich nicht mal in einem Raum sein. Wir sind eine soziale Katastrophe.« Es klingelte wieder. Weitere Mädchen, diesmal mit einer Flasche Gin, die sie ihren Eltern stibitzt hatten. Poppy goss sich zur Stärkung ein großes Glas ein.

Um neun waren wir fünfzehn Mädchen und hatten ein schon etwas imposanteres Getränkesortiment, das meiste davon geklaut. Jemand war so schlau gewesen, Chips und Knabberstangen mitzubringen. Poppy war bei ihrem zweiten Gin. Trish hatte ein Päckchen Zigaretten hervorgezaubert und rauchte Kette. Aber wir wussten alle, diese Party war ein Desaster. Inzwischen war zwar der erste Junge mit seiner Schwester gekommen, aber der zählte nicht, weil er eine Brille trug und Pickel hatte und auf dem Sofa saß und einen Howard-the-Duck-Comic las.

Dann wurde schlagartig alles anders. Eben noch hatte die Party aus fünfzehn Mädchen bestanden, die zu Hot Chocolate um ihre Handtaschen tanzten. Und jetzt dröhnte auf einmal David Bowie in voller Lautstärke aus den Quadro-Boxen von Poppys Vater, und die Küche war voller Jungen, die sich Bier eingossen und Joints drehten.

Poppy – inzwischen beim dritten Gin – schien etwas geschockt, hielt sich aber tapfer und reichte Knabberstangen herum. Trish tanzte mit einem langen Elend, das behauptete, es sei an der Bristol University – aber ich war mir sicher, dass ich den Typen an der Bushaltestelle vor der Berufsfachschule gesehen hatte. Er ruderte mit den Armen wie ein schlechter Schwimmer, und ein trauriger Porzellanclown purzelte von der Schrankwand und zerschellte.

Ich saß auf dem Sofa, ganz ans andere Ende gequetscht, möglichst weit weg von Howard-the-Duck, und fragte mich trübselig, ob Gary je kommen würde.

Trish ließ sich neben mich plumpsen.

»Mundgeruch«, sagte sie und meinte den Jungen, mit dem sie getanzt hatte.

»Wo kommen die ganzen Leute her?«, fragte ich.

Trish sagte achselzuckend: »Keinen Schimmer.«

»Hast du sie denn nicht eingeladen?«

»Du weißt doch, wie das ist – so was spricht sich rum.«

»Aber es sind so viele.«

»Toll, was?« Sie sprang wieder auf. »So viele Jungen und so wenig Zeit. Bis später.«

Howard-the-Duck beugte sich zu mir herüber.

»Tolles T-Shirt, das von deiner Freundin da«, sagte er. »Willste knutschen?«

Es war schon nach zehn. Gary hätte inzwischen da sein müssen, wenn er kommen wollte. Einen Augenblick lang erwog ich, das Angebot von Howie-the-Duck anzunehmen, so wie man auf einem Bahnsteig unweigerlich ans Springen denkt, wenn ein Zug heranrast.

Stattdessen ging ich auf die Terrasse. Zigaretten glommen im Dunkeln. Jungen und Mädchen saßen grüppchenweise auf dem Boden, redeten und tranken, warfen ihre Kippen und Bierdosen in den immer noch leeren Pool. Auf der unteren Terrasse, wo Mrs. McClaren ihr Sonnenbad genommen hatte, hatte jemand eine der Boxen von Mr. McClarens Anlage aufgestellt, und einige tanzten. Der Himmel war immer noch ein kleines bisschen hell; die Schirmkiefern blickten aufs Haus herab wie wachsame Götter.

Noch nie hatte ich mich so einsam gefühlt.

Ich ging seitlich ums Haus, vorbei an einer Reihe von Mülltonnen, aus denen ein fauliger Gestank in die heiße Nacht quoll. Durchs erleuchtete Küchenfenster sah ich Poppy in lebhafter Unterhaltung mit einer Horde Jungen. Ihr weißes Kleid hatte vorn einen hellbraunen Fleck, und ein Träger war heruntergerutscht. Sie war auffallend rosig im Gesicht.

Die Gesichter der Jungen gefielen mir gar nicht. Sie lachten, wenn Poppy lachte, was sie oft tat, aber sie beobachteten sie, wie Katzen ein Insekt beobachten, wenn sie herauszufinden versuchen, ob es wohl zum Spielen und vielleicht auch zum Fressen taugt. Irgendwann patscht unweigerlich eine neugierige Pfote nach dem Geschöpf. Die Party war mir so egal, dass ich die ganze Nacht dort im Dunkel bei den stinkenden Mülltonnen hätte stehen bleiben können, aber ich wollte nicht mit ansehen, was mit Poppy passieren würde. Als ich am Fenster vorbeischlich, sah ich, wie sie ein Glas – eins der besten Kristallgläser ihrer Mutter – zum Nachschenken hinstreckte.

Neben dem Haus gab es ein Rasenstück unter überhängenden Kiefernästen. Poppys Eltern hatten hier eine Holzbank aufgestellt. Meine Plateauschuhe wackelten auf dem unebenen Boden; ich blieb stehen und zog sie aus. Sie taten sowieso höllisch weh. Ich setzte mich auf die Bank und wünschte, ich hätte eine von Trishs Zigaretten zum Rauchen. Oder wäre betrunken wie Poppy. Trish hatte mir zu Beginn des Abends ein Glas Apfelwein eingeschenkt, aber der schmeckte nach Metall, und ich hatte ihn nicht getrunken. Ich beobachtete, wie der Mond hinter den Kiefern aufstieg, und bemitleidete mich, bis plötzlich ein schrilles Lachen das gedämpfte Wummern der Musik aus dem Wohnzimmer übertönte. Ein Pärchen kam um die Hausecke. Ich schlüpfte von der Bank und zwängte mich durch die Rhododendronbüsche, um den beiden auszuweichen.

Auf der Vorderseite des Hauses brannte die komplette Außenbeleuchtung und erhellte die breite Zufahrt, die sich von der Straße herabwand. Jemand hing über einem Terracottakübel mit einem Lorbeerbäumchen und kotzte, während ein Mädchen daneben hockte, ihm den Arm hielt und den Rücken tätschelte.

Lieber Himmel, was hatten wir angestellt? Wie würden wir das Haus morgen früh je wieder in Ordnung bringen?

Am oberen Ende der Zufahrt hielt ein Auto. Es stieß langsam zurück; vielleicht jemand, der sich vergewissern wollte, ob er bei der richtigen Adresse war. Das Herz klopfte mir im Hals. Dann fuhr das Auto wieder vorwärts und vorbei. Aber ich hörte es ein Stück weiter halten. Stimmen, Schritte.

Ich rannte wieder ums Haus und durch die Terrassentür nach drinnen. Das dunkle Wohnzimmer war ein Chaos aus zuckenden Leibern, und die Musik wummerte so laut aus der Anlage, dass man sie als Pulsieren in den Adern fühlte. Auf dem Sofa lag ein Knäuel bleicher Arme und Beine. Der Geruch von Bier und Schweiß erschlug mich fast. Ich blieb kurz stehen, um meine Plateauschuhe wieder anzuziehen, und ging dann, so gelassen ich irgend konnte, in die Diele hinaus.

Im Wohnzimmer hätte unmöglich jemand die Klingel hören können, aber es läutete, obwohl die Haustür offen stand. Gary stand draußen, den Zeigefinger höflich auf dem Klingelknopf. Hinter ihm standen noch drei, vier andere. Ich riss die Tür ganz auf. Ich wollte Gary umarmen, stand aber einfach nur dümmlich grinsend da.

Er schien überrascht, mich zu sehen, als hätte er vergessen, wer ihn zu der Party eingeladen hatte. Dann trat er über die Schwelle. Ich fühlte, wie sein Arm um meine Taille glitt, dann zog er mich an sich. Er roch nach Seife und Tabak. Er ließ mich wieder los.

»Kommt mit in die Küche«, forderte ich sie auf. Meine Stimme klang piepsig, ging in dem Gewummer fast unter. Ich schaffte es nicht, ihn anzusehen, also senkte ich den Blick und hob ihn dann hastig wieder, damit er nicht dachte, ich starrte ihm auf die Hose. »Da gibt's jede Menge zu trinken.«

Einer der Jungen hinter ihm hob den Arm, und ich sah, dass sie auch was mitgebracht hatten, Dosenbier. Manche der Jungen erkannte ich von dem Fußballspiel wieder; da war einer mit einer Kraushaarfrisur und einer mit so zartem Flaum auf der Oberlippe, dass es eher Wunschdenken war als ein Bärtchen. Gary hatte eine Flasche Wein dabei. Er trug Jeans und ein schwarzes T-Shirt, auf dem vorn in gotischer Schrift »Led Zeppelin« stand.

»Geh vor«, sagte er. Mein Rücken kribbelte, als ich sie durch die Diele führte. Ich hoffte, dass die Hosen, die mir Mrs. Klein gekauft hatte, von hinten genauso gut aussahen wie von vorn.

Die Küche war gerammelt voll mit Leuten, die versuchten, sich zu den Getränken durchzudrängeln. Ich blieb an der Tür stehen, aber Gary stürzte sich hinein, fasste mich an der Hand und kämpfte sich durch.

»Korkenzieher?«, fragte er. »Magst du Wein?«

Ich wusste, ich würde wochenlang von diesen Worten zehren können, indem ich sie immer wieder im Kopf ablaufen ließ. Mächtige Gefühlsblasen dehnten sich in meiner Brust. Selbst wenn sonst nichts passierte – er hatte meine Hand gehalten und sei es noch so kurz. Ich spülte ein Glas unterm fließenden Wasser aus und hielt es ihm hin. Er goss es voll, nahm sich ein Bier und prostete mir mit der Dose zu.

Jemand packte mich am Arm.

»Katie!«, zischte mir Trish ins Ohr. »Verdammter Mist, komm mit. Poppy ...«

Ich hätte sie umbringen können.

»Tut mir leid«, sagte ich zu Gary. »Muss kurz weg. Bin aber gleich wieder da.« Trish zerrte an meinem Arm.

Poppy war im Schwimmbecken, am tiefen Ende, wo immer noch ein bisschen Wasser stand. Dieser Teil des Beckens lag in tiefem Schattendunkel, aber das glitzernd weiße Kleid, das jetzt patschnass war, verriet sie. Sie saß im Wasser und war offenbar nicht willens oder in der Lage, sich zu bewegen.

»Sie ist wohl reingesprungen«, vermutete Trish. »Oder vielleicht reingefallen, weiß nicht. Ich glaube nicht, dass sie sich was getan hat.«

»Wir müssen sie da rausholen«, sagte ich. »Wo zum Teufel stecken die Jungen, mit denen sie die ganze Zeit zusammen war? Können die uns nicht helfen?«

Die Jungen waren verschwunden. Oben lugten einige Leute über die Brüstung und lachten, aber die Terrasse selbst hatte sich geleert.

Ich zog die Schuhe aus und krempelte mir die Hose bis übers Knie auf, bevor ich die Poolleiter ins tiefe Beckenende runterstieg, wo Poppy in knöcheltiefem Wasser saß. Es war wohltuend kühl an meinen heißen, wunden Füßen, aber es empfahl sich, nicht hinzuschauen, was da alles herumschwamm. Ich war schon halb bei Poppy, als ich merkte, dass Trish mir nicht folgte.

»Hey«, rief ich ihr zu, »hilf mir gefälligst! Allein schaff ich's nicht.« Poppy hatte mich kommen sehen und fing an zu kichern. Sie schwankte wie eine Besoffene im Zeichentrickfilm. Ich hatte schreckliche Angst, sie könnte jeden Moment mit dem Gesicht ins Wasser kippen und ertrinken.

»Wir brauchen jemand Stärkeren!«, rief Trish von oben. »Sonst kriegen wir sie nie raus.« Sie klang auch ganz schön panisch.

»Dann hol eben jemanden.« Ich schrie zu den Leuten auf der Terrasse hinauf: »Hört auf zu gaffen und kommt runter. Wir brauchen Hilfe.«

Die Gesichter droben verschwanden im Dunkel. Ich hoffte, es hieß, dass sie unterwegs waren. Mein eines Hosenbein war runtergerutscht. Ich fühlte, wie es durchs Wasser schleifte. Poppy patschte mit der flachen Hand aufs Wasser und spritzte mich voll.

»K-kk-kkatie«, nuschelte sie. »Komm rein. Ssswasser ... sssuper.«

»Lass das«, sagte ich. »Kannst du aufstehen?«

Ich konnte nur ihr Gesicht im Schein der Poollampen sehen. Sie hatte schwarze Pandaaugen von zerlaufener Wimperntusche, und ihre Haarspitzen waren nass.

»Kann nicht«, sagte sie. »Beine ssserflossen.« Sie kicherte wieder.

Ich griff ihr unter die Achseln und zerrte an ihr. Sie war wie ein nasser Sack.

»Wie bist du hier reingekommen?«, fragte ich.

»Ausserutscht.« Das Glück der Betrunkenen musste ihr Gummiknochen verliehen haben. »Aber macht nichts, isssoch die ideale Nacht sssum Baden, oder?«

Ich hörte ein Platschen hinter mir. Jemand war die Leiter heruntergestiegen und watete durch den Pool auf uns zu.

»Sie hat ganz schön getankt, was?«, sagte Gary hinter mir. »Lass mich mal.«

Er hob sie mühelos hoch. Poppy hing ihm über der Schulter, schaffte es aber irgendwie, den Kopf zu heben und mir zuzuzwinkern.

»Sssecht super«, lallte sie. Gary watete zum flachen Ende, wo breite Stufen sachte zur Terrasse hinaufführten. Ich folgte ihm.

»Was soll ich mit ihr machen?«, fragte er.

»Weiß nicht. Glaubst du, sie ist okay?«

»Ich glaube, sie ist nur sternhagelvoll. Vielleicht legen wir sie am besten irgendwohin.«

»Sie wohnt hier«, sagte ich. »Wir können sie in ihr Zimmer bringen.«

Wir hinterließen eine breite Tropfspur durch die Terrassentür, im Wohnzimmer und die polierten Treppenstufen hinauf. Trish war nirgends zu entdecken. Ich schaltete in Poppys Zimmer das Licht an.

Auf dem Bett lag ein Pärchen inmitten eines Haufens von Kleidungsstücken und knutschte.

»Raus!«, sagte Gary. »Die Dame des Hauses braucht ihr Bett .«

Howard-the-Duck und eins der Mädchen in den Glitzerlatzhosen wieselten raus. Gary legte Poppy aufs Bett, unter den Augen der Barbies. Bei Licht war ihr nasses Kleid durchsichtig. Ihre Brustwarzen zeichneten sich als rosa Kreise ab, und man sah, dass ihre Unterhose ein blaues Röschenmuster hatte.

»Dieses Zimmer hab ich gestrichen«, erinnerte sich Gary. »Ich weiß noch genau, wie ich all diese blöden Barbies wegräumen musste.« Er sah sich stolz um. »Nicht schlecht geworden, oder?«

»Meinst du, wir sollten sie auf die Seite drehen?«, fragte ich. »Sicherheitshalber.«

Poppy war jetzt aus der Phase fröhlicher Beschwipstheit ins komatöse Stadium übergetreten. Wir wälzten sie auf die Seite, und ich strich ihr die Haare aus dem Gesicht. Sie konnte nicht völlig bewusstlos sein, weil ihre Hand zum Gesicht kroch und sie den Daumen in den Mund steckte.

»Ist ganz schön heiß hier drinnen«, sagte ich. Die Glasschiebetür zur Dachterrasse stand schon ein Stück offen, aber Gary schob sie ganz auf. Er ging raus, und ich folgte ihm. Über den dunklen Kiefernwipfeln löcherten jetzt Sterne wie Stecknadelspitzen den Himmel. Aus dem Zimmer unten dröhnte Musik. Nun hockten die Leute wieder um den Pool, nachdem die peinliche Besoffene entfernt war. Zigaretten glommen im Dunkel.

»Tolle Nacht«, sagte Gary, auf die Dachterrassenbrüstung gestützt.

»Tolle Nacht«, bestätigte ich. Gott, würde er mich denn nie küssen?

»Wie heißt du?«, fragte er und drehte sich um. Plötzlich war er ganz nahe. Ich roch wieder Seife und Tabak und spürte die Wärme, die seine Haut abstrahlte. »Ich weiß nicht mal deinen Namen.«

Von unten kam ein scheußliches Krachen und das Klirren von Glas.

»Scheiße noch mal«, sagte Gary. »Ihr wisst echt, wie man Party macht, Wieduauchheißt. Was ist jetzt wieder los?«

Ein Mädchen schrie. Wir spähten über die Brüstung. Ein Junge kniete am Poolrand und hielt sich den Arm. Auf seinem weißen T-Shirt war ein dunkler Fleck zu sehen.

»O Gott«, sagte ich. »Er verblutet.« Ich rannte durch Poppys Zimmer und die Treppe hinunter.

Trish stand in der Diele.

»Sollen wir einen Krankenwagen rufen?«, sagte ich.

»Sei nicht blöd«, sagte Trish. »Wenn wir das tun, sitzen wir echt in der Tinte.«

»Aber wenn er stirbt?«

»Er stirbt garantiert nicht. Er hat sich nur ein bisschen geschnitten. Jemand hat den einen Flügel der Terrassentür zugemacht, und er ist mittendurch marschiert, weiter nichts.«

Aber sie klang panisch. Ich schob mich an ihr vorbei und ging durchs Wohnzimmer auf die Poolterrasse. Um den knienden Jungen hatte sich eine Menge geschart. Ein Mädchen hatte, wie ich schockiert bemerkte, das T-Shirt ausgezogen, stand im BH da und tupfte am Arm des Jungen herum. Jemand anders hatte den Arm mit einem Taschentuch abgebunden.

»Es hört nicht auf«, sagte das Mädchen. »Gott, es hört nicht auf.« Die Steinfliesen rings um die beiden waren mit Blut vollgetropft.

»Verdammter Mist«, murmelte Trish neben mir. »Wie sollen wir das nur wegkriegen, bevor Poppys Eltern wiederkommen? Wie kriegt man Blut aus Stein?« Sie kicherte hysterisch. »Blut aus Stein. Hast du gehört, was ich gesagt habe? Blut aus Stein …«

»Halt die Klappe«, sagte ich. »Trish, wir müssen Hilfe rufen.«

»Nein«, sagte sie heftig. »Sie können ihn selbst hinbringen. Irgendjemand muss doch ein Auto haben. Sie sollen ihn in die Unfallklinik bringen. Das geht schneller.«

»Gary und seine Freunde sind mit dem Auto hier«, sagte ich. »Es steht weiter vorn an der Straße.« Ich drehte mich um, in der Erwartung, Gary zu sehen, aber er war nicht da. Er war doch hinter mir die Treppe heruntergekommen, oder? Aber ich hatte mich nicht umgedreht. Vielleicht war er ja noch oben.

»Ich geh ihn suchen«, sagte Trish. »Weißt du, wie seine Freunde aussehen?«

»Ja, schon«, antwortete ich. »Es waren die, mit denen er Fußball gespielt hat, du weißt doch.«

Trish sah mich mit leerer Miene an und schüttelte den Kopf.

»Okay, okay«, stimmte ich zu. »Du suchst Gary, und ich schau nach, wo sie stecken. Es ist sowieso nicht Garys Wagen. Er hat noch keinen Führerschein.«

Ich ging ins Haus. Die Musik wummerte immer noch, im Wohnzimmer tanzten immer noch Leute, die gar nicht mitbekommen hatten, was am Pool geschehen war. Garys Freunde hatte ich zuletzt in der Küche gesehen, vielleicht waren sie ja noch dort. Ich überließ Trish der Aufgabe, Gary zu suchen, und zwängte mich durch die überfüllte Küche.

Ich sah den Freund mit der Haarkrause drüben am Fenster stehen. Ich winkte, aber er war ganz darauf konzentriert, seinen Joint zum Brennen zu bringen. Ich musste mich zu ihm durchboxen.

»Tschuldigung«, sagte ich. »War das dein Auto, mit dem ihr gekommen seid?«

Er sah mich verdutzt an. »Nein, das gehört Carl. Warum?«

»Welcher ist Carl? Da draußen ist jemand am Verbluten, und wir müssen ihn ins Krankenhaus bringen.«

»Scheiße«, sagte er. »Ich glaube, Carl steht drüben an der Tür.«

Ich folgte ihm, froh, dass er sich hilfsbereit zeigte. Carl war der mit dem Oberlippenflaum. Was sie redeten, konnte ich nicht verstehen, aber ich sah mit Entsetzen, wie Carl den Kopf schüttelte. Doch dann kramte er in seiner Hosentasche, zog Autoschlüssel heraus und reichte sie Haarkrause.

»Er sagt, er hat zu viel getrunken«, erklärte mein Retter, während wir uns zum Pool hinausarbeiteten. »Aber ich sollte sowieso auf dem Rückweg fahren. Oh, Mann, schöne Scheiße.« Der Junge, der durch die Glastür marschiert war, kniete immer noch am Beckenrand, und es war jetzt noch viel mehr Blut auf den Steinplatten. Eins der Mädchen in den Glitzerlatzhosen versuchte die Glasscherben mit einem Handfeger aufzukehren.

»Ist jetzt unter Kontrolle«, sagte einer der anderen. Er stand mit bloßem Oberkörper da und hatte sein Hemd in Streifen gerissen, um dem Verletzten den Arm zu verbinden. »Aber er muss in die Notfallambulanz. Es muss genäht werden.«

»Bringt ihn zur Vordertür raus, ich hole das Auto«, sagte Haarkrause und rannte los.

Zwei Jungen halfen dem Verletzten beim Aufstehen. Ich war davon ausgegangen, dass das Mädchen, das sein T-Shirt ausgezogen hatte, die Freundin des Jungen war, aber jetzt entpuppte sie sich als seine Schwester. Sie zitterte am ganzen Leib.

»So kannst du nicht ins Krankenhaus fahren«, sagte ich, während wir vorn auf den Wagen warteten. Haarkrause hatte offenbar Probleme beim Anlassen.

Sie sah mich verwirrt an. Sie hatte wohl ganz vergessen, dass sie nichts weiter anhatte als einen BH.

»Ich hab oben noch ein T-Shirt«, sagte ich. »Warte, ich bring's dir.«

Meine Sachen waren in meiner Übernachtungstasche in Poppys Zimmer. Ich rannte die Treppe rauf. Meine Tasche stand auf dem Hocker vor der Frisierkommode. Poppy lag immer noch zusammengerollt auf dem Bett, den Daumen im Mund. Die Schiebetür zur Dachterrasse stand noch offen, und die Voilegardinen bewegten sich im leichten Nachtwind. Ich bückte mich, um die Tasche zu öffnen, und hörte ein Lachen von der Dachterrasse.

Ich zog das orangefarbene T-Shirt aus der Tasche. Ich war schon auf dem Weg zur Tür, als ich wieder das Lachen hörte und eine männliche Stimme etwas sagte, das ich nicht verstand.

Dieses Lachen kannte ich.

Unten sangen Steve Harley und Cockney Rebel *Come Up And See Me, Make Me Smile*. Dort draußen verblutete ein Junge und seine Schwester erfror in ihrem BH.

Ich schob die Voilegardinen zur Seite und trat auf die Dachterrasse hinaus.

Sie standen an der Brüstung über dem Pool, unter den stechend weißen Sternen. Er hielt sie in den Armen, und sie presste ihren Unterleib an den seinen. Er küsste ihren Hals. Er stand mit dem Rücken zu mir, aber es war kein Irrtum möglich. Sie sah mich über seine Schulter hinweg, und obwohl ich ihre Augen unmöglich richtig erkennen konnte, funkelten sie doch genauso triumphierend wie die grellweißen Sterne.

Mir war, als würde ich entzweigerissen. Es schnürte mir die Kehle zu, und als ich *Du Aas* fauchen wollte, kam kein Ton heraus. Das Blut toste in meinem Kopf, und einen Moment lang war ich wie blind und taub. Dann boxte mich die Welt in die Magengrube, und ich schnappte nach Luft.

Blue eyes, blue eyes. It's just a test, a game for us to play.

Ooh lala. Come up and see me, make me smile.

Seine Hand glitt auf ihre Brust.

Ich verdrückte mich rückwärts durch die Vorhänge. Tränen brannten mir in den Augen. Ich würde sie nicht überquellen lassen. Auf gar keinen Fall. Poppy regte sich auf dem Bett und furzte.

Ich sah auf das orangefarbene T-Shirt in meiner Hand. Was zum Teufel hatte ich damit gewollt?

Ooh lala. Blue eyes, blue eyes.

Aas!

Ich rieb mir wild die Augen. Nein, diese Genugtuung würde ich ihr nicht gönnen. Aber ich konnte die heftigen, trockenen Schluchzer nicht abstellen. Sie hatte ihn mir weggenommen. Das Aas.

»Sorry«, sagte eine Stimme hinter mir. »Aber wir müssen jetzt los.«

Ich fuhr herum. Das Mädchen im BH stand in der Tür.

Ich sah auf das T-Shirt in meiner Hand. Es war ganz mit Wimperntusche verschmiert.

»Ich hab noch eins«, sagte ich.

»Das da tut's schon.«

»Nein, ich hab's dreckig gemacht.« Ich zog die Tasche vom Hocker, und der gesamte Inhalt ergoss sich auf den Boden. Ich ergriff das langärmlige grüne T-Shirt, das ich am nächsten Tag hatte anziehen wollen, und drückte es ihr in die Hand.

»Danke«, sagte sie. »Muss los. Übrigens, die Polizei ist da.« Im Rausgehen zog sie sich das T-Shirt über.

Ich ging langsam zur Frisierkommode und musterte mich im Spiegel. Pandaaugen, so schlimm wie die von Poppy. Nase so glühend wie eine elektrische Kirsche. Unten riss die Musik jäh ab. Da standen Gesichtsreiniger und ein Glas mit Wattebäuschen. Ich säuberte mein Gesicht, so gut ich konnte, und ging nach unten. Die plötzliche Stille hallte mir in den Ohren.

In der Diele brannten sämtliche Lampen. Ein Polizist in Uniform sprach mit einem der Jungen aus der Küche, denen, die sich vorhin um Poppy gedrängt hatten. Der Junge zeigte auf mich, und der Polizist drehte sich um.

»Weißt du, wessen Party das ist?«

»Meine«, sagte ich.

»Und wer bist du?«

»Ich heiße Trish Klein«, sagte ich.

Es war schon fast zwei Uhr morgens. Ich saß im verwüsteten Wohnzimmer und wartete, dass Mrs. Klein kam. Ein Polizist war draußen im Garten und scheuchte die letzten Partygäste auf. Der andere hatte Mrs. Klein angerufen, nachdem ich ihm die Nummer gegeben hatte. Er steckte den Kopf durch die Tür.

»Du hast ganz schönen Ärger am Hals, damit dir das klar ist«, sagte er. »Wenn du meine Tochter wärst, würde ich dir ordentlich das Fell gerben. Nicht mal dein Zuhause, hä? Die können dich verklagen, ist dir das bewusst?«

Ich drehte den Kopf weg und sah durch die zerborstene Glastür auf die Poolterrasse. Er schnaubte und ging zu seinem Kollegen hinaus.

Auf den Steinplatten war überall Blut. Auf dem Grund des Pools dümpelten Bierdosen und wahrscheinlich auch Kotze. Das cremefarbene Ledersofa hatte braune Pockennarben von ausgedrückten Zigaretten und klebrige Rotwein- und Bierflecken. Knabberstäbchen und Kippen waren in den eierschalfarbenen Teppich getreten.

Ich konnte die ganze Zeit nur an Trish und Gary denken. Wo waren sie?

Er trieb es mit ihr. Sie lagen auf Poppys Bett – hatten sie einfach über die Bettkante geschubst, ohne dass sie's gemerkt hatte –, und er lag auf Trish und stieß in sie hinein, und sie lachte und keuchte und stöhnte und streckte die langen Beine in die Luft ...

Mein Inneres verknotete sich.

Das Haus war totenstill bis auf gelegentliche Rufe draußen, wo die Polizisten Partygäste durch die Rhododendren jagten.

Sie waren fertig. Sie hatte die Augen geschlossen und lächelte. Er fuhr ihr träge mit dem Zeigefinger über den Bauch.

»Du hast Wahnsinnsbrüste, Trish«, sagte er zu ihr.

Nein, nein, nein.

Ich hörte Autoreifen über den Kies knirschen. Harte, energische Schritte auf dem Parkett.

Mrs. Klein stand im Türrahmen. Ihr Haar war unfrisiert, ihr Leinenkleid zerknittert.

»Himmelherrgott, Katie«, sagte sie. »Dich hab ich hier nicht erwartet. Wo zum Teufel ist meine Tochter?«

»Ich weiß nicht«, sagte ich. Inzwischen war ich jenseits der Tränen.

»Hast du mit dem Ganzen hier irgendwas zu tun?«, fragte sie. »Weiß dein Vater, dass du hier bist?«

»Ja«, sagte ich. »Nein. Ich meine, es war meine Party. Sie haben gesagt, sie machen sie für mich. Und mein Dad hat keine Ahnung. Er glaubt ...«

»Ich kann mir vorstellen, was er glaubt«, sagte Mrs. Klein. »Das, was ich auch glaubte. Und es wäre verflixt schlecht, wenn er dahinterkäme.« Sie zog ein Päckchen Zigaretten aus ihrer Tasche und zündete sich eine an. »Ich würde ja fragen, wo ein Aschenbecher ist, aber wie ich sehe, ist das ganze Zimmer einer. Jedenfalls kommst du jetzt mit zu mir. Um das Chaos hier kümmern wir uns morgen früh. Weiß der Himmel, was Di und George sagen werden, wenn sie zurückkommen. Wo ist Poppy?«

»Oben«, sagte ich. »Sie ist total weggetreten.«

»Großer Gott!«

»Ist schon gut«, sagte ich hastig. »Wir haben sie auf die Seite gedreht.«

»Ich gehe wohl besser mal rauf und gucke nach ihr. Hast du eine Ahnung, wo Trish sein könnte? Das Ganze war doch ihre Idee, oder?«

Im ersten Moment wollte ich aus reiner Gewohnheit zu Trish halten und es leugnen. Aber dann dachte ich an das triumphierende Funkeln in Trishs Augen. Ich nickte.

»Überrascht mich nicht im Geringsten«, sagte Mrs. Klein. »Und würdest du sagen, sie ist mit jemandem zusammen? Einem Jungen vielleicht?«

Ich nickte wieder.

»Ah, ich kenne doch meine Tochter«, sagte Mrs. Klein grimmig. »Oben?«

Und ich nickte noch einmal.

»Komm mit«, sagte sie. »Ich brauche dich, für den Fall, dass ich beschließe, ihr den Hals umzudrehen.«

Wir gingen nach oben. Poppys Zimmertür war zu. Ich blieb zuerst ein Stück zurück, aber Mrs. Klein marschierte geradewegs rein. Poppy lag schlafend auf dem Bett, wie ich sie zuletzt gesehen hatte, den Daumen im Mund. Mrs. Klein beugte sich über sie, um auf ihren Atem zu horchen, und deckte sie dann zu. Ihr Mund war ein harter Strich.

»Ihr dummen Kinder.«

Sie ging durchs Zimmer und riss die Vorhänge auf.

Sie trieben es an der Wand. Trish hatte ihm die Beine um die Taille geschlungen und schrie oh oh oh, während er sie rhythmisch gegen den Backstein stieß.

Aber obwohl die Schiebetür immer noch offen stand, war die Dachterrasse leer und still.

Wir suchten in den anderen Zimmern im Obergeschoss. Von den beiden keine Spur.

»Wie heißt er?«, fragte mich Mrs. Klein. »Kannte sie ihn vorher schon?«

Ich schüttelte bedrückt den Kopf. »Keine Ahnung.«

»Hör mal, Katie«, sagte Mrs. Klein. Sie blieb auf halber Treppe stehen und drehte sich um, auf Augenhöhe mit mir. »Lass uns eins klarstellen. Du hast keinerlei moralische Verpflichtung, irgendjemanden zu schützen, weder mein Flittchen von Tochter noch deinen jämmerlichen Versager von Vater. Warum du den beiden irgendeine Loyalität entgegenbringen solltest, ist mir ein absolutes Rätsel.«

»Ehrlich«, sagte ich. »Ich weiß nicht, wo Trish ist. Zuletzt hab ich sie oben gesehen.«

Mrs. Klein schnalzte gequält mit der Zunge, sagte aber nichts mehr.

Poppys Eltern hatten ihr Schlafzimmer und ihr Bad in einem eigenen Anbau unten. Obwohl das Bett zerwühlt war und Mrs. Klein etwas vom Fußboden aufhob, auf Armlänge von sich hielt, dann in ein Zellstofftuch wickelte und das Klo runterspülte, war auch hier von Trish und Gary nichts zu sehen.

»Okay«, sagte sie. »Bleibt nur noch der Garten. Ich gehe raus, rede mit der Polizei und bringe in Erfahrung, ob sie die kleine Madame irgendwo entdeckt haben. Du bleibst hier. Wir fahren alle zusammen nach Midcombe und kommen dann gleich morgen früh wieder her, um dieses Haus von oben bis unten auf Vordermann zu bringen.« Sie marschierte in Richtung Pool, und ihre Keilsandalen knirschten über Glassplitter.

Ich brauchte frische Luft, aber mir fiel wieder ein, dass ich ja keine Schuhe anhatte. Ich konnte mich nicht erinnern, wo ich sie gelassen hatte. Hinter mir auf dem weißen Teppich war eine Spur von verwischtem Blut: meinem. Ich musste mir die Füße an den Glasscherben aufgeschnitten haben, ohne es zu merken. Sobald ich es gemerkt hatte, tat es höllisch weh. Ich humpelte nach oben, um meine Schuhe zu suchen, und ging ins Bad, um mir die Füße zu waschen und ein Pflaster aufzutreiben. Ich setzte mich auf den Klodeckel, um den Schaden zu begutachten.

»Du solltest Desinfektionslösung drauftun.«

Eine dunkle, verschwommene Silhouette bewegte sich hinter dem Wellglas der Duschkabine, und als ich aufblickte, sah ich ein Auge durch den Schiebetürspalt linsen. Trish schob die Tür ganz auf und kam heraus. Ich bemerkte, dass sie das SEX-T-Shirt falsch herum anhatte, ehe ich mich wieder über meinen Fuß beugte.

»Sind da noch Glassplitter drin? Soll ich mal gucken?«

»Nein.«

»Was ist denn?«

»Das weißt du wohl.«

»Nein, keine Ahnung.«

»Wo ist Gary?«

»Ah, darum geht's. Er ist nach Hause gegangen.«

»Und lässt dich allein mit deiner Mutter klarkommen. Wie heldenhaft.« Ich stand auf und hüpfte auf einem Bein zum Medizinschränkchen, um Desinfektionslösung zu suchen.

»Ich hab ihn ja gebeten, mich mit nach Hause zu nehmen«, sagte Trish piepsig. »Er hat gesagt, seine Mutter will das nicht.«

Ich drehte mich um. Sie saß auf dem Badewannenrand, kauerte da wie ein Vogel auf einem bereiften Zweig.

»Erwarte nicht, dass ich dich bemitleide«, sagte ich. »Wir sitzen alle in der Tinte.«

»Wer hat die Polizei gerufen?«

»Keine Ahnung. Die Nachbarn? Es war ganz schön laut.« Ich fand die Desinfektionslösung und ein Päckchen Watte und setzte mich wieder auf den Klodeckel, um mir die Füße zu betupfen.

»Alles wäre bestens, wenn die Polizei nicht gekommen wäre.«

»Bestens?«, wiederholte ich. »Spinnst du? Schau dich doch mal um. Was dachtest du, wie wir das alles je wieder so in Ordnung bringen könnten, dass Poppys Eltern nichts merken? Mal ganz davon abgesehen, dass jemand beinah verblutet wäre. *Autsch.*« Die Desinfektionslösung brannte.

»Du brauchst eine Pinzette«, sagte Trish. Sie stand auf und kramte im Medizinschränkchen. »Hier. Gib mal deinen Fuß her.« Sie kniete vor mir nieder. »Da ist ein Riesensplitter von irgendwas, siehst du? Also, entweder ich mach's, oder du lässt meine Mutter ran.«

»Mach du's«, sagte ich. Während sie mit der Pinzette in meinem Fuß herumstocherte, fielen meine Tränen auf ihren gebeugten Kopf und hingen glitzernd in ihrem dunklen Haar.

Als Mrs. Klein von ihrem Gespräch mit den Polizisten zurückkam, war sie gar nicht erfreut, dass Trish sich die ganze Zeit im Haus versteckt hatte. Sie hielt uns offensichtlich für Komplizinnen und ging davon aus, dass ich Trish schließlich überredet hatte, sich zu stellen.

Poppy hatten wir gerade so weit wachzurütteln vermocht, dass sie nach unten trotten und sich auf dem Rücksitz des Wagens zusammenfalten konnte, den Daumen wieder im Mund. Trish saß vorn und ich neben Poppy, ihre Füße auf dem Schoß.

»Wenn ihr schlecht wird, könnt ihr morgen früh alle drei auch noch das Auto putzen«, drohte Mrs. Klein. »Und was dich angeht ...« Sie drehte sich um, um auf Mrs. McClarens Kies zu wenden. »Ich fasse es nicht, dass meine Tochter so dumm sein kann. Nach allem, was ich dir erklärt habe. Hast du denn gar keine Vorstellung, was es für ein Mädchen in deinem Alter bedeutet, schwanger zu werden?«

»Nein«, sagte Trish.

»Du bist vierzehn, Trish. Gerade mal vierzehn. Was hat er mit dir gemacht?«

»Nichts.«

»Bitte.« Mrs. Klein ließ die Kupplung schnappen, und der Wagen schoss los, dass der Kies nur so spritzte.

»Er hat mich geküsst. Weiter nichts.« Ich konnte Trishs eine Gesichtshälfte klar erkennen, weil wir gerade an der Straßenlaterne am Ende der Zufahrt vorbeifuhren. Von Mrs. Klein unbemerkt, zwinkerte sie mit dem rechten Auge.

Aas.

Bei den Kleins konnte ich einfach nicht schlafen. Mrs. Klein hatte Poppy und mich in einem Gästezimmer mit zwei Betten untergebracht. Der Nachtwind kam das Tal herauf und durchs offene Fenster. Mir war abwechselnd zu heiß und zu kalt. Poppy lag im Bett neben mir und schnarchte. Vielleicht war ich ja zwischendurch ein bisschen eingedöst, aber ich sah die Vorhänge gelb erglühen, als die Sonne aufging. Mir wurde ganz elend, weil ein neuer Tag anbrach und ich mich der Tatsache stellen musste, dass ich das mit der Party und mit Gary und Trish nicht geträumt hatte.

Mein Mund war trocken, und ich musste pinkeln. Ich stieg aus dem Bett und schleppte mich den Gang zum Badezimmer entlang. Plötzlich wollte ich hier weg, ich wollte nach Hause und in meinem eigenen Bett aufwachen, als ob das die ganzen unseligen Ereignisse der letzten Nacht auslöschen könnte. Bitte lass mich noch mal neu anfangen, dachte ich. Bitte.

Ich rieb mir die heißen, wunden Füße am kühlen Porzellansockel des Klos und stellte mir vor, in der großen Küche der Kleins zu frühstücken, an dem Tannenholztisch zu sitzen, während Mrs. Klein mir starken Kaffee eingoss und mich zu überreden versuchte, weiter nach meiner Mutter zu suchen.

Nein.

Frühstück würde heißen, in Trishs selbstgefälliges, geküsstes Gesicht zu schauen, während sie ihre Cornflakes aß und dabei den Hals reckte, damit ich ihre Knutschflecken sah. Hatten sie's gemacht? Bis letzte Nacht hätte ich nie geglaubt, dass Trish sich das trauen würde, aber jetzt war ich mir nicht mehr sicher.

Ich musste nach Hause.

Ich schlich ins Gästezimmer zurück und zog die Jeans an, die ich für diesen Tag eingepackt hatte. Mein schwarzes T-Shirt stank nach Rauch, aber das orangefarbene konnte ich nicht mehr anziehen, weil ich es als Taschentuch benutzt hatte. Ich ließ meine Tasche auf dem Bett und schrieb Mrs. Klein einen Zettel, dass ich später wiederkommen würde, um ihnen aufräumen zu helfen.

Draußen war es frisch, mit hellblauem Himmel und einer Sonne, die Hitze verhieß, wenn sie erst mal höher stände. Im Garten nickten noch die letzten Rosen an den Sträuchern, und eine Amsel sang. Ich schloss die Haustür der Kleins vorsichtig hinter mir und ging raus auf das Zufahrtssträßchen. Meine Laune hob sich bereits, obwohl ich vom Schlafmangel benebelt war. Es war niemand unterwegs. Es war noch nicht mal sechs.

Ich hatte das Gefühl, dass die Amsel mich begleitete, dass sie von Baum zu Baum hüpfte, während ich von Midcombe den Hügel hinaufstapfte. Wahrscheinlich waren es mehrere Vögel, die jeweils ihren Reviergesang sangen. Im angenehm kühlen Wind stieg ich nach Green Down hinauf. Bei Tag, im Sonnenlicht, schien doch alles gar nicht so schlimm. Ich würde bald zu Hause sein, und wenn das Leben auch nie wieder ganz so werden konnte wie vor der Party, würde ich doch damit klarkommen. Ich würde Gary jeden Morgen aus dem Haus gehen sehen, zu seinem neuen Job im Steinbruch, und ich würde ihn anlächeln und ihm freundschaftlich zuwinken. Ihn zu sehen würde mir schon genügen. Tränen brannten mir in den Augen, und ich biss die Zähne zusammen, bis mir die Wangen wehtaten, um nicht zu heulen.

Vielleicht würde er nicht lange mit Trish gehen. Es machte mir nichts aus, wenn er nicht mit mir ging, solange er nur nicht mit Trish zusammen war.

Ja, ihn einfach nur von weitem zu sehen, würde mich glücklich machen. Ich war ja auch zufrieden gewesen, als sonst nichts war. Mehr konnte ich mir nicht erhoffen.

Ich erreichte die Hügelkuppe, drehte mich um und schaute auf Midcombe und das graugrüne Schindeldach der Kleins hinab. Ich würde wieder hingehen, klar, um ihnen aufräumen zu helfen. Aber ich musste in meinem eigenen Bett schlafen.

Was würde ich meinem Vater erzählen? Natürlich nicht, was wirklich passiert war. Ich würde mich leise reinschleichen, und wenn ich aufstand, würde ich ihm sagen, ich hätte bei Poppy einfach nicht schlafen können, dass ich ihn vermisst hätte. Ich überquerte die große Straße und schritt auf der anderen Seite wieder bergab, unter mir ganz Bath, golden in der Morgensonne.

Der Fußmarsch hatte den Nebel aus meinem Kopf vertrieben

und mich wach gemacht. Ich war mir nicht mehr sicher, ob ich wirklich schlafen könnte, wenn ich nach Hause kam. Irgendwas an diesem herrlichen Morgen erfüllte mich mit Optimismus. Die letzte Nacht war ein kleiner Rückschlag gewesen, mehr nicht. Im Innersten war ich jetzt überzeugt, dass ich Gary trotz allem am Ende kriegen würde.

Unsere Straße war voller langer Schatten. Es war selbst für George, den Milchmann, noch zu früh. Garys Vorhänge waren fest zugezogen. Ich dachte daran, wie es sich angefühlt hatte, als er auf der Party den Arm um mich gelegt hatte. Das wollte ich in mir bewahren, nicht das Bild von ihm und Trish. Wenn ich mich auf den Fenstersitz im ehemaligen Zimmer meiner Mutter setzte, konnte ich über die Straße schauen und mir vorstellen, wie er aussah, wenn er schlief.

Ich schloss die Haustür auf, ging rein und die Treppe rauf. Ich war in Gedanken so mit Gary beschäftigt, dass ich die Geräusche erst wahrnahm, als ich die Tür zum Zimmer meiner Mutter schon geöffnet hatte.

Ich wusste natürlich, was sie machten. Es sah nur nicht so aus, wie es in meiner Vorstellung zu sein hatte. Mein Vater war wie ein blindwütiges Tier, hielt sie umkrallt, wühlte sich regelrecht in sie hinein, grunzend, mit schweißglänzendem Rücken. Sie hatte die Augen verdreht und keuchte, flog immer wieder ruckartig in die Kissen, während er sich abplagte. Ihre Hände lagen auf seinen Schultern – warum stieß sie ihn nicht weg? Das Laken hatte sich um seine Beine gewickelt, und er strampelte es ungeschickt weg, und jetzt war unverkennbar, was da vor sich ging.

Im Bett meiner Mutter. Wie konnten sie nur?

Ich machte die Tür leise zu, ging wieder nach unten und trat hinaus in die Sonne, tränenüberströmt.

25

Der Dienstag ist Brendans Geburtstag. Brendan hat beschlossen, richtig groß zu feiern, im Lokal: nicht in unserem üblichen Pub, sondern in einem Schuppen an der A36, nicht weit von Bathampton, wo er wohnt. Disco, Karaoke, großzügig gemixte Drinks, Sonderlizenz bis zwei Uhr früh.

Ich war noch nie scharf auf Partys, aber es gibt nun mal Anlässe, wo es unhöflich wäre, nicht zu erscheinen, zumal diese Fete gleichzeitig die Weihnachtsfeier der Belegschaft darstellt. Martin hat beschlossen mitzukommen.

»Zeit, dass ich mit deinem Gary mal ein Wörtchen von Mann zu Mann rede«, sagt er, als er auf dem Gästeparkplatz aus dem Audi steigt.

»Er ist nicht *mein* Gary.«

»Umso schlimmer. Hör mal, ich will ja nicht, dass du den Kerl heiratest. Tu uns allen einfach nur den Gefallen und vögle mit ihm.«

Lichterketten hängen in den Bäumen rings um den Parkplatz, und ein illuminiertes Rentier steht auf dem Rasen. Martin hat sich fein gemacht, mit seinen besten Calvin-Klein-Unterhosen und einer roten Fliege. Vielleicht ist das ja ein Signal unter Schwulen. So etwas wie *Ich bin zu haben, kampiere aber gerade bei anderen Leuten, deshalb tun wir's besser auf dem Parkplatz.*

Wehe, er kompromittiert mich heute Abend.

»Ich will ja nicht unhöflich sein, aber wann reist du wieder ab?«, frage ich ihn und knalle die Fahrertür zu. Er zuckt die Achseln und schaut leicht verlegen drein.

»Ich dachte, du hättest vielleicht über Weihnachten gern ein bisschen Gesellschaft.«

»Weihnachten? Das ist ja noch ewig hin.«

»Ähem, nein, Kit. Es ist Ende nächster Woche. Willst du, dass ich so lange bleibe?«

Ganz schön hinterlistig. Natürlich will ich, dass Martin noch bleibt. Mein bester bester Freund etc. Aber ...

»Natürlich kannst du bleiben.«

»Fein. Ich weiß, du feierst nicht Weihnachten. Ich werde stattdessen unser Mithrasfest organisieren.«

»Welches Mithrasfest?«

»Fünfundzwanzigster Dezember. Großer Tag im mithraischen Kalender. Mithras' Geburtstag. Felsgeboren, du weißt doch.«

»Du willst mich verkohlen.«

»Rate mal, wie viele Websites ich gefunden habe, die heftig bestreiten, dass Mithraskult und Christentum etwas miteinander zu tun haben.«

»Zu viele.«

Wir marschieren über endlosen, von Flutlicht erhellten Asphalt. Wir sind vornehm spät gekommen, deshalb gab es nur ganz am anderen Ende des Platzes noch freie Parkbuchten. Es ist ein langer Fußmarsch, und meine Stilettos bringen mich jetzt schon um.

Die Tür des Etablissements öffnet sich, und heraus kommen eine Dampfwolke und ein großer, massiger Typ, der bereits seinen Hosenstall öffnet. Er erleichtert sich ins Gebüsch. Im Blinken eines Rentiers erkenne ich Ted. »Du liebe Güte. Siehst du, mit was für Typen ich zusammenarbeiten muss?«

»Das ist ein Männerding, Kit. Hochwichtiges Ritual. Mächtig trinken und dann den Erdboden wässern. Das tun wir alle.«

»Aber nicht ganz so öffentlich.«

»Du wirst mich doch hoffentlich mit dem Herrn bekannt machen?«

Ted verschwindet wieder durch die Kneipentür, ohne uns zur Kenntnis zu nehmen. Wir folgen ihm.

Der Hauptraum ist gerammelt voll, der Lärm ohrenbetäubend. Es riecht erschlagend nach Bier, Rasierwasser und nicht ganz frisch gewaschenen Socken. Einige Ehefrauen und Freundinnen sind da – Rosie steht mit Huw drüben an der Bar –, aber die meisten im Team wohnen nur vorübergehend hier und haben ihre Frauen in Wales, Cleveland oder im Forest of Dean gelassen.

»Was zu trinken?«, überschreie ich den Krach.

Martin mustert das Gedränge an der langen Mahagonibar. »Ich hol uns was.«

»Weißwein, bitte«, sage ich.

»Und unsere Vereinbarung? Außerdem kriegst du hier sowieso nur Essig.«

»Okay. Dann Bitter Lemon. Groß.«

Unsere Vereinbarung ist, dass ich fahre. Üblicherweise würde ich mich ja auch noch nach ein, zwei Gläschen Wein ans Steuer trauen, aber ich habe Martin versprochen, nichts Alkoholisches zu trinken. Er ist ein sehr nervöser Beifahrer. Es ist auch kein Problem, nachdem ich jahrelang Nick kutschiert habe. Ich hasse Partys so sehr, dass nicht mal Alkohol sie erträglicher macht.

Während sich Martin zur Bar durchzwängt, die Ellbogen ausgefahren wie ein Schwimmer, der sich durch die Brandung kämpft, halte ich Ausschau nach jemandem, mit dem ich mich unterhalten kann. Rosie ist zu weit weg, von Gary keine Spur. Drüben bei der Jukebox erkenne ich Brendans Schnurrbart, aber er ist von Teds Team umringt.

»Hallo«, sagt eine Stimme zu nahe an meinem Ohr.

»Hallo, Dickon.«

Ich habe Dickon noch nie in Schale gesehen. Er trägt von Kopf bis Fuß Schwarz – schlecht sitzendes Stehkragenhemd, maßgeschneiderte Hose –, und mit seinen krummen Schultern sieht er aus wie ein heruntergekommener Pfarrer.

»Sie sehen toll aus, Kit. Starker Pulli. Ist das ein so genanntes Bardot-Top?«

Ausnahmsweise mal ruht sein Blick nicht auf meinem Busen, sondern betastet meine bloßen Schlüsselbeinmulden über dem roten Mohair. Ich wünschte jetzt, ich hätte nichts Schulterfreies angezogen. Sein Blick erinnert mich an tastende Finger.

Martin ist immer noch an der Bar. Ich sehe sonst niemanden, der mich retten könnte.

»Ist Ihre Frau auch hier?«, frage ich hoffnungsvoll.

»Guter Gott, nein. Viel zu weit von London hierher, selbst wenn sie keinen Dienst hätte. Sie ist Krankenschwester am Middlesex.« Er nimmt einen Schluck von seinem Bier. »Nichts zu trinken, Kit? Kann ich Ihnen irgendwas holen?«

»Mir holt schon jemand was.« Aus dem Augenwinkel sehe ich Martin mit hoch erhobenen Gläsern durchs Gedränge zurückwaten.

»Oh«, sagt Dickon. »Und wer ist dieser Jemand? Der große Unbekannte?« Er beugt sich vor, und ich spüre seinen Atem an meinem Hals. »Sagen Sie nicht, Sie haben sich wieder mit Ihrem Freund versöhnt.«

»Ehrlich gesagt, doch«, sage ich gerade in dem Moment, als Martin bei uns ankommt. »Martin, das ist Dickon. Er ist unser Archäologe.«

»Ach, tatsächlich?«, sagt Martin und reicht mir mein Bitter Lemon. »Ich bewundere jeden, der es schafft, bei der Rettungsarchäologie zu bleiben. Wie deprimierend das sein muss, sich ständig die Bürotürme anzuschauen und zu denken: Ich weiß, was da drunter war und was jetzt alles futsch ist. Wir Elfenbeintürmler haben es da wirklich leichter. Sorry, Kit hat einfach kein Benehmen. Martin Ekwall, Dozent für Archäologie an der Sussex University.«

Dass sein Gegenüber auch Archäologe ist, scheint Dickon etwas aus der Fassung zu bringen.

»Na ja«, sagt er, »ich habe auch schon einige Stätten retten können.«

Gerade eben sehe ich Gary reinkommen. Er blickt sich um, hat mich nicht gesehen. Jetzt kämpft er sich durchs Gedränge in Richtung Bar, zu Rosie und Huw. Ich hole ihn gerade noch ein, bevor er dort ankommt. »Hi.«

»Oh. Hi.« Er studiert meine bloßen Schultern über dem Mohair. Sagt nichts, guckt nur.

Und dieser Blick genügt. Es ist wie damals auf der Party bei Poppy. Ich könnte wochenlang von diesem Blick zehren. Ich blicke zurück. Wir sind inmitten der brüllenden Menge eingezwängt. Ich sehe nichts außer ihm, der mich genauso anschaut wie ich ihn. Wir könnten ewig hier so eingeklemmt bleiben.

Er fasst mich am Ellbogen, wie er's schon öfter getan hat, um mich durch einen Raum zu dirigieren, und Stromstöße schießen mir durch den Arm. Irgendwie sind wir an der Bar angelangt.

»Hallo!«, schreit Rosie. »Schick sehen Sie aus, Kit. Toll, die Samthose.«

»Das Karaoke geht gleich los«, sagt Huw. »Machen Sie mit, Gary? Wie wär's mit Ihrem Noel Gallagher?«

»Keine Chance«, sagt Gary. Er hat die Hand nicht von meinem Arm genommen. »So was überlasse ich Brendan.«

»Und Sie, Kit?«

»Wohl kaum.« Tatsächlich könnte ich Annie Lennox an die Wand singen, jetzt, da ich den sanften Druck von Garys Finger durch den Mohair spüre. Ich hätte den Ellbogen nie für eine erogene Zone gehalten, aber mein ganzer Arm pocht. Ich trete näher an ihn heran, bis mein Bein seins ganz leicht berührt.

»Was zu trinken, Gary?«

»Ein Wasser tut's.«

»Sie sind aber brav«, sagt Rosie. »Ein Gläschen würde schon nichts schaden.«

»Nicht heute Abend. Zu glatt da draußen.«

Martin zwängt sich zu uns durch. Als er bei uns ankommt, löst sich Garys Hand von meinem Arm.

Im Hauptraum steht Brendan mit ziemlich rotem Gesicht auf der Bühne und gibt einen miserablen Bruce Springsteen. Er hat das Hemd ausgezogen und schwingt es um den Kopf wie ein dementer Stripper. Sein bleicher Bauch wabbelt. Der Rest des Raums brüllt mit, *tramps like us, baby, we were born to run*.

Das Lokal ist ein Karnickelbau aus Nebenräumen und Nischen, also ist es uns gelungen, dem schlimmsten Krach zu entkommen, nicht aber den sporadischen visuellen Attacken von Brendans teigigem, schweißnassem Fleisch, das unter den Bühnenspots abwechselnd pink und gelb aufleuchtet. Gary hört Ruperts Erläuterungen, wie das Weibchen der Großen Hufeisennase seine Jungen säugt, höflich zu.

Martin habe ich aus den Augen verloren, bis ich ihn im Nachbarraum erspähe. Er scheint in angeregtem Gespräch mit einem alten Knaben, dessen rot geäderter Zinken sich gelegentlich ins Blickfeld schiebt. Martin sieht mich rübergucken und winkt mir. Das Karaoke wird leiser, als ich um die Ecke biege, welch ein Segen. Ich wette, hierhin flüchten sich an Partyabenden die armen Stammgäste. Es gibt hier ein Kaminfeuer und drei, vier Tische, von denen einer besetzt ist.

Martin und der alte Knabe hocken an der Bar. »Kit, das ist Roger Morrissey. Er hat früher in Green Down gewohnt.«

Morrissey lächelt mich an und streckt mir höflich die Hand hin. Er ist in Wirklichkeit gar nicht so alt, vielleicht Ende fünfzig oder höchstens sechzig, mit schütterem weißem Haar und dem ledrigen Gesicht eines Menschen, der sich viel im Freien aufgehalten hat. Unter seinem einen Auge zuckt permanent ein Muskel. »Kenn ich Sie vielleicht? Ihr Gesicht kommt mir vertraut vor.«

»Kann nicht sein«, sage ich, setze mich auf einen Barhocker und genieße die relative Stille. »Ich bin erst seit ein paar Wochen hier in der Gegend.«

»Sie sind wegen Martin hergekommen? Wie nett.«

»Nein, Kit arbeitet an den Stabilisierungsmaßnahmen mit«, sagt Martin geduldig. Roger nickt und denkt wohl, ich habe einen Sekretärinnenjob.

»Roger war beim Wasserwerk«, erklärt Martin. »Aber das Spannende ist – er kennt die Minen.«

Zuerst kapiere ich nicht, was *daran* spannend sein soll. Wir sind in einer Kneipe voller Leute, die die Minen kennen, die jeden Tag dort runtergehen. Dann fällt der Groschen. Dieser Typ muss noch zur Schule gegangen sein, als die Minen in den frühen sechziger Jahren zugemauert wurden.

»Sie sind einer von den verirrten Jungen«, sage ich, bevor ich mich bremsen kann.

1963, als Roger Morrissey fünfzehn war, drang er eines Oktobernachmittags mit drei anderen Jungen in die Steinminen ein. Es war nicht ganz so, wie Mrs. Owen und andere Leute es später erzählten. Die Jungen verirrten sich zwar, kamen aber lebend wieder heraus. Einer erlitt einen Beinbruch, aber ansonsten war ihnen nichts passiert. Danach wurden alle bekannten Mineneingänge zugemauert und versiegelt.

Die Unter-Tage-Steingewinnung wurde um die Mitte des neunzehnten Jahrhunderts weitestgehend eingestellt, und von den offenen Steinbrüchen wie Crow Stone gab es zu Beginn des Zweiten Weltkriegs ebenfalls nur noch einige wenige. Vor den Eingängen zu den stillgelegten Stollen waren jetzt Tore, Gitter und Vorhängeschlösser, aber das hatte die Jungen aus der Gegend noch nie davon abgehalten, irgendwie reinzukommen. Roger und einer der anderen, sein bester Freund Paul, waren schon oft in den Minen gewesen. Sie hatten wahrscheinlich all jene Kavernen und Passagen erforscht, wo wir jetzt die Schutzgänge bauten. Ihr bevorzugter Weg in das Stollensystem war der Eingang zur Stonefield-Mine, wo Ruperts Fledermäuse nisten.

»Für uns waren diese Stollen unsere Räuberhöhle, als wir noch kleiner waren«, sagt Roger. »Sie wissen ja, wie Jungs sind. Wir haben unsere geheimen Besitztümer dort aufbewahrt, Zigarettenbildchen, Glückscricketbälle und so was.«

»Haben Sie den Troll dort gelassen?«

»Troll?«

»Das Püppchen mit den langen Haaren. Und den Vogelschädel.«

Roger schüttelt den Kopf.

»Daran kann ich mich nicht erinnern. Aber in den Minen haben sich viele Kinder rumgetrieben. Die meisten kamen auf demselben Weg rein wie wir, durch die Stonefield-Mine. Wir waren sicher nicht die Einzigen, die dort Sachen deponiert haben.«

An dem bewussten Oktobernachmittag waren Roger und Paul schon eine ganze Weile nicht mehr unter Tage gewesen. Sie waren mittlerweile fünfzehn und hielten nichts mehr von Höhlen und Banden und jenen Spielen, die sie früher dort unten gespielt hatten. Vielleicht hätten sie ja später neue Verwendungszwecke für die Stollen und Kavernen entdeckt: Einen Ort, wohin man Mädchen bringen konnte, um ihnen Angst zu machen, ehe man ihnen an die Wäsche ging, oder wo man ungestört Gras rauchen konnte. Der einzige Grund, warum sie sich an diesem Samstagnachmittag dort unten aufhielten, bestand darin, dass Pauls Cousin Trev und dessen Freund Johnny aus Bristol zu Besuch waren und Paul und Roger bearbeitet hatten, sie in die Minen mitzunehmen.

Doch als sie an den Eingang zur Stonefield-Mine kamen, war da nicht wie sonst ein Gatter aus Holz und Draht, das man leicht beiseite heben konnte. Der Eingang war zugemauert, bis auf einen Spalt ganz oben, gerade groß genug für die Fledermäuse: viel zu klein für fünfzehnjährige Jungen.

Wenn sie aufgegeben hätten und nach Hause gegangen wären, um stattdessen Pauls Beatles-Platten zu hören, wäre alles anders gekommen. *Alles*. Paul hätte sich kein Bein gebrochen, die Minen wären nicht noch im selben Jahr allesamt zugemauert worden, und mein Leben wäre ganz anders verlaufen. Aber statt nach Hause zu gehen, waren sie auf dem alten Viehweg den Berg hinabmarschiert, den Martin und ich am Sonntag entlanggingen.

»Bedienen Sie sich«, sagt Martin und schiebt Roger die Chipstüte hin. »Also hatten Sie die Rabensymbole in den Minen schon gesehen, als Sie kleiner waren?«

»Bestimmt ein Dutzend haben Paul und ich in die Wände geritzt«, erklärt Roger. »Wir hatten mal so einen Vogel an einer Säule gesehen, mit dem Dingsda, diesem Stabdings, das Sie mir eben aufgezeichnet haben ...«

»Caduceus«, sagt Martin.

»Meinethalben. Wir dachten, es sei ein Zeichen der Bergarbeiter. Und wir nahmen es als unser geheimes Bandenzeichen. Aber inzwischen waren wir für so was zu groß, und an jenem Nachmittag wollten wir Johnny und Trev nur ein kleines Stückchen mit reinnehmen. Da wir durch Stonefield nicht reinkamen, dachten wir, wir könnten ihnen ja die stillgelegten Über-Tage-Steinbrüche im Wald droben bei der Vinegar Farm zeigen.«

»Wo wir am Sonntag spazieren gegangen sind, Kit«, sagt Martin, der ja nicht ahnen kann, dass ich die Gegend hier wie meine Westentasche kenne.

»Dort oben gab es noch einen ein Eingang«, fährt Roger fort. »Ein altes Mundloch in einer ehemaligen Steinbruchwand. Im Sommer ganz von Kletterpflanzen überwuchert, wir wussten gar nicht, dass es da war, waren noch nie dort reingegangen. Es gibt Dutzende solcher Einschlupflöcher, man muss nur zufällig drauf stoßen –, und genau das taten wir an dem Nachmittag. Oktober, da war ja alles schon abgestorben. Wir trieben uns an einer Stelle im Wald rum, wo wir gewöhnlich nicht hingingen. Paul entdeckte es und dachte sich gleich, was es war, und rief uns, und wir rannten alle hin.«

Sie schlugen die Brennnesseln vor dem Stolleneingang mit Stöcken nieder, rissen die Reste der Ranken weg und legten das niedrige, bogenförmige Mundloch frei. Sie hatten Taschenlampen dabei, drei Stück zu viert, und bei einer tat es die Birne nicht mehr richtig. Es war schon später, als sie gedacht hatten, und die Sonne sank schnell. Keiner von ihnen hatte je von hier aus die Minen betreten.

Aber jemand anders hatte es getan.

»Sie wissen ja, wie es dort drinnen ist«, sagt Roger. Der Muskel unter seinem Auge zuckt schneller. Ich spüre einen Druck am Ellbogen. Gary ist zu uns gestoßen, er hört genauso gespannt zu wie Martin und ich. Ich lehne mich an ihn, erwidere den Druck mit der Schulter. Er fühlt sich warm und stabil an. »Man geht um die Ecke, und plötzlich ist man in einer riesigen Kaverne, von der alle möglichen Stollen abzweigen, Wände hier, Simse da ... Das Problem war, wir waren noch nie auf dem Weg reingegangen, verstehen Sie? Wir landen in diesem gähnenden Hohlraum, wo der Boden ganz flach ist und mit Abraumgestein aufgeschüttet und ausgeglichen, und das Erste, was wir sehen, ist dieser Altar.«

Martin beugt sich vor. »Altar?«

»Na ja, Pseudoaltar oder was. Es sah aus wie ein Altar, mit einem Tuch drauf und zwei Kerzen und all diesen ... na ja, Opfergaben.«

Martin guckt verdutzt. Das entspricht nicht seiner Vorstellung von einem Mithrastempel. Aber ich weiß genau, wovon Roger spricht.

»Und Sie kommen nie drauf, was das für Opfergaben waren.«

Martin kneift die Augen zusammen, denkt, er wittert es eine Meile gegen den Wind.

»Fotoapparate. Gottverdammte Fotoapparate. Leicas und Nikons und alte Box Brownies. Alle Marken, die man sich vorstellen kann, so aufgebaut, dass sie uns anguckten wie lauter Augen.«

Gary drückt jetzt meinen Arm. Er kann gar nicht ahnen, wie beruhigend das ist.

»Da gab es diesen Kerl, den sie den Kamera-Mann nannten, wissen Sie? Ein alter Landstreicher, der sich im Winter in den Minen verkroch und der einen Kameratick hatte. Brach immer in Fotogeschäfte im Ort ein und klaute welche. Und manchmal auch aus Privathäusern. Wir hatten alle schon von ihm gehört, es war so eine Geschichte, die überall die Runde machte. Aber wir waren noch nie auf eins seiner Verstecke gestoßen, weil wir noch nie in diesen südlichen Stollen gewesen waren.«

Er guckt in die Runde, weiß, dass er uns alle am Haken hat. »Dort hauste der Kamera-Mann nämlich. Er hatte uns wohl kommen gehört und sich versteckt, aber als er uns vor seinem Beutelager stehen sah, muss er wohl einen Schreck gekriegt haben, denn im nächsten Moment stürzte etwas durch die Höhle auf uns zu, in lauter dunkle, alte Lumpen gehüllt wie ein Wesen aus einem Horrorfilm. Es war nur der Kamera-Mann, der da auf uns zu kam, nicht der Fluch der Pharaonen! Aber in dem Moment konnte keiner von uns klar denken und wir rannten weg. In verschiedene Richtungen.

Johnny, Trevs Freund aus Bristol, ist der Einzige, der es aus dem Stollenausgang herausschafft und im Wald landet. Er hat zu viel Schiss, um wieder reinzugehen, irrt ein bisschen im Wald herum, stößt schließlich per Zufall auf eine Telefonzelle an der Straße und ruft die Polizei an. Natürlich glauben die ihm zuerst nicht. Sie denken, es ist ein Jugendlicher, der sich einen Jux erlaubt und ihnen irgendwas von Geistern in unterirdischen Gängen erzählt.«

»Aber was haben Sie und die anderen gemacht?«, fragt Martin. »Wer hatte die Taschenlampen?« Er erinnert sich wohl, was es für ein Gefühl war, als in den Minen plötzlich das Licht ausging.

»Eine hatte ich«, sagt Roger. »Trev war bei mir, und wir dachten, wir würden in dieselbe Richtung rennen wie Paul, waren uns aber nicht sicher. Wir hatten keine Ahnung, wo wir waren und wo es raus ging, und obwohl mir inzwischen klar war, dass wir keinen

Geist gesehen hatten, sondern nur den Kamera-Mann, wollte ich doch nicht zurückgehen und ihn nach dem Weg fragen. Es gingen ja noch andere Geschichten über ihn um, darüber, warum er seinen Job verloren hatte und so verrückt geworden war und warum er Kameras so liebte. Und ich wollte lieber nicht rausfinden müssen, dass sie wahr waren.«

»Ich dachte, er litt an gebrochenem Herzen«, sage ich. »Weil ihn irgendeine Frau verlassen hatte.«

Roger lacht. »Wie haben Sie von ihm gehört?«

»Dorfklatsch«, sage ich – was ja schließlich auch stimmt.

»Also, was war dann?«, fragt Martin ungeduldig. »Wie sind Sie wieder rausgekommen?«

»Na ja, als Nächstes hören wir ein Stöhnen. Trev will in die andere Richtung abhauen, aber ich denke, vielleicht ist es ja Paul, der sich was getan hat. Rufen wollen wir nicht, falls der Kamera-Mann hinter uns her ist, aber wir versuchen festzustellen, wo das Geräusch herkommt, und gehen ihm nach. Wie sich rausstellt, kommt es von hinter einem großen Gesteinshaufen, was mir einen Heidenschrecken einjagt – ich dachte zuerst, die Stollendecke sei auf ihn runtergebrochen, aber dann merkte ich, es war altes Gestein, das schon vor längerer Zeit runtergekommen war. Wir brauchten eine Weile, um einen Weg drumherum zu finden – ein Wunder, dass Paul es beim Rennen geschafft hatte, muss reines Glück gewesen sein, dass er sich nicht schon auf dieser Seite irgendwas getan hatte. Aber auf der anderen Seite waren ein Durchgang und ein paar Stufen, die runterführten, und da lag Paul. War wohl mit Karacho durchgerannt, auf den Stufen gestolpert, weil er nicht drauf gefasst war, und in so eine verflixte Grube auf der anderen Seite gefallen. Und dabei war sein Bein durchgeknackt wie ein dürrer Zweig.«

»Diese Grube«, sagt Martin. »Wie tief war die?«

»Nicht sonderlich tief«, sagt Roger. »Es waren zwei Löcher, eins rechts und eins links, gleich hinter der Tür.«

»Sonst noch was?«

»Konnte nicht viel sehen. Unsere Taschenlampe war inzwischen schon ein bisschen schwach, und die von Paul war kaputt. Aber da waren so was wie Steinbänke auf beiden Seiten. Bemalte Wände. Und in einer Ecke war noch ein Stück Decke runtergekommen.«

»Womit waren die Wände bemalt?«

»Wenn ich ehrlich bin«, sagt Roger. »Das weiß ich nicht mehr.«

»Sie wissen es nicht mehr?« Martin ist entsetzt. Da hat er jemanden gefunden, der vielleicht einmal in ein noch unentdecktes Mithräum gestolpert ist, und der Kerl hat sich nicht mal gemerkt, was an den Wänden war.

»Ich war mehr mit meinem Freund beschäftigt«, stellt Roger mit einer gewissen Würde fest. »Er hatte schlimme Schmerzen. Der Knochen hatte sich durch die Haut gebohrt, da war Blut und so. Ich dachte, ein Kinderschänder sei hinter uns her, und wollte nur irgendwie raus.«

»Mehr als eine Kammer?«, fragt Martin fast schon flehend.

»Kann sein. Es war zu dunkel, um am anderen Ende irgendwas zu erkennen.«

»Sonst noch was, woran Sie sich erinnern?«

»Kein Fitzelchen. Trev und ich haben Paul irgendwie hochgehievt, sodass er auf einem Bein zwischen uns hing, und ihn dann geschleppt und getragen, so gut es uns möglich war. Ich dachte, das wäre auch so ein Lieblingsort des Kamera-Manns – bin gar nicht auf den Gedanken gekommen, dass es irgendwas anderes sein könnte.«

»Aber Sie müssen doch Leuten davon erzählt haben, als Sie wieder draußen waren! Warum sind die nicht reingegangen und haben danach gesucht?«

Roger schüttelt den Kopf. »Hab Ihnen doch schon gesagt, ich dachte damals nicht, dass es irgendwas Besonderes war. In diesen Minen gab es doch alle möglichen komischen Ecken und Winkel, die Frühstückskauen der Bergleute, die Plätze, wo sie ihr Werkzeug aufbewahrt hatten, jede Menge altes Zeug, das zurückgelassen worden war, als die Minen stillgelegt wurden. Ich wollte Paul da rausbringen, weil ich nicht in einem Blindstollen gefangen sein wollte, wenn der Kamera-Mann doch noch kam. Wir schleppten ihn um die eingestürzte Stelle zurück und waren in einer riesigen Kaverne.

Konnten nicht sehen, wie weit sie ging. Die Decke war an mehreren Stellen runtergekommen.«

»Instabile Zone«, erklärt Gary. »Wenn erst mal eine Säule wegbricht – Dominoeffekt.«

»Kann sein«, sagt Roger. »Jedenfalls dachte ich, es wäre das Beste, immer weiter zu gehen und zu hoffen, dass wir irgendwann an eine Stelle kämen, die wir wiedererkannten.«

»Was meint ihr?«, fragt Martin Gary und mich. »Eine instabile Zone? Eine Höhle mit mehreren Deckeneinstürzen? Das müsstet ihr doch identifizieren können.«

Aber Gary schüttelt den Kopf. »Stimmt mit nichts überein, was wir gefunden haben«, sagt er. »Entweder sind es in Rogers Erinnerung mehr Deckeneinbrüche, als es wirklich waren, oder es könnte auch ein Bereich sein, auf den wir nicht gestoßen sind, weil er inzwischen ganz eingestürzt ist. Das war doch alles über dreißig Jahre vor unseren Bohrungen und Vermessungen.«

»Und Sie sind sicher, dass es im südlichen Sektor war?«, frage ich. »Wie weit nach Norden waren Sie gegangen?«

»Nicht weit von der Stelle«, sagt Roger. »Aber genau kann ich's nicht sagen – ist lange her, und wir haben nicht richtig aufgepasst, wo wir hingerannt sind. Deshalb haben wir uns ja verirrt.«

»Wie sind Sie denn schließlich rausgekommen, Roger?«, fragt Martin.

»Wir sind immer weiter gegangen, bis die Taschenlampenbatterie leer war«, fährt Roger fort. »Haben aber immer noch nichts wiedererkannt. Dann haben wir uns einfach hingesetzt und auf Rettung gewartet.«

»Sie müssen ja eine Scheißangst gehabt haben«, sagt Martin.

»Komischerweise gar nicht mal. Ich hab keine Sekunde dran gezweifelt, dass wir gerettet werden würden. Wir waren ja schon so oft dort unten gewesen, es war eher so was wie ein Abenteuer. Ich war mir ganz sicher, dass uns jemand finden würde. Ich habe nur gehofft, dass es nicht der Kamera-Mann wäre. Na ja, jedenfalls ist es Johnny schließlich gelungen, die Polizei davon zu überzeugen, dass es kein Jux war, und die sind rausgefahren, allerdings immer noch ein bisschen misstrauisch, ob sie nicht doch veräppelt wurden, weil Johnny nicht mal Pauls oder meinen Nachnamen wusste, geschweige denn unsere Adressen – er war ja mit Trev per Bus aus Bristol gekommen und hatte keine Ahnung, wo wir wohnten.« Er reibt sich die Stelle unterm Auge, wo der Muskel immer noch zuckt. »Nein, mit der Angst krieg ich's erst jetzt ... ich wache manchmal nachts auf und denke, was hätte passieren können.«

Er legt die Hand wieder auf die Theke: Sie zittert. Ich habe den Impuls, meine Hand auf die seine zu legen, weil ich weiß, wie er sich fühlt, aber ich will ihn nicht in Verlegenheit bringen.

»Erst als meine Mum sich Sorgen machte, weil ich zum Abendbrot nicht aufgetaucht bin, und mit Pauls Mum telefoniert hat und sie dann beide bei der Polizei angerufen haben, da war dann klar, dass an Johnnys Geschichte wohl doch was dran sein musste.« Er zieht ein Taschentuch heraus und wischt sich den Augenwinkel. »Aber sie wussten ja nicht, wo er in die Mine reingegangen war, und er wusste es auch nicht, hatte ja keinerlei Orientierung. Er konnte der Polizei nur sagen, dass es in einem Wald gewesen war, also sind sie rauf nach Paradise Woods, auf der Nordostseite, meilenweit weg von da, wo wir reingegangen waren, auf der Südseite, und sind durch das Mundloch dort rein, obwohl es mit einem Vorhängeschloss zugesperrt war und eindeutig nicht die richtige Stelle sein konnte. Und dann haben sie sich selbst verirrt. Sie mussten sich wieder sammeln und auf einen alten Bergarbeiter warten, der sich noch einigermaßen in den Minen auskannte. Aber auch der kannte nicht das ganze System, nur den Bereich, wo er gearbeitet hatte. Aber irgendwann haben sie dann wohl doch einen Durchgang gefunden – all diese Tunnel hängen ja irgendwie zusammen und wir waren selbst eine ganz schöne Strecke weit gestolpert. Es stellte sich heraus, dass wir ziemlich weit westlich abgekommen waren, nahe beim Stonefield-Eingang, ohne es im Dunkeln zu merken. Erst um drei Uhr morgens hörten wir sie schließlich von fern rufen. Und wir haben zurückgerufen und schließlich haben sie uns dann gefunden und rausgebracht.«

»Und danach wurden die Stollen zugemauert«, sage ich.

»Jep«, sagt er. »Dann wurden alle Zugänge, die sie finden konnten, endgültig zugemacht. Bis auf …«

Dieses Engegefühl in meiner Brust. Das Kaminfeuer verströmt Hitze. Plötzlich ist es ganz stickig im Raum. Ich muss hier raus, ehe er weiterredet.

»Ich hole mir nur schnell Zigaretten«, sage ich, bevor er seinen Satz zu Ende bringen kann. »Sind alle. Sorry. Erzählen Sie ruhig schon mal weiter. Gibt es hier irgendwo einen Automaten?«

»Ums andere Ende der Bar herum«, erklärt Roger. »Wo der Pfeil zu den Toiletten ist. Dort draußen im Gang. Ist wirklich komisch, ich bin mir sicher, ich hab Sie schon mal gesehen. Oder – haben Sie eine Tochter?«

»Ich habe zuerst in dem Hotel am Wehr gewohnt, als ich hierher gekommen bin«, sage ich. »Gleich hier an der Straße. Vielleicht haben Sie mich ja dort gesehen.«

Als ich an der Karaoke-Bühne vorbeikomme, schmettert Ted gerade Tina Turners *What's Love Got To Do With It*? Irgendwas sieht komisch aus. Mein Gott. Er trägt ein Kleid, ein Glitzerkleid, tief dekolletiert, kniekurz und viel zu eng. Wie gruselig.

Der Zigarettenautomat befindet sich auf der Mitte des Gangs, zwischen dem Damenklo und dem Herrenklo am anderen Ende. Ich habe ein fast volles Päckchen in der Handtasche, werfe aber trotzdem Münzen ein und wähle Marlborough. Als das Päckchen ins Ausgabefach fällt, beuge ich mich vor und lehne den Kopf an den Automaten.

Hinter mir schwingt die Tür zum Barraum auf und lässt einen weiteren Schwall Karaoke heraus. Ted/Tina erklimmt gerade eine Tonhöhe, die ich einem Mann von dieser Statur niemals zugetraut hätte.

Gary zieht mich von dem Automaten weg und dreht mich zu sich um. Meine Hand rollt sich in seiner zusammen wie ein Tier, das sich tot stellt. Er sieht mir unverwandt ins Gesicht, und langsam lösen sich meine Finger, einer nach dem anderen. Dann führt er meine Hand an seinen Mund und saugt an meinem Mittelfinger.

Ein Stromstoß schießt durch meinen Körper, heiß, kalt, weiß, rot, hart, flüssig, alles auf einmal. Ich kann den Blick nicht von ihm lösen. Seine Zunge gleitet um meinen Finger, leckt ihn von oben bis unten, in kleinen feuchten Kreisen. Seine Lippen öffnen und schließen sich sanft, und mein Finger gleitet über seine Zähne, rein und raus. Ich kann nicht sagen, wer den Finger bewegt – er oder ich. Alles, was mit dem Finger passiert, geht durch meinen ganzen Körper.

Die Tür zum Männerklo geht auf. Dickon kommt raus, mit nassen Stirnhaaren, als ob er gerade das Gesicht unter den Wasserhahn gehalten hätte. Vorn an seinem Pfarrerhemd hängen Tröpfchen. Seine Augen werden riesengroß, als er uns erblickt.

Gary beobachtet, wie mein Blick zu Dickon hinüberhuscht, aber er schaut weiter mich an. Er zieht meinen Finger aus seinem Mund und lächelt.

Wir versperren den Gang. Dickon versucht, sich hinter Gary durchzuquetschen.

»Sorry, Dick«, sagt Gary. »Ich steh Ihnen im Weg.« Er tut einen Schritt nach vorn, und sein Körper presst sich leicht an den meinen. Ich kann mich gerade noch davon abhalten, ihn zu packen und fest an mich zu ziehen, Dickon hin oder her.

Über Garys Schulter sehe ich, wie Dickon mich verächtlich anstarrt. Als er gerade an der Tür zum Barraum ist, geht sie wieder auf.

»Gott sei Dank«, sagt Brendan. »Gary. Ich habe Sie überall gesucht. Haben Sie was getrunken?«

Brendan hat es offensichtlich getan. Er ist rot im Gesicht, mit rot geäderten Augen und feuchtem Schnurrbart, und an seinem Hemdkragen klebt Lippenstift.

»Nein«, sagt Gary. Er lächelt nicht mehr. Diese Frage kann nur eines heißen.

»In der Mine ist der Alarm losgegangen«, sagt Brendan. »Jemand muss da runter.«

Ich hole meine Arbeitsausrüstung aus dem Kofferraum, und wir gehen alle drei zu Garys Geländewagen. Martin habe ich meine Autoschlüssel dagelassen, für den Fall, dass uns diese Alarm-Geschichte die ganze Nacht auf Trab hält. Brendan besteht darauf mitzukommen, obwohl er in dieser Verfassung nicht mit runtergehen kann.

Von Bathampton nach Green Down dauert es gewöhnlich mindestens eine Viertelstunde. Gary schafft es in fünf Minuten. Zum Glück ist es nach Mitternacht, kaum jemand unterwegs. Ich sitze zusammengekrümmt auf dem Beifahrersitz und versuche, meine Stiefel zu schnüren, ohne mich mit dem Sicherheitsgurt zu strangulieren. Ich bin mir seiner Gegenwart schmerzlich intensiv bewusst, während er den Hügel mit heulendem Motor im dritten Gang hinaufjagt. Wenn ich dran denke, fühle ich immer noch Garys Zunge um meinen Mittelfinger gleiten. Hinten jammert Brendan, wie er nur so blöd sein konnte, alle zu seiner Geburtstagsparty einzuladen. Er hätte doch wissen müssen, dass gerade dann etwas schief liefe, wenn jeder, der dafür qualifiziert sei, irgendwas zu unternehmen, sternhagelvoll sei und deshalb nicht nur nicht unter Tage gehen könne, sondern es auch gar nicht dürfe.

»Seien Sie still, Brendan«, sagt Gary. »Wir wissen ja noch gar nicht, was los ist. Dieses System gibt doch dauernd blinden Alarm. Oder vielleicht ist es ja auch ein Kurzschluss. Und weder Kit noch ich haben irgendwas getrunken, also können wir runtergehen und es zu zweit klären.«

»Und wenn es eine Untersuchung gibt?«, fragt Brendan. »Herrgott, die hängen mich am nächstbesten Fördergerüst auf.«

»Es wird keine Untersuchung geben«, sage ich. Ich muss immerzu daran denken, wie sich Garys Körper an mich gepresst hat, als Dickon sich vorbeizwängte, und mir ist schon fast schlecht vor Erregung. Aber verdammt noch mal, Brendan hat Recht, es könnte ein Notfall sein. »Wenn es ein größerer Einsturz wäre, hätte gleich die Polizei auf der Matte gestanden. Der Einzige, von dem wir's gehört haben, ist doch der Wachmann.«

Es muss ja kein Einsturz sein. Alles Mögliche kann den Alarm ausgelöst haben. Ein Eindringling. Im Extremfall sogar eine von Ruperts verflixten Fledermäusen, die zu früh aufgewacht ist. Oder jemand, der oben in seiner Küche ein Stepptänzchen aufgeführt hat.

Mikroseismische Messungen sind ja prima in den tief gelegenen Minen im australischen Outback, wo das Schwerste, was sich je an der Oberfläche bewegt, ein hüpfendes Känguru ist, aber in einer urbanen Umgebung fand ich es immer schon heikel.

»Kann Marcus nicht ausfindig machen, wo es ist?«, fragt Gary.

»Er sagt, das ganze System spielt verrückt.«

»Bestimmt nur was an der Elektronik, Brendan.«

Trotzdem müssen wir runter und nachsehen.

Wir halten vor dem grünen Zaun. Marcus kommt aus seinem Wachhäuschen geflitzt und hebt die Schranke. Der Geländewagen holpert durch.

Aus dem Wachhäuschen kommt ein leises, aber beharrliches Wuup-Wuup-Wuup. Alle Lichter auf dem Gelände sind an. Unter den großen Flutlichtlampen hängt Nebel, und wie immer scheint sich über dem Schacht Dunkel zu konzentrieren.

Gary verschwindet mit Mike im Wachhäuschen. Brendan tigert auf und ab. Ich stehe am Trittbrett des Geländewagens und binde endlich meine Schnürsenkel ordentlich zu.

Das Wuup-Wuup bricht ab.

»Ich bin sicher, es ist was Elektrisches«, sagt Gary, der jetzt wieder aus dem Wachhäuschen kommt. »Brendan, gehen Sie da rein und rufen Sie trotzdem die Polizei an, für alle Fälle. Bei denen sind wahrscheinlich schon Beschwerden wegen der Festtagsbeleuchtung eingegangen. Kit und ich gehen runter und sehen nach, was los ist. Wir gehen sicherheitshalber das ganze Stollensystem ab, also wird es eine Weile dauern.«

»Es könnte ein Eindringling sein.«

»Glaube ich nicht. Der Schacht ist immer noch abgeschlossen.«

»Aber vielleicht sollten Sie Kit doch besser nicht mitnehmen.«

Ich bedenke Brendan mit einem Blick, der ihn auf der Stelle nüchtern machen müsste.

»Sorry«, sagt er. »Alte Gewohnheit. Ich mache euch Kaffee für nachher.«

»Es wird eine Weile dauern«, sagt Gary noch mal.

Bei Nacht ist der Schacht viel finsterer als bei Tag. Oder ist uns Rogers Geschichte an die Nieren gegangen? Gary ist jedenfalls auch nervös, das spüre ich. Er geht vor. Er kontrolliert die Schalttafel für die Beleuchtung auf der Schachtsohle gleich zweimal. Schaut sich dreimal um, ob ich meinen Selbstretter am Gürtel habe, und checkt den eigenen.

Wir gehen den Schutzgang entlang, schwenken die Stablampen wie Suchscheinwerfer, um eventuelle Anzeichen für einen Deckeneinsturz aufzuspüren.

Nichts, nichts, nichts. In den Stollen herrscht absolute Stille, jetzt, da der Alarm abgestellt ist. Nur ab und zu ein Wassertropfen. Die Stille sirrt in meinen Ohren, und in meinem Kopf hallt immer noch das Wuup-Wuup der Alarmsirene nach.

»Es geht schneller, wenn wir uns aufteilen«, sage ich. »Übernimm du Mare's Hill und Paradise Woods. Ich gehe nach Südwesten und übernehme Stonefield und die Grundschule.« Nach der Sache vorhin beim Zigarettenautomaten käme mir unser bisheriger höflichformeller Umgangston absurd vor.

»Nein«, sagt Gary. »Wir bleiben zusammen.«

Danach reden wir nicht mehr viel. Hier unten kann niemand sein, aber es fühlt sich an, als ob uns jemand belauscht.

Wir gehen zuerst in den nördlichen Quadranten, zu der Kaverne unter dem Gebäude des Verteidigungsministeriums, wo ich das Rabensymbol an der Steinsäule gefunden habe. Die Schweißgeräte liegen am Ende des unfertigen Schutzgangs, genau dort, wo ich sie habe liegen sehen, als die Arbeiten hier nach Schofields Intervention während des Informationsabends eingestellt wurden. Die Stapel von Stahl- und Holzstreben sind unberührt. Gary dreht einen Eimer um und findet eine Sandwichverpackung aus Plastik, aber das Haltbarkeitsdatum ist von letzter Woche: Sie ist von uns.

Als wir zurückgehen, leuchtet er jede Säule ab, auf der Suche nach der mit dem Rabensymbol.

»Ich hatte Recht«, sage ich. »Hier ist irgendwas.«

»Ich weiß. Ich habe mir Dickon letzte Woche mal vorgeknöpft.«

»Du hast mit Dickon geredet?«

»Er weigert sich immer noch, in dem Symbol irgendwas Bedeutsames zu sehen. Sagt, man soll sein professionelles Urteil nicht in Frage stellen. Aber ich glaube, ihr habt Recht, Martin und du.«

Er bleibt stehen, den Stablampenstrahl auf die Seite einer Säule gerichtet. »Da.« In dem gelben Licht erkenne ich den grob eingemeißelten Vogel und den gehörnten Kreis des Merkurstabs. Mir ist noch gar nicht aufgefallen, dass er aussieht wie die Verschmelzung des Männlichkeits- und des Weiblichkeitssymbols. »Und wenn es hier mehr als ein solches Zeichen gibt ... Ach, was verstehe ich schon davon? Dieses Zeug überlasse ich lieber gescheiten Leuten wie Martin.«

Er steht ganz still da, hält die Lampe absolut ruhig.

»Martin weiß gar nicht so viel«, sage ich. »Archäologie ist vor allem Spekulation.« Ich setze mich wieder in Bewegung, spüre Garys Blick auf mir, höre meine Schritte in der Stille hallen. »Komm, wir müssen noch den ganzen südlichen Teil der Minen überprüfen. Und wenn Roger Recht hat, sind wir mit unseren Schutzgängen noch gar nicht in den Bereich vorgedrungen, wo die verirrten Jungen vor dem Kamera-Mann weggerannt sind.«

»Woher wusstest du das?«, fragt Gary.

»Was?«

»Das mit dem Kamera-Mann. Du wusstest doch schon, was es mit ihm auf sich hat, bevor Roger es erklärt hat.«

»Ein Freund von Martin ist Kurator der Römerbäder. Er hat mir von ihm erzählt, als er hörte, dass ich in Green Down arbeite.« Keine besonders gute Ausrede, aber auf die Schnelle fällt mir keine bessere ein. »Scheint ja hier in der Gegend eine berühmte Geschichte zu sein.«

»Eine von vielen.« Garys Augen sind unter dem Helm nicht zu lesen. Er richtet den Stablampenstrahl an die Decke und marschiert vorneweg. Mist, jetzt fällt mir wieder ein, dass ich Roger in Garys Hörweite gesagt habe, ich hätte im Dorf von dem Kamera-Mann gehört.

Links gähnt die Öffnung eines weiteren Schutzgangs. Wir machen die ganze Schleife nach Stonefield. An der Decke der großen

Kaverne hängen Ruperts Fledermäuse in schwarzen Klumpen, die Krallen in Gesteinsritzen verhakt, und schlafen. Auch sie hat nichts aufgestört.

Unsere Schritte hallen vom Fels wider. Es klingt, als käme jemand durch einen Quergang auf uns zu. Wir gehen jeden Seitengang an: nichts. Schließlich marschieren wir geradewegs nach Süden, Richtung Grundschule.

Gary schwenkt eine weitere Kaverne mit dem Lichtstrahl ab, eine weitere Trockenmauer.

»Das sieht alles okay aus.«

»Würden die Sensoren auch einen Einsturz weiter drinnen registrieren, wo wir noch nicht hingelangt sind?«

»Vielleicht. Aber ich wette, es war ein Kurzschluss oder so was. Jemand muss alle Leitungen kontrollieren und das so schnell wie möglich reparieren. Brendan dreht durch, wenn sein kostbares Alarmsystem über Weihnachten lahmgelegt ist.«

Wir sind jetzt am Ende des letzten Schutzgangabschnitts im Süden, in dem Bereich, wo Ted und sein Team die Voodoo-Puppe gefunden haben. Rechts von uns gähnt der Blindstollen, finster und unheimlich. Die Bergleute haben sich nicht die Mühe gemacht, Lichtleitungen dorthin zu legen. Gary leuchtet hinein. Leer. Ich erkenne den Sims, wo die Puppe saß.

Gary nimmt mich an der Hand und führt mich in den Blindstollen. Genau bei dem Sims bleibt er stehen. Er schiebt mich mit dem Rücken dagegen, sanft und fragend.

Ich lasse mich schieben. Ich spüre seinen Mund auf meinen Lippen. Es ist eine ganze Weile her, dass ich den Speichel eines anderen Menschen geschmeckt habe. Seiner schmeckt nach Pfefferminz, Tabak und Orange.

Er legt die Lampe so hin, dass sie uns beide beleuchtet. Unsere Helme fallen zu Boden. Er zieht die Jacke aus, faltet sie zusammen und legt sie sorgsam auf den Sims. Er küsst meinen Hals.

»Oh, Kit«, murmelte er. »Oh, Kit.«

Seine Hände umfassen meinen Hintern, heben mich auf den Sims. Dann streichelt sein Finger den Schritt meiner Samthose.

»Das ist der beste Sex«, flüstert er mir ins Ohr. Meine Jacke verhakt sich an der Felswand hinter mir. »Der, den man nicht haben sollte, nicht hier und nicht jetzt.« Er öffnet meine Jacke, schiebt die Hand unter den Mohairpulli.

Meine Hände heben seinen Pullover an. Öffnen den Knopf seines Hosenbunds.

»Du hast doch die Mikroseismussensoren abgeschaltet, oder?«

»Nein«, sagt er unschuldig und drängt gegen meine Hand.

»Du riechst nach Sex«, sagt Martin auf der Rückfahrt von der Kneipe in meinem Wagen. Es klingt mürrisch.

»Demnach bist *du* nicht zum Zug gekommen.«

»Meinst du, ich hatte Lust, mich lynchen zu lassen, sobald ich auch nur eine Augenbraue hebe? Nur gucken, nicht anfassen, das war die Spielregel da drinnen. Trotz des Kerls im Fummel.«

»Na ja, lass es nicht an mir aus. Du wolltest doch auf die Party.«

»Ich habe nicht damit gerechnet, mich dort allein wiederzufinden, ohne irgendjemanden zum Reden außer diesem besoffenen Armleuchter von Dickon.«

Der Wagen biegt um die enge Kurve am Ende der Steigung nach Turleigh, und ich zucke zusammen. Felssimse sind nicht sehr hinternfreundlich. Ein bisschen Gary sickert aus mir heraus, als ich meine Sitzposition verändere.

»Geschieht dir recht, wenn du morgen nicht laufen kannst«, sagt Martin. »Und die Samthose hast du auch ruiniert. Was hast du damit gemacht –, sie im Matsch gewälzt und drauf rumgehüpft? Da ist ein Stiefelabdruck am Hintern. Auch noch eine von Joseph, ich habe die Tragetasche im Mülleimer gesehen.«

»Dann schenk mir zu Weihnachten eine neue.« Es kommt schärfer heraus, als ich wollte.

Martin berührt mich am Arm. »Hör zu. Klar, ich hab gesagt, du solltest mit ihm vögeln, aber gemeint habe ich, dass du *glücklich* sein sollst. Du müsstest doch selig sein. Was ist schief gelaufen?«

Ich schalte in den Dritten runter, als wir wieder bergab fahren. Nichts ist dort unten in den Minen schief gelaufen. Ich wäre ja glücklich, wenn Martin mir nicht auf dem Parkplatz, als Garys Rücklichter entschwanden, etwas gesagt hätte.

»Ich habe eine SMS auf meinem Handy gefunden, Kit«, sagte er. »Ich dachte, wir hätten das letztes Jahr geklärt. Ich weiß, du und deine Schwester, ihr redet nicht miteinander, aber gib ihr um Himmels willen deine Nummer, damit sie nicht immer mich anruft.«

Meine Nichtschwester. Die verflixte Trish. Als ob sie's *ahnte*.

26

In meinem Kopf hatte immer noch nichts anderes Platz als dieses Bild. Während ich die Straße entlangrannte, flogen hinter meinen Augen kleine Lichtpünktchen herum, wie die glitzernden Schweißperlen auf dem Rücken meines Vaters, als er sich grunzend in Janey wühlte.

Mrs. Owen war zu nahe bei unserem Haus. Ich hatte an diesem Morgen nach der Party keine andere Zuflucht als das weiße Haus in Midcombe. Als ich den Hügel hinunterkam, saß da im Garten Trishs Mutter auf ihrer schmiedeeisernen Bank unter den Rosensträuchern, mit einer Tasse Kaffee und einer Zigarette. Es war, als ob sie auf mich gewartet hätte; sie schien kein bisschen überrascht, als ich durchs Gartentor trat. Vielleicht war sie ja schon im Zimmer gewesen, um nach Poppy und mir zu schauen.

»Noch so ein schlafloses Wesen. Du könntest meine Tochter sein, Katie Carter.« Sie pochte neben sich auf die Bank. »Aber du bist es nicht, leider. Heute Morgen macht es mich nicht gerade überglücklich, Trishs Mutter zu sein.« Sie blies eine Rauchwolke in die klare Luft. »Warst du zu Hause? Geht's dir gut?«

Ich nickte.

»Keiner wach?«

Es war leichter, noch mal zu nicken. Wir saßen schweigend dort in der Sonne, bis die Hintertür aufflog und Trish Eier und Speck verlangte.

Poppy erbrach ihr Frühstück, kaum dass sie es zu sich genommen hatte, also ließen wir sie bleich und zitternd mit einer Wärmflasche auf dem Bett zurück. Mrs. Klein rief meinen Vater an und teilte ihm mit, ich würde den Tag über bei Trish bleiben.

»Ich werde ihm nicht sagen, was du heute wirklich machst«, erklärte sie. »Es ist wohl besser, wenn das mit gestern Abend unter uns bleibt, meinst du nicht?«

Sie packte Eimer, Wischmopps und einen Teppichreiniger hinten in ihren Kombi und Trish und mich auf den Vordersitz. Ich wollte nicht so dicht neben Trish sitzen und quetschte mich ganz an die Tür.

»Wenn du schon alles tust, um rauszufallen, leg bitte deinen Sicherheitsgurt an, Katie«, sagte Mrs. Klein.

»Nicht so«, sagte Trish verächtlich. Sie langte herüber, zog mir den Gurt über den Oberkörper und ließ die Schließe einschnappen. Ich hatte noch nie einen umgehabt, der Lieferwagen von meinem Dad hatte keine Gurte. »Du bist manchmal so doof.«

Das ist alles, was ich für dich bin, dachte ich. Doof. Doof genug, mir Gary vor der Nase wegschnappen zu lassen. Dir werd ich's zeigen.

Wir fegten und schrubbten wie die Wilden, den ganzen Vormittag, aber Poppys Haus sah immer noch aus wie ein Katastrophengebiet, mit unübersehbaren Brandflecken in den weißen Teppichen. Um die Mittagszeit erschien Trishs Vater mit Sandwiches und mit Poppy, die immer noch zitterte. Er nagelte Sperrholzplatten über die kaputte Terrassentür. Trish half ihm, indem sie ihm die Nägel anreichte. Poppy ging nach oben, kotzen. Mrs. Klein und ich überließen sie ihrem Schicksal und setzten uns auf die Bank auf der unteren Terrasse, um unsere Sandwiches zu essen.

»Katie«, sagte Mrs. Klein und schaute in die Schirmkiefern, statt mich anzusehen. »Ich möchte mich bei dir entschuldigen. Ich vergesse manchmal, wie jung ihr alle noch seid. Ich hätte dich nicht so unter Druck setzen dürfen mit der Suche nach deiner Mutter.«

»Ich weiß, warum Sie's getan haben«, sagte ich. Ich hörte Trishs Vater die Nägel in die Tür donnern. Er war Architekt, konnte aber nicht mit dem Hammer umgehen. Seine Schläge waren nicht so präzise wie die meines Vaters. Bumm, bumm, bumm, wie Schüsse. »Sie haben ein Kind gekriegt. Bevor Sie verheiratet waren. Sie haben es zur Adoption freigegeben. Deshalb sind Sie von zu Hause weggelaufen und nach London gegangen.«

Mrs. Klein drehte sich zu mir, Panik im Blick. »Das hast du doch Trish nicht erzählt, oder?«, flüsterte sie. »Sie wissen es nicht.«

Bumm, bumm, bumm.

»Und deshalb wollten Sie unbedingt, dass ich meine Mutter finde«, sagte ich absichtlich laut. Einmal fühlte ich mich mächtig. Wenn ich Trish schon nicht wehtun konnte, dann wenigstens ihrer Mutter. »Weil Sie Ihre eigene Tochter nicht finden konnten.« Der Ausdruck in ihren Augen zeigte mir, dass ich Recht hatte. Ich beachtete die Regung eines Schuldgefühls nicht und setzte nach. »Oder vielleicht haben Sie sie ja gefunden, aber sie wollte nichts mit Ihnen zu tun haben. Jedenfalls will ich meine Mutter nicht finden. Sie hat mich verlassen, so wie Sie Ihr Baby weggegeben haben ...«

Mrs. Kleins Gesicht war starr vor Schmerz, aber sie streckte die Hand aus und legte sie ganz leicht auf die meine. »Katie, es tut mir so leid. Natürlich musst du mich hassen.«

Bumm, bumm, bumm von der oberen Terrasse, wo Trish und ihr Vater am Werk waren. Ich stand auf und trat an den Rand des Rasens. Durch die Schirmkiefern erkannte ich undeutlich die grünen Buckel ferner Berge. Ich wollte dort sein, irgendwo, nur nicht hier. In diesem Garten hatte ich gestern Abend auf Gary gewartet, hatte gehofft, dass er kommen würde, die Hoffnung verloren, dann wieder neue geschöpft, nur damit Trish sie mir nahm. Konnte man der Hoffnung jemals trauen? War es besser, gar nicht zu hoffen?

Und meine Mutter – würde sie je zurückkommen, um mich zu suchen, so wie Mrs. Klein nach ihrer verlorenen Tochter gesucht hatte?

Mrs. Klein kam und stellte sich neben mich. Sie legte den Arm um mich und drückte mich heftig an sich.

»Du tapferer kleiner Soldat, Katie«, sagte sie.

Wir waren immer noch am Putzen, als um halb fünf Poppys Eltern auftauchten. Mrs. Klein hatte sie am Morgen angerufen und ihnen erklärt, alles sei unter Kontrolle, aber sie hatten sich trotzdem sofort ins Auto gesetzt, stinksauer, dass sie die Hochzeit in Schottland verpassten.

An der Art, wie Poppys Mutter mich ansah, konnte ich ablesen, wen sie für die Party verantwortlich machte.

»Hören Sie, Di, wie ich es verstanden habe, war das Ganze Trishs Idee«, sagte Mrs. Klein zu ihr. »Also seien Sie nicht zu streng zu Poppy, ja? Die Glastür bezahlen wir natürlich.«

»Das Sofa ist ruiniert«, sagte Mrs. McClaren. »Und der Teppich ...«

Mrs. Kleins Lippen wurden schmal. »Die meisten Flecken haben wir rausgekriegt. Kommt, Mädels, wir wollen den McClarens nicht im Weg stehen.« Sie verfrachtete Trish und mich in den Wagen.

»Blöde Kuh«, sagte sie, während sie die Kupplung kommen ließ und mit quietschenden Reifen die Einfahrt hinaufschoss. »Sie müsste mindestens die Hälfte der Schuld auf sich nehmen, für den schlechten Geschmack, sich ein cremefarbenes Ledersofa zu kaufen.«

Wir fuhren durch Green Down zurück. Ich erinnerte mich, wie ich an dem Tag, als der Pool ausgelaufen war, genau dieselbe Strecke gegangen war. Wir kamen an der Einmündung des Sträßchens vorbei, das nach Stonefield hinunterführte, wo die Fledermäuse durch den Spalt am Stolleneingang aus und ein flogen. Wenn wir die Party doch in den Minen veranstaltet hätten, wäre dann alles anders gelaufen? Hätte ich Gary gekriegt, oder hätte es Trish trotzdem geschafft, ihn mir wegzunehmen?

Das würde sie nicht noch mal machen. Ich hatte einen Entschluss gefasst. Gary gehörte mir, auch wenn er's noch nicht wusste.

Als wir auf unser Haus zufuhren, verrenkte Trish den Hals, um zu Garys Fenster raufzuschauen. Ich war froh, dass aus seinem Haus keine Musik dröhnte. Ich hätte ihr zugetraut, aus dem Wagen zu springen und an seine Tür zu hämmern, während Mrs. Klein mich absetzte.

Der Wagen hielt, und Mrs. Klein stieg aus, um meine Übernachtungstasche hinten aus dem Kombi zu nehmen. Unsere Haustür ging auf. Da stand mein Vater. Küchendünste mischten sich in die Spätnachmittagsluft: Braten und Gemüse. Zu meiner Erleichterung war von Janey Legge nichts zu sehen, nur mein Vater kam langsam den Fußweg entlang. Er pfiff vor sich hin.

»Hallo!«, rief Mrs. Klein. »Eine Tochter, wohlbehalten zurück.«

»Und? Habt ihr ordentlich gelernt?«, fragte mein Vater. Ruhige Stimme, gefährliche Stimme.

»Nicht so viel, wie ich wollte«, versuchte ich eine Lüge zu umgehen, weil ich wusste, was passieren würde.

Mrs. Klein wusste es nicht. Sie war meinem Vater nur ein paar Mal begegnet, wie sollte sie da wissen, was dieser sanfte, geduldige Ton zu bedeuten hatte.

Sie reichte mir meine Tasche. »Also dann, bis bald, Katie.«

Trish hing aus dem Wagenfenster und sah schmollend zu Garys Haus hinüber. Wenn sie nicht dabei gewesen wäre, hätte ich vielleicht kehrtgemacht und wäre zum Auto zurückgerannt.

Aber vielleicht hatte ich das, was jetzt kam, ja verdient. Ich stieg die Eingangstreppe hinauf, und die trübe Glasraute blickte auf mich herab wie ein einäugiger Gott. Ich hörte Mrs. Kleins Wagentür knallen, dann das Spucken des Motors beim Anlassen.

»Poppys Mutter hat mich angerufen«, sagte mein Vater, während er die Haustür aufdrückte und mich nach drinnen schob. »Also versuch gar nicht erst zu lügen. Ich weiß genau, was los war.«

Die Tür schwang zu. Ich war allein mit ihm in der Diele.

»Du kleine Herumtreiberin«, sagte er. »Genau wie deine verfluchte Mutter.«

Vierter Weihegrad – Leo, der Löwe

In einen langen scharlachroten Umhang gewandet, ist der Löwe von wüstenhafter, feuriger Natur. Sein Symbol ist die Feuerschaufel, und Feuerschaufeln zur Beförderung glühender Kohlen wurden bei der Ausgrabung des Mithräums von Heddernheim entdeckt. Wir können also vermuten, dass diese Stufe der Initiation irgendeine Art

Feuerprobe beinhaltete – eine Feuertaufe vielleicht. Antike Schriften deuten darauf hin, dass die Initianden ein Brandzeichen erhielten, entweder auf die Stirn oder auf die Hand. Die reinigende Kraft des Feuers brennt das Alte fort und verwandelt den Löwen in ein neues Wesen, in einen Gefährten, der an Mithras' Seite jagt, während dieser auf der Suche nach dem Stier ist.

Wenn der Löwe das Feuer überstanden hat, ist er für immer gegen dessen verzehrende Kraft gefeit.

Lieber Gary!
Ich würde dich gern wieder sehen. Es ist schwer zu erklären, aber bei mir zu Hause ist alles ziemlich schwierig. Komm nicht vorbei. Ich werde am Donnerstagabend in den Steinbruch von Crow Stone kommen. Um sieben Uhr. Ich quetsche mich durch den Zaun bei den Schrebergärten rein. Schreib mir keinen Antwortbrief. Du brauchst einfach nur zu nicken, wenn wir uns das nächste Mal sehen.
Katie

27

Als ich meinen Anrufbeantworter im Cottage in Cornwall per Fernabfrage abhöre, sind neun Botschaften von Trish und zwei von Nick drauf – in der vergeblichen Hoffnung, dass er mich dazu kriegt zurückzurufen, wenn sie's nicht schafft. Ich weiß, was los ist: Sie sind blank.

»Wirst du sie anrufen?«, fragt Martin, als er mir ein warmes Frühstück vorsetzt. »Hier, iss. Genau das Richtige nach einer harten Nacht.«

»Ich habe nichts getrunken.«

»Ich rede ja nicht von Alkohol.«

»Hab ich wirklich nach Sex gerochen?«

»Natürlich nicht. Du hattest nur dieses zufriedene Lächeln im Gesicht. Genau wie er.«

»Sind wir ein klitzekleines bisschen eifersüchtig?«

»Du hast meine Frage nicht beantwortet. Wirst du Trish anrufen?«

Ich starre finster auf den Speck. Der Gedanke, Trish anzurufen, nimmt mir jeden Appetit. »Das ist doch sinnlos. Sie wird mir nur wieder so eine Katastrophenstory erzählen. Nick hat irgendeine grässliche Krankheit. Der Wagen ist in den Fluss gefallen. Walisische Nationalisten haben den Pub niedergebrannt. Weiß der Himmel was.«

»Vielleicht stimmt es ja«, sagt Martin. »Nick könnte doch wirklich krank sein.«

»Das glaubst du doch selbst nicht. Er ist unkaputtbar.«

»Alle zehn Minuten stirbt jemand an einer alkoholbedingten Krankheit.«

»Du bist heute Morgen ein echter Witzbold, was? Er hat eine Leber aus Stahl.«

Nick ahnt nicht, dass Trish nicht mehr ewig bei ihm bleiben wird, wenn sich ihre Finanzlage nicht bessert. Ich bin schon fast versucht, ihnen einen dicken Scheck auszustellen, sie haben sich gegenseitig verdient. Aber Tatsache ist, dass ich selbst nichts übrig habe. Der Mistkerl hat mich bereits total ausgesaugt. Trotzdem werde ich anrufen.

Die ganze Baustelle ist verkatert. Wagen sind kreuz und quer geparkt, Holz- und Stahlstreben krumm und schief gestapelt. Bürotüren scheinen nur zu schließen, wenn sie zugeknallt werden. Überall weiße Gesichter, rot geäderte Augen. Niemand bleibt stehen, um ein Schwätzchen zu halten, weil Reden zu schmerzhaft ist. Die Bergleute verschwinden eiligst unter Tage und bleiben dort, weshalb es oben ungewöhnlich still ist. Rosie ist gar nicht erst erschienen.

Gary steht auf dem Parkplatz, an der Haube eines weißen Lieferwagens, und brütet mit einem Mann in blauem Arbeitszeug, den ich für einen Elektriker halte, über irgendwelchen Schaltplänen. Als ich vorbeikomme, blickt er auf und sieht mich an. Sieht mich einfach nur an.

Es geht durch mich hindurch wie ein glühendes Messer. Ich schmelze an den Schnittkanten. Keiner von uns zwinkert, lächelt oder sagt etwas, wir schauen uns einfach nur an. In Amerika gab es mal den Ausdruck Tausend-Meter-Blick, aber in unserem Blick liegen Meilen von Minenstollen.

Vor mich hin lächelnd biege ich um die Ecke und sehe Dickon die Stufen des Bürocontainers heruntereilen.

»Sie kommen mir wie gerufen«, sagt er.

Typisch mein Pech.

»Sie sollten sich was ansehen«, fährt er fort. »In der Kaverne unterm Mare's Hill – einer von den Bergleuten hat es mir gestern Abend erzählt. Etwas, was sie dort entdeckt haben, kurz bevor Schofield die Arbeiten gestoppt hat.«

»Ach?«

»Ihr komisches Vogelsymbol könnte vielleicht doch interessanter sein, als ich zunächst vermutet habe.«

»Tatsächlich?«

»Tatsächlich.«

Ich renne die Stufen zum Büro hinauf und schnappe mir meine Stablampe. »Haben Sie die Kamera dabei?«

»Sie wollen jetzt gleich runter?« Mein Eifer scheint ihn zu verblüffen.

»Und ob.«

»Na gut.« Er kommt ins Büro und greift zu seiner Wachsjacke. Ich schaue am Computer in den Arbeitsplan. Solange die Schofield-Sache in der Schwebe ist, konzentrieren beide Teams ihre Kräfte auf den südwestlichen Quadranten.

»Also, wo genau ist dieses ... was eigentlich?«

»Warten Sie's ab. Es ist nicht weit von der Säule mit dem Rabensymbol entfernt.«

Sie müssen auf die Tauroktonie gestoßen sein, weiß der Himmel wie. Nein. Die Mauer, wo wir sie gefunden haben, stand weit abseits des Schutzgangs. Vielleicht haben sie ja ein anderes Fragment gefunden, in einer anderen Mauer ...

Wir verlassen das Büro, und ich will zum Parkplatz zurück, um Gary zu sagen, dass wir unter Tage gehen.

»Hey, langsam«, sagt Dickon. »Wo wollen Sie hin?«

»Gary sagen, wo wir hingehen.«

»Nicht nötig. Ich habe den Sicherheitsleuten schon Bescheid gesagt.«

»Ach ja?«

»Gerade eben, bevor ich Sie gesehen habe. Sehen wir zu, dass wir runterkommen. Wenn es so interessant ist, wie es klingt ...«

»Hey, sagen Sie schon, Dick, was ist es? Spannen Sie mich nicht so auf die Folter«, sage ich über die Schulter, während ich in den schmalen Durchgang zwischen den Lagerbaracken einbiege, unsere übliche Abkürzung vom Büro zum Schachteingang in der Mitte des Geländes.

»Sie werden nicht enttäuscht sein.«

Irgendwas in seiner Stimme lässt mich zögern. Ich habe das Ganze nicht richtig durchdacht. Wenn die Bergleute etwas gefunden haben, warum haben sie es Dickon dann erst gestern Abend erzählt? Ich bleibe stehen und drehe mich um, merke plötzlich, wie dunkel es in diesem schmalen Durchgang ist. Ich kann sein Gesicht nicht richtig erkennen, weil er die tief stehende Wintersonne im Rücken hat, aber er ist so nahe, dass ich seinen verschnupften Atem höre. Zu nahe. Säuerliche Überreste seiner Bierfahne von gestern dringen mir in die Nase. Unsicher weiche ich einen Schritt zurück.

»Moment«, sage ich. »Im Ernst, ich gehe nicht mit runter, ohne zu wissen, was ich mir da ansehen soll.«

Ein Stück weiter weg zischt und pufft eine Druckluftleitung, aber da sind keine Stimmen, alle anderen müssen unter Tage oder in ihren Büros sein. Dickons Lippen öffnen sich, entblößen seine Zähne, aber seine Augen erkenne ich immer noch nicht. Ich kann mich nicht entscheiden, ob ich standhalten oder losrennen soll, auf die Gefahr hin, mich total zum Narren zu machen.

Wovor habe ich Angst? Das ist Dickon, Himmelherrgott, so schmierig, dass man ihn auf Toast streichen könnte, aber im Grunde doch harmlos ...

Seine Hand schießt vor, packt mein Handgelenk, drückt mir den Arm nach hinten weg und stößt mich an die Wand des Werkzeugcontainers, dessen Metallrippen sich mir schmerzhaft in den Rücken graben. Vor Schreck knicken mir fast die Beine weg, und meine

Schuhe glitschen auf dem matschigen Boden, als ich darum kämpfe, aufrecht zu bleiben.

»Lassen Sie das!« Es kommt als ein Piepsen heraus, gar nicht so, wie ich wollte. Ich kriege kaum Luft. Sein Gesicht ist jetzt direkt vor meinem, so dicht, dass ich die glitzernden Haare in seinen Nasenlöchern sehe, die haarfeinen Äderchen auf seiner Nasenspitze. Sein Atem ist heiß und feucht, und ich drehe den Kopf weg, aber es fühlt sich an wie schwitzige Finger an meiner Wange und an meinem Hals.

»Ich hab euch gesehen«, zischt er mir ins Ohr. »Du weißt, dass ich euch gesehen habe. Es hat dir gefallen, dass jemand zuschaut, du Hure.«

»Hey«, sage ich und versuche ihn mit dem freien Arm wegzuschieben, aber er ist viel größer als ich und überraschend stark. Seine linke Hand fängt meine Hand ab, und er drängt mich wieder gegen die Metallwand. Alarm jagt durch meinen Körper. Ich sitze in der Falle. Das kann doch nicht wahr sein. »Lassen Sie mich los. Natürlich hat mir nicht gefallen ...«

»Oh, doch. Und was wird Martin dazu sagen?« Er zwingt meine Arme beiseite und presst sich an meine Brüste. Ich versuche zurückzuweichen, aber die Wand gibt nicht nach. Mein Atem geht immer schneller, als jetzt Panik in mir aufsteigt.

»Das ist doch absurd, Dickon. Lassen Sie *los*.«

»Dein Freund sitzt in der Bar, und du treibst es mit Gary ...« Jedes Wort kommt mit einem kleinen Keuchen heraus.

»Was Sie hier machen, ist absolut ungesetzlich«, sage ich und winde mich heftig, um freizukommen, aber das scheint ihn anzumachen, und er lehnt sich mit seinem ganzen Gewicht gegen mich, sodass ich an seiner Brust fast ersticke.

»Es hat dir gefallen«, zischt er wieder, direkt an meinem Gesicht. »Du magst es, wenn man dir dabei zuschaut, stimmt's?«

Alles wird von den Rändern her schwarz. Die Zeit verlangsamt sich. Die Stoppeln auf seinem Kinn kratzen an meiner Stirn. Irgendwo, in weiter Ferne ruft eine Frau auf dem Sportgelände ihren Hund: *Inky! Inky! Komm sofort her, du Strolch!* Ich ringe um Atem, drücke mit der Brust gegen seinen schweren Körper, um mir etwas Luft zu verschaffen. Dickon grunzt vor Anstrengung oder vor Lust und versucht, mir seine Hand hinten in die Hose zu schieben. Er ist kein Vergewaltiger, sage ich mir, um meine Atmung zu beruhigen. Dazu hat er nicht den Mumm. Er ist nur ein Grapscher. Ich spüre seine Erektion an meinem Bauch; ich könnte kotzen.

»Wenn du nett zu mir bist, sage ich Martin nicht, was letzte Nacht war.« Ich spüre seinen feuchten und heißen Atem an der Wange. Dann presst er plötzlich sein Gesicht an meins und zwängt mir seine dicke, nasse Zunge in den Mund.

Verdammt noch mal.

»Uuuf.«

Hoffentlich war das fest genug, um seine Eier in sich zusammenzustülpen und wieder dorthin zu jagen, wo sie hergekommen sind. So fest jedenfalls, dass mein Knie vibriert. Wut durchloht mich: Warum soll ich mir das gefallen lassen?

Im Zusammenklappen packt er meine Brüste, und seine Nägel graben sich schmerzhaft in das Fleisch, das noch wund von dem ist, was Gary und ich letzte Nacht gemacht haben. Es treibt mich zur Weißglut, und ich reiße einen Stahlkappenstiefel hoch, um ihm wieder in die Eier zu treten, diesmal aber richtig ...

Zu aufgeregt. Meilenweit daneben. Hat aber immerhin sein Schienbein getroffen. Wetten, das tut tierisch weh. Mist, er steht immer noch, kommt wieder auf mich zu ...

»Dreckstück!« Er zerrt mir die Jacke halb von der Schulter und versucht, mich so dicht an sich zu ziehen, dass ich nicht mehr mit Schwung zutreten kann. Aber er täuscht sich. Seine Augenbrauen ziehen sich verdutzt und empört zusammen, als mein Knie seitlich gegen seinen Oberschenkel donnert, und seine Lippen formen eine kleine Schnute.

»Aah.« Er verliert das Gleichgewicht, rutscht aus und versucht mich an der Jacke mit runterzuziehen.

Ich drehe mich weg, um nicht zu fallen, und flutsche ganz aus der Jacke. Alles fällt aus den Jackentaschen. Stablampe, Taschentuch, Zigaretten, Kuli landen neben Dickon im Matsch. Aber er hat aufgegeben, urplötzlich ist der Kampf vorbei. Er liegt zusammengekrümmt am Boden, die Knie an der Brust, die feuchten Kuhaugen fest zugekniffen, und wartet auf den nächsten Tritt.

Ich würde ja gern, kann aber nicht. Die weiß glühende Wut verschwindet, verpufft mit jedem rauen Atemzug. Ich lehne mich an die Wand und versuche, das Zittern abzustellen. Er sieht so jämmerlich aus, dass ich schon Schuldgefühle bekomme.

»Versuchen Sie so was nie wieder«, sage ich. »Wehe ...« Ich bücke mich, hebe meine Jacke und die herausgefallenen Sachen auf. Meine Zigaretten liegen in einer Pfütze gleich hinter ihm, und ich sammle sie auf, obwohl sie nicht mehr rauchbar sind. »Sie können von Glück sagen.« Meine Beine zittern noch immer, als ich davonmarschiere. Aber vielleicht kneift er die Augen ja immer noch zu und sieht es nicht.

Statt ins Büro gehe ich zu dem Dixi-Klo, das auf dem Gelände als Damentoilette dient und etwas abseits steht, um dem Anstand Genüge zu tun. Drinnen zeigt mir der trübe Spiegel, dass ich ganz rot bin und mit schwer arbeitendem Brustkorb nach der stinkigen Chemikalienluft schnappe. Meine Augen sind Serpentinsplitter, kalt, hart, glitzernd grün.

Dieser Scheißkerl. Ich atme den ätzenden Geruch ein und stelle mit vor, wie ich Dickons Kopf in die Fäkalienbrühe drücke oder ihm jede Menge Klopapier in den perversen Mund stopfe, damit er daran erstickt. Aber ich empfinde keine Befriedigung, ich fühle mich nur beschmutzt.

Ich hätte gestern Abend am Zigarettenautomaten nicht zulassen dürfen, dass er uns sieht. Hätte ihm keine Munition liefern dürfen ... Mieses, perverses Arschloch. Seine Schuld. Nicht meine. Trotzdem, ich hätte ihm den Vorwand nicht ... Nein, SEINE SCHULD. Kapiert? Nicht deine, Kit.

Wie konnte ich so naiv sein zu glauben, er wolle mir wirklich unten in den Stollen etwas zeigen? Wahrscheinlich dachte er, er *würde* mir etwas zeigen. Mein Gott, wie konnte er sich so was einbilden? Was habe ich ...? *Männer!*

Sollte ich es Gary erzählen?

Natürlich nicht.

Als ich zwischen den Containern zurückgehe, ist keine Spur unseres Kampfes mehr zu entdecken, außer einem aufgewühlten Stück Matschboden und meinem dunkelroten Plastikfeuerzeug, das halb versteckt unter der Kante des Lagercontainers liegt. Als ich mich danach bücke, betritt jemand den Durchgang. Ich richte mich hastig auf, stecke das Feuerzeug ein. Mein Herz wummert im Hals wie ein Presslufthammer, und ich bin bereit, mich zu wehren, wenn es wieder Dickon ist.

Nein, eine breitere Silhouette. Es ist Brendan.

»Ah, Kit«, sagt er. Er hat den gequälten Gesichtsausdruck eines Menschen, der mühsam versucht, beide Augen in die gleiche Richtung zu zwingen. »Sie habe ich gesucht ... Sie sind wahrscheinlich der einzige Mensch hier auf dem Gelände, der keinen Schädel hat. Außer Gary natürlich. Gerade habe ich Dickon gesehen, wie er sich auf dem Parkplatz die Eingeweide aus dem Leib gekotzt hat – hab ihn nach Hause geschickt. Armer Kerl.«

»Es war eine tolle Party, Brendan.«

»Ja, was?« Er schließt die Augen. »Zu toll.« Versucht, die Augen wieder zu öffnen, aber seine Wimpern sind mit Sekundenkleber zusammengepappt. »Bis zum bitteren Ende. Ich wollte mich nur noch mal bedanken.« Endlich haben sich die Lider voneinander losgerissen. »Wir haben Glück gehabt. Hätte wesentlich ernster sein können.«

»Ist das Alarmsystem repariert?«

Er schüttelt den Kopf und verzieht das Gesicht. »Wenn Gary und der Elektriker den Fehler nicht finden, müssen wir jemanden aus Australien kommen lassen, damit er sich's ansieht. Das würde bedeuten, dass wir es vor Weihnachten nicht mehr in den Griff kriegen.«

»Würde auch nicht viel ausmachen«, sage ich. »Es funktioniert doch sowieso nicht richtig, oder? Ist einfach nicht das Richtige für einen städtischen Siedlungsraum.«

»Hm, vielleicht«, räumt Brendan ein und gibt damit erstmals schon beinahe zu, dass sein geliebtes Alarmsystem Mängel hat. »Trotzdem gefällt mir die Vorstellung nicht, die Minen über die Feiertage unüberwacht zu lassen. Zumal Teds Team heute Morgen einen Riss im Fels entdeckt hat.«

Brendan, Gary und ich gehen runter, um uns den Riss anzusehen. Trotz ihres Katers haben Ted und seine Leute einen Schutztunnel ein gutes Stück vorangetrieben. Am Ende des fertigen Stücks entdeckten sie den Riss in der Stollendecke, eine Zickzacklinie, ein paar Meter lang, nicht breiter als zwei Zentimeter an der breitesten Stelle.

»Was glaubst du, wie lange der schon dort ist?«, frage ich Gary.

»Kann man nicht sagen«, erwidert er. Mein Arm pocht, dort wo sich Dickons Finger ins Fleisch gegraben haben. Ich will, dass Gary mich ansieht und merkt, dass etwas nicht stimmt, aber sein Blick ist auf die Stollendecke geheftet. »Es beunruhigt mich, dass die alten Bergleute allem Anschein nach nichts unternommen haben. Das spricht für eine jüngere Felsbewegung.«

Hier wären die Sensoren doch mal zu etwas nutze gewesen. Wir hätten ein paar von ihnen in den Riss einführen können, um zu überwachen, ob sich noch was bewegt. Ich muss das ekelhafte Gefühl vergessen, wie Dickon sich an mich presst, und mich ganz auf die Arbeit konzentrieren.

»Ist irgendein Teil des Alarmsystems zu retten?«

»Laut dem Elektriker nicht. Er meint, hier unten ist einfach zu viel Wasser, das bis zu den Kontakten dringt. Schöne Scheiße, was?«

»Was hätten die alten Kumpels gemacht?«

Gary seufzt. »Wir geben ein Vermögen für Hightech aus. Sie hätten ein paar Stückchen Holz und einen Hammer benutzt.«

Ich habe dieses Verfahren noch nie gesehen, also bleibe ich da und schaue zu. Es ist simpel, aber effektiv – Deckenstabilisierung und Warnsystem in einem. Die Bergleute hauen ein paar Holzkeile zu, so breit wie der Riss, und schlagen sie in die Decke. Wenn sich der

Riss nicht weitet, genügen die Keile, um einen Einsturz zu verhindern. Wenn die Keile rausfallen, weiß man, dass der Fels sich weiter bewegt.

»So«, sagt Ted grimmig, als er den letzten Keil in den Riss hämmert. »Wenn ich das Mistding morgen früh auf dem Boden finde, wissen wir, dass wir Probleme am Hals haben.« Er bedenkt mich mit diesem finsteren Ted-Blick, den ich inzwischen so gewohnt bin und der besagt, dass im Unglücksfall alles meine Schuld ist, weil ich eine Frau bin, die sich hier, wo sie nichts zu suchen hat, herumtreibt.

Danach gehe ich wieder ins Büro. Wenn Rosie hier wäre, statt verkatert zu Hause herumzuhängen, hätte ich wenigstens jemanden, dem ich es erzählen könnte. Obwohl ich mir nicht sicher bin, ob ich's täte. Ich fühle mich wie die letzte Idiotin, durch meine eigene Dummheit ebenso besudelt wie von Dickons Lustgeifer. Das Glied des grässlichen Gipspriapus auf seinem Schreibtisch zeigt anklagend auf mich. Ich möchte das Ding zerschmettern, stülpe aber nur den Reservehelm drüber und starre finster aufs Telefon.

Solange hier niemand ist, sollte ich den Mut finden, Trish anzurufen. Aber von welchem Telefon aus? Wenn ich das Handy nehme, hat sie meine Nummer. Wenn ich den Büroapparat benutze, weiß sie, wo ich bin. Das Handy. Da kann ich wenigstens so tun, als wäre ich im Ausland.

Sie stellt die Frage sofort. »Wo bist du?«

»Spielt keine Rolle. Was willst du?«

»Wie wär's mit *Wie geht's dir, Trish? Was macht Nick? Lang nichts gehört* und so weiter?«

Tatsache ist, es interessiert mich nicht. Seit ich sie damals zusammen im Bett erwischt habe, interessiert es mich einen Dreck. »Ich nehme an, du willst Geld.«

»Wäre schon hilfreich. Wenn du knauserig drauf bist, kann Nick ja immer noch diesen Artikel schreiben. So was verkauft sich heutzutage richtig gut, und ich könnte ein paar saftige Zitate beisteuern.«

Sie will mir natürlich nur Angst machen. Ich vertraue immer

noch drauf, dass Nick sein Versprechen hält. Dass er sich bereit erklärt hat, nicht über mich zu schreiben, war so ziemlich die einzig ehrenhafte Tat in seinem ganzen Leben. Selbst in der bitteren Zeit unserer Scheidung hat er sich dran gehalten, wenn auch die Hälfte des Hauses, die ich ihm überlassen habe, ihren Teil dazu beigetragen haben mag.

Trish plappert munter weiter, über die Summen, die sie für die britischen Erstabdruckrechte kriegen würden, ganz Geschäftsfrau. Wenn jemand diesen Pub über Wasser hält, dann sie. »Wir würden natürlich mit dir teilen. Fair ist fair. Aber das ist nicht der eigentliche Grund, warum ich dich erreichen wollte.«

Dickon hat seinen Computer angelassen. Der Bildschirmschoner hat etwas Hypnotisches – Sterne, die aus der Bildschirmmitte hervorstieben. Ich war nie in der Wohnung über dem Pub in Aberystwyth, kann sie mir aber vorstellen. Trish sitzt bestimmt auf dem abgewetzten Ledersofa, das sie aus dem Londoner Haus mitgenommen haben, ohne Schuhe, die langen Beine seitlich untergeschlagen. Der fettige Frittengeruch aus der Pubküche unten hängt in den Gardinen, und auf dem Couchtisch steht bereits eine offene Flasche Wein, obwohl noch nicht mal Mittag ist. Nick ist der mit dem Alkoholproblem, aber Trish schluckt auch ganz schön was weg. Obwohl sie ein paar Nasen von dem weißen Zeug vorzieht.

»Warum hast du dann angerufen?«

»Dachte nur, ich frage dich mal, wie du es findest, Tante zu werden.«

»Was?«

»Ich kriege ein Baby, Kit. Unerwartet, ganz und gar ungeplant, um ehrlich zu sein, aber inzwischen gefällt mir die Vorstellung.«

Das Handy klappt mit dem üblichen *Klack* in meiner Hand zu. Ich falle in das schwarze Loch, das die Sterne gebiert.

Trish mit dickem Bauch. Irgendwie unvorstellbar. Sie trägt bestimmt ultratief sitzende Hüftjeans, wie die Sängerin einer Mädchenband, und ein Top mit tiefen V-Ausschnitt, um ihren neu gewonnenen Busen zur Schau zu stellen. Große Kreolen und rote Strähnen im

Haar. Wie lange ist sie schon schwanger? Obwohl das keine Rolle spielt. Sie hat sofort eine SMS hinterhergeschickt. *Wir könnten ein bisschen Knete gebrauchen.* Trish mit Baby. Das scheint einfach unmöglich.

»Neidisch?«, fragt Martin. Er schenkt mir Wein nach und öffnet die Klappe des Kaminofens, um ein weiteres Scheit hineinzuwerfen.

»Nein«, sage ich. »Ich habe nie Kinder gewollt. Das war sogar die Hälfte des Problems zwischen Nick und mir.«

»Ich weiß, ich bin nur eine traurige alte Schwuchtel, also, was verstehe ich schon davon. Aber wenn das nicht Neid ist, ist es eine ziemlich gute Imitation.«

»Genau, was verstehst du schon davon?«

Martin steht auf und geht durch die Küche. Die Backofentür klappt auf. Würziger Butterduft dringt heraus. Ich höre Gieß-, Rühr- und Schabegeräusche, aber er sagt nichts mehr. Stille senkt sich über uns, und ich tue nichts, um sie wegzuschieben.

Es ist das traurigste aller Klischees: Die Ehefrau merkt es immer als Letzte. Kommt eines Tages früher nach Hause, macht die Haustür auf und findet drinnen diese ganz besondere Stille vor, die Stille zweier Menschen, die oben mitten im Vögeln erstarrt sind und nach Schritten auf der Treppe horchen.

Nick und ich hatten uns schon auseinandergelebt. Ich war die meiste Zeit in Cornwall. An diesem Wochenende war ich nur nach Hause gefahren, um ein paar Wintersachen zu holen. Ich glaubte, es zeitlich so abgestimmt zu haben, dass er nicht da war.

Er wusste nicht, dass ich an diesem Nachmittag nach London kommen würde, aber Trish wusste es. In meiner Naivität hatte ich bei ihr angerufen, um ihr ein Treffen vorzuschlagen, und ihr die entsprechende Botschaft auf dem Anrufbeantworter hinterlassen.

Ich ging die Treppe hinauf, sah eine Bluse überm Geländer und einen abgestreiften Schuh auf dem Zwischenabsatz, folgte der Spur, die Trish für mich gelegt hatte, der Duftfährte von Parfüm und Begehren. Sie mussten mich kommen gehört haben, sprangen aber nicht aus dem Bett. Ich stieß die Schlafzimmertür auf, und heraus drang ein Schwall jenes stickigen, sauren Geruchs nach Schweiß, ungewechselter Bettwäsche und Sex.

Nick war so betrunken, dass er mich aufforderte mitzumachen.

Eine Sekunde lang sah ich Angst in Trishs Augen aufblitzen, als ob ihr gerade erst die Konsequenzen bewusst würden. Dann setzte sie sich auf und das Laken rutschte von ihren Brüsten. Inzwischen ist es eine Serie von Schnappschüssen, ich habe es darauf reduziert. Bilder, die ich die meiste Zeit nicht ansehe. Die ich nur gelegentlich hervorhole, um mir in Erinnerung zu rufen, was ich hinter mir gelassen habe. Ich weiß nicht mal mehr, was Trish gesagt hat. Die einzige Nahaufnahme ist die von ihrem trägen, triumphierenden Lächeln, in dem fünfzehn Jahre Rache lagen.

FÜNFTER WEIHEGRAD – LUNA

Man muss sich die ganze Höhle als ein Feldlager vorstellen, in der Nacht vor der entscheidenden Schlacht – ein Lager in Finsternis. Das einzige Licht ist der Mond: Luna, die für die fünfte Stufe der Initiation steht.

Die alten Perser glaubten, der Honig komme vom Mond, und der Samen des Stiers, den Mithras erlegte, werde dort geläutert, bevor er wieder auf die Erde zurückkehrte, um dort Fruchtbarkeit zu spenden.

So entsteht aus kaltem, weißem Tod neues Leben.

(*Das Mithras-Mysterium*, Martin Ekwall,
Oxford University Press)

28

Es ging erst am Donnerstag, weil am Mittwoch die Matheklausur war und die ganze Lernerei noch zu etwas gut sein sollte. Eine Wissenschaftlerin brauchte Mathematik – auch wenn sie am Donnerstagabend mit Gary durchbrennen würde.

Bis dahin aber musste ich ein kleiner Soldat sein. Ich saß in der Schule kerzengerade auf meinem Stuhl, ohne mich ein einziges Mal anzulehnen. Ich ließ die ganze Woche die Strickjacke an, trotz der Hitze. Ich schlug meinen Rock nicht hoch. Die meisten blauen Flecken hatte ich auf dem Rücken, aber auch auf den Armen und Oberschenkeln waren es genug, um Fragen zu provozieren. Aber ich achtete darauf, dass sie niemand sah.

Die Einzige, der ich nicht begegnen durfte, war Mrs. Klein. Sie würde erkennen, warum ich die Schultern so steif hielt, warum ich beim Gehen und Hinsetzen so aufpasste.

Trish und ich gingen uns sowieso aus dem Weg. Poppy kam nicht in die Schule. Sie erschien erst zur Mathearbeit am Mittwoch und lächelte mich blässlich an, als wir in die Turnhalle gingen. Sie zeigte auf ihren Magen.

»Bin immer noch krank«, formte sie tonlos.

»Nicht schwatzen, Mädels«, sagte Mrs. Ruthven, die Aufsicht hatte. »Blätter umdrehen. Ihr habt von jetzt an drei Stunden.«

Mrs. Ruthven patrouillierte gern durch die Reihen, auf der Suche nach Spickzetteln. Etwa nach der Hälfte der Zeit blieb sie neben meinem Tisch stehen. Ich sah von meinem Blatt auf. Sie musterte den Verband an meiner linken Hand.

Als ich nach der Arbeit die Turnhalle verlassen wollte, hielt sie mich auf. »Was ist mit deiner Hand, Katie?«

»Nichts.«

»Also, nichts kann es ja wohl nicht sein, da sie immerhin verbunden ist.«

»Verbrannt. Ich – ich hab sie mir beim Bügeln verbrannt.«

Mein Vater hielt meine Hand direkt über die glühende Herdplatte. Die Hitze versengte mir die Finger. Ich wand mich und hielt mit aller Kraft dagegen, aber er drückte meine Hand runter.

Ich schrie. Feuernadeln bohrten sich durch meine Haut bis in den Knochen. So was Schreckliches hatte ich noch nie gefühlt. Einen furchtbaren Moment lang war meine Hand der einzige Teil von mir, den ich wahrnahm. Sie war riesig, pochte, zum Bersten prall von Schmerz. Es war meine Hand, die schrie, nicht ich.

Mein Vater ließ los. Ich riss meine Hand weg, keuchend, musste sie am Handgelenk stützen, weil sie zu groß und zu schwer war, um sich selbst zu halten.

»Oh, mein Gott, Katie«, murmelte mein Vater. »Oh, Gott, es tut mir leid. Was habe ich getan?«

Er weinte, nicht ich.

»Es ist wirklich nicht so schlimm, Mrs. Ruthven.«

»Brandwunden können heikel sein. Du willst doch nicht, dass sie sich infiziert. Geh und lass dir von der Schulkrankenschwester eine antiseptische Salbe drauftun. Und vielleicht ist es besser, wenn Luft drankommt.«

»Ich möchte sie lieber verbunden lassen.«

Mein Vater war sehr sanft mit mir umgegangen, seit er am Samstag meine Hand verbunden hatte. Ich hatte versucht, sie ihm wegzuziehen, weil ich nicht wollte, dass mich seine Tränen berührten.

»Komm, wir halten sie unter fließendes Wasser«, sagte er. »Das zieht die Hitze raus.«

»Nein«, widersprach ich. Der Schmerz war schlimmer als alles, was ich je erlebt hatte, noch schlimmer als damals, als er mir den Arm ausgekugelt hatte, aber ich wollte, dass es weiter wehtat. Ich hoffte, es würde eine Narbe zurückbleiben. Es sollte eine ewige Erinnerung sein.

Du tapferer kleiner Soldat, Katie.

Als ich allein war, wickelte ich den Verband ab. Da war ein dicker roter Striemen quer über meinen Daumenballen. In der Mitte war er geschwollen und weiß. Es tat jetzt nicht mehr ganz so weh, aber immer noch weh genug.

Warum tust du das, Dad?, dachte ich. So ist das schon mein ganzes Leben. Warum tust du das, obwohl ich doch weiß, dass du mich lieb hast?

Er sagte immer, dass es ihm leid tat, erklärte es mir aber nie.

Als es Mrs. Klein gereicht hatte, dass ihr Vater ihr wehtat, war sie durchgebrannt. Ich glaubte nicht ernsthaft, dass Gary mit mir durchbrennen würde. Aber ich wusste nicht, wie man durchbrannte, ganz allein, mit vierzehn. Mit Gary zu reden war vielleicht schon mal ein Anfang, wenn nur mein Vater nicht dahinter kam.

Du kleine Herumtreiberin, genau wie deine verfluchte Mutter.

Doch von Gary war die ganze Woche nichts zu sehen. Ich hielt morgens auf dem Schulweg nach ihm Ausschau, aber seine Arbeit in Crow Stone fing schon früh an. Nach der Schule saß ich auf dem Fenstersitz im ehemaligen Zimmer meiner Mutter und beobachtete die Straße. Jeden Abend kam mein Vater vor ihm nach Hause.

Am Mittwoch, als ich nach der Mathearbeit nach Hause ging, sah ich Gary auf der Hauptstraße von Green Down. Er kam aus dem Zeitungslädchen auf der anderen Straßenseite und riss gerade das Zellophan eines Päckchens Embassy auf.

Ich beschwor ihn innerlich, rüberzuschauen und mich zu sehen.

Er schaute auf.

Ja!

Zuerst dachte ich, sein Blick werde einfach über mich hinweggleiten. Vielleicht erkannte er mich in meiner Schuluniform ja nicht. Es gingen noch mehrere andere Mädchen die Straße entlang. Ich winkte.

Er guckte verdutzt, erkannte mich dann aber und nickte mir kurz und verlegen zu.

Ja!

Morgen Abend würde ich ihn im Steinbruch treffen.

Am Donnerstagabend, hatte mein Vater gesagt, würden er und Janey in den Social Club von Odd Down gehen, wo sie wohnte. Dort wollten sie mit Freunden von Janey Poker spielen.

»Du kommst doch zurecht?«, fragte er mich. »Macht's dir auch wirklich nichts aus, allein zu Hause zu sein?«

»Kein Problem.«

»Weißt du, was wir für deinen Geburtstag beschlossen haben?« Er stand unsicher an meiner Zimmertür. Sein Haar war feucht und kringelig vom Duschen, und er trug ein rosa Hemd, das ich noch nie gesehen hatte. »Wir gehen aus, alle drei zusammen, in ein richtig feines Restaurant. Janey reserviert uns was. Sie will, dass es eine Überraschung wird, aber ich wollte dir nur sagen: Wir haben nicht vergessen, dass Sonntag dein großer Tag ist. Sie hat gemeint, zum Mittagessen, aber ich habe gesagt, nein, Abendessen. Unsere Katie ist erwachsen genug für einen richtig schicken Abend. Wir werfen uns alle in Schale und gehen aus wie eine richtige Familie.«

Seine Augen waren ängstlich gespannt. Er wollte, dass ich sagte, wie toll das werden würde.

Heute wünschte ich, ich hätte es getan.

Wenn man am Kirchhof und an der Schule vorbeiging, bis ans Ende der Straße, und dann den kleinen Weg nahm, der bei den Schrebergärten hinunterführte, kam man von hinten nach Crow Stone. Das war einer der beiden letzten Steinbrüche in Green Down, wo noch gearbeitet wurde. Der Stein war gut, aber nicht erstklassig. Besserer Baustein kam aus Randall's Quarry am Ostrand von Green Down, aber in Crow Stone herrschte immer Hochbetrieb. Den ganzen Tag über krochen Lastwagen und Transporter die steile Zufahrtsstraße hinauf, und die Luft war erfüllt vom Kreischen der riesigen Sägen, die den Stein in Blöcke schnitten. Man konnte nicht in Green Down wohnen, ohne den Steinbruch zu kennen.

Ich ging den Weg ganz runter und auf die Zufahrtsstraße hinaus. Das Grün am Straßenrand war grau von Steinstaub, die Bäume sahen müde aus, die Blätter belegt wie die Zungen alter Männer. Vor mir ragte das hohe Eisentor auf. *Crow Stone. Zutritt für Besucher nur nach Anmeldung im Betriebsbüro.* Das Tor war geschlossen und mit einem Vorhängeschloss gesichert. Egal.

Die Steinbrucharbeiter fingen um acht Uhr morgens an und machten um sechs Schluss. Danach war der Steinbruch völlig verlassen. Baustein wird aus der Steinbruchwand geschnitten, nicht gesprengt, deshalb gab es hier keinen Sprengstoff und folglich auch keinen Wachmann. Bei Feierabend wurden die kleineren Gerätschaften in den Schuppen eingeschlossen, die Gabelstapler und Bagger ordentlich in der Mitte des Steinbruchs geparkt und die Tore abgeschlossen. Aber man konnte durch die Rhododendren am Rand des Schrebergartenwegs schlüpfen, sich durch ein Loch im Zaun zwängen und von der Seite in den Steinbruch runterklettern. Die Eigentümer machten sich nicht die Mühe, den Zaun zu reparieren. Gestohlene Gerätschaften ließen sich auf diesem Weg nicht abtransportieren. Außerdem lohnte es sich nicht, das Loch zu flicken, die Jugendlichen schnitten sich einfach ein neues.

Jeder kannte diese Stelle, wo sich die Pärchen trafen. Ich war erst einmal durch den Zaun geschlüpft, vor einem Jahr, allein, weil die Steinbrucharbeiter oft Ammoniten im Gestein fanden. Mein Vater hatte mir erzählt, sie hätten eine ganze Fossiliensammlung, die sie

Besuchern zeigten. Seiner Schilderung nach hatte ich mir vorgestellt, dass die Versteinerungen reihenweise auf dem Boden ausgelegt waren, aber sie mussten die Sammlung wohl mit den Gerätschaften weggeschlossen haben, weil nirgends was davon zu sehen war. Ich wühlte in einem Haufen Schroppen herum, aber die Abfallsteine wiesen nur wenige versteinerte Muschelstücke auf. Da hatte ich auf den Feldern bessere gefunden.

Es war viertel vor sieben – immer noch zu früh. Ich ging den Weg wieder ein Stück rauf und schlug mich dann in die Büsche, wo eine Spur von leeren Bierdosen und Chipspackungen den Weg zu der Stelle markierte, an der der grüne Maschendrahtzaun aufgebogen war. Es war nicht schwer, sich dort durchzuzwängen. Würde Gary auch diesen Weg nehmen oder hatte er, nachdem er jetzt hier arbeitete, einen Schlüssel zum Tor?

Crow Stone war ein riesiger Steinbruch. Er war schon lange in Betrieb, und die Arbeiter hatten immer weitere Scheiben aus dem Hügel herausgesägt. Am Ostrand, wo ich durch den Zaun geschlüpft war, brauchte ich nur ein paar Meter bis auf den Grund des Steinbruchs runterzuklettern. Aber auf der Westseite, im ältesten Teil, wo die Sonne schon auf die Bäume über dem Fels herabsank, war die Steinbruchwand hoch und steil und teilweise mit Efeu und Kriechpflanzen bewachsen. Hier wurde kein Stein mehr gebrochen. Der Bereich am Fuß der Wand diente als Stapelplatz, wo die frisch geschnittenen Blöcke zum Trocknen gelagert wurden.

Ich sah wieder auf die Uhr. Gleich sieben. Die Steinstapel lagen schon in tiefem Schatten. Er musste jeden Moment kommen. Ich ließ mich bei einem Gabelstapler in der Mitte des Steinbruchs nieder und lehnte mich an eins der hohen Räder. Die Sonne schien immer noch warm auf meine bloßen Arme. Es war ganz still. Kein Verkehrsgeräusch, kaum Vogelstimmen. Ein Flugzeug kroch langsam über den Himmel, Richtung Bristol-Lulsgate. Schattenfinger schoben sich über den Steinbruchgrund.

Viertel nach sieben. Er war noch nicht da.

Kein Grund zur Beunruhigung. Zu der Party war er auch zu spät gekommen.

Ich wickelte die Binde von meiner linken Hand. Eine Blase hatte sich gebildet und war aufgegangen, und die verbrannte Stelle hatte jetzt ein dunkleres, stumpferes Rot angenommen. Sie heilte, war aber immer noch berührungsempfindlich.

Ich stellte mir Gary in seinem Zimmer vor, wie er sich am Waschbecken wusch. Seifenbläschen zerplatzten auf seiner Brust. Wassertröpfchen glitzerten in den Haarbüscheln unter seinen Achseln.

Der Schatten hatte bereits die Mitte des Steinbruchs erreicht. Wo keine Sonne mehr war, wurde es jetzt kalt. Ich zählte die Gänsehauthubbel auf meinen Armen. Ich zählte schon eine geraume Zeit, und Gary war immer noch nicht gekommen.

Ich sah ihn mit Trish im Schattendunkel auf dem Balkon. Er küsste ihren Hals, und ich sah, wie er die Hand auf ihren Po legte und ihre Pobacken knetete, dann die Hand ganz beiläufig zu ihrer Brust wandern ließ. Ich rutschte unbehaglich auf dem harten Boden hin und her. Ich wollte, dass er das mit mir machte. In dem geklauten BH kribbelten meine Brüste.

Krähen flogen zu den Bäumen, wo die Sonne versunken war. Sie riefen sich zu, Zeit, Leute, Zeit. Zeit, nach Haus zu gehen. Gary. Gary Gary. Gary. Ich sagte den Namen leise vor mich hin, bis es klang wie die Rufe der Krähen.

Es war schon ganz schön spät. Ich blickte an mir runter, und meine Finger versuchten sich in den Boden zu buddeln. Meine schwarze Hose hatte Staubflecken.

Plötzlich sah ich mich so, wie mich jeder andere gesehen hätte. Ein Kind: ein dummes, albernes Kind mit einer umgebundenen Strickjacke, das in der Erde herumbuddelte und davon träumte, den Ersten Engländer auszugraben. Ich hatte bisher noch nicht mal einen ganzen Ammoniten gefunden, immer nur Stücke. Und jetzt kniete ich hier in einem leeren Steinbruch und bildete mir ein, mein Held werde kommen und mich retten. Die Steinbruchwände drängten sich um mich, um einen Blick auf dieses dumme kleine Mädchen zu werfen, das allen Ernstes dachte, Gary Bennett werde kommen und es küssen.

Einen Augenblick lang schien der ganze Steinbruch lebendig zu werden und sein weites Maul zu einem höhnischen Lachen zu verziehen. Die schlafenden Maschinen sahen aus, als könnten sie jeden Moment aufwachen: all diese Ungetüme, die tagsüber polterten und ächzten und quietschten, die ratternden Winden, die Flaschenzüge, das singende Transportband, die kreischenden Sägen, die wasserschlangenartigen Schläuche, die Gesteinszertrümmerer, die Gabelstapler, die aussahen wie Grashüpfer mit gesenkten Köpfen.

Ein großer weißer Mond schob sich hinter der niedrigeren Wand hervor. Ich fror und legte mir die Wolljacke um, zog sie fester um mich.

Mir taten die Knie weh, und mein einer Fuß war fest eingeschlafen. Ich wollte aufstehen, aber der Fuß fühlte sich an wie ein mit Sand ausgestopfter Socken. Ich traute mich nicht, ihn richtig zu belasten, also setzte ich mich wieder hin, zog ihn auf den anderen Oberschenkel und versuchte ihn durch Massieren wieder zum Leben zu erwecken.

Ich konnte meine Uhr kaum noch erkennen, krabbelte aber aus dem Schatten des Gabelstaplers ins Mondlicht und stellte fest, dass es schon nach halb neun war. Er würde nicht kommen.

So entsteht aus kaltem, weißem Tod neues Leben.

Ich stand auf. Ich schlug Bogen um die Gabelstapler und den Bulldozer, entfernte mich ein kleines Stück und wurde dann wieder zurückgezogen wie ein Jojo am Faden. Die Steinbruchwände hingen herab wie steinerne Vorhänge, mit dunklen Hänge- und Knitterfalten, aber als der Mond höher stieg, übergoss er die westliche Wand mit eisigem Licht. Ich erkannte Spalten und Risse und Grasbüschel.

Über die Wand nachzudenken hielt mich davon ab, an Gary zu denken. Es war wie ein Rätsel, ein spannendes Gleichungssystem. Ich wusste, ich war schlau genug, um es zu lösen. Jedes Mal, wenn ich an der Bulldozerschaufel vorbeikam, dehnte sich der Jojofaden ein bisschen weiter.

Meine Parabelbahn führte jetzt schon über die halbkreisförmigen Trockenstapel hinaus, wo die frischen Blöcke auf Brocken von Abfallgestein lagerten, damit auch von unten Luft drankam. Ich näherte mich immer mehr der alten Steinbruchwand.

Ziemlich weit oben in der Wand sah ich einen dunklen Fleck. So dunkel, dass er gar nicht wie Stein aussah. Ich war mir nicht sicher, was das war. Der Schatten von einem Sims?

Immer wieder marschierte ich an den Steinstapeln vorbei in Richtung der Wand und dann zu den Staplern und den Bulldozern zurück.

Wenn ich es schaffen würde, dort hochzukommen, wäre das vielleicht ein gutes Versteck.

Es war völlig klar. Nach Hause würde ich nicht gehen. Ich wollte, dass mein Vater und Janey zurückkamen – ich war mir sicher, dass sie heute Nacht beide kommen würden, es war nur eine Frage der Zeit, bis sie bei uns einzöge – und mich nicht vorfanden. Dann würde es ihnen leid tun. Dann würde es *allen* leid tun. Die Nachricht würde wie ein Lauffeuer durch die ganze Straße gehen, und Gary würde wissen, was passiert war, weil er mich versetzt hatte.

Der Jojofaden riss. Ich fand mich am Fuß der Wand wieder.

Von hier aus sah es gar nicht so schwer aus. Der Mond schien hell auf die Wand, und was von weitem glatt wirkte, war in Wirklichkeit voller Löcher und Kerben. Da gab es Risse, Buckel und kleine Vorsprünge, auf die man den ganzen Fuß setzen konnte. Ich musste nur eine Hand ausstrecken und losklettern.

Zuerst war es leicht. Die Wand war ein Schachproblem, das mich von dem Tumult ablenkte, der in mir tobte. Ich überlegte mir jeden Zug ganz genau. Wenn ich es langsam anging, Schritt für Schritt, würde ich es lösen. Die ersten, sieben acht Meter schaffte ich ziemlich schnell. Dann wurde es schwieriger, weil die Wand gleichzeitig glatter und steiler wurde. Ich wusste, ich konnte noch höher gelangen. Da war ein prima Griff gleich über meinem Kopf und etwas links von mir ein gutes Plätzchen für meinen Fuß, ein kleiner Felsvorsprung, auf dem ein wenig Gras wuchs.

Ich befand mich jetzt etwa zehn Meter über dem Boden. Flechten aus Efeu hingen in die Felsstirn über mir. Ich dachte daran, was mir mein Vater erklärt hatte, als er mich zur Kletterwand mitgenommen hatte: drei Kontaktpunkte. Das berühmte Dreipunktklettern. Meine Finger krallten sich in einen Riss. Meine andere Hand umfasste eine Felswarze. Ich zuckte zusammen, als sie auf die halb verheilte Brandwunde drückte. Dann kam der linke Fuß dran. Es war ein ganzes Stück bis zum nächsten Tritt, dem grasbewachsenen Vorsprung. Ich musste das Knie anziehen, bis es sich anfühlte, als stieße es gegen meine Achselhöhle.

Jetzt war mein rechtes Bein unter mir ganz gestreckt. Ich musste mich hochziehen und gleichzeitig mein Gewicht auf den linken Fuß auf dem grasbewachsenen Vorsprung verlagern, dann konnte ich das rechte Bein hochziehen und einen neuen Tritt suchen. Dies war das letzte schwierige Stück, dann konnte ich seitwärts auf eine Verwerfung rüberklettern, die schräg nach oben führte – ein ordentlich breiter Spalt, an dem ich mich ohne größere Probleme entlangarbeiten konnte. Immer vorausdenken. Wie beim Schach. Läuferzug. Leicht.

Ich stieß mich mit dem rechten Fuß ab, verlagerte mein Gewicht auf den linken und auf das Grasbüschel. Kinderleicht. Schach.

Nein, Malefiz. Das Grasbüschel gab nach, eine scharfkantige Steinflocke platzte von der Wand ab, und mein linkes Bein schoss nach unten weg. Es gab keinen Halt für meinen rechten Fuß. Meine Brust und mein Bauch schlugen gegen harten Fels.

Ich baumelte in der Wand, und meine Fingerspitzen schrien. Das Einzige, was mich davon abhielt, ins Leere zu fallen, war die vielleicht-ja-noch-ein-bisschen-reichende Kraft in meinem Oberkörper, mit der ich die Hände weiter in die Griffe über mir krallte. Ich hatte das Gefühl, dass mein ganzes Gewicht an meinen Fingernägeln hing. Meine Arme schmerzten und brannten. Meine Fußspitzen tasteten nach einem Riss im Gestein.

Gleich muss ich loslassen …

Mein rechter Fuß fand gerade so viel Halt, dass er etwas Gewicht von meinen schreienden Armen nehmen konnte. Die Panik ließ ein bisschen nach, sodass ich mit dem anderen Fuß gründlicher nach einem Tritt tasten konnte. Da war noch ein winziger Riss. Ich presste mich an den Fels, quetschte mich regelrecht hinein. Spidermans ungeschickte kleine Schwester.

Der Mond überflutete mich mit Licht. Ich krallte mich in den Fels. Den Fels kümmerte das so wenig, als wäre ich ein junger Hund, der an seinem Bein hing.

Ich konnte mich nicht rühren. Meine Muskeln waren erstarrt. Mein eines Bein brannte, wo es über den Fels geschrammt war. Das Hosenbein hatte sich hochgeschoben. Meine Nase drückte gegen den Stein, und ich sah die poröse Oberfläche von Kalkstein wie die Haut eines Riesengesichts. Ich fragte mich, ob ich wohl den Kopf drehen könnte, nur ein paar Millimeter. Ich glaubte nicht, dass es gelänge.

Da waren Zwerge im Fels, Zwerge, die nach Gold gruben. Bumm, Bumm, Bumm. Ich fühlte, wie sich der Fels an meiner Brust im Rhythmus ihres Hämmerns dehnte und wieder zusammenzog. Nein, es war mein Herzschlag. Ich dachte an das Bild in unserem Wohnzimmer, den weinenden Jesus, der an die Tür des Menschenherzens klopft.

Oh, Jesus, bitte, Jesus, sagte ich immer wieder vor mich hin. Bitte, Jesus, lass mich hier wieder runterkommen.

Doch als ich es schließlich schaffte, meine Nase von der Felswand zu lösen und zwischen meinen Saugnapfbeinen nach unten zu lugen, wurde mir klar, dass ich nicht runterkommen würde. Meine Knie verweigerten den Dienst, und meine Ellbogen zitterten.

Oh, Jesus, dachte ich, Jesus, hilf mir. Oder ich hänge hier fest, bis meine Finger und Zehen vor Kälte gar keine Kraft mehr haben.

– Nach oben.

– Was?

– Steig nach oben.

– Hab's gehört. Bist du verrückt?

– Steig rauf. Das ist die einzige Möglichkeit.

Es war natürlich nicht Jesus. Es war meine Mutter. Sie saß oben auf der Felskante. Ich konnte sie im Dunkeln nicht sehen, aber ich wusste, dass sie da war.

– Komm. Eine Hand, dann einen Fuß. Wie dein Vater gesagt hat.

– Ich kann nicht.

– Du musst ja nicht alles auf einmal machen. Lass erst mal eine Fingerspitze locker. Du fällst nicht. Ich versprech's dir.

Ich ließ eine Fingerspitze locker. Sie hatte Recht. Ich fiel nicht. Ich fühlte, wie sich auch ein Zeh entspannte, ohne dass ich es ihm befehlen musste.

Nach und nach lockerten sich meine Muskeln und wurden zu meiner Überraschung nicht schwächer, sondern stärker.

Meine Mutter war jetzt die Wand herabgestiegen, um mir zu helfen. Sie hing direkt neben mir am Fels und flüsterte mir ins Ohr, damit wir die Maschinen unten nicht weckten.

– Lass jetzt mit der rechten Hand los. Beweg sie ein paar Zentimeter weiter nach rechts. Siehst du? Es geht. Da ist der nächste Griff. Überall in der Wand sind jede Menge Griffe, du musst nicht mal hinschauen. Du kannst sie fühlen. Ich helfe dir.

Meine Zuversicht wuchs.

– Jetzt einen Fuß hochnehmen. Den rechten. Nicht so weit. Zehn Zentimeter vielleicht. Ein bisschen weiter nach rechts. Da ist der Riss breiter. Das ist ein guter Tritt. Noch nicht den anderen Fuß wegnehmen, erst mal den rechten belasten, probehalber. Gut. Prima. Der hält dich. Jetzt kannst du das linke Bein bewegen.

Und so arbeiteten wir uns langsam und allmählich die Steinbruchwand hinauf, zwei Spinnen im eisigen Mondlicht.

Etwa sieben Meter unter der Kliffkante befand sich der Schattenfleck, den ich von unten gesehen hatte. Meine suchende Hand glitt über eine Felskante, ertastete ein richtiges Sims. Ich drehte den Kopf zur Seite, um es meiner Mutter zu sagen, aber sie war verschwunden.

Nicht schlimm. Ich war mir jetzt sicher, dass ich sie wiederfinden würde, wenn ich sie brauchte. Ich fasste die Felskante, drückte mich mit dem Fuß hoch, noch weiter, hochziehen, noch mal mit dem Fuß abstemmen. Und schon lag ich bäuchlings auf einem drei Meter tiefen Sims unter einem Felsüberhang.

Ich hatte Recht gehabt. Es war ein guter Platz, um sich auszuruhen, ein prima Versteck. Jetzt wollte ich mich nur noch hinlegen und schlafen. Ich kroch tiefer in den Schatten, lehnte mich an den efeubewachsenen Fels und fiel rückwärts in einen Stollen.

Das Mundloch musste zu den ersten Untertageminen von Crow Stone gehört haben. In diesem Teil des Hügels verliefen die Gesteinsschichten sehr unregelmäßig. Als die Untertageminen im neunzehnten Jahrhundert erschöpft gewesen waren, hatten die Steinbruchbesitzer erkannt, dass sich unter ihren Füßen immer noch lohnende Steinlager befanden. Sie hatten sich senkrecht in die Tiefe gesägt und eine weite Schüssel in den Berg gehöhlt, sodass der Stolleneingang schließlich oberhalb der Mitte der Steinbruchwand lag. Kriech- und Kletterpflanzen hatten ihn von oben her überwuchert, und schließlich war er in Vergessenheit geraten. Auch nachdem die drei Jungen 1963 beinahe in den Minen verschwunden wären, hatte niemand daran gedacht, das Mundloch zuzumauern.

Oh, Jesus, bitte, Jesus. Da war nichts, was mir sagte, woher ich gekommen war und wohin ich gehen musste, und das Dunkel schlang sich so eng um mich, dass es mir die Luft aus der Lunge quetschte. *Bitte, lieber Gott, lass mich zurückfinden. Lass mich heil zurückfinden.*

29

Am Freitagmorgen passt mich Gary auf dem Parkplatz ab.

»Gehst du mir aus dem Weg?«

»Nein«, sage ich verblüfft. »Natürlich nicht. Wie kommst du darauf?« Aber ich kann ihm nicht in die Augen schauen. Der Geruch von Dickons Bieratem, der Druck seiner Erektion an meinem Bauch, das ist wie die Pervertierung all dessen, was zwischen Gary und mir gewesen ist. Sein Gezischel an meinem Ohr, *Du magst es, wenn dir jemand zuschaut* … Meine Schuld. Seine langen, bleichen Finger, wie Halme, greifen im Dunkeln nach mir. Klick, Klick, Klick. Und jetzt Trish und ihr Eine-Frau-Feldzug, um mir etwas heimzuzahlen, was ich nie wollte. Trish und Nick. Komm ins Bett. Komm her, mach mit …

Er legt mir die Hand auf den Arm, und weil ich nicht darauf gefasst war und immer noch an Trish und Nick denke, zucke ich zusammen.

»Okay«, sagt er. »Sorry. Ich muss da was missverstanden haben.«

Er geht davon, mit steifem Rücken, die Hände in den Taschen vergraben.

Man merkt, dass schon fast Wochenende ist. *Land of My Fathers* dringt aus den Stollen, wo Cennydd und seine Leute arbeiten, letzte Hand an den Schutzgang legen, den Teds Team gestern weitergeführt hat. Mit zwei Teams im südlichen Bereich sind die Bergleute gut vorangekommen.

Nächste Woche um diese Zeit werden die Arbeiten über Weihnachten eingestellt, und sie fahren alle zu einem längeren Urlaub nach Hause, nach Wales. Die Harmonien klingen unter Tage wunderschön, hallen durch die Kavernen.

Der Gesang bricht jäh ab. Ich werde aus meinen Betrachtungen gerissen und renne um die Ecke. »Probleme?«

»Möglich«, sagt Cennydd. »Schauen Sie mal, was wir heute Morgen gefunden haben.«

»Die Keile?« Mein Stablampenstrahl fährt den langen, dunklen Riss in der Stollendecke nach. Er sieht genauso aus wie gestern, nur dass zwei Keile auf dem Boden liegen.

»Muss sich wohl ziemlich schnell verbreitern«, sagt er. »Ted hat mir erzählt, er hat die Dinger richtig fest reingehauen.«

Wie hatte Brendan es formuliert? *Wenn erst mal eine Säule nachgibt – Dominoeffekt ...*

»Muss euer Gesang sein.«

Er lacht, aber ich merke, dass ihm genauso unwohl ist wie mir.

»Mal im Ernst, Cenny, das gefällt mir gar nicht.«

»Ich muss Ihnen noch was zeigen.« Er führt mich dorthin, wo die Bergleute den nächsten Schutzgangabschnitt bauen, parallel zu einer Trockenmauer. »Das war's, was uns gerade zum Schweigen gebracht hat.«

Cennydd richtet seine Stablampe auf den oberen Teil der Trockenmauer. Die Steine der obersten Schicht sind unter dem Druck des darüber liegenden Gesteins zerbröckelt.

»Sehen Sie mal da oben«, sagt er. »So bös zerquetschte Steine hab ich unter Tage noch nirgends gesehen.«

»Wir sollten Brendan holen«, erwiderte ich. Und den Hydrogeologen rufen. Als ich mir Brendans große Karte der Minen vergegenwärtige, komme ich zu dem Schluss, dass dieser Bereich des Stollensystems unter dem steilsten Teil des Hangs liegt. Es kann doch nicht sein, dass der ganze Hang in Bewegung ist, oder?

Dampf hängt in der kalten Luft unter den Schutzganglampen, als Brendan Kaffee aus seiner Thermosflasche in einen Thermosbecher gießt. Ich nehme den Becher dankbar entgegen. Hinter meinen Augen hat ein quälender Spannungskopfschmerz eingesetzt.

»Ich habe den Hydrogeologen angerufen«, sagt er. »Er hat mir versichert, der Hang sei stabil, sogar bei einem kleineren Hurrikan.«

»Ich finde trotzdem, er sollte kommen und es sich ansehen.«

»Er kommt, keine Angst. Er wollte es auf Montag verschieben, aber ich habe ihm klargemacht, dass meine Leute nicht unnötig Panik verbreiten. Er kommt gleich morgen früh, und wir werden übers Wochenende ein Team in Bereitschaft halten. Was sagt Ihr Gefühl?«

Bergbau ist ebenso sehr Kunst wie Wissenschaft. Man kann messen und berechnen, soviel man will, am Ende zählt doch der Instinkt. »Mir ist nicht wohl dabei. Meinen Sie nicht …«

»Ich hätte gern, dass Gary einen Blick drauf wirft, bevor wir irgendwelche Entscheidungen treffen«, sagt Brendan. »Er hat schon länger mit diesem Gestein zu tun als irgendjemand von uns.« Er trinkt seinen Kaffee aus und dreht den Becher um. »Haben Sie Dickon heute schon gesehen?«

Meine Hand zittert, als ich ihm den Becher zurückgebe. Wir kehren zum Schacht zurück. In meinem Kopf hämmert es. Ich fühle mich immer noch beschmutzt durch das Widerliche Geschehen im Durchgang, aber es ist zu spät, um irgendwas zu sagen. Wobei ich es Brendan sowieso nicht erzählen würde.

»Nein. Vielleicht ist er ja schon früher ins Wochenende gestartet.«

»Sein Wagen steht auf dem Parkplatz. Er muss hier irgendwo stecken. Ach, übrigens, es gibt eine gute Nachricht.« Er stößt triumphierend die Faust in die Luft. »Wir sind im Nordsektor wieder im Geschäft. Es gibt eine Möglichkeit, das Schofield-Problem zu umgehen. Lucy hat noch mal juristischen Rat eingeholt, und die Anwälte sind wohl der Meinung, dass ihm die Stadtverwaltung mit einer Verfügung nach Paragraph acht Bergbaugesetz kommen kann, dass er uns Zugang für dringende Katastrophenabwehrmaßnahmen gewähren muss. In dem Fall ist die Einwilligung des Grundeigentümers nicht erforderlich. Also können wir, sobald das getan ist – heißt, nach Weihnachten –, unter dem Mare's Hill wieder loslegen. Sollen wir nach oben gehen und uns an die Pläne setzen?«

Ich kann seinen Worten kaum folgen, weil mein Kopf sich anfühlt, als ob sich dieser lange Zickzackriss mitten durch ihn hindurchzöge. Wir sollten nicht weitermachen, solange der Riss arbeitet. Wir sollten die Stollen räumen, bis der Hydrogeologe kommt, sollten die Stadtverwaltung alarmieren, die Hilfsdienste in Bereitschaft versetzen, für den Fall einer Evakuierung ... Als ich die Leiter wieder hinaufsteige, wird mir klar, dass nichts von alledem passieren wird. Brendans Gesicht unter mir hat den Ausdruck vager Konzentration, ist aber ansonsten völlig entspannt.

»Brendan«, rufe ich hinab, »was genau hat eigentlich den Gilmerton-Einsturz ausgelöst? Ich weiß, eine Säule kann jederzeit wegbrechen, aber konnten Sie irgendetwas Oberirdisches dingfest machen, was dazu geführt hat?«

»Genau ließ sich das nicht feststellen«, sagt Brendan. »Bauarbeiten vielleicht – na ja, das war eine der offiziellen Erklärungen. Meine persönliche Theorie lautet, dass es das Wetter war, obwohl die meisten Experten davon nichts wissen wollten. Die haben lieber was Handfestes, dem sie die Schuld geben können, wie zum Beispiel einen Haufen schwere Baumaschinen, die Fundamente ausheben. Aber jeder Steinbrucharbeiter wird Ihnen sagen, dass der Winter ein Killer ist. In diesem Gestein hier gibt es jede Menge Wasser – strenger Frost kann Risse in den oberen Schichten verursachen.«

Mein Schädel pocht bei jeder Leitersprosse, und es fällt mir immer schwerer, klar zu denken. Wabernde Bilder kreisen in meinem Kopf, nichts, was ich wirklich zu fassen bekomme, die Leute bei dem Informationsabend mit ihren verkniffenen, ängstlichen Gesichtern, der alte Mann und sein Hund, rote, wässrige Augen, Hund, *er hat einen toten Hund gefunden,* nasser Hund, Hundepaddeln üben … woran erinnert mich das nur … Ich bleibe auf der Zwischenplattform stehen, um das Pochen zu reduzieren und Atem zu schöpfen, bevor ich die zweite Leiter in Angriff nehme.

»In den letzten Wochen hatten wir ein paar Mal strengen Frost«, sage ich.

Brendan hievt sich auf die Plattform hoch. Er keucht ein bisschen. »Stimmt.«

»Und wenn man den anschließenden heftigen Regen hinzunimmt, könnte es wohl einen Bergrutsch geben, weil wir Stollen und Hohlräume in einem steilen Hang haben, der sowieso schon instabil ist.«

»Ach, zerbrechen Sie sich mal nicht …« Er bremst sich gerade noch, bevor er *Ihr hübsches Köpfchen* sagt. »Deshalb werden wir ja nach dem Verfüllen ein paar von den Schutzgängen offen lassen, damit das Grundwasser abfließen kann. Sie sollten sich mal den geomorphologischen Bericht ansehen.«

»Das habe ich getan«, sage ich. »Meinen Sie nicht, wir sollten wenigstens die Hilfsdienste in Bereitschaft versetzen?«

Seine sanften toffeebraunen Augen werden hart. »Kein Grund überzureagieren. Meine Hightech-Kanarienvögel hätten uns schon gewarnt, wenn es ernsthafte Gesteinsbewegungen gegeben hätte.«

»Vielleicht haben sie's ja getan.« Als ich hochschaue, ist das runde Stück Himmel am oberen Ende des Schachts dräuend grau. »Wenn nun der Alarm am Dienstagabend doch nicht nur an einem Kurzschluss lag?« Gary und ich haben nichts gefunden, als wir die Schutztunnel kontrolliert haben – aber das heißt nicht, dass es nicht weiter drinnen, in einem Teil des Stollensystems, in das wir noch nicht vorgedrungen sind, nicht irgendeine Bewegung gegeben haben kann, auf die die Sensoren reagiert haben. »Und es wird wieder regnen.«

»Nein«, sagt Brendan. »Es ist zu früh, um sich öffentlich in die Hosen zu scheißen.« Er zuckt zusammen und korrigiert sich. »Sorry. Ich meine, wir wissen noch nicht genug, um die Leute jetzt schon unnötig zu beunruhigen.«

»Aber die wohnen direkt oben drüber ...«

»Warten Sie den Bericht des Hydrogeologen ab.«

Mit pochendem Schädel klettere ich weiter. Mein Helm scheint eine Tonne zu wiegen, und die Gurte darin fühlen sich viel zu eng an, quetschen mir die Gedanken Tröpfchen für Tröpfchen aus dem Hirn. Frostschäden und dann Wasser, das durch die Stollen wirbelt, über der Erde Rammen, die monoton auf das schwache Erdreich einwummern ... Nein, nein, das kann nicht sein, kein Haus darf über den Stollen gebaut werden, solange sie nicht stabilisiert sind. Wasser, das die Stollenwände runterläuft, das Gestein, das schwitzt wie feuchter, bröckeliger Käse ... Warum denke ich die ganze Zeit an Bauarbeiten? Seit Brendan das gesagt hat, rumort irgendetwas in meinem Hinterkopf, und ich kann es nicht aufhalten; es rinnt durch die Risse in meinem Kopf wie das Wasser aus Poppys Swimmingpool ...

Was hat Roger erzählt? Von dem Versturz, der den Zugang zu der Kaverne blockierte, wo sie auf etwas wie einen unterirdischen Tempel stießen? Ein ziemlich frischer Versturz, hatte er gemeint; die Jungen hatten sich 1963 in den Stollen verirrt.

Ich habe mir das Mithräum immer im nördlichen Teil des Stollensystems vorgestellt, vielleicht irgendwo unter dem Gebäude des Verteidigungsministeriums, weil wir dort das Rabensymbol und die Tauroktonie gefunden haben. Aber die Jungen sind damals auf der Südseite reingekommen, vielleicht irgendwo in den Wäldern oberhalb der Vinegar Lane. Die große Frage ist: Wie weit sind Roger und die anderen Jungen durch die Stollen geflohen, um dem Kamera-Mann zu entkommen?

Mal angenommen, der Tempel selbst lag viel weiter südlich, in einem Teil des Stollensystems, in den wir noch nicht vorgedrungen sind? Vielleicht ...

... in einem Teil, von dessen Existenz wir gar nichts wissen?

Der Computerbildschirm in Brendans Büro zeigt zahlreiche gewundene Linien und schraffierte Stellen: die Karte der Minenanlagen unter Green Down, so wie sie laut unseren Daten aussehen. Vor fünfzehn Jahren hat ein Sturm in Paradise Woods Bäume entwurzelt und Minenschächte freigelegt. Daraufhin gaben die lokalen Behörden eine geologische Untersuchung in Auftrag. Sie wurde von der Oberfläche aus mit Hilfe von Bohrungen und bodendurchdringendem Radar durchgeführt. Die Ergebnisse wurden in diese Grafik umgesetzt: unser Spickzettel, in Ermangelung besserer historischer Karten.

»Klicken Sie mal dort drauf«, sage ich. »Können Sie mir diesen Sektor vergrößern?«

»Das ist der *südliche* Sektor«, sagt Brendan. »Nur zu Ihrer Orientierung, Kit, wir sollen hier die Arbeitspläne für die nördlichen Kavernen entwickeln.«

»Ich wollte nur mal was nachsehen, in Zusammenhang mit diesem Firstenriss.«

»Ich sagte doch – warten Sie auf den Hydrogeologen.«

»Ein bisschen runter«, sage ich. »Sorry, ich meine nach Süden.«

»Geht nicht runter«, sagt er. »Da ist nichts, sehen Sie?«

Klick, klick, klick.

In der Bildschirmmitte eine mäandernde Straßenschleife, verstreute Quadrate, die Häuser symbolisieren, weit auseinander stehend, jedes mit einem großzügigen Grundstück. Darüber ziehen sich die Worte *High Pines*. Da findet sich keine der Schraffuren, die unterirdische Stollenanlagen darstellen.

»Wurde das Gebiet untersucht?«

»Ja – da.« Brendan zeigt auf rote Punkte auf dem rechten Teil des Bildschirms. »Bohrungen. Sie haben offensichtlich nichts gefunden.«

»Aber wenn da ein Einsturz war …?«

»Wüsste nicht, wie ihnen das entgangen sein sollte. Die Bohrprobe hätte loses Erdreich und Gesteinstrümmer ergeben.«

»Aber mal angenommen, es wäre ihnen entgangen?«

»Na ja, möglich ist alles.«

Es ist ihnen bestimmt entgangen. Wann wurde Poppys Haus gebaut? Klare, moderne Linien, Flachdächer und große Fenster …

»Wissen wir, wann die Hangsiedlung gebaut wurde?«

Brendan holt eine andere Grafik auf den Schirm, mit Querverweisen. »1962.«

Mein Geburtsjahr. Ein Jahr, bevor die Jungen sich in den Stollen verirren. Baugruben. Baggerarbeiten. Schwere Maschinen. Die Grundstücke werden in den Südhang terrassiert, mit Blick durch die Kiefern übers Tal.

Vierzehn Jahre später der Riss in Poppys Swimmingpool. Und der Pool-Mann sagte, da seien Minen drunter, wohin sonst hätte das Wasser abfließen sollen?

Die Kiefern sind noch höher, als ich sie in Erinnerung habe. Das letzte Mal war ich am Tag nach der Party hier, als wir das Schlachtfeld in Poppys Haus beseitigten. Seit ich wieder in Green Down bin, habe ich es noch nicht hierher geschafft. Aber ich war ja auch noch nicht bei Trishs Haus in Midcombe.

Es sieht anders aus, und im ersten Moment komme ich nicht dahinter warum. Klar – die Mauer. Da war keine Mauer um die Hangsiedlung, als Poppy hier wohnte. Ich verstehe nicht ganz, wozu sie gut sein soll, da sie nicht hoch genug ist, um einen entschlossenen Einbrecher abzuhalten. Als ich aber um die Ecke biege und die gesicherte Zufahrt sehe, ist mir klar, dass es hier nicht um Einbrecher geht, sondern um Leute wie mich. So viel zu dem gemütlichen Spaziergang durch die Hangsiedlung, den ich geplant hatte. Da ist eine automatische Schranke mit einem elektronischen Auge zur Kontrolle der Bewohnerausweise und einer Überwachungskamera an einem hohen Pfahl. Die Leute, die hier wohnen, haben sich immer schon für was Besseres gehalten.

Ich beuge mich über die gelbe Steinmauer – nicht mal anständiger Stein von hier, sondern eine billige Imitation – und schaue den Hang hinab. Die Bäume versperren den Blick, aber ganz da unten ist die Vinegar Lane. Von hier aus kann ich Poppys Haus nicht sehen. Möglich, dass ihre Eltern immer noch dort wohnen, aber ich glaube es nicht. Ich habe keine Lust, hinzugehen und zu erklären, wer ich bin, um es herauszufinden.

Unmöglich zu erkennen, was hier drunter ist. Aber ich würde wetten, da ist eine Kaverne mit mehreren Deckeneinstürzen. Und nicht weit davon entfernt, vielleicht sogar ziemlich nahe an der Oberfläche, eine Doppelkammer mit zwei Gruben am Eingang und einer Nische in der Wand, wo Feuer brannte und die Flammen im Kopfschmuck des Gottes tanzten.

»Der Tempel wird nicht gerade im Bestzustand sein«, sagt Martin. Seine Stimme am Telefon klingt blechern und fern, aber das kurze Überschnappen verrät ihn; er versucht cool zu tun, kann aber seine Aufregung nicht ganz unterdrücken. »Wir wissen ja schon, dass jemand die Tauroktonie zerschlagen und für eine Mauer benutzt hat, also spricht vieles dafür, dass er verwüstet wurde. Wahrscheinlich wurde er von Christen gegen Ende der Römerzeit aus dem Verkehr gezogen – das Theodosius-Edikt Ende des vierten Jahrhunderts verbot heidnische Götterverehrung im gesamten Reich.« Ich höre ihn den Wasserkocher füllen. »Und seither können zahllose Bergleute dort drinnen gewesen sein und alles demoliert haben, ohne zu wissen, was sie da vor sich hatten.«

»Falls du heute Nachmittag nichts anderes vorhast, könntest du mal rauskriegen, ob High Pines das einzige Neubaugebiet der späten fünfziger und frühen sechziger Jahre in Green Down war«, schlage ich vor. »Im Bauamt muss es doch Unterlagen geben.«

»Ich bin mit Roger in Bath auf einen Drink zur Dämmerstunde verabredet, also kann ich vorher im Rathaus vorbeigehen.« Von seinem Ende kommt ein Klappern, das nach Geschirrschrank klingt. »Sorry, mache mir gerade ein Tässchen Tee zur Feier des Tages. Irre, was? Da hat es dieser John Wood immer mit seinen verschollenen Sonnen- und Mondtempeln in Lansdown, und dabei liegt die ganze Zeit ein römischer Tempel des Lichtgottes hier in Green Down.«

»Meinst du nicht, er hat es gewusst?«, frage ich. »Er war Freimaurer. Mal angenommen, die alten Steinhauer im achtzehnten Jahrhundert sind drauf gestoßen – auf einen verborgenen Raum mit Bildern von feierlichen Handschlägen und schrecklichen Prüfungen an den Wänden?«

»Also, das wäre interessant. Es hat noch nie jemand Beweise für eine unmittelbare Verbindung zwischen Mithraismus und Freimaurertum liefern können, aber es gibt sehr wohl die Theorie, dass Zusammenhänge bestehen. Wie wär's mit einer weiteren kleinen Unter-Tage-Expedition am Wochenende?«

»Nein«, sage ich, weil ich mir klarmache, dass ich morgen das Treffen mit dem Hydrogeologen habe und dass dies Aufregung genug sein wird, vor allem wenn es heute Abend wieder zu regnen beginnt. »Es besteht kein Grund, sich da Hals über Kopf reinzustürzen, Martin. Wenn das Mithräum unter High Pines liegt, ist es im Moment nicht gefährdet. Wir arbeiten dort weit und breit nirgends. Wenn du mich fragst, ahnt niemand, dass es dort Minen gab.«

»Ich habe ein richtig gutes Gefühl«, sagt er, als hätte er mir gar nicht zugehört. »Südhang, nicht weit von der Vinegar Lane und den Ruinen der Römervilla. Wo sie den Sargdeckel mit der Inschrift gefunden haben, die auf eine Garnison hinweist. Keine halbe Meile Luftlinie.«

Ich schaue auf meine Karte. Sie bilden ein Dreieck am Hang: Poppys Haus, die Römervilla und der stillgelegte Steinbruch von Crow Stone. Mir wird ganz eng um die Brust.

Es ist dunkel geworden. Eine schmale Mondsichel wie ein Riss im Himmel zwischen den dahinjagenden Wolkenfetzen. Martin hat mir erklärt, dass Luna eine der höheren mithraistischen Initiationsstufen war. Auch bekannt als Perses, der Perser, der eine Sichel in Form des jungen Mondes trägt und – wie die römische Muttergottheit Kybele – der göttliche Schnitter ist, der die Ernte einholt.

Erdgöttin, Himmelsgott – wie im gesamten Mithraismus schwer zu sagen, wo das Männliche ins Weibliche übergeht, das Dunkel ins Licht.

Was unseren kleinen Riss im Gewebe des Universums anbelangt, bin ich, als die Bergleute für heute zusammenpackten, noch mal unten gewesen, um nach der dunklen Zickzacklinie in der Stollendecke zu sehen. Aber sie hat sich nicht verändert.

Da Martin nach Bath reingefahren ist, um mit Roger Morrissey einen zu heben, habe ich keinen Grund, mich gleich auf den Heimweg zu machen. Er kommt später selbständig zurück, mit dem Zug, der das Tal entlangzuckelt. Rosie ist schon früher gegangen, weil sie mit Huw übers Wochenende in den Brecon Beacons klettern will, und von Dickon war zum Glück den ganzen Tag über nichts zu sehen. Ich weiß noch nicht genau, wie ich reagieren werde, wenn wir uns begegnen.

Um nicht mehr daran zu denken, wie es sich angefühlt hat, als seine Hände an meiner Jacke rissen, hole ich wieder die Karte der Bergwerksanlagen auf meinen Bildschirm. Mal angenommen, das Mithräum befindet sich wirklich dort, wo wir es vermuten, unter High Pines ... in einem Minenbereich, den es, was das Verfüllungsprojekt angeht, gar nicht gibt. Wie kommen wir da hinein?

Es muss eine Möglichkeit geben, die Stelle vom nordöstlichen Sektor aus zu erreichen, wenn die Jungen sich dorthin wandten, nachdem sie den Tempel gefunden hatten.

Wenn. So viele Wenns. Wir wissen ja nicht mal mit Sicherheit, wo sie reingegangen sind. Gibt es diesen Eingang überhaupt noch, oder ist er schon vor Jahren zugemauert worden?

Leises Trommeln am Fenster, es regnet. Mein Magen krampft sich zusammen – ich hätte Brendan dazu bringen sollen, mit der Stadtverwaltung zu reden und die Katastrophenhilfsdienste zu alarmieren. Ich greife nach dem Telefon. Er ist in seine Unterkunft zurückgekehrt, aber ich könnte ihn anrufen ...

Und alle seine Vorurteile über nervige, überängstliche Ingenieurinnen bestätigen?

Verdammt. Ein schwarzes Stück Hang, das ins Rutschen gerät, auf die Vinegar Lane zu. Poppys Haus ein Haufen Legosteine, die bergab poltern ... Nein, natürlich ist der Hang sicher. Es wird nichts passieren. Himmelherrgott, das ist schließlich nicht das erste Mal in den letzten Jahrhunderten, dass es regnet.

Ich starre verdrossen auf die Karte. Und plötzlich ist es wieder da, springt mich an. Crow Stone. Kaltes Übelkeitsgefühl im Magen, und ich kann die Schauder nicht abstellen. Ich habe zwar gelernt, unter Tage ruhig und gelassen zu bleiben, aber es fällt mir immer noch schwer, mir das Mundloch oben in der Steinbruchwand von Crow Stone vorzustellen.

Die Bürotür öffnet sich. Wer zum …?

Ich fahre herum und sehe Gary, der gerade wieder rückwärts verschwinden will. »Sorry, Kit. Dachte, es wären schon alle weg, hab hier drinnen Licht gesehen. Will nicht stören …«

»Tust du nicht.« Ich kann seine Augen nicht richtig erkennen, in dem Licht sind nur dunkle Höhlen zu sehen. Am Kinn hat er einen Bartschatten. Wenn ich mein Gewicht auf dem Stuhl verlagere, spüre ich die Druckstellen von dem Steinsims. »Ich wollte gerade Schluss machen. Bin nur noch hier, weil Martin …« Ganz falscher Anfang. »Du hast nicht zufällig eine Zigarette? Hab vergessen, mir in der Mittagspause welche zu holen.«

Er kommt rein. Es gibt auf dem Gelände die Regel, in den Räumen nicht zu rauchen, aber sie wird sowieso nicht streng eingehalten, und der Rauch hat ein ganzes Wochenende Zeit, um sich zu verziehen, bevor Dickon wiederkommt und missbilligend schnüffelt. Dickon, verdammt, was soll ich wegen Dickon tun …

»Hör zu«, sage ich, bevor mich der Mut verlässt, »ich hätte das klarstellen sollen. Martin ist nicht mein Partner und könnte es nie sein. Er ist schwul.«

»Aha«, sagt Gary und hält mir sein Zigarettenpäckchen hin. »Und was willst du mir damit sagen, Kit?«

Ich nehme mir eine, ohne ihn anzusehen, und spiele auf Zeit, indem ich mein Feuerzeug aus der Manteltasche krame. Gary lacht, als ich ihm Feuer geben will.

»Dem da wirst du wohl nicht viele Funken entlocken können.«

Es ist gar kein Feuerzeug, obwohl es von weitem so aussieht wie meins, genauso groß und auch aus durchsichtigem, dunkelrotem Plastik. Es ist ein Speicherstick für den Computer, die Sorte, die man an den Schlüsselring klipsen kann, mit einem USB-Stecker, über den man ein paar hundert Megabyte herunterladen kann.

»Wo kommt der denn her?« Noch während ich frage, weiß ich es: gestern, nach dem Kampf in dem Durchgang, als ich noch mal zurückgegangen bin und in dem dunklen Zwischenraum unterm

Gerätecontainer etwas liegen sah, das ich für mein Feuerzeug hielt ...

»Er gehört Dickon«, sage ich. »Ich hab ihn versehentlich eingesteckt.« Der Stick fühlt sich schon ganz schmierig an, deshalb stehe ich auf und lege ihn auf Dickons Schreibtisch. Gary beugt sich rüber und nimmt ihn in die Hand.

»Unglaublich«, sagt er und dreht den Stick hin und her, »das hätte man noch vor einigen Jahren für völlig unmöglich gehalten. Der Inhalt deines Computers auf einem Ding, das du in die Hosentasche stecken kannst. Muss ich mir auch mal besorgen, kostet nur noch zwanzig Pfund oder so. Speicherplatz ist heutzutage wirklich billig.« Er hält den Stick ans Licht, als ob er die gesamten Daten durch das rote Plastik lesen könnte. »Was der olle Dickon da wohl drauf hat?« Ehe ich mich's versehe, hat er den Stick in den USB-Eingang vorn an meinem Computer gesteckt und beugt sich über meine Schulter, um die Maus zu bedienen.

»Das kannst du nicht machen«, sage ich und Panik überkommt mich, obwohl ich nicht weiß warum. »Und wenn es was Privates ist?«

»Eben deshalb«, sagt Gary.

Auf dem Speicherstick sind nur zwei Ordner. Der eine heißt Download I, der andere Download II.

Gary klickt auf Download I. Eine Reihe jpg-Dateien: Fotos. Sie erscheinen als Thumbnails, zu klein, als dass man klar erkennen könnte, was drauf ist ...

»So. so«, sagt Gary. Es klingt kein bisschen überrascht. Er klickt auf Ganzer-Bildschirm-Ansicht für eins der Thumbnails.

Dieses Foto habe ich schon mal gesehen, mit angesengten Rändern, als ich es tiefer in die Flammen schob. Ich will es nicht noch mal sehen. Ich stehe auf, schiebe mich an Gary vorbei, marschiere mit verschränkten Armen in die Ecke des Büros und bleibe dort stehen, mit dem Rücken zum Bildschirm. Ich will auf keinen Fall sehen, was da noch drauf ist. Nein, nein, nein. Der Geruch von verbrennendem Papier; das Zuschlagen der gusseisernen Ofenklappe. Ich hätte es wissen müssen, wie konnte ich nur so dumm sein? Es war nicht Ted. Es fühlt sich an, als ob sich Dickons Finger um meine Kehle schließen und seine Erektion wieder gegen meinen Bauch drängt.

»Der Schmutzfink«, sagt Gary hinter mir. Ich will, dass er aufhört, sich diese Fotos anzuschauen. Ich ertrage den Gedanken nicht, diese obszönen Bilder, diese Hühnerfleischfalten und -spalten und Ketten und Stricke und Augen, die manchmal stumpf sind, manchmal aber auch voller Angst ... Ihre Augen. Oh, verdammt, ihre Augen, was lag in ihnen, als sie in die Kamera blickten? Um diese Augen auszublenden, starre ich auf die Bürowand, fades, graues Melamin, gesprenkelt mit eingetrocknetem Knetkleber, ein alter Schichteinteilungsplan, an einem Rand eingerissen, ein Merkblatt des Amts für Arbeitsschutz und Arbeitssicherheit, *die Beschäftigten sind verpflichtet, vor der Arbeit unter Tage ...*

Seine Hände auf meinen Schultern. »Du hast diese Fotos schon mal gesehen, stimmt's?«

Ich will nichts sagen.

»Hat er sie dir geschickt?«

»Ich wusste nicht, dass er's war.«

»Du hättest es mir sagen sollen. Das ist ein schwerwiegender Verstoß, das weißt du doch. Hast du sie noch?«

»Natürlich nicht. Ich hab sie verbrannt.«

»Es wäre nützlicher, du hättest es nicht getan.«

Er streichelt mein Haar, aber ich bringe es immer noch nicht fertig, mich umzudrehen und ihn anzuschauen. Ich habe Angst, Verlangen in seinem Gesicht zu sehen. Aber ein Teil von mir will, dass er mich in die Arme nimmt. Ich will, dass er alles wieder gutmacht.

»Woher wusstest du, was da drauf ist?«

»Weil mich der Computermensch, als er das letzte Mal da war, gefragt hat, wer die Festplatte von Dickons Computer gelöscht hat. Auf so was achten sie heutzutage, es könnte bedeuten, dass jemand Zeug runterlädt, das er nicht runterladen sollte.«

»Und du hast nichts unternommen?«

»Wir haben nur noch ein paar Dateifragmente gefunden. Er hatte alles ziemlich gründlich gelöscht. Und – sorry, Kit, das mag zwar widerlich sein, aber es ist nicht das gleiche Kaliber wie Kinderpornos.«

»Mach es weg«, sage ich. »Wenn dieses Zeug nicht verboten ist, sollte es verboten werden. Diese Frauen wurden gequält, das sieht man. Da war ein ...«

»Ist gut«, sagt er in mein Haar. »Sie sind nicht mehr auf dem Schirm. Er wusste ja nicht, warum sie für dich so schlimm sind. Es war letztendlich nicht persönlich gemeint.«

Die Wände beben. Wenn eine Säule wegbricht ...

»Was soll das heißen?«

»Ich weiß seit dem Tag deiner Ankunft, wer du bist. *Katie.*«

Wenn alles zusammenbricht, ist es eine Erleichterung. Eine nach der anderen krachen die Wände in meinem Kopf ein – Dominotheorie –, und Steine zerbersten und rollen und hüpfen in Zeitlupe über den Boden, Staub steigt auf, wenn sie zu nichts zerbröckeln. Der Schleier legt sich, und alles wird klar: all die Stadien zwischen *ich war* und *ich bin* und – vielleicht – *wir sind*, und einige dieser Stadien haben mit Martin zu tun, einige mit Nick, einige mit Trish, aber in Wahrheit haben sie alle damit zu tun, dass ich mir nicht ansehen wollte, was in jenem Sommer passiert ist, als ich fast vierzehn war. Dass ich es wusste, aber nicht wissen wollte: Crow Stone und der Kamera-Mann und der Erste Engländer, der im Dunkeln lag und auf mich wartete ...

»Komm mit zu mir«, sage ich. »Bitte, ich will nicht allein sein.«

SECHSTER WEIHEGRAD – DER SONNENLÄUFER

Erdgöttin, Himmelsgott: Man denke es sich als das älteste aller Dramen, das sich in der Höhle abspielt. In der kältesten, schwärzesten Stunde – der Prüfung der sechsten Stufe – sucht der Initiand Heliodromus, Mithras' Stellvertreter auf Erden, den Sonnenläufer. In seinem feurigen Wagen treibt er mit seiner Peitsche die Rosse an, die die Sonne über den Himmel ziehen. Wo er hinführt, dahin ist der *Vater* schon gegangen. Wir sind beinahe schon in seinem Reich.

(*Das Mithras-Mysterium,* Martin Ekwall,
Oxford University Press)

30

Dieses Dunkel glich nichts, was ich je erlebt hatte, ja, es war überhaupt wie *nichts*. Nirgends auch nur der kleinste hellere Schimmer. Ich streckte die Hand aus, aber da war nur weitere samtige Luft. Ich war in eine andere Dimension eingetreten. Ich war im Nichts.

Bei Tag wäre da vielleicht ein schwacher Lichtschimmer auf der Krümmung der Stollenwand gewesen oder wenigstens eine weniger dunkle Stelle, die mir gesagt hätte, in welche Richtung es nach draußen ging.

Aber draußen war Nacht: nicht das orangefarbene Glühen der Straßenlaternen, das ich gewohnt war, sondern das lautlose Dunkel der Natur. Und der Mond stand jetzt zu hoch, um in das Mundloch zu scheinen. Der Steinbruch lag auf der der Stadt abgewandten Hügelseite, zum Tal hin und zu einer weiteren dunklen Hügelflanke. In Crow Stone gab es keine Straßenlaternen, keine umliegenden Häuser, keine verkehrsreiche, große Straße: nichts als einen Zufahrtsweg, der am Tor endete.

Das Einzige, was mich davon überzeugte, dass ich doch in kein anderes Universum versetzt worden war, war der Boden unter meinen Füßen: Er war beruhigend fest, wenn auch uneben und kalt.

Ich musste nachdenken. *Denken*. Ich hatte mich lange genug von der Panik überrollen lassen, um die Orientierung zu verlieren. Sicherlich – *nonne*, dachte ich abwegigerweise, eine Frage, auf die die Antwort *Ja* erwartet wird – sicherlich konnte ich sie doch wiederfinden, wenn ich nur meinen Verstand benutzte.

Was wusste ich über den Ort, an dem ich mich befand? Vor einigen Jahren hatten wir in der Schule ein Projekt über die Steinbrüche gemacht. Ein Heimatforscher war zu uns in die Klasse gekommen und hatte uns einen Vortrag über Abbaumethoden gehalten. Er hatte uns Fotos gezeigt, über Erstblöcke, Kranlöcher und Lewis-Anker gesprochen, was mir im Moment alles nicht sonderlich hilfreich schien.

Ich wusste nicht, aus welcher Richtung ich gekommen war. Ich wusste nicht, in welcher Richtung der Ausgang lag. Ich wusste nicht, wie groß dieser Hohlraum war. Ich konnte meine Uhr nicht erkennen, also wusste ich auch nicht, wie spät es war. Ich wusste nicht mal, wie lange ich mich panisch im Kreis bewegt oder wie weit ich mich vom Eingang entfernt hatte. Ich wusste sehr vieles nicht.

Musste ich also sterben?

Natürlich nicht. Niemand, den ich kannte, war gestorben, schon gar nicht drei Tage vor seinem vierzehnten Geburtstag. Es war einfach unmöglich. So was ließ Gott nicht zu. Er ließe mich ganz bestimmt nicht am Nichtwissen sterben, schon gar nicht wenn er sah, dass ich mich bemühte.

Aber hier unten gab es keinen Gott, weil es hier *nichts* gab. Ich war umgeben von *Nichts* ...

Lange, lange Zeit lag ich zitternd am Boden. Der Stein scheuerte mir die Wange auf, und meine Hände scharrten und kratzten über den feuchtkalten Boden.

Ich schlief ein. Als ich aufwachte, war es so dunkel wie vorher. Ich fror und war ein wenig benommen, hatte Hunger, Durst und einen schlechten Geschmack im Mund. Aber ich hatte keine Angst mehr.

Der Schlaf hatte mich durch die Angst hindurch auf die andere Seite geführt. Alles, was ich jetzt noch in mir fühlte, war der eiserne Wille, hier lebend wieder rauszukommen.

Ich überlegte, ob ich einfach bleiben sollte, wo ich war. Wenn ich mich bewegte, war die Wahrscheinlichkeit, vom Ausgang wegzustolpern, größer als die, darauf zuzustolpern – es gab ja nur eine Richtung zurück, aber dreihundertneunundfünfzig Grad, die falsch waren. Ich konnte bis zum Morgen warten und hoffen, dass ich mich nahe genug am Ausgang befand, um den Weg dorthin zu sehen. Aber die Kälte brachte mich zu der Einsicht, dass es doch besser war, mich zu bewegen. In der Kaverne schien es viel kälter zu sein als draußen, und ich konnte jetzt gar nicht mehr aufhören zu zittern. Bewegung würde mich vielleicht aufwärmen. Bewegung würde mich beschäftigen.

Meine Beine waren steif und taub, aber ich rieb sie, bis etwas Gefühl wiederkehrte, und schaffte es aufzustehen. Ich streckte die Hand aus, unsicher wie eine Blinde – nein, so ging das nicht. Ich musste an mich glauben. Ich holte tief Luft, tat zuversichtlich einen Schritt vorwärts und krachte gegen harten Fels.

Von dem Aufprall bekam ich keine Luft mehr, und ich taumelte rückwärts. Ich wollte mich abfangen, und Schmerz schoss mir durch den Handteller, als die halb verheilte Brandwunde auf Gestein traf. Meine Brust tat ebenfalls höllisch weh.

Ich tastete mich am Fels entlang, arbeitete mich langsam um die Rundung. Es konnte ja der Eingang zu einem Stollen sein wie jener, der mich in die Kaverne geführt hatte. Die rechte Hand am Fels, trat ich zur Seite, soweit ich mich irgend traute, streckte den linken Arm aus und fühlte nach einer zweiten Wand, aber da war nichts. Also tastete ich mich um den Fels herum, soweit es ging, und merkte, dass ich auf eine massive, stabile Gesteinssäule gestoßen war, so dick wie eine Eiche. Nein, noch dicker als alle Eichen, die ich je gesehen hatte. Ich war gegen eine der Säulen gerannt, die die Decke des Hohlraums trugen. Aber ich kam nicht ganz herum, denn etwas anderes stieß direkt an die Säule: etwas, das sich anfühlte wie eine unregelmäßige Wand. Das ergab einen Sinn. *Große, von Säulen getra-*

gene Hohlräume, die alle miteinander verbunden sind, hatte George gesagt. *Und da und dort eine Trockenmauer vom Boden bis zur Decke.* Das erinnerte mich daran, dass mein Vater als Junge hier drinnen gewesen war. Er hatte in Crow Stone gearbeitet. Die Vorstellung, dass er vor mir durch diese Kaverne gegangen war, tröstete mich. Er mochte mir ja wehtun, aber er würde mich nie im Stich lassen.

Einmal hat er dort drin einen toten Hund gefunden.

Meine Zehen krümmten sich in den Schuhen. Ich würde vorsichtig auftreten müssen.

Mit den Fingern über die Mauer streifen zu können war ungemein beruhigend. Die andere Hand hielt ich schützend vor mich, für den Fall, dass da wieder etwas im Weg war. Die Mauer schien ewig weiterzugehen.

Die Stille war jetzt sehr laut. Sie enthielt Rufen, Singen, Hundegebell, Reden, Musik, Maschinengeräusche, das Klirren von Picken, die auf den oberen Rand der Gesteinswand einhieben, Raum schufen, um den Schnitt anzusetzen, das Schrappen von Sägen, hin, her, hin, her, die kleinen Razzer-Sägen und die großen Frigbob-Sägen, die den Schnitt vertieften, während die Picker aus einer Blechbüchse mit einem Loch Wasser in die Kerbe laufen ließen, als Gleitmittel für das Sägeblatt.

Da war das Bummern von Hämmern, die die Keile in den Schnitt trieben, um den Block freizusprengen, das Ächzen der schweren Brechstangen, mit denen der Block herausgehebelt wurde. Das Rattern von Windenketten. Loren mit Eisenrädern knirschten auf Schienen entlang, langsam die Schräge hinaufgezogen von den Förderhaspeln oben am Ende des Schachts, die mit Pferden betrieben wurden.

Und da war Licht. Das meiste kam von hinter meinen Augen, quoll unter meinen Lidern hoch, drang nicht weit genug nach draußen, um das Dunkel zu verscheuchen. Wenn ich nur gewusst hätte, wie man den Strom aufdrehte, hätten meine Augen helle Stablampenstrahlen werfen können. Aber da waren auch Lichter, die sich in der Ferne bewegten, Kerzenflammen, Öllampen, schälchenförmige kleine Dinger, nur zwei, drei Zentimeter hoch, deren flackernder

Schein manchmal eine Hand oder ein schnurrbärtiges Profil oder eine staubige, kess aufgesetzte Schiebermütze zeigte.

Die Wand war endlos. Eine Weile bestand sie nicht mehr aus aufeinandergeschichteten Steinen, sondern aus massivem Fels. Dann wurde sie wieder zur Trockenmauer. Und dann hörte sie ganz auf, endete in einer weiteren Gesteinssäule.

Ich traute mich nicht, die Säule loszulassen. Ich tastete mich um die Kurve. Da war ein Sims. Mit Sachen darauf.

Ich zögerte. Was für Sachen? Wollte ich es rausfinden?

Kalt, alles, und ein bisschen feucht. Etwas Glattes, *sehr* glatt, abgerundet. Auf einer Seite eine Art Drehknopf oder Drehring mit geriffeltem Rand. Oben eine kleinere Erhebung, ein Knopf, der nachgab, wenn man draufdrückte.

Meine Finger tasteten weiter. Etwas Kleines, Viereckiges, Metallenes mit polierter Oberfläche, einer kleinen Rille etwa einen Fingerbreit von oben. Oder unten. Oder von der Seite. Schwer zu sagen.

Etwas fühlte sich an wie lauter kleine Unebenheiten, feuchtkalt, wie Haut. Ich zog den Finger schnell zurück, für den Fall, dass es sich bewegte.

Und etwas bewegte sich *tatsächlich*, als ich es berührte, kullerte über den Sims, bis es in einer kleinen Vertiefung liegen blieb: etwas Dünnes, Rundes, ein bisschen klebrig, wachsig.

Eine Kerze.

In meinem Schock fegte ich sie vom Sims. Ich hörte sie runterfallen und wegrollen. Aber meine Finger hatten bereits eine weitere ertastet. Da waren mindestens vier oder fünf am einen Ende des Simses. Ich fühlte die Dochte.

Eine Kerze nützte nicht viel ohne Streichhölzer.

Keine Streichhölzer. Streichhölzer wären sowieso feucht und nicht mehr zu gebrauchen, wenn sie hier länger gelegen hätten.

Meine Finger schwebten unsicher über dem Sims. Wanderten wieder zurück. Fanden das viereckige kleine Metallding. Ich suchte die Rille mit dem Daumen, drückte.

Ich fühlte, wie es aufschnappte. Unter dem Schnappdeckel war ein geriffeltes Rädchen, und ich drehte es, so wie Mrs. Klein es wahrscheinlich getan hätte.

Eine Flamme schoss empor und vertrieb ein Fleckchen Dunkel, gerade so viel, dass ich meine Hand sah, mein erschrockenes Gesicht im spiegelnden Metall des Feuerzeugs und einen Sims, der viel größer war, als ich gedacht hatte, und voll mit Kameras. Schatten zuckten, als ich erschrocken zurückwich und beinahe wieder über eine Unebenheit am Boden gestolpert wäre.

Den Kamera-Mann gab es *wirklich*.

Es mussten mindestens dreißig Kameras sein. Einige steckten in abgeschabten Lederetuis. Ein paar altmodische Exemplare hatten Ziehharmonikaobjektive, deren Material an den Faltkanten bereits halb verrottet war. Ich verstand nicht genug von Kameras, um die Marken zu erkennen, aber selbst mir war klar, dass dies eine Sammlung war, die Jahrzehnte umfasste. Die meisten Apparate waren mit grünlichem Schimmel überzogen und mit einer dicken Staubschicht bedeckt. Bis auf jene, die ich im Dunkeln betastet hatte, wirkten sie, als hätte sie seit Jahren niemand mehr angerührt.

Jetzt, da ich endlich Licht hatte, bekam ich Angst, es wieder zu verlieren. Es gab mehr Kerzen, als ich gedacht hatte, stummelige gelbe Dinger, vielleicht zehn Zentimeter lang. Ich zündete eine an und klebte sie mit flüssigem Wachs auf das Sims, klappte das Feuerzeug zu, stopfte die restlichen Kerzen in meine Taschen und wie lauter kleine Pistolen in meinen Hosenbund.

Ich sah mich um. Da stand eine gesprungene Porzellanuntertasse auf dem Sims, in der Mitte ein schwarzes Stück Docht in einer erstarrten Wachspfütze. Ich zündete noch eine Kerze an und befestigte sie in dem Wachs – eine behelfsmäßige Lampe. Ich hielt sie hoch. Sie schien das Dunkel weiter zurückzudrängen, aber vielleicht war das auch nur Wunschdenken. Ich ließ die andere brennende Kerze auf dem Sims zurück, überflog noch einmal die Kameras, um mich zu vergewissern, dass da sonst nichts mehr war, was ich gebrauchen konnte, und machte mich dann auf den Weg zur nächsten Säule, die ich erkennen konnte.

Auf diese Weise arbeitete ich mich Säule um Säule durch die Kavernen. Ab und zu entzündete ich eine neue Kerze und ließ sie auf dem Boden oder auf einem Felssims zurück, damit ich den Weg sehen konnte, den ich gekommen war, eine Spur kleiner Flammen im Dunkeln.

Es ging sich viel leichter, jetzt, da ich den Boden erkannte und nicht mehr dauernd stolperte. *Säulchen, Säulchen, wechsle dich,* dachte ich.

Säulchen ... wechsle dich.

Säulchen ... wechsle dich.

Es wäre nett gewesen, wenn mal ein Bäumchen dazwischen gewesen wäre, einfach nur gegen die Monotonie.

... wechsle dich.

Ab und an war da wieder eine Wand. Hinter mir verlor sich die Kerzenspur in der Ferne. Manchmal hatte ich das Gefühl, dass ich still stand und die Flammen sich immer weiter entfernten. Nach einem Dutzend Kerzen bereute ich, dass ich schon so viele verbraucht hatte. Ich würde die übrigen dringend als Lichtquelle brauchen, wenn ich nicht bald den Weg hinausfand.

Ich fragte mich, ob mein Vater und Janey Legge wohl schon zu Hause waren. Ob sie schon gemerkt hatten, dass ich nicht da war. Wie sie darauf reagieren würden. Mir ging auf, dass ich jetzt, da ich Licht hatte, auf meine Armbanduhr schauen konnte.

Mein Gott. Es war drei Uhr morgens.

Aber das war gut, weil Hochsommer war und die Dämmerung bald anbräche. Wenn die Sonne aufging, würde vielleicht Licht bis in die Stollen dringen, und wenn es nur ein schwacher Schimmer war, um mich hinauszuführen.

Immerhin eine Hoffnung. Ich ging jetzt schon ewig. Ich hätte schon fast auf halbem Weg zum Mittelpunkt der Erde sein können. Vielleicht sollte ich bleiben, wo ich war, wenigstens ein Weilchen? Vielleicht waren ja schon Leute auf der Suche nach mir, so wie sie damals die verirrten Jungen gesucht hatten, und wenn ich mich nicht mehr vom Fleck rührte, würden sie mich leichter finden ...

Du bist blöd, Katie Carter. *Es weiß doch keiner, dass du hier unten bist.*

Der einzige Mensch, der mich hier rausbringen konnte, war ich selbst.

Seit ich die Kerzen angezündet hatte, waren die Stimmen und Geräusche und die anderen Lichter weg. Aber ab und zu raschelte es im Dunkeln. Wahrscheinlich *Ratten*.

Es gab Schlimmeres.

Wo war der Kamera-Mann abgeblieben?

Ich war immer davon ausgegangen, dass die Geschichten stimmten, die ich hörte, dass die Eingänge zu den Gruben alle versperrt worden waren und der Kamera-Mann die Stollen nicht mehr als Winterquartier benutzen konnte.

Aber wenn ich reinkam, kam er auch rein.

Und wenn er mir jetzt im Dunkeln folgte?

Ich wollte einfach losrennen, so schnell ich konnte, ihn zwischen den Säulen abhängen, weil ich jung und schnell war und er alt und steif. Aber so hatte ich mich ja überhaupt erst verlaufen. Außerdem, wie sollte ich ihn abhängen, wenn er die Stollen kannte und ich nicht?

Ich ließ mich an der nächsten Säule zu Boden sinken, versuchte meine Hände davon abzuhalten, vor lauter Zittern das Kerzenwachs zu verkleckern. Er war vielleicht jetzt gerade dort draußen im Dunkeln und beobachtete mich. Er konnte mich sehen, ich ihn aber nicht.

Klick. Er hatte die Kamera ans Auge gehoben und mich fotografiert. Klick.

Nur Wassertropfen.

Vielleicht.

Klick.

»Lassen Sie mich in Ruhe«, sagte ich. »LASSEN. SIE. MICH. IN RUHE.«

Klick.

Er hatte lange Spinnenfinger, die über die Bedienungsvorrichtungen der Kamera zuckten, den Einstellring am Objektiv drehten, die Einrastpunkte durchklickten, über dem Auslöser lauerten, bis er das perfekte Bild gefunden hatte. Er umkreiste mich jetzt, auf der Suche nach dem richtigen Winkel, huschte leise von Säule zu Säule, gerade außerhalb des Kerzenscheins.

Klick.

»GEHEN SIE WEG. BITTE.«

Er war ein Auge auf Beinen und ein offen hängender Mund. Zwischen seinen Lippen spannte sich ein langer, dünner Sabberfaden.

Klick.

Seine Fingerspitzen waren kalt und klebrig. Er hinterließ feuchte Fingerabdrücke auf der Kamera. Und wenn er genug Fotos gemacht hatte, würde er die Kamera weglegen und auf mich zukommen, und seine Finger würden am Hosenladen herumfingern und den langen weißen Wurm mit dem einen blinden Triefauge herauslassen.

Die Kerzenflamme zitterte ein bisschen, als ob sie ein Atemhauch ganz aus der Nähe getroffen hätte.

Nein. Das war alles nicht wahr. Da war niemand. Es war alles nur in meinem Kopf.

Ich dachte an mein Postermädchen im dunklen Wald, wie es mit gesenktem Kopf darauf wartete, dass ihm die feuchtkalten Finger den Nacken streichelten. *Manche sind zum Entzücken erwacht, manche geboren zu endloser Nacht.* So wie ich, die ich zitternd hier hockte, voller Angst vor dem Klicken der Blende, den Schritten im Dunkel.

Alles nur in meinem Kopf. Ich zwang mich, aufzustehen und weiterzugehen.

Endlose Nacht. In der Ferne sah ich einen hellen Schimmer. Dort vorne war ein Licht, zwischen zwei Felssäulen.

Endlich. Ich rannte los.

Aber ich glaube, ich wusste schon, bevor ich hinkam, dass es eine der brennenden Kerzen war, die ich zurückgelassen hatte.

Das war das Schlimmste, das Allerschlimmste. Ich kniete zwischen den Säulen wie mein Postermädchen zwischen den Bäumen, todtraurig, verzweifelt. Ich würde hier nie rauskommen.

Gib auf.

Nein.

Wo war meine Mutter? Sie hatte mich doch bestimmt nicht hierher geführt, um mich hier im Dunkeln sitzen zu lassen. Im Steinbruch war sie doch eindeutig bei mir gewesen.

Mum. Bitte, Mum. Komm zurück.

Ich beschwor alles herauf, was mich im Dunkeln stark machen konnte, meine verschwundene Mutter, meine wunderschönen Ammoniten, die überall herumlagen, in den Stein eingefroren, die Gipsstatue der Heiligen Jungfrau, die auf der Fensterbank im Wohnzimmer stand, unseren weinenden Jesus, und zogen diese Füße einst, bringt meinen Bogen glühenden Golds, bringt meinen Pfeil der Sehnsucht mir, bis wir erbaut, in Englands grünem, schönem, und zogen diese Füße, der Erste Engländer, auch über Englands grüne Höhn, manche sind zum Entzücken erwacht, manche geboren zu endloser Nacht. Des Morgens Sohn, da müd die Nacht sich neigt, verirrten Wandrers Traum im Bergesschoß ...

Bis wir erbaut. Verirrten Wandrers Traum.

Die verirrte Wandrerin stand wieder auf, nahm die Kerze und wankte weiter durch die Dunkelheit.

Ich stolperte, streckte wieder die verbrannte Hand aus, um mich abzufangen, fühlte den Schmerz durch jeden einzelnen Nerv schießen. Diesmal verlor ich die Kerze. Sie flog durchs Dunkel, landete mit der Untertasse nach oben und erlosch.

Nicht schlimm. Meine Zähne fühlten sich vom ewigen Zusammenbeißen schon ganz abgewetzt an, aber das Feuerzeug steckte sicher in meiner Tasche, und ich hatte immer noch vier Kerzen im Hosenbund.

Ich zündete eine an und sah mich nach der Untertasse um. Sie war in zwei saubere Hälften zersprungen. Egal. Ich konnte immer noch eine davon als Kerzenhalter nehmen.

Dann erkannte ich, worüber ich gestolpert war: diesmal keine Unebenheit, sondern eine metallene Schiene im Felsboden. Im Kerzenschein war sie dunkelorange von Rost.

Ketten. Winden. Loren auf Schienen, mit Pferden davor oder von För-

derhaspeln den Schacht hinaufgezogen. Ich erinnerte mich, wie uns der Heimathistoriker die Untertagesteinbrüche beschrieben hatte, und an die Bilder, die er uns gezeigt hatte, von stolzen Männern mit Schiebermützen, die mit ihren Hunden vor einer Reihe von Loren posierten.

Wenn das hier die Schienen der Loren waren, mussten sie irgendwohin führen. Nach draußen.

Oder weiter rein.

Die Chancen, dass ich die richtige Richtung traf, standen fünfzig zu fünfzig. Und wenn es die falsche war, brauchte ich nur zurückzugehen und den Schienen in die Gegenrichtung zu folgen. *Manche sind zum Entzücken erwacht* ... Ich würde rauskommen. Ich hielt die Kerze höher, um zu schauen, ob da irgendwas darauf hindeutete, wohin ich gehen sollte. Links war eine hohe Trockenmauer, die in einem Haufen Gesteinstrümmer und Erde endete – ein kleiner Deckeneinbruch.

Und da lag etwas, am Fuß des Steinhaufens. Im flackernden Kerzenschein dachte ich im ersten Moment, es sei nur ein glatter, runder Stein. Aber irgendwie sagte mir die Form, dass es was anderes war, was ich da gefunden hatte. Es war ...

»Ich weiß, was du gefunden hast, Kit«, sagt Gary ruhig.

»Ich hatte den Ersten Engländer gefunden.«

31

Der Kaminofen, in dem ich vor einer Woche Dickons grässliche Pornofotos verbrannt habe, lodert, und die Wohnzimmerlampen drängen das Dunkel zurück. Durchs Fenster ist nichts zu sehen als Regen an der Scheibe, der das Spiegelbild von Gary und mir auf dem Sofa verwischt. Irgendwo dort draußen ist *heute Abend*. Martin, der mit Roger bei einem Drink sitzt und über das Mithräum redet. Brendan auf der Autobahn, um das Wochenende mit seiner Frau und seinen Kindern zu verbringen. Dickon mit seinen erbärmlichen, schmutzigen Phantasien. Die Minen, die bald verfüllt und zur ewigen Ruhe gebettet werden, samt all den Geschichten, die in ihnen gefangen sind. Hier drinnen ist *damals*, ist das, was ich noch nie jemandem habe erzählen können.

»Es war nicht deine Schuld«, sagt Gary. »Wirklich, Kit, du hattest nichts damit zu tun.«

»Woher willst du das wissen?«, frage ich. »Du warst ja nicht da.«

»Ich dachte, der komische Brief sei von dieser anderen. Diesem aufdringlichen Mädchen, das mich auf der Party regelrecht angesprungen hatte.«

»Trish.«

»Hieß sie so? Ich hab den Brief einfach nicht ernst genommen. Ich wusste ja nicht mal, wie du heißt, zu dem Zeitpunkt jedenfalls. Du warst einfach nur das Mädchen, das über die Straße wohnte und mich immer vom oberen Zimmer aus beobachtete.«

»Du hast mich gesehen?«

»Klar hab ich dich gesehen. Was meinst du, wofür ich die ganze Show abgezogen habe? Mich beim Abtrocknen halb aus dem Fenster gelehnt habe? Reine Angabe.«

Ich schüttle den Kopf. »So hab ich's nicht in Erinnerung.«

»Lass dir's gesagt sein, es war reine Angabe.« Er drückt sachte meine Schulter. »Erzähl weiter. Was war, nachdem du den Schädel gefunden hattest?«

»Du hast dich nicht dagegen gewehrt«, sage ich, weil ich mich noch immer an einer anderen Stelle der Geschichte festbeiße. »Du hast dich von ihr anspringen lassen.«

»Ich war siebzehn«, sagt er. »Herrgott noch mal. In dem Alter hat man sich nicht gerade unter Kontrolle.«

Du hast die Kontrolle, Katie. Du kannst es wieder wegsperren. Wir werden es rauslassen und es uns angucken, nur ein Weilchen, dann zeige ich dir, wie du es wieder wegsperren kannst. Also, zähl jetzt rückwärts, von hundert an.

Neunundneunzig, achtundneunzig, siebenundneunzig ... Crow Stone.

Im Kerzenlicht war er so goldgelb wie der Stein. Ich erinnere mich, dass er glatt war, glänzend, wie poliert, obwohl er später, als ich ihn draußen am Tageslicht sah, ganz und gar nicht glatt war und auch nicht gelb, sondern grauweiß und voller Kratzer und Fetzchen von irgendwas Schuppigem. Aber dort in dem Stollen, am Fuß des Gesteinhaufens, ist er in meiner Erinnerung glatt und sahnig gelb. Die Augenhöhlen waren tiefe, dunkle Kreise, und als ich die Kerze auf die Steinbrocken stellte und den Schädel aufhob, starrten sie geradewegs durch mich hindurch.

Ich hielt ihn mit beiden Händen, eine Hand um jedes Wangenbein, und zwang mich, in die Augenhöhlen zu schauen.

Der Erste Engländer.

Der Unterkiefer fehlte, aber ich sah die oberen Zähne, lang, aber überraschend zierlich. Ich fuhr mit dem Finger drüber. *So alt.* Eine Viertelmillion Jahre, vielleicht sogar eine halbe Million. Dieses glatte goldene Ding war mal ein Mensch gewesen, der an einem Feuer saß, Holz nachlegte, aß, lachte und liebte. Der über die Hügelkämme lief, in waldigen Tälern jagte, mit Kindern schmuste.

Mein Erster Engländer.

Ich hab dich lieb, sagte ich zu dem Schädel, ohne den Mund zu bewegen. Ich bin den ganzen Weg hierher gekommen, durch dieses ganze Dunkel, um dich zu finden.

Katie, sagte mein Vater, ich bin ja so stolz auf dich. Du hattest Recht. Der Erste Engländer *war* hier, in Green Down. Du hast ihn gefunden.

Katie, sagte meine schattenhafte Mutter. Katie. Ich hab dich lieb.

Ich weinte. Warum weinte ich? Ich hielt den Ersten Engländer in meinen Händen, und meine Tränen tropften auf seine glänzende, gewölbte Schädeldecke. Ich wischte sie mit dem Ärmel weg, und etwas von dem schuppigen Zeug blieb an meiner Strickjacke hängen, aber in dem Moment merkte ich es gar nicht.

Du wirst berühmt, Katie.

Ich balancierte den Schädel auf meinen Händen. Ich musste ihn heil hier rausbringen. Er war das Kostbarste, was ich je in Händen gehalten hatte. Die Schattenaugen sahen mich an.

»Entschuldige«, sagte ich. »Ist das Einfachste.« Ich steckte die Finger in die Augenhöhlen; meine Fingerspitzen im Dunkel des Schädels kribbelten. In meinem Kopf streichelte gleichzeitig etwas die Unterseite *meiner* Schädeldecke. Ich nahm mit der anderen Hand die Kerze und trat von dem Gesteinshaufen zurück, zwischen die Lorenschienen.

»Oh, Kit«, sagt Gary in mein Haar. »Oh, Kit.« Genau wie dort unter Tage, am Abend von Brendans Party. Seine Arme umschließen mich, als wolle er verhindern, dass ich wegfliege.

»Geht schon«, sage ich. »Ist schon okay.«

»Natürlich ist es nicht okay«, sagt er. »Du bist stundenlang dort rumgewandert, rumgeirrt, ganz allein. Kein Wunder ...«

»Ich bin mir nicht sicher, ob ich allein war.«

Welche Richtung?

Ich hoffte, die Schienen würden nicht nach Crow Stone zurückführen. Der Schädel war so zerbrechlich, so wertvoll, wie sollte ich ihn die steile Steinbruchwand runterbringen, selbst wenn *ich* es schaffen würde, heil unten anzukommen? Ich erinnerte mich an keine Schienen auf dem Herweg, aber es war ja auch stockfinster gewesen. Ich war so lange durch die Stollen gewandert. Sicherlich führten die Schienen doch zu einem anderen Ausgang.

Aber wenn sie nun alle anderen Ausgänge versperrt hatten?

Sie hatten einen übersehen. Da konnten sie doch auch noch andere übersehen haben.

Wo lang? Links oder rechts?

Es ist ein verbreiteter Irrtum, dass der Urmensch in tiefen Felshöhlen lebte, hatte in meinem Buch gestanden. *Die tiefen Höhlen waren das Revier der Bären und Hyänen. Der Mensch wohnte näher an Wärme und Licht, gleich am Höhleneingang.*

Na, also, schloss ich mit untadeliger, aber fehlgerichteter Logik. Ich kann nicht weit von einem Eingang sein. Ich hob den Kopf. Da war ein ganz leichter Lufthauch, der von rechts kam. Unsicher blickte ich noch einmal auf den Versturz und die hohe Trockenmauer, die sich nach links zog. In der Richtung war wenigstens irgendwas zu erkennen. Rechts, wo die Luftbewegung herzukommen schien, sah ich jenseits des zischenden Lichtkreises der Kerzenflamme gar nichts.

Und was hatte es mir bisher gebracht, mich an die Wände und Säulen zu halten? Die Schienen hatten mich zum Ersten Engländer geführt – jetzt würden sie mich aus dem Berg hinausführen. Ich fasste den Schädel mit einer Hand, hielt mit der anderen die Kerze hoch und machte mich wieder auf ins Dunkel.

Gleich darauf hörte ich wieder ein Rascheln, vielleicht ein, zwei Schritte hinter mir. Ich blieb stehen und horchte. Nichts. Nein – da. War das fernes Hundegebell?

Es war weg. Alles war wieder still.

Da. Ein Flüstern?

Der Fels, der sich senkte.

Ich hielt die Kerze höher. Nichts, nichts, nichts. Ein tanzender Schatten …

Eine Mauer. Da vorn war wieder eine Trockenmauer. Nein, ein Gesteinshaufen – noch ein Deckeneinbruch. Aber es führte ein Weg um ihn herum, und da standen zwei Säulen dicht beieinander in dem Hohlraum dahinter, und dazwischen schien das Dunkel weniger dicht …

Etwas bewegte sich hinter mir.

Renn los. Du musst rennen. Los. Es darf dich nicht …

Wenn du rennst, wirst du hinfallen. Der Boden ist zu uneben. Der Schädel wird kaputtgehen.

Geh!

Ich hielt die Kerze tiefer, damit ich sehen konnte, wohin ich trat.

Ich werde nicht rennen. Es ist nichts.

Ich. Werde. Nicht. Rennen.

Etwas hauchte mir ins Haar, wie Atem. Es schoss über meinen Kopf hinweg, und ich sah es im Kerzenschein, ein kleines, schnelles Etwas. Ich hielt die Kerze wieder hoch. Die Stollendecke über mir war braunschwarz von winzigen zusammengefalteten Regenschirmen – Fledermäuse.

Ich folgte der Fledermaus, die Schienen entlang, auf den Fleck weniger dichten Dunkels zu. An der Säule links von mir war ein Zeichen angebracht, auf der Seite zu den Schienen hin. Jemand hatte eine Art Sonnensymbol in den Stein gemeißelt, eins, das irgendwie nicht ganz richtig aussah, wie eine Haube mit strahlenförmigen Stacheln. Ich blieb stehen, musterte es und fragte mich, ob es ein altes Steinhauerzeichen war, das besagte, dass der Ausgang nicht mehr weit entfernt war. Es war ziemlich ordentlich gemeißelt und etwa so groß wie eine Männerfaust.

Wieder eine Bewegung über mir, ein weiterer dahinsausender kleiner Körper. Ich trat zwischen den Säulen hindurch und folgte den Schienen, die eine Linkskurve machten. Das Dunkel verdünnte sich von Schwarz zu Tiefgrau, dann noch weiter, und jetzt war ich in einem engen, gewundenen Stollen mit Lichtschimmern an den Wänden. Gott sei Dank. Gott und der Seele des Ersten Engländers. Das war der Weg nach draußen. Der Stollen machte noch eine scharfe Biegung nach rechts, und ich sah einen Wasserfall von gelbem Morgenlicht zwischen langen Efeusträngen.

»Oh, mein Gott«, sage ich, weil mir jetzt noch etwas aufgeht, was ich ganz vergessen hatte. »Ich bin im Wald rausgekommen, gleich bei der Vinegar Farm. Wo Martin und ich neulich gestanden und zu dem Standort der Römervilla rübergeschaut haben.«

Die Efeustränge teilten sich, und ich trat aus einem niedrigen Mundloch in der Wand des alten Steinbruchs im Wald. Es war vielleicht eine halbe Meile von Crow Stone entfernt, weiter nicht. Und dabei war ich die ganze Nacht herumgewandert wie jemand, der sich ins unterirdische Reich der Feenwesen verirrt hat.

Ich ließ die Untertassenscherbe und die restlichen Kerzen innen am Mundloch zurück. Die Luft draußen war frisch und roch nach feuchtem Gras und warmen Kühen. Durch die Bäume sah ich sie die Weide hinauftrotten, zum Melkstall. Ihr Fell dampfte in der ersten Morgensonne. Erfüllt von der Euphorie, die einen überkommt, wenn man die ganze Nacht wach war und den Tag anbrechen sieht, rannte ich bergab, unter den Buchen entlang, deren Blätter leuchteten.

In der Hand hielt ich einen Schädel.

Ich blieb stehen und dachte nach. Vielleicht war das ja keine gute Idee. Es war zwar noch sehr früh, aber der Melker auf der Vinegar Farm war bestimmt schon wach. Und ich konnte nicht wissen, wem ich auf dem Weg nach Green Down hinauf sonst noch begegnen würde.

Wo konnte ich den Ersten Engländer sicher verstecken?

Am besten da oben, im Mundloch, zusammen mit den Kerzen. Aber ich wollte ihn nicht dort lassen. Er war mein Fund. An der Mauer entlang der Vinegar Lane lag ein Haufen Müll, den jemand einfach dorthin gekippt hatte. An einer rostigen Kühlschranktür hatte sich eine Plastiktüte verheddert. Sie war voll mit Laub, aber es war seit Wochen trockenes Wetter gewesen. Ich schüttelte die Blätter und einige verdutzte Asseln heraus, prüfte, ob die Tüte heil war, und legte dann vorsichtig den Ersten Engländer hinein. Nein, nicht sicher genug. Ich raffte das trockene, bröselige Laub wieder zusammen und stopfte es als Schutz um den Schädel.

Als ich die Vinegar Lane entlangging, während die Vögel im Wald völlig aus dem Häuschen gerieten und der Generator im Stall vor sich hinschnaufte, hätte ich die Tüte am liebsten fröhlich geschwungen. Aber stattdessen hielt ich sie vorsichtig in beiden Armen.

Das Feuer im Ofen ist runtergebrannt. Gary hockt sich hin, um die Klappe zu öffnen und ein Scheit nachzulegen. Wie an jenem Morgen vor so vielen Jahren müsste ich hungrig sein, bin es aber nicht.

»Wo bleibt Martin«, frage ich. »Er müsste doch allmählich zurück sein. Wie spät ist es?«

Ich kam gar nicht auf den Gedanken, irgendwo anders hinzugehen als nach Hause. Der Erste Engländer war mein Talisman. Er würde mich vor aller Strafe schützen. Mein Vater würde entzückt sein, wenn er sah, was ich gefunden hatte. Und außerdem war ich so müde. Ich wollte nichts weiter, als mich auf meinem sicheren Bett zusammenrollen und schlafen, bei weit geöffneten Fenstern, damit die Sonne mich beschien.

Als ich in unsere Straße einbog, glaubte ich in der Ferne Georges Milchwagen surren zu hören. Aber da war weit und breit niemand. Ich machte mir nicht mal die Mühe, zum Fenster von Gary, dem Verräter, hinaufzuschauen. Sollte er ruhig weiterschlafen. Er würde in der Zeitung von mir lesen, dem Mädchen, das den Ersten Engländer entdeckt hatte, und dann würde er wissen, was ihm entgangen war.

Meine Augen fühlten sich trocken und sandig an. So müde. Die Euphorie verflog allmählich. Als ich die Haustür aufschloss, kam mir plötzlich der Verdacht, dass ich vielleicht nicht richtig klar gedacht hatte. Wenn mein Vater nun in der Diele auf mich wartete?

Du kleines Flittchen, genau wie deine Mutter. *Batsch.*

Nein. Ich hatte dies für ihn getan, damit er stolz auf mich war. Du bist ein cleveres Mädchen, Katie. Eine Tochter wie dich habe ich gar nicht verdient.

Du kleines Flittchen.

Die Diele war leer und ganz still. Ich schaute ins Wohnzimmer, ob er vielleicht dort wartete. Staubkörnchen tanzten in der goldenen Luft. Niemand. Ich ging wieder in die Diele und stieg langsam die Treppe hinauf. Das Haus hielt den Atem an. Stufe für Stufe, die eine Hand fest um die Plastiktüte geschlossen, die fast nichts wog und mir sachte gegen den Oberschenkel schlug.

Seine Zimmertür stand offen. Licht fiel durchs unverdunkelte Fenster und malte helle Vierecke auf den verschossenen braunen Teppich. Ich ging rein, um mich zu vergewissern, wusste aber schon, dass er nicht da war. Ich kontrollierte auch das ehemalige Zimmer meiner Mutter, indem ich durch den Spalt bei den Türangeln linste, für den Fall, dass er und Janey dort zusammen im Bett lagen.

Das Haus war leer. Er war nicht nach Hause gekommen.

Ich ging in mein Zimmer und legte mich aufs Bett, die Plastiktüte an den Bauch gedrückt. Der Wecker auf dem Nachttisch sagte mir, dass es halb sechs war. Er war über Nacht bei ihr geblieben.

Ich hatte Hunger und Durst, wunde Augen und beginnende Kopfschmerzen, aber ich lag ganz still da und starrte an die Decke. Ich dachte immer wieder dasselbe. Er war nicht nach Hause gekommen. Es war das erste Mal, dass er mich über Nacht allein gelassen hatte. Janey war dabei zu gewinnen. Aber sie wusste nicht, dass ich den Ersten Engländer gefunden hatte. Das würde meinen Vater zu mir zurückholen.

Nach einer Weile hörte ich einen Schlüssel im Haustürschloss. Ich hätte wissen müssen, dass er nicht über Nacht wegbleiben würde, ohne morgens zu kommen und nach mir zu schauen. Ich beugte mich über die Bettkante und steckte die Plastiktüte unters Bett, damit er sie nicht sah – nicht jetzt, später würde ich ihm den Schädel zeigen –, und zog dann schnell die Decke über mich, um zu verbergen, dass ich noch vollständig angezogen war. Unten ging er jetzt durch die Küche, ich hörte ihn Wasser aufsetzen. Ich verkroch mich noch tiefer unter der Decke und drehte mich von der Tür weg.

Seine Schritte auf der Treppe. Das Knarren einer Diele im oberen Flur, der Luftzug, als er die Tür öffnete und hereinkam.

Ich spürte, wie er dastand und hersah. Ich wollte mich umdrehen, ihm zeigen, dass ich wach war, damit er zu mir kam und mich umarmte. Aber ich atmete langsam und flach weiter. Die Tür ging leise zu. Seine Schritte verschwanden über den Flur in sein Zimmer, die Schranktür ging auf, eine Schublade. Er zog sich wohl für die Arbeit um. Dann ging er nach unten und machte sich eine Tasse Tee.

Ich hörte ihn nicht mehr aus dem Haus gehen, weil ich da schon schlief.

»Es war nicht deine Schuld«, sagt Gary wieder. »Hör auf, dir Vorwürfe zu machen.«

»Woher weißt du, dass ich mir Vorwürfe mache?«

»Es steht dir ins Gesicht geschrieben.«

»Du kannst mein Gesicht gar nicht sehen.«

»Es stand dir immer schon ins Gesicht geschrieben.«

»Was hast du gesagt, wie spät es ist?«

Ich fuhr aus dem Schlaf hoch. Etwas hatte mich geweckt. Der Wecker zeigte kurz nach halb zehn; draußen mühte sich das Müllauto die Straße entlang.

Ich war immer noch benommen. Nach allem, was ich in der Nacht durchgemacht hatte, schien die Welt irgendwie unwirklich. Die Müllmänner, der Wecker und das Sonnenlicht waren weit weg, und ich bewegte mich durch einen Nebel, vom normalen Leben abgeschnitten.

Ich hatte schon beschlossen, was ich tun würde.

Eine halbe Stunde später saß ich im Bus in die Stadt. Auf dem Schoß hielt ich eine Plastiktüte – eine bessere diesmal, eine Harrods-Tüte, von den Sachen, die mir Mrs. Klein in London gekauft hatte. Sie enthielt einen Schuhkarton und darin lag, wie ein Ei in einem Nest aus Watte, der Erste Engländer.

Der Bus hielt. Eine dicke Frau stieg ein, stand schnaufend im Gang zwischen den Sitzen und funkelte mich grimmig an, bis ich rückte, die Plastiktüte schützend umarmt. Die Frau öffnete ihre Handtasche und entnahm ihr ein Puderdöschen. Mit fuchtelnden Ellbogen musterte sie ihr Mondgesicht in dem winzigen Spiegel und puderte sich die schwitzigen Wangen. Was würde sie sagen, wenn sie wüsste, was in meiner Plastiktüte steckte? Ich drückte den Ersten Engländer an mich.

Das Museum lag am Queen's Square – eine der Großtaten John Woods. Ich war schon mit der Schule dort gewesen, aber noch nie allein. Gleich am Eingang saß eine Frau hinter einem Tisch. Sie war ungefähr so alt wie Janey Legge, mit einer herausgewachsenen, blonden Dauerwelle und einem Flaum auf der Haut. Sie schien erstaunt, eine Jugendliche allein hier zu erblicken.

»Hallo«, sagte sie. »Solltest du nicht in der Schule sein?«

»Ich habe hier etwas, was sich der Kurator ansehen sollte«, antwortete ich, bemüht, mich so auszudrücken, dass sie mich ernst nahm. »Einen archäologischen Fund. Von großem Altertumswert.«

Ihre blassen Augenbrauen zuckten.

»Der Kurator ist sehr beschäftigt«, sagte sie. »Vielleicht lässt du mich mal sehen ...«

Ich sah sie skeptisch an. Wollte sie mich abwimmeln?

»Ich habe Archäologie studiert«, sagte sie.

»Er wird ihn bestimmt sehen wollen.«

»Natürlich.«

»Er ist sehr alt.«

»Hast du ihn in der Tüte?«

Ich stellte die Harrods-Tüte auf den Tisch und nahm den Schuhkarton heraus. Der Deckel hatte nicht richtig über den Ersten Engländer gepasst, deshalb hatte ich den Karton mit Klebeband umwickelt. Ich schob ihn ihr hin.

»Wie Schokoladeauspacken, was?« Ihr Unterarm war voller heller, langer, seidiger Haare, die im Licht glänzten, als sie das Klebeband abzupfte. Sie nahm den Deckel ab. Ihre Augenbrauen fuhren in die Höhe, und sie zog ruckartig die Luft ein, was wie ein leises Jammern klang.

»Verstehe.« Der Erste Engländer wirkte jetzt irgendwie weniger großartig, dort in seinem Wattenest. Da waren mehr Fetzchen von schuppigem Zeug, als ich in Erinnerung hatte, und ein paar drahtige, schwarze Strähnen hinten am Schädel. Sie sah ihn verblüfft an, hob ihn dann vorsichtig heraus und drehte ihn hin und her. »Wo hast du das gefunden?«

Wenn ich es ihr sagte, würde ich dann Ärger kriegen, weil ich letzte Nacht allein in den Minen gewesen war? Wahrscheinlich. Aber was war wichtiger, ich oder die Wissenschaft? Ich starrte in die leeren Augenhöhlen des Ersten Engländers. Vielleicht war er ja doch nicht der allererste Engländer, heute Morgen konnte ich das zugeben. Er war vielleicht keine ganze Viertelmillion Jahre alt. Aber er war historisch, und der Ort, wo ich ihn gefunden hatte, verlieh ihm das, was in meinem Buch archäologischer Kontext hieß. Die Experten mussten das wissen.

»In den Steinbrüchen von Green Down«, sagte ich. »Unter Tage. Er muss aus der Stollendecke gefallen sein, als ein Stück runtergebrochen ist. Dann ist er doch prähistorisch, oder?«

Sie sah mich an. »Möglich«, sagte sie schließlich. »Ja, schon möglich.«

»Gut.« Ich entspannte mich.

»Magst du kurz warten?«, fragte sie. »Ich muss nur …« Ihr Blick glitt zur Seite. »Das Büro des Kurators ist gleich da hinten. Bist du einverstanden, dass ich deinen Schädel mitnehme und ihn ihm zeige?«

»Natürlich«, sagte ich so würdevoll wie möglich.

»Du kannst dich da drüben hinsetzen.« Sie zeigte auf einige Stühle an der Wand. »Ruf mich, wenn jemand reinkommt, ja? Dauert nicht lange.«

Sie verschwand durch eine zweiflüglige Schwingtür in einen langen Korridor. Kaum war die Tür zugeschwungen, öffnete sie sich schon wieder.

»Dieser Deckeneinbruch. Ist der passiert, während du dort unten warst?«

»Oh, nein, der war schon alt.«

Sie verschwand wieder. Die Schwingtür pendelte noch ein bisschen hin und her, kam dann zur Ruhe. Ich hoffte, dass niemand reinkommen würde. Ich wünschte, sie hätte mir vorgeschlagen, ein bisschen im Museum rumzugehen und mir die Exponate anzuschauen. Irgendwie beschlich mich ein Unbehagen. Die Minuten krochen dahin, und ich rutschte ungeduldig auf dem harten Stuhl hin und her, kam aber nicht drauf, was mich nervös machte. Natürlich musste sie den Ersten Engländer zum Kurator bringen, um ihn ihm zu zeigen. Aber warum brauchten sie so lange? Warum hatte sie mich nicht mitgenommen?

Die Tür öffnete sich.

»Tschu-huldigung«, sagte sie auf eine seltsam singende Art, die gar nicht nach einer ernsthaften Entschuldigung klang. »Der Kurator hatte noch was zu erledigen. Aber er ist sehr interessiert. Könntest du vielleicht noch ein bisschen hier bleiben – wir rufen noch ein paar andere Leute hinzu, damit sie mal einen Blick drauf werfen.« Ihre Augen blitzten erregt und huschten durch die Gegend. In dem hellen Flaum auf ihrer Oberlippe glitzerten Schweißtröpfchen.

Genau das hatte ich mir erhofft: Aufregung, Anerkennung, Experten, die herbeiströmten, um meinen Fund zu begutachten. Aber warum wollte ich mich dann am liebsten zur Tür verdrücken und ihr sagen, ich könne nicht warten, ich müsse woanders hin?

»Na ja, ich muss eigentlich in die Schule ...«

»Oh, ich glaube nicht, dass deine Lehrer was sagen werden, bei so einem Grund.« Sie klang schon fast atemlos. »Auf welche Schule gehst du denn?«

»St. Anne.«

»Entschuldige, ich weiß deinen Namen nicht mehr ...«

»Sie haben mich noch gar nicht danach gefragt.«

Plötzlich wollte ich ihr nicht sagen, wie ich hieß. Aber der Schädel war mein Fund, und sie hatte ihn nicht mit zurückgebracht. Ich musste ihr meinen Namen sagen. Ich musste noch hier bleiben, wie sollte ich diese Entdeckung sonst für mich beanspruchen können?

»Wie heißt du?«, hakte sie nach.

Widerstrebend sagte ich ihr meinen Namen. Sie schrieb ihn auf.

»Und wo wohnst du, Katie?«

Die Eingangstür öffnete sich. Zwei Polizisten in Uniform kamen herein.

»Ich hätte wegrennen sollen«, erkläre ich Gary. »Ich wollte, ich wäre weggerannt.«

»Natürlich konntest du nicht wegrennen«, sagte er. Er zündet mir noch eine Zigarette an.

Meine Kehle brennt vom vielen Rauchen und Reden, von der Anstrengung, die Tränen zu unterdrücken, weil es viel zu spät zum Weinen ist. Ich sollte lachen. Es war eine schwarze Komödie. Aber mir ist nicht danach.

Er zündet sich auch eine an und steht auf, um den Aschenbecher in den Ofen zu entleeren. »Eigentlich ...«, sagt er mit dem Rücken zu mir. Seine Schultern sind angespannt und hochgezogen, als ob er einen Schlag erwartet. » ... müsstest du mir die Schuld geben.«

Crow Stone. Alle Arbeiten waren eingestellt worden. Männer standen um die schweigenden Maschinen herum, aßen Brote, rauchten und starrten rüber, als die beiden Autos durch das große Metalltor rollten. Ich sah mich nach Gary um, entdeckte ihn aber nicht, obwohl er da sein musste.

Die Polizeiwagen hielten in der Mitte des Steinbruchs. Alec und Mike – die beiden Polizisten in Uniform hatten gesagt, ich solle sie so nennen – stiegen vorn aus unserem Auto. Ich wollte auch aussteigen, aber die hintere Tür rührte sich nicht.

»Sorry«, sagte Alec und kam zurück, um mich rauszulassen. »Kindersicherung. Du bist ja schließlich keine gefährliche Verbrecherin, Katie.« Mike lachte. Er hatte schiefe Zähne. Ich traute keinem von beiden, obwohl sie sich die ganze Zeit mit mir anfreunden wollten.

Ich hatte am Morgen versucht, den Steinbruchstaub von meiner besten schwarzen Hose zu klopfen, aber als ich aus dem Auto stieg, sah ich, dass da immer noch weißliche Flecken waren. Kriminalinspektor Savile stieg auf der Beifahrerseite aus dem Zivilwagen, einem braunen Ford, der zwar nur eine M-Nummer von vor zwei oder drei Jahren hatte, aber ziemlich schrottreif aussah. Der andere, dessen Namen ich schon wieder vergessen hatte, der Kriminalwachtmeister, schloss die Fahrertür.

Inspektor Savile kam zu mir herüber. Er war ein massiger Mann, der wie ein Elefant in den Hüften schaukelte. Obwohl die Sonne schien, trug er einen grauen Regenmantel.

»Also, wo hast du den Stollen gefunden?«, fragte er.

Ich zeigte auf die alte Steinbruchwand hinter den Trockenstapeln.

»Herrjesses«, sagte er, »wie soll ich da raufkommen?«

»Ich war da«, sagt Gary. »Klar war ich da. Es war sehr heiß an dem Morgen, das weiß ich noch. Heiß und staubig. Ich war an der großen Säge, die ganze Zeit am Husten. So etwa um viertel nach zwölf, vielleicht ein bisschen später, sagten sie uns, wir sollten Pause machen. Die Polizei sei unterwegs. Es sei etwas passiert, sagten sie, in dem Untertagesteinbruch. Letzte Nacht sei da jemand eingedrungen. Was Genaueres schien niemand zu wissen. Sie ließen uns die Schuppen kontrollieren und das Werkzeug nachzählen, falls jemand eingebrochen war.«

»Dann hast du mich also gesehen?«

»Ich hab dich gesehen.« Er kommt zu mir aufs Sofa und nimmt meine Hand. »Als du aus diesem Polizeiwagen gestiegen bist, hab ich einen Heidenschreck bekommen, weil mir da sofort klar war, dass dieser Brief von dir gewesen sein musste, nicht von diesem anderen Mädchen. Mir ging dieses ganze Zeug im Kopf rum – was war da los? Und wenn ich da gewesen wäre? Und – entschuldige, das ist nicht sehr nett, aber ich war ja erst siebzehn – was konntest du ihnen über mich erzählt haben?«

»Du dachtest, ich hätte ihnen was über dich erzählt?« Er kann mich nicht ansehen. »Du hättest mich vergewaltigt oder was?«

»Genau das hab ich gedacht. Ich konnte gar nicht verstehen, warum sie mich noch nicht verhaftet hatten, nachdem du doch meinen Namen kanntest, du hattest ihn ja auf den Brief geschrieben. Aber als sie sich dann für keinen von uns interessierten und immer auf die Wand hinterm Stapelplatz zeigten, ging mir auf, dass es was anderes sein musste. Und da dachte ich, dass ich hätte kommen müssen, dass ich das, was mit dir passiert war, vielleicht hätte verhindern können. Weil ich wusste, was es war. Ich musste an den Brief denken, dass du geschrieben hattest, bei dir zu Hause sei es ziemlich schwierig. Wir wussten ja alle Bescheid. Jeder in der Straße wusste ziemlich genau, was da vor sich ging. Also hab ich's ihnen dann gesagt, Katie. Deshalb haben sie dann deinen Vater verhaftet.«

Und wo genau hast du den Schädel gefunden?

Ich weiß nicht.

Hast du eine Ahnung, in welche Richtung du gegangen bist, als du in der Mine warst?

Nein, ich hab doch gesagt, ich hab mich verlaufen.

Vielleicht könnten wir mit ihr reingehen und uns zeigen lassen ...

Sind Sie noch bei Trost, Tom? Ihr das noch mal zumuten?

Er steht auf, und sie gehen vor die halb geöffnete Tür des Vernehmungszimmers. Sie flüstern, aber ich verstehe sie trotzdem.

Ich glaube nicht, dass sie es realisiert, Sir.

Nein, nein, nein.

»Es ist alles verschwommen«, erkläre ich ihm. »Ich kann mich nicht erinnern, was in welcher Reihenfolge geschehen ist. Damals experimentierten sie gerade damit, Zeugen unter Hypnose zu setzen, weil sie dachten, das fördere verdrängte Einzelheiten zutage. Sie brachten mich zu einer Frau im Krankenhaus, einer richtigen Psychiaterin. Sie war sehr nett, aber ihr schien nicht ganz wohl zu sein bei ihrem Vorgehen. Was sie rausbekam, hätte vor Gericht sowieso nicht gegolten. Danach war dann alles erst recht verschwommen, und ich glaube, sie wollte mir helfen, indem sie mich dazu brachte, Teile zu vergessen.«

Es wird nicht mehr wehtun, Katie. Nicht mehr wehtun. Ich möchte, dass du von hundert rückwärts zählst.

Ich will nichts vergessen.

Du wirst nichts vergessen. Aber ich kann dir den Schmerz nehmen.

Neunundneunzig, achtundneunzig.

»Alle wussten es«, sagt er. »Aber keiner war je bereit, die Verantwortung zu übernehmen und was zu sagen. Die Leute mochten deinen Dad. Er tat ihnen leid, weil er ganz allein zurechtkommen musste. Wir hatten alle gehört, dass deine Mutter weggelaufen war. Meine Mum nannte dich immer *die arme Kleine von drüben*. Ihn anzuzeigen, weil er dich schlug, das hätte bedeutet, eine Grenze zu überschreiten, die sich niemand zu überschreiten traute, weil alle zu unsicher waren. So war das in den siebziger Jahren eben. Natürlich haben die Leute da ihren Kindern noch eins draufgegeben, na ja, sie manchmal regelrecht verdroschen, wenn sie nicht spurten – als mein Dad noch lebte, hat er mir mehr als einmal seinen Gürtel übergezogen. Und du hast in der Schule ja nie gefehlt. Du musstest nie ins Krankenhaus. Wir dachten, so schlimm kann's ja nicht sein. Aber manchmal hörten dich die Nachbarn schreien. Dann ging das Gerede los. Es ging schließlich so weit, dass jemand früher oder später was sagen musste. An dem Vormittag im Steinbruch dachte ich, besser, *ich* tu's.«

Alle diese Leute, die stumm im Steinbruch warteten. Alec und Mike, die beiden Polizisten, die im Steinbruch herumgingen und mit den Arbeitern redeten, fragten, ob sie je so etwas Außergewöhnliches hier im Fels gefunden hätten.

Jemand hatte eine lange Leiter geholt. Weitere Polizisten waren gekommen, in Plastikstiefeln und Overalls.

Einer tauchte auf dem Sims unter dem Mundloch auf, indem er sich durch die Ranken zwängte. Er rief herab: »Sir, Sie sollten mal hochkommen und sich das ansehen.«

»Was habt ihr gefunden?«

»Wir haben einen Oberschenkelknochen.«

Wenn mein Dad nach Hause kam, würde er richtig, richtig stolz auf mich sein.

Als Nächstes erinnere ich mich daran, dass ich allein zu Hause war und auf meinen Dad wartete. Ich würde ihm von dem Ersten Engländer erzählen. Von der Aufregung, die er ausgelöst hatte. Von den vielen Polizisten im Steinbruch.

Ich *weiß*, dass ich in Wirklichkeit nicht allein war. Ich war in meinem Zimmer, mit der Sozialarbeiterin mit der grünen Bluse, um meinen Koffer zu packen. Meine Hand schwebte unentschlossen über Beau Bunny und den anderen alten Kuscheltieren, die in einem Haufen auf dem Korbstuhl lagen. Manchmal, wenn es mir nicht gut ging, nahm ich sie immer noch zum Trost mit ins Bett. Nein, ich würde sie nicht einpacken. Hier waren sie sicherer. Und auch meine Ammoniten. Zu schwer zu tragen. Ich steckte den kleinen, polierten, den mir mein Dad geschenkt hatte, in die Tasche, wobei ich gut aufpasste, dass er nicht an meine Handfläche kam: Die Brandwunde war nach der Nacht in den Minen rot und entzündet. Nur ein kleines Köfferchen, vorerst, hatte die Sozialarbeiterin gesagt. Es sei ja nicht für lange, ein, zwei Nächte, bis sich die Aufregung gelegt habe und die Journalisten weg seien.

Ich stopfte meinen Bademantel über die anderen Sachen. Verstaute meine Pantoffeln an der Seite. Langte dann zum Nachttisch hinüber und nahm das Foto von meiner Mutter in dem Rahmen, den mein Dad so sorgfältig repariert hatte. Ich hatte Angst, es könnte beschädigt werden, wenn ich es auch noch in den Koffer quetschte.

»Wenn du möchtest, kann ich es für dich nehmen«, bot sich die Sozialarbeiterin an. Sie steckte es in ihre Aktenmappe. Ich nehme an, sie hat es der Presse gegeben, weil ich es nie wieder gesehen habe. Dann stiegen wir die schmale Treppe hinunter und aus dem Haus und stiegen in den großen schwarzen Dinosaurier von Auto.

»Sag es, Kit«, sagt Gary. »Du kannst es immer noch nicht aussprechen, was?«

Tränen strömen mir übers Gesicht. »Ich kann nicht.«

Der Raum der Psychiaterin im Krankenhaus war hellblau gestrichen.

»Crow Stone, Katie. Wir müssen über das sprechen, was in Crow Stone passiert ist.«

Ich saß in einem niedrigen Sessel, der mit meliertem rotem Plastik bezogen war. Die hölzernen Armlehnen hatten Kratzer, und meine Finger knibbelten am Lack.

»Ich werde dich jetzt in eine ganz leichte Trance versetzen, Katie. Du hast immer noch die volle Kontrolle. Du kannst mich jederzeit bitten aufzuhören. Schau einfach nur auf dieses Licht, bitte. Schön konzentrieren ...«

Das Licht war gelb wie die Sonne, die durch die Ranken fiel.

»Ich versetze dich jetzt zurück, Katie. Weit, weit zurück. Wir gehen jetzt zurück zum letzten Mal, als du deine Mutter gesehen hast. Woran erinnerst du dich?«

»Es ist Weihnachten«, sagte ich. »Ich sehe die Lichter am Weihnachtsbaum. Da hängen Sachen am Wäscheständer vor dem Kamin. Meine Sachen: Sie sind nass ...«

Wie sind sie nass geworden, Katie?

Wir waren draußen im Schnee. Meine Mum hat mich mit nach draußen genommen, aufs Sportgelände.

Der Feuerschein, rot und golden, auf dem silbernen Baumschmuck. Der Geruch von nasser Wolle. Ich bin wohlig satt und müde, und Zwinki, Blinki und Nicki segeln über den Himmel, in ihrem Mondsichelboot.

Ich drifte mit ihnen davon, aber Stimmen im anderen Zimmer holen mich zurück.

Ich hab dich gesehen. Du kleines Flittchen.

Etwas geht zu Bruch. Die Wand zittert, die Wand, wo der weinende Jesus hängt.

Aber es nützt nichts, ich kann mich nicht erinnern. Vielleicht wackeln die Glaskugeln am Baum, aber vielleicht hüpft und flackert auch nur der Feuerschein.

Ich weine, weil ich will, dass meine Mum wiederkommt. Stattdessen sehe ich meinen Vater, und er hat diesen verlorenen, hilflosen Blick.

Im Kerzenschein ist er goldgelb, wie der Stein, aber glatt, poliert, glänzend. Ich drehe ihn in den Händen und schaue tief in die dunklen Augenhöhlen. Sie gucken mich an.

Ich hab dich lieb, sage ich. Ich hab dich lieb, und ich hab dich vermisst. Ich weiß, dass es nicht stimmte. Du hast mich nicht verlassen.

Dieses glatte goldene Ding, das einmal eine Person war, die am Feuer gesessen, meinen nassen Mantel und meine Handschuhe zum Trocknen aufgehängt, mir die Geschichte von Zwinki, Blinki und Nicki erzählt hat. Die einmal meinen Kinderwagen übers Sportgelände geschoben und einen Soldaten geküsst hat.

Meine Mutter.

Katie, sagt meine schattenhafte Mutter. Katie, ich hab dich lieb.

SIEBTER WEIHEGRAD – DER VATER

Der siebte und höchste Grad der Erleuchtung ... Der Stier wird zur Opferung in die Höhle geführt, und endlich ist der Adept eins mit Mithras.

(*Das Mithras-Mysterium,* Martin Ekwall,
Oxford University Press)

32

Es ist ausgesprochen.

Ich habe meine Mutter gefunden, dort, wo mein Vater sie zehn Jahre zuvor hingebracht hatte, versteckt unter einem Versturz. Weil ich sie gefunden habe, habe ich ihn verloren: Er wurde verhaftet und bekam lebenslänglich.

»Ich habe noch irgendwo die Zeitungsausschnitte«, sagt Gary. »Meine Mum hat sie aufgehoben. Sie hat sie sogar ins Pflegeheim mitgenommen. Ist das nicht komisch? Sie kannte dich eigentlich gar nicht, und am Schluss erkannte sie nicht mal mehr mich, aber diese Zeitungsausschnitte hatte sie immer bei sich, bis zu ihren Tod.«

In Green Down kennen die Leute immer noch die Geschichten, die die Minen hervorgebracht haben: von den verirrten Jungen, vom Kamera-Mann und von dem Mädchen, das in die Stollen ging und mit einem Schädel wieder herauskam.

»Warum hast du nichts gesagt, als du mich wiedererkannt hast?«

»Ich bitte dich. Wie soll man zu jemandem sagen: Hey, kennen wir uns nicht – bist du nicht das Mädchen, das den Schädel seiner Mutter gefunden hat? Und wenn ich mich geirrt hätte?«

Jetzt, da es ausgesprochen ist, ist der Lärm in meinem Kopf verstummt. Ich bin erschöpft, aber auf angenehme Art, wie wenn man lange gejoggt ist oder nach einer kräftigen Massage. Der Feuerschein spielt auf Garys Gesicht. Er kaut am Daumennagel, schaut nicht mich an, sondern hinaus ins Dunkel.

»War es richtig, was ich getan habe?«, fragt er.

»Ich weiß nicht.«

Besser, es kommt raus, hätte Mrs. Owen gesagt. Aber nach so vielen Jahren kommt nicht einfach alles raus. Es sitzt immer noch drinnen, Narbengewebe auf der Seele.

Es schüttet jetzt, Regenströme fließen über die Scheiben, und das Feuer ist fast erloschen.

»Wo ist Martin?«, frage ich. »Es ist schon nach halb neun. Er hat doch gesagt, sie treffen sich nur auf einen kurzen Drink.«

»Er hätte doch angerufen, wenn irgendwas wäre.« Aber Gary kennt Martin nicht.

»Er hätte angerufen, wenn *nichts* wäre.« Ich stehe auf, versuche mich zu erinnern, wo ich mein Handy gelassen habe.

»Ist es okay, wenn ich uns ein Sandwich oder so was mache?« Gary steuert die Küche an.

»Nur zu. Ich hab keinen Hunger.«

Ich habe ein flaues Gefühl im Magen. Mein Handy liegt auf dem Grund meiner Handtasche. *Sie haben eine SMS,* sagt das Display. Ich muss das Piepen überhört haben. Der Idiot hat mich nicht angerufen, weil er wusste, ich würde es ihm ausreden.

Du wirst dich in den Hintern beißen, dass du das verpasst hast. Wir gehen rein.

»Verdammt. Sie sind in den Minen.«

»Wie lange schon?«

»Da steht 17:30.«

»Ruf ihn zurück. Schau, ob er drangeht.« Er steht im Durchgang zur Küche, die Butterschale in der Hand. »Sie sind bestimmt nicht reingekommen. Sitzen wahrscheinlich schon wieder im Pub. Warum in aller Welt sollte er ein solches Risiko ...« Er sieht mein Gesicht. »O nein, Kit. Ich will es nicht wissen. Du verdammte Idiotin.«

Meine Finger zittern, als ich die Nummer wähle. Er kann nicht immer noch dort unten sein. Der blöde Hund. Was hat er sich dabei gedacht? Er weiß doch, wie leicht man die Orientierung verliert. Er muss sich auf Roger verlassen haben – aber es ist vierzig Jahre her, dass Roger in den Minen war.

Während der Rufton ertönt, gehe ich zu dem Schrank unter der Treppe, wo ich meine Höhlenforscher-Ausrüstung aufbewahre. Alles ist wild durcheinandergeworfen statt hübsch ordentlich, wie ich es immer hinterlasse.

»Er hat meine Seile mitgenommen. Und meinen Reservehelm und die Helmlampe.«

Martins Handy klingelt und klingelt. Schließlich schaltet sich die Mailbox ein.

Der Anschluss ist vorübergehend nicht erreichbar ...

»Manchmal funktionieren Handys unter Tage«, sagt Gary in der Küchentür, den Mund voller Brot und Käse. Er hat die Schuhe ausgezogen, sich schon für die Nacht eingerichtet.

»Seins nicht. Martin, ruf mich sofort an, du Wahnsinniger.«

»Keine Angst. Ich wette, sie sind gar nicht erst reingekommen. Willst du wirklich kein Sandwich? Vom Gelände aus können sie unmöglich reingekommen sein.«

»Brauchten sie auch nicht. Der Eingang, den die Jungen damals benutzt haben, ist nie zugemauert worden – ich bin mir so gut wie sicher, dass es derselbe ist wie der, durch den ich 1976 rausgekommen bin. Roger hat Martin bestimmt dort rauf in den Wald geführt.«

»Im Dunkeln?«

»Zu dem Zeitpunkt wurde es wahrscheinlich gerade erst dunkel. Ich wette, Martin hatte das alles schon die ganze Zeit über geplant.«

»Moment mal.« Gary legt sein Sandwich hin. »Wenn sie bei der Vinegar Lane rein sind, dann bedeutet das doch, sie sind im südlichen Teil der Minen.«

»Hat Brendan dir heute Nachmittag diesen Riss gezeigt?«

»Ich hab ihm gesagt, meiner Meinung nach sollten wir in dem Bereich alle Arbeiten einstellen, bis der Hydrogeologe da war, und dann möglichst schnell eine Notverfüllung vornehmen.«

Wir rennen durch prasselnden Regen zu seinem Geländewagen, schlüpfen im Laufen in unsere Jacken. Die Reservebatterien für die Stablampe fallen aus meinem offenen Rucksack, und ich berge sie aus einer Pfütze, in der Hoffnung, dass sie auch nass noch funktionieren.

In den Serpentinen aus dem Ort raus rutschen die Hinterräder weg.

»Wir müssen Hilfe holen, Gary. Irgendwas muss schief gelaufen sein, wenn sie immer noch dort drin sind.« Mindestens vier Stunden sind sie jetzt unter Tage. »Sie haben sich doch bestimmt verlaufen. Dieser Teil der Minen hat irgendwas an sich. Immer verlaufen sich dort Leute.«

Ich weiß, ich plappere einfach nur drauflos, aber es hält mich davon ab, darüber nachzudenken, dass das Ganze nur meine Schuld ist. Ich habe Martin von dem Raben erzählt. Ich habe ihm den Floh ins Ohr gesetzt, dass da irgendwo ein Mithrastempel ist. Meinetwegen ist er jetzt so besessen davon, ihn zu entdecken, wie ich davon besessen war, den Ersten Engländer zu finden. »Immer geht irgendwas schief, wenn jemand in diesen Teil der Minen geht.«

Gary sagt nichts, gibt einfach nur Gas, und der Geländewagen jagt den Brassknocker Hill rauf, dass das Heck in jeder Kurve ausbricht. Eine Hand am Armaturenbrett festgekrallt, schicke ich Martin noch eine SMS, in der Hoffnung, dass er antworten kann.

Es ist schon nach zehn. Die Lichter der ausgebauten Scheunen rings um das alte Farmhaus verschwimmen im strömenden Regen. Gary parkt am unteren Ende der Vinegar Lane, und wir kraxeln unter tropfenden Bäumen bergauf.

»Ich meine, wir sollten Hilfe holen«, schlage ich vor. »Wir schaffen das nicht allein. Vielleicht finden wir sie nicht mal.«

»Wenn wir jemanden alarmieren, bist du deinen Job mit Sicherheit los«, erklärt Gary. »Die Leute haben dich mit Martin gesehen.«

»Wenn du mich zu schützen versuchst, bist du deinen Job auch los.«

»Lass uns erst mal rausfinden, was Sache ist.«

Der Boden ist glitschig. Wir folgen dem Weg – soweit man von einem solchen sprechen kann –, den Martin und ich am letzten Sonntag gegangen sind. Gary hat eine Helmlampe, aber meine hat Martin mitgenommen und meine große Stablampe ebenfalls, also habe ich nur noch die kleine Taschenlampe, die ich für häusliche Stromausfälle bereithalte. Ihr Licht ist schon bedenklich gelb.

»Bist du sicher, dass dies der richtige Weg ist?«, fragt Gary.

»Ich hab keine Ahnung. Im Dunkeln sieht alles so verflucht anders aus.«

»Hast du den Eingang gesehen, als ihr am Sonntag hier oben wart?«

»Bis Sonntag wusste ich nicht mal mehr, dass es ihn gibt. Und ich kann nicht beschwören, dass es der ist, von dem Roger gesprochen hat. Vielleicht sind wir ja auf dem Holzweg.«

»Wasserweg träfe es eher.«

Der Weg ist jetzt ein milchiger kleiner Bach, gelblich weiß im Licht der Taschenlampen, und er verströmt diesen Geruch von feuchtem Zement, an den ich mich in den letzten Wochen so gewöhnt habe.

»Das ist aufgelöster Kalkstein«, sage ich. »Die Brühe muss direkt aus den Minen kommen.«

»Ist das ein gutes Zeichen oder ein schlechtes?«, fragt Gary.

»Na ja, es deutet zumindest darauf hin, dass wir auf dem richtigen Weg sind.«

Der kleine Steinbruch, wo Martin und ich am letzten Wochenende gestanden haben, ist kaum mehr als eine Mulde im Hang, nur sieben Meter tief, die Hauptwand etwa zehn Meter hoch. Wir folgen dem Bach zur Hauptwand, wo er unter einem nassen Gestrüpp von Kletterpflanzen hervorschießt. Einen Moment lang sehe ich mich im gelben Frühlicht durch die Pflanzenstränge kriechen. Gary muss es spüren, denn er drückt mich kurz an seine nasse Jacke, als er sich an mir vorbeischiebt und das Pflanzengewirr vor dem niedrigen Mundloch wegreißt.

»Hier war vor uns schon jemand«, sagt er. »Das Zeug war eindeutig in der Mitte geteilt. Sie sind hier reingegangen.«

»Gott sei Dank, immerhin etwas.«

»Bevor wir ihnen folgen, versuch noch mal anzurufen. Man weiß ja nie, vielleicht sind sie inzwischen wieder draußen. Unten an der Vinegar Lane stand kein Wagen.«

Ich klappe mein Handy auf, hoffe, dass da eine neue Nachricht ist. Die Mailbox ist leer. Mir ist ganz schlecht, als ich die Nummer eingebe und bete, dass er diesmal abnimmt.

Der Rufton ertönt. Ein Flugzeug grollt hoch über uns hinweg, vermutlich auf dem Weg zu einem der Militärflughäfen in Wiltshire, und einen Moment lang bilde ich mir ein, dass jemand abgenommen hat, aber ich muss wohl das Handy weiter vom Ohr weggehalten haben: Als das Flugzeuggeräusch entschwindet, ist der Rufton wieder da. Es klingelt und klingelt.

Garys Jacke ist ein heller, gelb-silberner Fleck vor der Steinbruchwand, aber sein Gesicht unter der Helmlampe ist schattendunkel.

»Er hätte längst abgenommen«, sagt er.

»Die Mailbox hat sich noch nicht eingeschaltet.« Plötzlich hört das Klingeln auf, und ich warte, dass die Frauenstimme sagt: *Der Anschluss ist vorübergehend …* Aber es kommt nichts, nur Schweigen. Ich höre nichts als das Pladdern des Regens auf den Blättern und Garys Atem.

»Was ist?«, fragt Gary. »Jemand dran?«

»Ich weiß nicht. Es hat aufgehört zu klingeln. Könnte sein, dass seine Mailbox voll ist. Oder nicht aktiviert …« Ich nehme das Handy vom Ohr und schaue aufs Display. »Nein, ich glaube, die Verbindung besteht noch. Aber da sagt niemand was …« Das Display erlischt. »Nein, Mist, jetzt ist sie weg.«

»Okay«, sagt Gary. »Wir gehen rein.« Er setzt an, sich durch die Ranken zu zwängen, hält dann inne. »Ich will nicht, dass du irgendwas Gefährliches tust, Kit. Falls irgendwo was runterkommt, gehst du sofort raus und holst Hilfe, klar?«

»Nein«, sage ich. »Er ist mein Freund. Wenn ich ihn finde, bleibe ich bei ihm. Du gehst und holst Hilfe.« Ich will mich an ihm vorbeizwängen, aber er packt mich am Arm, genau da, wo Dickons Finger ein Muster von kleinen blauen Flecken hinterlassen haben.

»Es geht nicht darum, dass du eine Frau bist«, sagt er. »Oder nur insofern, als du mir als Frau was bedeutest. Ich will nicht, dass dir auch was passiert.« Er berührt mein Gesicht. Seine Finger sind kalt und nass vom Regen. »Ich würde dich gern küssen, aber diese verflixten Helme sind im Weg.«

Meine Finger finden seine Hand und ziehen sie auf meinen Mund zu.

»Da«, sage ich. »Das muss reichen.«

Er nimmt meine Hand und führt sie an sein Gesicht, sodass ich die Stoppeln auf seiner Wange fühle, saugt dann an meinem Mittelfinger, wie er es in dem Lokal getan hat. Wieder durchfährt mich dieser kalte Speer des Begehrens. Ich wollte, ich könnte seine Augen sehen, aber seine Helmlampe scheint mir genau ins Gesicht. Er lässt meine Hand los.

»Das muss reichen, bis wir wieder draußen sind.« An seiner Stimme höre ich, dass er grinst. »Aber tu verdammt noch mal einfach, was ich dir sage, okay?«

»Halt die Klappe.«

Wir betreten das Dunkel hinter dem Mundloch.

Hier fühlt sich alles anders an. Es gibt keine sicheren, nagelneuen Stahltunnel, nur enge, gewundene Stollen aus nacktem Fels, die in Hohlräume voller Gesteinssäulen münden, und unter unseren Füßen die Lorenschienen, denen ich damals zum Ausgang gefolgt bin. Das hier ist nicht mehr Kits Welt, wo ich meinen hoch qualifizierten Job mache. Es ist die Welt meiner Mutter. Hier ganz in der Nähe habe ich ihren Schädel gefunden.

Als meine Mutter damals an Weihnachten verschwand, war es schon einige Jahre her, dass die Jungen sich verirrt hatten und daraufhin alle Minen zugemauert worden waren – angeblich. Aber es gab immer noch Möglichkeiten, in die Minen zu gelangen, so wie den vergessenen Eingang unter den Kriechpflanzen im Wald und das Mundloch, das ich in Crow Stone entdeckt hatte.

Mein Vater hatte durch Zufall einen weiteren Zugang entdeckt, kurz bevor er meine Mutter umbrachte.

Er legte neue Leitungen in einem der Cottages am oberen Ende der Vinegar Lane: ausgehendes neunzehntes Jahrhundert, zwei Räume unten und zwei oben, erbaut wie so vieles in Green Down auf einem alten Steinbruchgelände, als die lohnenden Steinlager erschöpft waren. Ein Bauunternehmer hatte zwei der Häuschen gekauft, um sie zu modernisieren und weiterzuverkaufen. Sie standen direkt an der alten Steinbruchwand, die quasi ihre Rückwand bildete, und hatten lange schmale Gärten vorn statt hinten. Der Sicherungskasten befand sich in einem flachen Schrank im hinteren Raum. Als mein Vater dort herumklopfte, brach er versehentlich durch die eine Schicht Backstein und starrte plötzlich eine steile Treppe in einen dunklen Stollen hinunter.

An Weihnachten standen die Cottages immer noch leer. Der Bauunternehmer verlangte zu viel und war sie noch nicht losgeworden. Mein Vater rollte die Leiche meiner Mutter in ein altes Stück Teppichboden ein, packte sie hinten in seinen Lieferwagen und fuhr in die Vinegar Lane. Er parkte vor den Cottages und betrat das eine mit dem Schlüssel, den ihm der Bauunternehmer gegeben hatte, für den Fall, dass die Leitungen einfroren. Falls ihn Leute sahen, dachten sie sich nichts dabei: Die Nachbarn waren es gewohnt, seinen Lieferwagen dort stehen zu sehen. Vielleicht hatte es ja in dem leeren, ungeheizten Haus einen Rohrbruch gegeben? Teppichboden? Warum nicht? Die Häuser wurden schließlich renoviert.

Mein Vater schlug die Backsteinwand wieder auf und trug die Leiche meiner Mutter in die Minen runter. Er vergrub sie unter einem Versturz. Er muss es für unwahrscheinlich gehalten haben, dass sie je entdeckt würde. In feuchtem Kalkstein überdauert Fleisch nicht lange. Meine Mutter war schon ein Skelett, Jahre bevor ich sie fand, ein Skelett, von Füchsen hervorgezerrt und verstreut.

Ich weiß nicht mehr, wer mir das alles erzählt hat, die Polizei oder die Psychiaterin. Sonst sprach nie jemand mit mir darüber. Sie wussten nicht, was sie sagen sollten. Nicht mal Mrs. Klein.

Aber ich wollte auch nicht darüber sprechen. Ich wusste, mein Vater war im Gefängnis, nicht nur wegen meines Funds, sondern auch wegen meiner Aussagen. Meine verschütteten Erinnerungen an die letzten Tage meiner Mutter hätten vor Gericht nicht als Schuldbeweis genügt. Aber die Polizei benutzte sie und mich, um ihm ein Geständnis abzuringen.

Hinter mir platscht es. Ich leuchte hin und sehe Gary bis an die Knöchel im Schlamm waten. Der enge Stollen ist voller Wasser. Es rinnt von den Wänden und bildet auf dem Boden tiefe, cremefarbene Pfützen.

»Wie weit drinnen war die Säule, an der du das Sonnensymbol gesehen hast?«, fragt er.

»Wo sich der Stollen zu einem großen Hohlraum öffnet, da müsste es sein, gleich die erste Säule.« Ich schließe die Augen, um es mir zu vergegenwärtigen, aber es ist so lange her. »In meiner Erinnerung war es links, als ich damals rausgegangen bin – also von uns aus rechts –, aber ich kann mich auch irren.«

»Kommst du mit dem Ganzen hier klar?«

»Hältst du mich etwa für ein Sensibelchen?«

»Kit.«

»Sorry. Reine Gewohnheit. Ich bin okay. Bisschen wacklig, aber mehr aus Angst um Martin. Das andere ist ... immer noch wie eine Geschichte, die einem anderen Menschen passiert ist.«

»Was ist aus deinem Vater geworden? Er muss doch irgendwann wieder aus dem Gefängnis entlassen worden sein.«

»Nein«, sage ich. »Nie.«

Gewöhnlich heißt Lebenslänglich wegen Mordes keineswegs lebenslange Haft. Die Leute kommen nach zehn, elf Jahren wieder raus. Aber für meinen Vater, der nicht nur wegen Mordes an meiner Mutter, sondern auch wegen der Misshandlung seiner Tochter verurteilt worden war, hieß Lebenslänglich tatsächlich Lebenslänglich.

Gary wurde bei dem Prozess nicht als Zeuge gehört. Es war die Schulkrankenschwester, die in den Zeugenstand trat und berichtete, wie sie die Beule an meinem Haaransatz gesehen und die Brandwunde an meiner Hand verarztet hatte.

Ich vermute, dass der Jähzorn meines Vaters seine Entlassung zusätzlich verhinderte. Wie sollte er im Gefängnis gelernt haben, ihn zu beherrschen, wenn er ihn nicht mal gegenüber Menschen, die er liebte, kontrollieren konnte?

Er starb letzten März an einem Schlaganfall. Ich erfuhr es erst im August. Der Brief der Nationalen Opferhilfe brauchte lange, um mich zu erreichen.

»Ich verstehe, warum du deinem Vater nicht schreiben konntest«, sagt Gary. »Es war dir unmöglich, ihm zu verzeihen.«

Unmöglich? Ich weiß nicht. Ich bin gar nicht so weit gekommen, es zu versuchen. Die Wahrheit ist: Es war mir unmöglich, mir selbst zu verzeihen. Niemand legte mir je nahe, ihn im Gefängnis zu besuchen. In Wahrheit aber hätte ich es nicht ertragen, die Qual in seinen Augen zu sehen.

Kriminalinspektor Savile, inzwischen seit Jahren pensioniert, war stolz darauf, wie er meinem Vater das Geständnis abgerungen hatte. »Er wollte Sie unbedingt sehen«, erklärte er mir, als ich ihn letzten September aufspürte. »Er sagte, lassen Sie mich mit meiner Kleinen reden. Ich sagte, ich werde dafür sorgen, dass Sie Ihre Kleine nie wieder zu Gesicht bekommen, wenn Sie uns nicht erzählen, was Sie mit Ihrer Frau angestellt haben. Also hat er's uns erzählt. Und dann fragte er: Kann ich sie jetzt sehen? Und ich sagte, hör mal, Freundchen, wie kommst du auf die Idee, dass sie dich sehen will?« Savile nahm seine Metallbrille ab und putzte sie. Da war ein unsicheres Flackern in seinen kleinen Elefantenaugen, aber nur ganz kurz. »Und ich hatte doch Recht, oder? Sie haben ihn nie wieder gesehen.«

Ich habe ihn nie besucht. Ihm nie geschrieben. Ich hätte es tun sollen. Er war doch immer noch mein Vater. Total vermurkst, oder, Gary? Verstehst du jetzt, warum ich das alles nie hervorkrame und betrachte?

Aber laut sage ich nur: »Dies ist der Hohlraum. Aber ich hab keine Ahnung, wo wir jetzt hinmüssen.«

Gary leuchtet in der Kaverne herum. Sie ist viel kleiner als in meiner Erinnerung, aber ich weiß, dass es dieselbe ist, weil da an der Säule das Zeichen angebracht ist, die Sonne, die ich jetzt als das mithraistische Symbol für Heliodromus, den Sonnenläufer, identifizieren kann. Es ist viel roher eingeritzt, als ich es in Erinnerung habe.

Bestimmt hat Martin Recht, und das sind keine alten römischen Symbole, es sind Nachahmungen aus dem achtzehnten oder neunzehnten Jahrhundert.

»Weißt du, was das bedeutet?«, fragt Gary. »Genau das, wofür du es 1976 gehalten hast. Das Zeichen für den Ausgang.«

»Was? Es hat gar nichts mit Mithraismus oder Freimaurertum zu tun?«

»Na ja, daher könnte jemand die Form übernommen haben. Aber dies erinnert mich an die Zeichen, die wir hinterlassen haben, als ich in Corsham unter Tage gearbeitet habe. Man malt Wegweiser an die Wand, damit man sich nicht verläuft. Die Bergleute im achtzehnten Jahrhundert konnten vermutlich nicht lesen und schreiben. Da haben sie eben Bildchen benutzt.«

Dass diese Hohlräume hier alt sind, sieht man. Die Säulen sind geplündert, deformiert, voller Risse und Verwerfungen. An der Decke haben die Kerzen der Steinhauer schwarze Rußflecken hinterlassen.

»Die Fledermäuse sind weg«, sage ich. Damals hing die ganze Decke voll.

»Weil deine Polizisten sie gestört haben?«

»Wer weiß? Aber das könnte erklären, warum dieser Eingang nicht auf unseren Karten eingezeichnet ist. Weil dort keine Fledermäuse rauskommen, haben ihn Rupert und seine Studenten auf ihren Streifzügen in der Dämmerung nicht entdeckt.«

Die Polizei hat ihn auch nie gefunden. Ich zeigte ihnen damals den Eingang in Crow Stone, und sie folgten der Spur von geschmolzenen Kerzen, die ich vom Altar des Kamera-Manns bis zu den Überresten meiner Mutter hinterlassen hatte. Ich kann mich nicht erinnern, dass mich jemand gefragt hätte, wie ich damals wieder herausgekommen bin. Sie gingen wohl einfach davon aus, dass ich denselben Weg zurückgegangen war.

»Also, welchen Weg hätte Martin nehmen können?«, fragt Gary. »Wie tickt er unter Tage?«

Martin tickt unter Tage wie ich, weil ich gewöhnlich dabei bin, um ihm zu sagen, welcher Weg der sicherste ist. Aber er tickt auch wie ein Archäologe. Metallschienen ziehen sich im Bogen nach rechts – die Schienen, denen ich folgte, nachdem ich den Schädel meiner Mutter gefunden hatte. Obwohl das Martin nicht beeinflussen würde, weil er es ja nicht weiß. Aber diese Schienen sind noch nicht so alt: neunzehntes Jahrhundert, nicht achtzehntes.

»Links«, sage ich. »Martin bliebe in den älteren Stollen.«

»Sicher? Du bist die Schienen entlanggekommen, also muss das Versteck des Kamera-Manns in dieser Richtung liegen.«

»Der Kamera-Mann kannte das gesamte Minensystem.« Ich steure bereits nach links, leuchte mit meiner Taschenlampe die Säulen ab. »Er war besessen – hat viel, viel mehr Kameras gestohlen, als ich gefunden habe. Ich glaube nicht, dass dies sein einziges Versteck war. Und als die Jungen damals hier reinkamen, wollten sie bestimmt in den Teil der Steinbrüche, wo sie sich auskannten. Sie müssen nach Norden gegangen sein, nicht nach Osten. Und da hat Roger ihn auch hingeführt. Außerdem …« Ich unterbreche mich jäh. »Da. Ich wette, das war Martin.« Mein Taschenlampenstrahl ruht auf einer rosa Kreidemarkierung in Brusthöhe an einer Säule – ein Pfeil, der in die Richtung zeigt, aus der wir gekommen sind.

»Den hat er für uns angebracht?«

»Nein, für sich selbst. Er war schon in den Minen, weiß, wie verwirrend das abseits der Schutzgänge sein kann.«

Gary schweigt, aber ich weiß, was er denkt. Wenn Martin vorher schon hier unten war, dann war ich es, die ihn reingebracht hat. Wenn irgendwas passiert ist, wird mein Kopf rollen. Wir waten durch die milchigen Pfützen. An jeder Säule, jedem Abzweig hat Martin einen rosa Pfeil hinterlassen. Da die Pfeile alle zurückzeigen, ist nicht immer klar, welche Richtung er eingeschlagen hat.

»Nicht dahin!«, raunt Gary und zieht mich sanft zurück.

»Woher weißt du das?«

»Du willst schon wieder nach Osten gehen. Du hast wirklich einen miserablen Orientierungssinn, Kit.«

Da ist der nächste Kreidepfeil. Verdammt, er hat Recht.

»Mach dir nichts draus. Du kannst nichts dafür.« Er grinst jetzt spitzbübisch unter seinem Helm. »Frauen sind eben anders.«

»Halt die Klappe.«

»Wie weit sind wir bis jetzt gekommen?«, fragt er.

»Was?«

»Wie weit sind wir vom Eingang weg?«

Im Finden von Wegen war ich noch nie gut. Martin schon, aber ich bin mir immer unsicher. »Sag du's mir.«

»Neunhundertachtzig Meter, plusminus ein paar Schritte.«

»Du kannst doch nicht so genau aufpassen *und* dabei ein Gespräch führen.«

»Doch, kann ich. Alter Bergmannstrick, Säulen zählen, Schritte zählen. Unter Tage immer genau wissen, wo man ist. Könnte einem eines Tages das Leben retten.«

Oder jemand anderem. War das Martin, der das Handy vorhin abgenommen hat? Warum hat er nichts gesagt? Wo sind sie?

»Hast du eine Ahnung, wo wir in Bezug zum restlichen Minensystem sind?«, frage ich. »Könntest du uns dorthin führen, wo wir heute den Schutztunnel gebaut haben?«

Er verengt die Augen, reibt sich die Stirn gleich über der Nasenwurzel. Die Stelle, wo angeblich bei Brieftauben der Orientierungssinn sitzt.

»Weiß nicht. Vielleicht. Es ist gar keine so geheimnisvolle Kunst, Kit. Man muss einfach nur zählen, sich die Abzweige merken und sich vor Augen halten, was man schon über die Anlage des Ganzen weiß ...« Sein Stablampenstrahl erfasst etwas Schimmerndes im Dunkeln vor uns. »Mein Gott!«

Ich habe das oder etwas sehr Ähnliches schon mal gesehen, in einem anderen Teil dieser Unterwelt – ein Sortiment modernder Leicas und Kodak-Kameras auf einem schmalen Gesteinsims. Die Zeit und die Feuchtigkeit haben ihr gnadenloses Werk getan. Alles ist mit Schimmel überzogen oder mit verkrustetem grauem Staub. Das Metall ist verrostet, rotbraun und blättrig. Nur eine blinde Linse ohne Objektivkappe wirft unser Stablampenlicht zurück – sonst hätten wir die Kollektion wahrscheinlich gar nicht bemerkt.

»Tja, wenigstens wissen wir, dass wir hier richtig sind«, stellt Gary fest.

»Von hier aus sind die Jungen damals in verschiedene Richtungen gerannt. Hier hätte der Kamera-Mann sie beinah erwischt.«

»Dann suchen wir jetzt also einen alten Deckeneinbruch.«

»Einer von Martins kleinen rosa Pfeilen wäre für den Anfang schon mal nicht schlecht.«

Gary leuchtet über dem Sims herum.

»Nichts.«

»Auf der anderen Seite?«

Wir gehen jeder auf einer Seite um die Säule herum. »Hab ihn«, sagt Gary. Als wir uns aber unmittelbar darauf im nächsten Hohlraum wieder treffen, ist mir irgendwie nicht wohl. Ich kann es nicht genau orten: Irgendwas stimmt nicht.

»Oh, verdammt«, sagt er. Er schwenkt die Lampe im weiten Bogen. »Das gefällt mir gar nicht.«

Es sieht fast aus, als dampfte die kalte Luft im Lichtstrahl, aber der Dampf setzt sich im Rachen ab, erfüllt die Nase mit diesem Zementgeruch.

»Da hängt viel zu viel Staub in der Luft. Das ist ein Einsturz.«

33

»Martin! Wo bist du?«

Nichts. Unsere Lampen durchbohren die staubige Luft. Es ist nicht wie richtiger Nebel, eher ein trüber Schleier in den Lichtstrahlen, kaum wahrnehmbar, aber ungemein beängstigend.

»Martin! Bist du da?«

»Roger! Ist da wer?«

Gary hebt die Hand: Hat er was gehört? Wir bleiben stehen und horchen, aber da ist nur das Sirren der Stille. Ich gehe einen Schritt weiter, aber Gary schüttelt den Kopf. Er muss etwas hören, was ich nicht höre.

Das Sirren zerlegt sich in einzelne Komponenten, immer noch vor allem Sirren, aber auch unser Atmen, das gelegentliche *Plink* von tropfendem Wasser und ein leises tickendes Geräusch. Es ist eine gewaltige Stille in einem gewaltigen Dunkel. Über uns muss normales Leben sein, mit normalen Geräuschen: Wind in den Bäumen, Regen auf Asphalt, Autos, die in Garagen rollen, Schlüssel in Haustüren, Leute, die Wasser laufen lassen, ihre Spülmaschine anstellen, sich vor dem Zubettgehen die Zähne putzen ... Aber dies ist die Unterwelt. Hier gelten keine normalen Regeln. Ich versuche mir Brendans Karte zu vergegenwärtigen: Sind wir noch unter den Häusern zwischen den Schirmkiefern, wo Poppy gewohnt hat? Es kann nicht weit zu dem alten Versturz sein, von dem uns Roger erzählt hat, und zu der dahinter liegenden Kammer mit den Gruben, wo sich sein Freund damals das Bein gebrochen hat.

Gary schüttelt abermals den Kopf, diesmal frustriert, und geht weiter. Jetzt beinhaltet die Stille auch noch unsere Schritte. In meinem Rachen ist wieder dieser Zementgeschmack. Wir sind etwa drei Schritte weit gekommen, als plötzlich ein Donnergrollen einsetzt.

Eine Hand an meinem Arm reißt mich vorwärts – meine Füße verheddern sich, ich stolpere beinahe. Alles spielt sich in Zeitlupe ab: das Vibrieren des Bodens, der Staub und die kleinen Steine, die vom Boden zurückprallen und mir von hinten gegen die Waden schlagen, mein wildes Rudern, um auf den Beinen zu bleiben, der Flashback in meinem Kopf, Dickon in dem Durchgang vor der tief stehenden Sonne, Dickon, der zu Boden geht und an meiner Jacke zerrt, das ziellose Umherhüpfen der Lampenstrahlen, die dicke Zementluft in meiner Lunge ...

Und dann, ebenso plötzlich, wieder Stille, nur Sirren und das leise Geräusch von Erde, die den Gesteinshaufen hinabrieselt, der hinter uns aus dem Boden gewachsen ist.

Tiefes, zittriges Durchatmen. Schweigen. Der Haufen Firstengestein und Erde – zwei, drei Tonnen vielleicht – liegt genau dort, wo wir eben noch gestanden und der Stille gelauscht haben. Meine Füße streiken – weil sie sich zu Recht sagen, dass nur die Knie unter mir wegknicken würden, wenn sie ihre Arbeit tun –, und ich habe den starken Drang zu kichern. Ich fasse Garys Hand, und er nimmt meine. Wir stehen da, etwa einen Meter von unserem Grab entfernt, und halten uns an den Händen und lachen wie die Irren. Dann zieht er an meinem Arm, und wir stolpern von dem Versturz weg. Aber wohin? Wo ist es sicher?

»Kommt da noch mehr runter?«

»Weiß der Geier«, sagt er. »Ich hab so was schon öfter erlebt. Ein Stück Decke bricht raus, einfach so, ohne ersichtlichen Grund, ohne Vorwarnung. Ohne sichtbare Schäden über Tage. Mich beunruhigt nur, dass dies nicht der erste Einbruch heute Abend in diesem Bereich ist. Und je mehr wegbricht, desto instabiler wird das Ganze.« Der Schleier im Stablampenlicht ist jetzt eindeutig dichter, und unsere Gesichter sind gelblichweiß von Staub.

»Glaubst du, das ist Martin passiert?« Meine Stimme erstaunt mich. Sie ist relativ ruhig.

»Vielleicht. Hör zu, Kit, einer von uns muss zurückgehen. Mir wär's lieber, du tätest es.«

»Nein«, sage ich. »Kommt nicht in Frage, dass ich euch hier unten zurücklasse. Dieser verflixte Mithras wird euch nicht beide kriegen.«

»Aber jemand muss Hilfe holen – je schneller, desto besser. Vielleicht muss ein Teil der Häuser oben evakuiert werden.«

»Dann geh du. Ich muss Martin finden.«

Gary schüttelt den Kopf. »Kein Wunder, dass die Bergleute gemeint haben, du wärst bestimmt schwierig. Okay. Ich gebe uns noch zehn Minuten. Dann geht einer von uns Hilfe holen.«

Wir steuern auf den Zwischenraum zwischen den nächsten beiden Säulen zu, in der Hoffnung, an einer von ihnen einen rosa Pfeil zu finden.

»Nein«, sage ich. »Verdammt. Wir sind auf dem falschen Weg. So weit hier drüben waren sie nicht.«

»Da wäre ich mir nicht so sicher«, sagt Gary. »Schau, da.«

Er leuchtet. Der Stablampenstrahl tanzt über eine zerklüftete Erhebung etwa fünfzehn Meter weiter.

Gesteinstrümmer von einem weiteren Deckeneinbruch.

Ich renne los. Der Versturz zieht sich mindestens zehn Meter quer durch den Hohlraum. Riesige Gesteinsbrocken liegen zwischen kleineren Trümmern. Wenn sie da drunter verschüttet sind …

»Langsam. Das liegt da schon seit Jahren.«

Er hat Recht. Das Hämmern in meiner Brust legt sich, mein Herz verlangsamt sich fast schon wieder auf Normaltempo. Da wächst sogar ein Nest von kleinen, hellen Pilzen aus den Gesteinstrümmern. Das muss der Versturz sein, von dem uns Roger erzählt hat – aber wo verläuft der Weg drum herum? Ich gehe langsam am Rand des Gesteinhaufens entlang, bis Gary mich wegzieht.

»Nur weil er schon so lange hier liegt, ist nicht gesagt, dass der Rest nicht auch runterkommt.«

»Das ist kein Deckeneinbruch«, sage ich. Meine Taschenlampe hat begradigte Formen und behauene Oberflächen erfasst. »Hier war eine Mauer. Das sind Abfallsteine aus den Minen, keine Gesteinstrümmer. Sieht aus, als hätte sie durch den ganzen Hohlraum geführt. Jemand hat sie gebaut, um irgendwas abzutrennen, was dahinter ist.«

Gary hat sein Handy in der Hand. »Wie ist Martins Nummer?«

»Du spinnst. Hier funktioniert doch kein Handy.«

»Ich habe einen Antennensignalverstärker. Bringt nicht immer was, aber manchmal doch.«

»Gib her.« Ich reiße ihm das Handy aus der Hand und wähle die Nummer. Zuerst höre ich nichts, dann …

Handyklingeln, irgendwo hinter der eingestürzten Mauer.

Wir rennen beide los, suchen verzweifelt einen Weg, zum Ursprung des Geräuschs zu kommen.

»Verdammt …«, ruft Gary.

Zwischen dem Ende des Versturzes und der Felswand hat jemand die Steine herausgezerrt, sodass ein schmaler Spalt entstanden ist. Wir müssen über Geröll klettern, um uns durchzuzwängen, nur um vor einer weiteren Mauer zu stehen. Aber die hier ist anders. Im Unterschied zu den Trockenmauern, die aus Abfallgestein aufgeschichtet sind, besteht sie aus säuberlich gemeißelten Blöcken, die mit hellem Mörtel vermauert sind.

»Das passt nicht«, gebe ich zu bedenken. Für einen Moment erscheint es mir sogar möglich, dass die Mauer aus jüngerer Zeit stammt. »Die alten Bergleute haben keinen Mörtel benutzt.«

Aber die alten Römer.

In der Mitte der Mauer befindet sich ein niedriger Bogendurchgang. Dahinter zwei abwärts führende Stufen. Das Mithräum. Das muss es sein. Himmel, es *ist* hier, wir *hatten* Recht ... Irgendwo ganz hinten ein matt flackerndes Licht, das mich mit abergläubischer Furcht erfüllt. Und, völlig deplaziert, das Klingeln eines Handys, immer wieder.

Gary hält mich fest. »Nein. Da drin könnte ein Stück Decke runtergekommen sein.«

»Hör auf, den Beschützer zu spielen!«

»Ich bin nur vernünftig. Wenn ich verschüttet werde, wäre es mir lieb, du wärst noch am Leben und könntest Hilfe holen.«

»Oh.«

Er geht rein, ein silbernes Glimmen im Dunkeln. Sein Stablampenstrahl gleitet über düstere Wände, schwere Steinblöcke, die zwei Reihen solider Bänke bilden, der Eingang flankiert von zwei Statuen.

Cautes und Cautopates. Die Türhüter des Tempels: Hoffnung und Verzweiflung.

Martin ...

Am anderen Ende der Tempelkammer ist es zum Deckeneinbruch gekommen. Irgendwo darunter klingelt das Handy. Gary leuchtet die Decke ab. Es ist kein großer Versturz, aber daneben sind schwere Steinblöcke ins Kippen geraten. Dann kniet er sich hin, legt die große Stablampe neben sich und entfernt vorsichtig kleinere Gesteinstrümmer. Nur Sekunden später erfasst das Licht seiner Helmlampe staubigen, roten, regendichten Stoff.

»Das ist Martins Schutzjacke.«

Sofort bin ich dort, knie neben Gary nieder und scharre in dem losen Gestein.

»Du bist unverbesserlich«, sagt er. »Hör zu, so hilfst du ihm nicht. Es ist nicht so schlimm, wie es aussieht. Hast du Wasser in deinem Rucksack?«

Ich bin schon dabei, ihn zu öffnen. Das Handy muss irgendwann aufgehört haben zu klingeln. Stattdessen höre ich jetzt Martins Atem, schnell, ein bisschen unregelmäßig.

»Er ist bewusstlos, aber sieh mal zu, ob du einen Teil des Staubs von seinem Gesicht wischen kannst, damit wir eine Ahnung bekommen, welche Farbe es untendrunter hat.«

Ein Stück Decke ist runtergebrochen: hauptsächlich Erde und kleinere Steine. Martin liegt auf dem Bauch, das Gesicht zur Seite gedreht. Sein Helm liegt neben ihm.

»Ich glaube, er hat was auf den Kopf gekriegt, aber er könnte auch noch innere Blutungen haben. Sonst keine sichtbaren Verletzungen ...« Garys Zögern lässt mich aufblicken. »Ah, Mist, er ist eingeklemmt. Gib mir das Handy, mal sehen, ob es noch ein Netz hat.«

Ein großer Steinbrocken ist aus der Decke gebrochen. Er hat Martin zwar verfehlt, ist aber auf einige hohe, schwere, mit Reliefs versehene Steinblöcke gekracht, die aussehen, als seien sie Teil des Altars. Sie sind gekippt, ein labiles Kartenhaus, und Martins rechter Arm liegt darunter.

»Ist sein Arm zerquetscht?« Mir ist ganz schwindelig in dem seltsamen, flackernden Licht, das von irgendwo hinter den verkanteten Steinblöcken kommt.

»Ich glaube nicht. Die Blöcke halten sich gegenseitig, sein Arm steckt nur dazwischen.« Frustriert schüttelt Gary das Handy. »Gar kein Netz mehr. Ich will ihn nicht bewegen, bevor wir die Blöcke nicht irgendwie abgestützt haben. Da ist etwas Blut, aber ich glaube, es kommt vor allem aus einer Platzwunde auf seinem Kopf.«

Ich schraube die Wasserflasche auf und befeuchte mein Taschentuch. Meine Hände zittern, als ich den Staub von Martins Wange wasche. Er kommt mir blass vor, aber im Stablampenlicht ist das schwer zu sagen.

»Können wir ihn rausholen? Können wir irgendwas als Stemmeisen benutzen?« Aber noch während ich dies sage, wird mir klar, dass es unmöglich ist. Die Blöcke halten sich in einem labilen Gleichgewicht, eine falsche Bewegung, und sie krachen auf Martins Arm und auf seinen Kopf.

»Wir brauchen was, um sie abzustützen. Luftkissen am besten. Und dann Hebezeug.« Gary schaut sich in der Tempelkammer um, kaut am Daumennagel. »Auf dem Gelände gibt es beides. Aber der Kran ist zu groß, um ihn hier runterzubringen.«

»Wir müssen auf den Bergungstrupp warten. Die haben das richtige Gerät.«

»Ich könnte den Lader herbringen.«

»Das wäre, wie Schmetterlinge mit Boxhandschuhen zu greifen. Du würdest ihn umbringen.«

»Aber mit dem Lader könnte ich diese Blöcke an die Seite schieben.« Er zeigt auf die Steinbänke. »Wenn die aus dem Weg sind, käme der Kran vielleicht rein.«

Plötzlich stöhnt Martin.

»He, du alter Blödmann«, sage ich. »Hab mir doch gedacht, dass dich das wieder zu dir bringt – wenn jemand droht, eine archäologische Stätte zu zerstören.« Aber seine Augen sind geschlossen. Er scheint gar nicht bei Bewusststein.

»Wir müssen dafür sorgen, dass er still liegen bleibt.«

»Er hat sich doch gar nicht bewegt.«

»Aber er könnte. Hör zu, ich geb dir mein Handy. Versuch's auf dem Rückweg immer wieder – sobald du ein Netz hast, ruf Hilfe.«

»Ich hab doch gesagt, ich lasse Martin auf gar keinen Fall allein. Geh du.«

Er sieht mich hilflos an. »Es ist zu gefährlich.«

»Einer von uns bleibt ganz bestimmt hier. Und es muss einen Weg von hier zu den Hauptminen geben. Die Jungen sind ihn damals gegangen, weil sie ganz woanders waren, als sie schließlich geborgen wurden. Roger hat doch gesagt, sie waren fast schon bei Stonefield. Du hast viel größere Chancen als ich, diesen Weg zu finden, und von dort aus kannst du viel schneller Hilfe hierher bringen.«

Er überlegt, kaut wieder am Daumennagel.

Der Stollen in den Vinegar Woods ist eng, viel zu eng für einen Kran, und der Weg von der Vinegar Lane dort rauf ist steil.

»Du hast gesagt, du glaubst zu wissen, wo wir sind.« Ich muss ihn drängen. Ich bin schuld, dass Martin in diese Situation geraten ist, also bin ich diejenige, die hier bleiben muss. »Wir vergeuden Zeit. Wir brauchen schnellstens Hilfe.«

»Okay.« Er steht auf. »O Gott. Wo ist der andere?«

Roger. Den haben wir völlig vergessen. Nirgends entdecken wir eine Spur von ihm, aber Martin ist bestimmt nicht allein hier hereingekommen. Gary mustert den Gesteinshaufen. Wenn er da drunter liegt, ist es zu spät.

»Vielleicht ist er ja Hilfe holen gegangen.«

»Warum sind wir ihm dann unterwegs nicht begegnet? Er brauchte doch nur Martins Pfeilen zu folgen.«

»Könnte er den anderen Weg genommen haben?«

»Und hat sich wieder verirrt? Na, toll. Dann brauchen wir jetzt einen Suchtrupp *und* ein Rettungsteam. Immer unter der Voraussetzung, er liegt nicht unter dem Haufen dort.«

»Geh«, sage ich. »Sei vorsichtig. Immer schön zählen.«

»Bin schon unterwegs.« Er bückt sich und berührt wieder meine Lippen. »Und du pass auf dich auf.«

Er sieht sich ein letztes Mal um – ein anderer Blick diesmal, keiner, der Risiken abschätzt, sondern ein verblüffter Blick, der den Reliefs auf den Altarsteinen, den verblassten Fresken und dem flackernden Licht irgendwo in der Nähe der hinteren Wand gilt.

»Ist er das?«, fragt er. »Dein Tempel? Für diesen Dingsda?«

»Mithras.«

Er nickt, hebt die Augenbrauen und schürzt die Lippen. Unverbindlich. »Nett.«

»Aber das alles nicht wert, willst du sagen, oder?«

»Ach, was weiß ich? Ein solches Urteil überlasse ich euch Experten.«

Er drückt kurz meinen Arm und tätschelt dann, bevor er durch den Türbogen verschwindet, noch Cautes oder Cautopates den Kopf. Dem Linken, ich weiß nicht, welcher das ist. Hoffnung oder Hoffnungslosigkeit?

Ich kann nicht viel für Martin tun, nachdem ich ihm das Blut vom Hinterkopf getupft habe. Ich glaube, es ist nur eine Platzwunde,

Kopfplatzwunden bluten immer fürchterlich. Ich gebe ihm ein Küsschen auf den Kopf. Ich bin froh, dass er nicht wach ist und es merkt, weil er sich sonst gnadenlos über mich lustig machen würde. In seinem Haar sitzt Staub, und die ganze Zeit bin ich mir der über uns dräuenden, schweren Altarsteine bewusst. Auf dem labilen Kartenhaus lastet der mächtige Gesteinsbrocken aus der Decke. Martins Atem klingt jetzt gleichmäßiger, nur ein wenig schneller und flacher als bei einem Schlafenden. Aber die Bewusstlosigkeit ist wohl kaum ein gutes Zeichen.

Um mich abzulenken, stehe ich auf und gehe um die Altarsteine herum, um die Quelle des flackernden Lichts auszumachen. Martin oder Roger muss hier irgendwo eine Kerze angezündet haben. Ein Wunder, dass der Staub nach dem Deckeneinbruch sie nicht erstickt hat.

Nein, nicht eine Kerze, es sind drei. In den mächtigen zentralen Altarstein, der noch steht, aber halb in Gesteinstrümmern versunken ist, ist hinten eine Nische gehöhlt. Auf der Vorderseite entdecke ich ein kunstvolles Relief. Unter einem Fries aus Blättern erhebt sich Mithras aus dem Fels, umgeben von den Tierkreiszeichen. Er trägt einen wehenden Mantel mit Sternen darauf und auf dem Kopf eine Strahlenkrone aus Licht: Der Kalkstein, der die Strahlen bildet, ist durchbrochen, sodass das Kerzenlicht durchscheint. Ich nehme an, zu Römerzeiten hätte da eine Öllampe gestanden und ein gespenstisches Muster an die Wände und die Decke der Tempelkammer geworfen. Gibt es noch Spuren von Farbe auf dem Relief? Es war doch bestimmt einmal farbig: der Mantel tiefblau vielleicht, die Blätter grün, weißer Gips auf dem Gesicht des Gottes.

Die Feuchtigkeit hat die Fresken an den verputzten Wänden fast völlig ausgelöscht, ich erkenne nur noch undeutliche Konturen. Die Tauroktonie liegt in Stücken unter dem Gebäude des Verteidigungsministeriums. Aber von diesem Ort geht immer noch eine besondere Kraft aus. Mithras, Gott des Lichts, aus dem Fels geboren, verehrt an dunklen Stätten.

Wie ist dieser Tempel entstanden? Der Steinbruch in Vinegar Woods muss älter sein, als man dachte. Hier muss der Stein für die

Römervilla und ihre Nebengebäude gebrochen worden sein. Vielleicht gehörte die Villa ja einem ehemaligen Offizier. Und die Inschrift auf dem Sarkophagdeckel, der gefunden wurde, deutet doch darauf hin, dass es in der Nähe eine Garnison gab. Den Anhängern des Kultes erschienen die in den Berg gehöhlten Kavernen wohl als idealer Ort für einen Tempel.

Ich sehe sie vor mir, wie sie bei Nacht mit flackernden Fackeln den Hang zu dem Mundloch erklimmen. Wie sie, in dicke Soldatenmäntel gehüllt, durch die Stollen eilen, genau wie wir vorhin. Wie sie niederknien, um sich die Hände in einer der Wassergruben im Vorraum zu waschen. Wie sich die älteren Männer zur Begrüßung scherzhaft auf den Arm boxen. Wie die jungen Initianden nervös warten, weil sie nicht genau wissen, was auf sie zukommt. Es können insgesamt nur etwa dreißig Mann gewesen sein, mehr hätten auf den Steinbänken rechts und links des Mittelgangs keinen Platz gefunden.

Am Ende des Vorraums ein Wandschirm aus Rohrgeflecht. Die Türhüter, Cautes und Cautopates, bemalte Statuen, die eine mit triumphierend erhobener, die andere mit traurig gesenkter Fackel. Eine Trommel wird geschlagen. Das Geplauder im Vorraum erstirbt. Einer nach dem anderen treten die Männer zwischen den Zwillingen hindurch in den dunklen Tempelraum.

Ich bin ein Stern, der aus der Tiefe leuchtet.

Er birst vor ihnen aus dem Dunkel wie eine Supernova. Mithras, Gott des luftigen Lichts zwischen Himmel und Erde. Flammenschein flackert in seinem Strahlenkranz: Der VATER hat die Öllampen in der Nische hinter dem Altar entzündet. Einer der jungen Männer zittert am ganzen Leib. Er weiß nicht, ob er den Mut haben wird, die Prüfungen durchzustehen.

Ich setze mich, eine Frau auf Bänken, die nur für Männer errichtet wurden, wo diese ihr rituelles Abendmahl einnahmen – wenn sie es denn wirklich taten. Das weiß niemand genau, nicht mal Martin. Es sind nur Gerüchte, Spekulationen Außenstehender, die antiken Entsprechungen zu den Verschwörungstheorien rund um das Freimaurertum. Das hiermit zu tun haben mag oder auch nicht.

Irgendwo müsste es einen zürnenden Gott geben, der ausholt, um mich für diese Entweihung eines Männerheiligtums zu erschlagen. Aber es ist seltsam friedlich in dem flackernden Licht, nur Martins Atem bricht die Stille.

Ich ziehe den Reißverschluss meiner Jacke auf. Innen ist eine Tasche, in die andere Leute Karten oder ihr Handy stecken. Ich greife rein. Die Tasche ist tief, ich öffne sie nur, wenn ich die Jacke wasche oder den Tascheninhalt in meinen Overall umpacke, bevor ich eine Höhlenexkursion unternehme. Es begleitet mich immer unter Tage.

Glatt auf der einen Seite, rau auf der anderen. Ich ziehe es heraus und lege es neben mich auf die Steinbank. Die Kerze gibt gerade so viel Licht, dass ich die glänzende Spirale sehen kann. Es ist das einzige Geschenk meines Vaters, das ich noch habe. Nachdem ich von seinem Tod erfahren hatte, habe ich ans Gefängnis geschrieben und darum gebeten, mir seine Sachen zu schicken. Er musste doch was besessen haben: Bücher, vielleicht sogar ein Foto von mir oder meiner Mum. Aber sie teilten mir mit, Janey Legge habe seine Sachen abgeholt. Sie habe auch seine Asche erhalten. Wie sich rausstellte, hatte sie ihn all die Jahre, die er im Gefängnis saß, jeden Monat besucht, ja, sie war sogar in die Midlands gezogen, um es näher zu haben. Ich überlegte, ob ich um ihre Adresse bitten sollte, aber man hätte sie mir wohl kaum gegeben, und ich wollte Janey sowieso nicht sehen. Schließlich hatte sie ja auch nie versucht, *mich* zu finden.

Als ich den kleinen Ammoniten betrachte, ist er plötzlich bei mir: nicht der zürnende Gott, sondern der mit Fehlern behaftete, getriebene Mensch. Mein Vater. Was würde er sagen, wenn er mich jetzt sähe?

Katie, würde er sagen. Du hattest doch Recht. Hier ist was.

Ich heiße jetzt Kit, Dad, würde ich sagen. Ich musste eine andere werden. Ich war eine Zeit lang ganz schön durch den Wind.

Ich weiß. Ich hab die ganze Zeit an dich gedacht.

Und ich an dich.

Wie sitzen am Küchentisch. Mein Vater streckt die Hand aus und berührt den Ammoniten mit dem Zeigefinger. Er schiebt ihn zaghaft über den Tisch zu mir hin. Unsere Blicke treffen sich.

Ich nehme den Ammoniten in die Hand und fahre die Spirale nach, wie ich es immer getan habe, als ich noch Katie war. Der polierte Stein ist glatt und tröstlich unter meiner Daumenkuppe, die mit ihrem eigenen spiraligen Wirbel gezeichnet ist.

Ich hab dich vermisst, Dad.

Das Licht kommt mir schwächer vor, die Kerzen brennen runter. Es ist gut zwanzig Minuten her, seit Gary gegangen ist. Ich stecke den Ammoniten wieder in die Tasche und stehe auf, um nach Martin zu sehen.

Im Taschenlampenlicht scheint er blasser geworden. Ich knie neben ihm nieder und berühre abermals sein Haar. Zu meiner Überraschung gibt er einen grunzenden Laut von sich.

»Bist du wach?«

»Mein Blümchen?«

»Lieg still. Nein, im Ernst. Versuch nicht, dich zu bewegen. Du steckst unter Steinen fest, die nicht sonderlich stabil sind.« Ich lege ihm leicht die Hand auf den Kopf. Verrückt, aber es gibt mir das Gefühl, ihn irgendwie vor dem erdrückenden Gewicht der Steinblöcke zu beschützen.

»Mein verdammter Kopf tut weh.«

»Das glaube ich. Erinnerst du dich, was passiert ist?«

»Warst du hier?«

»Nein. Weißt du, wo du bist?«

»In dem Tempel?«

»Sehr gut. Was ist mit Roger?«

»Kann ich da meinen Telefonjoker einsetzen?«

»Okay, woran erinnerst du dich als Letztes?«

»Ich habe die hintere Wand abgeleuchtet, um rauszufinden, wo die Tauroktonie hingehört haben könnte. Das ist alles. Verdammt, mein Arm ...« Seine Rückenmuskeln spannen sich an. Irgendwas macht ein scheuerndes Geräusch unter den großen Steinen.

»NICHT BEWEGEN!«

»Ich kann ihn nicht bewegen.« Es klingt erstaunt. »Warum kann ich ihn nicht bewegen?«

»Er ist unter den Altarsteinen eingeklemmt, die sich mit Müh und Not gegenseitig halten. Sie könnten runterkrachen.«

»Scheiße.« Sein Rücken versteift sich wieder.

»Bleib ganz ruhig. Gary holt Hilfe. Du bist da im Handumdrehen draußen, wenn du nur still liegst.«

»Komm auf die Seite hier, damit ich dich sehen kann!«

»Es ist besser, ich bleibe hier sitzen.«

»Wenn du die Hand nicht von meinem Kopf nimmst, passiert dir auch was.«

»Die Steine kommen nicht runter, wenn du still liegst.«

»Ich seh dein Knie. Nicht dein vorteilhaftester Körperteil. Ich will dein Gesicht sehen.«

Ich krabble rüber, die Altarsteine fest im Blick. Untendrunter hat sich etwas verschoben, ganz sicher. Sie wirken labiler denn je. Es ist mir schrecklich, meine Hand von seinem zerbrechlichen Kopf zu nehmen. Raffinierter Hund, er weiß, dass ich ihn von dieser Seite nicht so gut schützen kann.

Weil er auf dem Bauch liegt, den Kopf zur Seite gedreht, kann ich nur ein Auge sehen. Im Licht der Taschenlampe mustert er mich missbilligend.

»Ich kann dich nicht sehen, wenn du auf mich leuchtest. Leuchte dich an. Allmächtiger, wie siehst du denn wieder aus, Weib?«

»Hör zu, Junge, ich habe mich durch ziemliche Widrigkeiten gekämpft, um einen gewissen Herrn zu retten. Hätte ich lieber Gary hier lassen sollen?«

»Damit ich glücklich sterben könnte, mit einem Steifen? Das wäre nicht sehr würdevoll.«

Seine linke Hand tastet nach meinem Oberschenkel.

»Lieg still, verdammt! Hör auf, mich begrapschen zu wollen. Falsche Fakultät, weißt du nicht mehr?«

»Ich hab nur deine Hand gesucht.«

Ich ergreife seine Hand. Er drückt die meine und schließt die Augen – das Auge, besser gesagt, denn das andere kann ich ja nicht sehen. Ich erwidere den Druck, und das Licht wird ganz flackrig und trübe. Sein Gesicht verschwimmt.

»Kit«, sagt er, »ich habe sieben goldene Leuchter gesehen.«

Ich blinzle und sehe mich verblüfft um. Hier sind keine goldenen Leuchter, nur drei runtergebrannte, billige Kerzen in der Nische hinter dem Altar.

»Der Erste und der Letzte«, sagt Martin, und es kommt als Seufzer heraus. »Wie mein Dad immer zu sagen pflegte, alles endet mit der Offenbarung. Dem guten alten Johannes.«

»Nichts endet. Gary ist unterwegs. Und Roger ist ihm wahrscheinlich schon zuvorgekommen und hat die Notrufzentrale angerufen.«

»Roger?«, sagt er. »Roger war nicht hier.«

»Wer hat dann die Kerzen angezündet?«

»Der Erste und der Letzte«, wiederholt er.

»Du bist allein hier reingekommen, du Blödmann?«

»Da war ein Regenbogen und ein gläsernes Meer und ein Tier voll Augen.«

»Du halluzinierst.«

»Schrecklich, einen Pfarrer zum Vater zu haben. Er hatte immer Recht! Hatte immer die Bibel, um alles zu belegen, Kapitel sowieso, Vers sowieso. Hat mich ganze Teile auswendig lernen lassen. Wenn ich die Augen aufschlage, wird er da stehen, in der verfluchten Himmelspforte, mit erhobenem Zeigefinger, und sagen, ich hab's dir doch gesagt.«

»Du wirst keine Probleme kriegen. Sie haben die Bestimmungen für Sodomiten gelockert.«

»Ich hab dich immer um deinen Architektenvater beneidet.«

»Mein Vater war kein Architekt«, sage ich. Ich drücke ganz leicht seine Hand. Er drückt zurück.

»Schneid mir den Arm ab«, sagt er.

»Was?«

»Schneid mir den Arm ab. Ich will nicht sterben.«

»Ich schneide dir den Arm nicht ab. Es ist dein Kellenarm. Du bist nicht zum linkshändigen Archäologen gemacht.«

»In meiner Tasche ist ein Schweizer Armeemesser. Schneid ihn ab und hol mich hier raus.«

»Kann ich nicht.« Schon bei dem Gedanken wird mir schlecht. »Red nicht solchen Quatsch. Ich hab doch gesagt, Gary holt Hilfe.« Seine Hand zerquetscht mir fast die Finger, aber ich glaube wirklich, ich könnte es nicht, nicht mal wenn es die einzige Möglichkeit wäre, sein Leben zu retten.

»Ich hab Angst«, sagt er. »Alles ist besser, als hier zu liegen und aufs Sterben zu warten. Du weißt das doch, oder? Muss dir doch genauso gegangen sein, dort in der Feuersteinmine, als der Stollen einbrach.«

»Ich lass dich nicht sterben.« Mit der anderen Hand streichle ich seinen Bart. »Ich hab dich lieb, du alter Blödmann.«

»Heb deine Liebe für Gary auf«, sagt er. »An mich ist sie vergeudet.«

»Nein, ist sie nicht.«

»Dad«, sagt er. »Ich hab dir doch gesagt, sie ist verrückt.« Er öffnet das Auge, schaut mich an, seufzt und schließt es dann wieder. »Ich hab ihn nämlich gesehen. Er hatte sieben Sterne in der rechten Hand, und sein Angesicht leuchtete, wie die Sonne scheint in ihrer Macht.«

»Hör auf mit dem mystischen Zeug«, sage ich. »Es endet nicht mit der Offenbarung. Und auch nicht mit Mithras.« Aber seine Wange fühlt sich feuchtkalt an, und sein Atem ist jetzt anders, flacher und rauer. Seine Augen sind immer noch geschlossen, und er sagt nichts mehr.

Die Kälte hier unten kriecht mir allmählich in die Knochen, und Martin tut sie bestimmt nicht gut, also ziehe ich Jacke und Fleecepullover aus und breite beides über ihm aus. Ich lege mich so dicht an ihn wie möglich und versuche ihn mit meinem Körper zu wärmen. Wie sind die Mithrasanhänger mit der Kälte zurechtgekommen? Sie müssen Feuer entzündet haben. Wenn Martin bei Bewusstsein und auf den Beinen gewesen wäre, hätte er den Boden nach den Rußspuren der Kohlebecken abgesucht. Und wenn sie hier Feuer hatten, muss es doch eine Art Kamin gegeben haben. Aber wie alle anderen Be- und Entlüftungsschächte der Minen ist er bestimmt schon vor langer Zeit abgedichtet worden.

Mir ist jetzt so kalt, dass ich befürchte, mein Zittern könnte die Altarsteine aus ihrer prekären Balance bringen, also stehe ich auf und gehe wieder in der Tempelkammer auf und ab. Wo bleibt Gary? Inzwischen muss er doch draußen sein! Oder hat er sich auch verirrt, in dem Bermudadreieck, das dieser Teil der Minen darstellt? Ich klappere jetzt mit den Zähnen. Keine Frage, wie die Kälteprüfung für die Initianden aussah. Sie brauchten die armen Kerle nur auszuziehen und nackt über Nacht hier zu lassen.

Die alten Bergleute müssen von diesem Ort gewusst haben. Und geschwiegen haben. Jemand muss ja die lange Mauer quer durch den Hohlraum gebaut haben, um den Tempel dahinter verschwinden zu lassen. Weil er ihnen Angst machte? Die Steinbrüche von damals waren Kleinbetriebe, jeder Eigentümer bearbeitete sein Stückchen Fels allenfalls mit ein, zwei Männern, tunlichst seinen Söhnen. Vielleicht war dies ja ein Familiengeheimnis, das man mit einer Mauer abschottete und verrotten ließ, weil es ein heidnischer Ort war, ein Tempel des Teufels, der Unglück brachte. Schließlich half sogar die Natur mit, ihn zu verbergen, als ein Teil der Hohlraumdecke einbrach.

Und wer hat dann viele Jahre später die Steine weggezerrt und ihn wieder entdeckt? Ich würde auf den Kamera-Mann wetten. Der Kamera-Mann. Schon komisch, dass sich meine ganze Angst damals auf einen Menschen konzentrierte, der gar nichts mit dem Tod meiner Mutter zu tun hatte, der zu dem Zeitpunkt wahrscheinlich selbst schon längst tot war. Es zieht mich seither immer wieder in die Unterwelt, aber immer habe ich das Gefühl, dass er da im Dunkel lauert, mich durch den Sucher beobachtet, mit seinen langen, bleichen Fingern nach mir greift. Das Tier voll Augen ... Seltsam, dass Martin gerade dieses Bild aus der Offenbarung herausgepickt hat, als nähme er es geradewegs aus meinem Unterbewusstsein.

Das Flackern der Kerzen macht mich nervös. Ich dachte, ich hätte mich dem allen gestellt, es heute Abend in einem Akt des Exorzismus endgültig ausgetrieben. Aber ich könnte mir immer noch einbilden, dass ich beobachtet werde, dass der Kamera-Mann nach all den Jahren wieder herumschleicht.

Der Erste und der Letzte ... Ich glaube einfach nicht, dass Martin so waghalsig war, allein hier runterzukommen. Das wäre doch gegen alle Vernunft. Natürlich war Roger dabei.

Roger war nicht hier.

Wer hat die Kerzen angezündet? Dann muss es Martin gewesen sein. Aber ganz allein hier runterzugehen ...

Du wirst dich in den Hintern beißen, dass du das verpasst hast. Wir gehen rein.

Das war der Wortlaut seiner SMS – *wir gehen rein*. Sie waren zu zweit. Roger war nicht hier. Wer dann?

Das Tier voll Augen ... Ich spüre ein Prickeln im Nacken. Ich könnte schwören, dass es plötzlich noch kälter ist und dass das Licht schwächer wird. Nein, nein, nein. Das ist Einbildung. Da ist keine Gestalt. Da sind keine Augen.

Da, ein winziges, leises ...

KLICK

»Wer ist da?«

Ich fahre herum und da steht er, die Kamera in den langen, bleichen Fingern.

34

»Tja, Kit.« Dickon tritt zwischen Cautes und Cautopates hindurch, in den Mittelgang zwischen den Steinbänken »Sieht aus, als hättest du doch Recht gehabt.«

Jetzt, da ich sehe, wer es ist, bin ich seltsam ruhig. Er hat seine alte Wachsjacke an, die Taschen beulen sich vor Taschentüchern und seiner üblichen Bordapotheke. Um den Hals hat er eine Kamera, ein großes, blindes drittes Auge.

»Sie sind also mit Martin hier heruntergekommen. Ich wusste gar nicht, dass Sie sich so gut kennen.« Ich trete beiläufig hinter die noch stehende Hälfte des Altars, um etwas Stabiles zwischen uns zu bringen.

Dickon sagt achselzuckend: »Wir haben auf der Party geredet, als du weg warst. Er hat diesem Roger einen Drink nach dem anderen spendiert. Die beiden haben ziemlich überzeugend argumentiert, dass hier unten was sein muss. Ich habe mich ihnen heute Nachmittag angeschlossen, und Roger hat uns den Weg hier rein gezeigt.«

»Das glaube ich nicht.« Warum sollte Martin ausgerechnet mit dem Armleuchter Dickon unter Tage gehen wollen? »Er hat nichts davon erwähnt, dass er Sie auch treffen wollte.«

»Er hatte es auch gar nicht vor. Ich hab Roger angerufen – hatte die Nummer aus dem Telefonbuch –, und er hat mir erzählt, sie hätten sich verabredet, sich mal das Mundloch im Wald anzusehen. Hat mich eingeladen, auch mitzukommen, als ich ihn dran erinnert habe, dass ich der Archäologe bei diesem Projekt bin.«

Tick, tick. Wasser, das irgendwo in der Ecke des Tempels runtertropft – oder Gestein, das sich zu einer neuen, instabilen Konfiguration senkt?

»Warum war Roger nicht hier, als die Decke runterbrach?«

»Er wollte nicht weiter reingehen.« Kerzenlicht wirft wandernde Schatten an die Wand. Dickon kommt zwischen den Steinbänken einen Schritt auf mich zu. »Hat gesagt, er hätte sich hier schon mal verirrt, hätte keine Lust, es noch mal zu riskieren. Er ist zum Abendessen nach Hause gegangen, und erst als er weg war, haben Martin und ich beschlossen, uns die richtige Ausrüstung zu beschaffen und reinzugehen.«

Wie konnte Martin so was tun? Er hat diesen Scheißkerl in mein Cottage gelassen, ihm erlaubt, in meinen Sachen zu wühlen. Selber schuld – warum habe ich niemandem was von den Pornofotos gesagt und von Dickons Versuch, mich zu befummeln? Martin muss gedacht haben, mit ihm in die Minen zu gehen sei sicherer, als allein zu gehen, und unendlich viel besser, als gar nicht zu gehen. Aber was dachten sich die beiden dabei, eine solche Unternehmung zu starten, während es aus Kübeln schüttete und die Stollen dadurch noch unsicherer wurden als ohnehin schon …

»Sie haben ihn hier zurückgelassen«, sage ich. »Sie haben ihn im Stich gelassen, nachdem die Decke runtergebrochen war.«

»Ich wollte Hilfe holen, Kit.« Seine Kuhaugen sind groß und weit, seine Körperhaltung ist entspannt. Aber ich glaube dem Scheißkerl nicht.

»Wenn Sie Hilfe holen waren, wo ist sie dann? Sie haben ihn dem Tod überlassen.«

»Ich hab mich verlaufen. Hab den Weg nach draußen nicht gefunden und schließlich gemerkt, dass ich im Kreis gegangen bin ...«

»Wie lange haben Sie mich beobachtet?«

»Dich beobachtet?« Jetzt spielt ein leises Lächeln um seine Lippen, als hätte ich was gesagt, was ihn entzückt.

»Sie scheinen nicht gerade überrascht, mich hier anzutreffen. Sie haben hier rumgelungert und gewartet, dass Martin stirbt. Niemand sollte erfahren, dass Sie mit hier drinnen waren. Sie wollten es so hinstellen, als ob er allein reingegangen sei, damit Sie Ihren verdammten Job nicht verlieren.«

»Sei nicht albern.« Aber ich sehe es an seinem Gesicht. Er hat Gary und mich kommen gehört, muss die ganze Zeit im Dunkel gewartet haben ...

Worauf? Seine Arme hängen locker herab, aber er hat ein Knie leicht angewinkelt und das Gewicht auf dem anderen Bein, als ob er jeden Moment losstürzen wolle. Er wirkt entspannt, aber ich kenne diese Körpersprache, ich bin damit groß geworden, es ist die Spiralfeder, die gar nicht unter Spannung zu stehen scheint, bis sie plötzlich losschnellt. Ich sehe ihn vor mir, wie er im Dunkeln kauert, panisch, fieberhaft überlegt, was er jetzt machen soll, nachdem plötzlich jemand gekommen ist und Martin noch lebend gefunden hat. Er muss beobachtet haben, wie Gary ging, muss gehofft haben, dass Martin schon zu weit jenseits ist. Muss nachgedacht haben, was er noch tun kann, um seinen Kopf aus der Schlinge zu ziehen, während Hilfe unterwegs ist und ich hier sitze und Martins Hand halte.

Natürlich, es gibt nur eine Möglichkeit.

»Ich habe Martin von dir und Gary erzählt«, sagt er plötzlich. Er will mich ablenken, damit ich nicht darauf komme. Wenn da *zwei* Leichen unter einem frischen Versturz liegen, wird niemand vermuten, dass Dickon hier irgendwo in der Nähe war. Seine Augen sind unbewegt und ausdruckslos, im Kerzenlicht nicht zu deuten. Mein Atem beschleunigt sich, ich beobachte ihn auf das kleinste Anzeichen hin.

»Martin war ganz schön außer sich«, sagt er. Er blickt mir unverwandt ins Gesicht, will mich überzeugen, dass er nicht lügt. Er kann das, was wir geredet haben, nicht richtig mitbekommen haben, sonst wüsste er, dass Martin im Gegenteil hoch erfreut gewesen wäre. »Muss ihn wohl unvorsichtig gemacht haben. Er hätte nicht unter den Deckeneinsturz geraten müssen.«

Er will mich nur verwirren. Mein Herz schlägt immer schneller, während ich abzuschätzen versuche, wann er mich attackieren wird. Er will mich natürlich kalt erwischen, aber letztlich ist das egal, ich komme hier sowieso nicht raus, außer an ihm vorbei. Die Altarsteine zwischen uns mögen sich wie eine solide Barriere anfühlen, aber letztendlich wird es doch auf rohe Gewalt hinauslaufen.

Letztes Mal war ich schneller als er. Aber da hat er sich auch nicht richtig angestrengt. Da stand nicht so viel auf dem Spiel.

»Der arme Martin«, sagt Dickon. »Du hast ihn völlig kastriert.« Er zischt es hervor wie eine verletzte Giftschlange.

Da begreife ich, wie sehr er mich hasst – wie sehr er alle Frauen hasst. Wie viel Angst er vor uns haben muss. »Kastriert«, zischt er wieder, und seine Augen sind starr und dunkel. Er putscht sich auf. »Er muss sogar für dich *kochen*.«

»Er kocht gern ...« Obwohl ich eine Scheißangst habe, ist das doch lächerlich. Aber eine Ahnung keimt in meinem Kopf, etwas, das ich schon längst hätte kapieren müssen. »Woher wissen Sie überhaupt, dass er kocht?«

»Ich hab euch beobachtet«, sagt er, und plötzlich fällt alles an seinen Platz wie Eiswürfel. »Du hast die Vorhänge aufgelassen, als es dunkel war – erzähl mir nicht, du willst es nicht.«

»Sie sind bei meinem Cottage rumgeschlichen?«

»Ich habe Fotos.« Es klingt absurd stolz, als ob er erwartet, dass ich ihn dafür lobe. »Hey, Kit, stell dich nicht so an, so teilt sich die Welt nun mal auf – in Beobachter und Beobachtete.«

Er hat mich belauert wie Mithras den Stier. Mir ist ganz schlecht.

»Nein«, sage ich. »Sie haben alles falsch interpretiert, Dickon. Sie irren sich. Sie sind ja verrückt.«

»Ich irre mich nie.« Seine Augen werden hart, so wie an meinem ersten Tag, unter Tage, als ich ihm widersprochen habe. »Ich weiß, was dir Spaß macht, Kit. Und ich frage mich, ob du auch selbst gern zuschaust.«

»Was Sie auch immer vorhaben, Sie sollten sich beeilen.« Er soll denken, ich hätte ihn durchschaut, hätte die Oberhand, aber meine Stimme klingt piepsig und gepresst. Ich muss die ganze Zeit an die Brutalität dieser Pornobilder denken, an die Frau in Ketten, ihre abgespreizten Gliedmaßen, den abgehackten Arm ... Blut und Sperma. »Gary muss jeden Moment zurück sein. Er ist schon lange genug weg.«

»Was macht dich so sicher, dass er sich nicht verirrt hat?«, fragt er. Aber diesmal entdecke ich ein Flackern von Unsicherheit in seinen Augen.

In meinen vielleicht auch – setze ich auf die falsche Strategie? Hoffentlich kann ich den Bluff durchhalten und ihn zu der Einsicht bringen, dass es verrückt sei, jemanden umzubringen. Aber ist es klug, ihn mit Reden abzulenken und darauf zu hoffen, dass Hilfe kommt, bevor er sich aufrafft, seinen Plan durchzuführen? Ich habe keine Ahnung, wie lange Gary schon weg ist, wie lange er brauchen könnte, um wieder zurückzukommen. Ich habe den Impuls, auf die Uhr zu schauen, aber das würde mich verraten. Nein, ich werde aufs Ganze gehen, ihn in die Knie zwingen. Das ist Dickon, Herrgott, Dickon, der Saftsack, er ist kein Mörder, er ist ein Spanner, das hat er selbst zugegeben, aber keiner, der selbst agiert. Ich kann ihn zum Einknicken bringen, vielleicht, wenn ich ganz cool bleibe.

»Roger weiß doch, dass Sie heute Nachmittag mit Martin zusammen waren, auch wenn er Sie nicht mit ihm in die Mine hat gehen sehen.«

»Hmmm«, macht Dickon. Gelangweilt, ungeduldig. Himmel noch mal, er nimmt meine Worte überhaupt nicht zur Kenntnis. In ihm sirrt und schnurrt es, und das orangefarbene Lämpchen flackert – aber egal, wie oft ich auf die Tastatur einhacke, das Programm reagiert nicht. Er hebt die Kamera ans Auge, erfasst mich, schüttelt den Kopf und lässt die Kamera wieder sinken. Hier drinnen ist nicht genug Licht für eine anständige Aufnahme.

»Ich hätte euch gern ficken sehen«, sagt er fast schon wehmütig. »Dich und Martin oder dich und Gary. Aber ich war nie zur richtigen Zeit da. Schade.« Vergangenheitsform. Himmel. Er will uns wirklich töten. Er greift in die Tasche seiner Wachsjacke und zieht eine große, schwere Stablampe raus.

»Die würde ich nicht benutzen«, sage ich. »Sie sind ja noch dümmer, als ich dachte. Niemand wird es für einen Unfall halten.« Er knipst die Stablampe an und leuchtet die verputzten Wände des Mithräums ab.

»Da waren mal Fresken«, sagt er überrascht. »Nicht mehr viel übrig, sieht aber römisch aus. Erstaunlich. Wer hätte das gedacht ...« Sein Blick huscht zu mir zurück. »Das zentrale Symbol des Mithraismus war ja das Stieropfer.« Er tut wieder einen Schritt, diesmal auf die Seite des Altars zu, wo Martin eingeklemmt ist.

»Ich weiß, dass Sie es waren, der mir diese Fotos geschickt hat«, sage ich schnell. Ich muss ihn irgendwie von Martin ablenken. »Und Gary weiß es auch. Er hat Ihren Speicherstick. Damit kriegt man Sie dran ...«

Falsch. Sein Blick wird stier, wie früher bei Dad. Er ist so schnell um den Altar herum, dass ich nicht darauf gefasst bin, holt mit der Stablampe aus und greift gleichzeitig mit der anderen Hand nach meinem Hemd. Ich ... Scheiße. Zu langsam. Meine Schulter vibriert vor Schmerz an der Stelle, wo die Stablampe sie mit voller Wucht getroffen hat – und eine Jahre alte Verletzung wieder weckt, mich daran erinnert, wie ohnmächtig ich bin. Ich taumle, und er holt schon wieder aus. Die Kamera hüpft an seiner Brust, blinkert mit ihrem großen blinden Auge.

Dad, bitte ...

Wenigstens habe ich ihn von Martin abgelenkt.

Au-u-u. Diesmal meine Brust – meine Rippen zermanscht. Hilfe. Sein Blick ist so leer wie der von meinem Vater – nein, da ist was Verschlagenes in seinen Augen, das ich bei Dad nie gesehen habe. Er kalkuliert seinen nächsten Hieb. Es geht noch nicht darum, mich zu töten, das ist ...

»Ich werd ihm den Schädel einschlagen, und du wirst zugucken.« Es kommt durch die Zähne, eher ein rostiges Knirschen als eine menschliche Stimme.

»Nein«, sage ich und versuche, mich zwischen Dickon und die eingestürzte Hälfte des Altars zu schieben, um ihn von Martin abzuhalten. »Nie und nimmer.«

Alle meine Muskeln schreien nach Zurückweichen, aber ich zwinge mich, auf ihn zuzugehen, ihm fest in die Augen zu sehen. Schlange, Schlange. Mach, dass sie mich angreift, nicht Martin. »Sie haben keine Ahnung, was für ein lächerliches Würstchen Sie sind, was? Kastriert? Nicht Martin ist kastriert, Sie sind es. Sie hatten ja neulich nicht mal den Mumm, mich zu vergewaltigen. Haben einfach schlapp gemacht wie ein benutztes Kondom.« Ich zittere – o Gott, lass es nicht wehtun, ich weiß nicht, ob ich stark genug bin, wenn es zu weh tut – aber ich werde alles sagen, je vulgärer, desto besser, damit er zuerst auf mich losgeht, und hoffen, dass es uns Zeit verschafft, wenn er mit mir macht, was er will. Wo bleibt Gary?

»Das ist doch nur ein kleiner Schwitzefinger, da in Ihrer Hose. Ich glaube nicht, dass Sie ihn überhaupt hochkriegen. Das spielt sich doch alles nur in Ihrem kranken kleinen Hirn ab. Sie wissen doch, dass die Bergleute Sie Saftsack nennen? Aber ich nehme an, so hat man Sie schon in der Schule genannt.«

Die Stablampe holt wieder aus, ihr Lichtstrahl huscht über die Decke, erhellt Fragmente von Fresken, rohen Fels, blauen Verputz, einen wehenden Mantel, einen Sternenkreis ...

Ich bin ein Stern, der aus der Tiefe leuchtet

Hilf mir, Mithras, jetzt, in der Stunde meines Todes ... Mach, dass er es langsam tut, ganz langsam, damit Martin eine Chance hat.

– Invicta –

Ich schlage nach den Kerzen in der Nische auf der Altarrückseite. Die Flammen wackeln und biegen sich waagrecht, und für einen Moment scheint alles dunkel zu werden, außer Dickons Stablampenstrahl, der unerbittlich über die Decke auf mich zusaust.

Haben sie hier wirklich jemals einen Stier geopfert? Das hätte ein sehr kleiner sein müssen. Ein sehr gefügiger. Wahrscheinlich haben sie ihn irgendwie unter Drogen gesetzt. Ein kleiner Beschiss in Ehren ...

Und dann höre ich es, das mächtige Donnergrollen, das durch die Stollen dringt, immer näher und näher kommt, und das Licht wird immer heller, bis schließlich das lohende Auge des Gottes in den Tempel schwenkt.

Der Fahrlader prescht durch den Torbogen, schlammbespritzt, der große Frontscheinwerfer gleißend hell. Die riesigen Traktorräder rumpeln über die Stufen und durch die Ritualgruben. Das Dröhnen des Motors in dem geschlossenen Raum ist ohrenbetäubend. Ich hechte vom Altar weg und flüchte mich in die hinterste Ecke des Mithräums. Dickon steht da wie angewurzelt, mit offenem Mund, die Stablampe in der herabgesunkenen Hand.

Das Heck des Laders bricht aus, und Cautes oder Cautopates wird weggeschleudert. Gary kämpft mit der Lenkung und bekommt das Ungetüm wieder unter Kontrolle, obwohl es im Ganzen so aussieht, als kümmerten ihn die archäologischen Werte einen Dreck. Er bringt den Lader kurz vor dem Altar zum Stehen, und in dem Moment stürmen vier lange Gestalten in gelb-silbernen, reflektierenden Jacken durch den Torbogen, mit Luftkissen bewehrt.

Ich fuchtle mit den Armen, versuche Gary zu warnen.

»Zurück! Es ist zu gefährlich ...«

Er ist wahnsinnig. Der Krach und die Vibrationen werden die Altarsteine auf Martin herabstürzen lassen.

»Die Steine haben sich VERSCHOBEN.« Ich brülle. Aber ebenso gut könnte ich den Mund halten. Bei dem Motorlärm hören sie mich nicht.

Gary setzt den Lader zurück, senkt die Staplerarme und richtet sie auf die schweren Steinbänke. Die anderen vier sind beim Altar, neben dem Versturz. Als das Zyklopenauge des Laders wieder herumschwenkt, erkenne ich Teds grobe Gesichtszüge, die Tätowierungen, die sich unter dem Halsbündchen seines Sweatshirts hervorschlängeln. Die vier knien um Martin herum wie Mönche. Ted dreht sich um und brüllt etwas: Einer der anderen rennt an mir vorbei und aus dem Tempel hinaus.

Jetzt kommt noch mehr Lärm von draußen, Schrappen und Quietschen. Das muss ein Bagger sein, der die eingestürzte Mauer aus dem Weg schafft, damit der Kran auf seinen Raupenketten durchkommt. Garys Lader röhrt auf und attackiert die Steinbänke. Die Hebearme zwängen sich darunter, die Hinterräder bocken und heben sich vom Boden, als die Maschine mit der Last kämpft. Gary setzt ein Stück zurück, legt einen anderen Gang ein, der Motor heult auf, der Lader nimmt den Stein auf die Hörner, rammt, stößt, der verwundete Stier tanzt im flackernden Licht, keilt aus, senkt abermals die Hörner, brüllt und tobt, der Priester reitet ihn, reißt ihm den Kopf in den Nacken, das Messer gezückt, um das Opfer zu vollziehen ...

Der Motor geht aus. Die Stille ist wie eine Schockwelle, dröhnt in den Ohren. Die Steinbänke sind weg, ein Haufen Blöcke an der Seite des Tempels, Platz genug für den Kran. Gary springt aus der Kabine des Laders, kommt auf mich zugerannt.

Und in der Stille das Knirschen von etwas Schwerem, das sich verschiebt –

– ein Vibrieren, so fühlbar wie hörbar –

– der Donnerschlag des riesigen Gesteinsbrockens, der von den Altarsteinen kracht –

– dorthin, wo Martin liegt.

35

Der rauchige Geruch von Garys Schweiß. Mein Gesicht an seiner Brust. Eine Erinnerung zuckt auf, aber es ist zu spät, ich trommle ihm mit den Fäusten gegen die Schultern.

»Du hast ihn umgebracht, verdammt! Ich hab dir doch gesagt, es ist zu gefährlich, du Idiot, du hast ihn umgebracht …«

»Ruhig …« Er fängt mein Handgelenk ein, umfasst mich mit dem anderen Arm. »Hör auf, Kit. Sch-sch.«

»Du musstest es ja unbedingt tun. Du musstest dieses Ding hier reinfahren und den Helden spielen. Herrgott noch mal. Wie konntest du? Er war mein bester Freund.«

Ich heule jetzt, richtig hässliches Geflenne, Rotz und Tränen, die mein Gesicht zu einem roten, verquollenen, verzerrten Ding entstellen, das verzweifelte Heulen eines Menschen, für den alles zu Ende ist.

»Du und dieser verdammte ... Gott. Dieser Scheiß-Mithras hat ihn getötet.«

Ich bin ein Stern, der aus der Tiefe leuchtet

Nein.

Vernichter.

»Wie konntest du mir das antun, du Scheißkerl, du ...«

Meine freie Hand schlägt auf seine Brust ein, auf das verschossene alte T-Shirt, das er immer zur Arbeit trägt. Meine Handfläche brennt, und meine Tränen werden von den Ölflecken und den Farbspritzern aufgesogen, und sein Geruch, den ich so liebe, überwältigt mich, als er mich fest in die Arme nimmt.

Sch-sch ... ist ja alles gut.

Aus dem Augenwinkel sehe ich, wie er meine Hand fasst, die Hand, die so weh tut, nachdem er sie verbrannt hat, und seine Nägel sind sauber bis auf den Rand von weißer Farbe entlang der Nagelhäutchen, den er nie ganz wegkriegt.

Katie, haucht er in mein Haar. Katie.

Wie konntest du mir das antun, du verdammter Mistkerl?

Katie. Nicht. Ich liebe dich.

Du Scheißkerl, du hast sie umgebracht.

»Kit. Herrgott, Kit. Ich bin nicht dein Vater.«

Aber es ist zu spät. Jetzt sind sie alle tot.

»Ich habe niemanden umgebracht, Kit. Er ist noch am Leben. Sie haben ihn rausgeholt.«

Er lügt. Ich habe den Stein herunterkrachen sehen. Martin war drunter.

»Er ist in Sicherheit, wirklich. Du kannst mir glauben.« Er streicht mir übers Haar. »Sch-sch. Die Sanitäter kümmern sich um ihn.«

»Stimmt, Mrs. Parry. Wir haben die Luftkissen unter den kleineren Steinen angesetzt, und der große Brocken ist runtergekommen, wie wir sie aufgepumpt haben, aber wir haben ihn rausgekriegt, ich schwör's Ihnen.«

Ted. Verdammt, ich heule hier in Garys Sweatshirt und bestätige alles, was die freien Bergleute je über Frauen gedacht haben. Ich richte mich auf, befreie mich aus Garys Armen und versuche mir so gut es geht den Rotz vom Gesicht zu wischen.

»Ist er wirklich in Sicherheit, Ted? Haben Sie ihn rausholen können, ohne ihn zu verletzen?«

»Wie's ihm geht, weiß ich nicht, Mrs. Parry, bevor die Sanitäter nicht ihren Kram gemacht haben. Aber wir haben ihn nicht verletzt, und er atmet.« Job erledigt, was Ted betrifft. Sein Blick wandert schon besorgt über die Decke. »Können jetzt hier nicht viel mehr tun, eh sie ihn nicht abtransportiert haben, aber ich würd sagen, wir sollten die Ecke der Decke da heut Nacht noch abstützen.«

»Danke.« Das klingt so unzureichend. »Ehrlich, vielen Dank.« Ich sehe mich Teds Hand festhalten, sie wie einen Pumpenschwengel auf und ab bewegen. Weiß der Himmel, warum ich das tue. Ich lasse los. »Sorry, bin ein bisschen daneben. Ich hatte ... ich war doch ziemlich beunruhigt, während ich hier gewartet habe.«

Dickon, der Scheißkerl. Wo ist Dickon?

»Schon in Ordnung«, sagt Ted und wischt sich die Hand am Pullover ab, um sie von meinem Rotz zu befreien. »Schätze mal, ich wär auch ein bisschen beunruhigt gewesen. Tut mir leid, dass es so lange gedauert hat, aber es war eine Prozedur, den Lader in Gang zu kriegen. Die Sanitäter und die Feuerwehrleute sind durch den Wald rauf, aber Gary hat gemeint, mit dem Lader und den Luftkissen sind wir von oben schneller da.« Er nickt und trottet davon, zu seinem Team, einfach nur ein großer Brummbär von einem Mann, nicht der Balrog, zu dem ich ihn gemacht habe.

»Dickon war hier«, sage ich zu Gary. »Er ... er wollte Martin einfach hier sterben lassen.« Ich bringe es nicht fertig zu sagen: *Und ich bin mir sicher, er wollte mich auch umbringen.*

»Ich hab ihn gesehen. Das Arschloch.« Garys Augen sind hart wie

Feuerstein. Mir ist klar, dass er nicht wirklich verstanden hat, was ich gesagt habe, und schon gar nicht, was ich nicht gesagt habe. »Aber er war Nummer zwei auf der Liste.«

»Welcher Liste?«

»Erstens, weinende Frau trösten. Zwotens, mieses Arschloch in die Fresse schlagen.«

Mir ist nicht danach zu lachen, weder über das eine noch über das andere.

»Ach, 'tschuldigung. Ist manchmal schwer zu erkennen, ob du gerade Kit bist oder Katie.« Er drückt mich kurz. »Du meinst, Dickon hat Martin mit reingenommen? Das allein schon kostet ihn den Job.« Er sieht sich in dem Tempel um. »Er ist weg. Er weiß, dass er hier erledigt ist. Und überall woanders auch.«

Die Sanitäter in ihren grün-silbernen Overalls machen irgendwas mit einer Sauerstoffflasche. Die Tempelkammer füllt sich mit Feuerwehrleuten, die rumstehen und ein bisschen enttäuscht scheinen, dass es für sie nichts mehr zu tun gibt, außer ein paar große Lampen für die Sanitäter aufzustellen und dann die Trage zu eskortieren. Einer ist kleiner und schmaler als die übrigen, es ist eine Frau. Sie bückt sich, um die Kerzen hinterm Altar auszudrücken, und das flackernde Licht hinter Mithras' Krone erlischt. Als sie sich wieder aufrichtet, sieht sie mich rüberschauen und lächelt mir zu. Ich wüsste gern, ob ihr gesagt wird, dass sie in einem brennenden Haus nur Unglück bringt. Ich flechte meine Finger in Garys und drücke seine Hand.

»Ich muss los«, sagt Gary und drückt heftig zurück. »Ted hat Recht, wir müssen diese Decke sichern, bevor noch mehr runterkommt. Oben herrscht so eine Art nationaler Notstand. Sie haben schon angefangen, die Häuser am Südhang zu evakuieren.«

Als er zu den Bergleuten geht, ist mir klar, dass es immer so sein wird, dass keiner von uns es je wirklich aussprechen wird, weil wir beide mit Gefühlen nicht besonders gut umgehen können. Das zieht uns zueinander hin. Wir spüren jeder die Narben des anderen, wissen aber tief drinnen, dass wir da nicht viel tun können, außer einfach weiterzumachen. Ich werde Gary nicht sagen, dass Dickon mich vielleicht umbringen wollte. Gary wird mir nie so genau erklären, was ihn und Tess auseinandergebracht hat. Wir sind beide Soldaten, jeder auf seine Art: *invictus* und *invicta*.

Einer der Sanitäter dreht sich hilfesuchend um, und zwei Feuerwehrleute heben die Trage hoch und übergeben sie ihren Kollegen auf der anderen Seite des Versturzes. Die gehen durch den Scheinwerferstrahl des Laders, und für einen Moment sehe ich Martins Gesicht: die Haut totenblass im Kontrast zu dem dunklen Bart, die Augen noch immer geschlossen.

»Wie geht es ihm?«, frage ich den Sanitäter, der die Sauerstoffflasche trägt. »Kommt er wieder in Ordnung?«

»Sein Puls ist sehr schwach, aber er hält sich gut. Ist ja ein kräftiger Bursche. Es ist schwer, bei einer Kopfverletzung was Genaues zu sagen, bevor wir im Krankenhaus sind, aber ich glaube, es ist nicht so ernst. Möchten Sie mitkommen?«

Ich schaue rüber in die Ecke, wo Gary mit einem der Feuerwehrmänner und Ted diskutiert. Er dreht sich her, und das Licht des Laders fällt auf seine untere Gesichtshälfte, aber die Augen sind im Schatten. Ich schaue auf Martin auf der Trage: Steinstaub im Bart, das Haar nass und verfilzt, die Augen geschlossen.

»Wo bringen Sie ihn hin? Ins *Royal Union Hospital?*« Er nickt. »Er heißt Martin Ekwall. Ist dreiundvierzig. Ich bin so was wie seine nächste Angehörige.« Ich berühre Martin leicht an der Stirn. »Kann ich Ihnen meine Nummer geben, falls – na ja, für alle Fälle? Passen Sie auf ihn auf. Wenn er zu sich kommt, sagen Sie ihm, ich komme ins Krankenhaus, sobald wir hier fertig sind.«

Ich beobachte, wie sie sich zwischen den Steinblöcken durchschlängeln, die Gary mit dem Lader verstreut hat, wische mir dann mit der Hand über die Augen. Mithras, Gott des luftigen Lichts, aber auch der Gott der Verträge und Versprechen. Kein Wunder, dass ihn die Soldaten mochten. Es muss praktisch sein, einen Gott zu haben, mit dessen Hilfe man herausfindet, wo die eigene Pflicht liegt.

Und die Liebe? Die ist der Faktor, der alles verkompliziert.

Ich gehe zu Gary und Ted, um einen Plan zu machen, wie wir verhindern können, dass noch mehr herunterbricht.

36

Es ist noch sehr früh, als ich das Haus verlasse. Ein Maimorgen, die Blätter der Rosskastanien am Fluss sind leuchtend grün, und dazwischen schieben sich weiße Blütenkerzen empor. Der Ort schläft noch, aber die Tagschicht fängt jetzt, da die Mittel bewilligt sind, schon um sieben an, und ich will unter Tage sein, bevor sie kommen. Der Horizont ist noch golden und perlmuttfarben: die Sphäre Mithras', des Gottes des luftigen Lichts zwischen Erde und Himmel.

Einiges wird zwischen Gary und mir immer schlummern. Er versteht nicht, was ich meinem Vater gegenüber empfinde. Aber ich glaube, Martin versteht es. Gestern hat er mir den Rohschnitt der *Time-Team*-Sendung über die Tempelausgrabungen gezeigt, die Szene, wo er die Inschriften der Altarsteine erläutert und plötzlich zu Carenza Lewis sagt: »Aber das ist doch das Wesen eines Gottes. Unergründlich, unfasslich, willkürlich. Soldaten wissen das. Vielleicht überlebt man, vielleicht stirbt man. Die Frage ist nicht, ob sein Tun gut oder schlecht ist – der Punkt ist, er ist dein Gott, er ist *invictus*. Er *ist* einfach.«

Ich fahre die steile Ortausfahrt rauf, über das flache Plateau des Cotswold-Ausläufers, wieder runter ins Tal und über die Brücke. Dann geht es bergauf nach Green Down und über die kleine Straße durch den Wald, die alte Römerstraße, zu den ausgebauten Scheunen an der Vinegar Lane mit dem obligatorischen Range Rover oder Jaguar davor und zu der Grundschule, die Robert Klein entworfen hat, mein Pflegevater.

Meinen Vater habe ich nie wieder gesehen, nachdem sie mich mit dem großen schwarzen Wagen abgeholt hatten. Ich war vier Monate im Heim in Bristol, und dort nannte ich mich Kit. Um da zu überleben, war für mich die einzige Möglichkeit, jemand anders zu werden; nicht mehr das kleine Mädchen aus den Schlagzeilen zu sein, das die Gebeine seiner Mutter gefunden hatte, sondern jemand, der hart, gewieft und unempfindlich war und einen kurzen Namen hatte. Als Mrs. Klein mich besuchen kam, fragte sie nach Katie, und Philippa, die Hausmutter, wusste nicht, wen sie meinte.

Das war der Tag, an dem sie mir erklärte, sie wolle mich als Pflegetochter annehmen. Das wäre doch toll, oder?

Ich weiß noch, wie ich sie anstarrte, um sicher zu gehen, dass sie es ernst meinte. Unsere Blicke trafen sich, und ich wusste, sie sah gar nicht wirklich mich, sondern ihre verlorene Tochter, die sie zur Adoption freigegeben hatte und nie mehr hatte finden können. Ich wollte keine verlorene Tochter sein, hatte aber keine große Wahl. Das Heim machte mir schreckliche Angst. Mädchen stiegen nachts aus dem Fenster, um Zuhälter zu treffen, die sie ins Rotlichtviertel von St. Paul fuhren. Ich saß die meiste Zeit zitternd in meinem Zimmer.

»Wir ziehen weg aus Midcombe, nach Dorset, Katie«, sagte sie.

»Kit.«

»Entschuldige. Verstehe. Es wird ein neuer Anfang, für uns alle. Eine neue Schule für dich. Dort wird keiner wissen, wer du bist.«

»Bis Trish es ihnen sagt.«

»Trish wird auf eine andere Schule gehen. Wir schicken sie ins Internat wie ihre Brüder.«

Also stimmte ich zu.

Nicht nötig, erst noch zum Hauptgelände zu fahren. Ich habe alles bei mir, was ich brauche, auch den Schlüssel zum Tor von Stonefield. Der Wagen holpert über den Weg hinterm Bestattungsinstitut, und ich parke neben dem Leichenwagen. Während ich meine Stiefel schnüre, kommt eine verspätete Fledermaus von ihrem Morgenausflug zurück, ein kleiner, schneller Schatten vor der blassblauen Himmelskuppel, der in das Mundloch eintaucht. Ich schließe das Tor auf und sperre es hinter mir wieder zu.

Ich hoffe, Mrs. Klein hat nicht bereut, dass sie mich zu sich genommen hatte, aber das ist unwahrscheinlich. Einmal schlug sie mir vor, sie doch Mum zu nennen, so wie Trish und die Jungen, aber dann sah sie an meinem Gesicht, dass das unmöglich war. Wir einigten uns schließlich auf Susie, aber in meinem Kopf war sie immer Mrs. Klein. Ich war nie richtig in die Familie integriert. Trish war sauer, dass sie ins Internat musste, und hatte das Gefühl, ich hätte ihr die Mutter weggenommen; die Jungen verstanden nie, warum sie sich verpflichtet gefühlt hatte, mir ein Zuhause zu geben, und Mr. Klein war höflich-distanziert, als sei ich ein dickfelliger Hausgast, der einfach nicht den Absprung schaffte und wieder ging. Und so ungefähr fühlte ich mich auch.

Aber immer noch besser als das Heim.

Als ich zum Studium an die Südküste ging und viel zu schnell Nick heiratete, war Trish in London, theoretisch an der Uni. Aber sie schmiss das Studium, nachdem sie festgestellt hatte, dass es doch viel cooler war, mit den New Romantics modisch-kaputt im Blitz Club herumzuhängen. Nick war fasziniert von ihr, seit sie ihm erzählt hatte, sie habe eine kleine Rolle in einem David-Bowie-Video gehabt, und vielleicht hatte er in ihren Augen ja auch einen gewissen Glamour. Trish und ich hielten den Schein der Freundschaft aufrecht, solange ihre Mutter noch lebte, aber nachdem Mrs. Klein gestorben war – am gleichen Krebs, der auch ihre Mutter getötet hatte – und mir soviel Geld hinterlassen hatte, dass ich das Londoner Haus kaufen konnte, hatte Trish endlich einen guten Grund, wütend auf mich zu sein. Und ich konnte ihr nie verzeihen, dass sie Nick auf der Beerdigung mein Geheimnis verraten hatte.

»Robert ist gar nicht dein Vater? Dein richtiger Vater ist im *Gefängnis*?«

Mein Gesicht muss ihm bestätigt haben, dass es stimmte.

»Wahnsinn, Kit, wir können ein Vermögen machen, wenn ich als dein Ghostwriter die Story schreibe.«

Die Temperatur in den Unter-Tage-Steinbrüchen ist immer gleich, sommers wie winters. Ich gebe mich gar nicht erst mit der Beleuchtung ab, die Stablampe wird reichen, und Kerzen habe ich auch dabei. Ab und zu erfasst der Lichtstrahl einen Klumpen Fledermäuse in einer Gesteinsspalte. Einige sind schon in ihre Sommerschlafplätze im Wald oder in Gebäuden umgezogen, aber jetzt, da Rupert die Inkubatoren installiert hat, werden viele das ganze Jahr über in den Minen bleiben.

Es dauert eine Weile, den Stollen dorthin zu folgen, wo ich hin will. Der Schutztunnel zieht sich unter dem Hang entlang, unter der Grundschule durch und an der Stelle vorbei, wo Gary und ich Sex hatten. Ein Stück weiter ist die neue Stahlstraße, die dorthin führt, wo Martin das Mithräum ausgräbt, seine Geheimnisse festhält, ehe es noch in diesem Jahr mit Sand verfüllt werden wird. Aber ich lasse diese Strecke hinter mir und folge dem Schutzgang weiter nach Südosten, Richtung Crow Stone.

Hier liegen die eisernen Lorenschienen. Diesmal folge ich ihnen in entgegengesetzter Richtung: Die Zeit spult sich zurück. In diesem Teil der Minen war ich seit 1976 nicht mehr. Die Bergleute haben ihn erst letzte Woche erreicht. Der stählerne Schutztunnel ist gebaut, und in etwa einer Stunde wird die Tagschicht da sein, um mit dem Verfüllen zu beginnen.

Außerhalb des Schutzgangs erfasst mein Stablampenstrahl einen Haufen Gesteinstrümmer unter einer zerklüfteten Decke – ein Versturz, der mindestens vierzig Jahre alt ist. Ich klettere zwischen den Stahlstreben hindurch und stehe in dem Hohlraum. Er ist nicht besonders groß. Der Stein lagerte hier in schmalen Schichten, und die Säulen sind geplündert, von Verwerfungen durchzogen, cremiggelb im Licht meiner Stablampe. Der Boden scheint trocken, wir hatten seit zwei Wochen keinen Regen mehr. Etwas Zartes, Liebliches überlagert den üblichen kalkigen Geruch, und plötzlich ist da wieder der Duft einer Schublade voller Seidentücher, der Duft der Sehnsucht nach etwas, woran man sich kaum erinnern kann.

Ich zünde eine Kerze an und tropfe sie auf einem Stein fest. Der Versturz ist größer, als ich ihn in Erinnerung hatte, und es gibt nichts, woran ich die richtige Stelle wiedererkennen könnte. Ich gehe am Rand des Gesteinshaufens entlang, versuche mich zu erinnern. Alle paar Schritte nehme ich eine weitere Kerze aus meinem Rucksack, zünde sie an und befestige sie auf einem der Steine des Haufens. Bald erfüllt flackerndes, goldenes Licht den Hohlraum.

Jemand war schon vor mir da. Vorsichtig zwischen zwei großen Steinen platziert, liegt da ein Strauß aus roten Rosen und Farn. Eine Karte ist nicht dabei, aber ich bin mir sicher, wer die Blumen da hingelegt hat. Sie sind noch kaum welk, er muss sie gestern Abend hinterlassen haben, nachdem die Bergleute gegangen waren. Ich hebe sie auf und sie sind es, die den lieblichen Duft verströmen: Englische Rosen, die ersten der Saison, wie lieb von ihm.

Ich lege sie wieder auf die Steine und zünde noch eine Kerze an, die letzte, die ich dabeihabe. In der Tasche habe ich meine Gabe. Meine Finger gleiten ein letztes Mal darüber: glatt geschliffen auf der einen Seite, rau auf der anderen. Dann lege ich sie neben die Rosen. Die Kerzenflammen flackern, goldenes Licht umstrahlt jede von ihnen.

Ich hab dich lieb, Mum.

Ich dich auch, Katie.

Ich, Kit Parry, erfülle heute, was ich dem unbesiegten Gott gelobt habe ...

Ich gehe wieder, ducke mich zwischen den Stahlstreben hindurch. Die Maschinen erwachen zum Leben, die Bergleute haben ihre Schicht begonnen. Im Schutzgang begegne ich dem ersten Team.

»Morgen, Mrs. Parry.«

»Morgen, Ted.«

»Schöner Tag da oben.«

»Herrlich.«

Ich gehe weiter, dem luftigen Licht entgegen.

Danksagungen

Schriftsteller spielen mit der Geschichte, genau wie John Wood es getan hat. »Crow Stone« ist Fiktion, also erfunden, aber es stecken auch ein paar Bröckchen wichtige Realität darin. Ich konnte der Versuchung nicht widerstehen, meiner Geschichte eine existente Szenerie zu verleihen, aber ich habe mich weit von dem entfernt, was geographisch und historisch tatsächlich gegeben ist. Ich habe Bath einen achten Hügel geschenkt, und die Gemeinde Green Down und ihre Einwohner gibt es nur in meiner Phantasie. Aber es gibt in Bath die Gemeinde Combe Down, und dort gibt es tatsächlich unterirdische Steinbrüche, die aufs achtzehnte Jahrhundert oder sogar noch weiter zurückgehen – und es gibt dort das Stone Mines Reclamation Project. Es gibt – oder gab – eine Höhle direkt unter dem Supermarkt im Dorfzentrum. Seltsame Löcher haben sich in den Gärten der Leute aufgetan, und in ihren Kellern und im Wald hat man vergessene Eingänge in die Unterwelt gefunden.

Ich schulde vielen Menschen Dank, die sich mit der Arbeit des Reclamation Project auskennen und die mir großzügigerweise genau erklärt haben, wie die alten Minen gesichert werden. Ich möchte allerdings betonen, dass keiner dieser Menschen in »Crow Stone« figuriert. Ebenso wenig hat irgendjemand der immens fähigen und effizienten Arbeiter und Partner des Stone Mines Reclamation Project von Combe Down irgendeine Ähnlichkeit mit einem der Leute der von mir erfundenen Firmen RockDek oder Garamond: Es gibt Bergleute aus dem Forest of Dean, die an dem Stabilisierungsprojekt mitarbeiten, aber Ted und seine Mannschaft sind pure Phantasie. Unter den vielen Archäologen, mit denen ich gesprochen habe, ähnelt niemand auch nur im Geringsten dem schmierigen, prinzipienlosen Dickon. Die Mitglieder des Teams von Oxford Archeology, die geduldig und brillant die Archäologie des Combe-Down-Projektes dokumentieren, sehen weder wie Dickon aus, noch benehmen sie sich oder reden wie er. Auch von den Bergbauingenieuren, die ich getroffen habe, ist niemand so chaotisch oder paranoid wie Kit – am allerwenigsten Carole Plummer aus Kanada, die mir von ihren Erfahrungen als Ingenieurin in dieser Männerwelt erzählt hat. Die Gefahren des Combe-Down-Projekts gibt es wirklich, aber sie werden sehr viel effizienter und besser gemanagt als das entsprechende Projekt in meinem Roman. Während ich das Buch schrieb, erhielt das Combe-Down-Projekt Regierungsgelder, und inzwischen sind große Teile der Minen verfüllt worden, wodurch die kleine Gemeinde sehr viel sicherer geworden ist.

Besonders erwähnt werden soll Mary Stacey, die Projektleiterin von Bath und North East Somerset, die mir die Hintergründe des Combe-Down-Projekts erklärte und einen Spaziergang durch die Wälder mit mir machte, um mir die Steinmine von William Smith zu zeigen, dem Vater der modernen Geologie. Auf diese Weise führte sie mich in die Combe Down Heritage Society ein.

Ich habe viele hilfreiche Bücher über die Geschichte von Combe Down verwendet, die mich sehr angeregt haben, und durch die ich ein Bild davon bekam, wie die unterirdischen Steinbrüche in ihrer Glanzzeit gewesen sein müssen. Peter Addsons »Around Combe Down« und Keith Dallimores »Exploring Combe Down« haben meine ersten Schritte durch diese Gegend gelenkt. Später traf ich Dr. Malcolm Aylett, und sein Buch über die römische Villenanlage war mir eine große Hilfe, genau wie Richard Irvings Buch über die Byfield-Mine. Beide Bücher sind von der Combe Down Heritage Society herausgebracht worden.

Von daher haben Green Downs Minen fast denselben historischen Hintergrund wie die von Combe Down – mit einer wesentlichen Ausnahme. Soweit bekannt, gibt es dort keinen Mithrastempel. Martin weist zu Recht darauf hin, dass noch nie ein Mithräum außerhalb einer Garnisonsstadt in Britannien gefunden worden ist. Zudem geht man allgemein davon aus, dass die Römer fast all ihren Sandstein über Tage in Steinbrüchen bei Bathampton Down abbauten. Malcolm Aylett hat mir als erster von der Naevius-Inschrift auf einem steinernen Sargdeckel erzählt, den man in der Nähe der antiken Villa entdeckt hatte, aber er ist ganz und gar unschuldig daran, dass ich daraus eine überaus fadenscheinige Rechtfertigung für den Mithras-Handlungsstrang im Roman gesponnen habe.

Ich bin der Combe Down Heritage Society auch dankbar dafür, dass sie mir erlaubt haben, sie auf einem Ausflug zu den unterirdischen Steinbrüchen bei Corsham zu begleiten. Wir wurden von dem Besitzer David Pollard geführt, und dort entdeckte ich, dass man unter der Erde manchmal tatsächlich Handy-Empfang hat, dass man sich dort sehr leicht verlaufen kann und dass ein Mann, der eines dieser Monster fährt, mit denen sie die riesigen Steinblöcke bewegen, sehr sexy wirken kann. Die Geschichte vom Kamera-Mann erzählte mir Bob Whittaker, der in Combe Down aufgewachsen ist und als Junge die Steinminen erkundete. Ich habe sie nach Green Down verlegt und für meinen Roman neu erfunden.

Die Leute im National Statistics Office waren mir eine große Hilfe, weil sie noch wussten, dass die Registratur für Geburten, Hochzeiten und Todesfälle 1976 in St. Catherine's House war.

Für das archäologische Hintergrundwissen habe ich insbesondere meinen lieben Freunden Nigel Clark und Carenza Lewis zu danken – und sie tragen keinerlei Verantwortung für meine verrückteren archäologischen Ideen. Meinem Chef beim Fernsehen, David Parker, danke ich dafür, dass er mich ermutigt hat, ein Leben jenseits der Sendeanstalten auszuprobieren – was mich dazu brachte, an der Bath Spa University auf einen Creative-Writing-Magister zu studieren. Dort halfen mir Richard Kerridge, Richard Francis, Colin Edwards, Tessa Hadley, Mimi Thebo, Gerard Woodward und Mo Hayder auf die unterschiedlichsten Weisen, dieses Buch zustande zu bringen – und dort traf ich den Workshop, aus dem sich bis heute meine Schreibfreunde rekrutieren – Jason Bennett, Sam Harvey, Karen Jarvis, Becky Lisle, Pam Moolman and Anthea Nicholson. Meine Freunde Cresta Norris und Carolyn Brown haben das Manuskript gelesen und mir wertvolle Hinweise gegeben. Lesley Morgan hingegen bin ich dankbar dafür, dass sie meine Freundin blieb, obwohl ich ihr eine ganze TV-Serie vor die Füße geworfen habe, als mir klar wurde, dass ich von nun an schreiben wollte.

Ich danke meiner Agentin Judith Murray bei Greene and Heaton für den Mut mich anzunehmen und meinen Lektorinnen Clare Smith und Annabel Wright bei HarperCollins – ihnen und dem ganzen wunderbaren Team dort. Außerdem möchte ich dem schnellen, wunderbaren Übersetzerinnen-Team für die deutsche Fassung danken, ebenso meiner deutschen Lektorin, Eva-Marie v. Hippel.

Und schließlich ein Riesendank an meine Mutter, die mir ein »Stipendium« gab, indem sie mir ein ganzes Jahr das Schreiben finanzierte. Gott schütze Dich, Mama – du hast immer daran geglaubt, dass ich es schaffen würde.